外国名作家文集·塞利纳卷

一座城堡到另一座城堡

D'UN CHÂTEAU L'AUTRE

[法] 塞利纳 / 著

金龙格 / 译

Louis-Ferdinand Céline

漓江出版社

·桂林·

[法]路易-费迪南·塞利纳

(Louis-Ferdinand Céline，1894—1961)

↑1955 年塞利纳在自己家中

↑塞利纳和妻子吕塞特

塞利纳画像

塞利纳墓碑

锡格马林根城堡

法国伽里玛版《一座城堡到另一座城堡》封面

《塞利纳在锡格马林根》封面

目 录

译本序

游走于真实与虚构之间

金龙格

《一座城堡到另一座城堡》（以下简称《城堡》）是路易－费迪南·塞利纳（Louis-Ferdinand Céline，1894—1961）“德国流亡三部曲”（另外两部分别为1960年出版的《北方》和1969年出版的《里戈东》）中的一部，1957年6月由法国伽里玛出版社出版，与《北方》一道被誉为塞利纳的“巅峰之作”。《城堡》虽然是“三部曲”中的第一部，但叙述的却主要是他在德国逗留的最后一段日子在锡格马林根的所见所闻和各种遭遇，抵达锡格马林根之前的故事则留给了第二部作品《北方》，而他的遗作《里戈东》则主要叙述他从德国逃往丹麦的经过。这“三部曲”让塞利纳在晚年恢复了名望，而打头的作品《城堡》被认为是塞利纳的“另一部《茫茫黑夜漫游》”，塞利纳在书中不仅讲述了自己的流亡经历，也记录了维希政权的末日景象。

一、故事背景与作品缘起

1944年6月6日，盟军在诺曼底登陆。6月17日，已经预感到自己有生命危险的塞利纳带着新婚妻子莉莉，以及他们的猫贝贝儿一起离开巴黎蒙马特街区吉拉东街4号的公寓，准备前往丹麦，据说塞利纳在战前就已经把自己的积蓄换成金币安全转移到了那边。但当时通往丹麦的路线只有一条，必须经过德国，因此他们只能先去德国。离开后没多久，他们在巴黎的公寓就被人破门而入，他们的家具、塞利纳的摩托车统统被毁，几部手稿也不翼而飞。抵达巴登－巴登之后，他们被德国警察扣留，证件被收缴，塞利纳要求继续前往丹麦，或者去瑞士或返回法国，但都被拒绝。这期间，他们一家去了一趟柏林，想拿到准予离开的通行证，但被要求返回巴登－巴登。8月15日，塞利纳在蒙马特的演员朋友、被牵扯进“附敌合作组织”的勒维冈和其他流亡者抵达巴登－巴登。8月底，他们获准去柏林。塞利纳求助早年在巴黎结交的一位德国同行H医生，该医生在政府部门担任重要行政职务，他把塞利纳一行安排到离柏林一百多公里的西北部一座村庄里。9月初，贝当元帅和他的政府部长们被德国人带到了德国南部的锡格马林根；10月底，塞利纳申请去那里当医生；11月初，他们一行坐火车从北到南穿越德国，抵达锡格马林根。1944年11月到1945年3月间，他住在锡格马林根的雄狮宾馆，开始行医。1945年3月22日，塞利纳获得特别通行证，和莉莉、贝贝儿一起离开锡格马林根，经过五天的颠簸，最终在3月27日抵达哥本哈根。4月

24 日贝当元帅向法国临时政府自首。5 月 8 日德军投降。12 月 17 日塞利纳在丹麦被拘捕。

塞利纳出狱后一直在考虑是不是应该把这一段流亡经历写出来。早在 1948 年夏天，塞利纳就跟友人说到过自己在德国的逃亡经过，说他在德国的火车站"坐在尸体上，里面很黑，很难分清哪是死人哪是活人"，说他在锡格马林根见到了赖伐尔（法国维希政府总理），到最后"有点喜欢上这个人了，因为赖伐尔好像也是和平主义者和爱国者"。在给《小臼炮》杂志主编的信中，塞利纳提出过这样的建议："什么时候您真该给锡格马林根出个专号，在巴黎有很多从锡格马林根死里逃生的人。等您的稿子都准备好了，再过来找我，我可以告诉您哪些是真实的，哪些不是，因为我是医生，不抽烟，不喝酒，只喝水，我的记忆力惊人地好。"几年之后，那些铭刻在他记忆深处的所见所闻都被写进了《城堡》。

此外，塞利纳在 1952 年出版的《下一次就是仙境》，原计划是写他从蒙马特到锡格马林根的逃亡经历的，书中隐隐约约提到了流亡德国的法国人个个身患疥疮，提到了他给赖伐尔所做的护理，他在自己的宾馆房间里给患者看病，"对面的厕所粪便漫溢出来，在走廊里流淌"，而这些恰恰就是后来在《城堡》里出现的情节。在《城堡》里出现的另一个人物卡伦（希腊神话中渡亡灵去冥府的船夫）也已经在《仙境》中提前出场了，已经开始用长桨劈他的脑袋了。《仙境》的续篇《诺尔曼司》没有再涉及流亡德国，但塞利纳一写完《与 Y 教授的对话》即计划写一本与该经历相关的新书——《仙境 III》，只可惜《诺尔曼司》（即《仙境 II》）销售惨淡（只卖了 7000 册），而且评论界也没有丝毫的响应，创作《仙境 III》的计划就此搁浅，也迫使他转攻《城堡》，因为《城堡》里发生的那些事法国人多多少少都了解一些，才过去十年，法国人依然会有浓厚的兴趣，“那毕竟是法国历史的一小部分”，谁也无法回避。事实证明，塞利纳选择这一炙手可热的题材进行创作是明智的选择，《城堡》出版后引发了一场旷日持久的论战，使塞利纳再次受到广大读者和文学界的关注。

二、锡格马林根—丹麦—默东，真实与虚构

（一）锡格马林根

在《城堡》中，故事发生的地点主要集中在锡格马林根、丹麦和默东，虽然塞利纳在锡格马林根的逗留只有四个月，是三处逗留时间最短的，但在作品中却占用了最大的篇幅。1944 年 11 月初，他抵达锡格马林根，而贝当的“流亡政府”两个月前就已经在此落户。在决定前往锡格马林根之前，他咨询过布里农（维希政权国务秘书、驻德大使）的秘书米特尔夫人——塞利纳在巴黎的时候就认识她，他希望过去做医生，负责两千多流亡法国人的医护工作。他的请求得到了布里农的首肯，于是，他和莉莉、勒维冈和贝贝儿一道抵达了锡格马林根。

在抵达锡格马林根之前，他不是没有疑虑的，意识到这一去可能会对他个人的前途命运造成损害。到那里之后，他和政治刻

意保持着距离，主要精力都用在了给那两千多名法国流亡者治病上，那些人生活条件极其恶劣却要不间断地劳动，健康状况非常糟糕。他先是在雄狮宾馆他自己的卧室里看门诊，病人直接睡在他的床上，连摆放医疗器具的桌子都没有一张，后来他和另一位法国同行获准使用一名德国医生的诊所。此外，他还要出诊，去菲德里斯医院和火车站，特别是火车站那里常常挤满生病的妇女和孕妇，这些经历都被写进了《城堡》。

在抵达锡格马林根之前，住在城堡里的那些维希政府要员当中，塞利纳只认识布里农和马利翁，这两人以前是做记者的，塞利纳认识他们也很正常。逗留期间，他认识了另外一些人，但不包括贝当，贝当从来没找塞利纳看过病，即使是他的私人医生梅内特莱尔被德国人赶走之后。塞利纳给赖伐尔和毕歇隆做过治疗，他除了做医生，并不担任其他职务，住在条件恶劣、拥挤不堪的雄狮宾馆，但和莉莉都可以进入城堡，所以像书中写到的那样，对城堡里的廊道和廊道里挂着的一代又一代霍亨索伦王室成员的肖像特别熟悉。

《城堡》写了不少与这些真实历史人物相关的事件，其中有相当一部分是真实与虚构的巧妙结合。比方说贝当的每日“出巡”是真实的，只不过不是像书中写的那样步行出游，而是坐着一辆蓝色的敞篷汽车，随行人员也不是他手下的那些部长要员，而只是一些跟他关系亲密的人，一般都是元帅夫人，再加上他的私人医生梅内特莱尔和教育部长博纳尔，而且周围全是警卫，没人敢靠近，更别说有一支长龙队伍跟在后面了，而英国皇家空军对这支出游队伍的“奇袭”以及贝当在危急关头果断下令扭转危局的神话也完全是塞利纳虚构出来的（众所周知，贝当在一战时创造过这种神话）。实际上，早在1947年，在一封给友人的信中，塞利纳就说到过，他在锡格马林根逗留期间，从来就没有机会见到贝当。同样，锡格马林根火车站的狂欢与混乱，是塞利纳对当地日常生活场景的一次集中描写，赖伐尔在马路上与农民交谈的事是有的，但他在火车站阻止了一场大屠杀纯属虚构。这种历史真实与艺术虚构的完美结合更加生动地再现了那个特殊历史背景下的风云变幻。

同样纯属作者虚构的，还有在阿贝茨家的那场晚宴以及阿贝茨与作家夏多布里昂的激烈争吵场面，因为据考证阿贝茨从来就没有发出过邀请，从来就没有跨出过城堡半步。复兴查理曼帝国倒是阿贝茨的一个宏伟的政治梦想，另外夏多布里昂经常在锡格马林根露面也是真的，他跟阿贝茨的友谊也是确有其事，两人在黑森林中的一栋山中木屋里住过一段时间，后来两人关系破裂也是真实的。

在《城堡》锡格马林根部分的最后一节，塞利纳还运用了“自我虚构”。这一节写到了维希政府官方代表团去霍亨林青参加毕歇隆的葬礼，毕歇隆因为腿瘸，想让德国党卫军军医格布哈特给他做手术，但手术后没多久就死了，死因不明。代表团的正式成员包括总理赖伐尔的代表加保尔德，国防委员会的代表布里杜将军和达尔南，再加上新闻部长马利翁。塞利纳没有任何官职，自然不在代表团成员之列，但塞利纳知道那个举行葬礼的地方，早在1942年3月在柏林旅行的时候就到访过。他知道代表团参加这场葬礼一路上的奇遇，其中的细节应该是从马利翁那里听来的，也参考了当时报纸《法兰西报》所报道的相关内容。塞利纳用“自我虚构”的方式把自己放入故事当中，好比是一个身临其境的目击证人，见证了那一切，大大增强了故事的真实性和荒诞性。

除了真实的历史人物，《城堡》还写到了一些小人物，有的小人物具有广泛的代表性，通过改头换面出现，有的则原封不动直接上场。比方说那个在他诊室里出现试图给他的病人做手术的假冒的外科医生，还有住在他楼上的那个锡格马林根的盖世太保头目，以及总是穿着皮靴、牵着身材高大的牧羊犬的盖世太保头目的妻子；还有雄狮宾馆那个时不时赏赐给莉莉一点加菜的老板娘，长得虎背熊腰，给人的感觉就是从前的老鸨；还有那个电台的女播音员，到锡格马林根投奔所爱的人却被遗弃，最后爱上城堡里的一名保镖，他们在试图偷越瑞士边境时双双被抓，被带回雄狮，在36号房接受审讯，被五花大绑丢在厕所前面的地上示众，最后被送进监狱；而小说中写到的被塞利纳从“砍柴突击队”中救出的夫妻实际上是他在蒙马特居住的时候就认识的一对音乐家夫妇。

但令人大惑不解的是，在锡格马林根部分，塞利纳没有写到他的演员朋友勒维冈，勒维冈跟他一起抵达锡格马林根之后，两人就闹僵了，至于什么原因闹僵的则没有任何交代。但即便两人关系失和，战后勒维冈在法庭上依然极力为塞利纳辩护，后来塞利纳的这位演员朋友被判处十年强制劳动，假释之后去了西班牙，继而流亡阿根廷，最后在贫困中死去。

现任龚古尔奖评委会主席的贝尔纳·皮沃曾在《理想藏书》中把《一座城堡到另一座城堡》列入“理想藏书·回忆录作品佳作”，而该书的法文版封面上明确标注为“小说”（roman），但从以上的分析来看，《城堡》既不是纯粹的小说，也不是纯粹的回忆录，它跟真实一直保持着距离，但又拒绝完全虚构，而这正是塞利纳“德国流亡三部曲”的一大特色。

（二）流亡丹麦

在《城堡》中，塞利纳在回忆锡格马林根的同时，还写到了另外两个地方，也就是他离开德国之后连续生活过的丹麦和默东，1945 年 3 月—1951 年 6 月期间在丹麦，获得大赦后才回到法国。如果说他对锡格马林根的描写采取的是真实和虚构相结合的艺术手法，对丹麦和默东的大量但简短的描写则更接近真实，对自己丹麦的遭遇更是没有一点含糊，包括刚到哥本哈根时隐姓埋名、偷偷摸摸的生活，然后被拘捕，被监禁，以及之后的那段艰难岁月。1945 年 12 月 17 日，在隐姓埋名过了九个月之后，塞利纳和他的妻子在一天夜里双双被捕，由于去抓他们的是一些便衣警察，塞利纳以为是杀手，所以第一反应是逃到屋顶上，抓捕行动塞利纳在《城堡》中也写到了。然后，夫妻俩被关进了哥本哈根的西部监狱，莉莉关了十一天后获释，塞利纳实际上被关了十四个月，他在《城堡》里的相关叙述基本属实，只是把监禁的时间改长了，其他的细节则真实再现了他的狱中生活，包括他那间单人牢房，其他犯人的嚎叫和狼狗的尖叫，他的糙皮病，用英语进行的审问，等等。监狱环境恶劣，他的妻子一直以为他活不到从监狱里出来的那一天，他本人后来在给友人的一封信中也写道：“至于身体，那是彻底给毁掉了。”这十四个月的监禁把他从一个身强力壮的中年男子陡然变成了一个羸弱不堪的小老头，十四个月后他获得假释，1947 年 6 月才最终获释，但不得离开丹麦。他先是在哥本哈根的一个楼梯间居住，1948 年夏天搬到了离科瑟镇六七公里远的一间与世隔绝、没有煤气水电没有厕所、只适合夏天短暂居住而一到了冬天就像冰窟一样的茅屋里，在那里一直住到 1951 年夏天。这三年在冰天雪地里备受煎熬的潦倒生活，塞利纳在《城堡》里也做了忠实的记录。

（三）在默东的岁月

1950 年 2 月 21 日，塞利纳被巴黎最高法庭判处一年监禁、五万法郎罚金、没收一半财产以及里通外国罪。1951 年 4 月 20 日他作为一战中的“重度残废军人”获得大赦，7 月份他和莉莉返回法国，在尼斯住了几个月后，10 月份来到了默东。在《城堡》中，塞利纳也原原本本地记录了他在默东与世隔绝、窘迫孤独的日子，他在那所能俯瞰整个巴黎的房子里住了十年，专事创作，一直到生命结束的那一天。

塞利纳初到默东的生活并不顺利，虽然那所房子所在的位置他非常满意，地势很高，可以看到全景，离巴黎不是很远，清静的环境可以满足他退隐和创作的需要，但房子本身很破烂，里面没有任何舒适的起居设备，刚搬进去时连暖气都没有，而且由于他一到那里就在栅栏门上挂了一块写有“德图什医生”的牌子，他遭到当地居民的抗议达两年之久，甚至有人去政府部门请愿要求把塞利纳作为不受欢迎的人从那里驱逐出去。塞利纳在默东进入退隐状态之后，在差不多十年时间里几乎是足不出户，因为去一趟巴黎虽然只要两个小时，也会把他折腾得筋疲力尽，他的健康每况愈下，不到六十岁便已进入风烛残年。他足不出户的另一原因是经济条件不允许，虽然挂了行医的牌子，但就像《城堡》里写到的那样，上门看病的人寥寥无几，他变成了一个可怜的、遭人蔑视的、没有病人的医生。实际上，他也没指望看病能给他带来什么收益，他自己都已经是个病人了，饱受失眠、偏头痛的折磨，他还要自己负责家务，照顾那么多宠物，更重要的是晚年的三部作品几乎耗掉了他的全部精力。而外面世界所发生的事，他都是通过报纸、朋友的到访和记者的采访了解到的，那些事也都以这种那种方式多多少少融进了他的作品。

塞利纳在《城堡》的默东这部分写到他下山给他的病人尼索瓦太太看病后，外感风寒，导致他以前在非洲工作时感染的疟疾病复发，在谵妄、高烧引起的幻觉中见到昔日好友勒维冈，后面两人一言不合就开始对骂，等等。后来，有评论家认为这一部分内容偏离主题，有些多余，而实际上作者对锡格马林根的回忆正是在谵妄中变得清晰起来，这次谵妄发作便是小说的一个“引子”，塞利纳早在他的第二部长篇小说《死缓》中“诱发童年回忆”时就已经使用过这种艺术手法。《城堡》的最后部分，塞利纳大病痊愈，尼索瓦太太再次登场，让这部混乱庞杂的作品做到了一定程度的首尾照应，确保了其艺术上的完整性。

在默东这部分，塞利纳还写到他对出版社编辑，尤其是伽里玛出版社老板加斯东·伽里玛（阿西尔）的“满腔仇恨”。说到加斯东·伽里玛，出版界津津乐道的是他作为出版家的“敏锐的文化嗅觉，鹰隼般的捕获力”，在“塞利纳开出18%的版税、500万法郎的预付金、现金支付、保留附属权利、重版他以前的所有小说等等离谱条件的情况下，毫不犹豫，马上拿下”，但问题是，这么好的老板怎么会在小说中遭到塞利纳的“辱骂”呢？实际上，与伽里玛签完合同才几个月，塞利纳就不高兴了：他的书出版速度不够快，发行没怎么铺开，宣传不够力度，而那些“三流作家的垃圾作品”却竞相出版，所以一段时间里，塞利纳写给伽里玛的信件的语调跟《城堡》里的语调一模一样，充满抱怨、不满、嘲讽、愤怒、辱骂、要求解释甚至威胁，而《城堡》一书也险些被他拿给了别的出版社。他的头一批作品的滞销、遭受抵制以及某位同行作品的“没有道理的成功”，都让他气愤，他把这一切都怪罪于出版社，痛斥出版社老板是不劳而获、坐享其成、盘剥作者的寄生虫，作者则是可怜的受剥削者和奴隶。当然，塞利纳这么写实际上也有其艺术上的追求，他在《茫茫黑夜漫游》和《死缓》中早就刻画过两个受剥削的人物形象——巴尔达缪和费迪南，《城堡》里再出现一个受剥削的受害者塞利纳也就不足为奇了。

三、《城堡》引发论战

1957年7月20日，《城堡》正式出版，从他回到法国之后就一直笼罩着他和他的作品的沉寂一夜之间被打破，甚至引发了一场激烈的论战。伽里玛出版社在向媒体发送的新闻稿里是这么写的："二十五年前，我们这个时代最伟大的革新者路易－费迪南·塞利纳横空出世，从那时起，从亨利·米勒到马塞尔·埃梅，从萨特到雅克·佩雷，从西默农到马索，许许多多作家都坦然承认自己受惠于塞利纳和他那种表现现代世界的全新方式。他在这部新作的书名中说到的城堡是痛苦之地，幽灵出没，而这些幽灵便是战争、仇恨和苦难。塞利纳作为城堡主三次现身，在锡格马林根有贝当和他的部长们相伴，在丹麦单人牢房里被拘押了十八个月然后又在一个破败的农庄里待了数年，然后在默东给少得可怜的那几个跟他一样穷困的病人看病……塞利纳用奢华的喜剧笔调描写了疯狂的德国人，维希政权的部长们和很快就要站在最高法院被告席上的贝当。《一座城堡到另一座城堡》理应被视为一部新的《茫茫黑夜漫游》……"

塞利纳先后接受了《快报》、瑞士法语电台等媒体的长篇专访，在《快报》的那篇访谈中，他再次用挑衅的口吻为自己的那本抨击性的反犹小册子《大屠杀前的琐事》辩护（"那也许是我写给法国人的唯一的一本书……我想阻止战争……"），他谈到1957年法国人的堕落（酗酒，贪食，抽烟，痴迷汽车，拒绝工作，贪图享乐），谈到未来（白人种将会被中国人消灭），等等。这篇访谈变成了他反击敌人的一个有力的武器，是他多年沉默的一次集中爆发："所有那些攻击我的人，所有那些没授予我诺贝尔奖的人，所有那些没给我发放年金的人，所有那些没让我进法兰西学院当院士的人，所有那些讥笑我的人，所有那些唾弃我的人，他们都是蠢货，因为他们什么都没明白，他们都是罪人，因为我才是受害者！应该感到畏惧的人是他们，不是我，因为错在他们那边。"（他在《城堡》中已经把罗歇·瓦扬、萨特、马尔罗、戴高乐等人骂了个遍）这篇访谈发表之后，极右翼组织非常气愤，他们觉得《快报》刊登这样的访谈是一种"背叛"，而塞利纳的书则是在嘲笑那些战争中的死难者。作家克拉维尔认为塞利纳在为附敌分子辩护，塞利纳虽然已经为自己的言行付出过相当大的代价，但"还应该付出更大的代价"。《人道报》《世界报》《费加罗报》《周日晨报》等主流报刊也参与到了这场论战之中，左翼和右翼的笔战持续了数月，论战所引发的舆论反响丝毫不亚于塞利纳的《茫茫黑夜漫游》1932年问世的时候。

文学评论界对《城堡》这部作品的评价也是褒贬不一。一些评论家认为，《城堡》是一部失败之作，比不上塞利纳战前创作的小说。作家德·布瓦德富在1957年8月1日的《战斗报》上评论说，这本书"总体给人的感觉就是砂浆、石膏和水泥的加水搅拌：事件、词句和小聪明。这种化脓似的激情由于一刻不停地大量汹涌而出而变得平庸和乏味。这种非凡的题材在塞利纳僵直的手指中化成了粉末"。评论家亨利·科鲁瓦也持同样的观点："没完没了的自说自话絮絮叨叨，一页纸这么写还是很有意思的，十页纸就没那么有意思了，可是三百页都这样啊！这已经不是坏了的水龙头，而是发臭的水龙头了！是阴沟！”但大多数评论家都持肯定的态度，认为这部小说已经让塞利纳“死而复生”，塞利纳是“唯一能与乔伊斯比肩的散文家”，小说“继承了拉伯雷的传统，作者被压抑的激情大股大股地喷涌而出”，有人甚至认为这部小说“很有可能流芳百世”。还有一位名叫罗贝尔·坎特的评论家更有意思，他一直是塞利纳的反对者，一点也不喜欢塞利纳的那种“痞里痞气、简略、粗糙”的写作风格，但是他在评论《城堡》时表示：“塞利纳的混乱是一门艺术。作品中的场景都是通过塞利纳的多棱镜表现出来的，粉红色变成醒目的红色，灰色变成黑色，人物的轮廓发生变形，背部长出肉峰，脸上长满狼疮。有时真想丢下这本满是脏污的书，但总是做不到，总忍不住一页一页地往后翻……”

无论如何，《城堡》的出版让沉寂了七八年之久的塞利纳重新回到了法国文坛的中心，这一点是没有争议的。

结　语

早在 1932 年，法国作家贝尔纳诺斯就预言过，“上帝创造塞利纳就是为了引起愤慨与争议的”。但在坟墓里躺了五十多年依然在活人的世界里饱受争议的作家似乎并不多见。2018 年新年伊始，在法国围绕塞利纳 1930 年代撰写的那三本小册子的重版问题再次引发了一场正反两方的激辩，连法国现任总理爱德华·菲利普也被卷入了论战。当然，他是站在赞成重版的一方，他说，“你有很多好理由厌恶这个男人，但你不能否认这位作家在法国文学中的重要地位”。如今，关于《城堡》的论战已经过去六十年了，后世的作家、评论家又是如何看待这部作品的呢？米兰·昆德拉的文学评论集《相遇》（2009）中专门辟出一章来介绍这本书，道出了塞利纳的可贵之处，他说，“许多与塞利纳同代的大作家也都有过死亡、战争、恐怖、酷刑、流放的经历……而他是唯一发声诉说这种极其特殊经历的人”；法国文坛重量级评论家菲利普·索莱尔斯是塞利纳的超级粉丝，撰写过很多关于塞利纳的评论文章，他在《塞利纳的微笑》一文中写道：“塞利纳凭借着自己炉火纯青的技艺留下了许多部杰作，譬如《一座城堡到另一座城堡》和《北方》，在我看来，这两本书超过了《茫茫黑夜漫游》和《死缓》。”他们俩的评价比较有代表性，即使算不上盖棺定论，至少也能说明一些问题吧。

塞利纳生前最后一次接受媒体（《巴黎评论》）专访时曾表达过他的“遗愿”，他不指望后世的法国人会公正地看待他，但真心希望中国人会阅读他的作品，所以，我在译完《死缓》后，紧接着又翻译了这本《城堡》，希望大家喜欢，也希望大家们批评指正，多提宝贵意见。

于阿尔勒国际文学翻译学院（CITL，Arles）

2018 年 1 月 26 日

一座城堡到另一座城堡

实不相瞒——这种事我们私下里说一说就罢了——我眼下的境况比我刚起步的时候还要不堪……噢！是的，我出师不利……我再重申一遍，我是在库尔布瓦[①]出生的，塞纳河畔……我已经反反复复说了一千遍……几番流离转徙，我眼下的境况确实已经糟糕透顶……你们会跟我说，是因为年纪……年纪来了！……当然啦！……人过了六十三岁，想东山再起谈何容易……想要重新发展自己的客户群……不管在什么地方！……噢，我忘了告诉你们！……我是医生……我们私下里说一说吧，医生建立客户群拼的并不只是医术和良心……还要拼个人魅力，这一点至关重要，举足轻重……六十岁之后还有个人魅力吗？……你还可以做模特，做博物馆的花瓶……也许可以？……让几个喜欢探秘的疯子对你萌发兴趣？……可那些女士怎么看呢？啊！说的是那个洒了香水、油头粉面、西装革履的糟老头儿吗？……丑八怪！要客户没客户，要医术没医术，令人作呕！……要是他腰缠万贯呢？……还难说呢！……能忍受吗？哼！哼！……可是，那个白发苍苍的穷鬼？……让他滚到一边去吧！我们且顺着人行道，听一听店铺里那些女顾客都是怎么说的吧！……她们在谈论我的一位年

① 库尔布瓦是巴黎西郊的一个市镇，位于塞纳河左岸，今天的拉德芳斯新区的部分区域已经延伸到库尔布瓦。

轻同行……“噢！您知道吗，太太！……太太！……那位医生多有眼力！多有眼力啊！……他才瞟了一眼就搞清楚了我得的是什么毛病！……他给我开了一些滴剂让我服用！中午和晚上各服一次！……滴剂疗效可好啦！……那位年轻医生医术高明啊！……”你再等等，且听她们是怎么说你的……说的就是你呀！……“脾气暴躁，缺牙豁齿，愚昧无知，咳痰不爽，含胸驼背……”在跟你算总账呢！……女人没完没了、啰里吧嗦的废话却是一言九鼎哪！……男人草草地制定规则，女人只关心正事：舆论！……医生的客户群都是由女人组成的呀！……你没把她们笼络过来吗？……那你还是跳到河里把自己淹死算了！……你周围的那些女士都是脑残，都是满嘴胡话的白痴吗？……那岂不更好！她们越狭隘，越固执，越愚蠢透顶，就越是至高无上！……把你的白大褂收起来吧，还有其余的一切！……哪来的其余的一切啊？……已经在蒙马特被人洗劫一空！……确实是洗劫一空！……在吉拉东街！……这件事我还是要说……反反复复地说，永远也不会嫌够！……因为我说过的话你们总是置若罔闻……该听见的东西却假装没听见！……尽管我已经解释得一清二楚了……洗劫一空！……一些人，一些想要报仇雪恨的解放者撬锁闯进我家里，然后把我屋里的一切全都拉到跳蚤市场去了！……所有的物品一律廉价处理！……我并没有信口开河，我有证据，有证人，有他们的名字……我所有的书籍和器械，我的家具和稿件！……所有杂七杂八的东西！……我啥也没找回来！……连一块手绢，连一张椅子都没找到！……连墙壁都卖掉了！……整个房子，所有的东西！……削价处理！……“一帮蠢货！”无须再多说什么！……我知道你们脑子里在想什么！……你们这么想也很自然啦！哦！你们永远都不会发生这种事！类似的事情永远也不会在你们身上发生！你们已经采取了非常周全的防范措施！……你们都是跟随便哪个亿万富豪一样优秀的共产主义者，跟布热德[①]一样的布热德分子，跟所有的俄罗斯沙拉[②]一样俄罗斯，比布法罗[③]还要美国！……在所有重要的地方都是意气相投：小屋，单人房，圣器室，还有镶木地板！……横空出世的新型“法兰丝人”[④]！……历史的潮流直通你们的屁眼！……情深义重的弟兄？……当然啦！……还是刽子手的奴才？等着看吧！……抑或断头铡刀的舔食者？……嘿！嘿！

如今，我没有“巴雄”[⑤]了……我从别人那里借了一副“巴雄”过来，好把那些讨厌鬼快些打发走，没有什么东西比它更管用了！……你让他们坐下来，你给他们量所谓的“血压”……当他们往肚子里塞的东西过多，灌的东西太多，抽的烟太多时，他们的血压很少有不到 22……23……然后冲顶的……生活对他们而言就是一个车胎……气压计冲顶时他们诚惶诚恐……爆炸！死定了！……到 25！他们不再跟你嘻嘻哈哈开玩笑了，不再怀疑了！你跟他们说最后的结果是 23！……说完你就再也见不到他们的踪影了！他们逃走时投给你的是怎样的眼神啊！深仇大恨！……你成了穷凶极恶的杀人犯！“再见！再见！……”

好吧！……我经常把我的“巴雄”带在身边，留心我的那些朋友……他们跑到我这里来，笑话我的不幸遭遇……22！……23！……我再也见不到他们的踪影了！……总而言之，我并不是在这里随口

---

① 皮埃尔·布热德（1920—2003），法国政治家、工会领袖，保障小商人和手工业者联盟主席，1956 年法国发起一场以小商人和手工业者为主的右翼运动，史称布热德运动。

② 俄罗斯沙拉是一道用黄西红柿、紫甘蓝、生菜、胡萝卜丝、葡萄干等为主料制作的美食，辅料有番茄酱、盐、胡椒粉、糖等。

③ 又称水牛城，是美国纽约州西部伊利湖东岸的港口城市，纽约州第二大城市，法国移民最早在此定居。

④ 原文 Vrounzais，是 français（法国人）的不标准发音。塞利纳生造这个词语以表达对那些声称自己是法国人但法语都说不好的外国人的蔑视。

⑤ 法国生理学家、医生维克多·巴雄（1867—1938）发明的一种血压计，由一个刻度盘和一个水银压力计组成，压力计的最高刻度为 30。

乱说，我确实不想再行医了……可是，我得熬下去啊！就像在地狱里一样饱受煎熬！熬到退休！最后，也许？……没有什么“也许”，要攒钱啊！什么东西都要用钱！而且都火烧眉毛了！……首先是供暖！……去年一整个冬天，屋子里的温度从来都没有超过零上5℃！我们当然已经习以为常了！……已经训练有素了！……已经在北欧久经考验！……我们在那里待了四年……差不多五年……在零下25℃的气温下面……在一个废墟堆一样的牲口棚里……没有火烤，绝对没有火烤，猪都会冻死……绝对没骗你！……所以，我们久经考验！……所有的茅草屋顶都被刮跑了……雪花与寒风在屋里飞舞！……五年零五个月，在冰窟之中！……莉莉害病，动了手术……可是你们千万不要以为这个冰窟可以免费居住！压根儿就没有免费这回事！……不要搞错！……什么东西都要付钱！账单就在这里，上面有我律师的签字……领事馆证明了的……这个可以解释我何以如此穷困潦倒！……并不只是蒙马特高地的那些海盗……和波罗的海沿岸国家的海盗！……蒙马特高地的那帮海盗很想一刀宰了我，像宰猪一样，让我的肠子在勒皮克街上流淌……波罗的海国家的那帮海盗则想让我染上坏血病……让我的尸骨留在他们的“自由党”[1]监狱……那两年简直就是住在粪坑里呀！……三米长三米宽！……然后他们想到了寒冷……想到了大贝尔特海峡[2]的旋风！……我们挺过来了！挺了五年，还付了钱！……付了钱的呀！我再强调一遍！你们可想而知，我的那点积蓄！……我的全部版税！……全被那些旋风一点一点地刮跑了！……加上被法院扣押的财物！……就像是儿戏！噢！我估计到了一点点！……心中隐隐约约的疑惑！……我那套西装，唯一的西装，我把它留下来了，西装是在一九三四年定做的！这便是我的预

① 丹麦的一个政党，成立于1870年，为丹麦最古老的政党。

② 一译“大海峡”，丹麦西兰岛和菲英岛之间的海峡，连通北海和波罗的海。

感！……我不是布热德那种人，我没能预见到二十五年后的凄凉晚景，二十五年后一切都玩完了，彻底完蛋，只剩下一具干尸！……我跟你们讲我一九三四年的那个预感就算是开个玩笑吧！……那时我们正赶上穿衣打扮都很艰难的年景……我在歌剧院大道有一个裁缝……“帮我做一套西装，注意！要特别端庄的那种！……庞加莱①式的！加厚华达呢！……庞加莱穿的那种款式！”

庞加莱刚刚推出了他的流行款式！他的呢子上装！裁剪着实别具一格……裁缝满足了我的要求！……那套西服，我现在依然保存着……总也穿不坏！……我已经验证过！……在穿越德国时它完好无损……一九四四年的德国……正遭受轰炸！那可是狂轰滥炸啊！挨过了那四年……那是用人肉做普罗旺斯鱼汤②的四年，到处都是火光冲天，坦克，炸弹！堆积如山的瓦砾废墟堆！……那套西服已经有点褪色了……但也只是有点褪色而已！而且我后面还穿着它到处坐牢！……还有在波罗的海国家度过的那五年……啊，还有我开头忘记说了，在从伯宗③到拉罗谢尔④那些东躲西藏的日子……还有直布罗陀海峡的那次海难⑤！那时候它就跟我形影不离了！……如今他们都在吹嘘那种“尼龙”做的男式西服套装，那种“格雷万”⑥女式套装，那种原子和服……请你们把我的那套西服拿去展示吧！……西服就在这里！当然衣服已经有磨损！当然啦！纬纱断了！……十四年的风风雨雨啊！……我们也一样，我们的纬纱也断了！

---

① 亨利·庞加莱（1854—1912），法国数学家、物理学家、哲学家和工程师。

② 另译马赛鱼汤，法国南方的一道美食。

③ 法国大巴黎地区瓦尔德瓦兹省的一个市镇。位于巴黎西北郊。

④ 法国西部城市，滨海夏朗德省省会。

⑤ 二战中塞利纳应征入伍，在“歇拉”号军舰上做军医，1940 年初的一个夜晚，“歇拉”号与一艘英国巡逻艇在直布罗陀海域相撞。

⑥ 阿尔弗雷德·格雷万（1827—1892），法国漫画家、舞台服装设计师。巴黎格雷万蜡像馆的创始人之一。

衣冠楚楚，用穿着打扮来吸引别人眼球，我没有这样的生活习惯……像画家那样……凡·戴克……伦勃朗……弗拉曼克……那不适合我！……我更喜欢不被人们注意，喜欢平平常常的样子……因为我是医生……白大褂……尼龙仿制品……干净整洁……在家里穿得端庄得体……但出门在外穿我那套庞加莱就不那么合适……我也在想，该给自己添一套新的西服了……当然！……省吃俭用……方方面面都精打细算……但我迟迟下不了决心……我像极了我母亲……节约！节俭！但我毕竟还是有一些弱点……我母亲死于晕厥，心脏病发作，在一张长椅上，她也是饿死的，死于节食，她死的时候我还关在牢里，在丹麦的“西部监狱”……她溘然长逝的时候我不在她身边，我在K区的“死囚室”……我在那里被关了十八个月……没有比那些不想听我说这些事的人更耳聋的了，请放心，我不会老拿这个事出来说的……

我跟你们说我母亲，尽管她死于心脏病、劳累、饥饿和所有的一切，但她死的时候依然相信自己只是时运不济，相信只要有勇气、只要节衣缩食，困难时期就会过去，一切就会像从前一样，一小苏会跟从前的一苏[①]一样值钱，一小块黄油只需要二十五生丁……我经历过一九一四年之前的岁月，当然啦……我害怕自己大手大脚……当我看见那些标价！……比方说一套西服的标价！……我就说不出话了……我寻思：只有像总统、“政委”、毕加索、伽里玛[②]那号人物才穿得起！……一套“政委”的西服的价钱，折算成卡路里的话，起码可以让我顶上一年，吃喝拉撒的开销，工作、看塞纳河、去两三次博物馆、支付电话费的开销，统统都解决了！……这年月只有疯子才会买衣服穿！……马铃薯，胡萝卜，当然啦！……面条，胡萝卜……

---

① 法国从前的辅币名，相当于5生丁。

② 法国伽里玛出版社的老板。

我不是在抱怨！……我经历过比这更恶劣的日子！……比这恶劣得多！……而且还得自己掏钱！……别忘了！……我所有的版税！我那本《漫游》[①]的全部版税！……并不只是我的家具和稿件！……我所有的一切都被掳走了！……被强行掳走！……不只是在蒙马特和圣马洛！……南……北……东……西……海盗总是如影随形，无处不在！……不管是在蓝色海岸[②]还是在斯堪的纳维亚！……他们全都是一丘之貉！……你总能在这里看到他们……在那里又看到他们……他们想从你这里找到的，是你触犯刑法第七十五条[③]的罪证！是拿到挖出你的内脏、剥夺你的一切、把你剁成肉酱制作白葡萄酒烩肉的许可证！

再回来说我那些无足挂齿的小事！……我刚才说到了菜肴……我嘛，吃得越少，对我越有好处……好吧！……可是，莉莉就不是这么回事！……莉莉必须吃……我很挂心……她的工作关系到我们的饭碗！……确实，我们也有一些奢侈品：狗……我们的狗……它们会叫！……有人在栅栏那里？……是讨厌鬼还是刺客？……你把猎犬群放出去！汪！汪！眨眼之间，影子都见不到一个了！……

"可是，"你们可能会问，"您住在哪里呀，狂妄自大的阿尔塔班[④]？"

"住在贝尔尤，先生！……在半山腰！贝尔尤教区！……你们知道那个地方吗？……塞纳河谷……就在岛上的那座工厂上边，我就是在离那儿不远的地方出生的……我在重复讲同一件事……对那些冥顽不化的家伙，我重复讲多少遍都不嫌多……库尔布瓦，塞纳河畔，桥头上坡街[⑤]，有些人一听说别人来自库尔布瓦就浑身不舒服……年龄

---

① 指作者的成名作《茫茫黑夜漫游》。

② 塞利纳从丹麦回国后在尼斯住过一段时间。

③ 法国刑法典第 75 条涉及可以被判处死刑的叛国罪的几种情形。

④ 17 世纪历史小说《克莉奥帕特拉》中的一个狂妄自大的人物，法语中的俗语"fier comme Artaban"（像阿尔塔班一样狂妄自大）由此而来。

⑤ 塞利纳在作品中不止一次提到自己出生于库尔布瓦的桥头上坡街 12 号。

也一样，我要重申一遍我的年龄……我出生于一八九四年！……我在翻来覆去讲同样的事情吗？……我像个老糊涂一样喋喋不休吗？……这可是我的权利啊！……所有从那个世纪走过来的人都有权喋喋不休！……他妈的，怎么就不可以了！他们有权抱怨！……有权觉得所有的一切都荒唐透顶、愚不可及！尤其是，我要说，所有这些下等贱民，这些喜欢狼吞虎咽、暴饮暴食，开口闭口都是巴士底狱和小丘广场[①]的贱民，都快把我的肺气炸了……所有这些人，鬼才知道都是从多远的地方跑来的！……佩里戈尔德！巴尔干半岛！科西嘉！……不是本地人……你和我一样也看到了，他们一个个穷得叮当响……他们到哪里了，要赶紧逃命吗？……他们回家时，队伍浩浩荡荡有好几百万！天哪！还有军队跟在后面！……他们的家就是鼹鼠洞和草场！……我的那个奶妈，在皮托，在牧羊人小道的那个奶妈[②]……我也许不应该扯到她？……那就跳过去吧！”

我再回过头来说贝尔尤……说我们极其严格地控制的饮食……我嘛，可能还好吧……我嘛，毛病在脑部……我吃得越少越有好处……当然，走路时我会东倒西歪……别人会说：这下好了！他喝醉了！……他们就是这么说的……你一定要想方设法让别人相信你是个声誉良好的酒鬼，窝囊废，懒鬼，此外还老年痴呆……已经有点像“惯犯”了！……你被人瞧不起吗？你会习惯的！……至于我这个老鬼，我已经说过了，我吃得越少对我越有好处！……可是莉莉还没老，她还没有啊！她有舞蹈课要上！她的舞蹈课挣不了几个钱！……没有暖气！……她已经尽力了……我也一样在不遗余力……好吧，还是不要在这里声泪俱下吧，不管用！……直言不讳、直截了当、实话

① 位于蒙马特高地的著名广场，是街头艺术家的聚集地。

② 塞利纳在《死缓》中写到“我很小的时候，被寄养在皮托的奶妈家……”皮托邻近库尔布瓦，如今的拉德芳斯新区即位于该镇。

实说……我们的日子过得比楼下对面那个在德雷福斯[1]工厂上班的最穷的工人的日子还要苦……我想到了他们有什么……有社会保险！夫人！……有保险，有假期……整整一个月的假期！……我也许可以在德雷福斯工厂前面建一个波兹南[2]？……告诉他们我受到了虐待？告诉他们我连清洁工的收入都拿不到？他们是不会明白的！……在德雷福斯那里做清洁工！有保险！假期！社会保障！假如我说自己是从德雷福斯苦役犯监狱出来的，可能会有人对我肃然起敬！……而假如我说自己是从加斯东[3]监狱出来的，那他们会笑掉大牙的！……我只在一件事上受到特别重视！……我因为讨伐过那些"法兰丝人"，所以活该被人写在布告上贴满大街小巷，被人骂成是彻头彻尾的叛徒，是把犹太人剁成肉酱的刽子手，是出卖马奇诺防线、印度支那和西西里岛的内奸……啊！我不抱任何幻想！……他们压根儿就不相信这些可耻的行径，但有一件事我确信无疑，那就是他们会一直纠缠我直到把我整死……我永远是激进的种族主义者的替罪羊！做宣传用的第一手资料……

我们还是回过头来说点正事吧！……我先前跟你们说到了贝尔尤的冬天……天气寒冷……何足挂齿！……我听见一些人在抱怨……我很想看看他们在斯堪的纳维亚那种气候条件下的样子……波罗的海边，狂风肆虐，住在到处穿洞、到处漏风的茅屋里！……气温降至零下25℃，而且不只是待一个星期那么简单……五年啊，太太！从那个单人牢房里出来时……我很想看到卢库姆[4]拿脑袋去撞海面上的冰层，

① 此处显然是指雷诺汽车厂（位于塞利纳寓所的窗户下面，默东山的山脚下），从1955年起由皮埃尔·德雷福斯担任厂长。二战前，苏联把雷诺汽车厂称为"雷诺苦役犯监狱"。

② 波兰中西部城市名，此处影射1956年6月28日在该城爆发的工人大罢工。

③ 指加斯东·伽里玛，伽里玛出版社的创始人。

④ 影射伽里玛出版社顾问、《新法兰西杂志》主编让·波朗（1884—1968）。

然后被冻结！……另外还有阿西尔[1]和他的全班人马！……噢，可是，最关键的……先让这两个鸟人去自由党的监狱蹲上两年，让他们的屁眼上粑着刑法第七十五条！我好想看看他们脸上会显露出什么样的表情！……那样做对他们大有裨益！……总算……总算……你总算可以站在那里看他们……可以握握他们的手……他们总算见识过一些夸夸其谈之外的事情……

我一直在跟你们说山下面的那个小岛……有些事是要说出来的，一些会让老鬼们感兴趣的事情……他们当中，那种残疾程度超过百分之七十五的情况的并不多，一九一二年应征入伍的那种也不多见！……人生就是这样啦！我不是在责备！……我要是早些变成酒鬼就好了，从我人生的起步阶段，从在市立学校读书时就开始，那我可能不会有任何麻烦，我现在就有可能在德雷福斯那里做清洁工了……会享受到诸多福利，会有社会保险，会受人尊重……

说说行医方面的事情吧！……还是有病人过来找我看病……那当然了！……你永远也不会夸这样的海口，说绝对没有人来找你看病！……不会！三不五时，总会冒出一个来……好吧！……我给他们做检查……不比其他医生更糟……也不比他们更好……和蔼可亲，哦，我非常和蔼可亲！而且一丝不苟！……从没做过那种敷衍了事的诊断！……从没做过那种异想天开的治疗！……三十五年来从没开过那种荒唐可笑的处方！……三十五年啊，无论如何，一匹马的寿命也就这么长！……并不是我不去了解医学研究的最新进展！……不是啊！不是啊！……所有的宣传单我都是从头到尾读完……每周有两三公斤呢！……烧了！全拿去烧了！不会有人追究我“乱开处方”的！……你要是偏离老药典……好家

① 影射法国伽里玛出版社老板加斯东·伽里玛。

伙！见鬼啦！……你活腻了吗？想去重罪法庭吗？……想去第十分庭吗？……想去布痕瓦尔德[①]吗？想去西伯利亚吗？……不，谢谢！……魔法巫师，危险的炼金术士！我问心无愧啊！只有一件小事……我从不问病人要钱，我不好意思伸手啊！……那些拿了社会保险的人也一样……还有那些拿了免费医疗救助的人……我永远都开不了那个口！……愚蠢的自尊在作祟！杂货店老板咋办？……面条咋办？……干面包片咋办？……还有煤炭！还有自来水咋办？……我从不收病人一分钱，但我的名誉受损程度超过那个把病人放进炉子里焚烧的佩蒂奥[②]！……我是人阔佬，就这么回事！……住在桥头上坡街的大阔佬！……施韦泽[③]，皮埃尔神甫[④]，扬诺维奇[⑤]，拉扎莱夫[⑥]，他们可以大手大脚……可我只是看上去有些古怪、有些可疑！……尤其是刚从牢里放出来的，谁也不知道他的老底！

我刚才跟你们说到的那些病人，最后那些坚持跑过来找我看病的人，他们跟我诉说他们的身体状况，他们身上不堪忍受的病痛……我听他们诉说……没完没了！……没完没了！……各种鸡毛蒜皮……各种遭遇……跟我和莉莉二十年来的遭遇相比……他们那点破事实在是不足挂齿！小菜一碟！……我们是怎么熬过来的呀！……他们这些娇

① 德国地名，位于德国图林根州魏玛附近，1937 年 7 月纳粹在此兴建了德国最大的集中营。

② 佩蒂奥（1893—1946），法国医生，1942—1944 年间他在巴黎的诊所里谋杀了 27 个人然后把他们放进锅炉里烧，其中大部分是犹太人。

③ 阿尔贝·施韦泽（1875—1965），法国基督教牧师、哲学家和医生，1952 年获诺贝尔和平奖，曾在非洲创立一所医院并担任院长。

④ 皮埃尔神甫，原名亨利·格鲁（1912—2007），法国天主教神甫，1954 年冬天发动了一场声势浩大的旨在帮助住房简陋拥挤的人群的运动。

⑤ 约瑟夫·扬诺维奇，罗马尼亚犹太人，又名“约瑟夫先生”，1925 年到法国，在二战期间扮演两面派角色，靠倒卖金属发财，1949 年被判处五年监禁，1957 年逃往以色列，1959 年被引渡回法国。

⑥ 皮埃尔·拉扎莱夫（1907—1972），法国记者，《法兰西晚报》等多家报纸的老板。

嫩的玫瑰花苞……给他们三分之一！十分之一……他们就会在家具下面爬！……所有的家具！他们就会惊恐万状地嚎叫……接下去的日子该怎么过呀！……一听到他们哭诉，我就忍不住在心里骂自己："他妈的该死的愚蠢的笨蛋，你掺和那些事干什么？那档子破事？……你怎么会有这种怪癖啊？"我把舌头丢给猫[①]！……丢给我们家的猫托米娜，托米娜正趴在我的稿纸上咕噜咕噜……我说什么话它都无所谓！咕噜！咕噜！全世界都无所谓！不管是动物，还是人！他们就想要一个脑满肠肥的家伙！……是的！……把丘吉尔、克洛代尔[②]、毕加索、布尔加宁全都加在一起，像那么肥的家伙！大屁股！然后咕噜咕噜！你们也会这样！……无论是共产主义还是资本主义！杰出人物全都养得肥头大耳！有年金收入的政委！一九〇〇年代的那些幽灵，生活条件已经大大改善！……试着告诉我的顾客：他们也许可以试一试……为了他们的健康着想！全都是为了他们好！也许可以少吃点肉食！……为了他们肚子里的东西好消化！你会发现他们会恨你恨得咬牙切齿！……你触犯了神灵！……肉和酒！任何政治热情对它们都望尘莫及！……虔敬，热诚！……吃牛排的无神论者！竟有人胆敢与威士忌为敌？把他从活人堆中清除掉！

至于我，我先前跟你说过，我们的日子过得很清贫，但花销依然很大……要知道，没有任何人向我们提供资助！没有任何渠道给我们提供援助！……市政府不给，社会保险不给，政党不给，警察局也不给……恰恰相反！说实在话……恰恰相反！……我见过的所有的人都得到了救助……他们全都有钱可领……好歹……一点……很多……一个鼓鼓囊囊的信封……免费住房……就像皮埃尔神甫……就像布

① 法语中 donner sa langue au chat 直译的意思是"把舌头丢给猫"，有"自认回答不出来"的意思。

② 保罗·克洛代尔（1868—1955），法国诗人、作家。

瓦洛[1]……陪这个……陪那个……陪国王或者救世军！就像施韦泽，拉辛，卢库姆……总会给他们配个饲料袋！……燕麦兄弟！……请您给一点点赏钱！

这些事只是有些可笑，仅此而已……要是在涉种族主义的问题上没有被人穷追猛打的话，我可能也不至于如此牢骚满腹！告诉你们，前后十年了！那个穷凶极恶啊，令人难以置信！他们抱怨他们的苏伊士运河！……假如那是他们亲手挖的……要我说的话，他们是可以有一点怨气的！我呢，他们在吉拉东街从我家里盗走的东西全是我一手一手完成的啊！……他们会把那些东西带去天堂吗？……也许吧！……十年的穷追猛打，其中有两年在单人牢房里度过……他们那些人呢，拉辛，卢库姆，塔特[2]，施韦泽，他们在这里讨钱……在那里乞求施舍……钞票和诺贝尔奖从来都是来者不拒！……财源滚滚！饱食终日，脑满肠肥，就像戈林，丘吉尔，还有菩萨！……还有暴饮暴食、浑身充血的政委们！我告诉你，是十年！我想起来了！……其中有两年监禁……屁眼上粑着刑法第七十五条！谁看你不顺眼呀？那些一钱不值的作家呗！我再怎么抱怨都是徒劳，没有人会在意，就好像我是去那里参加“囚室派对”一样！就好像我是故意把我所有的东西都拱手送给蒙马特高地上的那些酒鬼！……他们不会那么快就给我竖一块牌子，并配上乡村警察和区政府的告示：“此地遭到盗抢……”我知道这是什么世道，事不关己的话，他们，他们的同情心，统统不见踪影！漠不关心！……我忘不了！……不管是小偷小摸，还是大肆偷盗……也忘不了那些强盗的名字……所有强盗的名字！永志难忘！……像所有那些有点弱智的家伙一样，我从自己的记忆中把他们

① 尼古拉·布瓦洛（1636—1711），法国诗人、作家和评论家。1677年，他和后文提到的拉辛被任命为史官，享受朝廷俸禄。

② 影射让－保罗·萨特，塔特 Tartre 与萨特 Sartre 谐音。

挖了出来……滑天下之大稽啊！……趁我被抓去坐牢，屁眼上粑着刑法第七十五条的机会，把我家洗劫一空！我知道那帮劫匪的底细，我心里有数，他们身体好着呢！犯罪有益于他们的健康！……那么，奸细塔特就是其中的一员！……德国佬在的时候他跪在我面前，现在则成了年轻人的偶像，口若悬河的“萨大师”！……下巴耷拉，屁股肌肉松垂，酷似瘦肉酱，戴着副眼镜，浑身发臭，真是罄竹难书！莫里亚克和阴虱生下的杂种！……还混杂了一点点克洛代尔·尼奥姆和罗纳[①]！……母驴和瘟疫！杀人不用偿命！……

既然我们谈到了文学，那我就跟你们聊一聊德诺埃尔[②]……就是那个被人暗杀的德诺埃尔……哦！他有他可恶的一面！……如果有必要，他会把你卖掉，毫无疑问，千真万确！时机一到……他就会把你的手和脚绑住，把你贱卖掉！……过后，他完全有可能改口，连声道歉……就像某某……某某（我可以点出一百个人的名字）……可是，他的另一面救了他……他……他酷爱文学……他真的有慧眼识珠的能耐，他尊重作者……跟布洛丹大相径庭！布洛丹·阿西尔，那个人，就是个不折不扣的唯利是图的市侩，是个彻头彻尾的卑鄙小人……他利欲熏心！再多捞点钱！再多一点！真正的名副其实的亿万富豪！身边的奴才越来越多！……吐着舌头，脱掉裤子……

那个遭人暗算的德诺埃尔总是把书稿从头看到尾……布洛丹则像克洛代尔，只看那些“富有价值”的章节……他的审读由“智囊团”来做：诺尔贝尔·卢库姆担任主席！……啊！……他们的所谓审读只

① 影射保罗·克洛代尔，他曾担任尼奥姆和罗纳航空发动机公司董事会成员。

② 罗贝尔·德诺埃尔（1902—1944），原籍比利时，1930年在巴黎创办德诺埃尔出版社，是塞利纳作品的首位出版商，对塞利纳非常欣赏，塞利纳1944年之前创作的所有作品均由他出版。1944年12月2日在巴黎被暗杀。塞利纳在本书中多次提到那场谋杀。

是抽抽烟、洗洗脚和吹吹喇叭！然后采取抛硬币猜正反面的方式来决定稿件的去留！又要新推出一个作者！……地下室里面还有成千上万个，堆得满屋都是！要是全都扔进垃圾桶呢？……连拾荒的人都懒得瞧上一眼！……我不在乎……垃圾桶！我气色好着呢！倒垃圾？我有两个垃圾桶等着我呢！……我不去的话，谁去呢？……布洛丹不会去的！……这个合我的口味！……勇敢一点，小伙计！卢库姆不会去的！打死他他也不去！……我说“勇敢一点，小伙计”都快有六十四年了，而且总是心平气和的！……现在又到时间了……垃圾桶和“勇敢一点，小伙计！”……从我家到大马路恰好有两百米的距离……我必须说，是下坡路！……我要等天黑了才去倒，这样才不至于被人撞见……我把垃圾桶搁在马路上……但总有人把它偷走！……我足足有十个垃圾桶被人偷走了……啊，并不是只有“锄奸”哟！……时时刻刻都有偷盗事件发生，逮着什么偷什么……走到哪里偷到哪里！另外，我亲自出去倒垃圾犯了个天大的错误……证据就是，别人再也不叫我“大夫”……只喊我“先生”……过不了多久他们就会叫我“老笨蛋”的！我已经预感到了……一个既没有女仆也没有女佣和小汽车，还亲自倒垃圾的医生……而且，还写书！……而且，还蹲过监狱……你们稍微动脑子想一下吧！……

在此期间，在你们动脑子想的时候，要是你们肯买走我的一两本书，那无异于雪中送炭啊！……

还是不说了吧！……但是，让我怀恨在心……让我怒不可遏的……确切地说是在这条大马路上发生的事情！汽车！……川流不息的汽车！从这些汽车身上，你能看见疯狂！……它们像龙卷风一样向凡尔赛疾驰！这种汽车的风驰电掣！……不管是在一周当中，还是礼拜天！就好像汽油不要钱似的……坐一个人……三个人……六个人的汽车都有！……大腹便便的饕餮者，饱食终日，无所事事！……他们都去哪里呢？……花天酒地，比这个还要恶劣！明摆着的嘛！……接着吃！接着喝！……商务午餐！……香（商）务！……香（商）务！……商务旅行！……香（商）务！……香（商）务！……商务饱嗝！……呃！……我太可怜了，有人偷走了我的三只垃圾桶！一些亿万富豪怒气冲天是因为他们的汽车引擎没有爆炸！他们溅了我一身的泥水……还有我的垃圾桶！……他们打出的饱嗝里全是萝卜焖鸭的味道！财阀，布热德分子，党徒，饱嗝、响屁在高速公路上此起彼伏！萝卜焖鸭联盟！每小时一百三十公里的速度！为了世界和平，他们比所有步行者放的屁更臭、打的嗝更响！可以载入史册的鸭子！……可以载入史册的“驿站饭店”！可以载入史册的菜单！……你们离席时已是酩酊大醉（喝的是一九〇〇年的“号角酒庄”），打个响指立马出发！你们不冲破路堤，不撞断路边的槭树和杨树那才是奇迹呢！握紧方向盘，打方向！……砰！……两千棵杨树！严厉的自我惩罚！……活见鬼了！刹车的位置发出一股臭味！刹车片烧起来了！……整条高速公路和隧道！快乐的酒鬼们！超车，超了一辆又一辆，然后坠入深坑！太刺激啦，太过瘾啦！……啊！一九〇〇年的“号角酒庄”！……它能往你的血液中注入崭新的活力！……深渊！萝卜鸭，一千三百辆汽车连环追尾、乱作一团！该死的，真倒霉！血淋淋的肉块，准备开烤！一脚油门踩下去，烤炉即刻打开！弥撒已经准备就绪！无须圣水！……用热乎乎的血即可！血，肠子，隧道里遍地都是！……绝无仅有的死里逃生者，是不是他害死了其他人呢？真相如何，他永远也想不明白。犹如十字军东征！向前线开拔！由赛车组成的朝圣队伍！争分夺秒，向杨树撞过去！放着臭屁，打着响嗝，怒气冲冲，烂醉如泥！“号角酒庄”！家养的土鸭！宪兵们看在眼里……嘟哝着……挥舞着胳膊……打着手势……煞有介事！……方圆三十公里范围内的徒子徒孙全都赶过来了……要看它个一清二楚！一清二楚！公路两旁的路堤全都挤满了看热闹的人群！……爷爷奶奶们，七姑八婆们，还有婴儿！患有虐待狂的庄稼佬！以每小时一百三十公里的速度冲进去的那个深坑，那些赛车，还有那些被晾在一边的宪兵……煞有介事……烟雾腾腾的隧道！“号角酒庄”！熊熊燃烧的沥青公路！……

啊！要是我有钱，我告诉你呀，或者只是拿了社会保险，那我也会跟着跑过去瞅一瞅那一大片狼藉的景象，看一看那一大堆由氮、碳化物、油脂和橡胶堆积而成的破烂，看一看那一支浩浩荡荡的，由汽油、鸭子和超级酒鬼组成的十字军东征队伍，我会像拿破仑一样镇定自若！看看那些爷爷奶奶，和深坑里的那些破车！……当然啦！还会幸灾乐祸！……但问题是……我没有那些东西！……没有啊！……无须多费口舌！我缺少……你会愤愤不平，会感到痛苦，你会变得尖酸刻薄，会满腔仇恨……所有那些溅了你一身污泥的猪猡！……他们在每一个驿站饭店，每一个伊甘酒庄挥霍掉的钱，他们的车轮每转一圈所转掉的钱，都足够我们生活一个月！……且不说撞毁一辆车，把一棵女贞树连根拔起！……他们患的是受虐狂，那也吓唬不了我！……绝对吓唬不了我！不管是卢库姆的紧身胸衣，还是塔特那些下流的把戏，还是阿西尔那只向上翻起的白眼，都吓唬不了我！……另外那个名叫瓦扬[①]的人也一样吓唬不了我！他哪里骁勇了？……居然想暗中搞掉我！……是的！他惺惺作态地唱着高调，四处宣扬，甚至还写下来了！……哦，他妈的！老子就在这里！现在来杀我也不晚呀！他来

① 影射罗歇·瓦扬（1907—1965），法国作家，代表作《律令》曾获龚古尔奖，瓦扬法语为vaillant，有“骁勇”之意。罗歇·瓦扬在二战中参加法国抵抗组织，1943年，他所在的抵抗小组（活动地址就设在塞利纳家楼上）做出处死塞利纳的决定，后因顾及塞利纳的文学才华，这个决定最终被撤销。塞利纳1958年曾撰文称他一直都知道瓦扬的抵抗小组在他楼上活动。后来，楼上的房东也撰文证实了这一点，称“塞利纳没有背叛我们”。塞利纳在他的小说中曾多次写到罗歇·瓦扬很后悔当时没把他处死。

杀我呀，我随时恭候！……我一直都待在这里，永远也不会走，我特地留在这里，专门恭候那些姗姗来迟者……春去……春又来……你们再不来的话我就撒手尘寰了……那就为时太晚了……那样的话，我就会寿满天年才死哟！……

饮用水？……是的！……是的！……尝一口！……你们说水里面有漂白剂的味道？……也许加满酒能把那味道盖掉？……可是直接饮用呢？……开个玩笑，但一点也不好笑，这种所谓的饮用水掺了漂白剂！不宜饮用，我说的！……噢！我还有许许多多其他事情要抱怨……明摆着的嘛！……我的大致处境！……我成天唉声叹气，周围的人听了就烦！……拿出勇气来！……有一天晚上，阿西尔·布洛丹[①]对我说："逗他们发笑！您以前最擅长这个了，现在再也不会了吗？……"他很惊讶！"每个人都有自己的烦心事！您又不是那个唯一有烦心事的人！……我有我的烦恼，行了吧！……假如您像我一样在戴比尔斯[②]股票上赔了一亿一千三百万！假如您像我一样给您的那些作者预支了两千万版税！……在苏伊士运河项目上砸了四千七百万！您听好啦！……两期！然后又在'十字架'[③]那里投了一千四百万！……所有这些都要我自己扛！我都这么大一把年纪了！扛到日内瓦！分给那些买主！……幸亏有我儿子帮我！一千四百万

① 前文是布洛丹·阿西尔。塞利纳喜欢把人物的姓名颠倒使用，后文也有类似情况出现。

② 1888年由塞西尔·罗德斯创办的公司，主要业务包括钻石矿石开采、贸易、工业钻石生产及加工等。

③ "十字架"是一支投资瑞士金币的挂牌上市股票。

面额为二十瑞士法郎的钞票！……您明白吗？”我想了很久想弄明白……诺尔贝尔也在想方设法弄明白……他也在场，他参加了会谈……诺尔贝尔·卢库姆，是他那个“智囊团”的主席……他附和说那太恐怖了！……泪水已经在他眼眶里打转转……阿西尔，亲爱的老头儿，一个人扛了一千四百万“十字架”！……然后他得出结论：塞利纳您已经没有存在的价值了！…… 您欠了我们好几笔巨款，可您一点激情也没有了！……您不害臊吗？卢库姆说到“激情”时，会让你觉得特别好笑……因为他的嘴巴又厚又肥……年纪不饶人哪！另外还因为字句从他的嘴巴里跑出来，就像是从模子里倒出来的一样……声音像是从阴沟里发出来的……微微有些痉挛……你们说说卢库姆·诺尔贝尔嘴巴微微挛缩是不是在幸灾乐祸……因为再也没有一个人读我的书了！……他呢，他可是“智囊团”的主席！真是小人得志！好吧！……我主意已定！……他们恨我……毫不足奇！……可是我的那帮朋友呢？……他们说他们感到很痛心，因为我在医术方面没有奋起直追……不像那种执业医生……他们要我重操旧业！……我应该怎么做怎么做！……啰里吧嗦！……应该心无旁骛！扯鸡巴蛋！我的自觉！我那些妙手回春的治疗！婆婆妈妈的！……实际上，他们就盼着我早一天魂归西天，这帮所谓的老朋友！……在我家遭到大肆洗劫的时候，他们所有的人都搜罗到了我的一些手稿、纸页和纸条……在楼梯间……垃圾桶里……他们心中有数，他们预见在我一命呜呼之后，所有那些东西都会价值连城①！……可是他妈的我才不会那么快就一命呜呼呢！……

我知道我所有被掠走的都是些什么东西，财产清单都装在了我的脑袋里……《战场》……《克洛高尔德大王的愿望》……再加上两三

① 有趣的是，2001 年塞利纳去世 40 周年之际，他的《茫茫黑夜漫游》手稿拍出了创世界纪录的 1200 万法郎的天价，足见塞利纳的预见性。

部作品的手稿！……它们根本就没有遗失！也不是人人都对它们感兴趣！当然不是！我还知道别的事！我什么也不说……我听见我那些朋友说……是的！是的！我也很坏，我也盼着他们魂归西天！他们！要死的话也得是他们先死吧！他们个个都吃得比我多！我盼着他们身上的某一根小动脉发生爆裂！盼啊！盼啊！……我盼着看到他们全都待在卡伦[①]的渡船上，无论是我的敌人还是朋友，脖子上都被他们所有的肠子缠绕着！……卡伦把他们的脸打了个稀巴烂！……很好！……啊！残忍暴虐的诺尔贝尔！卡伦喜欢趁热吃！……卡伦猛地一下，把他和阿西尔的嘴巴撕开，从一边耳朵撕到另一边耳朵！……我敢断言！因为他们说话太恶毒，他们的嘴巴会被撕成高音喇叭！一人一个！嘣嘣！啪啪！就那样打，卡伦！……全都在预料之中！啊！阿西尔，他再也不会去想他的那些苏伊士了！也不会去想戴比尔斯了！也不会去想那些“十字架”了！……一拳打到脸上！啪！他们在卡伦的渡船上变得可温顺啦！整个“智囊团”当然也会跟他待在一起！统统脑袋开花，眼珠子翻在外面！卡伦对他的乘客就是这么干的！……这难道不是很好笑吗？！……比雷诺[②]在弗雷斯内还要滑稽！……我那些老朋友，当他们跑过来探望我，看我是不是马上就要归天时，我就在心里想，我就会开怀大笑，我看见他们已经到了冥河上，卡伦是怎么修理他们的！嘣！……啪！……看他们还敢招摇撞骗！看他们那副小鼻子小眼的德行！噢！看他们是何等老奸巨猾！……那个卢库姆，卢库姆那张已经变成了花冠的嘴巴真是恰到好处！……如此软塌，扭曲……只能发出哇哇的叫声了！……大量的污水从嘴巴里流

① 希腊神话中将亡魂渡到阴界去的冥府渡神。

② 路易·雷诺（1877—1944），法国著名的汽车和坦克制造商，被指控在二战期间与德国人合作，1944 年 9 月 23 日被逮捕并被关押于弗雷斯内监狱，10 月 24 日因病不治身亡，据传死于暴力虐待。

出！……他那张被撕到了两边耳朵的嘴巴煞是好看！滑稽可笑的诺尔贝尔！……还有那个阿西尔！他那淫荡外翻的白眼已经翻到后脑勺！……我看见了！……我真的看见了！……要不就是跑到了他的表链上……变成了链子上的一个调皮的小饰物！……

我私下里跟你们说，我的那些朋友还全都蒙在鼓里呢！好！……好！……他们津津乐道地说着雷诺的事……正怡然自得呢！……卡伦的事呢？……嘘！……他们没起丝毫的疑心！……他们拒绝承认，他们抽烟，他们打饱嗝，他们嘲笑别人，他们自鸣得意，深信自己靠这些小药丸可以活到一百岁！太太呀！……还有这种米拉多牌超级滴剂！……我也许脑瓜很笨，但我像雷达一样会探测！我至少知道一件事……我知道卡伦会从哪里开始对他们下手！……他们在渡轮上会是什么表情！……我说是劈开的！嘣！咈！从一边耳朵裂开一直裂到另一边耳朵！……此时此刻，我好烦他们，他们呶呶不休，都快把我的耳朵震聋了，他们高谈阔论，他们自命不凡……他们如此刚愎自用！……他们的壁橱有十五层，装满了各种栓剂和滴剂！……另外，啊！还有开胃酒！选择的余地可大了！……甜的、苦的应有尽有！彻底的乐观主义者！……啊！啊！来一点肥鹅肝，一支烟，两杯玛姆香槟，难以置信！“驿站”开在家里！……高速公路建在家里！……他们看你面无血色，愁眉苦脸，神经衰弱！他们给你开医嘱！……说你的饮食太糟糕了！当务之急！当务之急！有证据！有证据！他们的老婆说，他们再也不来找你看病了！说你把肠胃把肝把脾脏都弄坏了！……说你一个人就能把世界上所有的七月十四日[①]遮蔽得黯然无光！……用你的阴郁！也许应该下令禁止你行医！……因为你在牢里待过，把你再送回去岂不更好！……从某种意义上说，他们说的不是没道理！……可我呢，我

① 法国国庆日。

没错呀！……当然了，我老态龙钟，口水一直流个不停……但我一直有一个执着顽强的念头，那就是让他们比我早一点归天！他们所有的人！让他们把自己裹在牛排里吧！让他们该做什么就做什么吧！就让他们被人炸死吧！……炸成肉酱！……各种各样的肉酱！

我陷入沉思……我在预卜将来的事情……另外那两位……阿西尔和卢库姆……还在滔滔不绝地跟我说话……我不再听他们的……他们还在呶呶不休："您以前写东西挺逗的！"我承认我以前比较淘气，我有可能还会变得像从前一样……在银行开几个户头……喏，就像阿西尔！……没错，就像阿西尔！……他的"第一百个账户"把他的全部身家都放进了银行！哈利路亚！或者像他那位大阉割师卢库姆！……他们俩全都是窝囊废！……但是，老天爷啊，他们占到了有利的位置……馅饼总往他们那里掉！什么东西都往他们那里掉！……荣华富贵！各种红利！各种保障！……"家庭、工作、祖国"①呢？去他妈的！……他们把贝当②干掉是对的！……老提什么凡尔登③，废话连篇！……我知道他在锡格马林根④有十六张"食品配给卡"，我知道自己在说什么，没有胡说。

但事实摆在那里……我的书卖不动了……所以他们说……或者说几乎卖不动了……说我已经过气了，我翻来覆去讲的都是那些陈谷子烂芝麻！招摇撞骗！信口雌黄！……耍阴谋诡计！……他们的意思是要跟我的遗孀买断我所有的作品，用一片面包的价钱！……老天啊！我年纪来了，我不否认！可是浑蛋诺尔贝尔呢？他怎么不撒泡尿

---

① 1940年7月，以贝当为首的法国政府迁往维希，成立傀儡政权，并以"家庭、工作、祖国"取代法兰西共和国箴言"自由、平等、博爱"。

② 菲利普·贝当（1856—1951），法国政治家，法国元帅，在维希政权担任国家元首。

③ 1916年贝当因指挥凡尔登战役，成功挫败德军的进攻计划而成为法国的战争英雄。

④ 德国巴登－符腾堡州的一个县，首府为锡格马林根。1944年盟军登陆法国后，维希政权迁往此地。

照照自己？还有阿西尔，你们开门的时候都得把他死命地拽住，不然他就会被风刮走！他的“智囊团”全班人马跟他一起被刮走！……他们一个个如此啰里吧嗦，对周围的任何东西都视而不见，对什么东西都理解不了，只会一个劲地嗯嗯、哦哟、扑通！把屎拉在身上！放水屁！……我呢，我也会哦哟、扑通！这让我想到了克里斯蒂安四世[①]，他也是个臭屁大王！克里斯蒂安四世，丹麦国王！放了一辈子！……走到哪里放到哪里！……就像布洛丹！……他什么法子都试过了，全都不成功……就像布洛丹……布洛丹嘛，他搞的是出版，克里斯蒂安四世则是治国理政……他被自己的阴谋诡计给葬送了！……就像布洛丹！……我去克里斯蒂安的王国……探访了一下……领略过他的监狱的滋味……已经不再是他执政了，而是他的世袭后代克里斯蒂安十世，一个心狠手辣、虚伪愚蠢的恶鬼……后来从牢里放出来之后，我就住在他家对面的一间阁楼里：科隆普兰泽斯加德！……你们要是有胆子住在叫这种街名的地方，那你们就去实地参观一下吧！……告诉你们我还是知道一些内情的！……罗森伯格城堡[②]……我以后会跟你们讲到的……但是，我暂时还是要回来跟你们说一说我眼下的处境！不是很好！我要说一说另外那些艰难的岁月……主要是因为布洛丹！布洛丹那个古怪的破坏狂！那个喜欢集邮的邋遢鬼！地下室里堆满了“龚古尔奖”的布洛丹！……堆满了垃圾小说，就好像他要在上面拉屎一样！……呼啦！哗啦！……假如你发现他安安静静的、白眼比平常翻得还要厉害，那是他正在绞尽脑汁，在冥思苦想，在往他的一万零一十三个作者头上拉屎，这个就叫出版大鳄！

卡伦会一桨打过去，会把他从沉思中打醒的，亲爱的太太！……

---

① 克里斯蒂安四世（1577—1648），丹麦国王。

② 罗森伯格城堡坐落在哥本哈根市中心，是个娱乐场所，克里斯蒂安四世就死在那里。科隆普兰泽斯加德是罗森伯格公园周围的一条主干道。

乒！乓！

我很抱歉说了这么多我自己的事……我没完没了地讲啊讲的……因为挫折吗？……你们也有过挫折吧！……这些搞文学的人真可怕！如此饱受自我中心主义的折磨！……那医生呢？一样糟糕！……那些铅管工呢？……那些理发师呢？……嗨，全都一个德行！……没有一个谦虚的！……还有那些部长！……还有皮埃尔神甫，一个人演独角戏吗？……我一直在想卡伦……他会以什么方式敲掉他们身上的自我中心主义！他们所有的人！用那只威力无穷的长桨朝他们劈头盖脸地打过去！乓！把他们的嘴巴撕开，从一边耳朵撕到另一边耳朵！……你们会看到的！把他们的几乎整个脑袋都揭下来！是的，他们的眼珠子翻出来，耷拉在外面！……然后上船去往冥界！……把乘客骗上船！乒！乓！……从一边耳朵到另一边耳朵！无数的有钱人和一大帮千奇百怪的笨蛋！……领取极其微薄退休金的人！……极度萎靡不振的茶花女，大胡子法官，奥林匹克运动员，全都免不了挨上一顿痛打，脑袋开花！乓！假如我不讲我自己的那些微不足道的不幸遭遇而是这种地狱里的木偶戏会怎么样呢？……兴许就能增加我的作品的销量？……克朗普是这么想的……克朗普在赫希那里负责打包……克朗普在嗅觉方面比阿西尔要稍微灵敏一点点，没阿西尔那么蠢……在把什么事情都搞得一团糟方面没阿西尔那么全神贯注……克朗普至少有一份差事……他负责送货！……一个锲而不舍地做同一件事的人不常见呀……

有一点毋庸置疑……假如我隶属于某个支部，某个犹太教会，某个圈子，某个党派，某个教堂，某个警察组织……随便哪一个……假如我来自随便哪个"铁幕"的波浪形皱褶……假如我来自随便哪个马戏场……就像莫洛亚、莫里亚克、多列士[①]、塔特和克洛代尔所做

① 莫里斯·多列士（1900—1964），法国和国际共产主义运动著名活动家，原法共总书记，二战期间参加法国抵抗运动，战后任法国国务部长和副总理。

的那样……还有他们的追随者！……皮埃尔神甫……施韦泽……巴纳姆[①]！……我的一切问题全都可以迎刃而解！……我就不会有任何事情为世人所不齿！……也不会出现年龄问题！诺贝尔奖和一级荣誉勋位勋章稳拿！老态龙钟，蓬头利齿，小便失禁，这些都不是问题，你一定有很多“名誉头衔”，是“党的象征”……是扬诺维奇的传人！好吧！……一旦你成了公认的小丑，你就可以随心所欲地做你想做的事了！你毫无疑问就是从马戏场里跑出来的！……不是吗？那太可惜了！没有马戏团帐篷？砧板！斧头！……当我想起我从前的那个“马戏团帐篷”……想起阿特曼[②]如今把我视为苍蝇屎，无耻下流、唯利是图的怪物，法兰西、蒙马特、殖民地和苏维埃的耻辱，可他那时却因为阅读《漫游》过于激动、过于亢奋，把自己弄得大病一场！……他的阅读并不是“秘密地”进行的哟！不是！压根儿就不是！他把读书报告发到了巴尔布斯主编的《世界周刊》上！……彼时，特里奥莱特[③]夫人正在和她那位患胃炎的拉朗贡[④]一起把这部杰作翻译成俄语……让我也得以有机会去那个俄罗斯看了看！自己掏钱！不像纪德和马尔罗以及许许多多其他人，不像那些代表，我没拿政府一分钱！……你们可以看一下我是不是很有地位！我已经跟你们解释得非常清楚了！……比奸细塔特要好那么一丁点！扯蛋地下党员！瞎眼阴虱[⑤]！

---

① 巴纳姆（1810—1891），美国马戏大王，世界三大马戏团玲玲马戏团的创始人之一。

② 乔治·阿特曼（1901—1960），法国记者、政治家、抵抗运动战士，先后供职于《人道报》和亨利·巴尔布斯主编的《世界周刊》，1932年他在《世界周刊》发表《茫茫黑夜漫游》的第一篇阅读报告，该书错失当年的龚古尔奖后，阿特曼又在该刊发表了对塞利纳的访谈和该书的节选，为塞利纳辩护。两人的友谊一直维持到1937年。1945年12月19日，阿特曼在自己主编的《自由射手报》上刊登塞利纳在丹麦被拘捕的消息，称塞利纳为“法国纳粹作家”，两人关系彻底破裂。

③ 影射艾尔莎·特里奥莱，出生于莫斯科，作家，路易·阿拉贡的妻子。

④ 影射法国作家路易·阿拉贡。

⑤ 萨特三岁时右眼即失明。

看他一眼都能把你恶心死！我取代了巴比塞①！那些宫殿，克里米亚，终身保障！苏联会向我张开双臂的！我有些后悔！……但是覆水难收！……人类历史不会两次都把盘子递给你的！……他们迫不得已选择他们力所能及的，选择他们找到的东西！……左拉那些超级黯然失色的东西！……布尔热②的那些垃圾！……卖不出去的废品！全都卖不出去！……阿西尔的地下室里堆得满满当当！……明天，拉扎莱夫！……夫人！……叮叮③！……明天！他们的用人！……哪怕一个贴广告的……都可以有自己的想法！

卡伦会用什么方式来款待他们呢？……这才是问题的关键……乒！乓！我敢打包票。

可是，我还是回过头来说一下我自己的事吧！……时不时地，还是有个别顽固的家伙跑到库房的最里面，在堆积如山的库存下面找我的书……噢，我也许应该习惯这么一个既成事实：我是一个没人再读的三流作家了……已经被纯净的、净化过的法兰丝④弃绝！是一个比佩蒂奥更该下地狱的医生！比布格拉⑤更加罪该万死！噢！他们这么说，我完全可以表现出一副无所谓甚至挺开心的样子！……但是面条方面的问题总得解决啊！与辩证法公然对抗的面条！钱的问题！卢库姆、阿西尔和他们手下的那帮喽啰在面条的问题上已经有保障了！他们！所以他们才会摆出一副哲学家的派头……把他们的面条拿走，你们看看他们会不会像黄鼠狼一样嗷嗷叫！吃面条的事又不能延期进

① 亨利·巴比塞（1873—1935），法国作家，代表作《火线》曾获1917年龚古尔奖，后写过《斯大林传》，1935年在苏联病逝。

② 保罗·布尔热（1852—1935），法国作家、评论家，法兰西学院院士，曾五次提名诺贝尔奖。

③ 比利时漫画《丁丁历险记》中的人物。

④ 指法兰西。

⑤ 皮埃尔·布格拉（1890—1961），法国医生，1925年被指控谋杀一名收债员，尽管他声称自己无辜，最后还是被法庭判处终身苦役。被流放到圭亚那后不久他就逃到了委内瑞拉，在那里继续行医，为穷人看病一直到去世。塞利纳在作品中多次提到他，觉得自己和他一样同属“天涯沦落人”。

行！“你弓上的另一根弦怎么样？”我明白你们想说什么……“行医是吗？”病人都从我这里逃走了！就这么回事！我承认！……过气了吗？……当然啦！……我想……我对新药不了解吗？噢！这是弥天大谎啊！所有的新药我都有！所有的广告单我都是一字不落地从头读到尾……我的那些同行比我懂的东西更多吗？没有一样！他们读的东西比我多吗？没有一样。我有做医生的天分吗？从头到脚都是呀！……那么多电波和流体从我身上穿行而过！……其中的四分之一便是我收到的那些“新药”……十分之一！我收到的那些新药有十分之一足以毒死比扬古、伊西以及其他地方的全部居民！……还有沃吉拉尔的居民！朗德鲁[①]让我觉得好笑，他呕心沥血过了头！……在“做好事”方面，总少不了我的！最令人震撼的科学发现！……我不会像我那些同行那样把青霉素放在那里干掉、发霉，放他个五十年！比苏伊士运河那档子事不知要愚蠢多少倍！噢！我的警惕性很高！我可以在五秒钟之内让随便哪个九十岁以上的老人年轻至少二十……三十岁！……我有血清，就放在我的桌子上！……哪个江湖医生能跟我比呀？……认真，有保障，有行医证，社保机构还能帮报销！每餐之前来一安瓿！……把你变成一个超级罗密欧！安瓿“相对论”！……我把它送给你！完全可以说，你是在痛饮“时光”啊！……皱纹！……忧愁……胃酸！突然感觉到的阵热……我能做什么？……法兰西剧院，年轻的女士！阿尔诺夫[②]在跳绳！……劲头十足！玛德莱娜·雷诺[③]，米奴[④]，阿西尔要去卢森堡公园观演！去布袋木偶戏剧场！法兰西学院！……莫里亚克，最后，最后，变成了唱诗班男童！……不再烦我

---

① 亨利·德西雷·朗德鲁（1869—1922），法国臭名昭著的连环杀手，绰号“蓝胡子”，先后有十一名受害者被他杀害。1919年被拘押，1922年被绞死。

② 莫里哀戏剧《太太学堂》的主人公。

③ 玛德莱娜·雷诺（1900—1994），法国演员。

④ 米奴·德鲁埃（1947— ），法国女诗人，8岁时出版了两部诗集，风靡一时。

们！……他郁积在心头的东西全面爆发……每餐之前来一安瓿！社保机构做担保！……

假如我是个江湖医生，那也许还有办法可行……而且不是最笨的办法！……我会把我在贝尔尤半坡上的诊所变成一个丑八怪“康复”中心！……一种“新型”的卢尔德①，塞纳河畔的里修②！……你们明白我的意思了吗？……可是问题的关键在于，我只是一个名不见经传的小医生……我可以是一个全凭经验的医生……我也许可以靠它……我不能啊！……或者“推拿按摩师”？……不行！这个也不行！

我有时间酝酿……权衡利弊……想一想哪个对我造成的损失最大……也许我那套西服？……我的鞋子？……那我总穿便鞋行吗？……我的头发？我觉得，损失最大的是没有用人……啊，最糟糕的是：“他是写书的”……他们不会去读那些书，但他们知道……

我要亲自去寻找我的病人（所剩无几的那几个），我亲自把他们领进大门，我领着他们以防止他们在黏土上、在烂泥地上或者带刺的蓟上滑倒（他们会控告我的）……我要亲自去采购……这些都会让你斯文扫地！……我还要亲自跑出去倒垃圾！亲自上阵！把垃圾桶一直拿到大马路边！……你们想想看！谁还会拿我当回事？“大夫？大夫？是我们家的小女儿！……请问一下，您知道鳕鱼心纤维精华素吗？……他们说那种精华素具有革命性！您知道吗？还有，您觉得冬眠疗法怎么样？您怎么看，让我妈妈的眼睛用这种方法治疗可以吗？”

啊！我可以这么回答，也可以那样回答，谁在乎呢？……他们根本就不相信我！对我彻底的不信任了！……

---

① 法国南部上比利牛斯省一市镇，天主教最大的朝圣地。据传那里的泉水能治愈疾病。

② 另译利雪，位于法国下诺曼底大区卡尔瓦多斯省图克河河畔，法国知名的旅游胜地，圣女德兰（或译泰雷兹 1873—1897）的故乡，也是卢尔德之后法国最重要的朝圣地。

你们会对我说，所有这一切并不是最糟糕的……数以百万计的人在战火中丧生，他们并不比你更罪大恶极！……那当然！……请相信我，在穿越那座城市的漫步途中，我是思考过这个问题的……有人“强力护送”的漫步……不止一次！加起来有二三十次！从东往西穿越整个哥本哈根……坐的是那辆安装了密实铁栅栏的大巴，车厢里坐满了端着冲锋枪的警察……他们一点都不爱说话……车上坐着各种各样的“游客”，有的违反了“习惯法”，有的是“政治犯”，全都老老实实的，全都戴上了手铐……从监狱去往检察院……然后又从检察院原路返回，路程着实不近！……噢！我已经非常熟悉这座城市了，但是由于坐的是囚车，你看人群的眼神就不一样……而布洛丹缺的正是这个，诺尔贝尔也一样……可是他们那熊样根本就是违反了“习惯法”！……没人比他们更像“同性恋罪犯”……跟龙勃罗梭[1]说的一模一样！……戴着手铐观光对他们会大有裨益！他们终于可以看到所有那些参加鸡尾酒会的人的面孔！……还有他们的真实本性！而不只是囚车上的那些人……人群……马路……他们的真实面孔……他们可怕的变态心理！他们那鹦鹉和豺狼一样的眼神……Politiigaard，他

① 切萨雷·龙勃罗梭（1835—1909），意大利人类学家、犯罪学家和法学家，犯罪人类学的创始人。他提出“天生犯罪人”理论，认为罪犯都有一定的生理特征和心理特征。

们的刑事法庭！别犹豫！politii的意思是警察！……gaard意思是法庭！……全都是从法语过来的！……他们想知道的是……我是否真的出卖了马奇诺防线……还有昂吉安的防御工事呢？……土伦的锚地呢？丹麦人把我关在囚笼里可不只是一个礼拜，而是六年！他们绝对想知道为什么？到底是为什么？法国人，所有的法国人，都想看到我被五马分尸，到底是为什么？是不是因为这个？……是不是因为那个？……丹麦人没有任何异议！当然没有！……但是他们很想搞明白……他们不像法国人那样盲目地拷问！……他们没有！……他们进行推理……他们在推理、思考期间，你就只能老实待着，他们的进度慢得出奇……他们不会轻易拷问……但要留神！他们的制度也有不利的一面！他们调查的时候特别沉得住气，特别认真，他们让你久久地待在他们的牢房里，一心一意只想把你拖垮……要去里面待一待才会知道是什么滋味！……我把地址重申一遍：哥本哈根，西部监狱，K区……死囚区……游客们，去那里打一转怎么样？……英国大饭店不能代表丹麦的全部！……“小美人鱼”也不能。

在他们考量到底是把你引渡回国还是不引渡的时候，你本人同样会如坐针毡！你的那些问题！……你压根儿就不碍他们的屁事！……伪君子，他们全都是答尔丢夫！比我们法国的答尔丢夫要虚伪十倍！……信新教的答尔丢夫，脱帽致敬！要是在他们“考量”期间你一命呜呼了呢？他们巴不得呢！……他们是清教徒！……他们还要考量二十年……直到你形销骨立……只剩下一张腐烂的皮……几块结痂……苔藓……糙皮……而且眼睛也瞎掉了！……你们会跟我说，世界上所有的监狱都是这个样子！……我不想与你们争辩！……雷诺的情况不是个案……他们终究会过来把你结果掉……毫无疑问！在充分地权衡利弊之后……嘎啦！嘎啦！深更半夜……那扇沉重的大门！……四个穿着工作罩衣的大力士！把那家伙抬走！哐！你会听见杀猪般的惨叫！那边的死囚牢房！ 11号！ 12号！我知道自己在说什么……北方的笞尔丢夫不会跟你闹着玩的！莫里哀的笞尔丢夫不过是小儿科！……我听见他一直在喊“Hjelp！ Hjelp！”第二天，他死了！你再也见不着他了！……

这件事发生在弗雷斯内[1]吗？……当然啦！……这种事到处都在发生！……雷诺吗？明天就轮到科克托！……明天是阿尔米德……马乌神甫也不能幸免！……克里斯特医生也一样！……甚至还有穿着比基尼的莫里亚克！……“快报！”他说道[2]……他们随即就把他抓住了！他们会在半夜三更时分抓走牢房里的任何人！

“Hjelp”是“救命”的意思！……你们已经明白了吧！你们抵达哥本哈根……“出租车！”…… 去英国大饭店吗？……不去！去西部监狱！……你们不要松口！要咬住不放！就说你们想参观！……想去那里！不去看小美人鱼！你们想听见“哐！救命啊！”……就这些！……

① 巴黎近郊的一座监狱。

② 弗朗索瓦·莫里亚克1955—1961年间担任法国《快报》的撰稿人。

当我想到那些人，那些谈论政治被我听见的人，我已经看见他们坐到了那辆大巴囚车上……那可是正儿八经的大巴囚车啊！安装了铁栅栏，气氛肃穆，里面塞满了跟你一样的罪犯！……不是查理·卓别林式的犯人，而是结结实实地穿着囚衣、戴着铐子的囚徒！……还有十二支冲锋枪把守！你们可以判断一下，产生的效果会是多么的震撼！街上的行人纷纷避让，迂回前进，拼命地抓住商店铺面……担心这样的事会发生在他们自己身上！……他们惊恐万状！害怕啊！被吓得魂不附体！……想起往事！他们不是在这里非法堕胎……就是在那里小偷小摸……没干过这种事的人寥寥无几……一点也不觉得丢人现眼！贫穷才丢人现眼……贫穷是唯一丢人现眼的！……譬如我吧，没有小汽车，步行出诊的医生！我看上去像什么呢？……一个医生，即使是最没本事的庸医，都是有用处的，他的用处在于你们电话才拨出去，他随即就赶到了！……救护车总是很紧缺……出租车呢，永远也叫不到……再怎么蠢的医生至少有辆小汽车吧！……尽管我声名狼藉，是苦役犯监狱里的惯犯，但是，假如我有辆小汽车的话，他们也不会觉得我那么庸俗，那么老气……汽车啊汽车！多可笑啊！前面提到的那辆又不是我的！……在这里也一样，我没有车！我等着阿西尔的那一辆！要是他想把他那些骇人听闻的账目拿给我看……说我欠了他这么多那么多钱，他说了的！那我也会说他是“同性恋罪犯”，我说过了！……上文提到的那辆大巴就统统归他了！然后滚他妈的蛋！他的全班人马跟他一起滚！……诺尔贝尔跟在后面紧追不放，穿着囚衣、戴着手铐！我就是这么看事情的哟！

被带到警察局之后，你至少还得等上五六个小时……才会有人过来找你……五六个小时站在一口竖立起的棺材里面，被反锁着……实不相瞒，我这辈子像哨兵一样一连站好几个小时的岗，是站过的，值勤，站得像韭菜一样直，无论是在战争年代，还是在和平年代……可是在哥本哈根刑事法庭的那种竖立起的木匣子里站着很傻逼，我从来也没感觉过自己会那么傻逼……等着被讯问……谁问？问什么？我有足够的时间思考……开始吧！他们打开了我的匣子！他们搀着我上楼……必须得搀着！……两名警察……因为我有脚气病而且站着等了太久……讯问室在五楼……那两名警察很和气地搀着我……从没动过粗！我还要说的是，我尝试过用各种方法治疗我的眩晕症，好在走路的时候不打趔趄……不再摔跤……可一点也不管用！我还是摔倒了！……糙皮病的后遗症……你们随便翻看哪部医学专著都能发现，治疗坏血病太容易了，几块柠檬就能解决问题……祝您健康！……我的身体永远都是这种扭曲变形的样子了！……他们也会像这样把我埋到地底下，邪魔！……好吧！尽管我已经是个快要报废的人了，可是就这样把你们丢在半路上是不可饶恕的！我刚才说到上楼梯……现在我们已经到了五楼……说到他们的刑事法庭我还有个有意思的小小的发现……也太他妈的那个了……一条又一条过分装饰的走廊，拐弯抹角……像发夹和开塞钻……假设你想逃走，不管从哪里，不管是什么时候，最后你总会跑进一个院子，很多“彪形大汉”正在那里候着你呢……那是特警……你会被修理一顿，然后送到医院里去！所以千万不要动那种逃跑的念头！我是不行了！……已经风烛残年了！……翻遍所有的“药典”也丝毫改变不了我的现状！大势已去！……北欧的监狱建来就是为了让你变成这个样子！……眼下那些在布达佩斯和华沙铤而走险的家伙，他们当中肯定有人要进局子的……必然的！二十年后你再去问他们对所有这一切做何感想……正如我前面所说，游客的话，什么也看不见，他跟着导游走……英国大饭店，新港，纹身宝贝，大圆塔……美人鱼……看到这些他就心满意足了，他回到家里就有谈资了，他都看到了……两三匹挂着嘉士伯啤酒厂标牌的马，那马还戴着夏天的小帽子呢……旅游能看到的就是这些啦！

我还是回过头来说我所抵达的那层楼吧……两个警察一人拎着我的一边胳膊……我们到了！他们让我坐下来，三个审判员要向我提问……他们轮着来……噢！没有任何粗暴言行！……但总是一成不变的枯燥乏味！……“你承认把马奇诺防线地图交给了德国吗？……”我的回答也总是一成不变！“不！”然后我签名，跟他们一样一丝不苟！所有这一切都用英语进行……你们从这一点就能感觉到我们法语的衰落……假如放在路易十四时代，或者哪怕只是在法利埃①时代，你们看他们还敢不敢这么做！……“Do you admit？ ... do you admit？ ...”扯鸡巴蛋！“no！ no！”签名！……不做解释！我一说完“no！ no！”并签好名字，他们就重新给我戴上手铐，重新把我扶下楼，然后再扶上那辆大巴囚车……然后再次开拔……穿越整个城市！从东到西！

像这样折腾了好几个月，然后有一天我浑身都动弹不了……于是那三个审判员亲自登门……到我的那个洞穴里……继续问我同样的问题……说它是洞穴，你们可以去参观一下，三米长三米宽，六米深……像一口井……想要一脸菜色，想得脚气病，想生苔藓，没有比

① 阿尔芒·法利埃（1841—1931），法国政治家，1906—1913年任法国总统。

那更合适的地方了！我在西瓦瑟廊巷生活了十八年，体会过什么是暗无天日……但丹麦自由党简直是坏到了极点！他们是不是想让我死在那里呢？当然想啦！……不会遭人非议……没有粗暴言行……“他没挺住！”你们看，我给你们找个例子：雷诺……他们所使用的手段！……干净利落！在井底待上两年，就要了他的命！他们则可以高枕无忧！……我呢，五六个月就可以了！……五六个月就没命了！……我应该会没命！……全身已经有百分之七十五的部位损坏！……没救啦！……但我挺了过来！他们真倒霉！

如今，十年之后，在默东，在贝尔尤，再也没有人问我任何问题……他们总把我端出来取笑……但点到为止……我也懒得去搭理他们了！……我有别的烦心事！……煤气……用电……煤炭！……还有红萝卜！……那些强盗已经把我家洗劫一空，把我的家当全都贱卖到跳蚤市场去了，他们无须忍饥挨饿！……他们啥也不用担心！……杀了人也不用偿命！……“奥运会冠军”勇气可嘉！臂章，饰带……十……十二张请柬！要是他们用小折刀割下我的脑袋，他们就会登上凯旋门！光荣啊！不再“籍籍无名”！……要让他们出现在霓虹灯下！

不过，我老是怨天尤人也许是不对的……证据就是，我依然活着……而且我每天都会失去敌人……癌症，中风，暴饮暴食……看着它们从你这里溜走是一件快乐的事！……我这个人并不难满足……一个名誉！……另外又来一个！……生活中快乐无处不在……

噢！是的，我先前跟你们提到过托米娜……我的猫名叫托米娜！……我忘记跟你们说了！不能什么事都拿年老糊涂来做挡箭牌！……我还跟你们说到了我的病人！……屈指可数的最后几个病人……因为我心地善良，我有耐心，也因为他们都已经非常老了，而我又拒收诊费！噢，绝对是真的！……屈指可数的最后几个病人还会过来找我看病……

我选择这样的生活方式要追溯到“第二帝国”时期……我想从事“自由职业”！……当我支付完我的“估税”，我的营业税，医疗协会的会费，一点暖气费，还有我的死亡保险费后，我就没有钱了！……绝不骗你！……身无分文了！我做自由执业医生，听上去还不赖！……你们会对我说：“去找你的阿西尔要呀！他只要把你的书多卖一点就有钱了！……”但那个该死的，他在这件事上特别谨小慎微！……背信弃义的阿西尔！……什么人啊！……他什么事都做得出来，两面三刀，签世界末日条约，不让别人买我的书！……他把我关在他的地下室里，把我彻底埋葬……我一千年后会被再版……可是，眼下，在贝尔尤，眼下我已经没有活路了……“啊，是的，塞利纳！……他就在我的地下室！……他一千年之后再重见天日！……”一千年后，再也没有一个人说法语了！嗨，傻逼阿西尔！告诉你，那就像花边生意一样！……我目睹过花边生意的衰亡……我亲眼目睹！……证据就是，我母亲葬在拉雪兹公墓，墓碑都没敢刻上她的名字……我会跟你们讲到她的……玛格丽特·塞利纳……因为我，丢人啊！……从她的墓前经过的人估计都会往她的墓上啐一口……

我没想过要成为圣文森特·德·保罗[1]或者曼特[2]那样的人物，但经常有人指责我对动物出手过于大方……这是事实！……是的！是的！……面包干，猪肉，大麻籽，鹅肠菜，肉末，钱都花在它们身上了！……狗，猫，山雀，麻雀，红喉雀，刺猬，让我们的生活难以为继！还有从雷诺汽车厂厂棚上飞来的海鸥！……冬天……从下面的那个工厂……那个小岛飞过来……必须承认，我们都成了笑柄！……尤其是那些动物不光是自己跑来，还呼朋唤友……刺猬，红喉雀，山雀……尤其是寒冬腊月……从默东上边跑来……要是没有我们，它们的冬天会很难熬过去……我刚才说默东上边……实际上比默东更远，从伊夫林省远道而来！……我们所在的位置就在伊夫林森林的尽头……在最边上……我们后面便是布洛涅森林，比扬古……

好吧！我们的动物花费不菲……我承认……到了需要小心提防的时候了！我们每周提防十次！然后又飞来了十只别的鸟！

我救济的动物中，最瘦骨嶙峋的那个跟我比起来就像个被宠坏的孩子……我比它辛苦……比它辛苦多了！……但这个被我救济的家

---

① 文森特·德·保罗（1581—1660），法国神甫，一辈子致力于救助穷人，1737年被封圣。
② 阿瑟尔·曼特（1857—1949），瑞士医生、作家，其作品颂扬对动物的爱。

伙却视而不见！脑力劳动是看不见的……我最后会彻底破产……我感到颜面扫地！……我给你们举个例子吧……上个礼拜天，我早年的一位老病号，克利希的一位女士，一位非常优雅、受过教育、秀外慧中的女士跑来找我……她知道的事情很多……她从巴黎市区绕了一大圈，倒地铁，倒公交车……可谓长途跋涉……我向她表示祝贺……祝贺她一点也没有气喘吁吁！……她远道而来是想听听我的建议……我给她和她的全家人都看过病……轮到我时，我问她某某人、某某人现在的境况……都是我非常熟悉的人……还有普榭门、洛林广场和法尼街，那些地方都有什么事情发生……他们是怎么处理罗盖的房子……她知道……她全都知道……他们当中的一些人还记得我……他们都老了……他们向我表达他们的美好情谊和良好祝愿……他们都知道我的全部遭遇……他们觉得把我关进牢里非常不公平！……尽管如此，要是我还待在克利希的话，他们肯定会把我碎尸万段！……还是说说别的事情吧！……那些医院……那个庞大的毕夏医院……然后还有区政府……还有那些公务员……共产党和反对党……还有那个自杀的奈尔……他也像我一样是巴黎人……要在巴黎郊区找到一个不是从下阿尔卑斯省或者埃诺省出来的公务员，那可比登天还难……你要不是从德龙省、菲尼斯泰尔、佩里戈尔出来的，待在巴黎郊区的话你会觉得浑身不舒服……比方说到区政府办事……“您是在哪里出生的？”库尔布瓦，塞纳河畔……那个女办事员就会皱起个眉头……你做了一桩蠢事……

尽管如此，说到奈尔，我们还是来聊一聊前任区长奥弗雷吧……然后还有伊肖克……那个同样死于自杀的冒牌医生伊肖克……真令人惊异……你永远也弄不清楚在一个区政府的走廊里正在酝酿什么阴谋……打算设计什么骗局！加装了垫料的三重门，所谓的“值班室”从来都没有人在里面！……再也找不到可以把短剑磨利的圣器收藏室了！购买“氢氰酸”的地方也没有了！没有了！秘密祭礼搬到别的地方去了！……你可以在福利院的办公室找到，不计其数……我知道克利希最让人迷惑不解的故事，卫生所职员卢迪埃尔的故事……我们还会说到的……这位卢迪埃尔先生之死……死于癌症！没错！可是不要搞错哦！有政治阴谋！……我知道内情，我见过他！……是被棍子打死的，惨不忍睹啊！……躺在地上！溃烂的地方流了半年的血！……可怜的人，我没能把他救活！……他死后不像许许多多其他人那样，没有一条街采用他的名字命名……假如反过来是他用棍子把其他人打死的话，那他就会拥有一条“卢迪埃尔街”了……天大的笑话啊！像这样说着说着，从一件事说到另一件事……让我想起了“绿屋”谋杀案……尸体不翼而飞！很平常的一桩案子，酒吧里发生命案，吧台那里……奇怪的是，遇害者的尸体怎么也找不着了！但大家目睹了事情的经过！那家伙瘫倒在地，背上插了两把刀！……那哥们被杀死了！酒吧里的人通知警察过来看一下……叫他们找一副担架来……就这么一会儿工夫，尸体不翼而飞！……当然里面一定是有人捣鬼……警察把所有的人都抓了起来……钣金工，目击者，女佣，所有的人！一个小时之后警察回到酒吧！搞什么鬼啊！尸体就在那里，又回来了！……正是原先的那个！背上插了三把刀！……太过分了！……他们回到总部，向巴黎方面通报！……可是当他们再次返回酒吧时，那尸体又逃走了！千真万确！躲猫猫！……最后他们放弃了！……我们从一件往事聊到另一件往事……“绿屋”……普榭门，好吧！……我来说一说圣文森－德－保罗……

“圣文森－德－保罗？”

那座赫赫有名的养老院……我也给里面的人看过病……一些卧床不起的病人和一些修女……

“现在住圣文森－德－保罗要交多少钱呀？”

养老院的膳宿费用，那是困扰所有上了年纪的人的烦心事……我母亲，我父亲，他们那时一直在收集波纳维亚基金会、嘉利嘉利基金会和乌克河畔欧克的“小家”的宣传单……我嘛，我有必要说明的是，以我的经济状况，我只能住圣文森－德－保罗……

“您知道他们那里要交多少钱吗？”

“噢！以前并不贵！……以前！可是现在……现在，大夫，每天要一千二百法郎！”

“每天吗？”

“是的！……是的！……每天！”

“您没搞错吧？……您没搞错吧，太太？”

这么做真的是，太过分了！……一千二百法郎住圣文森－德－保罗！……跟皮埃尔神甫那里一样！一样在抢钱！……这事，我心想，要我说……真的是太让人惊异了！……每天一千二百法郎呀！……我心想，我和莉莉，我想到了我们自己的财产！我们攒到猴年马月才能攒够一千二百法郎啊！……这日子该怎么过啊！……不想饿死的话得需要多大的智慧啊！……对布洛丹来说，一千二百法郎当然只是小意思啦！……他呀，他的地下室里有两千个作者，两千个任劳任怨的苦力！千真万确！……他那套米色丛书中的“泰坦”系列，曲柄一转就能印出来……胶版印刷！盗印！……什么都干得出来！给他带来千万年金！阿西尔的钱跟法兰西银行里的钱一样多！地下室陈放了那么多作者！曲柄摇一摇！……嗬！嗬！……他，他的轮转印刷机！他手下的所有喽啰和家人……他们赚得盆满钵满，数都懒得数就把钞票装进保险箱……放进三十六家银行！全都存放在地下室里！不管是他的作者还是保险箱！……只要去看看那些金字塔，从雄伟的外表看不出什么名堂！最重要的，是在金字塔下面！在地下室的深处！木乃伊和黄金就藏匿在那里！还有他的两千名作家奴隶！还有那个爱哭鼻子的卢库姆！……他的卢库姆！还有！……还有！……他的私人牲畜阉割师！贪食的恶魔！长着蛞蝓的嘴巴，一见到屎就会狼吞虎咽，吃得一干二净！客厅里有屎？太好了！嗬！他一头冲了进去！开餐！……口水哗哗哗地往下流！……口水被他嘣进去又流出来，嘣进去又流出来！他把什么都吞进肚子里！……他就是这副德行！

是的！可是此时此刻，我的那位病号，我的老朋友就好比给了我一记闷棍！打得我目瞪口呆……住圣文森－德－保罗每天要缴纳一千二百法郎！依我看……我和莉莉，我们的前景堪忧啊……

噢！你们可能会说……哎哟，不就是煤气吗？！你抱怨煤气费太贵是不是？……但是你可以利用煤气呀！……勇敢一点！读着你最喜爱的报纸……那些撑不下去的人都会给自己拧开煤气的！……这种方法不是很好哟！我做了三十五年医生，我多多少少还是了解一些情况……他们并不是每一次都能成功，明摆着！明摆着的嘛！总能被医生救过来！……更要命的是：求死不得反倒要遭受巨大的折磨！……往往会被折腾得死去活来！……一千个煤气中毒的人，一千个都能抢救过来！因为那个煤气味！……邻居们一闻到煤气味就会蜂拥而至！……他们在你的破房子里大呼小叫！倘若他们抢走的东西很多……嗬！他们就会放火！……他们把窗帘点燃！……你会更加难受……燃烧缺氧让你感到窒息！……让你生不如死！……不！用煤气了断不是个好办法！……相信我，我查询过上百次，最可靠的方法，是把猎枪塞进嘴巴！塞进去，塞进最深的地方！……然后砰的一声！……就能把你的脑袋炸开花！……唯一的弊端是：血浆四溅！……家具，屋顶都会被溅到！脑浆和血凝块……我可以告诉你，我有非常丰富的自行了断的办法……成功的和失败的……监狱可以助你一臂之力！可以把你的生命一笔勾销！……当然，监狱是消灭时间的堡垒！……是慢性自杀……但是，正常情况下，并不是每个人都会坐牢……比方说在伯宗、萨尔特鲁维尔[①]、克利希……啊，还有锡格马林根！……那里的情况比较紧急！……他们所有的人屁眼上都粑着刑法第七十五条！……很紧急，我再说一遍！他们全都有正当的理由！城堡里的富豪跟阁楼里的饥民一样多！……对神经的一次大考！……全世界民怨沸腾！……骂他们是恶魔甚至比恶魔还要坏！……一种折磨也许还不够……成千上万！再追加！再追加！……几个世纪！……即使是我在菲德里斯医院诊治的那些病人，那些奄奄一息、流着脓水、浑身疥疮、呕出胰腺和肠子的临终病人都叫我想办法让他们像做梦一样死去……再见！……我告诉你们，城堡里的那些政客还要惶惶不安！……有什么办法吗？我知不知道方法？……手枪？氰化物？……上吊？……赖伐尔[②]当然有他的妙招！……赖伐尔过于要面子！他一直在犹豫要不要向我咨询……看看他是怎么了断自己的性命！……用受潮的氰化物！……他比所有的人都聪明！戴高乐会如何了结呢？多列士呢？……莫雷[③]呢？……他们不知道！……他们在闲扯！……我呢，我会去花园里死……那里很宽敞……去地下室是不是更好一些呢？……地下室也是个好地方……我们家的猫都是去那里生小猫……很有规律……莉莉帮它接生，给它按摩……我呢，谁也不会帮我……莉莉不会有任何麻烦……一切都会有条不紊地进行……检察官会过来勘查现场……自杀的原因？……抑郁症……我会留一封遗书给检察官，给莉莉留下一小笔钱……我开小差的时

① 法国大巴黎地区伊夫林省的一个市镇，位于巴黎西北郊。

② 皮埃尔·赖伐尔（音译拉瓦尔，1883—1945），法国政治家，社会党人。1931—1932年和1935—1936年两度担任法国总理。第二次世界大战期间，支持菲利普·贝当上台。法国沦亡后，在希特勒支持下，1942年4月出任总理，此后一直左右贝当政府。法国解放前夕被德国人带往锡格马林根，1945年5月逃往西班牙，8月被引渡给法国政府，1945年10月9日被巴黎特别最高法庭以叛国罪判处死刑，10月15日被处决前确实服用过氰化物，临刑前高喊“法兰西万岁”。

③ 居伊·莫雷（1905—1975），法国国务活动家，1956—1957年任法兰西第四共和国内阁总理。

候……莉莉拿到手的钱不会太多……但还是可以顶个那么两三年……经历过那么多风风雨雨，那么多野蛮的匪帮、那么多不同阵营的匪徒的洗劫，还有那么多“拘票”和铐子！如果我们还余下一点微薄的积蓄……那也只能说是奇迹！整个世界都已经乱套！……我希望看见阿西尔在混乱之中的样子！他本人，他手下的那帮喽啰，他那个裤子掉了的庞大的“智囊团”！

让莉莉孤身一人对付所有的人能行吗？……我并不看好！……莉莉太慷慨，没人像她……她乐善好施，像仙女一样！……她会把什么都拱手送给别人！……可惜呀！我已经尽力了……啊！“拉瓦雷德的五个苏”①！……嘴巴上说说倒是容易啰！太太，多么了不起的事情！从一个国家颠沛流离到另一个国家，历经成百上千次险恶的遭遇……所以他才会说，恐怖！哎呀呀……我们呢？……倒霉啊！……我们遭遇过四支凶猛的大军！雷霆万钧！……从天而降，从铁路上冲出！以迅雷不及掩耳之势横扫一切！烧毁一切！男人，装甲车，婴儿，婆婆！……“空中堡垒”②！层层叠叠的空中联队！啊，我们的行李！我们那一点微薄的积蓄，还有我们自己……我们遭遇的尽是些什么呀！一场又一场滂沱大雨！……我可以明确地告诉你们，跟夏特莱大剧院里表演出来的情景绝对有着天壤之别！……是真正的火光冲天，是真正的炸弹爆炸，我发誓！哥廷根，卡瑟尔，奥斯纳布吕克！死火山重新复活，重新加磷，重新浇铸蛋黄酱！……砰！轰！……市郊在大教堂下面碎成了瓦砾！……火车头飞到了钟楼上！……栖息在上面！群魔乱舞！你们真该亲眼看一看！……

我诚惶诚恐地回过头来说我自己的事……哥根廷，卡瑟尔，奥斯

① 《拉瓦雷德的五个苏》是法国作家保罗·迪瓦 1894 年创作的一部儿童小说。讲的是 35 岁的记者为了拿到远方亲戚的巨额遗产怀揣着五个苏环游世界的故事。

② 美国波音 B-29 轰炸机的别称。

纳布吕克……谁在乎哟！……就像不在乎特拉布松[①]或者南特！……这样的城市连烧两百多年也无妨！……还有巴约！还有巴库也一样！……是的！……那么那不勒斯呢？那还用说！……像烧汤锅一样烧！把城里的那些傻瓜一起放进锅里加入蔬菜熬制浓汤！肉！肠子！蔬菜！……讲话，颤音，还有塑像！不一而足！……击鼓宣布结束！麻烦事，没有尽头！我们永远也走不出来！……即使我们什么也不买！……税费拿什么去交？……愁眉苦脸的坏蛋！……做生意需要乐观精神！……失败主义令人恐惧！麻烦事？……麻烦事？……我们的麻烦事多如牛毛，以至于我们不会去关心汉诺威、卡瑟尔和哥廷根，以及那里的百姓过的是什么日子！……何不关心关心比扬古的居民？……蒙马特的居民呢？杜艾斯姆街上的普瓦利埃一家人呢？……算啦！谦虚一点！谨慎一点！……劳驾！……莉莉就够我操心了！……莉莉呀，我先前已经跟你们说过，她那个人压根儿就没有节俭意识……我死了，她拿着我留下的那点钱能撑上两年吗？……只能撑两年……噢，多一天都不行！她的舞蹈课没有一分钱的收益！那些舞蹈演员总是在“巡回演出”！……或者在度假，或者怀孕了……她撑不了两年……我已经全力以赴，殚精竭虑……怪不得我！……我已经老了，累了，残了：我要走了！……一切都会无懈可击地过去！……没有什么需要再说的了！……用猎枪吗？……猎枪可以随便买到！……我担忧的是，一九一四年的后遗症……我不想“触犯法律”！……我知道当“亡命之徒”是什么滋味，要感谢我那帮兄弟的穷凶极恶！全都是背信弃义的走狗！……相信我的话！……全都是最愚蠢、最顽固的傻瓜，我跟他们中的很多人有过来往，要不就是另一边，像阿西尔之流，可怕放荡的下流坯，腰缠万贯，口袋里装满了各

① 特拉布松，或译特拉布宗，土耳其黑海岸港口。

个党派的请柬，可以肆无忌惮徇私枉法！……伪君子！滚回你的猪窝！我没乱说！我听说过一些所谓的聪明绝顶的家伙藐视法律……噢！噢！……他们是从哪里出来的？……哪间办公室？……口袋里装的是什么样的封包？臂章呢？……指纹呢？我依然在等着看那种无懈可击的辩护人，他们逍遥法外，无法无天，为了弄到一块厚面包不惜贪赃枉法！……我等着！……比方说，在刑事法庭！把庭长视作卑鄙小人！对他们冷嘲热讽！……把检察官视作结巴佬！让他们个个瞠目结舌！哑口无言！忙不迭地在俚语词典里翻找！……正面看看！反面找找！嘴巴不住地道歉！庭长则蜷缩在法典后面！……缩成一团！面无血色！……

但实际情况并不是这样！唉！……大相径庭！……法官稳操胜券……不管在哪里！乌干达！苏维埃！……第十二分庭！第一位警察局长到场！……无政府主义者的诺言！……绝不屈服！……绝不被那个花言巧语的辩护人所迷惑！……不需要“禁止旁听”！……花言巧语的辩护人滚到外面去！……从讷伊来的那些骗子，从维莱特来的那些杈杆！……路易十五的沙龙或者左拉大街上的酒吧……都是一码事！自命不凡的家伙一言不发！一到第十分庭，他们就什么都忘了！……也许要送到绞刑架下面？……不是！……不是！……上断头台？……绑在柱子上枪决？……不如说些具有历史意义的话……看看赖伐尔临刑前怎么说的……“法兰西万岁！”

噢！是的！……我承认！……“自杀？……你自杀？……够了！……自绝于人！……不要再说了！……笨伯！……你烦死我们了！”我承认！……我是在胡说八道，我比所有的人都瞎掰……一想到自己触犯法律了就惶惶不可终日……一个浑身是屎、惶惶不可终日的老古董！……这种他妈的恐惧让我变成了惊弓之鸟！我瞻前顾后……虚张声势……我没有一点脾气！……我感到无地自容……我没有把实情全都说出来……噢！这个嘛！……绝对没有！……

当我细想我遗漏的那些东西……他们为我准备的所有那一切！……美味佳肴！……啊！亲爱的！……我太伤心了！……他们跑过去把我的摩托车砸烂了！……当时我已经逃走了！……他们坐在我的座位上……发泄他们的怨恨！……车轱辘上的辐条！……砰！……乓！……车架！车灯！油箱！乓！……他们沉醉在报仇雪恨的欢乐之中！……用靴子狠命地踹！……就好像那是我本人的颅骨！……我遗漏的东西！……就好像阿尔及利亚是被我卖掉的！还有蒙梭平原！……人们从来不会去动一下脑子弄弄明白谁做了什么！……他们所要的只是牲口在那里待着……没有别的！就待在原地不动！……待在竞技场！……要是它溜掉了呢？……啊！岂有此理！……要是他们不能将猎物团团围住并击毙呢？他们立马就会像疯子一样急得团团转！……哇里哇啦地

叫，乱成一锅粥……在吉拉东街！……勒皮克街！……啊！混蛋！十足的骗子！我的桩刑已经准备好！已经完全准备就绪！就让他的摩托车来代他受罚吧，起码！一支特遣队！四十双鞋子的后跟！不去默兹省阻挡德国鬼子的坦克！就是不去！我的那辆IHT型摩托车却成了他们眼里的恶魔机器！……四十双鞋子的后跟啊！……把箱底踹破，捣碎，让它粉身碎骨！如果我没有及时逃走的话，粉身碎骨的毫无疑问就是我啦！一拳砸到鼻子上！乒！乓！就像路易·雷诺……雷诺嘛，他是汽车厂老板，可以从他那里搞到五百亿……我呢，他们整我纯粹是为了找乐子！……当军队溃不成军，裤裆里全是屎时，什么事都会发生在你身上……七百万逃兵，酒气熏天地出现在你面前时，你只能对自己说：这下可好了！世界末日到了！……地动山摇！……遍地谎言！……颈背和摩托车都会遭受致命的一击！……对物品和双腿残缺者进行报复，对奄奄一息的人大打出手！……所以我离开蒙马特是个明智的选择！……没有大鼓也没有喇叭！……当然，会有其他的"锄奸"行动！……干净利落！……用小折刀把你切成肉末！处死你的理由无懈可击！譬如，你二十岁时与女人发生过关系！……这不关你的事？……总找得到做掉你的神圣的理由！……可是我也想当一回观众！在出发之前看一会儿热闹……"刽子手先生，请您再等一下子！"让我先看看其他人！……随便去哪里！……协和广场或者战神广场！……全都是看热闹的人群！我买了台阶上的座位……花掉了我"百分之七十五残疾"的抚恤金[1]！……我等着！……他们准备了轧机吗？……好吧！……我呀，平民百姓家的孩子，绝无仅有！更应该去做那样的差事，我已经准备好！……你是共产主义者吗？……哎呀呀！我亲爱的！……我要比布卡尔[2]、多列士和毕

① 塞利纳在一战时受伤，被诊断为"百分之七十五残疾"。

② 马塞尔·布卡尔（1895—1946），一战时的英雄，二战时与德国合作，法国法西斯党的创始人，后被判处死刑。

加索崇高一百倍！……他们才不会自己做家务呢……美国人呢？……我要强过杜勒斯[①]！……口音和其他一切都比他强！……要知道你们在跟谁说话！你们都是松木脑袋！……我要看一下那台凯旋的轧机，看它是不是被原子辐射灼伤了……太好了！……太好了！……符合人类历史的发展趋势吗？好极了！……莫里亚克毫不费力就能被轧成薄肉片……轧平，发出吉伦特派[②]那种微弱的叫声，就像往邮箱里塞明信片一样，一下子就过去了！……我会给他鼓劲的……“冲上去！冲上去！加油！加油！弗朗索瓦[③]！”可我改变了主意……我也许会感到晕眩？……我也许什么都看不见……太老了！可是，我看了看周围，还是看见了有什么东西出现：小小的冷盘！……前列腺，纤维瘤，支气管瘤……舌头……心肌炎！……胖子！……兴奋！兴奋！……法共，资产阶级，行刑队员，他们也会被胶化分子团侵袭……亚原子的最微小的颗粒，然后他们就上西天了！……他们声门上长肿瘤？……他们号叫！……不再说话！……他们在演讲台上如此气焰嚣张，现在他们跪倒在地！……埋到地里去！……捣蛋鬼！……衣服上都是坏疽！啊！是殉道者吗？……狗屎！……呸！

我很容易满足……我向你们保证……非常理智地保证……我想去敲卢库姆家的门……他没有紧身胸衣，也没有值钱的尼龙……阿西尔也一样没有，他的十亿法郎……笃！笃！……拜托……不要抵抗！……啊，把我的摩托车砸成那样一堆废铁！……我那个精致灵巧的坐骑！……我从伯宗骑过来的摩托……我诊病都是免费的……跟伪装的神甫不大一样！……

① 约翰·杜勒斯（1888—1959），美国政治家，曾于1953—1959任美国国务卿。

② 法国大革命时期立法大会和国民公会中的一个政治派别，主要代表为当时信奉自由主义的法国工商业人士。1793年10月31日有21名吉伦特派人士被山岳派送上断头台。

③ 莫里亚克的名字。

这时，我突发奇想！……他们会不会给我颁发诺贝尔奖呢？……那可以帮我解决大问题，煤气费，税金，胡萝卜！……可是北边那个国家的那帮混蛋是不会把那个奖发给我的！他们的国王也不会！他们把这个奖颁发给那些你们能想象得到的基佬！……没错，全世界屁眼涂抹凡士林最多的人！……明摆着的啦！事已至此，大局已定！……你们只需看看莫里亚克，穿着燕尾服，身子躬得像铰链，做好准备，心花怒放，乐不可支地站在那个小平台上……他一点也不觉得有什么不好意思……一直到声门！……“啊！你们的诺贝尔奖，多肥多美啊！”……我昨天跟人聊及此事……此人提出抗议！“哎呀！尼米埃[①]举荐过您呀！……没心没肺的！……您没看到那篇举荐文章吗？您现在只需再加把劲！……给我们再弄出一部《漫游》来！”人们总喜欢自作主张帮你把一切都安排妥当！……我完全可以有自己的小看法……我！我！……我并不觉得《漫游》多么有趣……阿特曼也不觉得那是一本有趣的书[②]……都德[③]也是这么看的……那么现在大家想要的，是充满诱惑、滑稽可笑的东西啰！……讲述雷诺被殴打的遭遇可以吗？是的！……不错……讲我的摩托车被大卸八块呢？……这种故事弱爆了！……他们会把我的手稿丢进那个露天大火盆里吗？……这种题材太索然无味了！……可是那些人会去疯抢的！他们会猫叫春似的号叫！……啊！啊！太贫乏、小气？那个，好吧，我再读一遍……我那部稿子的大概前一百五十页……一点也不好！……那是经过精心构思的……对法律的敬畏让我变得缩手缩脚！我已经变成一个严肃的人……我一脸严肃的样子可好看啦！

---

① 罗歇·尼米埃（1925—1962），法国著名作家，代表作《蓝色轻骑兵》。

② 乔治·阿特曼曾在《世界报》撰文称《茫茫黑夜漫游》是一本“绝望的书”。

③ 雷昂·都德在1932年12月22日的《老实人报》上撰文称《茫茫黑夜漫游》“从写作手法上看更像是一部14世纪的作品”。

“另外写一个故事！……”贝朗热出版社的社长对我“旁敲侧击”！是的！……“旁敲侧击”，就像骑兵部队所说的那样！……他极力跟我套近乎，我想……他极力跟我套近乎是想让我“转会”到他的出版社，把我的书稿、武器和学识统统交到他的出版社！你们看明白了吗？……我，还有我的那些脍炙人口的杰作！……很显然，他恨那个阿西尔！……不是一天两天的事啦！……由来已久！那仇恨都带有哈喇子味了！他最想看到的是阿西尔被查封、破产，然后被廉价处理！……全部家当都拉到跳蚤市场！然后重新打开他的案卷，曝光他那些见不得人的经营活动……这里那里被他压榨的……最想看到把他再从头到尾重新审查一遍！……压榨？……讹诈还差不多！……每个月数以百万吗？好像……但依然很敏感！……都已经是公开的秘密了！……热尔特鲁玩得很开心！他在心里盘算！要是我离开他的话，我要好好看看他的脑袋，阿西尔的猪头！……啊！先让我说同意……嗨！……我来了！……我和我的书稿！……把我的传世佳作转到贝朗热出版社！啊！不过，我这么做是不会一下子就让阿西尔死翘翘的！不会！首先还是要给他留一点时间，让他看到他的整个出版王国分崩离析！灾难！太可怕了！……太可怕了！……我的任务是打开一个缺口……让他的两千个奴隶抓住机会！逃之夭夭！拿着档案向前进！……检察院！……抱歉！……为了享受到这种巨大的快乐！热尔特鲁也是拼了！……热尔特鲁·德·莫尼！……我怀疑他那个人有点反犹……也许是德雷福斯①的案子让他们彼此反目成仇至此？……也许？……他们永远也不会告诉我……他们彼此知根知底……相识好像有一百年了……一千年的坑蒙拐骗，完全可以这么说！……阿西尔再也不把我当回事了……“您有什么好抱怨的？……见鬼！还有那么多

① 阿尔弗雷德·德雷福斯（1859—1953），法国犹太军官，19世纪末法国著名反犹案件“德雷福斯冤案”的主角。

人，他们都没抱怨！您本来要被枪毙的！……不是吗？”热尔特鲁就不一样，他知道怎么做，他同情我……他让我回想起我遭遇过的危险，我的不幸遭遇……“您的那些家具！您的手稿！您那少得可怜的一点积蓄！他们会让您家徒四壁的！……”他确实挺可怜我的……布洛丹是那种铁石心肠的冷血动物！……我居然没有被枪毙掉！居然跑过去跟他叹苦经！啊！太粗暴无礼了！……他把两条胳膊垂在身子两边……要是我能告诉他我心里是怎么想的……告诉他我最想看到的，是他们相互厮打起来，活剥对方，拼个你死我活！……戳破对方的颈动脉！……我要是克制不住把什么都说出来……我之所以对他那么客气……全都是为了我那些狗，那些鸟儿！……也为我们自己！……人们老喜欢侈侈不休……为了面条！……先解决面条！还有煤块和煤气！……我应该心里怎么想他就怎么对他的：我永远也不想再见到他！

“塞利纳，把您的诙谐找回来！……像您说话一样写东西！要脍炙人口的杰作！……”

“热尔特鲁，您对我那么好，可是您看看我！您看我一眼吧！”

我让他平静了下来。

“您看看我的状态！……唉，我连笔都拿不起来了！……”

“哪至于呢，塞利纳！……恰恰相反，您精力充沛得很呢！……年富力强啊！……您看看人家塞万提斯！……我不说您也知道！”

“是的……您不说我也知道！……跟阿西尔年龄一样大！……八十一岁！……堂吉诃德！……”

为了把他们的伏枥老骥激发起来，所有的出版社编辑都采用的惯用伎俩……他们告诉你塞万提斯还是个年轻小伙子！……在八十一岁上！

“他的身体比你老残得多！……塞利纳！”

他还在滔滔不绝地说呀说的……一大堆特别振奋人心的话！……逼着我马上接受合同的条件！

阿西尔和热尔特鲁为什么会龃架呢？……起因是什么？……没有人知道……要追溯到很久以前……为了一匹马？……为了争一个女演员吗？没有人记得……现在他们为了出版的事剑拔弩张……以前呢，以前有证人……可以决斗！……现在都是为了出版社的生意！……他们俩是不是在比拼谁的地下室里存放的作家最多呢？……只有这两个老疯子才会有这种怪癖！……我还没跟你们说他们俩的脑袋呢……都是风烛残年的人了，但脸上没有过多的皱纹，他们撞上了好时代呀！……他们的恩怨是在“摩天轮”[①]之前还是之后开始的？……热尔特鲁·德·莫尼一直戴着单片眼镜……天蓝色的单片眼镜！……他会不会是同性恋呢？很有可能！……除了搞女人之外还搞同性恋吗？……啊！有钱吗？……很有钱！……可阿西尔他有一个表情，你一看就知道那就是他……他的微笑！……极度窘迫的微笑，就像出租椅子的老妪把手伸进募捐箱被当场捉住时的那种笑……热尔特鲁则是他的单片眼镜……他一直做着鬼脸不让眼镜跌下来……不让皱巴巴的皮肤挡住他的视线……阿西尔，他那窘迫的微笑，在一九〇〇年代曾是他的巨大魅力所在……“难以抗拒的人”，他们都这样称呼他……像华托[②]……方丹－拉图尔[③]！……在“时光古董商店”……在旧杂物堆中，所有的旧物都很相像……单片眼镜，鬼脸，眼睑，假发……微笑……出租椅子的老妪……老色鬼……

① 位于巴黎苏弗朗街，是1900年巴黎世博会的一个游乐设施。

② 让－安托万·华托（1684—1721），法国18世纪洛可可时期最重要也最有影响力的一位画家。

③ 亨利·方丹－拉图尔（1836—1904），法国现实主义画家。

眼下的问题已经不再是女人和德雷福斯事件了！……事关我个人……把我的那些传世杰作重新收归己有……我那些再也不会有人阅读的不朽之作（阿西尔便是这么说的）……他们恶狠狠地攻击起对方来都不知道自己在说什么！……可以肯定的是，他们在地下室里堆满了“文学巨擘”……比我不知道要惊艳多少倍！……所谓的基佬！所谓的“普通法”罪犯！所谓的“合作分子”[①]！……所谓的费加拉[②]！……所谓的色情狂！……所谓的莫斯科分子！……天才过剩！……天才宝宝！……天才老鬼！……天才女人……天才废物！

我们回过头来看历史事件……我永远也不会相信我的第一个皮条客弗雷德·布尔多奈会特地从家里出来，独自一人走在月光下，走到荣军院前面的广场上，去那里送死……那个地方每天都有人被谋杀……千真万确！而且他也知道！……那是一个很时髦的广场……他也有怪癖吗？……那当然！……可是这个怪癖也怪得有些过头了：深更半夜独自一人去荣军院广场！……在他身上发生的事情，注定要发生！……叫人想不通的是，布尔多奈深更半夜去荣军院广场找死的时

① 特指二战期间与德寇合作的法国人，或译“附敌分子”“法奸”。

② 阿尔及利亚和突尼斯反对法国殖民统治、争取民族独立的游击队组织。

候，我就被出卖了，就像出卖战利品……福瓦尔德思侯爵夫人[①]会继承我的东西！……千真万确！……流氓的战利品！……我又被出卖了一次！……再卖！……再卖一次……再卖两次……我和我的传世杰作！……“不必不好意思！”……无论是皮条客，还是老鸨，他们什么也没给我留下……“他在坐牢，让他死在里面吧！”这种事我应该知道一些的……甚至在市立学校，以及后来为了“孚日山脉的蓝线”[②]而战时，我就知道……诗歌！……诗歌把我毁了！一直在毁灭我！……让我越陷越深！啊！牺牲品吗？你那张丑脸！……你的血液！你的家具！……你的诗作！……你的书籍！……统统打入地牢！混蛋！全部的作品！……我们等着你！……

你们以为布洛丹这会儿在向我抛媚眼吗？……他，还是热尔特鲁？关我卵事！……那个侯爵夫人呢？……一个个和颜悦色！……但全都是皮条客！……谁去接客呢？……谁也不去！但我得去！下厨的事，归我！干活，归我！……要我写好笑的故事给你们看……可那些皮条客，那些老鸨，他们费尽心机只想把我整死……他们的妄想落空，但亡我之心不死，依然在那里张开血盆大口，等着我的丰盛筵席……更加引人入胜的！……更加引人入胜的故事！……他们提出的要求太过分！……他们捶胸顿足！……

引人入胜的故事？……引人入胜是吗？……荣军院广场谋杀案的第二天，就轮到我了，我被抓了，在欧洲的另一头……不是开玩笑！……为了利益！……六年呀！……拘捕我时的情景委实滑稽可笑！从屋顶上翻进去！……一伙骑兵从烟囱之间经过！……一支强大的特警队，荷枪实弹……我向你们保证，十二月二十二号，丹麦哥本

---

① 指德诺埃尔出版社的女经理，德诺埃尔在荣军院广场遇害后由她担任出版社的主管。

② 阿尔萨斯和洛林被德国占领后，孚日山脉成为法德两国的边界线，“孚日山脉的蓝线”代指两国的边界线。

哈根的屋顶可凉快啦！……你们可以亲自去那里感受一下！……放心吧！作为游客去参观，是没有任何危险的！……在海滩街20号（在丹麦语里20叫tuve）！你们会找到的！……楼下是博客龙德食品杂货店！……街道的另一边，正对面，白天晚上总是灯火通明，是国民时报社……一整栋大楼！……就一份报纸……你绝对不能迷路……反正，十二月底，恰逢对“合作分子”展开大围捕……“锄奸”大清洗运动进入到白热化阶段……整个欧洲都变成了一个角斗场，就像此刻的布达佩斯[①]！……就像明天会在这里再度发生的事！……大清洗就像交媾，就像做爱，今天在这里……明天到那里……后天又转移到了别的地方！……很有必要！……我真是他们的一个意外的收获啊！我的肉身！……我正好赶上时候！我、莉莉和贝贝儿！……从一间房子到另一间房子！被围捕的猎物为了逃避千刀万剐的命运创造出一个又一个奇迹！这里……那里……到处！……围猎变成了一项运动……是真的呀！……好吧，假设你们是如饥似渴的游客……那就请你们去围猎那些记忆吧！……开始追击！我心里非常清楚，无论什么事都会被遗忘……凡尔登不是已经被遗忘了吗？……差不多了……伊普尔[②]也不值一提了……但莉莉、我和贝贝儿在海滩街上攀爬的那一幕，那些屋顶，那些檐槽……那些荷枪实弹的警察，那些恶狠狠地瞄准你的枪支……在烟囱周围那些躲躲藏藏的坏蛋……那可是在一九四五年的圣诞节啊！……他们一定还会回想起那么一点点吧！……哥本哈根，丹麦，海滩大街……你们去那里看看吧，要是那些人把当天发生的事全都忘了，我会觉得讶异的……但实际上，并不只是《国民时

① 1956年10月23日—11月4日在匈牙利布达佩斯爆发了一场由群众和平游行而引发的武装暴动。在苏联的两次军事干预下，事件被平息。事件共造成约2700名匈牙利人死亡。

② 比利时西佛兰德省的一座城市，第一次世界大战期间，协约国军队同德军于1914年、1915年和1917年在该地区进行过三次伤亡惨重的战役。

报》这一家报纸开始对我口诛笔伐……《贝林时报》！……《土地与人民报》！……《政治家报》！……他们的报纸犹如豺狼虎豹……全都冲过来围攻我……说我出卖了所有的犹太人网络组织……再加上凡尔登的防御工事！还有塞纳河的喇叭形河口湾……既然我在那里，既然我落到了他们的手里，那我也会出卖他们的国王，他们的女王，还有他们的“反共产国际协定”，他们的“自由军团”（那是他们的L.V.F.[①]！）……我可是天上掉下来的馅饼啊！……我要为所有那一切赎罪！……擦掉所有的污渍……钥匙上的血迹……抗击麦克白！……

要是他们想不起那一幕，我会觉得讶异的！去参观一下吧！……海滩街，20号……楼下是那家博客龙德食品杂货店……

① 1941年6月德国宣布对苏作战后，法国附敌合作组织头目在巴黎成立的法国反布尔什维克志愿军团的简称。

所有的报纸，醒目的大标题……大得出奇！……他们的右翼财阀跟他们的党派一样癫痫发作。波巴连[1]！你们一定会以为，我是个很容易被人利用的傻瓜！……我巩固了他们的神圣同盟，绝妙啊！……保守党和亲莫斯科分子！……“我们要不要把他钉在尖桩上！……老天啊！……该死的！……他活该！……”我的尸体上没有一丝皱纹……只有吻印！……我知道我还是能派上用场的：让最不共戴天的敌人达成和解！……神奇啊！……神奇！……

我简直要笑掉大牙了！……他们问我是不是把马奇诺防线图卖给德国人了……那当然啦！毫无疑问啦！但问题是……拿了多少好处费？具体的金额是多少？……他们列出了很多数目……雷诺的遗孀什么东西也没卖……几十亿法郎？……对不起！……说正经的！……就因为这个人们老在说路易，“比扬古之帝王”[2]！……还有他的脊椎，他的殉难！我也跟他一样殉难，但我是个穷光蛋，你们也不会听见我的寡妻或者儿子要求他们给个说法！……既不会用X光来透视也不会

① 民间游击队的简称，二战期间丹麦一个由共产党领导的抵抗组织。

② 路易·雷诺有“比扬古之帝王”之称。第二次世界大战德国占领法国期间，雷诺为保住他的汽车公司，替德军大量生产飞机、坦克和军车，使雷诺工厂成了盟军的轰炸目标，大半厂房和设备在数年之久的轰炸中化为灰烬。

用防腐液保存我的尸体！……当然不会！……穷鬼殉难者无权做任何事！……掩体和熔炉里比雷诺更壮烈的殉难者多了去了！既没有对他们进行 X 光照相，也没有精心安排他们的临终仪式……也没有仁爱兄弟会出现！……他们的遗孀悄无声息地改嫁跟了别的男人！……他们的儿子照样奔赴疆场……去某个地方！……奠边府！奥兰[①]！……没有添麻烦！我呢，我要是争辩说他们诋毁我而且还不停地骚扰我，让我感到奇耻大辱，诸如此类的，那我像什么样子呢？……“嗬，你个王八蛋，你活该！”……他们最好把火拨旺……再次走上香榭丽舍大街！把夏多顿大街[②]攻占下来，啊！他们已经准备好了蔚为壮观的焚尸柴堆，美不胜收的超级布达佩斯！……再加上那些发炎的动脉……所有那些肿起来的前列腺！肿起来的！……那是嘶吼的结果！……

“一瓶矿泉水！……喂！傻瓜！”

① 阿尔及利亚第二大城市、海港。

② 巴黎 9 区的一条街道，法共总部所在地，1956 年 11 月 8 日，为了抗议苏联镇压布达佩斯的示威群众，巴黎民众攻占了该总部。

被人谋杀的布尔多奈是个卑鄙小人，伪君子，皮条客……哦！跟阿西尔或者热尔特鲁没什么分别，一丘之貉……但他却被债务逼得走投无路，预付金，空头支票！……我已经说过这件事的结果是什么样子……他要是有偿还能力的话，那他现在还会活着，他们也不会带他去“遛弯”……可要是没有偿还能力呢？那他就玩完了！那是致命的！……卡布西亚[①]，他是一朵花，一个观光客！……“照你的身份”……我嘛，你们可想而知……我和我的手稿！你们可想而知我栽了多少跟斗！全都交了出去，交给那些罪该万死的乡巴佬！……武器和行李！……他们还从来没捞到过如此多的油水！……猪猡！……最糟糕的是，他们的体重增加了，多重啊！……他们诡计多端……他们个个体态臃肿！如此肥腻，如此笨重，油污都会渗透到你的手指上！……你要花好几个小时才能把手洗干净！……黏糊糊的！……布尔多奈可出类拔萃了！胖得像大河马！猜猜看他们是不是看见他过来了……拙劣的伎俩！……广场，深夜……背上一个大窟窿！……瘫倒在地！……溶溶月光下！福瓦尔德思大妈变成继承人，继承我的东西然后贱卖！传给那个阿西尔！……像传足球，我的无价之宝！我的

① 奥拉斯·德·卡布西亚（1891—1975），法国政治家、作家、出版家，1928年曾创办具有法西斯倾向的《格兰高瓦周刊》，法国光复后他被判处五年劳役。

旷世杰作！……橄榄球！……福瓦尔德思碰到球，避开……阿西尔得分！赢了！……把所有的一切都收入囊中！……把我窖藏到地下室！……我和我的手稿！……再见！……我从公众的视线中消失了！福瓦尔德思侯爵夫人把我的手稿分门别类呢……老把戏！……时代变了！……飞舞！冒泡！堵嘴！快步舞！……明年冰上见！

在整个事件中，我就是个傻大兵……我就是个糊涂虫！……被宠坏了！……我重申一遍，这不是一天两天的事了，从我在鲁瓦街的市立学校读书时就开始了！……这说明我们的青春已经一去不复返了……回到印象派，回到德雷福斯事件！市立学校，那是百姓的基调……莫里亚克可以谈论“共产主义者”，但他永远也不懂自己在说什么！他是个不折不扣的夏特隆①，一直到他死的那一天都不会有丝毫的改变！……夏特隆！我在拍他的马屁呢！

所以，那个时候，当临阵退缩者挂出旗子，当颤抖者开始掳掠，当逃兵开始得胜，当一败涂地的“自由泄手”②开始得势，当四千万胆小鬼开始复仇，我要是在这个时候抛头露面岂不是正中下怀嘛！就好比重新归附异端的拉朗贡和穿着“两用比基尼”的特里奥莱特从布达佩斯的桥上穿过一样……要是我当时待在马尔索利埃街我母亲家，他们势必会把我逮个正着……就像布尔多奈一样！……咚！……就像在吉拉东街……你身上“有臭味”，有这条理由就足够了！“他罪有应得！……就这些！……把他带出去！”喜欢到处吹牛皮的瓦扬现在依然痛心疾首，依然很懊恼没把我抓住，就差那么一点点呢！……要是他去我母亲家，他一定不会扑空！……我那七十四岁的老母亲……

他们什么东西也没给我留下……没留下一块手绢，一张椅子，一份稿件……假如我死了，我会散发出恶臭……我会妨碍他们……可是

① 夏特隆是波尔多的富人区，弗朗索瓦·莫里亚克的出生地。

② 与自由射手谐音，自由射手是二战时法国游击队的名称。

在这件事情上我做得很谨慎，所以他们才得以把我的一切东西都拉到跳蚤市场、拉到拍卖行去贱卖！……勃起！勃起！卖主们兴奋地勃起！……统统卖光！……我就像法国！……统统卖光！像暴风雨一样把我席卷而去！……连同我的出生证！……才一个星期的时间，我那六十三个春秋便化为泡影！……杀手们，你们已经抓住了他的小辫子啦！……从布达佩斯的桥上跳下去吗？像我这种人有多少呢？

如果将来有一天，另外一个雷诺特尔[①]掘开我们的坟墓和雕像，我们的光环和“股票”……看看那些“清廉者”捞了多少油水？……那将是一个十分有趣的日子……有多少戴比尔斯股份呢？多少罗纳河股份呢？多少城堡、美女、珍宝、马厩和使馆呢？……比一八八九年时还要多吗？……还是比那时少呢？……争论将会何其激烈啊！……在索邦大学！……在“三叟”[②]！……在《编年史》当中！……假如希特勒打赢了呢？……阿拉贡会加入国家社会党吗？……特里奥莱特呢，会成为迷人的瓦尔基丽[③]吗？……啊，那些报告会！……其余的我就不必多说了！……二〇〇〇年的《编年史》！……那些故作贵妇仪态的女党员在会场争抢座位，一次会议都不想错过！……不想错过她们超级无敌的赫里欧[④]在演说中的任何一次震撼人心的激情迸发！……屁股有十个我们那么大！……更不用说超级轰动的皮埃尔神

① G.雷诺特尔（1857—1935），历史学家，法国大革命趣史专家。

② 巴黎塞纳河左岸的拉丁区有著名的双叟咖啡馆。此处的“三叟”以及后文中的“十七叟”均为作者杜撰。

③ 北欧神话中的战争女神。

④ 爱德华·赫里欧（1872—1957），法国政治家、演说家和编年史作者，曾长期担任里昂市市长，三次担任法国总理。纳粹德国入侵法国时，他因拒绝合作而被捕并被驱逐出境。

甫了！……十把手枪！[1]……

未来的粮草！……我们还是回过头来说我们自己的事吧！……热尔特鲁会左右开弓地扇布洛丹的耳光吗？……见鬼！他妈的！为什么不呢！……让他们自相残杀！……必须的！假如你们看到他那副木头脑袋，看见他的眼睛外翻，一定要告诉我，让我也乐呵乐呵！……我在跟你们说阿西尔……就让他们互相活剥吧！……两个人互相剥掉对方的皮！……剥得鲜血淋漓！……把皮剥下来！……放到肉案上示众……可是，在他们自相残杀之前，还是先听一下这个！……太有意思了！……在克利希广场的跑马场[2]还未被取缔的那个时候，热尔特鲁和阿西尔都迷上了同一个女人，一个挥金如土的女人！等一等！那是法兰西银行的一个真正的劲敌！……还记得那段“幸福法兰西”岁月的人一定也能回想起苏珊娜[3]……那是一个何等迷人的银幕艺术家啊！她那些薄得透明的浴衣，在所谓的“月儿”那“蓝幽幽的柔光”的映衬下！……那是多么卓尔不群的艺术家啊，没有声音，“有声电影”彼时还没出现……“有声”这个词能杀人啊！……一个女人叽叽喳喳会让你硬不起来，在看静默画面时反而会让你雄赳赳地勃起！……你们看看今天的电影院大厅吧！他们费再大的劲也难以让大厅坐满！……吧啦吧啦吧啦，没完没了……像是服了可怕的镇静剂！……凄凄切切的裤裆！……软不拉几的小弟弟！……微笑，薄得透明的浴衣，柔和的音乐！我们会回到那一切的！……还有月光！……可以这么跟你们说，像苏珊娜那样的偶像影星你们永远也找

① 二战期间，皮埃尔神甫在格列诺布尔大教堂担任副本堂神父时参加了一些抵抗行动。此处影射他在1945—1951年担任国民议会议员期间发表的演讲。

② 此处的跑马场是一个露天的表演场所，在考兰古街和克利希林荫大道的交会处，在塞利纳童年时代，那里每年4月到10月都会有赛马表演。

③ 指苏珊娜·卞科迪（1894—1936），法国演员，1917—1918年间演过四部电影。那时，塞利纳是《我发现了》杂志的秘书和送货员。

不到第二个，像她那样花钱如流水，像她那样引起轰动，像她那样绯闻不断……不信你们去试试！……差得远呢！……他妈的，那个时候我忙得不可开交！……这里送货，那里送货的……可我还是能想出办法跑到比贝贡还要远的地方看苏珊娜本人"拍戏"！……告诉你们什么是偶像影星吧！从拉加朗纳[①]到南特……他们趁着天气短暂放晴的机会……雨一停就跑出来……抓住时机！……从一条路堤到另一条路堤！……现场招募群众演员……我们做群众……我做小群众……两场骤雨之间，给五法郎！……两法郎……一声哨响！所有的东西都被搬进避雨棚！……第一滴雨水！在摄影棚的聚光灯架下面！把摄影器材从大雨中抢救出来！……后摆拖地的塔拉丹布连衣裙！"电影明星"的高级化妆品，胭脂和油脂，石膏香粉！……敏感的美容用品！……我们必须帮忙啊！……"搬进避雨棚！"不只是我们这些身强力壮的群众演员！看热闹的人也在鼎力相助！……众人齐上阵！……只要哨声一响起！第一滴雨水落下来！所有的人一拥而上！还有苏珊娜！

所有那一切后来都怎么样了？……我问你们……那些影星和群众演员？……现如今？……还有那些看热闹的人群呢？……还有那雨……那是什么样的骤雨啊！……我呢，我对所有那些已经远去的岁月能够说的唯一的一句话便是：正儿八经的东西已经死了！……我很清楚，像我这种依然专注于"正儿八经"的人……看上去很可笑！……他们没有任何理由……还为此扬扬得意……没有任何理由就把那些妓院和"讷伊的狂欢节"给取缔了……惨不忍睹！……妓女四处流散！……现在到处都是窑子！还有"讷伊的狂欢节"！……从摇篮到坟墓，全都是窝囊废！正儿八经的东西已经死了，凡尔登把它们给扼杀了！阿门！……

---

① 拉加朗纳－科伦布，法国大巴黎地区上塞纳省一市镇。

我会让你们觉得乏味……讲点更有意思的事情？……更刺激的？也许？……你们都知道，我唯一操心的事便是……博你们一笑！在苏珊娜出现之前，我就知道了跑马场，知道那里的马匹和猛兽！还有那个巨大的马房！那个人山人海啊！……人流大到公共汽车都开不动了！……到了“三位一体”教堂就不再往前开了！狂热的观众把公共汽车都压扁了！被那些表演，那些人，狮子和马匹，海军士兵，义和团拳匪，还有攻占北京！让你的精神为之一振！多有艺术感哪！我认识的那些所谓的左翼或者右翼的作家并不多，那些所谓的“圣水缸”，那些“共党”，地下酒吧或者小屋里的谋反者，他们从未像我那样看见过北京被攻占，在克利希广场！我们那些小小的海军陆战队战士手拿刺刀发起冲锋！在弥漫的硝烟中攻击木头做的壁垒！……然后“轰”的一声！……至少二十门大炮！……同时开火！……波比奥中士单枪匹马与一百个义和团成员进行搏斗！……并扯掉他们的旗子！……插上我们的，我们的三色旗！插在他们尸堆上！他们的尸体堆积如山！……北京是我们的了！还有舰队，从舞台上空吊布景的地方降下来！就像库尔贝[1]的油画作品！……全都在那里了……我告诉你们，这才叫表演，能够摄人心魄！

哦，等一等！……还有比北京更可怕的事情！……“攻打驿马车”！……三个印第安人部落，都骑在马上……没有马鞍！……你们一定要搞清楚！现如今，你们去哪里才能看到两百号印第安人骑在没有马鞍的马背上？……比野牛比尔[2]还要威风！……一边策马奔腾，一边射击那些从空中飞过的鸡蛋！你不用着急！……可不是好莱坞那

---

① 居斯塔夫·库尔贝（1819—1877），法国画家，写实主义的代表。

② 威廉·弗雷德里克·科比（1846—1917）的绰号，美国西部大开发时期的传奇人物，善于猎杀野牛，他曾在8个月内杀死将近5000头野牛，因此获得“野牛比尔”的绰号。他制作了《野牛比尔的荒蛮西部及世界驯马师大会》的系列表演节目，1905年到巴黎演出，塞利纳当时11岁。

帮小丑的滑稽表演哦！……你们想象一下从空中飞过的鸡蛋！……野牛比尔和他的那帮牛仔！……千真万确，嘴巴里吐出火焰！……啊，然后，还有更过分的！……我忘了告诉你们……露易丝·米歇尔[①]！……当今，他们都跟你们说什么“震撼效果”“悬念”之类的东西！可是他们给观众留下了什么呢？啥也没有！……那个时候，在克利希广场，你不会叽叽喳喳说话，你只有目不转睛地看和瑟瑟发抖的份！目不转睛地看！……最精彩的场面来了！露易丝·米歇尔突然从黑暗中出现！脸色惨白！脸色惨白！所有的聚光灯都转到了她身上！……一秒钟！……“汪！汪！”……她好像在往一张椅子上爬……汪！汪！……勃然大怒！……灯光再次熄灭！……我外婆经历过巴黎公社时期，在蒙特戈依街，她能做出判断……“那不是露易丝·米歇尔，我的孩子！……那既不是她的鼻子，也不是她的嘴巴！”……他们糊弄不了我外婆……

现在，再也不可能了，你们再也看不到赫鲁晓夫、毕加索、特里奥莱特爬到一张椅子上了……还有德穆兰[②]在王宫的那种效果！……再也不可能看到了！那些面色苍白的嚎叫者！……在聚光灯下面汪汪地叫……也许多列士可以？莫里亚克呢？……

有一件事是确凿无疑的，可以肯定的，不管是她的鼻子还是不是她的鼻子，露易丝完全有自己的权利！有权利“汪！汪！”和勃然大怒！……当然可以！……我说了！我还会厉声说……过些时候！……当我有空想这件事的时候……

---

① 露易丝·米歇尔（1830—1925），巴黎公社的著名女领导人。

② 卡米尔·德穆兰（1760—1794），18世纪法国资产阶级大革命时期的活动家、新闻记者。1789年7月12日在巴黎王宫花园的富瓦咖啡馆前的一张桌子上发表演说，号召巴黎市民拿起武器。

"德雷福斯事件发生之后我就认识他了！……他一年比一年恶劣！……一个月比一个月恶劣！……是所有强盗当中，是整个出版界最卑鄙无耻的！……他和他手下的那帮土匪……没有比他们更下作的……你是他们出版社最可笑的作者！……他们那帮口交鸡奸齐上阵的乌合之众！……他们修理你、诈骗你的方式何其下流！……超级王八蛋……他们把你踩在脚下，大肆掠夺，还往你身上泼粪！……意外的收获啊！……不错的生意嘛！……被他和他那个大太监总管卢库姆盘剥！"

想想戴着天蓝色单片眼镜的热尔特鲁他可什么新鲜事也没跟我说！……再见！……我呀，我本来可以向热尔特鲁·贝朗热尔，向他兜售一些流言蜚语的！……要是我知道阿西尔是如何背弃我！噢，是的！是的！……我发现……热尔特鲁这个老家伙……可以抽出足够的时间，还有钱……他比任何人都更有钱有闲去揭露一些也许除了他本人外……再也没有任何人会关注的丑闻……一九〇〇年代的那些陈谷子烂芝麻！

让他们统统见鬼去吧！热尔特鲁！阿西尔！……所有那些瞎鸡巴搞的骗子！……说句实话！我只关心一件事！……给我一笔现金然后拜拜！……我准备给莉莉留点什么呢？……怎么留？……如何是好

呢？……留什么呢？……那一小笔积蓄吗？……可是那点钱，他妈的！看仔细点！……关键是！说起来好听，那一笔积蓄！……要是我一走，要是我一咽气，会是什么景象呢？我看见“债权人”蜂拥而至！……眨眼之间就把家里挤得水泄不通……牲口一死，你就会看见他们突然出现，乱蹿乱动，冲进人群！……叽里呱啦！……“债权人”……全都是！有票据的，没票据的……盖了个人印章，单位图章的，蜡封的！或者什么图章都没有的！……从四面八方的地铁站里钻出来！……就像流着眼泪的鳄鱼！……或者没有眼泪！……露出一嘴的牙齿！……全都是“债权人”！莉莉很快就被逐出家门！……流落街头！我要是还在那里我会看见的！……她无力保护自己！……上演着跟吉拉东街……或者圣马洛……或者哥本哈根海滩街 20 号……一模一样的故事……同样的教派……绝对具有国际性……“债权人”……适合一切气候环境……而且上演的是同样的你抢我夺的大混战……无论到哪里，都是如出一辙！无论是什么样的政治制度，无论什么哲学、教派和肤色！……随便就能找个什么借口！……他们蜂拥而至，摩肩接踵！……把你的一切都据为己有！……莉莉压根儿就不是他们的对手！……真不是！……恰恰相反……我可以想象……很凄惨……喜欢浪漫的人的那种凄惨……一个舞蹈演员……

不抱任何幻想！……个人的小麻烦……你们肯定会这么对我说……可是再怎么说，小麻烦也是麻烦啊！不管是热尔特鲁还是布洛丹，还是别个，谁也不会再为一个《诺尔曼司》[①]那样的故事出一个子儿！我说过了！……读者想要的是开怀大笑，就这么回事！……首先吧，巴黎从未被轰炸过！……没有任何纪念碑！……这就是证据！……只有我，依然记得两三个被掩埋在废墟堆中的家庭！……《诺尔曼司》这本书的销量惨不忍睹！……因为这个……因为那个……还遭到了阿西尔的破坏，阿西尔和他手下的那帮喽啰，他的那些评论家，他那些可恶的奴仆，还有来自报刊的恶意攻击！……那些人希望我挑起事端，希望我辱骂巴勒斯坦，希望我把自己玩进牢里去……为了那些自称为"恩人"的人的利益！……说什么"胆子大一点，小伙子"！……然后再来个有罪判决！我亲爱的先生，二十年……"无期"！……噢，可是他们错了，他们出了差错！错误！我呀，恰恰相反，我坚决希望被抓进牢里的人是他们，他们所有的家伙！……把那些打情骂俏的流氓都送上断头台，让他们做苦役，把

① 塞利纳1954年在伽里玛出版社出版的一部小说，《下一次就是仙境》的续篇，书中写到巴黎遭受轰炸纯属虚构。

他们幽禁起来！为他们重新开放美丽的圭亚那[1]！重新修复“恶魔岛”！……再额外给他们每个人的舌头上来点东西……来点小小的上皮癌……各种各样！在颈动脉和咽喉之间……

很好！……可是眼下，布洛丹告诉我：失败！……“您的书销量越来越少……您的《诺尔曼司》吗？简直就是灾难！……里面找不出任何能把您再次关进牢里的东西！……没有色情！也没有法西斯思想！您真是个倒霉蛋！……可是，那些评论家……已经把獠牙露在外面！准备好了！恶语相加！不一而足！……咬住不放！……您让他们讨厌！……他们吃什么呀？……您没心没肺！……他们的薪水袋怎么办？……他们的家人怎么办？……”

“别再写了！”你们会这样跟我说……你们说得很在理！可莉莉，还有我们家的那些狗、猫、鸟和雪花莲怎么办？……碰到这样的寒冬！……你们也许能给我支个招？……

事实上，我可以向你保证，尽管省吃俭用已经到了极限……在一切开销上精打细算……同基本生活必需品做着艰苦卓绝的斗争……大事小事，寒风，穿堂风，潮湿，煤块！……花椰菜，烟熏鲱鱼！为了活命而斗争……还有胡萝卜！……甚至还有那些面包头！

那我的写作风格和我的那些杰作呢？……阴谋，抵制！……当然！我说……要把所有那些剽窃者统统拉出去绞死！不只是那些剽窃者，还有那帮窝囊废！确确实实！……别的地方不说，阿西尔那里就多得不得了！成百上千！成百上千！……要我说，杜梅尔，莫里亚克，塔特，用同一根绞索！……那十来个得龚古尔奖的，吊到另外一棵树上去！……啊！还要加上巴黎的大主教，我忘说了！在中国人被触怒之前！……别惹事……在布朗雄门把他的脑袋交给他们！

① 18世纪拿破仑三世把南美的法属圭亚那变成了法国囚犯的流放地，当时建造的很多监狱中以关押最危险的囚犯和政治犯的恶魔岛监狱最为有名，该监狱1938年正式关闭。

说到煤气和诸如此类的琐事，缴费单明天到期……我欠了两期“账单”……我还欠了税务局的税费……我还欠了煤炭的钱……我在反反复复讲同样的事情吗？……哎哟！……你们要是落到我这般田地，陷入同样的困境，你们会从这里一直嚎到昂吉安[1]的……他们非得跑过来把你们抓起来，给你们使用镇静剂，给你们穿上紧身衣！莉莉和我，我们俩像这样被追逐足足有十五年了……身后都是猎犬……十五年，时间可不短啊！……日耳曼人的野蛮侵占才持续了三年，顶多三年！……你们好好寻思一下！

我明白你们已经很烦我了……说点别的！……说点别的！……把所有的资产阶级统统绞死吗？……各个党派的资产阶级！……我完全赞同，绝对赞成！资产阶级全都是彻头彻尾的无赖！……我尤其想到了他们中的一个：塔特！污水坑里的社会精英！用那种下流手段诋毁我，搞得惊天动地，就想让他们把我五马分尸，我同意让他……在食道和胰腺之间……长出五六个恶瘤！……把优先权给他！……

塔特不仅窃取我的成果，还肆意诋毁我……噢！千真万确！……跟我的那些亲戚一样坏！……但没我婶婶那么逗！……差老远呢……我婶婶看见我回来时整个人都惊呆了，晕了过去！……我居然没死！……他们居然没把我处死！……“你？你？”……她觉得难以置信……“你回来了？”……

你们可想而知，她也毫不客气地对我下手……顺走了我的三副窗帘，六张椅子，和全部的搪瓷平底锅……并不是因为她需要这些小东西……见鬼真的不是！……那些东西她都有双份……甚至三份……可是既然所有的人都自己动手拿，而我又是她的侄子，她干吗不拿呢？怎么能空手而归呢？当我家的东西被陌生人洗劫……她作为我的

① 法国大巴黎地区的一个市镇，温泉疗养城，位于巴黎北郊，距巴黎11公里。

婶婶……岂有不拿之理？首先，我应该永远也不会回来了……我应该会死在牢里……被绞死？……用木桩刑处死？……就这么定了，她继承我的财产！……再自然不过的事情！……塔特也继承了，还有许许多多的其他人！……“你好，婶婶！”……她从床上跳了起来，穿着睡衣，看见我出现！是我！“他杀了他母亲！……把他抓起来！把他抓起来！……”她脱口而出的便是这种话！发自内心的呐喊啊！她的情绪过于激动，一边奔跑一边呼号着告发我：“警察局长先生，救命啊！救命啊！把他抓起来！他杀了他母亲！警察局长先生！……”像这样从圣雅克城区一路狂奔，然后跑到了滨河路……“救命啊！……救命啊！……”警察们追到她前面拦住她把她抓住，在局子里把她暴打了一顿……把她押到另外一个警察局……把她放了……又把她打了一顿！“是他！是他！”她故伎重演！……深更半夜，在奥尔费佛滨河路[1]……故意的……她要警察局长干预此事……把我重新关进牢里……让我永远也不会跑去跟她索要我的椅子！……这就是我婶婶！……亲戚，朋友，个个如此！……你不受法律保护的时候，他们就变成了拾荒者……当我婶婶在后半夜嚎叫着穿过中央菜市场，说我是杀害自己母亲的凶手，从一个货摊跑到另一个货摊，摔倒在一堆韭菜上面……于是他们在那里用绳子把她捆了起来……把她送到了医院……她一直在不停地嚎叫，说我在这里，在那里！……乱说一气……

一旦他们把你的东西统统掳走了……你的家具，手稿，小摆设，窗帘……那你什么事情都有可能碰到……尤其是你的亲戚，朋友……你那些恶贯满盈的“恩人”！……比老狐狸还要诡诈……他们追捕你投入了多大的热情啊！……被围待毙的猎物！我的那副窗帘，我那四张椅子[2]……我婶婶被关进了疯人院……塔特成了党员……我只要看

① 法国司法警察总局所在地，位于塞纳河边，常用来指法国司法警察总局。

② 原文如此。前面说的是六张椅子。塞利纳在数字方面是大大咧咧的。

他们一眼都会让他们癫痫发作……我说过：我婶婶啥也不缺！塔特也一样！……腰缠万贯！腰缠万贯！……什么东西都有双份！三份……城里有……乡下也有……电冰箱，汽车，仆人……围猎我的号角已经吹响，他们也参加到猎捕之中！……就这些！……我还有什么事让他们觉得惊讶呢？……混蛋！……

但愿我说的这些琐事不会分散你们的注意力……先前我跟你们说到了热尔特鲁·莫尼……他对我表现出的浓厚兴趣！……答尔丢夫！……要我把那个阿西尔甩掉，把那个卑鄙的家伙，那个诡计多端的破坏分子甩掉后，投奔贝朗热出版社……说阿西尔会毁了我……说阿西尔、卢库姆和他手下的那帮喽啰最开心的事情就是把我毁掉……让我在他们的地下室的最里面烂掉……我，还有我的那些稿件……

可是热尔特鲁他本人又怎么样呢？……我跟你们讲过他的长相……不像阿西尔那种出租椅子的老妪模样！不像！他呀，脑袋更像个火枪手，下巴长着一撮山羊胡子的火枪手，再加上他那天蓝色的单片眼镜……当然啦，他用所谓的“发行量”来诱我上钩，许诺把天上的月亮摘下来送给我……说我会重新赢得大众的“喜爱”！啊！那是肯定的，我已经没有多少东西可以失去了，我也不会再遇见比布洛丹更吝啬的人！……八十多年来，一代又一代作者前赴后继，费尽心机想从他的小钱包里弄点钱，可他就是个铁公鸡：你一个子儿也别想！……在“预付金”的战斗中……阿西尔变成了一个拼死抵抗的大力士！也许，你只有一个小计策可以使用……可以让他掏出一万法郎……两万法郎……转守为攻！“再见，阿西尔！我再也不想看见您这副嘴脸了……”他在你后面紧追不舍……带着最亲切的微笑……和满腔的仇恨……嗬，他妈的！嗬！正合我意！……

我猜想，我已经跟你们说得够多了，我是多么的不信任热尔特鲁……可是他这个人饶有风趣，当你让他开口讲阿西尔的时候，你一分钟都不会觉得无聊……讲那些逸闻趣事，发生在三十年前甚至四十年前！……讲那个家伙的卑劣行径！……这足以说明我从他那里能捞到个啥！他坑蒙拐骗花样百出……什么都骗……走到哪里骗到哪里……不管是打牌，还是赛马，不管是在昂吉安，还是在巴黎证券交易所……他都控制不住……他害死自己的作者、员工、女仆，他想办法给他们发放所谓的贷款……但他们从来都看不到那些钱……预付款和合约，欺骗加欺诈……让他们签借据……收条……多少人投河自尽，尸体在叙雷讷[1]的拦河坝那里被找到啊？……那些人当中甚至有一些是文学巨匠，还有一些小有名气的才女，如果活到现在的话，可能有一百三十岁了！

絮絮叨叨已经说了不少了！……刚好有人来抄水表……我的那一公斤面条还有烟熏鲱鱼……我还是去操心它们吧！……热尔特鲁，恨也罢不恨也罢，他看上去就是那种有钱人心不在焉、"别来烦我"的神气……他不明白面条一类的事情……他们俩都是一样的德行，一样的粗鲁无礼……可恶……你，是的，你，愚蠢的家伙，居然跟他们说面条！……好大的胆子！……居然跟他们说这种事！……有钱人只对"运动"感兴趣……他们是巴黎证券交易所或者赛马场的运动健将……是让他们的"苏伊士股票"股价飙升的运动健将……是给自己的女演员鼓劲、让自己的赛马骑师把她们弄上马的运动健将……闯红灯的运动健将……颤颤巍巍、流着口水但从不错过任何"慈善义演"的运动健将！……都是混蛋！……这会儿，热尔特鲁，布洛丹，正在绑架勒索自己的作者！……但有一项运动他们避之唯恐不及……那就是尝试创作……啊！恐怖！……就像把屎拉在床上！……搞出版的老鸨又没疯！……作者过劳死？那又怎么样？……驴子不也

---

① 巴黎西郊一市镇，距离巴黎市中心 9.3 公里，位于塞纳河左岸。

一样吗？……阿西尔手头拿了一张纸的话，他会做什么呢？可以告诉我吗？……什么运动？……他会做出什么样的下流事？那么热尔特鲁呢？……折一只纸鸡吗？……

假如，譬如说，我还能指望评论界的话……假如能引发一些反响……哪怕是谩骂……当然不是莫里亚克的那个闹哄哄的马戏团……神工架和闹着玩的公共小便池……也不是特利索但·塔特的那种……所有那些在瞎掰的二十年中幸免于难的人……不！一些窃窃私议声于我而言就足够了……

我可以放弃吗？啊？……这话不该说！

"该我们上场了！……该我们了！……"

是考虑去采取行动的时候了……一旦采取行动，我就会变成拿破仑一世那种……行动吧！阿莱特挽着我的一只手……西蒙挽着另外一只[①]……"前进！"……前面是录音室吗？……把它强攻下来！……我们开始吧！……振作起来！……

唉！……哎呀！是在这个洞穴里面吗？至少是三个……甚至四个展会留下来的瓦砾、碎片和废物！办丧事一般阴森森的杂货铺……就在这些拱穹下面？三四个巴黎圣母院那么高……全都是混凝纸、粉饰灰泥，巨大的华盖……就是在这里！……地方没错！……庄严的时刻！……我们的声音……全都没录起……我们重新开始……重新录制……西蒙先开始……我必须说，我很激动……这些穹顶，如此难看，却能让声音回荡……要不是有它们，那里就是一个扩音器……像我这种谨小慎微的人，我会逃之夭夭的，因为我害怕自己如此恐怖的

① 阿莱媞（昵称阿莱特），原名莱奥妮·巴西亚（1898—1992），法国影星，塞利纳的好友，曾主演《天堂的孩子》《北方旅馆》等。米歇尔·西蒙（1895—1975），瑞士演员和制片人。两人曾和塞利纳一起去电台录制塞利纳的作品选段。阿莱媞读了《死缓》中的两段，米歇尔·西蒙朗读了《漫漫黑夜漫游》的开篇。塞利纳则唱了两首歌。

声音……那是什么效果呀！……我永远都不会相信！……

不行！他们说……我不唱歌的话休想走……既然他们想要我这么做，我就不推三推四了……大摇大摆！……向前走……一！……二！……管他拱穹不拱穹的！……我问那里的节目主持人，此人会几句法语……问他是不是想录下来拿去卖钱……我的歌，我的悦耳的声音和那些走调的音……可能的话，我是不是可以……出一张唱片？……

“哦！不是！先生！不是！过段时间再说！……过些时候吧，我希望如此！……再出您的唱片！……您的追思录音节目！”

我明白他们找我去那里的用意了……过些时候可以吗？……过些时候？……我不想！……我的散文……我的文本……也许可以……可是唱歌嘛，不好意思！……他们要原汁原味的，而且马上就要！……一段永恒的声音在空中飘荡！

我没准备在那里跟他们解释这个。

我不会跟你们讲那些令人毛骨悚然的事情，不会跟你们讲那些咖啡馆里的侍者，入殓师，等等……不！……我跟你们说到了公墓……不是本地的公墓……而是在远郊……在蒂艾[①]……甚至更远的地方……可是我走了……莉莉咋办？……还有那些猫呀……狗呀……我一点也不觉得莉莉能够保护自己……她天生就不是那种有能力保护自己的人……“债主”们蜂拥而至……怎么不会呢？！……他们一拥而上……有朋友，亲戚，骗子，执达员，形形色色的趁火打劫者！……哦，这种事我们又不是没经历过！……是的！当然经历过！……他们明火执仗……这里……那里……别处……无论到什么地方……可是孤苦伶仃的莉莉如何能对付得了？……

“他把谁都不放在眼里！……那个卑鄙的种族主义者，我们还没有把他洗劫够！……我们要把他的遗孀撕成碎块！……”

我是不是做了一些反抗呢？……哪会呀！……这和我的种族主义思想风马牛不相及！全都是伪君子！……白人种很早以前就不存在了……你们看看本·优素福[②]……莫里亚克……莫奈维尔[③]……玛

① 巴黎南郊的一个市镇，距巴黎约10公里，那里有巴黎的第二大公墓。

② 穆罕默德·本·优素福（1927—1961），摩洛哥国王（1957—1961年在位）。1927年继承其父穆莱·优素福成为摩洛哥阿拉维王朝第25任苏丹，称西迪·穆罕默德三世。1955年他宣布摩洛哥独立。

③ 加斯东·莫奈维尔（1897—1911），法国政治家。

德莱娜·雅各布[1]……明天还有柯蒂[2]！……这不是什么了不得的事情！……是我的那本《漫游》害我铸下了大错……对我的不共戴天的仇恨全都源自《漫游》……谁也不愿意原谅我写了那本《漫游》……《漫游》出版之后他们就要跟我算这笔账……也许假如我的名字叫弗拉基那……弗拉基那·普罗格罗洛夫……假如我出生在顿河畔的捷尔诺波尔[3]……而不是塞纳河畔的库尔布瓦……那我老早就拿到诺贝尔奖了！……可我在这里出生，连个塞法迪[4]都不是……他们都不知道拿我怎么办……如何把我灭掉……奇耻大辱啊！……关到哪个地牢里去呢？……借助哪些老鼠的力量呢？……把法兰丝还给法兰丝人！……

加入蒙古籍……或者像莫里亚克一样参加费加拉[5]，我就会有小车开了，我可以随心所欲，想做什么就做什么……我老来就有保障……就会被人呵护、拥戴，我可以打包票！……那该会是多么阔绰的生活排场啊！我会待在我的小山顶上，居高临下，摆出权威的架势……我会给芸芸众生上海量的道德课，什么鬼极端主义，神秘主义……我会一天到晚让人给我拍电视，你们走到哪里都能看到我的大头像……所有的巴黎大学[6]都会拍我的马屁……让人如痴如醉的暮年啊！……假如我生在顿河畔的捷尔诺波尔，那我每个月单单《漫游斯基》那本书的稿酬平均下来都能拿到二十万法郎……阿特曼也不会跑

---

① 玛德莱娜·雅各布（1896—1985），法国记者，1948—1964 年间担任《解放报》司法专栏记者，撰写过很多战后的司法审判报道，尤其是塞利纳在丹麦的诉讼案件，被塞利纳称为“尸体堆里的才女”。

② 弗朗索瓦·柯蒂（1874—1934），法国工业家和政治家，全球最大香水公司柯蒂集团的创始人。1922 年 2 月控制《费加罗报》。1933 年成立法西斯组织“法国团结联盟”。

③ 乌克兰西部城市，位于塞雷特河河畔。该河并非顿河支流。

④ 塞法迪犹太人是犹太人的一个分支，约占犹太人总人数的 20%。现多居于南欧、中东、拉丁美洲等地。

⑤ 指阿尔及利亚或突尼斯反抗法国殖民统治、争取国家独立的游击队。

⑥ 巴黎大学是欧洲最古老的大学之一，前身是索邦神学院。1968 年后被拆分为 13 所独立的大学。

来批驳我，特里奥莱特和拉朗贡也不会！……

既然我这么说了……我会去尝试的……等着瞧吧。

但是，我是在塞纳河畔的库尔布瓦出生的，什么都没有我的份，永远都不会有我的份！……我是本地唯一的顽抗分子！啊！他妈的！啊！恐怖！……证据吗？……证据呢？词典上不会有我的名字……不管是在医生作家……还是在服饰用品商中……什么地方都不会有我的名字出现！……在《布洛丹名人词典》里，在《庸人专刊》里也找不到……找不到！还是找不到！……诺尔贝尔·卢库姆很想把我放进去但搞得杂乱无章！……按他的主意！……文本，词句，页码，颠三倒四！……我坚决不答应！我叫他娘娘腔，基佬，甚至更糟！说他长着一张乱伦的嘴脸，诸如此类……一个地地道道的“咬我吧”式的虐待狂……说完这些话我们就分道扬镳了①……“我的‘粪便杂志’已经对你关上了大门！”……我早就料到了！啊！庸人杂志！……另想办法吧！想别的法子打捞面条吧！……另谋出路吧！希波克拉底②，帮帮我！……是的，病人越来越少……我已经跟你们说过了……但是你永远也不能夸海口说你一个病人也没有了……脊椎推拿技师，没有正式资格的行医者，修女，按摩师，总有一些从他们的网里漏掉的鱼……啊！已经没钱支付营业税了……还有医疗协会的什一税和我的人寿保险……拖欠水管工的账款也付不清……也没钱订阅《医学杂志》……足见我们的经济状况！好啦！……好啦！与我相比的话，最一贫如洗的穷人都是挥霍无度者……

可是，自从奇葩的布尔什维克主义出现后，你就一句话都不能说了……这里毕加索……那里布萨克③……塔特也加入法共……全世界

① 1955年塞利纳因在《新法兰西杂志》上发表《与Y教授的对话》一事与波朗（即小说中的卢库姆）关系闹翻。

② 希波克拉底（前460—前370），古希腊医师，“医学之父”。

③ 马塞尔·布萨克（1889—1980），法国商业大亨，纺织业巨头，曾投资建立迪奥品牌。德占期间担任维希政府国民议会委员，与很多德国高官和维希政府的工业部长毕歇隆关系密切。

都是受苦的人！不计其数！……才懒得理你呢！……他们的肚子、屁股和他们的颊肉越肥，他们越是世界上最受苦受难的人！别开玩笑！他们会杀头的……

我对谁都不信任！我不是在开玩笑！……我们的狗察觉到有什么异常情况后，汪汪地叫了起来……把人赶走了……贝卡尔[1]应该是在临死的前两天对我说过："你太固执了，费迪南！……狗是食肉动物，你难道不知道！……你在自找麻烦！……"

我再来说我们的苦处……简明扼要，原原本本，不开玩笑，下面的小岛上，雷诺汽车厂最低等的小工，干活比我少，却吃得比我多，睡得比我足……而再过两天我就要满六十三岁了……我会详细解释的……至于尊敬……他们没把我活活剁成肉酱我就够幸运了！"下流坯！……斯大林分子！……纳粹主义者！……色情作家！……江湖医生！……害人虫！……"这一类的好东西他们可不是悄悄说出来的哟！……而是白纸黑字写在那里的！……布告栏上写得满满当当……我还犯了一个该当死罪的错误：我免费行医！……这居然也招来他们的憎恨！……只有垃圾才是免费的！"啊！他想要别人宽恕他！阴险恶劣至极！梅毒！"

我想了一下……有意思的一面……我从高峰跌到谷底……我亲爱的老师艾希安·博达前些日子还给我写信……"你呀，一个如此高贵的灵魂！一个如此杰出的精英！……我最优秀的学生！……"

哦哟！……幸亏他走了！艾希安·博达！"如此杰出的精英！"啊！下默东[2]人可不这么看！……上默东人也不这么看！……他也许看到过那些通告！"叛徒，无照行医的江湖骗子，斯大林分子，色情

① 贝卡尔医生是塞利纳的一个朋友。

② 默东为大巴黎地区上塞纳省一市镇，塞利纳在该镇的贝尔尤街区居住一直到去世，后被安葬在下默东。

作家，酒鬼……”也许所有这些诋毁当中对我损害最大的是这个：“你们知道吧，他没有小汽车！”

肉店老板、杂货店店主、木工，这些人出去办事都不是步行前往……一个大夫却要靠步行？……那你这个大夫别人说你什么都不为过！……没有小汽车？这笨蛋也太厚颜无耻了！……这种祸害病人的庸医最好送去绞死！……马路，人行道，那是流氓走的地方！……是妓女站的地方！……走路去给一个病人看病？……你是在侮辱他！病人会把你扫地出门！……你就抱怨吧！

譬如说，凡尔赛并不远……你们能想象有哪个医生会步行去那里给人看病吗？……法贡[①]会步行去？……而且，一个享受社会保险、加入了工会、订阅了三份四份五份报纸、作为两三百个亿万富豪的远方亲戚、意识到自己的权利的病人，这样的病人比路易十四、十五、十六不知道要牛逼哄哄多少倍！……

另外……我让人忍无可忍的地方！……最要命的地方！……是我亲自上街购物……有人看见我手里拿着两个网兜！……一个兜里装着排骨……另一个兜里装着蔬菜……尤其是，兜里的那些胡萝卜！

鉴于我的一把年纪，我颤颤巍巍的模样，再加上我的满头白发，我兴许会被误认为是“某某教授”……“雨云”教授，我也许能博得人们一笑……别人会跑过来帮我一把！……可是我的劣迹被写在了那些布告上……那是真的，不能补赎的……而且我的出生地又是库尔布瓦！……我感觉自己就像是个海盗……比一个脊椎推拿技师更低贱，而且不是低贱一丁点，是低贱太多太多！……夹在卖草药的和卖安全套的人之间……比包法利还要低贱！……就是个苦力！……西方世界的苦力！……将来呀，我要去扛包裹：各种各样的货物箱，网兜，大

① 居伊－克莱桑·法贡（1638—1718），法国国王路易十四的御医。

包小包！……还有垃圾箱……我还要扛着罪过……扛着税负……扛着那枚军功章……扛着我那百分之七十五的残疾……变成一个彻头彻尾的搬运工……

卢库姆是不会帮我的……我不会据理力争……能引起他注意就好！……

此外，还不只是因为我的年纪和那些通告……还有我们的房屋状况……“奇怪的是它居然稳立在那里没倒掉”……我得亲自去开栅栏门……拉开插销……再插上插销……可以说把我弄得晕头转向……没有女佣……房子所在的位置不好，我承认……我没跟你们说过吗？……它位于半山腰……那地方的确叫人难以忍受，通到那里的是什么破路啊！……都是烂泥地……可怜的病人……寒冬腊月……爬坡，在烂泥地里深一脚浅一脚，一不小心脖子就会被摔断……而我还好意思抱怨！……他们当然不会上来找我看病了……他们永远也不会上来的……他们沿着陡峭的河岸一直到伊西[①]，所有的东西都去那里采购……去那里的面包店，肉铺，邮局，药店，面店，理发店，酒店……还有那家“大里约”电影院，一千二百个座位……银幕比普通的大三倍……老天爷知道那里有多少医生在走街串户？我在半山腰上还有什么盼头呢？上边的病人待在上边，他们才没那么笨！斗胆跑来找我的屈指可数的几个“慢性病人”，在小酒吧里被人刨根问底……我真的像别人所说的那样如此卑鄙吗？假如是真的，我在家里会不会跟佩蒂奥是同一类的？……有人是不是看到了受害者被肢解的残体？……有焚烧病人的炉子吗？……诸如此类……诸如此类……

下雨天会给我送来一些顾客……三不五时地……不是很多，就那么几个……他们往上走，去真正的默东，在半山腰摇摇晃晃……哦！

① 巴黎西南部塞纳河左岸一市镇。

只是在冬季才会出现这种情况！……他们搞错了，假如夏天来的话，他们可以尽情欣赏这里的美景……绝无仅有的视野……还有树叶和鸟儿……不只是狗……那些鸟儿叫得可欢啦！……你什么都能看到……一直到另外一边的塔维尼，这个省的尽头……从我家，从我的花园，从那条小径……我说的是花园，没错！……确实是个小小的伊甸园，每年有三个月时光……多么繁茂的树木啊！……山楂树和铁线莲……你们永远想象不到，从奥特伊桥到这里才三四公里路程！被包围起来的郁郁葱葱的一大片树林，伊夫林森林最末端的树丛……然后马上就到了雷诺汽车厂……就在我们眼皮子底下！错不了……最茂密的荆棘从就在我们这里……一开始狗会往你们身上扑，一大群！……你们不要被它们吓住……假装没听见它们就行了……欣赏美景！那些小山，隆尚赛马场，那些看台，叙雷讷，塞纳河的河湾……两三个河湾……在那座大桥边，毗连着的是雷诺汽车厂所在的岛屿，有最后一片松树林，在岛的岬角……

当然，在一九〇〇年前后，我和父亲一起来这里送货，送凸花花边、扇子的那个年代，这里还是乡下，十分荒僻……同样的羊肠小道……噢！那时我们在默东的女主顾可多啦！……“去那里可以让他吸吸新鲜空气！”我们畅快地呼吸着！……我畅快地呼吸着！……我们在西瓦瑟廊巷憋得慌……三百盏煤气灯……在煤气中饲养孩子……我父亲在瓢虫火灾保险公司工作，他一下班我们就发起冲锋，上路！他的步子快得跟体育运动员似的……公共马车，我们坐在公共马车顶层，扛着大包小包……我们在晚上九十点钟之前从来都赶不回廊巷……从山上的那些羊肠小道来看，默东从来就没变过……弯弯曲曲，绕来绕去，到处是陡坡……在里面找那些女顾客……可想而知……一个个都是极其难缠……还有她们家的千金小姐……“这个没弄好！这个太贵了！”诸如此类……她们所做的一切就是让我们把收据拿回去，但东西要留下！我们做的是小小的修理活：十法郎的生意……她们却不肯付钱，女顾客就是这样……那些个人家现在怎么样了呢？……房子依然在那里，几乎一模一样……那些羊肠小道也没有变过……夜里不是很好找……我当然没问题，我出门时总带着狗，而且不是一只……三四只……它们都不好惹……

“那你的那些病人呢？”

“一样的不好说话！……她们并不比一九〇〇年代的那些‘追求高雅’的女士更容易感到满足……那些女顾客爱发牢骚，喜欢骗人，喜欢偷东西……随便哪个圣文森[1]信徒看了都会觉得恶心……我觉得我本人还是原先的样子，对任何不当得利厌恶至极，不管是对病人还是健康的人，全都一视同仁，像共产主义者一样千分之千的赤胆忠心，可我母亲的那些女顾客真的把我恶心死了……一九〇〇年代不管是娼妓还是女伯爵……都是一路货色！……”

然而，人的本性从来就没有改变过，一点也没变过……永恒不变的生殖细胞……享有社会保险的更年期缫丝女工反复无常、乱发脾气，比德·曼特农夫人[2]不知要恶劣多少倍……我还从来没有领受到过如此粗暴的对待，被当成“贱人”，被一个有社会保险的缫丝女工用扫把赶出家门，我还一直惦记着要照顾她的感受呢！……我没跟她说动手术的事……还没说到……纤维瘤……癌症……我一直不想让她知道……啊！我那该死的关怀！……我的体贴！……想让这个缫丝女工减轻心理负担……她回报我的却是劈头盖脸的一通辱骂……左邻右舍全都听见了……两三位邻居从家里跑了过来……我见过他们……“啊，[illegible]……而在我看来，主要是因为汽车的关系……要是我有那么一辆小汽车……有那样的引擎盖……那她

---

① 前文提及的法国罗马天主教神父圣文森·德·保罗，他是所有天主教慈善团体的主保圣徒。

② 法国国王路易十四的第二任妻子。

屁都不会放一个的！……然后我每年换一辆……我乐意怎么做就怎么做……把车越换越大……世界还没到共产主义社会……见鬼还没到！而是一个追求物质享受的社会……到了令人难以想象的程度！可怕之极！……无孔不入！……

只要你开上小汽车，管你手里有没有苏伊士股票，你就拥有了存在的价值……以前在凡尔赛宫，大家谈论的是四轮华丽马车，现在大家说的则是马力的匹数……凡尔赛宫，克里姆林宫或者白宫……你算得上是个人物吗？……是还是不是？……教授，警察局长……部长……几匹马力？……你是成功人士吗？……是吗？……纤维瘤？……得了吧……癌症？……去你的！……你的车是什么车身？……是什么悬挂？……凡尔赛宫……温莎城堡……白宫……开罗……

我很想看看路易十四拿着一张社保卡的样子……他会发现江山还是不是他的……想想以最小的捐助者为代表的无数的捐助人！啊！俗不可耐的路易！……想想吧，路易太阳王，给他换个外科医生就把他吓得魂不附体！半死不活！……礼仪问题……你那个享受社保的懒鬼可以毫不客气地把你甩掉……把你当成一条烂鱼……你给他下医嘱？……哎哟哟！小丑！……他跟你要的是病假条和你的签名……你把章一盖，他就跟你拜拜了！老不死的！“开一个礼拜，听明白了吗？……一个月！……他妈的！该死的小丑！你的印章！……你的处方呢？……开玩笑！……开玩笑！……抽屉里和厕所里都堆满了处方！比你开的处方好多了！是讷伊、圣雅姆和蒙梭那些名医、教授和脊椎按摩医生开的！他们的候诊大厅多漂亮啊！……那些地毯，还有那些草坪……十个女护士……二十台口授留声机……而且，那些医生，那些半神，他们开的处方，我都拿去擦屁股了，何况是你开的呢？……你的印戳！……快点！别看了！……签字！……再见！”

我本不该说出来的，可是这事太有趣了：我见过的大多数病人在抽烟上的花费要大大超出我们的全部生活开销……我们，指的是莉莉、我、我们家的狗和猫……

我的女病人中有一些很难对付的酒鬼，其中有个酒鬼朝我挥舞她的酒瓶，一直到了我的脑袋上……然后是鼻子下面……劣质红酒！……她在向我挑战！……我叫她别喝酒了……“她会把自己的孙女给杀了的！”我也许应该让人把她给关起来，“您知道，大夫，她很危险，您就不能做点什么吗？”但是假如我让人把她给关起来，她会从那里逃走，会回来把我干掉！……酗酒就是这么回事：“我喝醉了，我不喜欢他！”这已经说得再明白不过了。这正是塔特和许许多多其他人已经尝试了多年想要做的，他们拼命地手淫，他们把自己折腾得筋疲力尽，流出来的是血和毒液，搅得天翻地覆，连地狱都不放过，就希望有某个人下定决心把我做掉！现在我那个女酒鬼就在眼前，完全准备好了！……狗也完全准备好了……尤其是那些母狗，我只要发出一个指令……

我的上帝啊……让她放下酒瓶，把她关起来吧，我再也不想见到她了，就这么简单！……我建议她去找别的医生……但她是唯一一个不愿意的……不要别的医生，只要我！……只要我！她不辱骂我，她只想杀了我！……要我留心她的疣子……要我把它们烧掉……我每隔一回都要拒绝她一次……她总是跑回来……

你必须把方方面面都考虑周全……譬如说我的那些狗会怎么样……它们可千万不要吃掉一两个病人！……我摸了一下木头辟邪……花园很大，向下面倾斜……要是这群猎狗飞奔下去……一边汪汪乱叫……就足以把所有的病人吓跑……也会让邻居们怨声载道……因为狗一叫……就是个事儿……我越是喝叫它们闭嘴，它们就叫得越凶……算是对我的回应……可是那些病人，可想而知……我把所有的狗都关进阁楼……它们在阁楼里叫……情况还要糟糕！

但仔细一想，尽管我的那群猎犬对我帮助不大，明摆着嘛！……可是它们可以保护我免受那些粗鲁家伙的袭扰……我不相信从我们家门口路过的人……不管是陌生人……还是认识的！……他们听见狗叫……他们四下里张望，然后打转跑了……那些杀手不喜欢冒险行事……他们在行刺你的时候比一个小市民购买苏伊士股票还要小心翼翼……杀手，我还是了解一些的……我经常在这里那里与他们狭路相逢，几乎走到哪里都能碰到，不只是在监狱里……在现实生活中……碰到过五六个……汪！……汪！……狗一叫，人影都见不到一个了！……我不相信别人，我对什么都不相信！我在西部监狱的 K 区的时候，听见的是别样的嚎叫……不只是“超级牢房”里的犯人……所有的猎狗都放出来，一直到天明！……有多少高大威猛的牧羊犬啊？一百还是两百只？……监狱由它们把守着……墙内……墙外……两年……长达两年的时间里……我一直睡不着，我能听见它们……监狱长不相信我们……我怎么会相信别人？监狱就是一所学校，难道不是吗？你们待过吗？没待过？……那是一个能让你们学到真东西的地方……那些没进过监狱的，哪怕已经九十多岁高龄，也只不过是些乳臭未干的蹩脚演员，卑鄙无耻、哗众取宠、一钱不值……他们都不知道自己在说什么……你们听见那些人在那里大放厥词……但他们心里是怎么想的？……“滚你妈的蛋，但愿我的运气一直保持下去！但愿我一直坚持不倒！……”恐惧，监牢，一直在他们心中萦绕不去……莫里亚克，阿西尔，戈培尔，塔特……所以你会看见他们总是那么紧张不安，那么嗜酒如命，从一场鸡尾酒会到另一场鸡尾酒会，从一个信仰到另一个信仰，从一种生活方式到另一种生活方式，从一个谎言到另一个谎言，从一个支部到另一个支部……从一桩愚蠢行为到另一桩愚蠢行为……目的就是为了躲开“执法令”、手铐和桑岱监狱……他们的心脏嗵嗵嗵跳得多么剧烈！他们一生最重要的时刻……唯一重要的时刻……啊，终于躲过一劫！吧啦吧啦！

那你们说说，我干吗要相信别人？我对尼索瓦太太没起疑心……这也许是个错误？在那么多病人当中……我只相信尼索瓦太太……她没有任何危险……真的是个不会伤害别人的女人……但她的那些手势！……她那张牙舞爪的样子！……她的手势比先前说到的那个酒鬼病人还要多……她不威胁我，当然不啦！……她不会在我的眼皮子底下挥舞酒瓶……可是她在抓什么东西的时候总是张牙舞爪……抓栅栏门……抓一棵卫矛……抓什么东西都那样……她踉踉跄跄的走不稳当……她已经记不住事了……也可以说她心不在焉……越来越衰弱了……她已经记不起来我家的路……她走错地方……哦！我的那些狗不会妨碍到她……她听不见狗叫！……她的眼神也不大好使了……说实在的，她的状况……那么……相信我，妨碍她的，是我不要她支付看病的钱……

我跟你们说，尼索瓦太太总是迷路……从下默东到我们家……她已经走到了去圣克鲁的路上，几个邻居把她给拽了回来……都已经上了那座桥……他们纳闷她这是要去哪里……她家住前费德尔布广场，在沃吉拉尔街的延长线上，延长线与下边的那条路平行……从她家可以很清楚地看见河水，塞纳河的河水……还有河堤……不远的地方，一百来米的距离吧，在维洛夫雷公路后边，是那家远近闻名的老餐馆："奇迹垂钓"……差不多还是原来的样子……餐馆的包厢还在，从前全巴黎的人都到那里宴请宾客，享受着凉飕飕的河风……小岛的前端已经没有树了……变成了工厂……但你可以看见远处的圣心教堂，凯旋门，埃菲尔铁塔，瓦雷里昂山！……可是那些食客再也不回来了……消失不见了……

噢！河上的航运还在继续……船来船往……拖轮和后面的一长溜，有吃水浅的，也有吃水深的，有装煤炭的，也有装沙子和瓦砾的……一艘接着一艘……上游……下游……从尼索瓦太太家里往外看，河上的一切尽收眼底……她不感兴趣……显然要看你有没有那种感受力……河上的船只穿梭往来能触动你，还是不能……船队从桥拱下经过的方式……就像捉迷藏……从尼索瓦太太家里，从她家的窗户那里，你可以看见船队进入桥拱……船队的尾部差不多还在天鹅岛……而桥拱的另一边，领头的船已经过了圣克鲁……你可以想象一下这段河面……从米拉波桥到叙雷讷……食客们可以享受什么样的视野！……

他们比我们更敏感，还没有到无节制的黑鬼那种地步……我只需看到阿西尔和热尔特鲁……哦！他们太令人作呕了……但无论如何，在他们的满脸皱纹和喉部下垂的肉皮里，在神经的干里，在纤维中，你还是能看到一丁点纤细的东西……

“奇迹垂钓”那个年代，多桨小快艇、肥绰的条纹毛衣和蓄着标枪型小胡子的划桨者风靡一时……我依然能看见我父亲留着标枪胡的样子……我依然能看见阿西尔坐在小快艇上，戴着橄榄帽，穿着大毛衣，露出肱二头肌……他看见所有的爸爸妈妈……咯咯咯地笑着上船的女顾客……环“鸽岛”之旅……砰！砰！射击！[①]沙沙声，无数细微的尖叫声，惊叫声……真丝长袜，鲜花，油炸鱼，单片眼镜，决斗！……“垂钓”餐馆，餐馆的包厢，现在适合推倒到塞纳河里……摇摇欲坠的“垂钓”……

我还记得那个泥鸽射击场，就好像我以前经常去那里一样……记得射击场的白杨树，还有在风中摇曳的树梢……你们能想象吗，因为不听话，我在从王家港到叙雷讷的塞纳河观光游览船上吃够了耳光！……那可是名副其实的观光游览船，不是当今看到的那种冒牌货……所有的游船上都能听见响亮的耳光声……那个时候就是采用这种办法教育人的……甩你几耳光，朝你的屁股上踹上几脚……如今已经文明进步多了……如今的孩子都“胆小乖巧”……

是的，那个年代，精明的食客享有一览无余的视野……不只是瓦雷里昂山，还有河的另一边的圣心教堂，整个河谷，塞纳河，塞纳河河湾……我也有这样的视野，从我家的窗户那里，从我为你们写作的地方，我没有什么好抱怨的……啊！还能看到隆尚赛马场，还有看台……就在正对面……

啊！我听见那帮老鬼们在说话……他们说得就好像他们曾经去过那里……敬礼！……全都是骗子！……他们压根儿就没去过……我呢？……军刀出鞘！……最后一次的七月十四日国庆大阅兵……卫戍部队全体出动……再加上第十一和第十二重骑兵团……冲锋啊！……

---

① 塞利纳青少年时期，在塞甘岛的南端有一个泥鸽射击场，当时的总统菲利克斯·福尔经常光顾。

可以说是最后一次冲锋……之后的阅兵式都是走过场，都只是在为萨夏[1]排练……再也没有军队……就像再也没有“奇迹垂钓”，没有货真价实的塞纳河观光游览船，没有敬重父亲的孩子一样……

我老在这里兜圈子……你们也许憋了一肚子气吧？……我前面跟你们说到了尼索瓦太太，我要下山去她家……我跟你们说到了那家摇摇欲坠的“垂钓”……但那是她的家……它摇摇欲坠却始终屹立不倒真是个奇迹！一台推土机要干一个下午……台阶，屋顶，窗户……啊！我家的铁皮屋顶，我，我也应该说一下……尼索瓦太太家的那些台阶、屋顶和窗户全都是一八七〇年之前的东西……甚至更早……房东根本就不想修缮……他就等着尼索瓦太太归天，然后就可以全盘出售了……因为找不到其他终止租赁合同的理由让她走人……一到时间她都是准时不误地支付租金……很显然，房东是个混蛋，可恶的骗子，十恶不赦，再怎么说房租都付清了的呀！

说得自私一点，我觉得我一点也不适合下山去尼索瓦太太家……我的那些狗呢？……我把它们关在阁楼里，把它们系好……是的！我看见它们撞碎玻璃窗，一个劲地往尼索瓦太太身上扑……是的，从四楼上面……是的，绝对没错！……它们突然发作，气势汹汹地要把她撕成碎块……尼索瓦太太手舞足蹈的动作做得太过头了……她张牙舞爪……什么都想抓住……但什么都抓不到……两只胳膊在空中扑腾……她踉踉跄跄，打着旋儿……宛如风中的树叶……她不应该出门的……我不知跟她说了多少遍！……她搀着我的胳膊让我把她送回家……

镇静剂也让她越来越迟钝……那是自然的啦！……我反对使用麻醉剂，但有时又非用不可……一百个病例中总有那么一例……尼索瓦太太就属于这一例……她的病情发展太慢……老年人的那种情况……

---

① 1953年，法国导演萨夏·吉特利（一译萨卡·奎特瑞，1885—1957）在电影《凡尔赛宫艳史》中再现了法国历史上的一些场景。

而且是那种一点也不明晰的情况……但肯定在扩散……并且一直在出血……哦！治疗得十分小心……可以说我是在护理她……左一层右一层纱布……仔细地包扎……尽可能减少吗啡的剂量……但是一直未见有什么好转，还是有点流血……“大夫！大夫！把它弄掉！……”“哦！尼索瓦太太，不行！……哎呀！……”治疗老年癌症患者所需要的巧妙和机智是令人难以置信的，不可思议的……唉，我见过，我知道外交需要巧妙和机智，我在大使馆干过……你需要同样滑稽可笑、愚蠢透顶的言行，才不至于被那个患了癌症的老妇扫地出门……你和你的那些药膏……你的希望和你的那些小玩意，那些烧灼器……见鬼去吧！……滚远点！……尼索瓦太太的问题是，她再也不出门了，她窝在家里，再也不上山来看我了……她的病情没有好转……没法好转……哪天要是倒下了，就再也起不来了……可能挺不了多久……佩蒂奥！朗德鲁！博诺！布格拉！……他们没指控我出卖奠边府[1]已经很不寻常了……没指控我是一九一四至一九一五年莫伯日[2]溃败的罪魁祸首！……他们自然会说，是我把尼索瓦太太给毁了……毫无疑问会这么说！……塔特和数百家消息灵通的报刊不是口诛笔伐地指控我把加来海峡卖给敌人了吗？……我已经见怪不怪了！……如今又要加上尼索瓦太太吗？妈的！要是她走那条小路下山的时候晕过去了怎么办？……不！……我一步一摇还是可以到外面走一走……一直走到塞纳河吗？……不！……下面的那些人肯定全都看见了……所有那些布告……横加在我头上的都是些什么罪名啊！……结果就成了这样：“你看见那边的那个老家伙吗？……”诸如此类。

哦！还不只是我犯的那些罪行……还有，也许，尤其是我穿衣

① 越南奠边府在法属期间（1884—1954）有约2万名法军驻守，是法国最大军事据点。1954年3—5月的奠边府战役中，法军1.6万人被歼灭。

② 法国北部加来海峡大区北部省的一个市镇。

服的样子……我没打算叫裁缝给我做一套新西服来迎合下默东的评论家们……他们看我不顺眼吗？……他们知道我是怎么看他们的吗？也不撒泡尿照照自己！……他们爆炸时的威力会如同原子弹！……中子脉冲！……恐怖至极！……脑袋！灵魂！屁股！……是的！……是的！……可是尼索瓦太太会怎么样？……

所以，我下山去尼索瓦太太家……可我重申，我信不过……河边的人对我充满敌意……原因嘛，五花八门……啰里吧嗦……喋喋不休……我穿衣服的方式……此其一！……布告上的恶意中伤……此其二！……我免费看病，我没有女仆，没有小汽车，我的那只垃圾桶，我外出采购的东西，诸如此类。确实，我只能趁天黑之后再下山……我沿着那条“羊肠小道”而下，带着一条狗……更确切地说是两条……那条“羊肠小道”，一过七点钟，就难得碰到人了……从“羊肠小道”下边去往前费德尔布广场，只需要一分钟……尼索瓦太太，她的房子，正好在倒数第二排，三楼……我之前去过……我先把两条狗给安顿好……我几乎总是把阿加尔带在身边……它一边打鼾，一边等着我……没把狗带在身边我是不会去冒那个险的……阿加尔毛病一大堆……它爱发出低沉的嗷叫……它爱长吠……链子全都被它缠绕在一起……到处都是……它把那条链子变成了一条蛇……它在前面跑的时候，你的双脚常被链子绊住……然后它又跑到后面去了……你得不停地喝叫：“阿加尔！阿加尔！……”它陪你赶路的话，你随时都有可能被掀翻在地，把骨头摔断，百分之百……是的，不过阿加尔有个长处，它不跟任何人套近乎……这是一条不合群的狗……它一心一意只伺候你……打个比方吧，在尼索瓦太太家，我给她看病的时候，它就待在外面的楼梯平台上，要是有可疑者在附近转悠，我一点都不用担心……甚至有人在对面的人行道上出现……它都会狂怒不已……尽管它身上有那么多毛病，却是一只名副其实的“防卫犬”……而不是“所谓的”……莉莉的那条狗名叫富丽达，在山上，要恶劣得多……它几乎都不认识我，只想和莉莉一起外出……所以，我给尼索瓦太太看病的时候，先在楼梯平台上把狗安顿好，让它在门口的擦鞋垫上趴下……你们千万不要以为我胆小怕事，我什么也不怕，但是，被一群长满疱疹、阴险狠毒的小鬣狗围猎了十五年之后，我不想被人砍杀，被一个做梦都想拥有一块写着“在这里，利多瓦泽富砍死了某某某”的大理石碑并获得荣誉的抖抖索索的可卡因瘾君子砍杀……这事关我光明磊落的自尊心……噢！有一个……两个……三个家伙在下面……就在那里……等着我……我一点也不会觉得奇怪的！……而尼索瓦太太也是心知肚明的……而且知道内情！看她那笨头笨脑的样子，还有她屁眼里的恶性肿瘤！……绝对的！我认识一些病情恶化的患者，比她更接近死期，却掺和到一些乌七八糟的勾当和更加邪恶的阴谋之中……我从家里出来之后，不管是有病人还是没病人，等着我的可能都不是什么好事……假如你真的尽忠职守，等着你的有可能是最糟糕的……尤其是在楼层之间，上楼，下楼……比方说，我在吉拉东街那套房子的楼梯间，别人要砍死我，是不费吹灰之力的……一些杀手跑来……他们要把我变成布拉格那样，变成布达佩斯那样……他们给我写信……他们现在还在懊悔……一阵猛烈的连发射击……我就死翘翘了……砍你之前不会对你发出一丁点含糊不清的威胁……不会的！……不会！……一个精悍的斯大林分子发出的那种威胁……一个名叫瓦扬·艾希安纳的人……不是众议院里的那个瓦扬[①]……众议院

① 指奥古斯塔·瓦扬（1861—1894），法国无政府主义者，1893年12月9日在法国众议院丢了一颗炸弹，炸伤了很多人，后被送上断头台。曾为法国两院之一的众议院1946年之后改名为国民议会。

再也激不起任何人的兴趣！人类历史总是反复无常、异想天开、狂野不羁的！第一幕：里戈东舞……乌拉！……第二幕呢？……喝倒彩！好烂！拉稀！看看恺撒吧！……在他之后有多少人想效仿他？想效仿他的人多得不计其数！从卢维杜尔[①]到莫莱[②]！跟剽窃我的作者一样多！……恺撒，还有亚历山大，那都是了不起的人物！……可是假如你想步其后尘……就像瓦扬一号！……瓦扬二号！……

我们还是把往昔留给格雷万蜡像馆吧！……回到当下！回到尼索瓦太太那里！……我们此刻就在她家里……我刚才已经跟你们说过了……我在查看是不是一切正常……看阿加尔是不是很乖……它睡在擦鞋毯上打着呼噜……它的耳朵在动……然后就不动了……比起尼索瓦太太，我更信任阿加尔……楼梯间一有风吹草动……房门发出一点点细微的吱扭声……阿加尔都会像闹革命一样！“大夫，我躺下是不是更好些？……”“您就躺下吧，尼索瓦太太！……”我把医疗器械都带上了，注射器、灌洗器……敷料……镊子……“我是不是还在流血啊，大夫？”“……噢，太太！……噢！没有！……非常非常少！……越来越少了！……”“那气味呢，大夫？”“……气味也越来越小了，太太！”

假设被我治疗的人是那个瓦扬……那个想搞掉我的懦夫瓦扬……特罗普曼[③]或者朗德鲁……或者塔特本人……或者数以万计追捕我多年的母驴一般愚蠢而固执的人，从一座监狱到另一座……他们是如此热衷，如此亢奋！我不会改变我的风格……我的方式……一丝一毫都不会……我就是那个好撒马利亚人[④]的化身……潮虫们的撒马利

① 杜桑·卢维杜尔（1743—1803），拉丁美洲独立运动早期领袖、革命家，海地共和国缔造者。

② 居伊·莫莱（1905—1975），法国政治家。1956—1957年担任法国总理。

③ 特罗普曼是19世纪一个臭名昭著的凶犯。

④ 指好心人、见义勇为者。源自《圣经·新约·路加福音》第10章25—37节。

亚人……我忍不住要帮他们……皮埃尔神甫更像是加蓬人，加蓬神甫……我们等着瞧好了……我嘛，情况再清楚不过了……我是那个“好好大夫”……所以我在西部监狱的医务室（白天夜里都是灯火通明）时，担负的是“提振精神”的重任……假设我看见塔特在那里，就快断气了……我会对他说：“母驴！牝马！牝鹿！臭狗屎！……起来！冲锋啊！拿出胆量来！不要泄气！……你的样子像傻逼，但你接受过教育……”塔特或者其他人……显而易见，精神状态好坏决定了一切……说真的，而且可以说是确凿无疑的，我觉得尼索瓦太太剩下的日子不超过五个星期……最多能活六个星期……而她是不想去大医院的……噢！不愿意去那里！她想要的人是我……只要我……我的护理！……当然，她会遭受痛苦……但不会特别难忍……癌症……可是精神状态对癌症患者的毒害更大……幸好！……幸好！……如我所愿……病人不知道自己病情的话，情绪会更稳定一些……否则他们会惊慌失措……会一蹶不振……什么病？……到什么程度了？……他们会目瞪口呆，浑身哆嗦，冒着冷汗……尼索瓦太太会哼唧两声，但不会出现那种剧烈的疼痛……她就像那种病人……试图直起身子……跟你聊天……甚至试着吃东西！……可是她做不到……全都放弃了……越来越虚弱……死人的气色……尼索瓦太太已经到了这个份上……至于我，我看到的景象是，我至少要下山两个月给她换敷料……她是再也不能出门了……轮到我出门荡马路了……噢，不是在大白天……我说过了……是在夜幕降临之后……不是我害怕自己被人砍杀害怕到那种程度……不是的！……而是我不想被人看见，这是第一要务！……他们别来烦我！……他们想干什么就让他们在自家的玻璃窗后面想吧！……好了！……我嘛，我不要别的，别让我看见他们就行了。

嗯，尼索瓦太太躺在床上……我给她放好敷料，包扎完毕……我开始跟她说这说那……说严寒已经结束了……很快就能看到丁香花了……我们挨冻也够久的了……很快就能看到黄水仙了……还有铃兰……这个冬天也太不同寻常了，打破了所有的纪录……我收好药棉……她跟我要一卷……我给她留下……好啦！……啊！卫兵大路上的那棵桃树怎么样了？……究竟？……它耐寒吗？……它咋样了？……我告诉她说……那棵桃树不仅耐寒，而且还开了花……就是长在墙中间的那一棵，夹在两块花岗岩之间……那棵树真的就是春天啊！……这对她来说是新鲜事……我非常懂得如何让人重拾信心……让他们振奋起精神……以前我在牢里见过一些绝食的死囚，我曾经让他们重新开口吃饭……用友好的方式……给他们开个小玩笑……然后再开一个……

我一边跟她聊天，一边整理我的小器具……啊！我忘了一件事！……打针！……得给她打一针……2CC 吗啡！她会睡过去……然后我再走人……我给她注射了 2CC……我看着外面……透过玻璃窗……我谴责别人是窥淫癖……没错！……没错！……我真是不可救药了！……我也变成了彻头彻尾的偷窥者……我一点都不喜欢被人偷看……可我本人，对不起！很可怕，我承认！……无论我身在何处……而在尼索瓦太太家更加要命：窗外的灯火！……我凝望着……远处……塞纳河……尼索瓦太太很快就要睡着了……她不搭理我的问题了……那扇窗户，我已经跟你们说过，朝向前费德尔布广场……总之，朝着河滨……我，我看见了河滨！……尼索瓦太太肯定没看见……首先吧，她睡着了……我甚至看见了来来往往的人群……一些人是不是在给一条驳船上货？……我要问问尼索瓦太太……我要让她醒一醒……

“喂！尼索瓦太太！……您看见下面的那些人了吗？”

“下面哪里？”

“给驳船上货的那些人……”

她不清楚，她无所谓……她翻过身去……她发出鼾声……我只好独自一人欣赏……我必须说的是，我不只是个偷窥者，还是个狂热的港埠活动、船来船往、船舶泊港的爱好者……从前我和父亲在海堤上待过……在勒特雷波尔[①]……一个星期的假期……天哪，我们看到的是何等繁忙的景象啊！……小渔船进进出出，冒着生命危险去找牙鳕……寡妇和她们的毛孩子向大海祈求……海堤上演绎的是哀婉动人的一幕幕……是悬念！……相比之下，布袋木偶戏大剧院里的表演和亿万票房的好莱坞惊悚大片真的是小儿科！……此刻，在尼索瓦太太家，看到的是塞纳河……噢！我还是像孩提时一样，被荡漾的水流和穿梭来往的船只深深地吸引住了……被深深地迷住了……假如你是船迷，迷恋它们的工作方式，它们的开航和返航，是因为这是你一生的挚爱……能够吸引你一辈子的东西并不多见……随便什么样的驳船一现身，我有望远镜，我站在阁楼上，目光会一直追随着它，我看见它的名字，它的编号，它晾晒的衣服，还有手握舵柄的那个人……我把望远镜对准它，看它如何穿过伊西的那个桥拱，那座桥……不管你是不是一往情深的船迷……你天生喜爱港口的熙来攘往，喜欢破旧船只，码头运输和水坝……随便哪一条多桨小快艇靠岸，我都会飞奔过去，我要探个究竟……从前我总会飞快地冲过去看……现在我不往那里跑了……现在用我那个望远镜，就足够了！……

随便哪一条瘫痪发霉的驳船沿着一条运河爬行……我都会追随它一直到下一个船闸……哦，当然，我也追寻过那些年轻的女孩子……好多好多的女孩子！……但我大部分时候都被水上穿梭来往的景象迷住……拱桥的若隐若现……另一座拱桥……肥大的油轮……接着又来了一艘……那艘小快艇……一只海鸥……两只……激流中水泡变出的

① 法国诺曼底大区滨海塞纳省的一个市镇。

魔术……啪啪声……你能感觉到抑或感觉不到……平底驳船一艘接一艘……

从尼索瓦太太家的窗户往外看，我看见了码头上的繁忙景象……我能看出来……人头攒动……我看见那是一艘驳船……你长着一双会欣赏码头景象的慧眼……否则你无异于愚钝的乡巴佬，无异于潮虫，不是吗？……是异类……好吧……比方说那种“公共汽车发烧友”……好吧……我由于总在那里目不转睛地眺望码头上的车水马龙的景象，最终发现那一切跟我原先想象的根本不是一码事……压根儿就没有驳船……没有装载的瓦砾……也没有煤炭……完全是另外一码事……是的，绝对没错……我简直不敢相信……我的理由是，前费德尔布广场边的堤岸从来就没有被路灯照亮过……镇政府负担不起……首先吧，从那里经过的就没几个人……然后吧，那些捣蛋鬼总是把所有的路灯都打烂……那是他们最大的乐趣……砰！……身手可敏捷啦！……镇政府很久以前就放弃了，所以一到晚上，那里黑得伸手不见五指……让你联想到苏伊士……而且那段堤岸全是弯弯曲曲的裂缝……有好几米完全坍塌了……需要彻底重修……我们的上山路也需要重修……有什么东西不需要重修呢？……还有那条公路……那家大工厂需要扩大规模……我一直站在那里朝窗外看，我看见水上有动静……他们并没有卸载沙子和煤炭……我把这一情况告诉侧卧在床上的尼索瓦太太……我把她叫醒了……她对河堤一点兴趣也没有……她还停留在我们刚才说的那个话题上……植物生长延缓，春天……所以她跟我回答的是春天的事……我听着……啊！答非所问啊！……我嘛，说的是河堤……我可以告诉你，在黑暗中……我看见的景象非同寻常：我发现那不是一艘驳船，压根儿就不是！……啊！我的眼睛可是有超强穿透力的……那是一条游览观光船，千真万确！……我甚至看见了船的名字，用巨大的红色字母写着的“大众号”，还有船的编号：114……我是怎么看见的呢！……没准有一盏小灯泡的微光把它照亮了？……抑或是从一家商店的玻璃橱窗里透出来的亮光？……不是的！……所有的铺面都关门了……这个嘛，我敢打包票！我看着，我看见了整个广场……“大众号”几个字看得十分分明……停靠在码头上……船上人来人往……人们三三两两走在一起……三个人走在一起的情况更普遍……他们是从山上下来的……走的是我下山时同样的山路……我好像觉得……他们上了船……他们在跟什么人说话……说完他们又走了……我能说他们在说话吗？……我觉得是……但我听不见！……我能看到他们，仅此而已……上船，与别人擦肩而过……三人一群……在舷梯那里上上下下……我能隐隐约约看见他们的脸……这个我也不敢断定……不如说是他们的身影……是的，那当然啦！朦朦胧胧的身影……不是很清晰……我本人不也一样，不也是朦朦胧胧的吗？……我本人就是！……所以嘛！……谁又不是朦朦胧胧的呢？……我有一点受刺激……我心里很不痛快！……我想！……所有的欧洲人都跟在我的屁眼后面，对我穷追猛打！……是的，所有的欧洲人！……还有我的那些朋友……那些亲戚……他们你争我斗，看谁从我这里掳走的东西最多！……让我来不及说声“喔唷”！……我的眼睛！……我的舌头！……我的钢笔！……啥都不放过……欧洲人何其残忍！……纳粹不是什么好鸟，可是你告诉我，欧洲人又有多么温情脉脉呢？……我一点也没有言过其实……何其漂亮的“传票”……检察院的所有公诉……我承认，我受到了一定程度的干扰……比方说，对于码头上人来人往的景象我是不是看得特别清楚，我并不是十分确定。

见鬼！……我跑题了……你们会被我弄得稀里糊涂的……那艘观光游览船确实停靠在码头上……我看见它了……谁也不会反对我这么说……人们成群结队……来来往往……穿过黑黢黢的码头……鱼贯而行……经过栈桥……走到船上……哦，没有散步者……那是肯定的……那个地方不是用来散步的……首先吧，眼下还是在三月末……刮着凛冽的北风……当然，我们经历过比这里要严酷得多的寒冬……我们北面的科瑟，波罗的海，贝尔特海峡……至于结冰，我后面会跟你们说的……如今待在这里，已经相当不错了！……你不想出去溜达的！……一股十分险恶、会让你瑟瑟发抖的寒风……而那条“大众号”观光游览船呢？……那不是一个梦！我看见它了，是的！可是，就像其他的一切事物一样……全都笼罩在迷雾之中……也许是我自己的缺陷？……我贫血？……或者是因为眼睛盯得太久？……尼索瓦太太不再听我说话了……她在打瞌睡……她可能没有办法帮我解开这个谜团……会不会真的是一艘观光游览船呢？……首先吧，尼索瓦太太即便醒着，她也不会有太多的想法……看看她是怎么去我家的你们就会明白了……抓着树枝……抓这个……抓那个……碰到什么抓什么……她并不是因为喝醉了所以走起路来摇摇晃晃的……不是！……她只是身体大不如前了……仅此而已……你让她在码头上走，她坚持不了两米……就会掉到水里去……扑通！……两米……你们想想看！……我倒是可以去那里走走……走走看看！……她不行的！……我不是那种优柔寡断的人……到底是不是眼睛发花？……讨论问题的实质！……要么那是一艘名叫“大众号”的船，要么是我无聊并且喝多了……何以见得？……我的脑子有点不对劲！……事实胜于雄辩！……比起我来阿加尔更加理性务实……一点点异常的事情发生……它都会汪汪大叫……犹如狂风暴雨……你怎么叫都阻止不了……它要把前费德尔布广场闹个天翻地覆，连带所有在广场上穿梭来往的人……所谓的人……加上所有的店铺……它会一直叫到所有的店铺都把门重新打开……我只要说一句：阿加尔！……哦，在我们家那群猎犬中它是闹得最凶的！……证据就是：邻居们都很恼火……“哎呀，大夫，给它来一针……您就给它来一针吧！它那么叫下去的话，我们的日子没法过！”郊区的邻居，屁点大的事情都会让他们的日子没法过！疲劳，折腾来折腾去折腾累了，他们都会怒不可遏，气急败坏……你养的狗让他们忍无可忍……加上生活的辛酸……心烦意乱的妻子，家庭主妇……再加上距离大商场太近……你和你的那群猎犬便成了他们的出气筒！

此时此刻，我一直在纠结，阿加尔要纠正我的错误：到底是影子，还是确有其事？我是不是幻想的牺牲品……到底是不是？……见鬼？……是河水形成的效果吗？“我去去就回，尼索瓦太太！”下楼梯！……我们随即就来到了下面的人行道上……我，还有我的那条狗……人们来来往往……穿过前费德尔布广场……一点不错……阿加尔用鼻子闻着他们的气味……它没叫……我看不见这些人的脑袋……脑袋都被风帽包裹着……不是真正的风帽，只是一些破布片而已……破布片做成的无边软帽……凹进去的头巾式女帽，反正把脸都挡住了……让你感觉到这很不寻常……另外，天黑了，不是吗？……反正差不多黑了……但永远都不会黑得伸手不见五指……阿加尔没有叫……我走近码头……在那里我看见了……哦，确定了！……在这里可以肯定了！……是一艘观光游览船！……名副其实的！编号是114……还有它的名字……我走到更近的地方……是一艘旧船……不是现如今大家看到的那种仿制的游船……钟形罩，把游客们都关在里面的钟形罩……全玻璃，像个玻璃橱窗，我在山上在我家里看见经过的那种……不是那种！……这条观光船是个名副其实的老古董……船型已经非常过时了……比我还要老……有一个巨大的锚……在前面……船的周围挂满了救生圈……一连串的救生圈……花环一样的救生圈，黄色，粉红色，绿色……救生艇……还有那个倾斜的大烟囱……还有船长的艉楼……甚至连油漆都是那个年代的……煤焦油和淡紫色……船上的那个盾形纹章应该是新的，“大众号”那几个字……

我不是在说胡话……我知道塞纳河上的游览观光船是什么样子……我没有胡说八道……小时候，因为我气色不好，为了调理好，我们每个礼拜天都会在王家港登船，最近的浮码头就在那里……五个苏就可以去叙雷讷游个来回……一到四月份，所有的礼拜天……不管是下雨还是不下……讨厌的小毛孩，到外面去透气……市中心那几个街区所有的毛孩子……并非我一个人长着一副“混凝纸浆”样的脸……还有我们的家人……到外面去治疗……他们管那么做叫“治疗”！……去叙雷讷打一转后再回头……大碗大碗的新鲜空气……随风而来的全都是新鲜空气，只要二十五生丁……可不是那种安安静静的水上游览……你会听到那些母亲在叫唤……“别在那里抠鼻子！……阿迪尔！阿迪尔！……深呼吸！……”吸进了新鲜空气的毛孩子开始欢蹦乱跳！翻过所有的围栏到处攀爬！从轮机到厕所！……抠他们的鼻子，摸弄他们的裤裆……啊！尤其是那个螺旋桨……卷起巨大的漩涡……水泡组成的漩涡……你发现他们在那里……有十五……二十……三十个……全都被惊呆了……母亲们和父亲们也跟在旁边……还有耳光……老拳……喂！皮埃莱特！……喂！莱昂斯！……我们全都堆在那里！……尖叫……眼泪……啪！啪！……耳光和空气治疗！……一个人要五个苏，这钱可不能打水漂！……“你这个小流氓，你就等着进苦役犯监狱吧！……”这些毛孩子，全都让家人感到无望！……“呼吸，呼吸，该死的！”……啪叽！……啪叽！……“我叫你呼吸！”那个时候，童年是耳光的同义词。“深呼吸，小混蛋！”啪叽！“让你的鼻子安静一会儿，小无赖！你不擦屁股，臭死了！脏猪！”不久之后，过了相当长的一段时间之后，对于良好天性的幻想冲击着我们的家庭，变态心理，生理抑制，诸如此类……“你臭气熏天，你没擦屁股！别老在那里捣鼓裤裆！”在一九〇〇年前有这些话就足够了……再加上狂风暴雨式的耳掴子……就为了强调那些话！……没有挨过耳掴子的孩子势必会变成惯犯……十恶不赦的恶棍……杀人犯……鬼知道还有什么！……那都是因为你没有严加管教！……

如此一来，观光游览船上闹喳喳的……惩处，教育……深呼吸，狠狠地扇耳光……此起彼伏……船首的锚上……船尾的螺旋桨上……啪叽！啪叽！“亚娜特！……莱奥波！……”“丹尼斯，你又在裤裆里搞什么鬼！”要让他们记住他们的礼拜天！……这些一脸的“混凝纸浆”、鼻涕四流、老不听话的毛孩子！……最可恶的是，父母亲煞费苦心带他们出来想让他们好好呼吸新鲜空气，而他们却故意作对，就是不呼吸！……从王家桥到叙雷讷，往返！……

所有的人都拥到船的一边时，整条船都会发生侧倾……那是必然的……那些父母们也跟在一块……那些做母亲的又开始叫骂了……“你是故意的，小混蛋！”说完，啪叽！啪叽！……“呼吸！呼吸！”……船长躲在驾驶舱里大呼小叫……要他们站稳……“不要所有的人都挤在一堆！……”通过他的那个扬声器……可是根本就不顶用！……他们扎堆得更厉害！越来越厉害！……那些毛孩子，还有他们的父母亲，祖父祖母！……还有耳光……躲耳光……还有尿尿……这条破船整个儿翘了起来……眼看就要翻了！……哪有游玩不发生混乱的？……乒！……乓！……“克洛蒂尔德！……”噼！啪！上去就是一顿巴掌！……“加斯东！……你的口袋！……你在摸自己！”啪叽！……“脏猪！”

我们出去呼吸新鲜空气的人还真不少……从王家桥到叙雷讷的这一段水上游览还特别强调是专为患有哮喘、百日咳、支气管炎的小家伙们量身定做的……所有的店铺，市中心、嘉永、维维安纳、王宫街区的所有的店铺，全都像盒子一样装满了面色苍白的小毛孩……他们到了礼拜天才能呼吸到新鲜空气……歌剧院、佩蒂尚、圣奥古斯丁、鲁瓦的那些街区……全都上船治疗去……从商店的后间倾巢出动……

必须要好好利用……“深呼吸！深呼吸！”从王家桥到叙雷讷！

说到街区，说到令人窒息的环境，我们所住的西瓦瑟廊巷比哪里都恶劣，那是全巴黎最不卫生的区域，是整个光之城[①]的最大煤气灯罩！……三百个奥尔[②]牌煤气灯持续不断地燃烧……小孩子都是在窒息的环境中成长……塞纳河无论如何还是好多了……去治疗！……不管是在外面游河还是回到店铺，巴掌反正都少不了……那个年代，“计划”不会每周都修订的，不会的！……但是，不管会不会挨巴掌，空气、泡沫、螺旋桨、颠簸、巨大的浪花和水泡组成的漩涡，那些再怎么说都犹如在天堂……“有海鸥，妈妈！”啪叽！……“别趴在栏杆上面！”尤其是，从布洛涅开始，孩子们就再也按捺不住了！森林！……风太猛烈了！……母亲们再也抓不住他们了……你发现她们也哭哭啼啼的……到处都有人在抽泣，所有的座椅上……“克雷芒丝！克雷芒丝！……”“儒尔，你在哪里？……”只是在过了普万-杜尤尔[③]之后，秩序才稍稍恢复到可以接受……那帮毛孩子变得更安静了……再也看不到树木了……只有房屋……返程了……巴黎的空气……阿尔马桥……

可我，慢慢地，我把你们给忘了……我跟你们讲的是童年旧事！……我下楼到那里不是为了把你们弄丢……我还是应该小心一点……我看东西有些模糊……我已经跟你们说过……前费德尔布广场和码头……没有路灯……尽管如此，我还是看见了那些人……某一类人……还有那条观光游览船……啊！那条观光游览船，现在清楚多了！……一点也不是幻觉……还有所有这些来来往往的物种……穿越广场……然后又返回……至于那条船，尽管我已经很迟钝，但我

---

① 指巴黎。

② 德国煤气灯公司旗下的一个品牌。

③ 巴黎西郊布洛涅-比扬古镇的一个街区。

还是没有忘记它的名字，它的盾形纹章："大众号"……还有它的编号：114……眼见为实！……到了这里，我环顾周围……四周……这座名叫前费德尔布的广场……商店……没有一家开门……也没有亮灯的……没有一个门面……在那里，我可以看得非常清楚了：这条名叫"大众号"的游览船不是当今的式样……哦！一点都不像！……一点都不像我在山上从我的窗户那里看到的那些塞满了游客的观光船……我跟你们说过了吗？……这船也不是一九〇〇年代的那种式样……而是一个名副其实的老古董，船身基本上都是木质的……另外一件事情我愣是闹不明白，我怎么能看见这些人来来往往……天很黑……夜幕降临……没有一盏路灯亮起……不管是广场，还是在马路上……还有那些店铺……没有一盏霓虹灯……我也许应该稍稍弄明白自己在说什么……别像尼索瓦太太一样把什么东西都混为一谈……霓虹灯，玻璃橱窗，煤气灯！你们怎么能辨认出来呢？……我呢，我在那里可以证实，那些人两人一伙……三人一群……来来往往……那是没有疑问的……我已经跟你们交代过了……至于天气，差不多快要冷了……能见度呢？……我能看见河的对岸……对面的陡峭河岸……是的……那座小岛……还有那家工厂……整座工厂……我下来后，在河滨逗留的那段时间里，什么都看……看空中……天空……我试着想看到点什么……什么也没有！……是不是有几颗星星？……我不是很确定……有东西在闪烁吗？……也许是飞机？……不是！……只是夜色而已！……至于路灯，全都被那些小毛孩打爆了……所以，假如有一点微光，它不是来自月亮，不是来自河堤上的路灯，也不是水的反光……我的烦恼是，我太理性……我必须要找到解释……我是那种绝对一丝不苟的医生……我受不了有悖于常理的东西……事实就是事实……是就是……不是就不是！……也许，是不是可以说，那是磷火？……一种非常微妙的现象！……有不多的那么几次，我就与类似的微妙现象狭路相逢……诡异现象……到现在依然让我心有余悸……我是个彻头彻尾的实证主义者……事实就是事实！……这条观光游览船，它有什么奥妙呢？……见鬼去吧！我要去把它翻个乱七八糟……翻个底朝天……我要看看它的底部……还有所有那些人，甭管是鬼还是人……还有对面的那座小岛……还有岛上的工厂……那座工厂，我要把它凿沉，看它会不会浮起来！啊！全世界都想笑！小心！……可是河的另一边的陡峭河岸呢？……我看得很清楚，比这边还要清楚……比大白天看得还要清楚……我甚至看见了河对岸的那艘“赫拉克利特”……一条名副其实的驳船……上面还晾着衣服……还有做好了的饭菜……

啊！我还能看见河对面的全部河岸，还有那长着小杨树的河滩，比扬古……

好吧，好像很奇怪，因为我下楼到那里是为了验证我是不是在做梦……是猪油，行人，山楂，还是克里斯托弗·哥伦布？科尔特斯[①]？……是原生动物的外质，还是什么都不是？我要搞个水落石出……我把我的阿加尔也带了下来……它会叫吗？……那都是人！……它可没有幻觉……啊，那当然！……你们好！它用鼻子嗅着！……对他们嗅来嗅去！……我的样子挺可笑！……我怎么唆使它都没用：叫！ 阿加尔！……阿加尔！……叫！……它就是不干！……它这个十足的噪音制造者！……左邻右舍的心头之患！……“它让我们的日子没发过了！……”可现在来到这里，得啦！我自己先叫，带着它叫：汪！汪！……想要它做出回应！……才懒得理你呢！……它嗅着那些行人，仅此而已！……假如它很想叫的话，莉莉都能听见的！……叫声会向莉莉传递我的一些信息……我们出来已经

① 埃尔南·科尔特斯（1485—1547），西班牙军事家、征服者。

有些时间了！……在山上什么都听得一清二楚，塞纳河和堤岸的所有声音都不会错过……要是阿加尔叫了，所有的狗都会跟着叫……在我们家什么都能听得一清二楚……声音会传上去……工厂的警报，钟声，孩子们的尖叫，翻斗车的哐当声……所有的声音！……可是阿加尔就是不想叫……它想发声的时候，可以叫得跟一艘拖轮一样响……可此时此刻，它屁都不放一个，它只用鼻子嗅……所有那些行人，一个接一个地嗅……然后是砾石……然后开始撒尿……然后又回过头来嗅……既然如此，那我要亲自朝莉莉叫了，朝贝尔尤，朝山上……“嗨，莉莉！……”我的声音也还是比较洪亮的！……不瞒你说！……堪比射击场的声音！……第十二重骑兵团的声音！……“嗨，莉莉！”声音至少能传到奥特伊……我都能听见……那回声……就在这时，有一只手！有一只手碰了碰我的胳膊……我没有回头……阿加尔使劲地嗅着……劲头越来越大……我转过身去……有个人！……我看见一个人，狂欢节上戴着假面具的那种人……那种加乌乔牧人[①]和童子军组合成的小丑，反正吧，就是穿得花里胡哨的……镶边的宽大长裤……还有那顶毡帽，也镶了边！……帽子，长裤，短袖衫……全都上过色……五颜六色！……一只白鹦鹉……还有那些马刺……硕大的帽子，黄色，蓝色，绿色，粉红色，一直罩到了大胡子……是的！……花白的卷胡子……圣诞老人！……这个怪人把自己的脸藏起来了……你看不见他的脸！……他把自己隐藏起来了……隐藏在大胡子和太阳伞一样的帽子下面……换作是你们会怎么做呢？

“你谁呀？”我问道……

哦！我一下子就明白过来了！……好了！……我和他拥抱了一下！是他！……我们拥抱在一起……

---

① 指生活在南美洲潘珀斯草原上的牧民。

“啊！是你呀！……是你呀！”

我们又拥抱了一下！……是勒维冈[1]！我真是太高兴了！居然在这里，碰到勒维冈！

我发誓！……就是他！……喜从天降啊！……他在这里出现，穿着奇装异服！……勒维冈！……

“你从哪来的呀？”

“你呢？”

自然啦，我们很久没见面了……锡格马林根一别……光阴似箭啊……

我们俩都有过被人死命地围追堵截的经历……可不是随随便便追两下就放了的那种！……还有，在法庭上……他是那么英勇无畏！……我寻思着他站在法庭上直面他们的样子……戴着手铐……为我辩护……没有多少人为我辩护的……没有一个人……法庭大厅里坐满了豺狼虎豹……他们不爱听他说也得听啊！……迫不得已！……他说我是绝无仅有的爱国者！……真正的爱国者！……绝无仅有！……说他们一个个流着口水，发着嘶哑的喘气声，全都是恶毒的鬣狗！

居然在费德尔布滨河路与他不期而遇！……勒维冈！……勒维冈！……

“是怎么回事啊？……勒维冈，到底是怎么回事？”

“别说那么大声！……”

我压低声音：“你是从那艘观光船上下来的？”

我希望他能告诉我……

“是的……是的……阿妮塔也是！……小心别说那么大声……阿妮塔，我妻子……阿妮塔在船上……”

---

① 指罗贝尔·库吉洛（1900—1972），艺名勒维冈或维冈，法国演员，塞利纳的朋友，曾在德占时期通敌合作，战后被判入狱多年，获释后于1951年移居阿根廷。

通常情况下我反应很快，可是这当儿一下子冒出那么多事情……“大众号”观光船，从船上下来的勒维冈……穿得像加乌乔牧人的勒维冈……花白的大胡子……我还以为他在布尼诺斯艾利斯呢！……而且，还带着一个阿妮塔……我没见过那个阿妮塔……

“她在船上……做司炉工的助手……那个司炉工你也不认识吗？”

“不认识！”

司炉工？我哪里认得什么司炉工？

“不会不认识的！……不会的！你认得他！……哦……是埃米尔！法国志愿军团[1]的埃米尔！……‘诚心’修车行的那个埃米尔！……你原来那辆摩托车就是在那里买的！”

他的话轻轻搅动了我的思绪……啊！是的！……啊！是的！……“诚心”修车行……那扇能通汽车的大门……是的！……确实！埃米尔……法国志愿军团……我的摩托车……我几乎想起来了……是的！……没错！……他说的没错！……那个埃米尔后来去了凡尔赛[2]……然后去了莫斯科……确实！……确实！……我知道的！……然后他又从莫斯科回来了……这就是证据！……可是他怎么做起了司炉工呢？在前费德尔布广场码头？……在“大众号”观光船上？……司炉工？……那个阿妮塔还跟他在一起！……还有这个可敬可佩的勒维冈？……怎么一回事呀？……亲爱的勒维冈……他是售票员，他拍了我一下，他朝我晃了晃他的帆布包，好一副褡裢！……在肚子上摇晃……还发出叮当声……他给我看……他把包打开……满满一包金币……更像是一只皮挎包……

“呀，你收了一大笔钱吗？”

---

① 1941年6月，苏德战争爆发后，维希政府断绝同苏联的外交关系，批准建立“法国反布尔什维克志愿军团”。

② 法国志愿军团的兵营在凡尔赛。

“瞧你说的！……只是些硬币！硬币！……硬币！……卡伦的渡轮！你想想看！……”

我不想表露出一副惊讶的神情……我甚至觉得这非常正常……

“当然！……当然！……”

“卡伦的渡轮……你也知道？”

“噢！是的！……噢！是的！……显而易见嘛！”

“现在你看见了，就是那一条！”

噢！那当然啦！……很正常啦！……“大众号”是卡伦的渡轮？这是我求之不得的，我！……我很乐意！……“大众号”是船的名字吗？……好！……好！……我没有任何异议！……

“那你告诉我，这些全都是死人吗？”我想做到心中有底……“所有这些上船的人？”

“不是死人还能是什么？”

是死人……那好！……我不会再追问了……最重要的，是他在这里，他本人！而且没死！……没死啊！……穿着滑稽可笑的奇装异服……是的！假面舞会上穿的那种！……还有大胡子……那是什么样的大胡子啊！……一直拖到了他的钱包上面！……

“你没带套索吗？”

既然说到这个话题了，为什么不问问？一条套索！我有些冒失……

“别说套索的事！钱，才是最重要的，儿子！”瞧他怎么说话的！而且用英语！

“钱，儿子啊！……只有硬币！……这很容易理解！……爽快一点！……我敢肯定卡伦很精通这种业务！……你待在这里就会明白……”

他很可爱。

“可是，告诉我，我怎么会看见你，我？……怎么会呢？……还有那条船……码头上没有任何灯光……你看！”

无论如何，这都是个谜团……

“噢，这个嘛，是因为你有这种本事，你就是能看见我们！……你跟别人不一样，你知道！你很特别！……你可能不会明白！……”

这种解释是不是太简单了？

“而且，我没有权利！”

“你没有权利？……喂，你说说，阿加尔不叫，也是因为它很特别吗？”

“也许吧……也许……”

“这个你也解释不了吗？”

“见鬼，解释不了！”

阿加尔这个可怕的咆哮狗，突然就变成了哑巴狗……特别……谨慎……我是不是该相信，我？……阿加尔……那条破船……勒维冈……都懂魔法？……都死了？……好吧！……好吧！……也许？死了，这已经很不错了……

我要继续伪装下去：“你怎么回来了？……你不在那里为自己辩护了？”

我了解他的境况……他依然面临着诸多危险……

“你听着！……我已经受不了……仅此而已！”

“你已经厌倦了？”

“是的！”

“我能理解……”

确实，我能理解他……假如你有过同样的经历……你会忍无可忍……总有一天要奋不顾身……在别的地方出生可以……但死在别的地方不成！……要回家！……那种诱惑力……是没有道理可讲的……

没有任何道理好讲……就像一个通人性的动物……

好吧！那好！……我承认……也好！……但这些来来往往的人……总也停不下来……穿越广场……上船……重新出发……他们在搞什么鬼？也许，他起码可以告诉我其中的原委……

“他们回家拿钱呗！”

我把他给问烦了……

回家拿什么东西？……我寻思……这些死鬼一点也不犹豫……该死！……别人已经当我死了……被人以为已经死了……已经死翘翘了！……我是绝对拿不到东西的！……比方说回去找一条手绢……一枚别针……那些东西一眨眼工夫就被人当成遗产继承了！从人间蒸发了！化为乌有了！……我拿到了什么呢？……除了对我的恐吓外，啥也没有！

“啊，说着玩的！”我说道……“你会回家拿什么东西吗？……”

“回家？哪个家？”他一脸的错愕……

“你待过的那个地方呀，难道忘了？……朱诺大街呀！”

“哦！不成！”

“那么，这些伙计都是死人吗？”

“你没看见吗？……你没闻到那股腐臭味吗？”

他说的没错！……我闻到了……阿加尔一直在嗅……可我一直没能让它叫出声……平日里它可是听到一点异响都会狂吠不止的……一点风吹草动！……现在它却一声不吭了！……

“它看到你也不叫……码头上的气氛迫使它闭嘴……不只是那些死人！……你呢，你还活着吧？”

我还有一个小疑窦……

“跟我说说，你怎么会在这里？……你是怎么跑掉的？”

要他给我解释一下……

挺复杂的……我听他说……他之前一直在阿根廷工作……他意外地交上了好运……和他的妻子阿妮塔拿到了一个“龙套”的角色，一个“外景”……

“你看见那些马刺了吗？……去看一下……《加乌乔牧人》……电影要拍两个月……马上就给了我一个角色……我别无所求，当然是这样啦！……差不多是被他们逼的！……去问阿妮塔好了！……一部历史片……先是演‘加乌乔牧人’……然后是‘强盗’……然后又演了‘叛军将领’……一部涉及他们那边的历史的影片……我觉得还不错……正好庇隆[①]下台了……一直是他在资助……我要说再见了……我也被清理了……我待不下去了……我和阿妮塔……我说……勒布伦[②]！贝当！希特勒！我已经笑够了！……庇隆……他妈的！……闭嘴！……所有的港口都被封锁了，禁止出港！……我的乖乖！……到智利的圣地亚哥才找到一条开往法国的货船……你懂我的意思吗？……啊，你！……横穿整个南美洲！……整个潘帕斯大草原！……在草丛中走了三个月！……那草长得有这么深！”

他跟我比画了一下……

“你不知道潘帕斯大草原吧？……在里面走了三个月！……阿妮塔穿的是绳底帆布鞋！……我呢，倒是有双靴子！……我把阿妮塔的鞋底重新换了……把我的也换了……用的是路上找到的树皮……不容易啊！……要是能找到几块车胎就好了！……好吧！……可是那些树！……在安第斯山脉什么都能找到！……都能找到！……安营扎寨的东西全都有！……卡车，厨房设备，应有尽有！……正是时候！啊！……一列小火车……一列真正的小火车！……一城的加乌乔牧人……啊！要说啊！我告诉你那种绳底帆布鞋，仓库里满满当当

① 胡安·庇隆（1895—1974），阿根廷民粹主义政治家，曾三任阿根廷总统。

② 阿尔贝·勒布伦（1871—1950），法国政治家，法兰西第三共和国最后一任总统。

的全是这种帆布鞋，还有靴子！……要是我们能给自己弄一套该多好！……你真该去看看！……他们把什么都送给我们……就这么简单！……钱，你说吧，我不想要的，他们非要我收下，不收他们还跟我急！……他们见过我，他们有一个放映厅，他们知道我！……有声电影而且什么都有……他们在《狐狸》中见过我……"

"你真是不可思议！……"

他没让我把话讲完，他是多么令人难忘啊！……等等，等等……不只是在电影《狐狸》当中……还有许许多多其他影片！……必须让他快点讲完！……我必须闭上嘴……让他快点说！……我们没时间了！

"时间？你的意思是？"

"卡伦，你看见了吗？"

他再次陷入惊恐之中……卡伦！……那个所谓的卡伦……

说到这里，有一件事……

"你是怎么找到这条观光船的呀？"

"通过埃米尔！……埃米尔！……是埃米尔！"

他大声呼叫埃米尔。

他在工作，埃米尔……他下来了……更确切地说他是滚下来的……从舷梯上……勒维冈把我介绍给他。

"这是费迪南呀！"

埃米尔压根儿就认不出我了……我也一样认不出他了……我想不起他了……我呀，很显然我已经变了……他是不是也变了呢？我打量着……

勒维冈把事情经过又一五一十地跟我讲了一遍……不幸……埃米尔遭受的全部磨难……那可不是开玩笑！……他是从坟场里爬出来的！……埃米尔！埃米尔，没错！……我都认不出来了！……从坟场里爬出来的，偌大的坟场！……从公共墓穴里……事情的详细经过是这样的：当时他正从邮局出来，尾随他的警察把他一把抓住……将他掼倒在地……戴上手铐……眨眼之间！……“跟我们走一趟！”说完就要把他带走……他们想这样……可是周围的人群不让他们这么做……那些行人……他们把他从警察手里抢走……“臭名昭著的志愿军团分子！”所有的人一拥而上……对他动私刑！把他撕成碎片！就在那一刻！他们把他身上的骨头全都打断！……大胯骨……颅骨……骨盆……他们还抠掉了他的一只眼珠……所以他一直戴着一块蒙眼布条……走路的方式也很滑稽，他的下半身，可以说，就像一只蜘蛛，而且完全是倒转着走……我看见他下舷梯，简直都认不出来了，恰似一只虫怪……必须说他碰巧在那一天抛头露面也真够蠢的……而且是在邮局……大邮局……警察嘛那还不算什么，可是蜂拥而至的人群……他们甚至都没给他去警察局的时间……布洛瓦街的那个警察局……他们把他剁成了肉酱……肉酱和碎骨头！……人们的心里就是这么想的：肉酱和碎骨头！……就这样在邮局前的人行道上……那家大邮局……一辆渣土车从中央菜市场开了过来……“把他拉去剁肉末！”他们嚎叫着。那个肢解牲口的屠户不想要……“把他拉到蒂艾！”直接丢进尸坑里！……可以想象，那也是致命的……他在最伟大的复仇光荣日那一天倒下……埃米尔，倒霉的并不只是他一个……那一天，成千上万的人被群众施以暴行……就在同一天……被认出是志愿军团或者别的什么军团分子……这里……那里……在外省……在巴黎……

好吧！……埃米尔被丢进了尸坑……然后，过了五六天之后……尸坑里的死人开始动了……那种乱蹭乱动……在他的身体下面……那些死尸……开始动弹，在他的身体上面、下面翻动……费劲地挣脱出来……千真万确！……开始把自己弄出尸坑……它们往上爬……埃米尔经历过莫斯科被围困，熬过了三个俄罗斯冬天，亲眼目睹过不计其数的别的用更恶劣的方式埋葬的倒霉鬼……从更巨大的尸坑里奋力爬出……火山口，烂泥坑，名副其实、乌烟瘴气的万神殿……他讲述着……他不要让自己被这种小事惊骇到……各种堆积如山的残骸……所有的城市……市郊……工厂……还有火车机车……还有坦克……我操！一支支坦克部队陷入万丈深坑，深得都可以把香榭丽舍、凯旋门和方尖碑埋下去……影子都见不到一个……小菜一碟！……只需告诉你们，埃米尔他早就准备好了！……当机立断！……在蒂艾，他被卡在了骷髅堆下面，他拼命抓住那些破衣服……肉块……破布片……嗬！他奋力一爬！跟那些尸体一起爬，因为它们也在动！……就这么干！……他也一样，需要借力！……他让人把自己拽出去！是的！……出去！……可以想象他是多么的疼痛难忍，但他没有松手！……它们要走吗？……他跟着一起走……他跟它们一起往下……朝塞纳河走去……朝陡峭的河岸走去……紧跟不舍……它们就像是去朝圣……三三两两的……像在祈祷……一直到“大众号”观光船……朝圣的队伍死一般的寂静……埃米尔也没弄出声响……没有人说一句话……让埃米尔惴惴不安的是：没有声音！……不要再次遭人残杀……不要被人发现……他知道，好啦，他知道了！……知道是怎么回事，都明白了……最关键的一点是要避开活人……他之前已经在邮局那里见识过！啊！已经见识够了！……无论是有警察，还是没警察……要是再次被他们抓住，他就别想逃走了……埃米尔并不笨……他知道自己有多么的幸运……在尸坑里和那些准备设法脱身的人在一起！刚好！……他不想离开他们……“他们要往那边走？……那好，我跟紧一点！……”他一直跟得紧紧的……羊肠小道……弯弯曲曲的山路……下坡……栈桥……啊！可是到了那里……就是在那里……才到那里，一只脚刚踩到桥上……一个声如洪钟的人，一个人的声音在喝问:“您在干什么?……”然后就不用“您”而是“你”了……“你从哪里冒出来的?你是什么人?”埃米尔看不见那个人……那人在他后面……他没有转身……

“我从厂坑里爬出来的!……我跟他们是一起的!”

“啊!你跟他们是一起的,你这个流氓!啊!你跟他们是一起的,骗子!下流坯!啊……你跟他们是一起的!”

然后是“乓!乓!”的两声……还是他的脑瓜……当头一棒!乓!用什么打的呀?……榔头吗?乓!他晕倒了……他没看见那个怪物……来不及……是谁呢?

“我是卡伦,你听见了吗?!”

他苏醒过来……看见了那个家伙……一个巨无霸!……真的非同寻常!他告诉我,那个家伙起码有三四个我那么大!……一个大腹便便的大胖子……但却长着一副猴脑,又有点像老虎……半豹半猴……仅他的体重就能让所有的东西倾斜……让整条船倾斜……他还告诉我,那家伙穿着像礼服一样的衣服……礼服,但是那种制服式样的……镶着银质泪珠状饰品的那种礼服……但最骇人的还是他的帽子,跟他的身体一样大……海军元帅的那种……高大、宽阔,还镶了金边!

埃米尔的话把我逗笑了。

“哦!你会见到他的!……没什么好笑的!……起码有三四个你那么大的块头……我告诉你!……你就等着瞧他怎么收拾你吧!”

我止不住咯咯地笑……勒维冈却一言不发……

“你等着瞧吧!……他用船桨抽你的脸!……你等着瞧好了!”

他言之凿凿……

“他用长柄桨劈开他们的脑袋!……不骗你!”

“啊?”

我吃惊地“啊”了一声……他说的是卡伦的长柄桨……

“所有上船的人，都会被他暴打一顿……我没说错吧，勒维冈？……他在他们的脑袋上划桨，劈头盖脸……他在他们的脑袋上摇橹，告诉你！……我没说错吧，勒维冈？”

“没错！……没错！……”勒维冈附和道……

“他就是这么干的……谁也别想躲过去……这可是他的王法……王法呀！……要让他们还债……相信我的话！……我还会像我说过的那样说话：‘报到！埃米尔！’……可是钱呢？我要是有钱，也会被他掠走！这是明摆着的！……他会把我搜刮一空，让我上船……要是我跟他说：‘先生，这是黄金！……’那好，站到一边去！跟他的话，要现金！现金！……你会看见他怎么修理他们……有钱吗？……没钱？乓！乓！……扭扭捏捏？……那你什么也甭想得到！……乓！……钱！我的元帅！……野蛮残忍至极！……没时间浪费了！……钱！你们有吗？……没有？……做母亲的！……小毛孩！……一视同仁……乓！……撕成碎片！……还债！……要现金！……‘没有现金？……回家拿去！……’你看见他们了吗？……他们正往家里赶！……我说的对不对，勒维冈？……你说呢？”

“对！……对！……没错！……”

“他们把钱交给他……我说的没错吧，罗贝尔？”

“是的……是的……没错……”

我只用看到那只巨大的钱袋子……啊！那把长柄桨我也看到了……那把赫赫有名的长柄桨！……是真的，他没撒谎，真大啊！……你都可以拿它来当橹摇了！……没错！……关于长柄桨的事我还是知道一些的……我看见它杵在那里，从码头一直到烟囱顶部……真长啊！……比栈桥还要长……没有一个人能把它抬起来哪怕一点点……只有巨兽才可以……仅凭人力是动不了它的……用它可以打爆他们的脑袋……我渐渐看明白了……可是，他们也许在跟我开玩笑？……勒维冈，埃米尔和那个女的，他们三个人都在跟我开玩笑？……全都在跟我开玩笑！……不管是有脑袋，还是没脑袋……有一件事情先要搞清楚……他们是怎么来到这里的……他们……他们是怎么碰到一起的……勒维冈，马刺，阔边毡帽……还有从墓坑里爬出来的埃米尔……还有阿妮塔小姐……我太老了也太疲惫了，不会觉得有什么事是不可能的……但有一件事确信无疑，那便是我要开溜了！……有桨，还是没桨……有卡伦，还是没卡伦……所有这些都很不正常，是的！……很奇怪……就说我是个好奇心很强的人吧……你生性好奇，那你永远都会是那个样子……可是在这个事情上，埃米尔，勒维冈，还有那个漂亮妞，他们远不只是让人觉得奇怪……还有他们所乘坐的“大众号”观光船！……开溜之前，最后一个问题！……

“你们是在哪里碰到一块的？”我问道。

“在阿根廷使馆。”接着他还补充了一句，“在克里斯托弗－哥伦布街。”

“可是你，你才从阿根廷回来呀！”

“那又怎么样？我们碰到一起了，仅此而已！阿妮塔和我，我们一直想回去！……埃米尔，卡伦把埃米尔赶走了……你没听明白吗？……他想到处看一下，他还不了解阿根廷。”

他和阿妮塔，他们俩都没有有效证件……他们是偷渡离开圣地亚哥或者其他地方的……他们全都是骗子……至于勒维冈，他，有一件事是确信无疑的，如果他被抓，即使是在人们所说的“特赦”或诸如此类的恩典之后……他就会被关进牢里！……十年！……二十年！……

见鬼的穿着狂欢节奇装异服的加乌乔牧人样的勒维冈啊！……

这可不是闹着玩的……又不是在演电影！……是的！……他和他的漂亮妞得赶紧逃走……可是另外那个呢，另外那个从墓坑里爬出来的家伙，他去大使馆那里搞啥子名堂呢？……闲逛？……当游客？……那个从法国志愿军团里出来的埃米尔……他呀，他可不是从阿根廷回来的！……啊！居然动起了去那边的念头！……去那边重新开始生活！……就像他说的……新大陆！……他会不会被他们轰出来呀！……“你不读报纸吗？……那你不知道发生的事情啰？也许你是庇隆主义者？”他们会更仔细地盘问他，因为他衣衫褴褛，身上只剩下破布片和绳子……一旦他开口说话……砰？一声，被丢在了人行道上……他们就是这样碰到一起的吧！……“你好！你好！你怎么样？……你？你？是你吗？”啊！人行道上可不只是他们俩！……而是成群结队的一大帮！……全都是申请前往新世界的人……勒维冈跟我说最让他觉得尴尬的，是埃米尔的那一身衣服……尤其是他的马刺……排队的那些人都在问他是从哪里来的……“阿根廷！”……他们都不愿意相信……

是真的，马刺，我也知道一些，能把一匹马刺痛！……

“啊！你真聪明！”

他恼火了……他跟我解释道：

“我已经是历史人物了！……你明白吗？！……一个片段！……这些马刺你取不下来，已经缝在靴子上面了！……他们再也不像这样穿衣服了，一点也不！……一部古装片……你知道什么是古装片吗？”

我才是那个白痴！

那另外那个呢？……那个埃米尔呢？……他也可能来自古代？……会吗？……还有那条观光游览船呢？……还有所有这些来来往往的人呢？……三三两两的……长龙一样的队伍……他们都是跑去见卡伦的吗？……带着他们的骨头……等着被长柄桨收拾！……乒

乓！……脑浆四溅！……貌似真实可信……而且这一切都发生在尼索瓦太太窗户下面的前费德尔布广场……河堤上……阿加尔使劲地嗅着他们，也就嗅嗅罢了……我一遍又一遍地怂恿它叫，但我怎么刺激它都是白搭……它就是不叫！……平常它却是那么叫得起的！……像雄狮一样！……

算了吧，有一件事……我下山是为了给尼索瓦太太看病的，给她敷药，可我却掺和到这档子乱七八糟的事情之中！……乌烟瘴气……所有这一切到底是怎么一回事？……全都是想象出来的吗？……阿妮塔，那个穿着蓝色粗布工作服的棕发褐肤女子……埃米尔，法国志愿军团里出来的司炉辅助工……还有我看得十分分明的那些来来往往、络绎不绝、穿越广场回家拿钱的所谓的死人……所有那一切，黑灯瞎火的，全都是我的想象吗？……

没有一盏路灯！……没有一家商店铺面开门！……我已经跟你们说过了……那是我吗？……一场梦？……我曾经被他们非常粗暴地虐待过……当然啦！……我承认……我依能强烈地感觉到某几次的打击给我留下的后遗症……我属于那种容易动感情的类型，很内向……是的……那是我跟别人不一样的地方……可是怎么会有这样的幻觉？……也许依旧是听觉上的毛病？……可视觉上呢？……瞎扯！……视幻觉！……这种情况极少……极少发生！……视幻觉！……

假如他们的那位卡伦现身，那就不是做梦！……他们那位所谓的握桨巨怪……还问我跑去那里搞什么名堂……

"你说说，埃米尔，他怎么把你弄去做司炉的？"

"司炉和机械师！"

语气生硬，说完又重复了一遍：

"机械师！"

“你不是！”

“怎么就不是了！……怎么就不是了！……他妈的，你那时不是经常去吗？！……你想不起来了？你的摩托车？”

“啊！是的……啊！是的……”

我没想起来让他很恼火……他在考兰古街的那家修车行……是的……考兰古街……很远……摩托车……吉拉东街……弗朗哥街，等等……说到这些街道的时候，我就想起来了……所有的那一切！……他们从我那里掠走了多少东西啊！……反正，我只把贝贝儿救了出来！……而在这里再次见到埃米尔，让我困惑不解的，是他的身形缩小了那么多……蜷缩成一团……身上至少有十五到二十个部位断裂扭曲了……下半身变成了螺旋形……“复仇突击队”抑或是卡伦下的毒手……被他们残害……走起路来仿佛在转圈……一圈……两圈……然后再反过来，活像蜘蛛！

“埃米尔，你告诉我……那些乘客需要付钱吗？……”

我想到了我自己……

“那还用说！……勒维冈负责收钱……你看！”

我朝那边看过去……勒维冈做收银员……他不打人……打人的是卡伦……勒维冈前面排了很多人，很多！……他们全都卷款潜逃！一帮流氓！是的！全都是流氓！……这都是他跟我说的……全都是流氓！……卡伦只会感到失望……他们卷走了二十袋、一百袋钱！……他要搭载的都是些什么样的蠢蛋啊！……桥下的随便哪个叫花子！……“国际刑警组织”！……现在他只想要真实可靠的、保证可以留下的人……他可以信赖埃米尔……还有勒维冈和阿妮塔……他把埃米尔弄残了，是在他半死不活的时候雇用他的……他可以信赖埃米尔！……埃米尔对他的机器绝对忠心耿耿！……永远，永远，他们永远都看不见天日，不管是谁！……“大众号”游览船黎明时分就解缆出发……那是他们最忙乱的时候……恐怖！……恐怖！……那是卡伦现身的时刻！……大开杀戒！劈头盖脸，左右开弓！……所有的人！……先是那些付了钱的……然后是另外那些！……管你是付了钱，还是没付！……所有的人都得奉上他们的脑袋肉酱……长柄桨大屠杀！……

至于服装，我必须说明的是，只有勒维冈的服装让人觉得滑稽可笑……另外那两个，埃米尔和阿妮塔到哪里抛头露面都没问题。

“那么，你觉得他不会见钱眼开吗？……他很恐怖吗？”

现在我最大的困扰是钱……我在钱方面没花太多的心思……我一生最大的悲哀是把心思全放到别的事情上了……我想到了阿西尔，想到了其他的亿万富豪……他们除了钱，从不想别的事情……他们很幸运……你看看，在清除法奸的行动中，要是你有钱的话，你就什么事都没有！……

“啊！这还用问！……他还会劈开他们的嘴巴！……不管是谁！”

“那些付过钱的人可以免掉吧？”我让他再说一遍……

“免掉？……”好像我的话让他不舒服……“你会听见他们惨叫的！……你等着瞧好啦！”

这一类的事情我见过不少，但是他这么说我还是觉得有点奇怪……

“有钱人跟穷人一样？”

“你想怎么样？……乓！乓！有钱人！……穷人！母亲！怀里抱着的毛孩子！乓！他猛击他们的脑袋，打得脑浆四溅！……你看见长柄桨了吗？……在那里！……他的长柄桨！”

我老早就看到了！……从河堤一直延伸到烟囱顶部……杵在那里……好家伙！……一个工具！……比栈桥要长得多……

“他先把他们的颅骨打碎！……然后在他们的脑瓜里荡桨……搅个稀里哗啦的！……我告诉你！……‘把他们弄醒！’他就是这么说

的！……他也会这么对你的！……他要撇去他们脑子里的想法！”

“然后呢？”

“然后！……然后！……他们就不再啰里吧嗦了！他们打道回府！……或者立马付钱！你会听见他们嗷叫的！”

“这里吗？……还是哪里？……”

“你疯了吗？！……不是这里！……过了阿布隆之后……在维尔讷夫－圣乔治！……”

我不想问太多的问题……他们要从那边经过吗？……是从河对岸通过吗？……过了西瓦斯之后吗？……所有这一切都很诡异……残杀……和其他的一切！……还有埃米尔的有关情况……可是那气味是怎么回事呢？……那种很确定的气味……我是不能否认那个气味的……那气味你是不会搞错的……尤其是我！……我已经做过二十五年的“笔录”……阿加尔一直在嗅……嗅着所有这些怪物……一个接一个……可是他妈的它不叫！一声不吭……在山上，我们家里，一片树叶落下来它都会汪汪大叫……可此时此刻，它却一点声音都没有……彻底哑巴了……那么，这些人肯定非同寻常了……而且有一股子气味……那把长柄桨呢？……我依然可以看见它……不管是卡伦还是别个，那个结结实实的大家伙，你想要抓牢它把它稍稍提起来都要费好大的劲……一个巨怪才能把它拿起来……需要一股洪荒神力！

我还有一些问题……再滞留下去我也会成为牺牲品！……好奇心驱使！……相当多的问题！……就在这时工厂拉响了汽笛……换班了……凌晨一点钟……另外一声汽笛……更长……是一艘拖轮……请求叙雷讷开闸……报告有多少驳船……船闸……

所有这一切都很好，可是如果那个手持长柄桨的庞然大物在这里把我逮住了，我该怎么办？无所事事，到处闲逛？……会发生什么事呢？……跟这些怪家伙一起发疯似的笑？……他也会向我使出他的招数……把我打发回山上就像打发一个虱子吗？……或者变成半个蜘蛛……像埃米尔一样？……彻底捣碎……粉身碎骨！……

哦，现在不是呼呼大睡的时候！……思考……是的！……沉下心来想一下……但要赶紧跑路！……即使像我这种已经十分衰弱、十分萎靡，一个几乎要被击晕的人，我都明白……此处绝非久留之地！……当务之急！……这条名叫“大众号”的观光游览船不偏不倚就在我们的山脚下吗？那所有这些身上有气味的观光客呢？……还有勒维冈和另外两个同伴呢？……啊！尤其是勒维冈！……这个可敬可佩的勒维冈！……“你们不要把污水往费迪南身上泼！……他比你们更爱国！”在“特别最高复仇法庭”庭审时，他义正辞严地说过这么一句话！……他，戴着手铐！……昂首挺胸地站在那里！不是在幕后，不是在酒吧，不是在奶品店，也不是在巴黎高等美术学院的毕业舞会上！……他孤军作战……面对庭审委员会……他们要他承认，要他大声喊冤……要他控告我，说他的一切不幸都是由我造成的……不是别人……要他说我是他认识的最十恶不赦的混蛋卖国贼……是“纳粹宣传队”里最腐化堕落的无赖……电台，报纸，地下，暗杀……我！

我正在跟你们叙述事情发生的经过……历史性的事件……好吧！可是在河堤上赖着不走的话还真不是时候……天哪，见鬼！不行！怪事？找打吗？……赶紧脱身吧！

“勒维冈！……跟你说！……我马上回来！……我先去给我的病人看病！”

我没讲假话……我下山来就是为了给尼索瓦太太看病的……她现在应该醒了……

“你看到她的窗户了吗？”

我把那扇窗户指给他看……从河堤上看得非常清楚……打开的百叶窗……那是唯一一扇开着百叶窗的窗户……

我对什么事情都没有太多的畏惧，但我不想再逗留下去……也许他们所说的那个卡伦只是个骗局？……一个用来糊弄别人的玩意？……可是那把长柄桨呢？……我看见那把长柄桨了！……也许所有那一切都只是一个陷阱？……专门为我铺设的陷阱？……可那也太大张旗鼓了吧！……我绞尽脑汁……翻来覆去地想……那么那些来来往往的人呢？……他们也是陷阱吗？

“你看见那扇窗户了吗？……角落里的第一扇……那栋栗色房子……我上去一趟就下来……我会给你打手势……放心，我不会说出去！我不会跟任何人说！……”

我想消除他的顾虑！啊！却把他们逗笑了！他们捧腹大笑！……因为我的装腔作势！……他们三个都在笑！笑弯了腰！……一边笑一边对我破口大骂：

“虚伪的家伙！乡巴佬！喂，你这个呆子，给我滚！……走开！……别忘了把你的狮子牵走！……蠢货！”

我和阿加尔……我们想开溜的念头惹他们生气了！

“下流坯！臭婊子！老流氓！……滚，去嚼你的舌根吧！喂！快滚！叛徒！叛徒！”

在他们眼里我也成了叛徒！……我可不想让他们这么说我！我要他们闭嘴！

“小丑！跑龙套！……烂货！臭大粪！”我反唇相讥。

这下子他们彻底地不乐意了！他们仨！……我想赶紧走人……他们不答应……勒维冈也不答应……啊！我摊上事了！……把勒维冈惹恼了！……其他人我不管……可是勒维冈……啊！我都准备转身……登上他们的观光游览船……跟他们解释！近距离地！……谁是他们三个当中最英勇的一个！……见鬼！……他们真会利用时机！……一眨眼工夫我也怒不可遏了！……即使是勒维冈……三个人当中最善良

的一个……必须让他明白！他骂我是“臭婊子”，我要让他把那句话收回去！对不起！……对不起！……阔边毡帽！绅士风度！……我要让他懂得尊重我！……我就是这种德行！……天不怕地不怕！……我要让他把他的马刺磨平！……勒维冈！即使是勒维冈！……在锡格马林根我已经表明同样的看法！女士们，先生们！……我把他暴揍了一顿……在雪地里……在皑皑白雪之中！……为的什么？……我记不得了……我最好还是跟你们讲一讲……锡格马林根……下一次……在谣言满天飞之前跟你们好好解释一下……谣言加梅毒加臭虫！……一些从未去过那里的人道听途说来的东西，无稽之谈！……好！……我答应你们！……

可现在，在河堤上，居然发生了这种事！……他把我当成……他们全都把当成……还不只是我，连我的阿加尔也包括在内……把我们当成卷毛狗、臭婊子和蜈蚣！……尤其是勒维冈！……把我们当成疯子！……谁给的权利？……我要纠正勒维冈的态度！……他们三个！……我要好好教训教训这三个家伙！

“教唆犯！……死尸的奴才！”

我开始发威了……我要让他们知道……我上船就为了教训他们……但是他们用手指轻轻一弹，我就掉水里了……那我能捞到什么好处？……我都站不稳了……我最好还是远远地回击他们……甚至一边后退一边回击……

“你们都是混蛋！害人精！”

我的声音正好合适……我能听到回声一个接一个……一直到奥特伊桥……通过河水传过去……无论如何，走是上策……这些家伙不可理喻……而且莉莉一定在为我担惊受怕……我已经下山好几个小时了！

于是，我与这帮狂妄之徒分道扬镳！“再见！卑鄙的家伙！”我倒着往后走！我担心……担心他们朝我扔标枪……或者长柄桨……我倒着走完了整条“羊肠小道”……我倒着走上山……要是他们开枪呢？……我的视线没离开他们……他们什么话都骂得出……我也不甘示弱……那条羊肠小道四通八达……我最怕跟人吵架了！

“药西瓜！牵牛花！喂！铁线莲！”

我的“铁线莲”把他们骂得张皇失措……让他们哑口无言了……突然，他们一声“臭大粪”又骂回来了！……他们再次出击……一直到贝尔尤必定都能听到……一直到那片森林……圣克鲁……整个河谷……你们明白我的意思吗？！……我倒着走上山……突然我不再倒着走了！……汪！汪！……狗低沉的叫声……那是朝我叫的！……那叫声没有回声！……一条气势汹汹的狗！……哦，不是阿加尔！……不是！……是另外一条！……我看了一眼，是富丽达！……潜伏在那里的富丽达……那是莉莉的狗……那条母狗爱管闲事很不好惹……它躲在灌木丛后面的什么地方……

“啊！你总算回来啦！”

莉莉在找我。

“你的狗不是冲我叫吧？”

她没有答话……却问了我一个问题：

“你刚才去哪里了？”

“去尼索瓦太太家呀！你很清楚的！”

“去那么久？”

我停止倒着走……我们差不多已经到家了……但我依然在大喊大叫……

“北非佬！……蜂鸟！……夜莺！”

我朝山下……朝河岸边……我执意在对骂中获得最后胜利……可是那只该死的富丽达气势汹汹……狂吠不止……

“它在叫谁啊？”

“多达尔！……”

“多达尔！……多达尔！……”

“它会去把它找出来，你信不信？”

多达尔是我们的刺猬……那真的是个性情温顺的动物……但喜欢到处跑！它不爱待在一个老地方！……总是到处跑……像是长了一千条腿……到处钻……一个洞穴……一根树枝下……另外一根树枝下……富丽达就得不停地找……多达尔应该在一条树根下……富丽达要把花园翻个底朝天！

山下的那些家伙，那个致命的团伙，他们不愿意接受失败！他们还要负隅顽抗！

“菖兰！”

他们朝我嘶吼……他们在叫我……

“你让富丽达闭嘴！……它找不到刺猬了！”

富丽达在一棵卫矛下面仔细翻找刨掘……

“你在喊什么？”

“勒维冈在山下！……是他在那里胡说八道！……没错，是他和埃米尔！……他们叫我‘混蛋’！……他们才是混蛋呢，十足的混蛋！……还有他们的那个婊子……那个阿妮塔！”

我要让她也了解一些情况……她却反驳我说：

“忘了你的那个勒维冈吧！他在美洲呢！”

莉莉这个人，她总是对什么事都持怀疑态度，即使是我向她证实过的……尤其是从丹麦回来后……她说丹麦没让我得到任何好处……我不准备告诉她，下面停着一艘船，一艘观光游览船，船上都是幽灵……我们的那些流氓就在船上……

我从困惑之中走了出来……一阵汪汪的叫声……啊！是阿加

尔！……阿加尔开始叫了！富丽达跟它一起叫！同时叫！……

“它们找到刺猬了！它在那里！”

莉莉开心极了！多达尔被找到了！

“你明天再去看一下吧！”

她固执己见。

“它在那里！……哎呀！……它们把它找到了！”

没错，确实是多达尔，她把它捧起来……它没有把刺收起，它认得我们……莉莉抱着它……好了！……我们回屋了……我们带着它……

“你应该看到勒维冈了吧，他穿得像个加乌乔牧人。”

我可以想说什么就说什么……“是的！是的！”……她不拦我……我总是可以说东说西……对她而言，勒维冈在那边，在那边的世界尽头，就这么回事！……她已经变得很理智……那当然啦……我则变得不正常……从此就永远不正常了！……我的身体状况很不好吗？……当然，我知道……并不是从丹麦回来才开始……我感觉到了……脑袋，心脏，晕眩！……有一点了，是的！……我哆嗦得没那么厉害……是的！但说到晕眩……墙壁都在转！……我什么都没说……主要是因为莉莉……要是我把莉莉一个人撇下，她会意识不到……她就得一个人对付我了解的那些人……他们就像豺狼一样！……她怎么能挡得住啊？……债权人，继承人，亲戚，出版社老板……真正的头号流氓恶棍在这些人中间！山下的那些小丑不可同日而语！……还有那艘满是洞眼的破船！……那帮稻草人！……税务员，继承人，出版社老板……对不起！……啊！莉莉她是扛不住的！……她和多达尔还有我们养的那些狗！……

“把它们送到警察局的领养处！……”

说到这些事，我一直都不抱任何幻想……结冰了……我在打哆嗦……因为什么打哆嗦？……疲劳？……河堤上的那档子事？……是不是我说话说得太多了？……也许吧！……我到底因为什么打哆嗦呢？……我们慢悠悠地走回家……莉莉抱着多达尔……我负责那几条狗……

我非常抱歉，非常抱歉……实际上……那些事……我已经用我的笔写了下来……不是无稽之谈……不是随口杜撰出来的……这个故事是我亲笔写的……立此存照！

这事跟其他任何事都不像，一点都不像……一小段河上幻想……一艘诡异的船……船上的那些人……见鬼！……打寒战了！……这下我真的是挨了……我不得不躺下来……打哆嗦，浑身冒汗，像个傻瓜一样……比尼索瓦太太还要糟糕……是的！……我马上就意识到……我这是发病了……发病了！……毫无疑问……刚发病时你知道会发生什么事，后面你就开始胡言乱语了……我至少有二十年没有复发……是由于山下河堤上的冷风引起的……我也担心过……我真倒霉！……塞纳河上的河风！

莉莉问我她该做些什么……哦！哎哟！啥都不用做！……让我一个人安静地待着吧！……做医生的，除非是那些被病号弄傻了的，通常都只有一个念头：别去烦他！可以吗？！……他知道得了疟疾是怎么回事……得了的话一辈子都会有后患，就这么简单！……你开始筛糠似的“打摆子”……你把床铺震得叽叽嘎嘎响，震得都要塌下去了！……你一阵接一阵地发作……像乐谱纸一样有规律……你清楚得很，就这么简单！先是打寒颤……然后马上开始胡言乱语……啊！我料到自己会像个傻瓜似的胡言乱语……二十年没有复发过！

“不碍事，莉莉！”

我提醒她……啊！可是明天怎么办？尼索瓦太太怎么办？……当然！……要给她换敷料……不行！……后天！……不行！……三天

以后！……我会再次下山，那是自然的！……我会再看到那艘“大众号”观光船和船上的那一帮小丑……当然啦！当然啦！……我要把他们的卡伦好好教训一顿！那个所谓的卡伦，那个半豹半猴[1]的家伙，我会把他揍扁！……啊，天哪！……他大气都不会出……他会一声不吭……他向我讨饶的方式也非常特别……我一上去就会将那把长柄桨放在他的脸上砸烂！……咔嚓！……我要把他的那只硕大的长柄桨……乓！……乓！……砸成无数碎片……就像砸一根麦秆……把那个庞然大物砸个稀巴烂……一根麦秆？……不！……二！三！四！……现在我感觉到自己是多么的强大了！……整个床铺都在哐当、撞击、吱嘎、摇晃……我全身的力气都使出来了……我知道……我知道……这等好事！也不是昨天才发生的……从喀麦隆的那个时候就开始了……我本该申请残疾军人提前退役的……那我的抚恤金比纯粹申报伤残会多出百分之二三十，我的生活境况就会好很多……我的伤残至少可以到达百分之一百三！……我也不用在这里为了博你们一笑，为了讨好阿西尔和他的那帮虚伪的基佬同伙而费力写作了……奇耻大辱！啊！伏尔加河上的船工！……可是，他们赢了，那些船工！……铁证如山！……你们稍稍瞥一眼那些最低级的“政委”的屁股！……简直就是大主教之流的屁股！……当尼罗河所有的小地主的屁股都变成这样了，长成大主教的样子了，你们就可以放言说这个可行！……民族的梦想，全世界所有的民族的梦想……便是拥有大主教的屁股！和“政委”的大腹便便！……毕加索！布萨克！……罗斯福夫人！……乳头，等等！……乳罩！全部！

我在想……即便此刻处在这种大汗淋漓、浑身发抖的状态……我仍在想阿西尔每年捞数亿财富，他会把这些钱拿来做什么……现钞！拿

① 原文如此。前文为“半猴半虎”。

来擦屁股吗？……养小婊子？抑或用来垫棺材板？……他可以叫人把他的那口超级棺材好好地装饰、点缀一番！……垫料一律使用天蓝色丝绸、花边、发网和银制的泪珠状装饰……脑袋搁哪里呢？那个长长的长眠枕！……黄金羽毛和绒球蔷薇！……在点着蜡烛的灵堂，他的样子会相当可爱……永垂不朽的阿西尔！他那两只丑恶的眼睛终于合上了……他那可怖的微笑被咽了回去……他死了的样子倒是蛮中看。

我在说笑话……想让自己振作起来……见鬼，我在自欺欺人！……我会死在他前面……我拼命工作，这只会加快死期的到来……他呢，他在休养生息，那是老人养生的真谛：啥也不干，让别人干去！……那是权杆的全部想法……我呢，不管愿不愿意……都要为他的磨坊送去谷物……帮他养活他的小婊子……装点他的棺材……我转动他的石磨……“吁，你这头母驴！”我大汗淋漓，我把身体累垮……他则在一旁看热闹……他在颐养天年……他必然会比我活得长久！……

换作是B[①]或者K[②]……或者莫里斯[③]……这些党徒……让他们像我一样为阿西尔推石磨……你们看看他们的屁股会不会萎缩……看上去是不是更加体面端庄……他们的屁股和脸颊……不再穿尼龙紧身衣……不再戴胸罩……啊！亲爱的大主教们、政委们！……屁股受苦的人！……完全同意！你们强迫他们坐下来么？坐的是人民的餐桌还是圣灵的？你们看见他们长了十倍……他们就像用来比赛的猪，那是他们的天性，不管在哪个餐桌上！……你真是个虐待狂！……不内疚吗？不流眼泪吗？……你一点歉意都没有吗？……如此悲惨的命运？如此了不起的殉难者？为长出更多的肉膘而献身？肉膘总在不停地生长！……

好啦！……好啦！……我在闹着玩呢！……我在追求效果……

---

① 指苏联领导人布尔加宁。

② 指苏联领导人赫鲁晓夫。

③ 指法国政治家，曾担任法共总书记的莫里斯·多列士。

我要失去你们了……那尼索瓦太太的敷料咋办？……我的脑袋在哪里呀？……我脑袋里还剩下什么呀？……发烧！发烧，当然啦！……可是，尼索瓦太太的敷料呢？……夜里再说！……夜里一团漆黑！……浑身哆嗦！浑身哆嗦！就让这该死的床塌了吧！它已经被我摇晃得够久了！发出爆裂声！……不瞒你说！……床因为我疟疾发作而摇晃……正处在发病阶段！……还因为生气……他们在山下叫骂的那些话！……“菖兰！”……从那条满载着流氓的破船传上来……他们竟敢这样骂我！……还有“胆小鬼！”和“有种就来呀！”……我当然会去的！……不是去一次，我要去十次！……而且是单刀赴会！……有他们好看的！……我的肺都要气炸了！我感到自己已经熔化了！……这床我会把它烧掉的！……一九一七年我在喀麦隆已经像这样“熔化”过一次！……我要让他们大开眼界！……我摸了摸脉搏……我的体温还在上升……在烧到四十度的时候我会集中思想……那是思想迸发的时刻！……奇谈怪论吗？……也许吧！……我脑子里已经乱成一团了……下默东……锡格马林根……全都弄混了……是的！……可是贝当呢？……啊！他享受的可是安乐的生活！……他拥有“国家元首”的身份……就像勃热涅列夫①或铁托……高高乐②或者纳赛尔③……他有十六张食品配给卡！……赖伐尔……毕歇隆④……布里农⑤……达尔南⑥没他那么多……每人只有六张或者

---

① 影射苏联领导人勃日列涅夫。

② 影射戴高乐。

③ 阿卜杜尔·纳赛尔（1918—1970），埃及前总统，阿拉伯民族主义的倡导者。

④ 让·毕歇隆（1904—1944），在赖伐尔政府担任工业制造部部长，之后随维希政权到了锡格马林根。

⑤ 费尔南·德·布里农（1885—1947），法国律师、记者和政治人物，德占期间维希政权在巴黎的代表、国务秘书。与纳粹德国合作的代表人物之一。1947 年被枪决。

⑥ 约瑟夫·达尔南（1897—1945），法国军人和政治家，曾在维希政权担任国务秘书。1945 年被枪决。

八张……不是同一个级别！……而剩下我们呢，只有一张！……见鬼！……倒霉！……部长，国家元首，无名小卒！不公已死！……全都死了！死于不公！而且一点也不体面！……不加修饰，没有礼仪……我在逗你们开心……再也走不出死人圈……不管往哪个方向转……都是死人！……死人！……只有阿西尔还在……等待着……

再稍等片刻！……我已经病入膏肓，但我还没有完蛋！

我希望床铺坍塌……希望在床上打开一个缺口……一条水道……让我和我的床一起沉潜到波涛下面……我在不住地冒汗……大汗淋漓……

“你需要什么东西吗？”

“不……不需要……亲爱的！”

我呀，我从来都不需要任何东西……我拒绝一切……我不要一个吻……也不要一条毛巾……我想回忆一些事情……我想要一个人静静地待着……没错！……所有的往事！……所有的情况！……这就是我需要的！……我靠仇恨活着更甚于面条！……是实打实的仇恨，而不是那种“有水分的”！……另外还有感激！……抱歉！……我满怀感激！……拯救了巴黎的诺尔德林[①]真心想过要把我从牢房里弄出来……希望人类历史牢记！……你是回忆录作者也好，不是也罢……得啦！……得啦！……下面……河堤上……勒维冈……他真的穿得像个加乌乔牧人吗？山下……售票员和加乌乔牧人……售票员勒维冈……我想弄清楚……我想确切地回想起来……仅此而已！……不管是发烧还是不发烧！……我想要的是个准信！……阿西尔或者热尔特鲁拒绝出版我的作品……说我在撒谎……抱歉！……那就让他们拿

① 拉乌尔·诺尔德林（1882—1962），瑞典外交官，1926—1959担任瑞典驻巴黎总领事，据称1944年8月通过他的斡旋，德军驻巴黎城防司令肖尔蒂茨上将放弃了炸毁巴黎的名胜古迹的计划。

出证据来反驳我在锡格马林根不是那样！……会怎么样呢？……出故障？……我在河堤上什么也没看到！……既没有看到那条“大众号”……也没有看到幽灵……勒维冈也没穿成加乌乔牧人的模样……也没有阔边毡帽！……他戴的是一条巨大的包头布！……我很清楚……见鬼去吧！……巨大的包头布……在搏斗的时候我一把揭了下来！……在雪地里！……说实话，我们到底为的什么打了起来？……他的包头布是条绷带！……一条治疗耳炎的绷带！……

记忆是清晰的，忠实的……然后，突然之间……就什么都没有了……像玩儿一样！烟消云散了……你们会说，是因为年纪来了……不！……我要把勒维冈找回来！……还有锡格马林根！……还有贝当和他的十八[①]张食品配给卡！……我全都记得！……还有赖伐尔和梅内特莱尔[②]……我从来就没离开过他们！……还有黑森林和那只巨鹰……你们会明白我想说的是什么意思！……那个霍亨索伦城堡……请稍等！……

① 原文如此。前文写的是十六张。

② 贝尔纳·梅内特莱尔（1906—1947），法国医生，在维希期间担任贝当元帅的私人医生和顾问。其父亲是贝当的好友和私人医生。1944 年 11 月 22 日在布里农的唆使下遭德国人拘捕。

我在发烧的时候无法下定决心……阿西尔？……热尔特鲁？……他们俩一个比一个坏……但他们俩会不会把我甩掉呢？……十有八九……

啊，我早就下定决心不再写作了……只要稍微提到“写作”这两个字，我都会觉得很下流！……自命不凡，妄自尊大，“你读过我写的东西吗？”……这便是让我觉得尴尬的原因……唯一的原因！……我不是进入先贤祠的候选人！……世界上最昂贵的蛀虫！……贪食的苏富罗[①]！……我不是！……浮华的荣誉左右不了我……可是煤气、胡萝卜、面包干……你们知道的！……如果我冒那个险，那我是自找麻烦……为了煤气、胡萝卜和面包干……还为了我的那些狗，它们也得吃东西啊……我写的东西不多……可是你们看看有多少刻骨仇恨……有多少对我深恶痛绝之人……现在依然有！……在两轮监禁之间的那几个月……他们把我弄进丹麦松柏医院的“癌症病房”……我从未像那段日子里那样如此深切地意识到自己对世人而言是一个如此可恶之徒……尽管我全身依然在打颤，但我知道自己在说什么……毫无疑问，也没有丝毫虚构的成分……在丹麦，哥本哈根，松柏医院的“癌

① 雅克－热尔曼·苏富罗（1713—1780），法国建筑师，先贤祠的建造者。

症病房”……我向你们保证，在那里能听到鬼哭狼嚎般的惨叫……病床上的病人全到了癌症晚期……把我弄去那里算是一种恩赐……怎么说都比丹麦自由党的监狱里强……啊！也是为了帮忙……观察临终的咽气声……按铃叫护士……帮她收拾尸体……护士只需把它推到门口……放在走廊里……

丹麦哥本哈根的一切理应十分完善，理应干净卫生得超乎想象，足以让你享尽人间欢乐……千万别相信那样的鬼话！……那里跟世界上任何地方一样……我的意思是……意思是什么事都要女清洁工来做……什么事、什么地方的事都由她们负责……不管是在政府的各部，餐馆，政党里面，还是医院，都是女清洁工说了算！……她们可以清走一份档案，一个法律条文，一个国家机密，就像清走一名生命垂危者……世界睡着了……但女清洁工从来不会！……白蚁！白蚁！……第二天一早你就什么也找不到了！……你负责的那个垂危病人已经入殓弄走……约力克[1]！没有“唉！”……就让他们嚎叫！……就让他们等！……吗啡！……导管插入！……统统见鬼去吧！……我是值夜班的……负责按铃的“撒马利亚人”……快咽气了？叮当！叮当！……把他弄出去！又少了一个……艾尔娜……英格丽……打着哈欠朝我走过来……把那家伙推出去……我这么说，我一点也没有胡说八道……松柏医院，科室主任，格拉姆教授……优秀的临床医生……精明，敏感……哦，他从未跟我搭过一句话……他们是不跟囚犯说话的……我本人也在接受治疗……我也会粉身碎骨……不是因为癌症，那时还没得癌症！……只是受了西部监狱牢房、粪坑的侵蚀……我没有胡说，那粪坑……那可是真正意义上的粪坑！……黑咕隆咚，湿气很重，只是在靠近天花板的位置有一个枪眼大小的洞……让他

---

① 莎士比亚《哈姆雷特》中有一句台词“Alas, poor Yorick！”（“唉！可怜的约力克！”）

们领着你们去看一看哥本哈根西部监狱K区……参观游览对吗？参观游览是富有教育意义的！……哥本哈根并非只有新港[①]、趣伏里公园[②]、英国大饭店……你们作为游客是不会有任何危险的……比起监狱，癌症病房的好处在于那里没有铁窗，也没有枪眼……那里的窗户又高又宽，窗外是一片草地……北欧的草地是灰白色的……灰白得就像他们的天空和他们的波罗的海……那里的居民、云块、海水和草地都是清一色的……隐伏着某种险恶……你可能很容易看到仙女……在癌症病房是没有仙女的……我在那里的任务不是异想天开……而是为了侦听病人的临终前发出的喉音……不要过早或者过晚叫醒艾尔娜……或者英格丽……格拉姆这个人有一点挺好，他相信我，相信没戴手铐的我不会利用在癌症病房的漫漫长夜逃之夭夭……要说逃走那也是很容易的事……可为什么又没逃呢？……我一走莉莉就无依无靠了……还有贝贝儿……再说了，我能逃到哪里去呢？……所有的警察都有我的体貌特征卡片……我很快就会被再次抓住……到处都是警察……世界上的每一个国家……警察无处不在……与警察相比，色魔、窃贼和凶手都不在话下！小巫见大巫！……对面的瑞典怎么样？……马尔默[③]呢？……就别跟我开玩笑了！……我逃不了一百米……就会被重新控制住……后果更加严重！……绑起来！关进牢房！……交给法国国内武装部队[④]……瑞典人的专长：引渡！……你们不信？……喏，我会把那些自杀的囚犯的名字列给你们看……就在救护车上！……当着我的面！……手提灯照着！……啊！“庇护权！”……我好想看到蒙特

① 新港运河建于1669—1673年间，它将海水引入国王新广场。现为哥本哈根主要游览点之一。

② 哥本哈根的一个儿童主题乐园，建于1843年，也是哥本哈根最有名的景点之一。

③ 瑞典第三大城市、海军基地和交通枢纽，坐落在瑞典南端，隔厄勒海峡与哥本哈根相望，两城相距26公里。

④ 二战时法国国内的抗德民众武装。

朗[①]、莫朗[②]、卡布西亚[③]去那里体验一下！……看他们是不是依然那么喜欢搞鸡尾酒会，依然那么有免疫力，依然那么滑头滑脑热衷上流社会生活……看看他们还有没有陈设豪华的寓所可住……

在癌症病房，我担任这种按铃人的职务有一个好处，那便是我有足够的时间思考……所有垂危的病人总是比较闹的，尤其是在我值班的时候，在我的病房里，喉癌患者的声音……但是当你本人也被判处死刑的时候……就不再有任何东西能让你局促不安了……我一声不吭，我只是在思考，我的思维非常清晰……可不像今天发这种高烧的时候……糙皮病妨碍了你的视力，你看东西模糊不清，但你保持着一颗清新的头脑……你的判断力无懈可击……我周围所有的垂危病人，整个夜晚，整整两个病房……假如我回到蒙马特，很容易就能想象得出我会发生什么事……他们会把我夹在两块木板之间，然后把我锯成两截！……抓了个现行呢？……不开玩笑了！……夹在两块木板之间！……不要搞得那么复杂！……我听说他们正在抄我的家！……把我的公寓翻了底朝天！……把所有的东西都拿去拍卖！……卖到跳蚤市场！……美滋滋地享受着抄家的快乐……把我所有的床铺都当成柴火烧掉……如此一来，我能去哪里呢？……复仇的愿望得到了极大的满足……哦，这些杀人不眨眼的狂徒并没有人们以为的那么疯狂……他们可诡诈……可有远见了……老奸巨猾！……即使是在最狂热的时候，最让他们纠结的却是银行账户的安全……赖提提亚[④]！……那些

---

① 亨利·德·蒙特朗（1895—1972），法国作家。二战时因为德国占领军辩护而被视为“附敌合作分子”。

② 保罗·莫朗（1888—1976），法国作家，代表作《大个儿莫纳》。二战时亲近维希政府，担任维希政权驻罗马尼亚和瑞士大使。

③ 前文已提及，即法国政治家、作家、出版人奥拉斯·德·卡布西亚，曾被指控二战期间与德国合作。

④ 罗马神话中的喜悦女神。

最心狠手辣的恶霸，最极端的刺客、施刑者、剜眼睛者、睾丸阉割者，他们的座右铭是:“但愿一直这样下去！”

只要他们容许我在松柏接受治疗，我就不会离开那里……维生素……麦片粥……“但愿一直这样下去！”这句话也成了我的座右铭。我的牙齿全掉光了……体重也差不多少了五十公斤……从那时起，我就只剩下皮包骨了……监禁对人没有任何好处……谁受得了啊？……希望你们别认为我是个娇生惯养的家伙……也不要认为我能说会道……在那里绝对不行！……沉默是金！……因为丹麦那些监禁人的老鼠洞确实不是人待的地方……即使是那些非常严肃的挪威、芬兰和瑞典的专家都认为那种囚室太恐怖了……我真想看到莫里亚克、莫朗、阿拉贡和瓦扬之流也进去关一下，他们和他们的三孔笛，关个半年！啊！诺贝尔奖得主、龚古尔奖得主之流！会让他们顿悟的！……看他们是不是被吓得屁滚尿流！是不是满裤裆的肮脏排泄物！……至于我本人，我可以非常自豪地说，我的精神状态一直没有垮掉！……身体屈服了，我承认……身上的肌肉一块一块地掉了……红色的皮瓣……就像被虫子啃噬过一样……那是黑暗和监禁造成的……他们把我转移到癌症病房，居然没有人觉得奇怪！……糙皮病？……癌症？……在那些护士眼里全都是一码事，她们才不关心呢！……她们期待着把我也裹起来拉到走廊里……暂时呢，就让我在那里给她们打打下手吧……让我密切注意病人打出的最后一个呃逆！……让我既不太早也不太晚地按铃……让我把死者梳妆一番之后装殓上车……这一切尤其要在沉默中进行……永远都别说话，一句话也别说！……不管是对那个被我吵醒的女孩，还是第二天见到的同事……我待在那里，反正挺不稳定的……只是被容许……能派上用场但不稳定！……一丁点小事，一句话，他们就会觉得我多余了……

后来的一天早上，所有的人都不见了……一个护士都没有……

医生也不过来……之前他们总是按时赶到的……我心里随即毫不犹豫地对自己说：没戏了！……在某些环境中，你对自己的人生高度敏感……不是在别的时候，而是现在正当时……你有一种直觉，在一切不可避免地发生之前你就感知到了，这事是冲着你来的，而不是其他人……动物的本能……人类的愚蠢导致他们看什么问题都要运用辩证法，把脑子搞乱……

又过了一天一夜……没有人告诉我任何事情……周围一个护士也见不到……一个垂危病人断气了……被撇在一边，原封未动地侧卧着，面色蜡黄，嘴巴张着……没有一个住院实习医生……只有我和那些奄奄一息者……我一遍又一遍地按铃，但按了也是白按……

总算有个人出现了！……不是护士……是一名司机！……在硕大的门框下面……门洞大开……无比的宽大！……有两个门扇……那个人我认得……是送我到这里来的同一个司机……啊！不是个粗鲁的家伙！……一个看上去很沉静的壮汉……他没穿狱卒的制服……他穿的是“便衣”，一件华达呢上装……跟我的那件庞加莱款式的外套料子一样，我告诉你们这个细节，你们也许觉得毫无意义……不要，不要说那些！……在那种环境下！……我们俩都很得体……两个病房里只有我和他，还有那些虚弱的癌症患者……再也没有一个护士，再也没有一名见习生，再也没有一个住院实习医生……“过来！”他对我说道……不要白费口舌了！……我早知道了……他要把我带回牢里……

可以说在我穷困潦倒的一生中还是有很多回忆的……不是那种一钱不值的、风景如画的回忆……而是付了钱的！付出了极其高昂的代价……那一幕情景我一直记在心里……那个司机，站在门框下面对我说“过来！”……既不粗暴，也没有任何其他的……他一动不动，傲然挺立……他要把我带回牢里……在城市的另一边……没有押送队员……没有戴手铐……对我一百个放心……坐的是一辆老式敞篷小汽车……我可能又要在里面关上好几个月……那种滋味一直陪伴着我……

在牢里待几个月对你们来说当然不算什么……显而易见……

实际上，我确实又待了好几个月……而那几个月他们则一直在犹疑不决，是把我引渡回国……还是把我留下……我的屁眼上粑着刑法第七十五条……哥本哈根所有的报纸都言之凿凿地说，尽管对具体情况了解的不是太多，但我至少把阿尔卑斯山的防御图卖给了德国……刑法第七十五条可以坐实！……他们高层的考量持续了数年……是把我交出去……还是让我死在监狱里……死在医院里……还是死在别的地方？

如果你们没见过穿着便衣的监狱司机突然在门框下面出现，那你们等于什么都没见过……

啊！现在的情况并没有好转……没有太大的好转……证据是，我在给阿西尔或者热尔特鲁卖命……让他们俩见鬼去吧！……让他们十个见鬼去吧！……二十个！……卑鄙、下作、可恶的吝啬鬼……谁想为那种人做事……就得呕尽心血！

我跟诺尔贝尔·卢库姆讲牢里的事……我是故意这么干的，他一听我说到那种事就心烦……妈的，他从来没去里面待过！……他没进去过！……阿西尔也没进去过！……马尔罗也没有……莫里亚克也没有……还有那个宝贝疙瘩塔特……还有拉朗贡……还有那个厕所里的特奥莱特[①]……那一帮貌似憨厚实则老奸巨猾的家伙组成的小集团……见风使舵的所谓社会精英！……不断地扮演吓唬人的角色……"喔喔喔[②]沙文主义者铁幕"……超级反坦克火箭筒……西方的炸弹……东方的炸药……他们搞得到处都是雷声隆隆……实际上都是一帮胆小鬼……一出生就有养老金的人……告别奶瓶，有点儿无精打采的奶妈，上高价的贵族学校，交贴心的小男友，"工作"早就给他们预留好了！嗬！十次，十二次脱掉衣服，换上不同款式的羊毛套衫……十拿九稳！丰厚的变色龙一样的年金！……万无一失！……按生活费指数计算的年金！……英国人散步道[③]走一走！……公共小便池里拉拉尿……荣誉就来了！……法兰西学院！……黎塞留建的那个！……

① 原文 la Triolette aux cabinettes，作者的文字游戏：阿拉贡的妻子特里奥莱正确的写法为 Triolet，作者杜撰出的 Triolette 与 toilettes（厕所）谐音。cabinettes 同样是"厕所"的意思。

② "喔喔喔"——雄鸡的啼鸣声常用来作为法国沙文主义的象征。

③ 尼斯蓝色海岸边的一条著名的滨海大道。

一帮老顽固！……不用付钱！……从来都不用付钱！……从来都是别人付钱给他们！……终点站在“老滑头滨河路”[①]……直肠和前列腺的穹顶[②]！……“啊！先生，您也不例外！……更温柔，更敏感，是个更深入的舔食者！……光辉的顶峰！……”

黎塞留老早就看得十分明白了！……莫里亚克，布尔热和阿司匹林！……在某个文学艺术颓废时期最恶劣的大胡蜂也会摇身一变，成为最伟大的国王……路易十四在扬诺维奇眼里半个子儿都不值！……一个“泄密”事件[③]！！……

我像这样东一榔头西一棒子……像这样拐弯抹角、颠三倒四的……你们可不要生气哟！……讲这个离奇的“大众号”观光游览船的故事……你们就设身处地地为我想一想吧。

“你一直在打哆嗦吗？”

“不……不……”

上了一定的年纪……六十三岁……你所能做的就只剩下说“不！……不！……”然后靠边站了！……出于礼节！……你已经是个多余的人了……六十三年来，多少次别人巴望你一命呜呼啊？……不计其数……靠边站也许能让他们再容忍你几个月……一个春天……两个春天？……啊！但首先，有个前提条件，你得腰缠万贯，要有钱！……有钱！……必不可少！……你要对你的那些继承人慷慨仁厚……就像一个真正的圣诞老人！……你要通过遗嘱，自书遗嘱，公证人签发，盖戳，登记造册，保证所有的一切都留给他们……所有的一切都留给吕西安……一点都不给卡米尔……你得确确实实已经病入

---

① 法兰西学院实际上位于巴黎塞纳河畔的孔蒂滨河路23号。

② 法语 coupole 既有穹顶之意，首字大写时指法兰西学院的圆屋顶，代指法兰西学院。

③ 1954年3月，法国两份周刊刊发一份军事指挥部关于印度支那的秘密报告引发的“泄密”事件。

膏肓……你不会再另立遗嘱……你已经奄奄一息……只剩最后一口气了……什么都走到尽头了！……你要保证自己的病情不会再拖延下去！……舌头已经拖在外面了……上面已经积满了厚厚的一层又黑又黄的石膏……如此一来……如此一来……如此一来情况也许会好一些？……人家就不会觉得你是个如此跛扈、卑鄙、可恶、贪婪的家伙……尽管那是他们一致的看法！……但你千万要小心！……你必须是在死缓期！气喘吁吁！……吐出来的是黄痰！……走起路来一瘸一拐！……要是他们强迫你站起来……你要跌跌撞撞……瘫倒在地！……让人把神甫请来……临终涂油礼对那些把全部希望都寄托在你身上、等着你咽气的人产生了奇效……一个快要死的人会让一家人都抓狂！……久拖不决何其残忍！……临终涂油礼，改期吧！……啊，你这个要死不死的老鬼，多少人都被你搞成神经病了呀！

我在世界各地都见过人死，在热带地区，在冰封世界，在苦难中，在富有中，在苦役犯监狱，在权力部门，荣誉等身的人，患麻风病的苦役犯，在革命时期，在和平年代，在枪林弹雨之中，在纷纷撒落的五彩纸屑下面，在《自深深处》[①]管风琴曲的每一个音阶……死得最悲惨的，我觉得，是那些狗！……那些猫……还有刺猬……哦！这是我的经历给我留下的印象……这经历让我付出了多大的代价啊！……相信我……亲临那种临终的场面并不是我有意为之……那毫无乐趣可言！……如果哪天晚上我发现玛德莱娜·雅各布……我姑且认为，我假设她已经到了子宫癌晚期……那我也不会像卡伦那样……肯定不会！……我不会把她开膛破肚，不会把她五马分尸，不会钩住她的肿瘤部位把她挂在一个钩子上……不会的！……把体内的东西像只腐烂的兔子一样沥得干干净净……不会的！……不会像施韦泽或者

① 巴赫1707年创作的一支管风琴曲。原曲名为《主啊，我自心底向你呼喊》。

皮埃尔神甫一样烂献殷勤……不会！……我可以说到做到……我就像菩萨心肠！即使是对那些最凶残的仇人……长满最多脓疱最多杆状菌的病人……你用镊子都不愿意碰的人……比方说玛德莱娜……一想到她那样子你都觉得恶心的人……丑陋不堪的晕厥！……此刻正在跟你们聊天的我，你们将会看见我战胜我的感情！……我会轻抚玛德莱娜，抚爱她……表现得像个热情的情郎！热情得……就像皮埃尔神甫一样！……或者像《热带口琴文摘》中的一个使徒……

啊！“临终时刻”吗？……说起来容易！……我正在发烧……玛德莱娜，施韦泽和皮埃尔神甫！……

我看见他们过来了……就这么定了……他们都在……玛德莱娜、施韦泽和皮埃尔神甫，我接待他们……哦，一点也没按照卡伦的那种方法……我不会再次敲碎他们的脑瓜……我不会让他们再死一次……不会的！……你们等着看我，采取的是完全相反的办法！……极其温柔！……鸦片般的仁爱！……2CC 的吗啡！……为什么不呢！……西德纳姆[①]很久以前（一六五〇年）就说过，他能用四五盎司的鸦片治好他想治好的任何病，所有的疾病……可那又怎么样呢？……所以，我跟我的同行们说过：别浪费你们的鸦片！……战争会打起来，会实行定量供给……他们承诺这个……承诺那个……可是你那些垂危的病人呢？……空头支票救不了你！……再等等！……啊，当然要等啦！……等到猴年马月！……当你向死神缴械投降的时候……你自己的那点储备……做什么事要适逢其时……什么事都要讲究一个度……

我的记忆没有和缓……他妈的！……它躁动不安……摇摇晃晃……就像我的床……还有那个尼索瓦太太！……她害我突然染上的什么病啊！……她家前面的河堤！……寒战！……这股穿堂风！……

① 西德纳姆（1624—1689），英国医学家。

死亡，我可能染上了死亡！……所有那些受苦的灵魂！……还有那条“大众号”游览船呢？……“大众号”观光游览船！……那个患了癌症、反复无常的老太婆，我有足够的理由恨她！……倒霉！……还有在河堤上与那帮流氓的语无伦次的对话！……那帮骂人的怪物！……他们居然叫我“莒兰”！……莒兰！他们竟敢这样叫我！……不要脸的混蛋！……

卡布尼亚大使[①]跟布里松[②]一样，是个不折不扣的维希政府支持者，跟罗贝尔一样是个不折不扣的多里奥[③]的信徒……你们真该看看这位大使阁下发病时的样子！……别叫人把我送去万森！……一次又一次的发作，他会不会让他的大使卧榻发生床震呢？狂怒之下会不会龇牙咧嘴地咬住他的花毯呢？……样子如此令人心惊胆战……就好像他准备把整个大使馆都吃掉一样，在一次又一次的发作中，吃掉所有的家具和文件！……所有的东西都在劫难逃！……必须承诺给他“超高级”的职位……在另外那个半球！……他病得比我更厉害……因为他时时刻刻感觉到我就在那里，就在附近，近在咫尺，在西部监狱里……他悲痛欲绝，因为他们没有用木桩刑把我处死！……他叫嚣说我辱骂过蒙哥马利……还有元首！……还有贝纳多特王子[④]！……他们真该看看他写给巴达维亚的那些部长的信！……那是名副其实的最后通牒！……我存有这些所谓大札的摹本……

由于我此刻正发着高烧，我抖得跟他一样厉害！……我把床上

---

① 塞利纳用这个名字代指法国驻哥本哈根大使夏邦尼埃，塞利纳在丹麦被捕是由他挑动的。

② 皮埃尔·布里松（1896—1964），法国《费加罗报》主编。

③ 雅克·多里奥（1898—1945），法国政治家，记者，法西斯分子。法国人民党的创始人。前法国共产党领导成员，1934 年被开除出党，1936 年成立宣扬法西斯思想的法国人民党，1944—1945 年潜藏于康斯坦茨湖地区，1945 年 2 月在前往锡格马林根的途中在汽车上被一架美国飞机击中身亡。

④ 卡尔·贝纳多特王子（1911—2003），瑞典王子，又称卡尔王子，母亲是丹麦公主。

的东西全都弄湿了……啊！但我还没迷糊到会忘记我过去是什么……那可是稀世珍品啊！……围猎时捕到的闻所未闻的意外收获……光荣！英勇！一副十足的奴才相！即使是像现在这个模样，白发苍苍，老态龙钟，穷途潦倒，我在世人的印象中依然没有改观……排成一排！……不要排歪！……活生生的例子是，走到哪里我都会被轰走……总是那样……就好像我长了三十六个梅毒一样……这个世界上唯一名副其实的败类就是：费迪南！

我看见他们全都开始行动了……颠着他们的屁股……全都涂满了凡士林……舔着所有的鸡巴蛋……我知道他们的名字和地址……还有那些抄我家的人和那些心里惦记着却没有采取行动的杀手的名字我也知道……很显然我一直活着没被他们干掉，虽然已经虚弱不堪但还没死……另外我还知道他们的年龄，他们所有人的年龄……他们的出生日期……我都能倒背如流……他们的出生日期……我看到了他们最心花怒放的时刻……踹啊！踢啊！……在幻觉之中……下一次他们会凶恶一千倍……会心花怒放一千倍！……他们已经放了话出来……他们表明了这种立场！……我看见他们了！……我看见他们了！……烧到39℃之后，你就什么都能看见了！……发烧对某些事应该是有利的……我什么事都不会忘记……永远不会！……我就是这种德行！……

是的！当然！……蹲了八个月大牢之后……我已经形容枯槁……但是我已经跟你们反反复复说了一遍又一遍……见鬼！……我把你们烦死了！……唉，眼下又惹上别的麻烦了！……我对其他人的敬意……我对其他人的礼貌……首先是阿西尔……他和他做权杆拿到的丰厚利润……每年九千万！……致敬！……已经是亿万富豪了！超级无赖！一大群男男女女奴才走狗一刻不停地用舌头舔着他身上所有的洞眼，他呻吟着哀求着尖叫着，饱受折磨！饱受折磨的阿西尔！这还不够！那些舌头上的涎水还不够多！书里的金块还不够多！他俨然一名死刑犯！……他那条破船上的三流文人让他过的是地狱里的日子！……

现在烧在退……烧得没那么厉害了……我确实要停止胡言乱语了……是谵妄吗？……是谵妄吗？……不，是思考！……“政治即命运！”……没错！……这是波拿巴的观点！……好吧！那共产主义者呢？……我们就一起共产吧！……首先要共阿西尔的产……向左分蘖！……上一次的锄奸运动中他吐了多少钱出来才没至于被绞死啊！……下一次清洗他又要吐出多少呢？……全部吐出来都不够！……蓬图瓦兹桥和凯旋门！……费尔坦主教大人[1]，拉克雷泰

① 莫里斯·费尔坦（1883—1975），波尔多大主教、巴黎大主教、红衣主教。二战时对维希政权持拥护态度，但反对排犹主义。

尔[1]，和所有的唱诗班儿童！拉克雷泰尔，如果可以的话再加上罗贝尔先生，要是他们的屁眼上粑着刑法第七十五条，那他们还会放那么多屁吗？抑或能找到更好的事情可做？……啊？……我看见卢库姆，变成了一个煞有介事的主教！……所有的弱智都归他！……他那有气无力的脑袋活像阴道，如此……如此具有攫握力！如此黏滑！……

我还在发热……我头痛……我很抱歉……不！卢库姆可能比“大众号”观光船上的所有无耻之徒更加可恶！卡伦要是看见他，会放弃的……会心软的……卡伦会用长柄桨砸烂他的脑袋吗？……让他倒着背诵那个神奇的萨德创作的作品吗？……也许吧……

我知道……我知道……我错过了卡伦！……我要是多待一分钟，我就能看见他！……勒维冈，其他人，他们肯定都见到他了！……我的理由是，我感到体温在升高……我还有另外一个理由……我过后会跟你们说的……

让那些破事全都见鬼去吧！……我也许可以带你们去逛一逛，跟其他的人一起……甭管是不是东扯西拉……一个更漂亮的地方……管他发烧还是不发烧……甚至是一个风光绮丽的风景区……观光景区！……比观光景区还要美不胜收！……梦幻色彩，历史悠久，而且还有益于健康！……是养护肺部和神经的理想之地……也许靠近河边有些潮湿……多瑙河……陡峭的河岸……成片的芦苇……

---

① 雅克·德·拉克雷泰尔（1888—1985），法国作家，1936 年当选法兰西学院院士。曾担任《费加罗报》文学版主编。

也许还没到吹嘘锡格马林根的时候？……可那是一个风光多么旖旎的胜地啊！……你们会以为自己置身于一场轻歌剧之中……完美无缺的布景……你们等待女高音、抒情男高音……至于回音，你们有整个森林……十座、二十座树木葱茏的大山……黑森林，倾泻而下的冷杉……瀑布……你们的平台，舞台则是整个城市，装点得十分精致，粉红色，绿色，有点像糖果，浅淡的黄绿色，小酒馆，旅店，商铺，为了演出效果全都奇形怪状……全都是“德国鬼子巴洛克”和“白马假口酒店”[1]的风格……你们已经听到了管弦乐队在奏乐……最令人惊异的是那座“城堡”！……这个道具俨然从城里升扬上来……用灰泥和混凝纸做成……可是……可是假如把全部景致都展示出来，城堡，乡镇，多瑙河，皮加尔广场……将会吸引到多少的人群啊！……是“天空”“乌有”和吉尔画的兔子[2]无法比拟的……你们可能需要那些旅游大巴……特警队……游人如织……全都预备好付钱！

我们在那里生活的那段时间，我不得不承认，那里非常凄凉……游客当然有……但是很特别……太多的疥疮，太稀缺的面包，头顶

---

① 《白马度假酒店》是德国一部三幕的轻歌剧，由作曲家拉尔夫·贝纳茨基在1930年创作。改编成法语后在巴黎夏特莱剧院上演过1700多场。

② 天空、乌有和吉尔兔（又名灵兔）是巴黎皮加尔街区的三家酒馆。

上过多的英国皇家空军……而勒克莱尔克[1]的部队又近在咫尺……在向前挺进……他手下的塞内加尔士兵手执短刀……准备削掉我们的脑袋……不是别人的脑袋……此刻我正在阅读我们所有的日报……他们在报纸上为可怜的匈牙利人感到伤心……假如我们当时能有眼下的匈牙利人一样的待遇……假如有人为我们的不幸嗟叹流泪……那我们会觉得自己多么幸福，我实话实说！那我们会幸福得跳起有趣的踢踏舞！假如那些悲惨的匈牙利人屁股上粑着刑法第七十五条，柯蒂是不会把他们留下来吃晚饭的……他妈的！……要是他们是从法国出去的普普通通的法国人，他就会立马把他们劈成两半！……如果你们是残废军人的话会被劈成十块……尤其是得过军勋章的人！……只要有什么事是反对法国的，法国人那根敏感的神经都会受到刺激……法国的全部心思都用来对付它的公敌了！……极度的受虐狂！

我们在那里住的是屋顶阁楼，地下室，楼梯间，我们忍饥挨饿，我向你保证那里没有轻歌剧……我们的舞台上挤满了被判处了死刑的人……有一千一百四十二个……我知道具体的人数……

我会再回过头来跟你们讲述这个风光旖旎的胜地的！它可不只是水城和观光之地……还有着深厚的历史底蕴……一个圣地！……在城堡上咬一口看看！……都是灰泥，粗粗修理，每一种风格都显得很笨拙，塔楼，烟囱，怪兽状滴水嘴……难以置信……超级好莱坞！……经历过山上冰盖融化后的每一个时代，多瑙河变窄，巨龙被屠杀[2]，圣菲德里斯[3]的胜利，一直到威廉二世和戈林。

在我们这些人当中，毕歇隆的脑袋是最大的，不只是因为他是巴

---

① 勒克莱尔克，原名菲利普·德·奥特洛克（1902—1947），法国军人、元帅，二战时是“自由法国”运动的主要将领之一。

② 参见圣乔治屠龙的传说。

③ 又称锡格马林根的圣菲德里斯（1578—1622），原为律师，后为嘉布遣会修士，1622年在瑞士遭人暗杀，1746年被封圣。

黎综合工科大学和高等矿业学院的高材生……历史！地质工程！……对不起！……他是名副其实的“电脑”！他负责跟我们讲解个中的缘由……城堡的奇思怪想！所有的奇思怪想！为什么南边倾斜得比北边更厉害一些？……他知道吗？……为什么烟囱，被虫蛀蚀的雉堞、吊桥却又向西边倾斜呢？……该死的霍亨索伦王室[1]的摇篮！天哪！坐落在高耸的悬崖之上！……歪歪斜斜！到处都是奇形怪状！……不管是外面……还是里面……所有的房间，迷宫一样的过道……全都如此诡异！……十四个世纪以来时刻准备着失去平衡倾覆到水里！……你们去那里看看就明白了！……欧洲最大的饲养恶狼群的巢穴和摇篮！……拿下这个圣地岂不是易如反掌！……不骗你，它在空军联队连续不断的轰炸下，在成千上万个不分昼夜前往德累斯顿、慕尼黑和奥格斯堡的“空中堡垒”的轰炸下摇摇欲坠……所有的彩绘玻璃窗都发出爆裂声，玻璃碎片飞洒进河水中……你们等着看好了！

① 德国普鲁士王室（1701—1918）。

锡格马林根的这整座稀奇古怪、令人惊异、立体感强的城堡毕竟傲然挺立了十三到十四个世纪！……毕歇隆却一点都没挺住……巴黎综合工科大学的高材生，部长，绝顶聪明……却死在了东普鲁士的霍亨林青……纯粹是因为臭美！……神经病！……跑去那里做手术修补一处骨折……他想象自己回到巴黎，快步走在赖伐尔身边，何等威风……凯旋门，香榭丽舍大道，无名烈士墓！……他一直被那条腿困扰着……现在它再也不会妨碍他了……在霍亨林青那里他们采取什么方法给他做手术我过后会跟你们说的……证人都不在人世了……那名外科医生名叫格布哈特[①]……他也不在了……作为战犯被绞死了……不只是因为他为毕歇隆做手术采取的方法……还有他的各种灭绝性屠杀，对身体内部的那些小广岛……啊！并非那个广岛让我惊异！……你们看看杜鲁门[②]，他多开心啊，他对自己满意得不得了，正弹着羽管键琴呢！……数百万选民的偶像！……数百万寡妇梦寐以求的鳏夫！……宇宙无敌的朗德鲁！……正弹着阿玛多伊斯[③]的羽管键

① 卡尔·格布哈特（1897—1948），纳粹德国党卫军帝国司令官希姆莱的医疗顾问，霍亨林青医院主任医生，1948 年 6 月 2 日因反人类罪被绞死。

② 1945 年夏，杜鲁门总统决定在日本投掷原子弹以加速战争进程，1945 年 8 月 6 日美军向广岛投下一颗原子弹。

③ 莫扎特的名字。

琴曲！……只需再等一会儿……就可以杀掉很多人，然后再等……够了！……不只是德诺埃尔！……马利翁[1]……毕歇隆……贝利亚[2]……明天还有B……K……H！[3]……要排队！……发抖、跺脚……吼着要进去、尽快把自己绞死！……烘羊粪！……波旁宫[4]里的所有议员，六百号人！……听他们说，他们所处的状态，急不可耐地想喂狮子！

我们这一千一百四十二号人可不只是在锡格马林根做温泉疗养，在那里游山玩水，我们还有其他事……我们还得找吃的以便解决一日三餐……我必须说，我这个人，一点点吃的就能把我打发，可是在那里就跟后来在北欧一样，我们真的总是饥肠辘辘，而且不是为了节食的需要饿那么一两天，不是，不是闹着玩的！……

这些故事真的是形形色色！我把它们校阅了一遍……我怎么能指望你们理解所有那一切……不把线索弄丢呢？……我深感抱歉！……我用颤悠悠的声音说话，我走路跌跌撞撞，但我并不比那些导游差……当你们知道全部的故事之后，你们就不会对我如此苛刻、如此怀恨在心了！……下定决心！……和我一起挺住！……我现在躺在这里，把我的床震得咣咣响，多好啊！……都是为了你们啊！……归集我的回忆……希望高烧让我沸腾起来……把细节全都抖搂出来……还有具体的日期……我一点也不想把你们引入歧途……

在这个跌跌撞撞、怪模怪样的丑八怪建筑群里……二十个小城堡层层叠叠……里面有一个图书馆……那真是个极好的地方……那座宝藏……哟！哟！……闻所未闻！……我会回过头来再跟你们说的……

---

① 保罗·马利翁（1899—1954），法国政治人物，记者，法国人民党主要创始人之一，在维希政权担任新闻部部长、国务秘书。

② 贝利亚（1899—1953），苏联秘密警察局局长。

③ 参见140页注释：B指苏联领导人布尔加宁，K指赫鲁晓夫。此处出现的H指联合国第二任秘书长哈马舍尔德。

④ 法国国民议会所在地。

没过多久，我们这一千一百四十二号人就开始忧心忡忡了……勒克莱尔克的部队正在向我们逼近……越来越近了……我们想知道更多的情况……越多越好……尤其是文职的……我们在锡格马林根有文职的配额……他们是真正的脑力劳动者……严谨……就像可能也会如此严谨的加科索特[①]一样……绝对不是那种坐在露天咖啡座上的饭桶，野心勃勃的酒鬼，一下子一个主意的白痴，目光贪婪地从一个漂亮女人转到另一个，从一个小便池到另一个小便池，斯拉夫人，匈牙利人，美国佬，从一个许诺到另一个许诺，从一个莫里亚克－塔特到另一个，从十字架到镰刀，从一瓶茴香酒到另一瓶，从一件外套到另一件外套，从一个信封到另一个信封……不，没有任何共同之处！……全都是极其严谨的知识分子……也就是说非免费的！不是只会动动嘴巴的那种！……压根儿就不是！不是！……而是付钱的！……屁眼上全都粑着刑法第七十五条！……浑身是肉两腿粗壮！……不是格林威治－布鲁姆斯伯里[②]的那些男孩！……不是！……都是真材实料的！……“合格佳酿”[③]！……所有的人，完全可以说，都是完美无缺的文人！……他们饥肠辘辘，饥寒交迫，一身的疥疮……他们被那种强烈的愿望攫住，他们焦急不安地想知道：在流逝的岁月中，有些时候，是不是从来就没有出现过像我们这样被仇恨、被诅咒，被成群结队的警察（啊！软弱的匈牙利人！）气势汹汹地到处搜寻的一种人，一个小集团，一个流氓政府，这些警察就等着把我们抓过去，向我们投掷投枪，把我们变成烤肉，把我们用木桩刑处决……

你们想想，我做了多少搜寻查找！……我向你们保证我们所有

---

① 皮埃尔·加科索特（1895—1982），法国历史学家和记者。

② 英国二十世纪初成立的一个号称拥有“无限灵感，无限激情，无限才华”的知识分子团体，因为有 E.M. 福斯特、弗吉尼亚·伍尔夫和艾略特等作家的加入而名噪一时。

③ 原指产地正宗、限量生产、质量检查合格的葡萄酒。

的文职人员都参与了调查研究……所有在这里那里遭受过严刑拷打的罪大恶极的坏蛋……斯巴达克斯党……吉伦特派……圣殿骑士团骑士……巴黎公社战士……我们权衡过……仔细研究过所有的编年史，法典，法院的传票……我们进行比照……我们属于这一类……还是那一类？……我们会是？……也许？……我们在欧洲真有那么垃圾以至于随便碰到一个垃圾场都会把我们丢进去吗？我们有那么混蛋以至于随便有个长柄叉都会把我们挂上去，就像在拿破仑被赶到圣赫勒拿岛后对付他的那些亲信一样？……也许？……尤其是他的那些西班牙亲信！……伊达尔戈①合作分子！……“约瑟芬分子”！……这个名字值得永远铭记……我们也一样！……我们是“阿道夫②分子”！……“约瑟芬分子”的遭遇何其悲惨！啊！那个时代的“合作分子”！……被那个时代的所有沙威③追踪！……那种猎物被猎犬围住时猎人发出的呼声或号角声几乎是一模一样……我们这一千一百四十二号猎物……勒克莱尔克的部队已经打到了斯特拉斯堡！……他率领着那些手拿短刀的塞内加尔人……（还有此刻正抱怨鞑靼人的匈牙利人，他妈的！）

告诉你们，这个皇家图书馆，皇室图书馆是多么的富丽堂皇，而且是全方位的富丽堂皇……你能在那里找到多少资料啊！能从各方面丰富你的精神世界！……手稿，回忆录，印刷术刚出现时出版的书籍……你们真该看看我们这些严谨的学者爬在梯子上的样子，他们有大学教职，是巴黎高师的高材生，是科学院院士，各个年龄层的人都有，被革除了院士头衔，在故纸堆里翻寻，热火朝天！拉丁文，希腊文，法文！……你们会发现，那才叫有文化呀！……一边翻找还一边挠着身上的疥疮……在每一架梯子的最高处……每个人都想据理

① 西班牙的下级贵族。

② 指阿道夫·希特勒。

③ 雨果小说《悲惨世界》里的人物，冉阿让的追捕者。

力争……每个人都坚称自己找到的文稿是对的……自己找到的编年史……我们比约瑟芬的“合作分子”更招人恨，还是没那么招人恨呢？……我们的脑袋更值钱……还是更不值钱呢？……用法郎或者用当时的埃斯库多①来估价……一位法学院的院长给出的意见是“更值钱”，一位法兰西学院院士则赞同“更不值钱”！……大家一起投票……五十对五十！……未来掌握在上帝手里！妈的！院士大错特错了！事实证明了！……“阿道夫分子”历经的苦难比其他所有的人遭受的惩罚加在一起都要更加残忍……跟核武器一样骇人听闻……比我们一九一四年用的那种小家子气的炮弹的威力要强十万倍……超级围猎！……骇人听闻的屠杀……时时刻刻！围追堵截……我们中的任何人都看不到尽头！……圣路易②那个混蛋！……说老实话，我们受罪全都是为了他！……那个暴君！那个刽子手！……他们把他奉为圣人……强行为足足一百万以色列人行洗礼……在我们可爱的法国的可爱的南方……那混蛋，比希特勒还要坏！……告诉你们从一架梯子到另一架梯子你能学到什么！……啊，圣路易！……一二九七年被封圣！……我们还会回头来讲他的！

---

① 葡萄牙的货币单位。

② 即路易九世（1214—1270），法国卡佩王朝的一位国王，执政43年，在世时就被尊为圣人，1297年被天主教会封圣。曾发起第七、第八次十字军东征。他促成了火刑场和异端裁判所，也被誉为“完美怪物”。

既然我们是作为游客去那里的，那我觉得还是有必要跟你们说一说那里的珍宝，壁毯，墙裙，餐具，武器库……战利品，盔甲，军旗……每一层楼都堪称一座博物馆……再加上多瑙河下面的那些地堡，装甲隧道……这些王公强盗挖了多少地洞、掩体和地牢啊？！……在泥沼里，在沙子下面，在岩石中……十四个世纪的霍亨索伦王室！神出鬼没的坑道兵！……他们掠夺来的全部财物都藏匿在城堡下面，那些多布朗[①]，那些被虐杀、被绞死、被勒死后变成干尸的敌人……楼顶，可以看见的那部分，全是骗人的假象，掩人耳目，一座座塔楼，钟塔，大钟……为了抓鸟！为捕捉云雀安装的镜子！……真正价值连城的东西则全都藏匿在城堡下面：整个家族的财富！……被劫持来的人质的遗骨，多瑙河峡谷的车队，佛罗伦萨商人的财宝，瑞士、德国的冒险家……他们的冒险之旅把他们引到了那里，多瑙河下面的地牢里……十四个世纪的地牢……哦！并非无用之物！……一百次！……一百次空袭警报！……我们躲进去才得以保住性命！……你们真该看看这些人在多瑙河下面挤作一团、乱蹿乱动的景象……在这些已经存在了几百年的鼬鼠洞里……一家老小，婴儿，

① 西班牙古金币名。

父亲，他们的狗……德国军人和仪仗队士兵，部长，海军上将，后备军，还有菲德里斯医院和法国人民党的那些奄奄一息者，还有不知从哪里冒出来的疯子，乱成一锅粥……还有达尔南的人，摸索着，从一个地下墓穴到另一个……寻找一个一个不会坍塌的地道……

对这座城堡如此熟悉，你们一定认为我在里面很受宠吧……啊！压根儿就没那回事！……没有年金……不要把我跟他们混为一谈……没有十六张食品配给卡……也没有八张……就一张而已！……一个人地位是高还是低，看他有几张配给卡就行了！……我被城堡接纳，是的！……那是肯定的！……但不是去那里吃饭……而是为了“汇报”！……有多少人得流感……多少妇女怀孕……又有多少人新染上了疥疮……我还剩下多少吗啡……多少樟脑油……乙醚……我照顾的那些婴儿状态怎么样……在这一点上布里农必须听我的，为了那些婴儿，我豁出去了！……孩子们都死在我们手上！……一个星期里就有六个夭折……是故意的……故意弄死我们的孩子！……绝对的蓄意而为！……我必须说！……大量使用生萝卜泥喂他们！……是的！……绝对是的！……全都是“合作分子”的孩子……这是在对孩子进行谋杀啊！……蓄意谋杀啊！……顺便说一句，德国人的仇恨确实主要只针对那些“合作分子”……他们并不是特别仇恨犹太人，犹太人在伦敦在纽约那么强大……他们也不怎么仇恨法国国内的武装部队，这些人被认为是未来的“新法兰西”的代表……纯粹而且可靠……但德国人对我们这些“合作分子”却是恨之入骨，这些“合作分子”是世界垃圾！他们待在那里，虚弱得不成样子，任凭德国人摆布，已经被制服得彻底没脾气了！……而他们的孩子比他们还要虚弱……我告诉你们：纽伦堡审判应该推翻重审！……他们什么都说了，但说的都是对他们有利的（但满嘴谎言）……与案子直接有关的、重要的事情却一点也没说……避重就轻……一伙伪君子！……

这个位于西森的儿童营就是一个大量喂食生萝卜泥的停尸房，是大木偶剧场[1]中的一个儿童房，由一些冒牌的医生，鞑靼的江湖医生，患虐待狂的人操控……

布里农对那一切当然心知肚明，我跟他说的都不是什么新鲜玩意儿……但是他也无能为力！

“抱歉，大夫！抱歉！”

布里农，“魔鬼，暗中潜伏，不露声色，特别危险”……

“当心，大夫！您要当心！”

博纳尔[2]提醒我……阿贝尔·博纳尔对他了如指掌……我必须承认，布里农跟我在一起，和我一起工作的时候，他一直都是很有礼貌，很正派的……他本人……他完全可以去打小报告……把别人赖到我头上的那些玩笑话全都抖搂出去……不管是在公开场合还是在私下里说的……说德国鬼子完蛋了……阿道夫大难临头了……对布里农来说，把我打发到某个地方去太容易了，简直易如反掌！……不管他是不是“魔鬼”……但他没有那么做！……人民党的那些党员也怀疑我……布卡尔，萨比亚尼[3]，等等……还有保安队[4]……因为我啥党都不是……我的位子也应该在远方的一个什么“营”里……

舆论总是对的，尤其是当它足够蠢的时候……

哦！我当然有理由不相信布里农，那个“十足的魔鬼”……

我控诉，他反诉，工作汇报弄完了之后，我再去给病人看病……

---

① 或译大吉尼奥尔剧场，位于巴黎九区，创建于1896年，以上演恐怖血腥的剧目而出名。

② 阿贝尔·博纳尔（1883—1968），法国作家、诗人、政治家，1932年当选法兰西学院院士，1944年被除名。1940年在维希政府任教育部长，法国光复后被缺席判处死刑，后流亡并死在西班牙。

③ 西蒙·萨比亚尼（1888—1956），法国政治家和商人，一战时的英雄，曾担任马赛市长。二战时与德国合作，法国人民党政治局委员。

④ 指二战期间法奸的保安队。

就在这同一座城堡里面，从一层楼到另外一层楼……每天上午要爬三四层……我熟悉那些地方，很熟悉……走廊和帷幔，真出口，假门……好……螺旋形楼梯，穿过护壁板和小梁……一些黑暗的小角落进去就会被刺伤，真的，已经发生过无数次！……尸体变成干尸在那里存放了数百年……你们想想，霍亨索伦人自己也未能幸免……他们是铺设陷阱、制作倾覆式走廊的行家……让你们恰好一脚踏空跌入水坑……卷进多瑙河！……这个王朝是欧洲之母……在十一个世纪的漫长岁月里……每天发生一千多起谋杀……你们还是应该动脑子想一下的……蓝胡子那个讨厌鬼，把六个庸俗可笑的臭婆娘挂在一个壁橱里！他能成什么大事哟？！……我老在那里抱怨他们用胡萝卜残害我们的孩子，那会让我显得何等滑稽可笑！布里农当然跟我想的一样，但是像他这种类似于仆从的爵爷，他只有保持沉默……“格拉夫·冯·布里农”写在了他的门上……

好笑的是那些传令兵，全都是法国正规军里出来的，都是清一色的精兵……肩上配有勋带……他们在伦敦的传令兵一定也是这样……可能是一样的吗？……

赖伐尔那一层……赖伐尔吧，我时不时也给他看一下病……贝当嘛，我从未接近过……布里农给我提过建议，梅内特莱尔[1]刚刚被抓走了……“我宁可去死，马上就死！……”那是我对贝当产生的印象……就像这里的人，下默东的人给我留下的印象一样……或者塞福尔，布洛涅的人……或者我的岳母……啊，不会有任何坏处！你不去讨好任何人，你会感觉非常好！……无拘无束！无拘无束！梦寐以求的状态啊！……可是吃的东西怎么解决呢？……一个人彻底地与世隔绝是一件非常美好的事情，可是怎么弄到钱呢？……不用讨好别人，靠自己的年金养老……那才是真正的幸福！……再也不会有人讨厌你，永远不会！……那是个梦想，对有钱人来说那很容易实现，比方说阿西尔……是的，阿西尔……但是他绝对不会那么愚蠢……

于是乎，我对这座城堡非常熟悉，熟悉它的每一个角落，但跟莉莉截然不同。莉莉，真的就像是在自己家里一样！……所有的藏身处和迷宫！以假乱真的壁毯，画着给你让路的人物，宽敞的内宅，贵妇的小客厅，三重底的衣橱，螺旋形的楼梯……所有的假门，所有的蜿蜒曲折和错综复杂的楼梯平台……是往上走还是往下……要像猜谜一

① 前文已提及，贝当元帅的私人医生和顾问。

样绞尽脑汁去猜……真的是一座能让人迷失的城堡……所有的角落……霍亨索伦数世纪的作品……采用各种各样的风格……巴巴罗萨[1]，文艺复兴，巴洛克，一九〇〇年代……我本人从一道门进入另一道门都会晕头转向……我被那些肖像画迷住了，那个可恶家族成员的脑袋……不计其数的脑袋！……走廊和雕像……骑士雕像和卧像……包罗万象的姿势……越来越丑陋的霍亨索伦人……张开强弩……身披盔甲……身披朝服……路易十五时期的风格……还有他们的神职人员……他们的刽子手……像那样手执斧头的刽子手！……在最黑暗的走廊里……那时候画师们并不卖力……人物的轮廓全都画成了一个样子……

我跑到城堡里跟布里农抱怨，说那些医生在残害我们的孩子……我也许需要看一看这些王公贵族的侧面像……这些人一定是残忍的凶手：鸡胸驼背，大腹便便，穿着护身甲，长着母山羊一样的腿……他们残杀的不只是孩子！……而我们呢，大老远地跑来锡格马林根凑什么热闹哟！……不管是有孩子，还是没孩子……我们……为了逃避自己的肠子被人烤焦、鸡巴被人剁碎、肉皮被人剥下的命运……碰到的却是这等好事！……我在霍亨索伦的走廊里做了一些思考……从一幅肖像到另一幅肖像……我可以说这些王侯将相吸引着我，尤其是古代的那些……脑袋有三四个杜林[2]那么大，厚颜无耻、凶相毕露、令人毛骨悚然的脑袋……在这一点上，你完全可以肯定：这些人才是这个王朝的缔造者！……波拿巴有点女气：脸部轮廓纤细，手有些娇弱，像弗拉戈纳尔画的那样……而霍亨索伦家的人，尤其是早先的那些，你一看见他们就会说："朗德鲁一伙的！……"另外一个呢？……还要糟糕！……特罗普曼！……和德布雷[3]如出一辙！……一大帮……

① 或译"红胡子"，欧洲中世纪神圣罗马帝国皇帝腓特烈一世（1122—1190）的别称。
② 夏尔·杜林（1885—1949），法国导演和演员，1927年创立戏剧"四人联盟"。
③ 路易·德布雷（1823—1904），法国著名的刽子手。

一个比一个阴险……一个比一个残忍……一个比一个贪婪……一个比一个恐怖……数以百计的纯种的朗德鲁！……三四层楼的朗德鲁！朗德鲁的表兄表弟、堂兄堂弟！……一堆的武器！……标枪！……马刺！……投石器！……总是一个比一个暴虐！……朗德鲁的继承人！不是甘贝[①]那个畏畏缩缩、庸庸碌碌、鬼鬼祟祟、使用从旧货市场捡来的破烂炉灶的朗德鲁……不是的！……这些朗德鲁自信得不得了……货真价实……以上帝的名义！……标枪，铁甲，什么都有！盾徽，与我们同在……好几层楼都是这种令人惊异的肖像……还有许多神圣罗马帝国的行刑人……多如牛毛！……公爵领地的油锅……乡镇，要塞，隐修院……穿到铁扦上！……管你喜欢还是不喜欢！……烧锅！……烧锅！……

这些脑袋……一个跟着一个……摄人心魄……我看完一个病人再去看另一个病人，从一扇门转入另一扇门的那段时间，我会去看它们……主要是看十二、十三世纪的……你们也会看到的！那么多怪物！……真的吗？……真的吗？……说起来容易！……说起来容易！……但是当你仔细看了一遍、细细思考了一番之后……会发现他们更像魔鬼……蹄子是叉开的……拿着长矛……火把！……长着犄角！……他们是王朝的缔造者！他们的外貌就像一家人，绝对的！魔鬼！……正是在他们停止做魔鬼的时候，他们的帝国轰然倒塌了！……就像所有的帝国一样！……我可以看到俄国老毛子已经到了斜坡上……那个B……那个K……那个M[②]……他们的样子看上去太像路西法了，但是没那么自信……他们装腔作势，显摆着他们的坦克，他们喜欢讲土话……他们等着瞧好了！……列宁！……斯大

① 法国大巴黎地区伊夫林省的一个市镇。朗德鲁在此租下一栋别墅，引诱一些女子前往并将她们一一杀害。

② 参见第163页注释，M指莫里斯·多列士。

林！……啊！那绝对是货真价实！是千分之千的撒旦！……霍亨索伦长廊里的那些肖像就是他们的样子！挂满了整整五层楼！塔楼里都是！……一点也不装腔作势的王朝缔造者！坚不可摧的王朝！

我懂点炼丹术，你们可能注意到了……但我是认真的……我不是在给你们编故事……我权衡利弊……我让你们看过“大众号”观光船，此刻我们在人类历史的长河中畅游……多样性是我的法则！……锡格马林根，霍亨索伦……你还没有笑够呢！……这些肖像、半身雕像、雕塑依然强烈地吸引着你……

从一个拐弯到另外一个，我迷路了！……我跟你们说，我承认……莉莉或者贝贝儿找到我了……女人对迷宫、对错综复杂的地方有一种本能……她们能找到出路……动物的本能……井然有序反而会把她们愣住……荒谬更适合她们……稀奇古怪的东西她们觉得很正常……时尚！……对猫来说，阁楼，杂乱，旧谷仓……“闹鬼”的古宅对她们具有不可抗拒的吸引力……我们这些大老爷们却束手无策……她们那个样子还是挺有意思的……那是胚胎发育，是生殖细胞在单脚旋转和翻筋斗……原子的反常……动物也一样……就拿贝贝儿来说吧……它从天窗那里向我问好……喵！……喵！……恶作剧！……然后就不见了踪影……它在跟我开玩笑！……那些猫，孩子，女人，都拥有自己的世界……莉莉在整个霍亨索伦城堡里想去哪里就去哪里……从一个迷宫走廊到另一个……从露天的钟塔，大钟，到与河面齐平的武器库……走的路线完全出自本能……理智只会把你越搞越糊涂……木头或者石头做的螺旋楼梯，直梯……上去还是下去？……帷幔……挂毯……假门……全都是陷阱……即使手上拿了线路图你还是摸不着头脑……每个角落都藏有刺客……行吟诗人，蝙蝠，游荡的仙女……我告诉你们，你们什么都能碰到，从一个假门……一块帷幔到下一块……我从布里农那里出来，从马利翁……

从Y……从Z……从他们那里出来……我只跟你们列举那些已经死了的人的名字……我不打扰那些幸存者……那些死者就足够了！……那些死在西班牙的人……还有那些客死异乡的人……异国他乡！……泄露内情的事，就留给新时代的塔西佗①去做吧！……有人说，他已经横空出世……好吧！……城堡的事，他必须向我咨询……因为你们想想，到那时候城堡会摇摇欲坠……已经被虫蛀得一塌糊涂……平衡不可能永远保持下去的！……它会坠入多瑙河……整个城堡和里面的图书馆……迷宫……细木护壁板……瓷器……地牢……全都沉入水中……然后就只存在于人的记忆中……还有所有那些魔鬼一样的王爷和国王……全都沉入那边的三角洲……啊！汹涌澎湃的多瑙河！它会把所有的一切都卷走！……啊！蓝色的多瑙河！……扯蛋！……怒涛汹涌的大河，卷走了城堡和城堡上的大钟……和所有的魔鬼！……不要拘束！勇敢一点儿！那些掠夺来的东西，那些甲胄，旌旗，足以震荡整个黑森林、声音洪亮得叫那些松树都受不了的喇叭！……它们颤动着，倾覆……如雪崩一般……那是中世纪的梦幻小城堡、幽灵、三层地堡和瓷器的末日！配药室和坛坛罐罐！……斑岩做的阿波罗！……乌木做的维纳斯！全都被激流卷走！……还有狩猎的戴安娜！整整好几层楼的狩猎的戴安娜……还有阿波罗……海神尼普顿……身披甲胄的魔鬼掠夺来的东西，十个世纪的拦路抢劫……你们想想看吧！……七个王朝累积下来的战利品！你们去那里亲眼看一下就会明白，那是一个超级战利品仓库……我不想强过塔西佗，但你们可以想象一下，能做十个世纪的魔鬼强盗还是挺了不起的！……再加上那些国王！罗马－普鲁士之间的交易绝不可小觑，富裕商人的商队……啊！戴安娜！……维纳斯！……阿波罗！……古董商！……丘

① 塔西佗（约55—120），古罗马最伟大的历史学家。

比特！……客商！你可以想象那些王侯将相是如何各取所需的……霍亨索伦！……多瑙河的强盗！……你们可想而知他们是如何用家具布置自己的房间的！……配备的家具的确是美轮美奂之物……我可是这方面的行家……我见过贝当的公寓……在七楼的七间会客厅……也见过加保尔德[①]的，那是在四楼……全都是德累斯顿风格……玫瑰木细木拼花地板……做工无与伦比……现在你们就是花十亿法郎也没人为你们制作！再也没有那样的能工巧匠了！……还有那些小茶具也没有了……不见了！……还有赖伐尔的公寓，在三楼……第一帝国！……蜜蜂，鹰……巧夺天工……现在再也织不出类似的天鹅绒了……货真价实的里昂货……

这一代代王朝就是这样填充他们的房子……乱七八糟的一大堆东西……壁毯……装饰……一个令人惊异的巨无霸货场，可以说有三个巴黎圣母院那么大……在一块岩石上保持着平衡……而且斜向一边……所有去那里参观过的人都会跟你们说……作为天真无邪的游客，他们不会带走任何东西，他们都被搞蒙了，都被惊呆了……被什么？……被所看到的一切……那些箱子，成千上万种小玩意，纪念品，小摆设……

我跟你们讲所有这些乱七八糟的事情……按照床震的节奏……我已经不清楚是什么把我震得这么厉害……是发烧吗？……是折断的床绷吗？……我抖得没那么凶了……我相信……山下河堤上的那档子破事没给我带来一丁点好处……那艘名叫“大众号”的观光船！……还有那帮卑鄙无耻的小丑……他们的污言秽语……我的疟疾复发……塞纳河的凛冽北风……所有那一切让我觉得天旋地转……就这么回事！……由不得你！……“见鬼！”……你们会跟我说……“真是个

① 莫里斯·加保尔德（1891—1972），维希政府的司法部长。1946年被巴黎特别最高法院缺席判处死刑。战后流亡西班牙一直到死，先后担任过商船商务负责人和法语老师。

下流坯！”

“你觉得好些了吗？……你感觉怎么样？”

“你知道的……不是特别糟糕！……”

我一直在胡思乱想……我还会让你们心烦！……确实，我一直在想，莉莉在那里那副宾至如归的神气……从来都不会迷路……总能在随便哪条走廊里找到我……而那个我正站在又一个霍亨索伦前面目瞪口呆……耶尔马……库尔特……汉斯……另外一个！……驼子！……是的！……是的！……我忘记跟你们说……全都是驼子！……布夏尔……文思拉斯……龚拉……他们全都在我的脑海里萦绕不去……十二世！……十三世！……十五世！几个世纪！几个世纪！……驼子而且没有腿！……鹿蹄一样的叉脚！……所有人！……魔鬼朗德鲁！……啊！我看见他们了！……我又看见他们所有的人！……还看见了他们的疣子！……他们的家族疣……在他们的鼻尖上……

脑袋是那种运行得差强人意的工厂……你们想想看吧！两万亿个绝对奥妙无穷的神经元……你狼狈不堪！神经元无人照管！一点点小病痛，你的脑瓜就会胡思乱想，然后一个想法都抓不住……你感到羞愧难当……现在我倒在病床上，我还想跟你们说……画作，纹章，滑槽，帷幔……可我的脑袋空空如也……什么也找不到了……我晕头转向……啊！请等一下！……我会为你们找回来的……我的城堡……还有我的脑袋……再等等……再等等……我想起了一句话……我说过了……动物本能……贝贝儿的那种动物本能……我重新找到头绪……贝贝儿是我们家的猫……啊！我又找到头绪啦！……贝贝儿在那座巨大的城堡里就像回到了自己家里一样，从塔楼顶到地下室……它和莉莉经常在走廊里偶遇，不是这条走廊就是那条……它和她不交流……那样子就好像是从未相见过的陌路人……各走各的路……动物的波很特别，差之毫厘，跟你的距离就相差十万八千里了……你在它的眼里就不复存在了……一个迥然不同的世界……后来，我的狗贝西在丹麦的树林里，也是同样的神秘……它从我这里逃走……我一直在呼唤它回来……妈的！……它根本就听不见……它要逃走……仅此而已……它从我们旁边经过，与我们背道擦身而过……十次……二十次！……宛如离弦之箭……在树木周围发起冲锋……速度快得你连它的腿都看不见！像高速冲刺的赛车！把它最快的速度都使出来了！……我怎么呼唤它都是枉然！我已经不存在了！……那可是我特别喜欢的一条狗……它也一样……我相信它也喜欢我……可是动物的野性排在第一位！……在两三个小时里……我已经被忽略不计了……它一直在奔跑，在动物世界里狂飙，穿过大树群，草场，兔群，鹿群，野鸭群……它回到我身边时脚上鲜血淋漓，对我亲昵得不行……贝西它是在默东这里死的，就葬在紧邻我们家的花园里，我能看见那个小土丘……它死前遭了不少罪……我觉得它是死于癌症……它只想死在那里，死在外面……我托着它的头……我抱着它一直到它断气……这畜生真的可以用光彩照人来形容……看着它都能让人心旷神怡……真是个美丽的尤物啊！……没有一点瑕疵……皮毛，体格，姿态……啊！那些参加比赛的狗与它比起来简直弱爆了！……

我总想着它，这是事实，即使在此刻高烧不退之时……首先吧，我这个人什么东西都割舍不下，不管是一段回忆，还是某个人，所以我怎么可能舍得下一条狗呢？……我生来就是个忠心耿耿之人……忠心耿耿，有责任心……对什么都有责任心……这是一种病……不信任无能之辈……世界对你盛情款待！……动物是无辜的，即使是像贝西那样在森林里撒野的动物……人们在猎犬群中射杀它们……

可以说，我深深地爱过它，尽管它喜欢撒野，可是你们把全世界的黄金都拿来我也不会换……就像贝贝儿，尽管贝贝儿动不动就恼羞成怒地伸出它的利爪，如猛虎一般……但偶尔会非常亲热……特别的黏人……我们的足迹遍布德国……它一直是个忠心耿耿的“猛兽”……

在默东，我看得出来，贝西在思念丹麦……在默东没任何地方可以让它飞奔……没有一只母鹿……也许有兔子？……也许吧！……我带它去过圣克鲁的树林……想让它跑一跑……它嗅了一下……踉踉跄跄才走了几步就马上折回来了……才两分钟吧……在圣克鲁树林里没有什么好跟踪的……它继续跟着我们散步，但一副悒悒不乐的样子……这可是一条非常壮实的母狗啊！……它在丹麦的那段日子过得很苦……那里的生活确实太严酷了……零下25℃的严寒……而且没有窝……不是三天五天……而是好几个月……好几年！……整个波罗的海都被冰封……

在那里突然和我们待在一起，多好呀！……我们有什么吃的都给它吃……它吃的跟我们一样……它跑出去……它跑回来……我们没有一句责备的话……可以说它是在我们的盘子里吃东西……世界越让我们遭罪，我们越溺爱它……它已经死了……但它死的时候遭受过折磨……我不想给它打针……哪怕是小剂量的吗啡……注射器会把它吓住的……我从未吓过它……它在非常糟糕的情况下挨了足足半个月……哦！它没有哼唧，可我看得出来……它已经没有力气了……它睡在我的床边……那天清晨，它突然想到外面去……我想让它躺在草垫上……就在黎明过后……它不想躺在我给它准备的草垫上……它不想……它想换到另外一个地方……房子最冷的那一头，那些小石子上面……它姿态优美地趴着……它开始嘶哑地喘气……大限已至……别人跟我说过，但我不信……但却是真的，它朝着记忆中的方向……它来的那个地方，北国，丹麦，它的嘴巴朝向北方，转向北方……从某种意义上说，这是一只非常忠诚的狗，它忠诚于它曾经游荡的森林，上面的那个科瑟镇[1]……也忠诚于残酷的生活……默东的树林对它而言没有任何意义……它嘶哑地喘了两三声就没气了……哦，非常克制……一点呻吟声都没有发出……可以这么说……它的姿势真的非常优美，就好像准备冲刺，准备狂奔一样……但它的身子侧向一边，越来越虚弱，然后溘然长逝……鼻子朝向它游荡过的森林，朝向它来的

① 丹麦西兰岛上的一个港口市镇，塞利纳1948—1951年间在此避难。

地方，它遭受过磨难的地方……上帝才知道！

噢！我见过许许多多临终场面……这里……那里……到处……可是远不及如此美丽……如此安详……如此忠诚……妨害人类临终的是排场……人毕竟自始至终都在舞台上……即使是最普普通通的一员……

不用说，我绝对希望自己的状况变好一些……希望自己重新站起来……希望这只是一场小病发作……够啦！……一个礼拜……整整一个月！……所以那是什么鬼夏天，什么鬼天气啊！……一百年来，从来没像这样……几乎就要下雪了……发烧并不妨碍你工作，只要小心一些，别再着凉了……所以不要去河边！不要去塞纳河！……那尼索瓦太太咋办？……她可以等待，等一个星期……十天……要是我从此再也不去的话，泰勒费[①]会代我去的……泰勒费有小汽车……我会给他打电话……他不会拒绝我……我什么都想到了……勉勉强强吧……泰勒费，他呀，他可是科学王子……他可以毫不费力地找到前费德尔布滨河路……他肯定不会说不……他会看两眼“大众号”观光船……泰勒费和我，我们俩相识有些年头了……他呀，他一直在往上升……成了大师……他上升的速度跟我走下坡路的速度一样快……证据就是，我只能靠我写的书来支付煤气费和伙食费……可那些书再也卖不动了……惨哪！……指望这本热销？……草率！……它也许能引发某些人的兴趣……哎呀呀！我经常量体温……愚蠢的消遣！用一个书包撑着……好啦！乱写一气！……前进！……富人有疑虑……他们

① 外科医生，塞利纳的朋友，他们曾一起在克利希的诊所共事。

负担得起……可那些穷鬼呢，没有青春，没有健康……只能没命地往前冲……我受到抵制了吗？……那又怎么样？……“他还没自杀啊？……”就这，这才是让他们觉得纳闷的地方……“不合时宜，年老色衰！……”好吧，在我眼里他们又是什么货色呢？……腐朽发臭的死尸！格雷万蜡像馆里丢出来的废物！……垃圾场里的垃圾！……一人一个主意……需要重写……坏到了极点！坏到骨子里去了！坏到原子里了！……比一九〇〇年还要糟糕……虚荣的烩碎肉！短语，假奶！……王家大街上的爱梅莉太太……巴黎……特鲁维尔……夏天……她裁出的裙子比他们的小说不知要好看多少倍！……无微不至的照料！裙子上的荷叶边装饰和刺绣……真正美轮美奂的手工作品……我再也看不见了……每个人都可以有自己的主意！……我嘛，我见过很多帝国分崩离析，要是我能活得久一些（关键是煤块和红萝卜），我将会看到“当代帝国”土崩瓦解……笨蛋和骗子杂凑在一起的乌合之众，蠢货！……老天啊！……煤块！胡萝卜！……量身定做，这才是最重要的！……手工缝制……缝上裙腰留念！这里一个……那里一个……历史事件！……手工缝制！……再来一个！……我还有一个“反饥饿”的抗议活动没跟你们说……噢，不痛不痒的抗议！……兴许你们看了会觉得开心……

我不会从床上爬起来……我不想起床……泰勒费会去的……我会给他打电话……

抗议活动……不在下默东！不！……在锡格马林根！……我迷迷糊糊，带着你们神游……也好！……我把自己的历史回忆都拾掇到一块……我不想出什么差错……现在我们到了……锡格马林根……精神状态……不是特别好……尽管都在呼吁“统一的欧洲”需要“战斗精神”……无精打采！就像现如今一样无精打采，尽管杜勒斯、柯蒂、拉扎尔、尤瑟夫和教皇都在呼吁……萎靡不振，萎靡不振，萎靡不振的精神状态……那些“对胜利的坚信”……说胜利就在眼前，喋喋不休……却提振不了任何人……他们一声不吭，但是心里怎么想的照样是那么想……被牵涉进去的“合作分子”精英，一千一百四十二号人全都被判处死刑，屁眼上粑着刑法第七十五条……他们开始……吃了豹子胆啦！……开始抱怨伙食不好，说标配的“套餐”甚至“家常菜”纯粹是猪食！……饿得慌啊！……这便是他们的抱怨，很快他们就会大声疾呼，而不只是抱怨了！……而住在城堡里的那些人，那些主教，部长之类的人，不管是“在职的”还是“预备的”，还有他们的配偶和情妇，贴身保镖，奶妈和婴儿，他们的日子却过得相当滋润……还有不知从哪里冒出来的将军，海军上将和大使……这些人全都饱食终日，一个个肥头大耳，红光满面，每人有八到十六张食品配给卡……到了让他们吐出来的时候了！

当然所有这一切一直在继续……这些人的精神状态没有变！……布置到各处的尽忠职守的便衣警察……躲在每个楼梯下的一两个密探……城堡可是戒备森严的！……要是你们在锡格马林根住过一些时候，你们就明白整个中世纪是怎么回事……在你们的周围，平民的羡慕嫉妒恨，他们在腐朽、饥饿、寒冷和热病中垂死挣扎……城堡里的老爷们，他们也有主意，有办法控制这些平民百姓……先制造声势……散播一些非常让人兴奋的消息……他们散播的消息是他们要跟平民百姓一起用餐了……亲自……这么做不是做做样子……在吊桥那里……跟一千一百四十二个人……所有怨声载道的贱民……住在地堡和阁楼里的那些……首先是分发面包……啊！满满当当的面包！……分发给所有的难民……礼拜四中午！……十二点整……到时候他们只需去那里，所有的人都去！

你们可想而知，这么大的声势，聋子的耳朵都能听到……吊桥那里人山人海……在说好的那一天人群蜂拥而至……天一亮就有人到场……你们以为胃没有耳朵吗？……所有的“合作分子”都来到了吊桥上……只有菲德里斯的那些奄奄一息者，他们是真的起不来了，还有那些逃进了黑森林的人……反正，完全可以这么说，一千一百四十二名“合作分子”中起码有一千个去了那里，想着可以领到某样东西……他们叽里呱啦，议论纷纷，群情鼎沸！……胃里已经在翻江倒海了……黑面包？……褐面包？……小面包？……所有的人都把情况摸清楚了！……那些卑鄙的密探？……那些提振精神状态的人？……谁又能明白无误地搞清楚即将要发生什么事？！……对孩子们而言，羊角面包，奶油圆蛋糕……啊，那是不容讨论的！……我呢，我知道西森劳动营里的事情，我告诉自己：大规模的抓捕行动马上就要上演了……收拾这些饿鬼！……这次集合就是一场骗局！……

他们一边等待奶油圆蛋糕，一边交换跳蚤，虱子，阴虱，和疥疮……你们永远也不会见到像他们那样抽搐的！……就像一小群癫痫患者……这都是饿出来的啊！……饥饿比其他任何东西都更加难熬！……他们正准备放开肚皮暴吃一顿呢！……哎哟！……他们不停地把身子的重心从一只脚换到另一只脚……挠痒痒，挠出一道道伤痕，抠掉一畦畦疥疮……他们在吊桥前围成半个圆圈……转动着眼珠……出神地等着美味佳肴出现……不只是面包！……还有火腿、三明治……还有猪油……我对食品没有不切实际的想法，我密切地留意着，看着吊桥右边的地下墓穴的洞口……一堆崩塌的石块……有点像火山口……我料想有人会耍什么缺德的花招，德国警察会冲过来查抄……诸如此类……从地下冲出来一支突击队……一个事先策划好的阴谋……党卫军，还是冲锋队？……还是保安队？……我看见德国佬已经受够了……看着我们全都在那里，不停地把重心从一只脚换到另一只脚，从一个草垫到另一个，挠着，咳着，精神萎靡，等着什么东西吗？……小耶稣？……瓦尔哈拉殿堂[1]大暴动？……齐格弗里德[2]的骑士和圣杯？加上小面包？大家还想饱餐一顿呢？……对我们的芜菁“套餐”不满意！对我们美味可口的麦淇淋汤羹不满意！……“他们有东西吃呀！……又不是吃不饱！”……主要是他们的事情不成功……眼看着就要土崩瓦解了！……他们的部队都乱成一锅粥了……我们加上我们所抱持的怀疑态度……还有我们的谍报……正在摧毁他们的士气！……他们已经失去了自己的领空……你们只需看一下……每一块云后面，有二三十架飞机！……到处都是英国皇家空军！像旋转木马一样络绎不绝！……还有美国佬！……三四个“空中堡垒”联队……源源不断……昼夜不停……伦敦……慕尼黑……维也纳……空中没见一架德国佬的飞机去阻击……实话告诉你们，我们和我们说的那些扫兴的话很让他们讨厌……尤其是当你想到他们自己，从一个德国鬼子到另一个德国鬼子，他们相互之间一心一意也只想着要灭掉对方……反正我们一直待在那里，待在吊桥前面，讨论得很热烈……等下子发给我们的真的只有战时面包吗？……还是部队里吃的圆面包？……抑或双球奶油蛋糕？……分发的时间一定是安排在正午，大家还要等一个小时……在身上东挠挠西挠挠打发时间，不错……可我知道这个事不会有好结果……一点一刻……整个钟楼都响了！……突如其来！……所有的钟同时鸣响！宏伟的钟楼！……你们要是去那里也会听到的……噢！我一直留神那个洞，那个火山口……好像我敢肯定会从那个地方……没错呢！……我看见两只硕鼠样的东西从那里出来……两个人，全都裹着非常柔软暖和的衣物！……是女人……两个女人……我看见她们了，她们越走越近……我还从未见过她们……她们从洞口最里面出来……从那一堆崩塌物之间……她们一

① 北欧神话主神兼死亡之神奥丁接待英灵的殿堂。

② 中世纪史诗《尼伯龙根之歌》中的大英雄。

定是住在地下墓穴里……谁也没进入过地下墓穴，没去过最里面，靠尽头的地方……墓穴从多瑙河下面穿过……一直到巴塞尔[1]！……另一头一直到布伦纳[2]！……好像就是这样！……谁也没进去看过……也许这些女人去过？……两个女人一直在那里，我那么熟悉城堡，但我从未遇见过她们……莉莉也没碰到过……我问过她……其中的一个还很年轻……啊！可另外那个，已经是个老巫婆了！……身材严重变形！……两个人都打着小阳伞……没错！……粉红色的小阳伞……我看着那个老太婆，近距离……她的鼻子……鼻子上长满了疣子……她不停地眨巴着眼睛……另外那个也是……阳光太刺眼！……她们一定是在黑暗中生活……习惯了黑暗……可为什么？为什么会有小洋伞？她们彼此不说话……哦不！……她们说话了……老的那个问出什么事了？她们说的是鬼子的语言……这个老太婆一点都不好通融！

"出啥事了？出啥事了？"

"法国佬！"

"他们想干啥？"

"想要面包！"

"那我们赶紧走！赶紧走！"

她看见我也在那里观望……我、莉莉和我们的猫贝贝儿……两个人当中年纪较小的那个，走到我身边，用法语问我："对不起，先生，您也在等面包吗？""是的！是的！我很荣幸！不会等太久的……您没听见钟声吗？……""是的！是的！先生！……"由于钟声，我们这帮饿鬼开始嚎叫并且在吊桥上跺脚……豁出去了！大伙都等烦了！……"坏蛋！唯利是图的家伙！……虚荣！叛徒！里面有面包！……乒！

---

① 瑞士第三大城市。

② 奥地利和意大利边境的一个重要的山口，是从德国南部、奥地利西部到意大利东北地区的必经之地。

乓！吊死赖伐尔！混蛋！恶棍！把面包交出来！……他妈的！……布里农！……臭狗屎！……把面包交出来！”怒火越烧越旺！……他们至少有三百号人在嚎叫着要面包！攀爬、越过城壕！……乒！乓！在吊桥上！你们可想而知，吊桥厚实得很，三千人上去都绝对没问题！整整一个军，甚至炮兵部队从上面通过都易如反掌！这些瘌痢头、粗人，他们尽可以踩上去！他们敲得越凶，吊桥越是岿然不动！我呢，我从这场无聊的讨要面包的行动中看到了罗米茨设下的漂亮圈套，他想趁机抓到那些心怀不满的人……把所有这些讨厌鬼都装上卡车送到某个劳动营里……“从这里走，心急的朋友们！”德国佬何其阴险奸诈！……你什么事都有可能碰到！先看这些杂耍歌舞剧场吧，所有的魔术师都是德国鬼子！……这就是最好的证明……戈培尔是冠军！……千万不要相信他们……“小士兵！东站！……别害怕！炸掉！……两百万死人！”

我呀，我看得非常清楚，这里面有阴谋……有挑衅……我的眼睛一直没有离开那个裂口，那一堆崩塌物的里面，先前那两个女人钻出来的地方……这两个女人真够阴险的……为什么撑着两把粉红色的小阳伞呢？……为什么她们穿着古希腊罗马妇女穿的那种灰绿色无袖长衣，上面还布满了蜘蛛网？……不知道她们是从哪个洞穴里钻出来的……我一点也不知道……我最好问问刚才跟我说法语的那个女的……“你们住在那里面吗？……住在里面的地下室吗，太太？”她跟我说过话，我问她从哪里出来的并不失礼！

“是的，先生！……是的！……那您呢？您是从巴黎来的吗？”

“太太，请问您尊姓大名？”

“我是公主的女伴！”

她那位公主对人不是很和善嘛！……她不喜欢我们……她的眼睛看的是另外一边……她的鼻子告诉我了……我想看仔细些……上面有

三四个疣子……

“是哪位公主？”我问道。

“霍亨索伦的艾米丽……”

我盯着看……她说的应该是真的！……鼻子是真的！……霍亨索伦家族的所有面孔我已经仔仔细细地看了好几个月了，所有的肖像，城堡里所有的走廊！……所有的墙壁！……钩状的鼻子，鼻头上有个肉芽……所有的人都有一个、两个、三个紫色的疣子！……啊！即使是最老的那些画像！……五世纪……六世纪……所有的鼻子都像她那样，钩形的，鼻头上都长着紫色的疣子……就像眼前的这位公主一样……我从没在她自己的城堡里撞见过她，这也真够奇怪的……我想，城堡里有很多人……每一层楼……十四位部长，再加上布里农……十五位将军……七个海军上将……还有一位国家元首……参谋部和扈从……可是她，我们从来没有撞见过……她气嘟嘟地把自己藏起来了……莉莉和我都没见过……尤其是到处瞎转悠的莉莉……公主和女伴，她们俩一定住在某一条地道的最里面……出来也只是为了拿面包……在分发残羹冷炙的时候……在暴动的人们忍无可忍的时候……乒！乓！……他们所有的人都在冲撞吗？……要让吊桥俯首称臣！……乓！……加上各种骂人的话！……尊贵的艾米丽打着她的小阳伞，压根儿就不理会这帮流氓！……她只跟她的女伴说话……啊！可她一心想要她的面包……快点！快点！她那位害羞的女伴催促道……快点！快点！她也在跺脚！她也跟大伙一起冲撞！她不会把自己的机会拱手让给这一千一百四十二个贪吃鬼！乒！乓！就好像有面包拿要归功于他们似的！他们使劲地跺啊跺！像是吃了豹子胆！就在这个时候，军号响了……是的……没错！……在城墙的另一边！……是庄重仪式开始的军号声！城堡的卫兵吹的！……不是德国鬼子的军号，鬼子的军号像铜号……不是！而是真正的军号！……给你的感觉就好像是在吕内维尔[①]……或者苗木园[②]兵营……吊桥在摇晃……桥上的铁链……滑轮……桥在移动……从空中下降……缓慢下降……砰?!哪唧!……好了!吊桥放稳了……处在一个水平面上……这个时候，我们期待着一群仆从拎着篮子，篮子里装满了面包、奶油双球蛋糕、香肠和小烘炉……让人垂涎欲滴的救济粮!

当然没有啦!……走出来的是警察……开始时有三四个……然后足足五十个德国警察，坐在一辆身躯肥大的烧木柴的卡车里……然后还有一帮警察……法国警察……然后，在他们后面的，是贝当元帅!没错!……是他!……德伯内[③]走在他左边，缩在后面……就是那个断肢的德伯内将军……可是鸡巴毛面包!……元帅出游而已!……这就是一千一百四十二个傻瓜等到的东西……你们可能以为……他们会恶毒地辱骂元帅……会说在这里挨饿，真是奇耻大辱!……可他们连屁都没放一个!……一点气都没吭!……他呀，十六张食品配给卡!……无人不知……他把它们统统吃光……一点面包屑也不留给任何人，名副其实的大胃王啊!……再加上全套舒适的起居设备……住得像个国王……所有的事情都是他的责任，凡尔登!维希!以及其他的一切!我们的悲惨处境!都是贝当的错!都是他的错啊!可他呢，住在城堡上面，被照顾得像一场梦一样!……所有那一层楼全都归他一个人使用!……有暖气!每天吃四顿!十六张食品配给卡，再加上元首[④]赠送的礼物，咖啡，古龙香水，丝绸衬衣……一个团的警察供

---

① 法国洛林大区默尔特－摩泽尔省的一个市镇，著名的度假胜地。位于南锡东南约 30 公里。

② 位于南锡市中心的一座大公园，面积有 21.7 公顷。

③ 维克多·德伯内（1891—1956），法国少将，是法国将军玛丽－欧热纳·德伯内（1864—1943）的儿子。他一战时身负重伤，失去了一条胳膊。在维希政府中担任贝当元帅的秘书长。战后被控“危害国家安全”，后因其帮助过法国抵抗组织而被无罪释放，但 1946 年被革除了军职。

④ 指希特勒。

他差遣……一个参谋部将军……四辆汽车……

你们也许会以为这帮无赖会跳起来做些过激的事情吧！……一拥而上！……把他开膛破肚！……根本就没那回事！……只有一些叹气声！……然后就散到一边……看着他出巡……他的手杖往前一指……出发！……样子可威严了！……他对他们的致意做出回应……对这帮自命不凡的臭男人、俗不可耐的臭女人……那些小姑娘则向他行屈膝礼！……元帅出巡！……可是既没有面包也没有香肠……霍亨索伦的艾米丽，她就不致敬！……她态度更加粗暴，脾气比先前还要坏……“过来！过来！”……她要她的女伴过来……她们消失了……连再见都不跟我们说一声……消失在她们出来的那个洞窟里……那个碎石堆中的裂口……她和她那个侍女……一眨眼工夫她们就钻到洞里去了……再也看不见艾米丽……也看不见她的那个侍女了……她们返回了城堡底下……啊！她们也没有面包！……该死！……我们也没有！……他妈的！……莉莉、我和贝贝儿，我们跑出来也有些想弄点面包呢！……我们没有时间难过……我看见马利翁了！我瞅见他了……马利翁是唯一有良心的人，没把我们忘记……他在“狮苑”那里能弄到什么东西总是给我们送到“雄狮”……也不是什么稀罕物啦！……一些吃剩的小东西……主要是小面包……城堡里有小面包……不是很多，但每位部长总归有那么三四个……做部长有时还是有利可图的……马利翁总想着我们夫妻俩，还有贝贝儿……他最爱开玩笑说，贝贝儿喜欢把自己扮成吕西安让他看……吕西安·德斯卡夫[1]……贝贝儿，我给它戴上我的围脖……加上它那乱蓬蓬的胡子，它还真的酷似吕西安·德斯卡夫……那时我们就爱开这样的玩笑……唉！已经是遥远的往昔岁月了……我一想起它……吕西安不在

① 吕西安·德斯卡夫（1861—1949），法国自然主义作家，龚古尔的弟子，龚古尔学院的创始人之一。

了！……马利翁不在了！……贝贝儿不在了！……一个接一个全都消逝了！……连同回忆！……无声无息地消逝了……

我刚才跟你们讲到……我瞅见马利翁了……他也在出巡的队伍之中……但与贝当隔着很远的一段距离……他们之间无话可说……啊！半句话都没有！……无论在哪个政体，哪个时代，部长们都是相互仇视的……一切都在摇摇欲坠、分崩离析之际，他们的关系最为糟糕……绝对的不和睦……所有的积怨一股脑地爆发出来……恨到极点以至于看都懒得看对方一眼……他们心里窝着一肚子火，便在餐桌上就餐时斜着眼睛互相厮杀……他们在吃梨子和奶酪的间歇[①]磨刀霍霍，如此气势汹汹，吓得他们所有的配偶都站起身来……“过来！过来！……”叫她们的部长、将军、海军上将丈夫离席！……这帮丈夫眼看着就要干起仗来了！气急败坏的！啊！到处都一样！……不管是在贝希特斯加登[②]，维希，克里姆林宫，白宫，在吃梨子和奶酪的间歇，那哪是人待的地方啊……在汉诺威－温莎王朝也一样！……在吃梨子和奶酪的间歇……所以你们明白出巡……要保持距离……这是礼仪！……不可能勾肩搭背……而要隔得远远的……一个一个隔得非常远……贝当元帅，他作为国家元首，走在最前面，独自一人！……他的参谋长[③]，那个独臂的德伯内，跟在他后面，左边，离他三步之遥……后面更远的地方，一位部长……再后面还要远的地方，另一位部长……一个跟着一个……中间间隔至少一百米的距离……然后是警察……长龙队伍至少有三公里长……随便你们怎么讲，我爱怎么说就怎么说，因为贝当讨厌我……贝当是法兰西的最后一位国

---

① 17世纪人们吃饭时的最后一道餐点是奶酪，在吃奶酪之前先吃梨子清嘴。后来用 entre la poire et le fromage 来指“茶余饭后”、两件事之间的间歇。

② 德国巴伐利亚州的一个县，是二战时纳粹德国的核心腹地，以希特勒的“鹰巢”而闻名。

③ 实际上，德伯内的父亲一战时在贝当手下担任过参谋长。

王，“末代国王菲利普[1]”……身材魁梧，威风凛凛，要才有才要貌有貌！……他本人也是这么认为的！……首先吧，他是凡尔登战役的大英雄……然后在七十多岁的时候晋升为一国之君！……谁能抗拒得了呢？……站在他面前你只会像个木头人一样一动不动！……“啊！元帅先生，您是法兰西的化身！”“化身”这玩意儿太有魔力了！……可以说没有人抗拒得了！……要是有人对我说：“塞利纳！该死的！您真是廊巷[2]的化身！廊巷就是您！是您的全部！”听他这么一说，我就会忘乎所以！你随便抓个乡巴佬，直视着他的眼睛对他说他是某某的化身！……你就能看到他得意忘形的样子！……你击中了他的灵魂！……他都不知道自己姓什么了！……贝当一旦成了法兰西的化身，他就再也不问这是猪膘还是猪[3]，是绞架、天堂还是最高法院，是都奥蒙[4]、地狱还是多列士……反正他是化身！……化身是唯一真正的幸福中的幸福！……你可以砍掉他的脑袋……但他依然是化身！……脑袋可以自行滚动，欢天喜地、兴高采烈地往前滚！夏尔·戴高乐在枪毙布拉齐拉克[5]时也是欢天喜地的！他也是一个化身！两个人都欢天喜地！……他们俩全都是化身！那赖伐尔是不是呢？

即使是在更加简朴也更加务实的情况下，“化身”这玩意儿也能为你创造这种小小的奇迹，比方说食品……假设明天他们又开始给我们按日定量配给食物……你恰好什么都短缺……这个时候你没必要绞尽脑汁……化身这玩意儿能救你……你随便找个乡巴佬，随便哪个外

---

① 菲利普是贝当的名字。

② 塞利纳童年在西瓦瑟廊巷度过，在《死缓》中他详细记录了那段岁月。

③ 法语俗语，转义为：这话是什么意思？

④ 法国默兹省的一个市镇，在1916年的凡尔登战役中被摧毁，是“为法国而死”九大市镇之一。

⑤ 罗贝尔·布拉齐拉克（1909—1945），法国记者、作家，二战时与德国合作，1945年被枪决。他的死刑判决后包括加缪、莫里亚克在内的20多位文化名人签名向戴高乐请愿要求减轻对他的刑罚，但戴高乐没有答应他们的要求。

省作者，你朝他走过去，抓住他的手，让他在你面前停住……朝他喊道："哎呀！您这个人呀，可是只有您才配啊……您才是普瓦图[①]的化身！……您那弥足珍贵的三十二个篇章！代表了整个普瓦图！"……大功告成！……从此你就什么也不会短缺了，永远都不会！农产品包裹源源不断地往你那里寄！……然后你又在诺曼底故伎重演！……然后再去双塞弗勒省……菲尼斯泰尔省……那样的话，再有五六次战争，再闹十二次饥荒，你都不愁吃的！……十吨、十二吨包裹你都不知道往哪放了！那些"化身"源源不断、孜孜不倦地往你这里输送……你只需反复告诉他们，他们在自己的作品中代表了整个德龙省！……汝拉省！……马延省！……你甚至可以说他代表了洛克福[②]，假如你喜欢吃奶酪的话！……我没瞎说……瞧人家德诺埃尔！……那个被人暗杀的德诺埃尔……他是个老滑头，彻头彻尾的老狐狸，但他又极度具有比利时人的特点，极度的务实……反正他现在只剩下尸骨了，假如我把他与他后来发生的事做一番对比，真的令人惋惜啊！……在他被人谋害的两天前，我从哥本哈根给他写了封信："赶紧逃走吧……该死的！逃命要紧！……阿梅丽街非久留之地！……"他没走……我说的话总没人听……他们觉得自己很聪明有保障……有敷了圣油的护身符……不听拉倒！……爱怎么着怎么着吧！……确实也是真的，一直到他被别人谋害的那一刻，他都屯有大量的黄油、干酪、肌肉、松露……餐桌上堆积如山……根本就不愁吃……日子确实过得很滋润……被那些作为化身的作者供养着……帮他们揭示他们的使命……向他们宣告！……可是要留神！……要小心哪！……我已经跟你们说过！……那玩意儿富有魔力！……很容易要了你的小命……你可别昏了头……贝当，就是最好的证明！赖伐尔，就是最好的证

① 法国西部的一个地区。

② 法国阿韦龙省一市镇，该地生产的洛克福羊奶酪为世界三大奶酪之一。

明！路易十六，就是最好的证明！斯大林，就是最好的证明！……你想一本万利，一条路走到黑，可是你能为所欲为吗？……再见！……德诺埃尔不停地要魔术，从一个省到另一个省，挖掘出这个省的化身……那个省的化身……他都不知道自己姓什么了！……“好啊！有护身符了！我什么不敢做呀！……”可是，午夜零点，在荣军院前的广场上，护身符不灵了！……一片云，月亮！……魔力消失了！……让德诺埃尔毙命，让他结束小丑的滑稽表演的，是他收集到的那些“外省化身”，那些民间的痴迷于化身的人，那些乡下的魔鬼附身的“化身”……那些为了化身进行你死我活搏斗的人：我！我！我！我是康维尔[1]的化身……我是莱昂[2]的化身……我是夏朗德省的化身……癫痫的化身！

没有任何事情比这个更令人惊异……“送贞德到这里来！”我可以在每个省会帮你找到十二个！……还带着大包小包！……熟肉酱……大块黄油……一车皮一车皮的袋装面粉！……火鸡！……牧羊女！……

“您已经从比赛中胜出！……啊！您是喀麦隆的化身！……”从此，香蕉……椰枣……菠萝……整整一个帝国的东西都会来到你的餐桌上……可以说，应有尽有！……可以说可怜的德诺埃尔真的确实解决了食品供应的难题……

贝当也是这样……“我就是化身！我就是皇上！……”他相信这个吗？……他当然相信啦！……他为此殒命！……变成了彻头彻尾的化身！

废话说了一大堆……我把你们撂在一边了……我们先前说到出巡……好吧，他们出发了……元帅在吊桥上……霍亨索伦的艾米丽

---

① 法国西北部布列塔尼的一个区。

② 法国西南部朗德省的一个市镇。

和她的女伴一起重新消失在地底下……贝当，德伯内，快步朝前走去，沿着多瑙河，陡峭的河岸……例行出巡……他们俩独自走在最前面，部长们远远地殿后……一个跟着一个……好像在赌气……而一直在这边等着的、一小群咕咕哝哝的人，他们的胃液早就做好消化一切的准备，现在也只好解散了……他们抗议着……哦！声音不大！……他们返回他们的牛栏、阁楼、楼梯下的小屋，返回菲德里斯，返回森林……他们还能说什么呢？……他们只是在身上挠着……抠着……他们散到某个地方挠痒去了……

在白云的上方，法兰多拉舞在继续……一个接一个的英国皇家空军联队……然后它们朝城堡俯冲下来……城堡是它们的陆标……多瑙河河湾……它们便是在这里转向，由北转向东……慕尼黑……维也纳……一个联队接着一个联队……有风声在传，我们这儿不会遭受轰炸，因为城堡要预留给勒克莱尔克的部队……他已经打到斯特拉斯堡了……带着他的那些国内武装部队和他的那帮黑鬼……他马上要打到这里的证据是……那些逃亡的人，避难的人，他们的眼珠子都吓得快要瞪出来了……被他们的所见所闻……成批成批地斩首……短刀……勒克莱尔克手下的那帮塞内加尔人……血流成河，水道沟渠都是满的……这样的结局随时都会降临到我们头上……这帮疥疮患者能够想到的就是这些……一千一百四十二个“通缉犯”在阁楼在楼梯下的小间里谈论的事情！

从历史的角度仔细一想，贝当、德伯内就像人们说的，已经退出历史舞台了……他们上演的那幕戏已经结束了，“法兰西帝国”的那幕戏！……启幕！轮到塞内加尔人上台了！下一幕！……贝当不再是化身了！……法国已经受够了！把他押回去，把他处死！……把历史的这一页翻过去！……此时此刻他觉得自己离法国还很远，他依然神气活现的，可把自己当回事了，他和德伯内，还有一个接着一个跟在他们后面的出巡队伍……这帮家伙还穿得非常挺括的……皮鞋锃亮……迈着轻快的步子……沿着多瑙河陡峭的河岸，这条汹涌、欢快、浪花飞溅的小河，水沫子都溅到了树梢上……这是一条生性乐观的河流，有着广阔的前景……是的，但是勒克莱尔克的部队就在不远的地方……他率领的那帮手持短刀的塞内加尔人……人们总意识不到，几乎从来都意识不到，现在是下一幕戏上演的时间，他们已经是多余的了，他们已经不在舞台上，他们应该闪到一边……意识不到！意识不到啊！……他们可固执了……他们演的是美角，他们想留住这个角色……直到永远……元帅和德伯内在进行每天的例行出巡……在阿列河[①]边……多瑙河畔……可以出巡而且还担任着国家元首，就足够了！……莉莉、我和贝贝儿，我们，让我们感兴趣的，是马利翁……马利翁，他们餐桌上吃剩的东西，那些小面包……另外，贝当，最好别让他看见我……在新闻部担任部长的马利翁几乎是走在队伍的最后面……这是礼仪，先是掌握兵权的人！贝当就是那个掌握兵权的人！……然后是司法！……然后是财政！……然后是其他部门！……那些乞丐部门，所谓的新设部门！那些没超过三四百年历史的部门！……真正的部长大臣，那些有分量的，必须要追溯到达戈贝尔[②]……司法部！……圣埃洛瓦[③]，就是位大臣……马利翁和他的新闻部呢？五十年都不到……不值得一看……但对莉莉、贝贝儿和我来说，他是唯一至关重要的人！……所以，不是开玩笑，我们也要加入出巡的队伍，悄悄地……方便他把那些小面包和剩菜偷偷塞给我们，不让任何人看见！……马岱在出巡的长龙队伍中不是特别高……

① 法国卢瓦河的主要支流之一。二战时的法国维希政权的实际首都维希镇即位于阿列河畔。

② 墨洛温王朝的一位国王，629—639 年在位。

③ 国王达戈贝尔的财政大臣。

他的位置在苏利后面……在海军，海军上将，“弗朗索瓦一世”后面两百米远的地方……马岱穿着黑色外套，头上戴着一顶黑色毡帽，作为“国家预算审批官员”脸上一脸的凝重，走在我们前面一百米的地方……“我请求您，马岱先生，给法国人提供吃的东西！”……一身黑服的马岱他就是这样被招募进来的……“马岱！耕地！牧场！”……他一头扎了进去……就像毕歇隆一头扎进铁路建设一样！……“毕歇隆，您负责让法国交通通畅！”……而此时此刻，他们只能跟着队伍……在新闻部，在莉莉、贝贝儿和我前面一百米处……哦，我忘记说了……多瑙河蜿蜒曲折，怒涛汹涌……然后江面在突然之间又变得开阔了，非常开阔……再也没有冲击堵岸的浪花和飞溅的沫子……而是一大片平静的水面……就在铁路桥后面……那些野鸭在等着我们……更确切地说是在等贝贝儿……足足有一百来只，对我们紧追不放……费力地用蹼子划着水，几乎是贴着河岸往前游，想更好地看到我们的贝贝儿……啊，还有一个动物……我忘记跟你们说了……那只鹰……它跟我们也很熟……它也飞到我们旁边，但隔着一段距离……它一点也不像那群鸭子……它和我们隔得老远……在草场上的一根非常高的柱子上，独自待着……你不能靠近它……不能！……霍亨索伦的鹰！……它一直在盯着我们看……我们也盯着它看……它并不飞走……它会稍稍动一下，我们走到哪里，它就会把头转向那里，远远地看着……它在那根柱子上转着……慢慢地……我觉得它主要是在看贝贝儿……贝贝儿也知道……贝贝儿是一只极度我行我素桀骜不驯的猫，此时此刻却紧贴着我们寸步不离……它仿佛看到自己被那只老鹰的爪子牢牢攫住的情景……动物界最神奇之处莫过于它们不用对话就能把一切都弄个明白……所有的一切！……而且隔得老远！像光速一样快！……我们人类呢，满脑子词句，我们自寻烦恼把自己越搞越糊涂的做法很可怕……到头来搞得自己啥也不知道了……稀里糊涂啥也弄不懂……我们对自己的大脑瓜瞎折腾，多厉害啊！……恶心！……支撑不住了！……再也没有任何空间了！……一丁点微波都进不去了……所有的东西都溜走了……我们啥也抓不住！……

在那里，霍亨索伦皇家之鹰是那片森林以及一直延伸到瑞士的那几片领土的主宰……它绝对可以想做什么就做什么……谁也不能使它胆怯……它是黑森林的最高统帅……羊群，兔群，母鹿群……还有仙女……我们每一次出巡，它都在那里，同一片草场，同一根柱子……它肯定不喜欢我们……

在沿着多瑙河陡峭的河岸步行两公里后，你就会看见一个突然冒出来的人影……那个人影从来都不会缺席：一个打着手势的人影……前进的手势……抑或后退的手势……示意贝当是继续前进……还是打道回府……那个身影，大家都很熟悉……那是科尔佩绍上将[①]，他负责守卫多瑙河，他也是一直到德拉瓦河[②]的所有舰队的统帅……他守卫着俄国人的进攻……在元帅出巡途中……俄国人的舰队会逆流而上进入多瑙河！……他敢打包票！……他任命自己为"欧洲喇叭形河口湾上将"以及"两岸统帅"……他认为俄国人的舰队会从维也纳出发……经过巴伐利亚然后从后面包抄符腾堡……以及锡格马林根……毫无疑义！……拿下整个"附敌合作组织"……尤其是贝当！……他仿佛看见贝当被劫持……被他们用绳子捆在一艘潜水艇的底舱，那种潜水艇他见过，从水里冒出来的样子……是的！他！……水陆两用型！……成群结队地从布达佩斯经过……科尔佩绍把什么都跟我说了！……我给他治疗气肿……他对俄国人的作战计划了如指掌……他们的装备和战略……他甚至

① 虚构的人物。

② 多瑙河中游右岸主要支流之一。

知道他们水陆空部署的详细情况，通过水解发射，阿德尔[①]反向系统，水下……你们想想我们可能会遭遇什么！……要是看见科尔佩绍随便在哪段河岸突然冒出来，向我们示意巡游到此为止，发现了俄国人，那我一点也不会觉得惊讶……贝当也不会觉得诧异……他会立马向后转……那些部长们也跟着他转……你们可想而知，这个科尔佩绍……他们把他抓了十次……二十次……然后每次都把他放了……疯人院里没有地方安置他了！……无论到什么地方都没有位置了，谁也没有位置……不管你是不是疯子……你得自己找地方躲起来……不管是不是疯子……所有的阁楼……顶楼……牲口棚……地堡……商店后间……火车站候车厅……人山人海……整村整村的人都在火车下面……过夜……蜷缩着……或者在森林里……在那些进去就出不来的岩洞里……来自欧洲各地……

我跟你们说科尔佩绍把自己提拔为上将……他觉得自己更有资格，觉得自己比城堡里的那些人有资格得多，城堡里那些坐办公室的上将，达尔朗的总参谋部里的那些上将……首先按照刑法第七十五条……按照刑法第七十五条“受过勋”的……这个可不是他杜撰出来的……有法律依据……绝对真实……他确实被人死命地追捕过……他逃出来时险象环生的情景可以作证……死里逃生啊！……最后一班火车！东站！……他们只抓到了他的儿子，他的老婆和他的小姨子……全都被押送到德朗西去了！……再晚一分钟他也会被活捉……这是真的！……我在布里农那里看过那份报告……还有他的确切履历……他做过报纸的社会新闻编辑，然后是大型游艇周刊《补助帆桁》的总编辑，你们可以在不莱梅、昂吉安或者怀特岛谈论他……那里的人对他肃然起敬！……他和那些赛船已经融为一

① 克雷芒·阿德尔（1841—1925），法国工程师，被誉为“飞行器之父”，曾设计制造出三架“风神”飞机。

体！……“科尔佩绍就是这么说的！……”其他人就没话说了！他就是权威！但对邓尼茨[①]来说，他是个容易受骗的傻瓜……“科尔佩绍，您代表海军！高于一切！……您要为法兰西和敦刻尔克报仇！”说到这里，他们俩拥抱在一起……“特拉法尔加[②]！特拉法尔加！……”这就是他为什么现在在这里，也成了屁眼上粑着刑法第七十五条的通缉犯……而全家人又流落到了德朗西……但他已经迷失了方向……“科尔佩绍您代表海军！”……你们想想看，他必须有“代表海军”的样子吧，必须名副其实地代表吧！……先是在汉堡……然后在基尔……然后瓦尔内明德[③]……为了邓尼茨……海军！……从一个兵营到另一个兵营……现在是为了升职……“多瑙河部队司令”……负责从符腾堡到瑞士的所有水域……以及对贝当的保驾护航，告诉贝当可以走多远……不能走太远！不能再往前走了！……往回走！……

当然，天空中的情况还算过得去……英国人的飞机勉强飞过……只需看看他们的破飞机，都不敢过来轰炸我们，被我们的城堡给吓住了！没辙了！……可是俄国人呢？……他们那些水陆两用的潜艇呢？科尔佩绍眼睛一刻不停地盯着河面，一点点小波纹都得提高警惕：凶险的多瑙河，祸害的俄国人！他为自己垒砌了一些小土丘……在每一个河道拐弯处……类似那种小信号台……桅楼……你可以去那里跟他说话……跟他讲英国皇家空军……你可以让他捧腹大笑，笑得前仰后合……然后扑哧一口说你真可笑！……炸弹？……是他把炸弹引爆了！……“啊！瞧您说的！……啊！瞧您说

① 卡尔·邓尼茨（1891—1980），纳粹德国海军元帅，海军总司令。

② 1803—1805年，拿破仑派出法西联合舰队和英国海军进行海战，最终在西班牙特拉法尔加海面决战，法西联合舰队惨遭重创。此战被称为“英国最辉煌的战役”，并以此结束了一个多世纪的英法海上争霸的历史。

③ 德国东北部罗斯托克市外港。

的！您也一样，您只看天空！仰望星空！……可笑！难以置信！可他们会从河上过来！喂！您看！……看那个！您亲眼看一下！……”他把望远镜递给你……那副肥大的利卡……绝对不是在开玩笑……“您说得对，上将！……”没有人反驳他！……贝当一看见他马上扭头往回走！

一个政权到了快要垮台的时候总是这样……谁也不会再反驳别人……言行最激烈者为王……科尔佩绍打一个手势，贝当、德伯内就服从了……科尔佩绍睡在一片灌木丛深处的泥地上……随便哪片灌木丛……可是他衣着端庄……绝对无懈可击……上将的装束，高高的大盖帽……漆皮军靴……在上面的补给站，在两次轰炸的间歇，他让人给自己配备了这身行头……他红光满面，肥大的鼻子，肥大的肚子……双层的斗篷……暴风雨天气在汪洋大海上航行时的装束……他那副利卡望远镜在肚子上晃荡着……要是你在王家大街[①]上遇见他，你会立即惊叫起来：“啊！确实没错！上将！……他是海军的代表！……他是化身！……”谁是真家伙，谁是疯子，要把他们区分开并不复杂，也不困难……唯一的区别……在于他们所置身的场所……是在王家大街，还是在多瑙河畔……二十次……一百次……贝当给阿贝茨[②]写信说这个科尔佩绍碍手碍脚！管他什么上将不上将的！他自己手下的那帮人就够他烦的了！……每一层楼都是……那些部长和高级干部……出去走一下也被人暗中盯梢！……阿贝茨对此无能为力……在所有的一切马上就要分崩离析之际，你除了眼睁睁地看着和保持沉默之外，没什么事好做……在维希，是那个教廷大使……多瑙河这边又冒出个科尔佩绍……不要反驳……害怕换布景，再在舞台上

① 法国海军部所在地。

② 奥托·阿贝茨（1903—1958），纳粹德国给维希政府派驻的大使，战时德国在法国的全权代表。

赖一下……在历史的一页翻过去之前……那德龙克勒[①]呢？……斯沃博达[②]？……或者布里农？或者纳瓦辛[③]？带或者不带冲锋枪……或者扬诺维奇？……斯大林？或者贝当？……或者古里安[④]？……他们都算不了什么……科尔佩绍的指挥才是最有分量的……全体人员，向后转！……整个军事机构……部长们一个接着一个的长龙队伍……以及其他的大人物……还有马利翁、莉莉、贝贝儿和我，我们四个……如此一来，敌人的舰队就不可能在那座大桥前面把我们逮住……那座三轨道悬索桥……出巡结束了……回城堡……那座大桥……沿着同一段河岸，反方向……先前殿后的人现在打头阵……向后转！向后转！……各党领袖走在最前面……布卡尔和他的手下……萨比亚尼和他的手下……布德朗[⑤]和他的手下……我顺便在这里注明，埃罗尔德－帕吉[⑥]，这个跟塔特一样恬不知耻的骗子，从来就没到过锡格马林根，而是待在一座离那里有七十公里的岛上，贪婪地吃着罐头食品……对锡格马林根发生的事情一窍不通……只知道他的犯罪记录……多里奥[⑦]也从未去过那里……只见过他那辆布满枪眼、破烂不堪的汽车……他应该在康斯坦茨待过……多么逍遥自在的生活啊，只

---

① 欧热纳·德龙克勒（1890—1943），法国工程师，曾经参加过“法兰西行动”组织，1936年起成为革命行动秘密委员会“蒙面团”的组织者，二战期间他发起附敌合作的“革命社会运动”，之后开展过一些反纳粹的活动，1943年11月被盖世太保杀害。

② 亨利·斯沃博达（1897—1990），捷克乐队指挥和音乐学家。

③ 俄罗斯移民，1937年被“蒙面团”暗杀。

④ 戴维·本－古里安（1886—1973），以色列政治家、第一任总理、国父。

⑤ 弗朗西·布德朗，历史和地理教授，二战时在法奸组织的保安队负责宣传工作，后担任副秘书长。

⑥ 让·奥古斯特·埃罗尔德，又名埃罗尔德－帕吉（1912—1945），法国记者，二战前三次被判刑，德占期间是多里奥领导的法国人民党的成员，附敌合作电台的社论主笔。他曾在自己的回忆录《幻想与幻灭》中称塞利纳死于瑞典，“在茫茫耻辱之中漫游”，“受到其朋友和敌人的鄙视”。

⑦ 参见前注。雅克·多里奥1945年2月在前往锡格马林根的途中在汽车上被一架美国飞机击中身亡。

是也患了疥疮……像我们一样患有疥疮但比我们更严重……至于出巡，德阿[1]从未参与过……作为政治思想的巨人，他更喜欢独自一人去树林里面……他很少跟别人来往……他喜欢……他在制定某个美其名曰“勃艮第和法国的欧洲”的计划，外加“首先－大多数－多数－延期”选举事宜……他在运筹帷幄……

像这样东想西想，我想到了诺盖尔[2]……他发什么神经跑去写锡格马林根[3]？他起码要去过那里吧，可恶的、夸夸其谈的混蛋！他会把屎拉在床上的！……你们也从未见过戴高乐走下战壕扛着反坦克火箭筒，把鬼子的坦克击退吧？……都是老奸巨猾的公猫！……尽吃白食……从来不付钱……该死的盛宴……我能看见他们全都在那里，冷酷、纯洁、自信，在“三叟”露天咖啡座……用追随者们的鲜血在他们自己的肖像上签名……不计其数的傻逼追随者！……

所有这些思考都让我亢奋不已……我把贝当撂下了……我先前跟你们说到他……向后转……返回城堡……我们和新闻部长马利翁一下子变成了开路先锋……反正仅次于那些党派领袖，差不多是走在队伍的最前头……这种向后转有一天还跟我们开了个天大的玩笑……我一直都没有找到让你们捧腹大笑的机会……走到那座悬索铁路桥时整支队伍突然停了下来……在第一个桥拱下面……噢！不是因为空袭警报！空袭警报一直在响……警报器一直就没停过……而是英国皇家空军正在找这座桥……就是这座桥……不早不晚……不是我们看花眼了……他们把念珠似的一连串炸弹投到桥上，炸弹垂直地落下来……突如其来……三四架飞机同时投弹……不知道怎么搞的，他们都没命

① 马塞尔·德阿（1894—1955），哲学教授，德占期间担任日报《作品》的主编，1941年创建全国人民联盟党，是当时最大的附敌合作政党，在二战末期担任国务秘书，在锡格马林根担任政府代表团成员，战后藏匿在意大利一直到死。

② 路易·诺盖尔（1881—1956），法国政治家，抵抗组织成员，曾任法国高等法院院长。

③ 路易·诺盖尔1956年出版了写锡格马林根的《最后的阶段》。

中……一串串炸弹落下来炸出了很多间歇性的热喷泉，多瑙河沸腾起来了！河底的淤泥向四面八方飞溅！……那些耕地……三四公里远的农田里……我们紧紧地挤在桥拱下，靠着那座巨大的花岗岩桥墩……这是拉尿的大好时机，所有的部长，所有的党派，还有贝当元帅……我知道他们所有的人的前列腺……有些人被尿憋得不行……解决尿急，最方便的办法，就是去灌木丛……他们一溜烟就跑进了矮树林……我记得非常清楚，就在这时，从另一个方向过来了整整一个支队的俘虏，还有看守，一些后备军……俘虏和地方自卫队士兵，他们的脸上都没有显露出紧张不安……俄罗斯俘虏和上了年纪的德国鬼子……全都那么疲惫……那么疲惫……全都一样的瘦骨伶仃，拖着腿艰难地朝前走着……全都一样衣衫褴褛……只是德国鬼子肩上扛着枪，那些俘虏则没有……他们这是要去哪里呀？……去某个地方……有人问了他们……他们听不明白……他们连炸弹都听不见……所以嘛，你们可想而知，我们的问题他们怎么能听得见！……他们跟我们走的是同一段河岸……只是方向相反……

布里都[①]尿完了……他抖了一下家伙……使劲地抖了一下……然后说道："开始行动，先生们！开始行动！"……怎么行动？……他给出一个主意……"大家都散开！……"骑兵的作战规则！……"像散开作战的骑兵！"……所有的人都变成了"散开作战的骑兵"……桥拱下有多少人呀？堆挤在桥墩旁边的有多少人呀？……差不多三十号人……我发现布里都说的有道理，炸弹落得越来越近了……越来越近了……眼看着就要把桥击中了……怎么着都会打中的！……然后把这帮笨头笨脑的家伙全部歼灭……我们全班人马都在那里犹豫不决……部长，党员，法国警察和德国鬼子警察，对"散开作战的骑

① 路易·布里都（1888—1955），法国将军，维希政权的战争部长。

兵”部署都不热心……我们可以一直跟着那些俄国人……那些吃力地迈着步子的俘虏……肯定的！他们肯定要去什么地方……他们一定有什么主意……他们什么都不说……穿过农田……跟着那些俘虏……写到这里，我要跟你们讲一件事，雷穆萨夫人和她女儿倒在淤泥中，趴着……河岸边的淤泥里……一个弹坑的坑口……她们俩是出来采蒲公英的……身上全是泥浆……厚厚的一大层……她们害怕到了极点，毫无疑问……她们一动不动……是死是活……可能？……她们就那样一直趴着……我一直没有她们的消息……她们住在村子的另一头……我刚才跟你们说到那些俄国俘虏和那些德国后备军看守穿过农田走远了……他们连看都没看我们一眼……炸弹一直落在他们附近……他们如此疲惫，如此眼困，他们看上去就好像再也停不下来了一样……炸弹跟着落在他们周围，几乎是落在他们的头上……也落在我们头上……鬼才知道！……像是空中的骑兵竞技表演……他们想要的并不难，他们想把那座桥炸垮……这桥是连接乌尔姆和罗马尼亚的交通咽喉……炸掉它……我们就走在弹雨下面……贝当和出巡的长龙队伍！温柔可爱！他们到最后一定会炸准的……整座桥梁就会垮塌在我们的脑袋上！啊！内脏和废铁混杂在一起，太太呀！……笨手笨脚的老顽固们！……水上龙卷风……我看着雷穆萨太太和她女儿采摘蒲公英……趴着……部长们重新系上裤子……他们七嘴八舌……有人说“同意”……有人说“反对”……继续前进？所有的人一起？……还是走另一段河岸？……将军们，上将们，决定像骑兵一样散开吗？还是一个接着一个鱼贯而行？追上那些俄国俘虏？穿过金花菜田？如果留在桥下，有一件事是确信无疑的，我们的脑袋，他们会把桥掀翻的，整座桥！他们的炮弹几乎是倾泻在我们头上，落满了多瑙河！……上游！下游！……他们在调准目标……溅起的淤泥有几层楼那么高，在我们前面炸出一个个墓坑……河岸上弹坑的坑口！轰隆！

轰隆！……我们惊慌失措紧紧地贴着桥墩……部长们，将军们和卫兵们……还有莉莉、贝贝儿和我……一直到这个真的非常悲惨的时刻为止，贝当都没说过一句话……这时他开口了！……“前进！”示意他想去的方向……“前进！”……他把手杖指向前方……“前进！”……命令所有的人都从桥拱下走出来……他命令他们都跟着他！……“前进！”……命令他们重新穿好裤子！……“前进！”……他本人和德伯内一起走到外面……啊！不慌不忙……大义凛然……方向：城堡！……长龙队伍重新各就各位一个接着一个……所有的部长和党员……炸弹继续轰炸那座大桥……对我们，我们一个跟着一个的长龙队伍，则是用机关枪连发射击……一直到城堡……直接朝我们头顶上扫射……但射得不准……我看见射出来的子弹像水漂似的连续弹跳着……在草地上……在水面上……草在颤动，被削断……他们射得像猪一样笨……证据就是，没有一个人被打中……他们贴着水面经过……贝当和德伯内交谈着……犹如闲庭信步，绝对不慌不忙……那些部长也一样……在至少两公里长的路上……长龙队伍没有丝毫的偏离……我现在依然能看见走在我们前面的毕歇隆……他跛得厉害，毕歇隆……那时他还没做手术……留给他跛的时间所剩无几了……手术把他弄死了，他想北上，去东普鲁士的霍亨林青做手术，我会回头跟你们讲述这件事的……现在我要说贝当……返回城堡……头儿领头……机关枪在头顶上扫射……由部长、将军、上将们一个跟着一个组成的一整条长龙……重新整好衣扣军容严整……大义凛然……互相隔着一段距离……我不厌其烦地在这里说贝当，是因为，提到贝当，人们总是说，他当时已经不是一般的老年痴呆，以至于既听不见炮弹声也听不见防空警报，说他把鬼子兵当成自己的维希卫兵……说他把布里农当成那位教廷大使……我可以实事求是地道出真相，因为他讨厌我，我所说的可以完全不受他人左右，我敢保证，要是我们待在桥拱下的时候没有他指挥，让出巡队伍重新出发，那我们全都会遭殃，无人能幸免，也就永远没有后来的特别最高法庭①什么事了！也没诺盖尔什么事了！可以说，我觉得贝当元帅拯救了特别最高法庭！……倘若没有他，没有沉着冷静的决断，那么永远也不会有一个人会从桥拱下走出来……没有一位部长也没有一位将军！……加上灌木丛中的那些人！……所有的一切就会到此为止！没有后来的公诉！没有后来的判决！……全都会被炸成肉酱……再也无须什么约岛②……贝当的当机立断让所有的人从桥拱下走了出来……这体现了贝当的刚强意志，一九一七年他靠的就是这种刚强意志让法国军队重新冲上前线……我可以毫无忌讳地谈论他，是因为他讨厌我……我现在依然能看见在我们周围的枪林弹雨……陡峭的河岸，被打得千疮百孔的纤道……尤其是贝当的周围……即使他听不见了，他总能看见吧！……整个行程一直到吊桥……一波接一波的扫射！……啊！一言不发……不管是他，还是德伯内……绝对的大义凛然……最滑稽的是，没有一个人被子弹打中……不管是莉莉，我，贝贝儿，还是马利翁……大家走到吊桥那里，停下，道别……解散……再也没有一个人等在那里……各人回各人的去处……英国皇家空军停止了射击……重新回到天上……我们呢，莉莉、贝贝儿和我，我们不得不和马利翁分开……但我的口袋里多了四个小面包！……

我要给人诊病了……到时间了……我们那间狗窝一样的陋室，在“雄狮”宾馆的二楼，11 号……我说的是狗窝……没错！……两张破床……已经破旧不堪……当然我见过更糟糕的……很多……我们互相道别……和马利翁拥抱……能不能再相见谁也不敢打包票……永远！……他在城堡里有自己的房间，在四楼，最小的房间……我先前

① 由法国议会推选组成，受理总统和部长们渎职罪行的特别法庭。

② 二战后贝当被判无期徒刑，被囚禁于大西洋上的约岛。

跟你们说过了，按照礼仪，新闻部地位最低下……比方说吧，要是达戈贝尔一世在塞纳河畔克利希，那马利翁可能连张板凳都没得……如果你们不想误入歧途，那就记住圣埃洛瓦[1]吧……所有的欺骗从一〇〇〇年就开始了，从那时起昏庸开始盛行……大臣、总督、主教阁下全都唠叨个没完……滑稽可笑的木偶……没有真正的等级……好吧，还是回到正事上来吧，我给人诊病并不昏庸……我们在锡格马林根如何被他们安置，过后再跟你说……你们可以亲自去那里探个究竟……我读过很多报道，这里，那里……关于锡格马林根的……全都是假的或者带有偏见的……歪曲事实，瞎编乱造，骗子，懦夫……活见鬼！……他们不在那里，一个都不在……在该在的时候不在场……我要大书特书的是厕所……尤其是"雄狮"宾馆里的那间……跟我们在同一层楼，对门，那里总是挤满上厕所的人……锡格马林根所有的人，从餐馆从酒店来的人都会跑去那里方便，非去那里不可……就在对门……整个走廊，整个楼道日日夜夜都挤满内急的人，他们怨气冲天，骂骂咧咧，说这真是奇耻大辱……说他们已经受够了……说他们拉在身上了……说他们已经憋不住了……他们没说假话：整个楼道粪便已经流成了小河……还有我们的走廊，我们的房间自然难以幸免……你无法想象还有什么比萝卜和红甘蓝烩菜更有效的泻药了……"套餐"加上发酸的啤酒……就可以一辈子蹲在厕所里不出来了……所以你们可以想象一下我们的整个廊道……全都是唉声嚎叫放着响屁已经憋不住的人！……再加上那气味！……厕所里的污物不断地往外冒……这是必然的……不断地被堵住……同时进去三个……四个……男男女女……小孩……哪里管得了那么多！……出来的时候都是被人抓住双脚拼命地生拉硬拽拖出来的……因为他们一直霸占着马桶

---

① 或译圣艾里九（588—660），法国努瓦永主教，金银匠和铸币工，在达戈贝尔一世的宫廷担任财政大臣。

圈……“他们在做梦！他们在做梦！……”外面的人在咆哮……走廊，餐馆，还有大街上的人……再加上所有的人都在不住地挠痒……不停地交换疥疮和阴虱……还有我的病人……都乱成了一锅粥……他们自然也要去拉尿，对着其他人拉，到处拉！……我们的走廊熙熙攘攘……还有一些人是来看冯·罗米茨的……我会跟你们讲到冯·罗米茨的……另一股人流，去他的办公室，他的几个办公室中的一个，在楼上……那些人也要上我对门的厕所……最不可思议的，是每天晚上八点钟光景，当厕所确实不堪重负……即将爆炸的时候！屎弹！……粪池里装得过满……前一天和当天在餐馆吃进去又排泄出来的所有东西……于是大股的喷射物溢满了走廊……以及我们的房间……在楼梯上像瀑布一样倾泻……还是赶紧逃命吧……在粪便中奋不顾身左冲右突……全都跑到街上……弗鲁赫特先生会在这个时候出现！……他是“雄狮”宾馆的经理……弗鲁赫特先生和他的白藤杖！……为了挽救他的厕所，他真的什么法子都尝试过了……但他本人也要承担责任……他是餐馆老板，给客人们吃的是劣质的萝卜做的菜……那餐馆就是他的……他是餐馆的经营者……每天五千份“套餐”！所以厕所粪便满溢毫不足奇！弗鲁赫特先生带着他的白藤杖上楼了！搅拌！再搅拌！疏通便池！……然后加挂另外一副挂锁……用螺钉固定……再固定……再也没有人能把它打开！……得了吧！他走后不到两分钟，厕所里又重新人满为患……你争我抢互不相让……我们的廊道都被挤满了……弗鲁赫特先生不是希绪弗斯，所以他以“魔鬼！玛利亚！”的名义发誓也是枉然！要是他真的把马桶封死，真的不让顾客进去，用水泥把粪坑填起来，那他的“套餐”顾客就只能去他的屋里排泄了，他的房子就会被萝卜泥的滚滚洪流给彻底淹没！……他一直扬言要那么做，但他没那个胆子……

我们在 11 号房，一直都得在粪便中跋涉……无须多言……你会习惯的，我们没有别的办法！……更让人忧心忡忡的，比这种不便更让人心焦的，是被他们扫地出门……像德国鬼子赶人一样把我们赶出去，也就是说用阴险而又正当的方式，说什么“为了公众利益”……说什么为了病人最好搬出去……让我去别的地方诊病……诸如此类……什么这里太嘈杂了……反正有各种各样的理由让我走人……嘈杂？嘈杂？嘈杂？……我还听到过其他许许多多的理由……比这个更糟糕的事情多了去了……请你们相信！

说到那条非常宽敞的廊道，我有必要跟你们解释一下（我要明确一下，廊道的天花板非常矮）……并非只有我的诊所在那里……还有那些上厕所的顾客……有冯·罗米茨的客人……冯·罗米茨男爵少校[①]……他的办公室就在我们诊所的上面……26号……我会回头跟你们说这个罗米茨的……我又扯远了……像这样东扯西拉我会失去你们的……我有太多的事情想跟你们说，想一下子和盘托出……我找了一个又一个托辞……有些仓促……我们已经离开贝当元帅……吊桥又降下去了……我们重新上楼，回“雄狮”……我为你们清出了一条通道……必须的……先是人行道上嘈杂的人群……然后是楼道里的……想尿尿的人真的是摩肩接踵……到处都是……我拨开一拨又一拨人群……我敲了一下我们11号门，我们的家……

我不是个喜欢大惊小怪的人，但这一次我还是看了两遍……在我自己的那张床上，右边的那张床，躺着一个男的，蓬头垢面，衣服敞开，呕吐着，发出嘶哑的喘气声……一名外科医生骑在他身上……一个穿白大褂的男子准备强行给他做手术……手上拿着三四把手术刀……额镜，敷料，镊子……毫无疑问了！……他身后，是他那位粪便和尿液没过脚踝的女护士……也是白大褂……腋下夹着大大的金属

① 后文为“上校”，塞利纳有意的军衔混用。

盒子……

“你们在干什么？”

我问他们……我有权利问……何况被压在下面的那个家伙还在嚎叫！……

“大夫！大夫！救救我！”

“救你什么？……救你什么？”

“大夫，我是来找您的！那些塞内加尔人！塞内加尔人！”

“塞内加尔人咋了？”

“他们把所有的人的脑袋都砍了！”

“可他不是塞内加尔人吧？”

“他想从我的耳朵开始！……我是来找您的，大夫！”

“可他不是塞内加尔人，不是吗？”

“不……不是……他是个疯子！”

“你从哪里来的？”

“斯特拉斯堡，大夫！我在斯特拉斯堡修汽车……他们把所有的人的脑袋都砍了……他们往这边来了……他们来了！……我是修汽车的……我很渴，大夫！……把他拉开，大夫！他要勒死我！……他准备把刀扎进我的眼睛里！……把他拉开，大夫！”

这事很蹊跷……不管是不是疯子，手上一直拿着手术刀，这种情况刻不容缓，最好是警察过来盘查他的证件……然后把所有的人都赶到大街上……从整条大街上涌进我房间、走廊和厕所里的所有的人，连同这个疯子和女护士……我一个人永远也不可能做到，一个人把这些地方清空……我那间破屋，有了那两张破床和洗手池，我就已经转不开身了！……现在这帮鬼人又来凑热闹！

在维护秩序方面，布里农是高手……我一直仰仗他……我都是去找他……然后总是他去叫警察……让警方出面……告诉他们整个

“雄狮”，厕所和走廊里，秩序严重失控……情况棘手的时候，我不会犹豫不决……发了疯的外科医生，另外那个被他压在身下、不住地嚎叫的男子……这事可耽搁不得！……莉莉已经把贝贝儿放进她的包里……她出门时总要带猫的……她会在米特尔夫人[1]那里等我……我一个人去找布里农……米特尔夫人是行政部门的领导……这个人心肠真的非常好，做事也很干练……你可以跟她交流……她得回答这个问题、那个问题……每天有一万人、十万人到她那里诉苦……你们可以想象一下，假如一千一百四十二号“通缉犯”，加上他们的女人和孩子去她那里诉苦！……什么事都找她！……还有那些“德国劳工”和四十六类间谍以及大量的检举揭发！……叫她把这个或者那个抓起来……赖伐尔！……布里都！……行动要快！……布里农！……还有我和贝贝儿！流放！检举揭发的大锅在沸腾！沸滚！……他们在伦敦一定捞到什么好处了！……在伦敦十年，没有回来过一次……全都被绞死！……不计其数的检举揭发！……尤其是那些被判了死刑的人！在阁楼最里面朝你眨眼睛的、流着烛泪可怜的小蜡烛……要当机立断！……某某被判处死刑的人，冒着冷汗抖抖索索草草写下对某某贱民的成千上万的憎恨，要把他送进刑讯室！甚至把他告到鬼子那里！告到BBC[2]！告到希特勒！告到魔鬼！啊，塔特在我眼里啥也不是，只是一个乳臭未干、一事无成的卑鄙小人！……在这里我要跟你们讲那些真正的杀人不眨眼的告密者！脑袋已经搁在断头铡刀下面了！这种情况百年一遇！……致敬！……阴谋吗？一大堆阴谋！在保安队，在菲德里斯医院里，全都在策划阴谋！……到处都是情报机构！四个发射台昼夜不停地报告所发生的一切！……就在王子府[3]（我们

① 布里农的秘书。

② 英国广播公司。

③ 或译王子纪念馆，位于德国斯图加特的席勒广场，现为巴登－符腾堡司法部。

的市政厅）那里，你也可以听得非常清楚……我们的姓氏……我们的名字……我们的一举一动……所作所为……意图……分分秒秒……叫我说，十二打紧紧揪住我们的鸡巴蛋不放、乐此不疲的女看门人、长舌妇、洗衣女工可能都做不了这么好，都制造不出如此恶劣的流言蜚语！……我们心里明白得很……但是，生命是一种冲动，你必须假装对此信以为真……显得若无其事……继续！继续！……我呀，我得在11号房给我的二十五个……五十个病人看病……给他们一些我给不了的东西……永远也到不了的硫黄软膏……吖啶黄，青霉素……都以为里希特应该拿到了这些药……但他从来没有收到过！……生命即冲动……和闭嘴！……后来我有个机会跟一个同行，普罗塞东医生，在波罗的海边的罗斯托克一起共事，他是从“东部天堂”回来的……他已经养成了良好的习惯……在那些真正严肃的国家必须保持的面孔……不再有思想的人的表情……永远也不再有思想……“即使你一句话也不说，也能从你的脸上看出来……你要习惯啥也不想！”可敬的同行啊！他这是怎么了？……他看见到处都是天堂！“要是希特勒倒台了，你也躲不掉！”这话就像是从一个高级知识分子嘴里说出来的：“欧洲将会建成共和式或者哥萨克式的欧洲！”……见鬼！欧洲将会是共和式和哥萨克式兼而有之！另外还将是中国式的！

好吧！好吧！我知道你们什么问题也没问我……我只是把我的想法告诉你们！……把加西埃[①]变成哥萨克试试看！……医生会变成哑巴！护士会变成哑巴！……我的同行普罗塞东在那边……在天堂……待了十五年……“十五年里，我开药方，写医嘱……十五年里我的病人把我开好的处方拿到药房……但他们总是两手空空地跑回来……药房里没药！……但他没有抗议！……一句话也不说……病人也一

① 阿贝尔·加西埃（1908—1997），法国政治家，二战期间参加法国地下抵抗组织并追随戴高乐将军，二战后曾担任政府部长和法兰西第四共和国副国务秘书。

样……一句话也不说……我也一样……一句话也不说……”加西埃先生变成哥萨克后，一定会对自己的职责了如指掌，到那时候就再也没有话说了……我们当时在锡格马林根的时候还没到那个份上……我们还可以有自己的想法……和诉求……我为治疗疥疮、为本该配备的硫黄抗议过……就像弗鲁赫特先生为他的厕所抗议一样……那厕所本该畅通无阻的……我的培训计划也非常少……没过多久，弗鲁赫特先生死于疯病……没过多久……

去他的！回来说我的房间！……那个古怪的外科医生和被他压在身下、朝我喊救命的受害者……我无论如何都得采取点什么措施吧……得叫人把我的房间清理一下……我对莉莉说：“这里太吵了！我们去城堡！”……我带着莉莉……莉莉和贝贝儿……我有一张长效卡……我承认，这卡“享有优先权并且不限时间”……优先权！……优先从拱门下的暗道通过……还有那条在岩石中凿出来的斜坡路……你们也许见过这个拱门！……骑兵走的壮丽的斜坡……通往高等法院……战利品展示大厅……拱穹很高，枪骑兵都能通过……三四个骑兵连可以两个骑兵骑马并进，轻而易举地爬上去……那个时代的宽度……十字军东征时代！……从高等法院出来，往右拐，随即便到了布里农的候见厅……我让莉莉待在米特尔夫人那里，我和警卫握了一下手，他是法国兵，货真价实的法国兵！没错！没错！肩上有勋带！……什么都有！……甚至有军勋章……像我一样……咚！……咚！……他敲了敲门，他要给我通报，我有事求见布里农先生！……他马上就接见了我……他坐在那里就像以前我见他坐在博沃广场[①]的办公室里一样……差不多一样的办公桌……也许没那么大……电话机也没那么多……但一样的脑瓜，一样的表情，一样的轮廓……我跟

① 法国内政部所在地。

他说话，我毕恭毕敬地对他说，他也许有可能……诸如此类……诸如此类……我的上帝啊！我的上帝！他早就知道了！……还知道很多别的事情！……这些身居要职的人读了那么多报告！每天接待至少一百个固执的笨蛋！你无须跟他们说任何事情！……萨丁[①]！路易十四！别人怎么说他的，布里农全都知道……说他是不折不扣的科恩[②]先生……说他已经不是布里农了，就像屁眼上的东西不是黄油，就像纳赛尔不是纳赛尔一样！……餐盘上猜的小谜语……说他的妻子萨拉干政……通过电话……每天十次，从康斯坦茨……菲德里斯的那些奄奄一息的家伙全都捧腹大笑！……地堡里的收听设备……所有的警察！……伦敦广播电台……所有的一切！……他全知道，他看我一眼就知道……已经没有任何秘密可言了……只剩下警察在捏造秘密……我去他那里是为了跟他说我们的房间，说要是能派一些警察略略增援一下就太好了！说我那里一个病人都收治不了啦……说我的床已经被人占了……说整个大楼都是人满为患……秩序极度混乱不堪……我还跟他详细汇报了那个疯子外科医生和他的护士……

布里农的性格和表情都有些抑郁……有些内敛……像那种洞穴中的动物（正如某某人所言）……他在办公桌后面几乎不再回答问题……他不傻……我总觉得他心里非常清楚，所有的一切远不只是混乱那么简单，现在只是时日多少的问题……

“啊，您知道吧，一个发疯的医生！……他不只是唯一的一个！……不是唯一的一个，大夫！……我们知道，在我们十二名所谓的法国医生当中，所谓的法国流亡医生中，已经有十个疯了……是真的疯了，从疯人院里逃出来的……另外，请听我说，大夫！柏林方面

---

① 安托万·德·萨丁（1729—1801），路易十四的海军大臣。

② 阿贝尔·科恩（1895—1981），用法语写作的瑞士犹太诗人、作家，是犹太复国主义的积极鼓吹者。

已经给我们派了，您很快就会见到，给我们派了一个名叫维尔尼的所谓教授，是‘法国公共卫生部主任’……我知道，我一点也不觉得奇怪，我妻子给我打过电话，说这个维尔尼是捷克人……给德国人当过十七年间谍……先是在鲁昂……然后在阿讷马斯……然后在《官方日报》……发行员……这是他的档案……这里有他的照片……这是他的指纹……大夫，从今天起，他就是您的上司！您的上司！来自柏林的命令！……有什么人在您的房间妨碍您工作的话，您要去找您的顶头上司！……您知道，锡格马林根的警力……所有的警力……唉！"

布里农，他一点也不想掺和任何事情了……既不想管什么疥疮……什么下疳……也不想管什么结核病患者……什么西森那些用胡萝卜害死的孩子……更不想去管我那个发疯的外科医生了……他好像乐得什么也不做……

"哦！大夫！有件事！有个消息！您被‘普劳恩[①]委员会’判处死刑了！这是您的判决书！……"

他从垫板下抽出一张"通知"来递给我，同样的尺寸，同样的判决……这样的判决书我在蒙马特收到过很多……同样的原因……"叛徒，卖国贼，写淫书，迫害犹太人……"但这一次不是"卖身投靠德国鬼子"……而是"卖身投靠情报机构"……要说真有什么让人讨厌的东西，那就是这种"骇人听闻的指控"……比桃色事件更可恶的无稽之谈……后来，在丹麦的监狱里……通过法国大使……通过斯堪的纳维亚人的报纸……我还看到了许多不用费脑筋的判决……很简单："最罪大恶极的怪物和卖国贼！罪行累累……罄竹难书！……"没完没了的重大罪状：出卖这个……出卖那个……出卖整个马奇诺防线……出卖部队里的短衬裤和他们的屎！还有将军！整个舰队，土伦

① 德国东部城市。

的锚地！布雷斯特的海港入口！淤泥和矿场！……大卖国贼！不管是残暴的“合作分子”，还是要除掉这个干掉那个的恶狠狠的“国内抗德武装”……在我眼里都是一回事……我敢保证……伦敦，蒙马特，维希，布拉柴维尔……到处都是不可信赖的混蛋！是警察的鹰犬……是新欧洲或者伦敦委员会或者皮克普[①]委员会的超级纳粹！千万要小心哪！全都在伺机下手把你插进烤肉扦！把你剁成肉酱！

我居然有这种老爱岔开话题、把你们晾到一边的怪癖……我这是怎么了？……我先前跟你们说到布里农，他不打算掺和到这桩疯子的事务中……我只能去找罗米茨了！……我不是很想去……可事情都到这个份上了！……我的房间现在肯定有好戏！……先去看米特尔夫人……找到莉莉……我非常有必要跟你们描述一下米特尔夫人的寓所……很值得的！……一整套大大小小的家具，蜗形脚桌子，独脚小圆桌，木雕，绳形装饰，花里胡哨的便宜货，狮头羊身龙尾的吐火怪物，让人情不自禁地联想到拍卖行……一定会让整个“左岸”的古玩店都发疯！……没有一样是赝品！……而是货真价实的“第二帝国”时期的珍品！……彩绘玻璃窗！华盖！有墩状软垫的双人圆形靠背沙发！……带有绿色植物的圆形沙发！雕镂有花枝图案装饰的铜浴缸……一架同样雕有粗大的花枝图案、饰有荷叶边的梳妆台，下面藏得了二十个轻骑兵……桌子，雕塑珍品……愤怒的龙……还有缪斯！所有的缪斯！那个年代的君王洗劫了整个普罗旺斯大街，拉法耶特和圣奥诺雷大街……你们也许在贡比涅的皇后宫[②]，在根西岛[③]的维克多·雨果的故居，或者在埃皮奈[④]的影棚拍摄《茶花女》时，还能看

① 巴黎十二区的一个街区。

② 位于巴黎北80公里处的贡比涅森林边，拿破仑的第二任妻子、法国皇后玛丽－露易丝曾在这里住了四年零五天。

③ 雨果的流放地。

④ 塞纳河畔埃皮奈，巴黎北郊的一个市镇。

到这些东西……也许？……莉莉和米特尔像上流社会贵妇一样坐在那里交谈……莉莉在这种“皇后”的布景中感到十分惬意……所有的女人都会有这种感受！……我不能埋怨她……在“雄狮”，我们的走廊，我们的破床，再加上那个疯子！……对一个女人来说，也真够受的，即使是对莉莉这样比较勇敢的女人……透过米特尔的窗户，你能看见锡格马林根的全部景致，市镇的所有屋顶，还有森林……你开始明白城堡里的生活……一望无际的视野……贵族老爷们的超脱……不做平民何其逍遥……而我们就是平民……甚至比平民还要低贱……我跟米特尔夫人讲那座旅馆，讲我们房间的难处，还有酬劳！……还有那个正在做手术的疯子！……她当然非常明白我在抱怨……可是！……可是！……“大夫，大使已经无能为力！……警察也一样！……大夫，他没把话跟您讲完！您知道他是多么审慎的一个人！您不了解事情的来龙去脉……是这样的……福尔达[1]的八个假主教……所谓的法国人，全都要求来这里，入住城堡！……波茨坦的三个天文学家！……所谓的法国人！……慕尼黑的十一个‘穷人的修女’……凯尔[2]的六个冒牌上将……也要求这里接待！……昨天，整整一个印度女子修道院的修女，来自所谓的印度法国商行……带着五十个克什米尔小姑娘，所谓的被人强暴，马上就要做母亲了……也要求这里接待！……一些小女孩！……或者去‘雄狮’……或者去西森……再加上三个被迫害的蒙古人！”

很显然，人真的不少……

“您受到迫害了吗，大夫？”

“是的！是的！很深的迫害！米特尔夫人！”

“那么，大夫，您知道大使的情况吗？还有阿贝茨，大夫！检举

---

① 德国黑森州的一个城市。

② 德国西部小镇，与法国的斯特拉斯堡仅一桥之隔。

揭发！……您猜有多少人？”

“我不清楚……很多吧！”

“昨天就有三百个人！……揭发赖伐尔的！揭发我们的！……”

“我料到了！”

“昨天三份报告！您猜是揭发谁的？”

“揭发所有的人！”

“不只是所有的人！还有科尔佩绍！……还有一份来自柏林的报告！……他们在柏林看过！”

“啊！夫人，这是谎言！科尔佩绍没有离开多瑙河……他在守卫多瑙河！……他不是那种当逃兵的人！我可以担保！”

“我们无论如何都得给那边回复！……总理府！您可不可以给我写几个字？”

“可以！可以！米特尔夫人……马上……科尔佩绍不会逃跑！绝对不会！”

“啊！亲爱的大夫！……”

“莉莉，我们要走了，跟米特尔夫人说再见！……贝贝儿！贝贝儿！”

贝贝儿，是这三个字让她下决心，站起身来……“贝贝儿”的意思是我们先去县长那里拿她的边料……县长在大马路的另一头……我会跟你们讲到的……首先，什么是县长？……是一种职务位于市长和专区区长之间的官员……我给他的厨娘看病……消化不良……非常漂亮的房子，非常殷实的中产阶级，从黄金时代流传下来的……在县长家，我还有一个病人，是个房客，一位部长[1]的母亲，九十六岁了……是我最老的病人……真的很睿智！思维敏捷，记忆力惊人！克

① 指法国诗人、作家和维希政府的教育部长阿贝尔·博纳尔。

里斯蒂·德·皮桑！露易丝·拉贝！……马瑟琳！她把什么事都跟我说了，都说了！她说话跟朗诵一样，我好喜欢！

我依然是，孑然一身，
孑然一身！

她说得多么恰如其分啊！

尽管我躺在那里浑身湿透、高烧不退，但我想这次在河堤上着凉，这次旧病复发不大会拖上好几个月吧……去他的！我筛糠似的抖，样子很可笑，而且抖得越来越来劲……我汗流浃背……身上湿得都可以拧出水来了，床上全都是汗水……但我还在专心写作……好歹吧……我不是那种对工作条件挑三拣四的人……去他的！……对工作挑三拣四是一九〇〇年之后的事情……“妈妈，我一定要做那个工作吗？”……你生来不是个游手好闲的皮条客……就是个勤勤恳恳的劳动者……非此即彼……我在那里忙着床震，就算……就算我重新开始辛苦劳作……

“仁慈的上帝啊，千万别是有人来找我！”

隔壁有声音……狗也开始叫……汪！汪！……你上了岁数就会有这种困扰……不愿意被别人打搅，绝对不可以……嘘！……莉莉在跟什么人说话……一个女人……门关着但我还是听见了……我听着……她们俩在说尼索瓦太太……是她的一个邻居……尼索瓦太太在家里全身发冷……好像……她在哼唧……“我能怎么办？……”女邻居在问……我吼叫起来……

“叫救护车！去凡尔赛！医院！……莉莉，打电话！打电话！……”

突然，门开了……莉莉和那个女邻居走进来看我……我可不希望她们进来呀！……绝对不想！……我缩进了被窝里……在堆积如山的外套下面……我已经记不清有多少件外套了！我什么都缺，可是见鬼！他妈的！就是不缺外套！因为那些人看到你的境况如此凄凉，只要有可能就会给你送外套！……他们的外套总是非常多！……哦！是那种穿不得的，已经磨得露线了……你穿不出去，但是放在床上，在发烧的时候，你会觉得它们特别管用！我一点也没有夸大其词！……廉价的中央供暖……我们的供暖设备是烧煤气的，给我增添了太多的负担……把我们毁了！……

莉莉和那个女邻居出去了……我什么话也没说……一句话也没说……让她们打电话！……凡尔赛！救护车！……不行！我不能打扰泰勒费！……尼索瓦太太在凡尔赛会比较舒服，医院里暖气很足，非常暖和……她去那里比待在家里要好……也许吧？……我仔细一想……是不是因为我跟她说到过那些幽灵，“大众号”观光船上的那些怪人，所以她才不想再待在家里？……病人的事，总会让你牵肠挂肚……是不是说过头了？是不是没说透？等等……

我总是绞尽脑汁，想出一些事情来……讲给病人听……讲给阿西尔听……九百页……一千页！……或者讲给热尔特鲁听……他们招摇撞骗，一个比一个狠……我真希望看到他们在我面前互相撕逼，把对方活活撕碎！白刀子进红刀子出！把对方剁成肉泥！……呸！去他的！……这两个懦弱的凶手没有互相残杀……卢库姆这种人绝无仅有！……空荡荡的阴道！……在这个世界和另一个世界上，你都找不到比这更苛刻的鲨鱼群！……带着一口的假牙……尼龙鱼鳍……还有那些豪华轿车，那么气派！……榨干了作者们的血！他们从我身上都不知道吸走了多少升的血！我知道自己在说什么！

我不知道自己在说什么了！……见鬼！……

那个女邻居的突然到访把我的思绪打乱了……比“大众号”还要糟糕！……救护车！……我又把你们撂到一边了……把你们和线

索……哦！哦！……我们刚才是在锡格马林根……一段回忆……另一段回忆……好啦！……我的脑海里又冒出一段回忆了……另一段回忆……跟勒阿弗尔有关……勒阿弗尔！……是的，我明白了……我去那里接替一位同事，马卢维埃，在国道线上……啊！可以了！啊！我明白了！……蒙蒂维利耶的一个病人……我现在依然想得起那病人的样子……还有他的直肠癌……那个时候，我依然精力充沛，充满热情，忠心耿耿……我东奔西颠……不管谁叫我，我都是欣然前往！……而那个直肠癌患者，我每天要跑去两三次……吗啡和敷料……我单枪匹马一个人跟医院一个科室的治疗效果一样的好……可是他们却把他从我这里弄走，弄到别的地方去了……并不是因为我护理得不好……不是的……而是因为他疯了……他的家人已经无法忍受了……他走到哪里磕碰到哪里……衣柜……窗户……什么都被他撞烂了……还说我阻止他去上班！……他谴责我！……他的意识折磨着他……因为他意识到自己全完了……他再也不能去工厂上班了！警察会跑过来抓他，警察已经到了，他已经从窗户那里看到他们来了，他们来这里把他抓进监狱！不再工作！不再工作！六十年来他从来就没有停止过！从来没有！从来没有！他在翁弗勒尔的浮动码头没旷过一天工！"救命啊！救命啊！"我做什么都是白做了，我，我说过的话，我那十毫升吗啡……他从来没有旷过工……他们只得把他带走……癌症并不是全部，工作意识才是！不过，我想说的是，对布洛丹、热尔特鲁那样的人并不适用……他们只需等着……等着……等着工作自己找上门来……在这里我可以证明……就像帕拉孜[1]……生病的劳动者……他们等着工作找上门来……管你发烧还是不发烧……"小丑，你写到哪里了？……写完多少页了？"

---

① 阿贝尔·帕拉孜（1899—1957），法国作家、记者，塞利纳的朋友。塞利纳在丹麦期间曾给帕拉孜写过300多封信。

五点钟前后，冯·罗米茨总在那里的……几乎可以肯定……从五点到七点……之后他就去城堡……或者别的地方……他的寓所不止一处……他到处接待……白天晚上，随时随地……他有十来处寓所……在“雄狮”是五点到七点……在26号房，就在我们房子的正上方……所有的警察都这样吧，到处设置办公室，到处安排接待点……政治人物也一样，还有那些大使！……这就是为什么你们在随便哪个首府的一些街道上总觉得异样……不管是在伦敦的梅费尔，巴黎的蒙梭，还是加州的河滨……遍地都是寓所和形迹可疑的人……找不到那种穷鬼们住的狭小的廉租房……放浪形骸者的住所……找不到！……都是那种超级奢华的豪宅……即使是在锡格马林根，罗米茨的秘密住所，信我的没错！他的那些秘密住所跟我们住的地方相比有着天壤之别！我知道他在城堡里的侧翼，有两层楼！里面种满了花……杜鹃，绣球花，水仙花……还有玫瑰！……我敢肯定，克里姆林宫，在一月份遍地都是玫瑰……而在这座城堡，整整一个侧翼，两层楼的房间全归他罗米茨，还有他手下的一帮帮奴才，贴身女仆，厨娘和洗衣工，可能比贝当的寓所还要舒适……比贝当的更豪华……他在城里还有其他的住所……可不只是他有……他妻子、他女儿和他的看门狗个个都不缺……你在伦敦东区或者加州的长滩可能都找不到比这更好的地方……假如你在找什么奇珍异宝，你可以去向警察咨询……要是警察跟你说“没有！”……那他在撒谎，警方应有尽有！……如果明天巴黎被G弹、Z弹或Y弹夷为平地……一百米深的地底下的雅致房间，贵妇的小客厅会完好无损，全套的舒适起居设备，坐浴盆，杜鹃，酒窖，粗得跟什么似的雪茄，全塑料泡沫沙发，全都属于警方……属于这里那里的警方！……警方总会在场……说到粮食供应，你们也许看见了放在花盆之间的、堆积如山的食品配给卡……能养活锡格马林根的所有的人！……所以，你们看见了吧，罗米茨，他夫人，还有他们家的千金小姐，他们什么东西都多到用不完……可是他们从来都舍不得给我们哪怕一丁点面包片、面包干和供应券……这对他们而言好像是荣誉攸关的事情……什么也不会给我们！

他并不蔑视我的医术，我给他看病，他患有严重的主动脉炎……可报酬呢？鸡巴毛！……那事关他的荣誉！此刻，我从布里农那里出来，想让罗米茨给我派几个警察上去，把那个疯子和他的护士弄出去……杀一儆百！

我对莉莉说：过来！……先穿过楼梯平台……人比刚才还要多……“熊苑”宾馆的人，更加喧哗……这些年轻人是弗鲁赫特最头痛的，眼看着他们就要把他的旅店整垮，把他的餐馆和厕所彻底毁坏……比我们“雄狮”宾馆这边的人还要狂躁……首当其冲的是楼下的那个“套餐”，那个餐馆……嗬！上楼去尿尿，拉稀！把门和锁砸烂，涌进厕所……六到十个人同时往里挤……毁坏马桶圈……还有拉绳……把坐便器拿走……胜利了！胜利了！强攻！……在楼道和楼梯上再来一次集体尿尿……尿水泛滥！可是……啊！站稳啦……就在这时候……在尿液中央，两名德国女子剥掉衣服……摆好架势……气势汹汹！……嗤之以鼻！……裙子撩得有那么高！……嗬！年轻人全都围在旁边……跺脚，喝彩，快要笑疯了！使劲地鼓掌！……刺激着他们……一起尿！忍不住了！……两个确实很标致的女孩扭打在一起……从德累斯顿逃过来的难民……那可是“艺术家之城”……所有的女艺人都来自德累斯顿……那座避难之城……艺术的庇护之地……这两个女孩真的很喜欢扭在一起，她们好像是歌剧院的歌唱演员……就在厕所外面，当着弗鲁赫特的面，当着所有人的面！……还有楼梯平台上所有嘈杂的人群……乌拉！他们高声尖叫……“乌拉，小姐！”……一个棕发褐肤，一个红棕色头发……狂欢，这里并不是最理想的地方……我不能跟你们说太多了……在尿池中央扭打在一起……我发现我是没有办法把门推开了……我们11号房的房门……现在围在我床边的到底有多少人我真的数不过来了……他们都围观那个疯子和被疯子压在下面的病人……周围的人也全疯了……都在那里煽风点火……“动手！动手！割掉他的耳朵！”……那帮家伙想看到的是流血！“动手！快动手呀！”……

我呀，我的沉着冷静是出了名的，一向如此！当机立断！……“跟我来，莉莉！……跟我来！”

尤其是，别忘了天上，高达云端，低至犀面，飞机的旋舞依然在继续……“空中堡垒”掠过，轰鸣声经久不息……伦敦……奥格斯堡[①]……慕尼黑……飞机的机翼从我们的窗户上擦过……飓风般的引擎声……耳朵都被震聋了……什么也听不见……即使是楼梯平台上的尖叫声……

是的……他们全都聚在一起，所有“熊苑”宾馆的人都在高声起哄，要两个女孩把对方的皮给剥掉……而在我们的屋里，则叫着要那个疯子把另外那个人的耳朵割掉……

你们可想而知，我们费了多大的劲才得以挤出这一群闹哄哄的狂徒来到楼上！我们挤呀挤，把他们推开！好了……到了……到楼梯

① 德国巴伐利亚西南部的一座城市。

了……28[①]号房……我拍门！啊！是阿依夏！阿依夏·冯·罗米茨夫人……她给我们开的门……他们结婚了，真的结婚了……我后面会跟你们交代的……她给我们开门……阿依夏·罗米茨会说的德语并不比莉莉多……两三句话吧……她是在贝鲁特长大的……她是打那里来的，我后面会跟你们交代的……现在我想见她丈夫……运气真好，他在屋……他穿着睡袍，躺着……

"啥事呀，大夫？啥事？"

"布里农要我来求见您……"

"我知道了……知道了……他打断我的话……您家里有个疯子……走廊里也全都是疯子……我知道……阿依夏！……阿依夏！……这事你去处理！"

不假思索……他把一串钥匙递给她……

"把狗带上！……"

两只守门犬……他给它们打了个手势……它们一跃而起，冲到了他妻子的脚边……更确切地说是她的靴子边……她穿的是靴子……红色的皮靴……她犹如东方的女骑手，一直在轻轻地敲着自己的靴子……还有一条非常粗的黄马鞭……

"我们走吧，大夫！……"

我只能跟在她后面……有她出面，我知道一切都会得到妥善处理的……那两条看门犬也知道……它们开始低声咆哮并且露出了獠牙……那獠牙可长啦！……它们不停地低声咆哮着……它们不咬人……它们紧紧地跟在夫人的身边……它们已经做好准备，只要她一挥手，它们就会把她指着的那个人撕成碎块……仅此而已……啊！真是训练有素的畜生！……而且很强壮，壮得跟水牛似的！……那脸

① 原文如此。前文为"26"号。

廓，那前胸，那腿弯！只要它们冲过来，你就只有躺地的份了……甚至连声“喔唷”都来不及说……我就不跟你们描述那獠牙的样子了……反正一口下去，你们，你们的颈动脉！……你得顾忌……阿依夏，她那两条看门犬一出现，人群纷纷避让……没有人东问西问……阿依夏也不说话……她无精打采地走着……扭动着胯骨……步子不快……那帮粗俗下流的家伙重新穿上裤子……那些大声嚷嚷的撒尿者……全都转身向大街逃窜……那个棕发女和那个红发女也一样，她们随随便便地把身上的衣服打理了一下……嗬！……跳越！……管他是不是伤风败俗……这两个凶恶的农牧女神不再碰触对方了……不再嘶号了……再也没有人大喊大叫……即使是那些被屎憋得不想活的家伙……到了我的房间……我的房间，我的房门，11号，一瞥见阿依夏，那帮家伙张皇失措，俨如惊弓之鸟……他们把我们撞开，仓皇逃窜……他们争先恐后往外挤……啊！那个外科医生、那个护士、那个汽车修理工和他的耳朵！……全都从我的床上一跃而起，多么壮观的场面啊！……扯了扯衣服，跑！赶紧逃命吧！……现在嚎叫的是那个外科医生！他被吓蒙了！……先前被他压在下面的那个家伙，那个斯特拉斯堡的难民现在不再叫了……女护士拿走了那些药棉盒……他们想一起冲出去……同时冲！可是，很抱歉，这招不灵了！……阿依夏眼睛尖得很，才不会放过他们呢！……她无精打采，但是脑子一点也不糊涂！……“停下！停下！”她对那三个人说道……让他们站着不要动！在那里老实待着！……陡然停下！那个疯子，那名护士和那个吓蒙了的人！全都在那里僵住了！原地不动！……鼻子贴着墙壁……她示意他们站直了，紧贴着墙壁……两条看门犬在他们的屁股后面怒吼着……那是什么样的獠牙啊，我已经跟你们说过！……你稍动一下试试看！……他们不再动了……现在整个楼梯平台鬼都见不到一个了，那条宽敞的走廊，我的房间，不见一个人影……空空如也！……啊！那些憋不住的撒尿者！还有那两位女艺人！……所有那些疯子！呼啦一下就不见了！施了魔法似的！……但是事情并没有到此为止……阿依夏有自己的主意……“过来！”她突然跟他们讲德语……跟那三个鼻子贴着墙壁的人……喝令他们跟她走……我也跟着她……我也想探个究竟……在走廊的尽头，有一个小通道，然后是两级台阶……那是36号房……36号房的大门……吱嘎！吱嘎！……她把门打开……她示意那个疯子第一个进去，然后是他的护士，然后是斯特拉斯堡的那个人……他们犹豫着……啊！阿依夏，她可不喜欢犹豫……“快点！……快点！……”这三人转动着核桃那么大的眼珠子……尤其是那个汽车修理工……他们在犹豫要不要进去……他们看了一眼那两只看门犬……他们登上了那两级台阶……36号房……我知道这个房间……总之知道一点吧……我已经去过两次，为罗米茨去的，去看两个不知从哪里抓回来的逃兵……两个老鬼……整个“雄狮”宾馆就这个房间最牢固……就好像是一座防御工事，混凝土墙壁，铁门，铁条窗……不是那种细铁条哟！是“超级牢房”里的那种，我是知道的……“雄狮”里的其他房间全都好像不稳固，全都在晃动，像是砖块和裂缝在玩什么游戏……什么东西都往下掉……灰泥残片，天花板，床铺，没有一样幸免……没有一张床是四脚完整的……最多三只脚……大多数床则只有一只脚！你们可以想一下飞机颠簸时的样子……什么东西都粘不上去了……弗鲁赫特先生再也不做任何维修……加上房客们也在狠命地破坏……这是他们报复鬼子、弗鲁赫特、头顶上的飞机以及他们自己被困在那里的一种方式……报复一切！……他们两个、三个、四个人同时坐在一张椅子上……把它坐塌……十个人十五个人踩到床上去……滚你妈的蛋！……啊！他妈的！……尤其是那些路过的士兵，莱茵河防线的援军……那帮后备军，对不起啦！……十足的强盗！可是那里已经没任何东西好抢了！……所有的一切都被捣毁，被洗劫一空！就像我在吉拉东的那个寓所……参观时最刺激的事情莫过于可以顺手牵羊……可这里已经没剩下任何值得带走的东西了……整个儿在伦敦－慕尼黑空军联队的机群下面摇摇欲坠……成千上万台引擎的轰鸣声，震得房屋瓦片漫天飞舞……落在马路上、人行道上，砸成碎屑……你们可以想象一下，那些天花板……噢！但 36 号房并非如此，它是整个“雄狮”唯一经受住考验的房间……我已经跟你们说过，我老早就发现了……那间单人牢房出奇地干净……我没有去打听，之前被关进去的那两个老鬼后来怎么样了……也没问过其他被关押者结局如何……那个疯子、那个护士和那个汽车修理工……他们也是“逃兵”……要是德国鬼子乐意的话，我们也一样……36 号房一直是阿依夏负责收容、开门、关押……至于怎么处理那些人……我不好问罗米茨……据说，好像是半夜里把犯人转移走……好像……有几天夜里，有一辆卡车经过……可我，我从未见过那辆卡车……我经常在半夜三更随时出诊……有一件事是确信无疑的：36 号房经常整个星期都是空的……然后突然就关满了人……据说——传言而已——据说是因为那辆卡车不能被任何人看见……他们把那些所谓的逃犯全部戴上锁链押上车，把他们送到东部非常遥远的地方……所谓的跟波森[1]一样遥远的地方……一个所谓的集中营……我没有问罗米茨把那些人送到波森去之后如何处置……也没问阿依夏……反正吧，有一件事确凿无疑，她只用了几秒钟的时间就出乎意料地把我的房间清空了……看他们那失魂落魄的熊样！……阿依夏大权在握！我也想拥有她那样的两条看门狗！……还有她的马鞭！……

现在我的床上再也没有疯子了……哦！病人会回来的……他们逃出去了，但他们会回来的……我当然要把房间打扫一下……要是有办

① 波兰中西部城市波兹南的旧称。

法打扫的话！……

我想要罗米茨夫人看一下……让她明白！……

“罗米茨夫人，您看看！”

“是因为战争，大夫！是因为战争！”

我们说了一会儿话……她喜欢跟我们交谈……他们俩在法国的时候住在万森……我们说到万森……万森森林里的那个多梅尼勒湖……圣法尔若镇……还有地铁……

我原本还以为……实际上病人都不回来了！……包括那些内急需要上厕所的人……所有那些人一定都溜进地窖，溜进岩洞里去了……他们最喜欢的地窖……抑或在城堡下面？……他们被恐惧攫住了……阿依夏和36号房，比英国皇家空军的机群飞过还要恐怖！我敢肯定……莉莉和阿依夏都站在那里，站在楼梯平台上……她们漫无边际地聊这个，聊那个，无话不说……好吧！……我呀，我得去卢瑟那里……鬼子军医库尔特·卢瑟的诊所……到时间了！……从卢瑟那里出来，再去保安队……我在那里还有三四个卧床不起的病人……感冒患者……达尔曼在乌尔姆，我见不到他……我会见到他儿子和“年头”……这几个地方都不远，但还是需要走上足足半个小时，从一个大门穿到另一个大门……不顺路……我先前跟你们说过……不只是有飞机群……机群在高空……还有超低空飞行的“劫掠者”①！……你们已经见过，我跟你们讲过那次出巡，他们是如何沿着多瑙河把子弹镶嵌到我们周围……从卢瑟的诊所到保安队，同样也是沿着多瑙河走……保安队住的都是木板屋，里面很宽敞，铺位有好几层……那是一九一八年以来的军营式样……但我要去的卢瑟的花园住宅却是非常

① 马丁B-26“劫掠者”轰炸机是二战中美国最受争议的机型之一。

雅致，是威廉二世时代的巴洛克风格……

既然我又跟你们说到了出巡，仔细回想一下就能搞明白，显而易见，他们之所以没有打中贝当，也没打中那些鱼贯而行的部长们，是因为他们不想那么做！他们就想取乐！……空中没有一架德国佬的飞机……从来就没有……地面也没有一架机关枪……反正嘛，没有防卫……你们可想而知那些空中强盗，他们想干掉一个人难道不是易如反掌吗？！随便哪个家伙，哪头母牛，哪条狗，哪只猫，飞机以每小时四百公里的速度掠过，发现目标！瞄准！开火！拜拜！……全自动的！……一架蚊式轰炸机[1]！一架“掠夺者”！它们一刻不停，绝对是源源不断，在我们的头顶上……包抄！……包抄！……它们从不间断……它们轮番上阵……连发射击……连发射击……子弹像水漂一样在地面上弹跳……哒哒哒！……谁也不许通行……多里奥就是最好的例子，你们只需去看看他的那辆汽车，那车在王子府（我们的市府）展出了一个多星期，这期间调查一直在进行……仿佛从车头到车尾被剪过一刀，车上的弹孔勾出了一道花边……他们是在半路上把他逮住的，他，他的贴身保镖，打字员和摄影师……哒哒哒！……从康斯坦茨前往因普夫林根[2]那边参加党部会议的途中……啊！是那种秘密会议……保密级别不高，所以被他们逮着了……被他们打得稀巴烂！……他们这一回之所以不射杀出巡的队伍，贝当和他的幕僚，是因为“级别”不一样……多里奥属于需要教训教训的“级别”……这是明摆着的！……至于我，我是没有级别的，就一寻常百姓……我属于“例行禁止外出人员”……路上不许出现任何东西！……不管是德国鬼子还是英国人，都是这么规定的……“路上不许出现任何东

① 由德·哈维兰公司设计制造的木质轻型轰炸机，被视为英国航空史上的创新之作，也是二战时期为数不多的木质军用飞机之一。

② 德国莱茵兰－普法尔茨州的一个市镇。

西！”不管是猫、狗，还是人！也不能出现手推车！……凡是移动的东西，哒哒哒，给你来一梭子！……反正我们别想活着离开……不管是地面上的德国警察还是天上的皇家空军的机群……一旦发现你立马开火！……尽管如此，虽然有德国鬼子在莉莉后面吹着哨子哇哇乱叫“回来！回来！”以及天上的机枪扫射，莉莉总是跑出来找我……但她这么做，我姑且认为，更多是出于冒险的乐趣……啊，这个我一点也不喜欢！……我离开的时候，总是郑重其事地对她说：“待着别动，莉莉！别动！跟病人说我马上就会回来！……跟罗米茨夫人待一块儿……别一个人待着！”

我这种粗人，我也开始献殷勤……

“罗米茨夫人，您能不能再陪莉莉……坐一会儿？……我要去保安队！”

罗米茨夫人呢，她也有自己的烦心事……

“好的，大夫！好的，我留在这里！您要是看见伊尔达，麻烦您叫她回来……尽快回家！……告诉她从昨晚起我就一直在等她！……”

“好的，罗米茨夫人！当然没问题！请您相信我！”

我料到伊尔达·冯·罗米茨应该会在什么地方……和两三个姐儿们……她们是锡格马林根的美少女……受到百般呵护，吃得非常好，来自家境非常好的军人和外交官家庭……从来都是要什么有什么……不可避免地，在这个年龄，在这种非常有益于健康的空气和这刺骨的严寒中，她们的阴蒂奇痒难耐！……十四到十七岁，是狂热的年龄……并不只是这些养尊处优、享受荣华富贵的千金小姐……穷人家的女孩也一样……其他的借口，离乡背井，持续不断的危险，辗转难眠的夜晚，还有那些处于发情期的男孩子！……他们也是穷鬼，穿着破衣烂衫，春心荡漾！如狼似虎！所有的小树林！所有的交叉路口！十四到十七岁狂热的年纪……尤其是女孩子！……并不只是前面说到的那些来自非常特别的社会阶层的女孩……背井离乡，持续不断的危险，所有的人行道上都可以看到猎艳的男子……跟贝尔热尔街或者布朗西广场没有任何分别……为了一支香烟……一番高谈阔论……忧伤，闲散，和性欲融为了一体……不只是那些小丫头片子……成年女子，还有祖母！她们显然更加炽热，欲火焚身……在人类历史的一页将要翻过去的时候，在人类历史把所有的疯子都聚集在一起、开放史诗舞厅的时候……帽子和脑袋在暴风雨中……三角裤飞到了磨坊上面[①]……法国国内武装部队要把你送进屠宰场……还有科尔佩绍，多瑙河的主宰！……至于要我去寻找的伊尔达和她的那帮姐儿们，我敢肯定，我能在火车站找到……要命啊！女奸细，士兵，部长们的女儿，道口看守员，什么乱七八糟的人都有！……在候车厅！新鲜肉食的诱惑和部队的列车，加上钢琴和“战地厨房”，你们可以想象庆祝酒神节时的场面……比“十七叟”和讷伊的那些帮你“打飞机”的可怜的小姑娘更能刺激你的性欲……饥饿和磷能让人不看异性也能发情和自泄、尽情享受！欲死欲仙！饥饿，癌症，淋病，都不存在……火车站充满了永恒……飞机在我们头上交错而过……轰鸣声经久不息……而火车站的整个大厅和餐厅则在交换虱子、疥疮、梅毒和爱欲！小女孩，橡皮奶头，孕妇，未婚妈妈，祖母，步兵！形形色色的武器，各式各样的兵种，五十列火车在这里等待处理……火车站的整个餐厅在齐唱“玛莲！拉！拉！升嗦！”三、四个声部……热血沸腾！互相搂抱！……躺在扶手椅上……钢琴师的腿上坐了三个……那三个由我负责照管的孕妇！……此外，当然啦，最棒的是，面包少不了……军人面包！还有大锅饭！……不需要饭票！你们可想而知，那些女孩子一点也不挑剔的……四个战地厨房在列车之间架满了大锅……从车站餐厅一直到

---

① 法国俗语，指女子不顾廉耻、行为放荡。

站台……西格玛列车调度场，我跟你们说的是军需列车，是整个南符腾堡真正最容易爆炸的地点……弗莱堡去往意大利……三个道岔，车上装的全都是汽油、炮弹、炸弹……这些玩意儿炸起来会一直炸到乌尔姆……会冲上云霄……把飞机从天上打下来！……好吧！你们可想而知，我还有一项比较艰巨的工作，我要为伊尔达的贞操而战，让她不要在火车底下被人破了身……“爱情是个放荡不羁的孩子！……”既然这样，好吧……你们可怜我……责任总是摆在第一位……我去卢瑟的诊所……三、四个会诊医生……既有德国鬼子也有法国人……然后马上去保安队……就在旁边……要去那里给两三个病人看病……卧床不起的病人，开两张处方和验尿单……不要问我是否知道药房那个名叫汉斯·里希特的药剂师……我要是不亲自跑去取药水和尿检单，那不知要等到猴年马月才能见到……他对我充满蔑视……他有可能反希特勒……但他一定反法国人……我做医生向来都是“循规蹈矩”……我从来都只开那些绝对无可非议的药，那种在药典中至少有五十年历史的药……在这里开处方要按照德国国家卫生局的处方汇编……三十二个处方……哦，选得非常精当，非常够用！“帝国药方”！……我这么说，我并不害怕，我们法国应该好好借鉴，我们太浪费了！愚蠢透顶、自命不凡的法国……那位名叫孔蒂[①]的卫生部长同时也是《帝国药方》的编写者在纽伦堡被宣判犯了种族灭绝罪……跟杜鲁门属一类……却被绞死了……（杜鲁门却没有）……尽管如此，他编撰的这本《帝国药方》却完全应该在他死后继续存在……我觉得我们“永恒的法国”[②]要是像这样精打细算的话，每年至少可以节省开支三千亿……病人也会好得多……不会那么歇斯底里、自高自大，不会中那

① 莱奥纳尔多·孔蒂（1900—1945）是德国纳粹政权卫生部部长，1945年10月自杀。

② 语出1944年8月25日巴黎解放后戴高乐将军在巴黎市政厅所做的演讲：“这是一个战斗着的法国！这是唯一的法国，这是真正的法国，这是永恒的法国。”

么多毒……我知道自己在说什么……

所有这一切都很好……但是保安队呢？……保安队的营地在多瑙河的河堤后边……由石头和砖块垒砌而成的气势恢宏的堤坝，树木保护着那条路……我会把保安队展示给你们看，三间宽大的亚德里安[1]式的木板屋……另外还有一间破旧房屋，那是警卫室……最庄严的，是旗杆上的那面巨幅的三色旗……保安队在向锡格马林根撤退途中，穿越了五六片茂密丛林，满载着荣誉……并非只有从荷兰的贝亨奥普佐姆向比亚里茨的撤退……那次撤退被捧上了天……法国经历过各种各样的溃退……在不到二十年的时间里，一直是兵败如山倒……

好吧……我承认……我的处方可能开了也是白开……即使是《帝国药方》里列出的那些麻醉剂……可能吧！……里希特药剂师那里要什么没什么……且不说他的满腹敌意……他一定把我们所有的人，把保安队员，城堡里的大人物，穿着刺绣的将军，穿着破布片的“合作分子”，干粗活的女仆奸细，傲慢的女部长，在菲德里斯医院病床上躺着的那些奄奄一息者，他一定觉得所有这些人统统应当扔进垃圾堆……觉得我们都是可耻的败类……孕妇和贝当……都该用火烧死，丢到河里淹死！……汉斯·里希特的内心深处毫无疑问就是这么想的！……跟伦敦、布拉柴维尔或者蒙马特的那些所谓的勇士心里所想的如出一辙……“全都拉去绞死！”……当我铁了心要他帮我抓药时，我就亲自跑过去，让他像从鸟巢中掏鸟蛋一样帮我把东西取出来……我说了，就不会犹豫……“帮冯·罗米茨上校拿的！”……没有什么客气好讲！……他找到我要的东西……我拿走……他相信我也罢……不相信也罢……反正他不想冒险……每一次都是同样的话！“帮上校拿的！”……腹腔神经丛！……可惜的是，不管是腹腔神经

---

① 路易·亚德里安（1859—1933），巴黎综合理工大学的工程师，法国后勤军官，是“亚德里安头盔”和“亚德里安营房”的发明者。

从还是非腹腔神经丛，就是没有吗啡，没有樟脑油！……可是这两样东西却是我的主要武器……他确实一点也不剩了……他没有撒谎，我是从那几个年轻女士，他的那几个化验员那里知道的……年轻女士最爱背叛了……所有的年轻女士……因为你一点点殷勤……相信我，马里沃[1]式故作风雅的殷勤话是我们终极的讨人喜欢的秘密武器……美洲，亚洲，中欧都从未出过自己的马里沃……你们看看那里的人何其沉重，沉得跟大象一样！笨头笨脑装模作样！……于是，我从那些年轻女士和马里沃那里知道了里希特真的没有吗啡……可我还是想方设法弄到了一些……我是多么忠心耿耿、尽心尽责啊！一颗金子般的心！好心有好报呀！吗啡！……吗啡！……我把自己的脑袋搁在斩首木砧上！想出了很多下策！为了施展我的医术，为了救助那些临终病人！吗啡！……吗啡！啊！没那么容易，我向你们保证！……通过“蛇头”……所谓蛇头，就是流氓，是最无恶不作的海盗！……在德国鬼子警察和瑞士警察之间……我过后会跟你们讲到的……我自己掏腰包……没有别的办法，我在德国把自己的一点微薄积蓄都花光了，就为了购买瑞士过来的药品……显而易见，想从戴高乐那里或者莫莱[2]大人那里，拿到什么赔偿金啊证书啊什么的，我是绝对指望不上了……他们想的跟里希特想的一样：德国鬼子把我绞死才好呢！……阿西尔也这么想……阿西尔嘛，他是想把我的那些脍炙人口的杰作据为己有……它们将会引起轰动效应……其他的出版社老板也一样……他们都觉得我至少……至少应该死在苦役犯监狱……时至今日他们依然在千方百计地逼我把煤气拧开……他们看着我日渐衰朽……“你们觉得他还能撑多久？……半年？……两年？”……他们忧心忡忡……“啊！他一心想要我们给他做宣传……见鬼，他自己去做呀！懦夫！

① 马里沃为18世纪喜剧作家，喜欢故作风雅的风格，这种风格被后人称为“马里沃体”。

② 指法国总理居伊·莫莱。

混蛋！”他们已经预见到了，等我一死，我的书就会从他们的地下室里井喷而出……阿歇特出版社从此可以夜夜笙歌了！

哎呀，说到这里，心肝宝贝，我的牝马逃走了……我要把你们带到哪里去呢？……我分散了你们的注意力……我从卢瑟那里出来，然后是保安队的临时营房……没错！……现在到了把伊尔达带回去交给她母亲的时候了……不能再胡闹了……她肯定在“候车厅”跟她的那几个姐儿们在一起……已经有多少次了，我把她们从车站餐厅里赶出来？……该死的小婊子！……我跟她们苦口婆心地说了多少遍啊，说这不是她们应该来的地方！也不该到战地厨房！这也不是孕妇该来的地方！……她们比所有其他女子更加狂热……食品，部队的大锅饭，面包！……“您把她弄回来！……揍她的屁股！无论如何也要把她弄回来！……”所以，你们瞧，我已经习惯了！“滚回去！”她们听见我骂骂咧咧反倒觉得很开心，她们拔腿就跑，转圈，飞速逃走……过了一会儿我才发现她们夹在另一堆人中间，“莉莉玛莲”，一帮男的围在她们周围，在车站餐厅或者炮兵列车的门边……然后她们再次逃走……我成了那个恐吓孩子的妖怪……我无所谓，他妈的！……可她父亲呢？他也许觉得我是同谋……那样的话我们之间的亲切关系就算完了……反正几乎可以说是亲切关系……啊！我对这种凶险暧昧的处境已经习以为常了……对这种渐渐逼近、濒临倾覆的冰山……上帝很清楚，德国人都是捉摸不透的，尤其是名字里带“冯”字的人……他们和蔼、亲切而又残忍……火车站也属于我的职责范围，涉及公共卫生、急救和人员避难……所以，我必然要去那里看看……候车室和卖淫……什么都得看……采取什么措施呢？……没有任何措施……什么都短缺……治疗疥疮的硫黄……治疗梅毒的洒尔佛散……一样都拿不到！……安全套呢？……没有！……我也一样会讨人嫌……不只是伊尔达……我感觉自己就是个冤大头……我跟你们说到了中转的部队，和所有那些因为一些编出来的理由而开过来又开过去的列车……没有理由！……这是传统！……所有的国家战争时期都这样，中转的军列去往某个地方……从某个地方回来再去别的地儿……扳道岔的法兰多拉舞！诗情画意！……肉长出来就是为了动的！不停地穿梭来往的并不只是在天上……铁轨上也一样，火车一列接着一列……没完没了的车队……士兵加士兵，各式各样的武器，形形色色的人员……俘虏也夹杂其中……脱掉鞋子，光脚悬在外面……坐在车门口……也饿得发慌……总是饿得发慌！……老二硬邦邦地勃起……也跟着唱“莉莉玛莲”……门的内哥罗①人，捷克斯洛伐克人，弗拉索夫的部队②，波罗的海沿岸的芬兰人，欧洲的杂牌军……二十七支部队……不要老让他们待在同一个地方！让他们唱起来！让他们颠簸！让他们乘车旅行！……装上了铁甲的火车，高得像什么似的大炮……俨如峻拔挺立的巨人！……那些恐龙一样的大炮，每门大炮配备了两三台机车……总是有更多的火车，一列又一列络绎不绝地开过来……工程兵，炮兵……还有其他的车队源源不断……步兵！不计其数！把毛茸茸的光腿裸露在外的辎重兵……大呼小叫地嚷着把姑娘给他们送过去……高声唱着他们憋不住了，他们的老二都要撑爆了……你们要知道这里可是交通要道，不管是天上从伦敦到慕尼黑到维也纳的战机群……还是地上部队列车和军用货车，所有的劣质货，军用肉食，从法兰克福到萨克森经过布伦纳到意大利……对他们而言，可能就只是个儿戏，一颗炸弹就可以把这座火车站夷为平地……所有的一切全都灰飞烟灭……化为乌有……不！就是不炸它！……必须让它继续存在！……最糟糕的，是我跟你们说到的所有这些列车都是在火车站进行调

---

① 即黑山共和国。

② 一支由苏联侨民组成的部队，1942 年 8 月安德烈·弗拉索夫将军（1901—1946）投降后为德军效力。弗拉索夫将军 1946 年 7 月被苏联人处以死刑。

度……就在这座车站！……需要数小时……需要整夜整夜地调度……在停车库……然后开走……再开回来……轨道被切断……道岔变成碎片……一切都得从头开始……兵哥们坐在钢琴前面……我收治的那些未婚妈妈坐在另一些人的腿上……欢宴在继续……跟在“雄狮”，在我们的楼梯平台上上厕所的场面一样混乱不堪，只不过在火车站这里他们全都穿着军装，光着脚丫……没有时间穿鞋子，急不可耐地从车厢里飞奔出来，抱着我那些大肚子美人亲个没完并加入大合唱……能吃到比我们的萝卜更好吃的东西了，那些蠢头蠢脑的女人，那个兴奋劲啊！可以吃到丰盛的部队大锅饭了，有香肠和土豆……名副其实的猪油，名副其实的黄油，名副其实的吃饱喝足！……啊，这些宇宙无敌的战地厨房！

当军列滞留时，全世界所有的车站都像这样……地球上的生活必然从一座火车站开始，从列车滞留开始……你会看见女孩子蜂拥而至……当然啦……我那个该死的小婊子伊尔达，她只是到了狂躁的青春期，她是不需要吃军队的大锅饭的……强壮结实的女孩子！……候车室里的性感女神……心怀不轨地看着那么多雄性突然抵达，汗流浃背，浑身是毛，散发着臭味……车厢差不多被挤爆……一个个阴茎勃起地朝她们高喊“亲爱的！亲爱的！”……令人惊异的是，伊尔达和她的那帮姐儿们没有被冲锋队掳走，没有被他们剥掉衣服，没有发生更糟糕的事情……这些卖弄风骚的小娘们可是能够立即解除饥渴的呀！……负责维护站台治安的军警就知道用枪托和棍棒打人，派的是那些彪形大汉！他们每天出动两次，把那些他们觉得是在游荡的人往死里打……当局面失控，战地厨房和钢琴周围秩序失控，太多的人横穿铁轨，火车没办法开走的时候，他们负责恢复秩序，用棍棒！……假如有人回嘴呢？砰！用毛瑟枪！……那种便携式手枪，不会让你有考虑的时间！效果立竿见影！……当那个可恶的伊尔达和她的姐儿们看见冲锋队时……她们撒腿就跑……比牝鹿跑得还要快……但她们会从地下通道的另一头蹦跶出来……替伊尔达说句话，要不是在战争时期，她早就嫁人了……当然啦，她才十六岁……可是，对不起，十六岁也是可以的！我是从医学的角度来说这个事的……我写了一些关于“美人坯”的笔记，我按一到二十分进行编号……你们找不到那种如花似玉且身段曼妙的女孩，即使在成千上万的人群里仔细挑拣！我是说真的！……生机，肌肉，心肺，神经，魅力……膝盖，脚踝，大腿，优雅……唉，我承认，我要求高……大公爵、埃米尔和纯种马饲养员一样的审美标准……好吧！……每个人都有自己的短板……我也并非一直都是现在这个样子的，可怜巴巴，身体受损，身材扭曲，年老色衰，还被人追捕……但我可以告诉你们一个事实……一个事实！……那种完全佝偻着腰、患蜂窝织炎、虚弱不堪、看不出年龄、冷漠无情的丑八怪猥琐男，人们最爱与他们交媾！……欲死欲仙啊！……是的，亲爱的，他们的性器像是在燃烧！……依我看，他们做爱的目的可能就是想让别人把自己那个像长臂猿一样勃起的令人作呕衰朽鸡巴蛋给割掉！……我就是这么看的！……啊！但事实上，我给伊尔达·罗米茨打了一个分……不掺水分地评价，在“女子动物竞赛”中，总分二十分的话，她可以得十六分……我高度同意庞加莱的看法，他说“自然界中的现象凡是不能测定的，都不存在”，对女性和她们的魅力因此也是可以测定的，见鬼的是，总分二十分她们当中的绝大多数却都只能拿到将近四分……顶多四分！……“选美比赛”也涵盖在内……及格都很罕见……总分二十分拿到十分……那需要什么样的双膝、脚踝和乳房啊！……全身都是鼓出来的脂肪和松松垮垮的赘肉，最后才会见到一些小骨……歪歪斜斜的……伊尔达这个小婊子，大自然馈赠的尤物，没有一点损坏……风骚的美人坯，肉体的恶魔！……美人坯吗？……反正，总分二十分，她得了十六分……

我都是从兽医的角度来看的，可以说我是个种族主义分子……我使用上流社会的术语，沙龙式的，普鲁斯特式的，或多或少，都有可能把我变成杀人犯……我只是在打分……没有别的意思……打分而已！……“把裙子撩起来，我们一起看一下，多少分？”……也可以说我是园艺家，随你们的便！……我一点也不想冒犯你们：拿花来打比方吧！……赏花……花瓣！花茎！给它一个分数吧！我们不要让庞加莱失望……伊尔达在犯婊（女性的第二个特征）方面也是特别有天赋……她一头金灰色的头发……可不是那种赝品金灰色，是真的！……一直拖到脚踝……的确是个娇媚的充满兽性的德国鬼子……纤细的膝盖，纤细的脚踝……举世罕见……壮实的大腿，肌肉紧绷的屁股……脸蛋不是那么可爱也不柔媚……更像是丢勒作品中的一个人物，像她父亲……反正就是没有年轻女仆那种兴高采烈的表情，没有那种卖黄油和鸡蛋时的兴致勃勃……而是那种会让你的鸡巴瞬间软塌下来的杂种才有的忧郁……她父亲作为少校，有这种神情应该还是挺合适的……她母亲阿依夏肥滚滚的，就像后宫女奴……但自有魅力……我是个极端的种族主义者，我怀疑这个世界会出现非常荒唐的杂交行为，而且我的怀疑在未来也会得到证实……但是，在伊尔达这里，我必须承认，她杂交得很成功……不成功的是我，我要费多大的劲才能把这个该死的小娘们弄回“雄狮”呢？……我还是察觉到了事态的严重性，她和她那帮淘气的姐儿们……火车站全是泼皮的女流氓……我可以请求军警的增援……但我不喜欢求人……我想到了我收治的那些孕妇，她们坐在钢琴周围，坐满了沙发……只要能吃上东西，其他的一切她们都无所谓……都六个月、八个月身孕了！……胃口有平时的两三倍……香肠，啤酒，烩牛肉！我给不了她们这么多吃的东西……军警用棍棒把她们往死里打！……她们来自法国各地，各个省份的都有！……她们怎么会逃难，逃到锡格马林根？……她们是警察的眼线，是村里的密探吗？……还是村里的娼妓？抑或只是工厂的女工，来这里旅行的？……也许她们的男人是法国反布尔什维克志愿军团的一员？……或者跟德国鬼子订婚了？……或者是邮局邮件留局自取窗口的营业员？……几乎所有的人都夹带一定的口音……北方，中央高地，西南部……没必要向她们提问题，她们一句实话都不会说……只有一样东西不撒谎：她们的胃口……我能为她们弄到的一小份额外的面条和每周两次的用洗衣桶装的萝卜哪能让她们吃饱呢？所以这些面包和供应丰富的战地厨房简直就是她们的天堂……我不会去喊人过来把她们抓走……毕竟……毕竟嘛……我还有别的灾害要处理……疥疮，阴虱，跳蚤，虱子……她们正在彼此交换着，乐不可支地交换着！你们可能会说，火车站不就是干这个的么？……我估计，到最后，会有一种秽物，一种新的微生物，一场瘟疫，一堆的梅毒螺旋体，在消毒剂上生长出来……用不了多久一切都有可能出现……我了解我的那些孕妇，她们已经染上了……她们三四十个人挤在一间宿舍里，两个人睡一张褥子，互相传染……她们住的那条街在上面的镇子里，街的名字叫战斗巷，前农业学院所在地……去那里检查依然是因为我的工作、我的职责……查清这些女子大致的身体状况……看这些臭娘们是不是把身体抓破了……我觉得自己去那里很愚蠢，因为我既没有硫黄，也没有汞和部队的大锅饭……尤其是没有大锅饭给她们吃！……有的只是叮嘱！……我更希望哈姆雷特在那里出现，跟那些孕妇一起探讨这个问题：部队的大锅饭，吃还是不吃！……但是，说实在话，在她们的宿舍，我不怎么碰得到她们，几乎总是扑空！……在一定程度上，我感谢上苍让火车站在她们眼里具有如此巨大的魔力……军队大锅饭的诱惑……钢琴的诱惑力……坐在合唱队队员腿上幸福得不得了……还有“莉莉玛莲”……每个兵哥怀里抱着三四个孕妇，她们的姿势一点也不贞洁……她们在跟唱《莉莉玛莲》的时候还学会了一口纯正的德语……所有这些部队的军人声部都很准……一点都不走调……三声部……四声部……整个餐厅，所有的站台，还有战地厨房……“无痛分娩”……分娩的时候不给她们吃别的东西，就一顿部队大锅饭……我那些孕妇就可以待在火车站生孩子了！……在她们住的农校，我除了面条之外，别的啥也没得吃……布里农也一样没有！罗米茨也没有！……贝当也没有！……部队不让你们吃东西，这种情况你们永远也不会碰到，不管是德国、斯洛伐克、法国、俄国、日本的部队，还是非洲西部的芳格人[①]部队……那是军队最伟大的一面！……只要还有军营，你都可以在卫兵室住下来……起床号一响，吃的东西都送到你门口了……穿着破衣烂衫的穷苦人排队等候部队分发公用餐……但这种确实非常好的传统已经一去不返了……没有任何东西取而代之……一切都已消逝，没有任何东西取代……如今制定的规则都很虚伪，穷人都被他们打发去吃纸、表格和印章……速度更快！更紧急！用坦克！……用“夜与雾”[②]的重磅炮弹……

我，我的那些合唱队队员，那些未婚妈妈，各个兵种的士兵，柔情缱绻地搂抱在一起，表演着如此富有冲击力的大合唱！……由步兵和荡妇，工兵和非正规兵团组成的乐队……你们在别的地方永远也见不到……你们也许见过那样的车站餐厅，一片祥和，还有钢琴……没有一个音不协调……巴黎的马克西姆餐厅和富丽秀[③]相形之下只是代用品，蹩脚的表现狂……廉价……百岁的维纳斯，戴着假发的罗密欧，患结核病、声音嘶哑的卡鲁索[④]……让人难受得要掉眼泪的家庭

---

① 或译“芳人”，西非的一个传统部落。

② 1941 年，希特勒颁布了《夜与雾法令》，把占领国的抵抗运动战士送进德国集中营，让他们消失在“夜雾”之中。

③ 或译疯狂的牧羊女，巴黎著名剧院。

④ 恩里科·卡鲁索（1873—1921），意大利男高音歌唱家，被誉为“有史以来最伟大的男高音”，1909 年嗓子动过手术。

舞会……没有哪个比得上我们这个车站餐厅里举行的演唱会，每天二三十趟列车经过……全欧洲人都穿着军服，都狠命地勃起……还有俘虏……来自东部、西部、北部……瑞士边境……巴伐利亚……巴尔干半岛……

说实在话，一个没有战争的大陆会百无聊赖……军号一响，举国欢腾……彻底的长假！血洒疆场！……再也不会结束的旅行……部队停止行动……进行混编……然后重新开拔……直到土崩瓦解……列车车队，机车，装甲列车……装甲车，越来越多的“雄性弹药”！你们可想而知，伊尔达和她的那帮姐儿们是不是会坐立不安……一拨又一拨的光脚士兵抵达……小鲜肉……我忘记跟你们说那帮可怜的女工……在德国做工的二十万法国妇女……被逼无奈，从柏林，从各个角落，从各个工厂，来到了锡格马林根……想让贝当救她们……当然也是为了来这里找吃的……一到火车站……就从车厢窗户那里跳下……你们可想而知围在战地厨房四周的饥饿人群的数量！人山人海！比我们“雄狮”的过道和厕所还要混乱不堪……在火车站这里，人们都是随地撒尿，在靠背座椅上……唱着歌，靠着那个钢琴师……哪有什么不好意思的！……我从未见过一件乐器像火车站里的这架钢琴一样被那么多尿液淹没……尽管我在伦敦见过那些被吊上手推车的钢琴，那些钢琴也被人们当成了小便池！……

啊！另外还有一件事……我忘记跟你们说了！……列车也运来了一批可恶的家伙……三列火车满满当当地装满了打字员、办公室主任和穿便服的将军……三列马戈东使团的列车，不停地离开，返回！开往康斯坦茨！……一直到扳道岔！嘀！……汽笛声！我们出发了！我们回来了！……另一个岔道……禁止下车……他们从车厢往外逃，也是光着脚逃跑……他们跑得到处都是……脚上到处都是裂口……他们已经在德国穿越迂回折腾了两个月……从被炸弹炸毁的铁路路基到坍塌的水道桥……哪里都不愿意收留他们……他们身上穿得比我们更破烂，眼珠子暴突得比我们还要厉害，他们看到什么样的情景又经历过什么样的遭遇啊！……他们着了十次火！……他们已经不知道自己在哪里兜圈子，在哪一条隧道里面，在哪个省……他们自己把列车重新弄上铁轨……自己把道床重新铺上石子……没有一个人去帮他们……他们以为，锡格马林根就是他们的卢尔德……贝当，麦加……神迹的终点站……可是等他们到站的时候，眼珠子暴突得还要厉害……每个车门挤着二三十个脑袋……他们以为贝当会亲自过来，亲自给他们送餐……他们遭了那么多罪，应该好好犒赏一下吧……山鸡，香槟，加冰块的马拉斯加樱桃酒……粗得像什么似的雪茄……可是当他们发现站台上既没有贝当，也没见摆好的餐具，没有前面说到过的那些东西，没有圣诞老人时，他们便朝那些面包，朝战地厨房，朝那些大锅饭飞奔过去……他们狼吞虎咽，他们不得不接受现实！……啊，他们再也不想上车，再也不想坐车走了……马上开始比赛，站台和餐厅都挤满了人，比赛谁吃的东西最多……谁是大胃王……所有的人一起齐声歌唱……谁能尿到最远的地方……尿得最平稳！……男男女女，个个欢天喜地！……主任，打字员，还有将军！……吃东西维持体力，打着饱嗝，唱着歌……《莉莉玛莲》！……这首歌确实流行，它穿越过所有的飓风，穿越过惨遭毁灭的家园……两方的所有军队……必须承认……你们会跟我说，有十五首、二十首歌比它更加动人更加龌龊！……是的，我承认……可它们只在一方军队里流行，另一方军队呢？……对不起！……布痕瓦尔德，基韦斯特，圣马洛……把你们难住了吧？……风靡世界的叠句！……说到这里，值得注意的是，中欧人很少有嗓音不好的……斯洛文尼亚人，保加利亚人，捷克人，波兰佬……歌曲都是三个声部……五个声部！……钢琴也一样，尽管那里已经变成了名副其实的小便池……钢琴周围很少没有三四个已经准备就绪的钢琴师……而且不是那种半吊子钢琴演奏者……我知道自己在说什么……那都是些非常单纯的小伙子……肯定都是耕作者、小工和体力劳动者……在我们法国，艺术就是夸夸其谈，吹吹牛皮，耍耍嘴皮子，插科打诨……没有灵魂……歌唱艺术家都显得很拘束、很郁闷，像是有人逼着他们唱一样……

见鬼，我又开始喋喋不休乱发议论了……我又要让你们厌倦了……我把我的那些孕妇、从列车上下来的女工和维持秩序的冲锋队都忘到了一边……还有马戈东使团……他们可都是法国人，百分之百的法国人！……瞧他们是怎么样抱怨元帅没有过来迎接他们的！他本人不来也就算了，可他是不是应该派个人来呢？一个人都没派！他们要给他写信！马上就写！但现在的首要任务是去战地厨房……吃饭是第一要务！第一要务！……如果法国灭亡，那么灭掉它的将不是毒气弹、原子弹、氢弹！而是第一要务，是吃饭的问题没得到解决！无论谁是征服者，他所要做的，就是在协和广场上，有多少平方米的地方就搭建多少个战地厨房，酒可以敞开肚皮喝，那样的话法国人就会兴高采烈地归顺他、服从他！……他们会死心塌地地爱你！……你都不知道该如何是好了！……

马戈东使团的那些旅客，尽管他们的火车一个劲鸣笛要他们回去，要他们上车……他们的列车马上就要开了……再见！我们没兴趣！……他们直接躺倒在轨道上，车厢下面！就让列车把他们碾死好了！……他们暗中破坏！……走，还是不走？……冲锋队在吼了："快走！快走！"……他们要列车离开，哪管得了那么多！……司机在犹豫……老婆婆们还躺在铁轨上……我还没跟你们讲过这些老太太，她们属于另一个团体……是我们市政府的"接受医疗救济保护者"……没错！没错！我们的市政府！法国的市政府！济贫局的一项职责，就是把她们打发到别的地方去找吃的！随便什么地方！德国各地……随便哪列火车……甩掉她们……以防万一……我见过市长，墙上挂着他那幅宽大的地图，全德国，给她们随便选个目的地……“这是您的申请！”这些老太太都是做母亲的，儿子在某个地方……在法国志愿军团，波兰，西西里岛，帝国海军里服役……她们被驱赶，但怎么驱赶得掉呢？！……她们躲过枪林弹雨，沿着铁路侧线往回走……在车站又看到她们了……穿着德国鬼子的军服，或者从死尸上剥下来的破衣烂衫……她们找不到别的东西穿！……她们早早地逃离法国，是从德龙省、洛泽尔省和吉耶纳省[①]逃出来的难民……她们的房子被人烧了，家里的东西被洗劫一空……我通过自己的亲身经历知道……她们每次都免不了要回到贝当身边……对那些上了一定年纪的妇女来说，贝当即法国，仅此而已……我母亲就是这么死的，她相信贝当就是法国……这些老太太都是走着回来的，光着脚丫，从随便哪个村子逃出来，那些名字叫勃兰登堡、萨克森、汉诺威的地方，穿着士兵的服装……啊！她们再也不想要我们的市政府了！……再也不想听他们花言巧语……“赶紧！乘坐第一班老婆婆列车！这是您的车票！”市政府的人已经像这样对她们干过四次……十次！……

要是她们在半路上死了，被炸个稀巴烂，也不会有人知道……唉！妈的！有多少人就那么消失了呀？……回来的那些，已经经历过的老婆婆，她们再也不想要车票了……待在车站就好！忠诚于贝当！睡在铁轨上！……跟马戈东使团的那些妇女们在一起……现在是时候了，是她们反抗所有的威胁、棍棒和花言巧语的时候了……她们在战地厨房那里可霸道了……谁也不可以占用她们的位子！……吃完一份公用餐……再来一份！……远远地看到我了，我就得过去，给她们做检查，舌头，肝脏，血压……就好像我已经回到了克利希的诊所……

---

① 法国西南部旧省名。

还有胃反酸……我得让她们躺下，好好给她们检查一番……触摸她们的胃部，那个确切的地方……胃反酸……她们说在乌尔佐农（洛特省）的老家，夏默万大夫[①]（说我应该认识）给她们开过一种粉剂……她们已经记不得药名了，但治疗效果真的很神……（说我应该知道那个药）……

“啊，是的！是的！当然，太太！我会给您拿点过来的！您就待在这里别动！待在这里别动！”

我足足看了二十几个人，从一个靠背座椅到另一个……从一个道砟到另一个道砟……还有车站餐厅……那里更费劲，唱歌的人太多！……不只是给老人看病，还有文职人员和军人……钢琴声没有停下来过……《莉莉玛莲》也没有……还有外面的火车……还有天上像骑兵竞技表演一样轰隆隆地飞过的“空中堡垒”……它们在伦敦、慕尼黑和德累斯顿之间穿梭往来……高卢人太娇气，担心天会塌下来……但突然之间，所有人都无所谓了！……公用餐就是上帝！……天上的飞机去你妈的！……老婆婆们穿着军装……我的那些孕妇也一样！……看上去还挺俊俏的！……她们发明出来的靴子，大堆的报纸，旧毛毡加上绳子和稻草，用这些玩意儿，她们能在室外熬上几个小时……即便是在下雨天！……而那些俘虏的强项则是护腿套，用破了洞的轮胎做的……我之前已经在喀麦隆见过，所有的人都穿“轮胎”……说到底，人什么都能适应……在世界上差不多每个地方，我都见过有人完全不穿鞋子……在毒气弹、原子弹、氢弹轰炸之后……你们都能见到这样的天才……曼哈顿和莫斯科的集体智慧！……炸弹只会引发一时的愤怒，而靴子则是永久的问题！……说到这里，我的主要问题，是把伊尔达那小妮子给带回去……我不得不提防着她的父

① 夏默万是塞利纳在锡格马林根的助手，1945 年 3 月跟塞利纳和莉莉一起去了丹麦。

亲……所有的一切都极度危险！……天上，我已经跟你们说过，我们已经习以为常了……那些贴着火车站和城堡飞行的空军联队，他们只需一个小小的手势，就可以把火车站变成一片火海，让我们，让那些桥梁和所有的军列葬身火海！……一颗炸弹就足够了！……所有的军火就会被引爆……我们已经在乌尔姆见识过……他们只用了一刻钟就把乌尔姆夷为平地……此刻的我并不关心大的军事战略，我关心的是如何把伊尔达弄回去交给她父亲……我已经喊了她二十次，伊尔达！我不停地喊……最好的办法是去找冲锋队！……把所有的人都赶到大路上……清空站台、餐厅和轨道！然后我们等着瞧！啊！他们马上就会奋起反抗！会大喊大叫！

“冲锋队，请你们把所有的人都赶出去！”我已经跟你们讲过冲锋队……都是些身强力壮的彪形大汉，又坏又顽固，前额像大猩猩……还有他们的毛瑟枪！那枪可是“袖珍加农炮”哟！

“是法国人吗？是法国人吗？”他们问我。

“不！……不！是冯·罗米茨上校！”

我不希望他们举棋不定……啊！他们没有举棋不定！……先从餐厅开始……“出去！出去！”那些坐在别人腿上的孕妇和那些抚摸她们的人！……“出去！出去！”……沙发上都挤满了温情脉脉地搂抱在一起的男女！……他们费力地分开，但赌咒着，威胁着骂娘……用匈牙利语……保加利亚语……低地德语……各种兵种……步兵，工兵，还有托特组织[①]的工程兵……还有南斯拉夫的俘虏……他们不高兴……女的也不高兴……尤其是那些女难民……她们的腿还悬在空中呢！……那些立陶宛女子，都长着一头特别金黄色的头发，皮肤白皙，白得差不多跟银子似的……我现在依然记得她们的样子……她们

① 纳粹德国的一支工程部队，因其创建者弗里茨·托特而得名。

也已经学会了所有的部队和火车站的合唱曲……三个声部，四个声部……“啦！啦！升嗦！”……啊！乱成一锅粥了！……从斯特拉斯堡逃过来的难民！“莉莉玛莲”！天哪！钢琴、合唱团在给大家打气！尿尿！啤酒！双腿！大奶子！……“啦！啦！”再加上马戈东使团，神情庄重的主任们和打字员们在这个门口那个门口相遇，互相争抢面包和香肠……恶作剧！……还有夹鼻眼镜！……我感觉到会出大事……躺在铁轨上的那些老婆婆假装不明白发生了什么事……确实是天下大乱……我说什么都是枉然，我是罪魁祸首，是我向冲锋队报的警！……我本该什么都不说的！……现在演变成了一场激烈的冲突，全乱套了！……打！……谁会把餐厅里的人清走？……是冲锋队吗？那些女孩？那些军人？是巴掌和拳头！……那架钢琴呢？……战地厨房呢？……谁会占上风呢？……我看见冲突发生了，可能会演变成流血冲突！……不可避免！……不管是莉莉玛莲，还是非莉莉玛莲……我呀，我一心一意只想着一件事，让伊尔达回家去！她的父亲，让我感到惶惶不安……要是他女儿被打了，他会跟我没完的……我哪里错了？……布里农不会帮我说一句话……贝当也不会！布卡尔、萨比亚尼和其他人都不会帮我说话！……我脑袋就长的这样……总是给人以口实，什么事都要我承担责任！……我做冤大头的时候，所有的倒霉事全都砸到我脑袋上的时候，所有的人都会幸灾乐祸！……真是天赐良机啊！他们则逃得无影无踪……太棒了，费迪南！罗米茨·冯[①]上校，对这个德国鬼子，你确实得提防着一点儿！我太了解他了，我每天要去见他两三次……

无论如何，车站餐厅和站台那里，已经被冲锋队强行清空！再也听不见《莉莉玛莲》和其他歌曲……钢琴也没人弹了……那些小职

---

① 塞利纳喜欢把作品人物的姓名颠倒使用。

员、老婆婆和士兵手挽着手，因为有人打搅他们了！再见！列队！城里见！……还有那些德国家庭主妇，从镇里过来的，跑来看热闹……她们也手挽着手……我安慰自己：会没事的！我已经找到了那个该死的伊尔达和她的那帮姐儿们……要是没出那档子事故的话，冲锋队的这一仗可以说干得很漂亮……可是，突然，啪嗒一声……我心想，他们开枪了！……完了！……是冲锋队干的，那十二名把女人和男人强行拆开的冲锋队队员……拆开他们的队列！你们可想而知！他们把男的逼回到火车站，把女人往镇子里赶……就在这时，要命的事情发生了，噼里啪啦！…………军用饭盒在头顶上飞舞！我心想，费迪南，事情闹大了！……我不想卷进去……又响了两枪！……然后是死一般的寂静！……谁开的枪？……啊！不远！啊！我看见了……一个德国佬躺在地上……我走过去！……那个德国人旁边已经围了一圈人……是一名冲锋队员开的枪……那个德国佬被打倒在地，爬不起来了……鲜血从他背上的子弹口那里一股一股地往外涌……嘴巴那里也在咕噜咕噜地流血……这个德国佬是从火车站的一列装甲车上下来的……穿的是喀麦隆军服做的伪装……他的那一身喀麦隆伪装被血浸透了……血流了一地……都来不及"喔唷"一声……从背部开的枪……我走过去，我摸了一下他的脉搏，我听了一下他的心脏……完了！……一点心跳都没有！好了！可以回家了……可是，啊！他们又开始说话了，周围的人全都开始叽里呱啦，议论纷纷！……声音一点也不小！他们在评判！……说冲锋队是全世界最野蛮的，说全都结束了……说他们杀人不眨眼比斯特拉斯堡的那些吃人肉的塞内加尔人还要坏……说斯特拉斯堡那些吃人肉的塞内加尔人和韦科尔来的抗德民众武装往这边挺进真是天大的好事！说他们会张开双臂欢迎他们的到来！……他们了解那些人，跟他们打过交道！……他们去过那边的游击队基地，他们能比较出结果！……抗德民众武装万岁！人群在高喊！俄罗斯人万岁！……我只知道，那些家庭主妇、孕妇、士兵全都疯了，他们准备扑向冲锋队……准备冲锋！……那么这一次就不只是死一个人那么简单了，这一次将会是很多人被扫成肉泥！……千钧一发之际……这又是一个历史性的时刻……可以说是赖伐尔挽救了一切！要不是他突然出现，及时出现，冲锋队就会开枪扫射，然后就彻底完了！……万幸的是，他恰好在这个时候出门！……他跟他的妻子一起出门！……他从不跟贝当同时出来！……他像贝当一样都是沿着多瑙河走，但他走另一边河岸……所以走的是火车站方向……万幸啊！要是没有赖伐尔，在场的人一个也逃不掉！……他走过来……我现在依然想得起他朝我们走过来的情景……他看见我，他问我，想弄明白……

"大夫，结束了吗？"

"啊，是的！总理先生……"

他经历过谋杀，他在凡尔赛就亲身经历过[①]，这可不是杜撰的，而是确有其事，做过 X 光透视……那颗子弹让他一直遭受痛苦……他非常勇敢……他憎恨暴力，像我一样并不是为了他自己……这很卑鄙，令人懊丧……我说过他所有的坏话，说他是犹太佬，他听说我叫他犹太佬而且到处宣扬之后，一直对我怀恨在心，所以我可以很客观地评判他……赖伐尔天生就是个做调停的和事佬……调停人！……爱国者！……和平主义者！……我走到哪里都只看见过嗜杀成性的屠夫……可他不是！不是！……不是呀！……我去他家看过他，他的那一层楼，去过几个月，他跟我讲了很多精彩的故事，关于罗斯福，关于丘吉尔，关于情报局……赖伐尔，他一点儿也不喜欢希特勒，他寻求的，是百年和平……他为了和平，无巧不巧地出现在那里，那个德国佬倒在地上！……我提醒他注意……

---

① 1941 年 8 月 27 日赖伐尔在凡尔赛法国志愿军团总部遭遇一个名叫柯莱特的女子行刺。

“总理先生，您必须采取一些行动了！冲锋队已经失控！他们要把所有的人都杀掉！”

这是事实！……那十二个冲锋队队员已经摆好架势……毛瑟枪对准了我们……赖伐尔开始想弄明白是怎么回事，他朝那个死者走去，在冲锋队的眼皮子底下，他弯下腰，他摘掉帽子，他致敬……周围的人也跟着他致敬……像他一样……女人们画着十字……冲锋队立正……

“结束了吗，大夫？”

“是的，总理先生！”

于是，他对人群说道：

“都走吧！现在都回家去！所有的人！跟大夫走！”

他问我：

“大夫，您回‘雄狮’吗？”

“哦，是的！总理先生！……那些女士都回自己的宿舍，在农业学院！……”

“您送她们回去？”

“是的！是的！总理先生！……另外还要把那个名叫伊尔达的女孩子带回去，交给她父亲！……”

“她父亲，是谁？”

“冯·罗米茨少校……”

“冯·罗米茨……好！好！……”

看见赖伐尔、他的妻子跟所有的男人女人一起亲切交谈，一点架子也没有，骚乱一下子就平息了……他们甚至都不再看那些杀人凶手……也不看那个死者……赖伐尔，他的妻子，才是他们关心的……他们借此机会……询问他……是不是很快就要结束了……德国人会不会打赢……还是会打输？……他一定知道！……他！他一定什么都知道！……但他们并没有给他机会回答……他们已经替他回答了，在他开口之前……赖伐尔周围变成了论坛……交易所……在赖伐尔和他的妻子周围……每个人都在叫！每个人都有道理！他没听懂这个，没听懂那个！他应该承认！他为什么不承认？！赖伐尔也是个老顽固！在争论中获胜的人！……议院！集会场！行刑队！……选民没有把他吓倒！……对我而言，最大的收获，是所有这些结结巴巴的演说家、未婚妈妈和赖伐尔夫人都开始撤回"雄狮"……没有人进火车站，也没有人进车站餐厅……他们质问赖伐尔，他们揪住他的外套翻边，不肯放过他……要他承认错误！……说他们什么都知道！知道最后的结局！……尽管赖伐尔做过律师、议长，没有人说得过他……但他在这里算是找到了老师，他们揪住他的袖子逼着他听他们说话，十个人同时踩住他的脚！迫使他认真听讲！……加以重视！……这跟奥贝维利埃[①]或者议会辩论并不是一回事！

我看到的情景是，他们全都回去了！

一直觉得自己是巧舌如簧雄辩家的赖伐尔从来就没有碰到过能反驳他的对手……现在却出现了一百个未婚妈妈、家庭主妇、缫丝女工，和斯特拉斯堡、洛泽尔省、双塞夫勒省逃出来的难民，比他懂的东西要多得多……而他却只有洗耳恭听的份！……倘若这事发生在议院，他是拿不到选票的！……千真万确，我看见他从车站出来，听着七嘴八舌的建议，只顾得上一个劲地回答说"是的……是的……是的……"从火车站一直到"雄狮"……被淹没在叽里呱啦的议论中……没有暴力……没有殴打……只有政治激情和激烈的辩论……但愿他们一直朝镇上行走……就像我看见的一样……别又改变主意掉头、跑回车站……啊！那个赖伐尔，在处理这件事上，的确是个天才！……他只是用"是的……是的……是的……"来应对……他带领这帮喜欢争

① 奥贝维利埃为巴黎北郊的一个市镇，赖伐尔曾担任该市议员和市长。

辩的人往前走……他们热烈地希望着他继续听他们说……他确确实实让大家毫发无损地摆脱了危局……不只是救了我，也救了火车站所有的人，成功地把那里的人带了回去……冲锋队当时已经摆好阵势……他们没有开火、没有把所有的人都放倒在地，真是我们的侥幸！他们没有开枪是因为赖伐尔！他接受质询，让那些人揪住他的外套翻领，脸上露出一副被他们说服了的神情，一直把他们带回到了“雄狮”下面的那家餐馆、啤酒店和厕所前面！……啊！他们干吗不进这里的餐馆吃饭呢？！这里有更多的餐馆，更多的饭菜！所有的男人和所有的女人！弗鲁赫特先生挡在门口不许孕妇进入，她们可以回家吃饭呀！战斗巷！于是这里也开始暴乱了！……谈判！谈判的结果是，她们答应从那里离开，答应不再堵门，条件是给每人发放一公斤合成蜜……孕妇都爱甜食……聚集的人群终于解散了……把赖伐尔晾在了那里……赖伐尔和他的妻子……他赶紧对我说：

“大夫！您过来看我，好吗？”

他们回家去了，回城堡了……我、伊尔达和她的那帮姐儿们，还有莉莉，我们赶紧去罗米茨那里……阿依夏正等着我们……

“少校已经出去了……带着狗……在火车站……”

我把她女儿带回来了，她一句话也没说……她不跟女儿说话……一点亲切迎接的样子都没有……冯·罗米茨在火车站……肯定是去调查情况……他知道了火车站所发生的事情！……刻不容缓地把真相搞明白是他的天职……所有的真相！尤其是万森森林那档子事发生之后……那次叛乱……且听我下回分解……

最后，终于等到了那个时刻，一直如雷鸣般轰轰隆隆、无休无止的空中骑兵竞技表演，贴着屋顶飞行的“空中堡垒”引擎发出的爆音……所有这种愚蠢的雷鸣般轰隆隆的声音让你听罢不禁悲从中来……就这些！……结果……你变得郁郁寡欢……意气消沉……人们是不是因为没有足够的消遣才导致神经衰弱呢？……在英国皇家空军的竞技表演下面，你是没有任何时间思考的……防空警报……汽笛……然后是连发射击……另一拨蚊式飞机又出现了！……所有这些从比云层还要高的地方俯冲下来的飞行器……循环往复……循环往复……一直到下面……一直到马路上……然后来个一百八十度的大转弯……重新一飞冲天……没完没了……让你特别想回家……但你已经没有家了！……啊，毁灭！生存！你已经被命运卡住……被夹钳钳制住……你还没有笑够……还没有折腾够、骂够！……你已经不知道自己该干吗……毁灭，他妈的！……你已经完蛋了……不过，总得想个办法……强颜欢笑……苦笑……我要跟你们讲后面的故事……要是有可能的话！在我看来，我不是非得跟你们说不可……我的年纪……人性的罪恶……诸如此类……我宁可被人遗忘，在一个角落里死去，也不愿意煞费苦心地跟你们讲那些人，那些傻瓜，女人，多多少少有些令人难以置信的事情……“大众号”观光船的那档子事就够我受的了……我相信，我再也不会为了你们去这里……那里……那些几乎难以启齿的地方……不会！……可是假如你已经被夹钳钳制住了……被命运钳制住……你不是那么轻易就能脱身的！……

总之……直言不讳吧……我最好还是把事情原原本本地告诉你们……当然啦，公众的恶意会把我说的一切全都亵渎……扭曲……掺入可怕的谎言……而我到头来也只会把自己弄成一个臭名昭著的怪物……成为人们饭后的谈资……一个到处晃荡、回来时已经不知道该秉持何种态度的幽灵……应该说什么样的话呢？……当命运已经把你牢牢钳制住的时候，你除了老实交代之外还有别的什么办法吗？……我见过许多人，他们跑来看我，他们跟我一样置身同样的处境，都不知道如何是好……他们说话都已经含糊不清，如此笨拙，还要充好汉！……我保证自己说的是实话！……他们羞愧难当，脑子糊涂……当你被钳夹夹住的时候，当你受尽屈辱，你除了老实交代之外还有别的什么办法呢？……而且不要拖延……你的时日确实已经屈指可数了！“在这把年纪还想出名！”……所以，讲点故事吧！……他妈的！年轻人都很愚蠢弱智低能脓包……没错！……“年轻一代的化身！”很显然！因为他们还没有“成熟”……老鬼呢？他们的身上到处渗液，说话颠三倒四，对所发生的一切和即将发生的一切充满不可思议的仇恨和恐惧！……因为他们“成熟”过头了！……发绿的卡门贝干酪？长蛆了，滑溜溜的，散发出臭味，快快，放进冰箱！……放进配膳室！丢进粪坑！……所以你没有太多的机会跑到这些人、那些人中间去，翻来覆去地说你的那些废话……跑到那些老古董……那些一脸粉刺的年轻人中间？……胆汁……洋甘菊……毒液……棉花糖……没有人要！谁也不会要！到哪里都没人要！……我呀，我知道自己在做什么……形势所逼……我有义务……我养的那些宠物和莉莉……

阿西尔？……热尔特鲁？……多了不起！……把他们俩吊在同

一根绳子上……看他们使劲蹬腿挣扎的样子……还有他们的那个小集团！……可是，首先我要把钱领到手！……跟这个要，还是跟那个要？……我在乎吗？……啊！不能让他们还没把钱付给我就拍屁股走人！……然后呢？……去死吧！……吊高一点！……干脆一点！……我会跑过去看他们的舌头……看谁的舌头最大，谁的舌头吐得最厉害！……这两个卑鄙下流、游手好闲的骗子！……可是要让他们把我的稿酬付清之后再断气！……从来没有人没还清欠债就去死，从来没有像他们那种狼心狗肺的恶棍……

我的诅咒并没有让我的大作有比较显著的进展！我的满腹牢骚和悲惨遭遇！你们是不会在乎的！当然啦！当然！……我们还是回到"雄狮"……先前我把你们留在了楼梯平台上……阿依夏·冯·罗米茨夫人……我帮她把女儿带回来了，那个年轻貌美的伊尔达……你们也许会感到吃惊？……可我是以临床医生、胚胎学家和种族主义者的身份跟你们说话……冯·罗米茨是个形象鲜明的贵族，颇具丢勒画作的风格，身材伟岸，器宇轩昂，而阿依夏却特别富有特拉布宗[①]女子的味道……贝鲁特……走起路来屁股一扭一摆的，棕色头发，浅黑色皮肤，淫荡，像头母牛，跟丢勒没有一毛的关系……这两个人的联姻能生出一个如此俊俏的孩子吗？……啊！杂交充满危险……和侥幸……小伊尔达性情古怪，婊子气十足……贝鲁特……特拉布宗人的味道……还长着一头金灰色的头发……浅蓝色的眼睛，恰似北欧的仙女……冯·罗米茨男爵少校，他呀，被逼无奈才娶了阿依夏的……好像是……他把阿依夏玷污了……在某个地方……贝鲁特……特拉布宗……他被派往那里执行任务……累范特[②]的港口对执行任务的军官

---

① 土耳其东北部港市，以财富和美女著称于世。

② 又译作黎凡特，指中东托罗斯山脉以南、地中海东岸、阿拉伯沙漠以北和上美索不达米亚以西的一大片地区。

来说危险重重……阿依夏委身于他……好像是这样！……好像……要是他不娶她并把她带回德国，她就得忍受命运的安排和当地的风俗习惯！……毫无疑问！……近东国家[①]那些嫉妒心很重的男性会雇用宦官做刽子手……那个时候穆斯林的妻妾还没搞投票表决那一套……阿依夏算是死里逃生！……她的情况并不鲜见，近东国家的一些"骚货"在被绞死的前一天被欧洲贵族迎娶回家……喏，在巴登－巴登，还有后来在我们穿越德国的时候，我们看到很多像阿依夏一样的近东女子，还有中国－亚美尼亚，蒙古－士麦拿女子，她们全都摇身一变当上了伯爵夫人……或者女伯爵……那些军事专员可不只是那种仅会猎艳的好色之徒……越是有千难万险，他们越是热血沸腾！……他们会把古兰经、穆斯林的后宫、种姓等级、隐修院搅得天翻地覆……他们是一身戎装的魔鬼！……把什么东西都席卷一空！……

这种联姻带来的恶果，我可以给你们举个例子……我见过一些人跑到马索利埃街，我母亲家里，纠缠我，许诺给我巨款，真正的巨额财富，只要我对"新欧洲"计划的意图、内情、好处和深刻动机表现出些许理解！……这些跑到我母亲家的贿赂者也是像阿依夏一样的杂种，是普鲁士人和亚美尼亚人通婚的产物……跟魔鬼生下的怪物！就像在我们这里的那些跟魔鬼生下的怪物，已经做好一切准备的杂种，赖伐尔，孟戴斯[②]……还有他们的亲密战友：纳赛尔！……我趁机问这些派来的信使……啊！他们可不是普普通通的杂种！不是！一点也不碍眼！我以胚胎学家的身份跟你们说……他们真的非常出色，不管是精神还是身体……都是上校，身居要职，可不是那种无足轻重的上校哟！……长着亚洲佬的那种黑头发……乌黑发亮的发绺，跟赖伐尔一样……皮肤也像赖伐尔一样是茶褐色的……机灵、聪明同时又充满

---

① 地中海东部沿岸国家。

② 皮埃尔·孟戴斯－法朗士（1907—1982），法国政治家，曾任法国总理。

焦虑的杂种……这些机灵的杂种上校，他们也有事情要焦虑……他们的目光也像赖伐尔，但更年轻……他们本来也可以当选议员，完全可以！……在维特里[1]或者特拉布宗……任何地方……在奥贝维利埃替代赖伐尔……在开罗替代纳赛尔……完全可以！这些杂种让我提心吊胆，我是有充分的理由的……在莫斯科接替托洛茨基！这些杂种虽然充满焦虑，但他们步履矫健，可以随时支配……接替庇隆或者弗朗哥！……他们前途无量！喏，就像伦敦的斯皮尔斯[2]！……还有我们这里的孟戴斯－法朗士！……他们随心所欲想怎么做就怎么做！……迪斯雷利[3]……拉扎莱夫……雷诺[4]……希特勒则无论在哪个方面都只是个半吊子，他是勃兰登堡的魔术师，是恺撒的杂种，是半个画家，半个蹩脚演员，幼稚、愚蠢、狡诈，半个鸡奸癖，还净做蠢事！……但他还是有那么点儿天资，他把所有的杂种都控制在自己的手里，他的周围应有尽有，他动不动就提拔他们：这里一批上校，那里又一批上校……将军，部长，私人顾问！……你可以在他们中间发现许许多多长着杂种肤色的人，对这些人你不会抱任何希望……

啊！别问我那么多细节！……当然！……我要回来讲我自己的故事！……我只希望你明白那个冯·罗米茨的种族主义倾向何以不那么明显……他的婚姻便可以证明……可是结果呢？……得知他结婚没结对！……找了个黑鬼！……在巴黎发生的那场飞来横祸把他变成了一个充满刻骨仇恨的坏蛋！痛改前非！把他变成了一个百分之百的德国鬼子……你别再指望任何事！……我说的是结果！……

该死！……我的脑子去哪里了？！……那件骇人听闻的事发生

① 塞纳河畔维特里，巴黎南郊的一个市镇。

② 爱德华·斯皮尔斯（1886—1974），英国将军，曾担任英国驻法国政府的联络官。

③ 本杰明·迪斯雷利（1804—1881），英国国政治家、作家，曾两度出任英国首相。

④ 保罗·雷诺（1878—1966），法国政治家，曾多次出任第三共和国部长。

在万森，不是在巴黎！……当时他和夫人，他们俩占了一个非常富有的犹太人住的那栋非常宽敞、非常豪华的小洋楼，那个犹太人度假去了……那栋豪宅坐落在万森森林边上，里面摆满了生漆家具和中国的古玩……犹如宫殿、博物馆和古董店……罗米茨一家舒舒服服地住了下来……这房子他们完全可以霸占一百年……但是，啪嚓！……“国防军之夜”①！……罗米茨睡得正酣，夫人也是……你们听说过吗？……当那些调皮捣蛋的士兵从天而降，闯进那座宫殿，把冯·罗米茨从睡梦中拖出来，打他的屁股……啪！……啪！……手脚被捆绑……十个士兵一起打……屁股被打得通红！……我只跟你们讲众所周知的事，斯图普纳格尔②耍的阴谋……“阳台打屁股行动”……此外，这次行动最精彩的部分，是赫尔曼·冯·罗米茨恰好是北部、东部郊区和茹安维尔的“最高警察统帅”和头号人物……他的管辖权还包括整个万森森林、圣芒岱③和马恩河……那天晚上，他被人从床上拖下来，和他的妻子一起，被人体罚，屁股被打得通红！……你们可想而知，这种事他能不能容忍……这种侮辱他们永远也不能原谅！……另外，他还被降了军衔，降为少校！……你们看这事怎么就这么巧！……我们！……在他的绝对统治之下！脾气可好啦！我们，一千一百四十二号通缉犯！……他是不是在等着我们呢！太好笑了！在打什么主意呢？

我已经跟你们讲过火车站里的喧闹和欢歌……还有人们忍不住随地任意大小便的情景……没有一个地方干净，连厨房都在劫难

---

① 1944年7月20日一帮德国国防军军官密谋刺杀希特勒。陆军上将斯图普纳格尔也参与了密谋，由于他并不知道刺杀希特勒的行动失败，于当晚启动“瓦尔基里计划”，有1200个纳粹党成员、盖世太保、党卫军被抓，包括党卫军头目。

② 纳粹德国陆军上将，法国驻军总司令。1944年7月21日凌晨被召回柏林，汽车行至凡尔登时他下令停车，开枪自杀，但当时并没有死。

③ 法国大巴黎地区马恩河谷省的一个市镇，位于巴黎东郊。

逃……而在我们楼下，他们就直接尿在“套餐”餐馆里……已经发生了！……那又怎么样？又能怎么样呢？……这次再找到少校的时候，他不会是在那里打瞌睡了！不！啊！他密切地注视着眼皮子底下发生的事情……无论什么事……无论在哪里……罗米茨，他盯着每一个人！……阿依夏也一样！……穿着皮靴，带着她的那根粗大的马鞭！……他们再也不会在睡觉的时候被别人逮住……他们两个人都保持着高度警惕！……

无论如何，事实明摆着，我把他们的女儿安然无恙地带回了“雄狮”……我觉得，他们应该感谢我才对！我好像觉得……我可以等……但是，对他们这种被打过屁股被侮辱过焦虑不安满腔仇恨的阴险小人，我又有什么好等的呢？！……他们从来就没有打开声门说一小句类似这样的客气话：“多亏了您，大夫！……”呸！……他们总以为自己是征服者，没有任何理由跟我们客套……卑鄙的德国鬼子就是这样……就像英国人！……那是他们固有的丑恶的天性……态度轻蔑的征服者！永远都这样！不管是被打过屁股，还是没被打过！……说到这里，抱歉！我最好把嘴巴闭上！……有一句话都到了嘴边了……都忍不住要脱口而出了！……不管是对被打过屁股的罗米茨还是他那个肥嘟嘟的走路屁股扭来扭去的老婆娘一样适用……他这位穿着靴子、手执马鞭的天堂女神……他那两条看门狗……他的36号房……他的房间？……我这才明白过来……于是我下楼回到我们的那一层……走廊又已经挤满了人……整个楼梯平台……应该是经过罗米茨的许可……他手下的警察让那些人上来的……他让人把厕所重新打开……但已经没有坐便器了，拉尿的人直接对着洞口拉……很好！……没那么脏了……不怎么往外溢了，不怎么往楼梯平台那里流了…………如此一来，还是蛮开心的！也不用那么费劲地用布片去揩去吸了！我刚到11号我们房间的门口，楼下就传来一阵喧哗声……还有命令声！……“让开！让开！”好像在搬什么很重的东西上楼……上厕所的人都跑去看热闹……把通道堵住了……“让开！让开！”啊！可抬上楼的是个人……一个大块头……警察把他抬上来、拖上来的……好了！那人被绳子绑着……甚至上了铁链……那是什么样的铁链啊！……从脖子一直到脚踝！他是插翅难逃了！……啊！见鬼！我看清楚了！……是巴比庸特派员！他的脑袋！他肿得那么厉害！那样子……我差点就没认出来……肿得那么厉害，是原来的两倍、三倍！就像火车站那些士兵的脚！一定被那些德国警察暴打过！……我没跟你们说，这个巴比庸，我是认识的……是城堡仪仗队的特派员……贝当的特别专员……前途无量啊！……我一看就明白是怎么回事……我通常情况下要费点时间才搞得明白……我想一丝不苟地搞个一清二楚……我是从立波[①]学校出来的……“我们只能看见我们看的东西，我们只能看已经在我们意识里出现过的东西”……这个特别的巴比庸专员一直在我的意识里出现……有好几个月了……从他跟我说这句话时起：“怎么样，大夫？我们一起走！”我可以为自己说句公道话，我当时是断然拒绝的：“专员，您赢不了的！那是陷阱！……他们会把您押回来把您剁成肉酱的！还是留在城堡里吧！”得了！……他别无选择！……然后脑袋就变成了这样！……潜逃到瑞士，他并不是唯一持有这种想法的人……天哪！……这一千一百四十二个人个个都有……整个锡格马林根的人都只想着经由沙夫豪森逃往巴塞尔……可结局就是这样！……结局就是这样！……是在边境吗？巴比庸特派专员是在边境被抓的吗？……像这样被押回来！……本来有一个所谓的“蛇头”要带他越境的……“蛇头”在我们所在的地区是正常的、合理的，通过他们可以弄到香烟、吗啡和手电筒……但是你把自己交给他

① 泰奥杜尔·立波（1839—1916），法国哲学家，法兰西学院教授，法国心理学的奠基人。

们等于自投罗网……德国鬼子、法国佬和瑞士人布下了天罗地网……巴比庸，他受到了惩罚！……我早就提醒过他！尤其是一个像他这样的“国家警察”又不是三岁小毛孩！……不是！……在这件事上，是德国人赢了……他们把他押了回来，五花大绑，还戴了手镣脚镣，他们把他丢在楼梯平台上……乓！……丢在厕所前面示众，以儆效尤，让所有的人明白偷渡去瑞士会有什么样的好下场！……我不需要了解细节……已经有近百人被抓……边境成了最危险的死亡陷阱！……每边二十公里……数百年来都是如此部署……谜一样的无人区！你会被法国、瑞士或者德国鬼子的边防军射杀……他们已经达成共识……一看见有人立马开火！……法国的抗德武装，德国鬼子的冲锋队，或者威廉·泰尔[①]……狩猎开放期……谁要是敢冒险……偷偷摸摸……或者公开行动……砰！……打中靶心！不开玩笑！……不管是在白天还是晚上……靶子！……被探照灯照住了！……“喂！你，游客，站着别动！”射中，五花大绑，押上车！五秒钟搞掂！经典剧情……或者留在现场，尸体已冷……这要遵照柏林和伯尔尼的命令……或者押回鬼子的驻地，就像巴比庸专员一样，戴着手镣脚镣横陈在某个地方示众……让所有的人看个一清二楚，惩一儆百。

要是瑞士人赢了呢？……那就抛硬币吧！……那么，那家伙会被送到巴塞尔……一小段一小段地运送……然后，天知道送到了哪里！……主要是移交给法国国内的抗德武装！再从拉绍德封[②]送到弗雷斯内[③]！……不要相信报纸上说的什么全面战争……那是专猎傻瓜的漂亮陷阱……不管丢原子弹还是不丢……警察是永远也打不败的……他们还从来没有做到如此深入！“无人区”是特意保留的，以

① 瑞士民间传说中的英雄。
② 瑞士西北部的一座城市，邻近法国边境。
③ 法国马恩河谷省一市镇，法国第二大监狱弗雷斯内监狱即位于该地。

免把那些细微的联系切断……警察和警察都有着千丝万缕的联系，他们之间都很客气很专业……即使是在最骇人的强大飓风下面……“别客气！把这只小兔子拿走吧！……”他们让你遵守一定的秩序……没有必要重申……一定程度的和平已经实现……战争就算是“全面战争”，也只是一些争端！对付巴比庸特派员这种事，简直就是小菜一碟！……把他扣留检查，捆住，哪里来送回哪里……他们完全可以用稻草填充他的躯壳把他制作成标本，那样也很好！让他变成一个梦游者！一点声音都不会出！……他会在完全无意识的状态中到处游荡……他会随便看一眼他的“蛇头”……实际上是所有的“蛇头”，以及他们的脑瓜！你只要瞥一眼他们的长相，就会有一种已经被他们谋杀了的感觉……他们的眼神，他们歪歪斜斜的轮廓……可以说，我见过很多监狱，和那些腐败堕落的家伙，那些“天生的苦役犯”，“龙勃罗梭所谓的天生犯罪人的类型”，名副其实的博物馆藏品！可是，在这个德国鬼子和瑞士佬设立的“无人区”，你会发现这一类的家伙，他们像那种深入林区搜集皮货的皮货商，像克鲁马农人，他们从某种意义上说是极有教育意义的临床实验室研究课题……“第四产业”……假如他们吃人的话，你们也不要觉得奇怪……当然啦，他们都是辅警……所有的警察和宪兵！……参与走私，你想要什么，他们都能搞到手！……所有这些腐败分子，有“隐形基因”的家伙，都是警察的眼线和“蛇头”……不管是在喀麦隆，那些俾格米[①]人……还是巴尔贝大道上的那些侏儒，穿行于未成年人和可卡因之间，“便衣警察缉毒大队”……或者在伦敦的布鲁姆斯伯里，鸦片和堕胎，白厅1212[②]……

---

① 非洲的一个小矮人部落。

② 白厅是英国伦敦市内的一条街，连接议会大厦和唐宁街。在这条街及其附近有国防部、外交部、内政部、海军部等一些英国政府机关。白厅1212是伦敦警察厅的报警电话，设于1934年。

我刚才跟你们讲到巴比庸专员，他们如何用绳子捆绑他，但为了绑他先要把他打晕……他戴着手镣脚镣，非常安分……你们可能会跟我说，会一遍遍地问我，一个专员，尤其是“特派的”……还不至于那么弱智吧！……竟然掉进了那样的陷阱？就算那陷阱设计得很诡诈也不至于呀？……啊！啊！对这种事他还是了解一些的，这是他的职业嘛！他只需看一下那些“蛇头”的丑态！那些面孔！……奸诈，背叛，衰败，疤痕……就像是化过妆，戴了狂欢节面具……造化不辞辛苦地给你们造出一些戴假面具的人……你们并没有意识到……可惜呀！……说大话，教唆者，吹牛，然后突然变得低声下气，阿谀逢迎……变色龙，蝰蛇，游蛇……他们就是集所有这些于一身的人……你盯着他们看，他们会在你的眼皮子底下蜕变，盯着他们看好了！……啊，当然，你在拘留所和预审法庭上会发现不计其数的类似的家伙，反正差不多吧！……所有这些德国鬼子和瑞士佬“蛇头”一定是从某个地方回来休假的……边境监狱……瑞士……萨瓦①……巴伐利亚……或者是“与特遣队决裂”的逃兵……在锡格马林根和我们就有十个……十二个经常打交道的“蛇头”……他们一下子消失不见了……一下子又重新出现……所谓的“休假”……休假，就是去康斯坦茨，在康斯坦茨待一个礼拜！……那是全德国唯一宁静的城市，唯一一座从未遭受过轰炸的城市，唯一一座像在和平时期一样一直灯火通明的城市，而且所有的商店都开门营业，还有啤酒店、餐馆……大宗的证券交易，所有的外汇，股票！……瑞士，法国，洛桑，还有法国游击队……再加上食品！东方的和西方的应有尽有！果酱，巧克力，罐头，鱼子酱……货真价实的罗斯托夫鱼子酱！……我没胡说！……信不信由你，反正有英国皇家空军的一支飞行中队

① 法国东南部地区名。

负责空投！放在一起空投的还有所有路透社的新闻报道和一周的消息汇总……纽约，莫斯科，伦敦……总之，湖边的那家“和平咖啡馆”，奢华的露天咖啡座……你们可能会说，那还是值得一去的，那的确是一座仙境般的城市，非常有吸引力……巴比庸专员知道……他想去的就是那里……而且不是一个人……不是一个人哟！……还带着那个惹人怜爱的科罗蒂德……魅力无穷的科罗蒂德！……一个特别特别温柔善良的孩子……是孩子吗？……其实是大小姐！巴黎电台……播音员小姐！“风中玫瑰”节目主持人小姐……你们可想而知，她那些记录在案的罪行是什么！她给你们读过的那些文章……对着麦克风播出的那些诽谤性的文章……尤其是那一段不折不扣的诽谤文字：“戴高乐，大叛徒！砰！砰！砰！”……她赶紧逃命的原因很好理解！另外，她恋爱了，是的，她也恋爱了……她爱上了“迦太基的伟大毁灭者”[①]……她历经千难万险寻找他，从马约门开始一直到康斯坦茨，找到了她那位伟大的毁灭者！爱的奇迹！可是，她投奔埃罗尔德的时机没选对，啊，压根儿就没选对！……他只想一个人待着，就一个人，埃罗尔德·迦太基！……她穿过游击队、抗德武装、塞内加尔部队和斯特拉斯堡的层层封锁，历尽千辛万苦找到他……而他只想一个人待着！就一个人！别的东西一概不要！他已经烦透了！他要把科罗蒂德打发走！……泪流满面的科罗蒂德！……他把她塞进火车厢……说他有朝一日会去找她的……有朝一日！……他草草地把她打发走了……他把她打发给了我们……只给萨比亚尼带了一句话……萨比亚尼的店铺位于锡格马林根最凄惨的地段，法国人民党的总部就在那里，快要死的人堆积得最多的地方……他们的大商店，商店后间，两扇玻璃橱窗……有一些证人会跟你们说的……比菲德里斯医院还要

① 指让·埃罗尔德－帕吉，见203页注释。他在每日新闻结束时说过“像迦太基一样，英格兰即将被毁灭”。

糟糕！那两个橱窗，挤满了不同年龄层的饥民，婴儿，老太婆……在严肃的布告下面……绝非那类花里胡哨的布告！我还从未见过写得如此严肃认真的布告！……今后的人们可能永远也看不到了，即使是在外国的劳教所里！……“千万不要忘记！要牢牢记住，党不欠你任何东西，但你的一切都归功于党！”……这就是必须让那些快要死的人明白的东西！那些多里奥的崇拜者！……说得直言不讳！古典风格！不是选举时的那种逢迎！……政党们上桌就餐时是个很特别的时刻，他们心里怎么想就怎么说，再也不会把事情说得天花乱坠非要别人接受，不做凯列班[1]……人民党总部的那些饥饿虚弱、把肠子和肺都咳出来了的奄奄一息者挤在那家店铺里能起到长久的威慑作用……不会再吸纳新成员！做什么事都要适逢其时！……现在要做的是把人们赶跑……科罗蒂德目睹了赶人的方式……她就被丢了出来……多么恶劣啊！…………那些死鬼聚集的橱窗边都不给她落脚……“去火车站，臭婊子！”臭娘儿们！……胆子够大的！……她跟他们说是她的埃罗尔德让她来的，他跟她说过他也会来这里！说好了的！去火车站？火车站？……她才从那里出来！……被他们从“死鬼店”里赶出来后，她回到了大街上……我跟你们说过那条街……发生过骚乱的那条街……她回到站台上，找了一张长椅坐下来……孤苦伶仃、楚楚可怜的姑娘，陷入困境……跟数百名和她一样的女子在一起……全都坐在椅子上失魂落魄……被工厂辞退的女工……老婆婆……那些老婆婆，我已经跟你们说过，她们不如说是在那里闹事的，她们攀爬、攻击火车头，睡在铁轨上……一点也不觉得丢人！年轻的那些依然很妖艳……科罗蒂德哭得像个泪人儿，但声音很轻，很是哀婉动人……巴比庸专员正好从那里经过，“车站执勤”！……一看见科罗

① 莎士比亚戏剧《暴风雨》中的半人半兽怪物。

蒂德，他的怜香惜玉之情油然而生！……尽管另外还有那么多年轻女子，跟科罗蒂德一样伤心，也在那里，坐在长椅上……但科罗蒂德，瞬息之间！瞬息之间！他的眼里就只有科罗蒂德了！……心脏：嗵！嗵！……不管她愿不愿意，必须让她品尝他的那份饭菜！……还没说上三句话……四句话！……他便向她发誓说他爱她！……会一辈子爱她！……巴比庸从来不是那种说话不算数的人，那种许空愿的人！不是的！……不是的！……还没说上四句话，他们就开始山盟海誓……除了他们的爱情力量，还有柔情还有他们崇高的心灵之外……什……什么也不信！……告诉你们，我跟你们直说了吧，在那座火车站的站台和隧道里，并不只有下流的搂抱、肉体的沉溺和肮脏的苟合……巴比庸和科罗蒂德便是最好的证明……他们俩的感情，爱洛依丝①、劳尔②、贝雅特丽采③会为他们的感情感到由衷的高兴的……那是在何等可怕的梦魇一样的环境下啊！……炸弹在半空中悬吊着……防空警报，警笛，尖利刺耳的声音恨不得把你的耳朵都一起削掉！……二十五趟军列的碰撞和重击……战地厨房的大呼小叫……四周的士兵，老婆婆，女工，还有婴儿……另外，当然啦，还有“莉莉玛莲”，和候车大厅里的那架强悍的钢琴……巴比庸，他的角色，他的工作，是说服那些老婆婆让火车开走……避免让冲锋队搅进来……让她们从轨道中间站起来……巴比庸，这个人一点都不坏！甚至可以说多亏了他，火车总能开走……几乎吧……尽管老婆婆越来越多……都一直钻

---

① 爱洛依丝是传说中的法国12世纪的一位贵族少女，她和老师相爱但未能公开结婚，最后酿成悲剧。参见卢梭《新爱洛依丝》。

② 劳尔·德·萨德是萨德侯爵的祖母，据传1327年4月6日，意大利诗人、“文艺复兴之父”比特拉克在阿维尼翁的圣克莱尔教堂与她相遇，对其一见钟情，劳尔从此成了比特拉克苦恋的女神和灵感的源泉。

③ 另译贝阿特丽切，意大利诗人但丁心目中的纯洁爱情天使和缪斯的化身。据传但丁9岁时第一次遇见8岁的贝雅特丽采，就对她一见钟情。

到了火车头下面！……从他见到科罗蒂德的第一眼起，他心里就只想着她，眼里就只有她了……他要给她幸福，马上就给！……不是二十年后……要抚平她心中所有的忧伤……让她过上全新的生活……不是二十年后！……而是马上！……马上！……去瑞士，过上真正的生活！康斯坦茨！……梦幻般的生活！在这里全都生活在死亡之中！康斯坦茨，那里才有生活！……巴塞尔！……伯尔尼！……他们就那么决定了！一起走！第一个“蛇头”来了，嘀！……马上走！……马上走！他们在那边会有人接应的！……盼望已久！……爱的梦游者！……预料之中！……盼望已久！……沉醉于幸福之中！……为了幸福，勇往直前，闭着眼睛往前走！……恍若在梦中！……即使撞上了一棵粗壮的大杨树！……走到第七棵杨树时，便是瑞士了！……但是才到第六棵杨树，对不起！二十个德国鬼子警察！还有警犬和镣铐！……眨眼之间！……被抓住，被捆绑，被押上车，被带回！……现在，我看见他侧躺在那里！……变成了一根被链住的香肠！……从脖子一直链到脚踝……他蜷缩着有些抽搐……不是很厉害……镶木地板是干的，走廊不再是之前的那种污水坑……他们把他丢在那里，正对着厕所，要让其他人好好看一下，看个明白……这让我想起胡迪尼[1]……奥林匹亚剧场[2]里的胡迪尼……孩提时代的一些事情我一直记忆犹新……他是如何脱开他的链条，他！……还有其他跟链条一样的东西，挂锁和链环！非同寻常地缠绕在一起……巴比庸躺在那里，有气无力地抽搐着，所以他啥玩意都挣脱不了，永远都挣脱不了！……他侧卧着，被别有用心地放在那里示众，好让所有的人都能看见……整个身体都瘫在厕所前面……那些人上楼，从街上来的……啊！没有一个人跟他说话！……他们交头接耳，窃窃私语……所有的

① 哈里·胡迪尼（1874—1926），出生于匈牙利，魔术师、脱逃术师和特技表演者。

② 位于巴黎九区嘉布遣会修女大道28号，是巴黎最古老的音乐厅。

人说的都是同一句话："瞧他们都对他做了什么呀！……"身上青一块，紫一块，黑一块，红一块，全是瘀斑……你们可想而知，夏威埃·巴比庸，大家都知道他的！……从维希的时候起！……贝当的特别专员！……科罗蒂德也是大名鼎鼎！……从巴黎电台逃走，在火车站下的车！……"到哪里了？……白杨树！"科罗蒂德能记住的就这句话了："白杨树！"她一边抽泣一边重复着这句话："白杨树！白杨树！……"他被结结实实地捆绑着，流着血，鼻子贴着亚麻油毡，发出呼呼的鼾声……是的，发出呼呼的鼾声，他手上的铁链也许应该解开……他的手腕被铁链和另外一把挂锁反铐在背后……我知道，我也被人这么反铐过！……后来我的手腕也像这样被反铐在背后……我甚至还像那样铐着游过街，坐在囚车里……穿过整个哥本哈根，从西部监狱到警察总局，就为了问我是不是真的犯了这桩罪……那桩罪……此刻，看着躺在厕所前面的巴比庸，我尚不清楚……我仿佛看见阿西尔，莫里亚克，卢库姆，蒙特朗，莫朗，阿拉贡，玛德莱娜，杜阿梅尔，以及其他的政治狂热者，他们也没经历过！这对他们，可能大有裨益！……他们可能再也不会搞任何鸡尾酒会了！……被铁链锁着，在粪便中悠然自得！……老老实实的！讨论实质性问题！……词句和事物的价值意义！啊！我一定也会经历类似的遭遇！……有人说，要是稍微留点神，就能预知即将发生的一切……巴比庸像那样躺在楼梯平台上，鼻子紧贴着亚麻油毡，旁人除了能从他的遭遇中吸取一点教训之外，别的事情确实无能为力！挂锁？……当然，有挂锁！……但也许需要那把钥匙！……谁也没有钥匙！……大家在议论，但很小声……该做什么，不能做什么……不像在火车站里头议论的那么激烈……更像是教堂祈祷室里的信徒……大家主要是心疼科罗蒂德……"那个可怜的小姑娘！……可怜的小姑娘！……"对他倒没有多么同情……是他把她牵扯进去的！……确确实实！……考虑欠周，一时的感情冲动，他！……这是那些女人的看法！……她，值得同情，但他不那么值得！……要不是他，她就会在这里老实待着……他，就是个白痴！……害人的香肠！……首先吧，他是个警察！……在瑞士边境那不是胡闹吗？……哎呀呀！……他一定知道一些内情的！……无论如何……你不这么觉得吗？……还是个警察，竟然蠢到去捅这种马蜂窝！……证据！……证据！……只需看看他那个木头脑袋！……莽莽撞撞、冒冒失失！……不被抓才怪！……大傻瓜！……那个可怜的小姑娘！她真是个可怜的小姑娘！……我们只同情她！……“白杨树！白杨树！”可怜的小姑娘，不停地嗟叹……幼小柔弱的受害者……在白杨树那里被殴打我并不觉得讶异……马利翁也不觉得……他也去过那里，同一个地方！……侦察那些白杨树，那条被当作边境的小溪……当然，去那里侦察是件非常危险的事情……有个礼拜天……礼拜天的话，警察，冲锋队，瑞士佬，游击队，都会胡吃海喝，然后呼呼大睡……你有一个不被他们发现的机会……尽管……尽管有警犬……他去过一次，带着地图……用铅笔画的地图，手绘的道路走向……那个赫赫有名的小溪边境就从那里……从第六和第七棵白杨树之间穿过……当时他没碰见一个人……一个机会！……多好的机会！……“要是想过去的话，我完全可以过去！”……过去了对他可能一点好处也没有，他在瑞士名气太大了！……无论如何，他看到了那个地方，那个“蛇头”带巴比庸和科罗蒂德去过的确切位置！可是那里对他们俩而言，却是个陷阱！……对不起！期待已久！在第六棵和第七棵树之间……

你们可想而知，巴登—瑞士这条边境的地图我们要多少有多少……城堡的图书馆有成箱成箱堆积如山的地图册，你可以花好几个星期翻阅这条小溪从一个世纪到另一个世纪的样子……它的七拐八弯……水坝，诉讼，争端……即使到现在争议都一直存在！……遗产一直没有结果……那条小犁沟变成什么样子了？……边境呢？……边境还在不在？……在第五和第六棵树之间？……从最先头的那座修道院开始……从最早先的霍亨索伦公司诈骗集团开始，一直到最近的那场战争……那种“道路走向”、村庄、边境和沼泽图集！……符腾堡，巴登，瑞士！……侵占，霸占，侵犯……一座农场，一小块土地，一个马厩，一个浅水滩……根据十万起绑架、抢劫、谋杀、离婚案，绝食，宗教会议来确定……数百年数百年的“君王事迹”，基于利害关系的婚姻，百姓的活动，王国的游记，十字军东征，然后是更多的绑架……更多的打劫……是不是像在吉拉东街打劫我家一样？……一百万！要恶劣一百万倍！……告诉你们，这个图书馆，文献收藏如此丰富，地图，道路走向，多得你都分辨不出哪是哪了！……即使你手上拿着指南针，也依然会迷失方向……你必须是边防警察才会知道一点点该从哪里通过这条该死的小溪！知道自己到了哪里！他们把它变弯，再增加，然后再在这里拓宽一点或那里把它缩窄一些……已经让人认不出来了，就像巴比庸的脸……从一根电线杆到另一根电线杆之间的那段距离，你都有可能迷路！……再加上，我忘记跟你们说了，六个世纪的宗教界的强盗行为……修道院对抗修道院！从天主教到路德教，然后开倒车！……“我要榨干你的小磨房！……我要砍掉你的白杨！那树属于撒旦！……”结果就是紧张的拼图游戏，小溪，河湾，绕来绕去，你什么也找不到了，全都杳无踪迹！警察设置的陷阱，比比皆是……边境那边也一样……十三个世纪的假灌木丛，假篱笆，假人……星期天，我跟你们说过，你有微乎其微的不被人发现的机会……穿越过去看一下……但是平日里你必定被抓！甚至还没走到第二棵梧桐树[1]……被德国鬼子、瑞士佬或者法国游击队捆起来……

① 原文如此。前文为“白杨树”。

收拾！……有小溪，还是没有小溪，你都不用操心！……你变成了梦游者，就这些……仙境中的梦游者……你会玩得很开心……采摘一束束杜鹃花、蓝莓、金丝桃、仙女花！……还有仙客来！……马利翁在那里摘过……这里摘一点，那里摘一点……一边勘察地形！……然后从那里折回！……太神奇了！……那是在一个礼拜大……毫发无损！不过，我一直觉得他当时被人发现了，被拍了照片！就算是礼拜天，海关官员和警察全都花天酒地去了，那也不顶用……即使是礼拜天，照样有哨兵把守……你不知道他隐藏在哪里！也许就在一棵梧桐树上？……在一个木柴堆里面？……一个光电元件……每一个小土岗都安装了许多小玩意儿，地雷和触点……毫无疑问！……啪嗒！轰！……那个湖泊周围比比皆是……我不是很相信马利翁没看见任何港口……啊！他也不相信！……他对什么都不确定！……他对我说："我从那里回来了，好吧！但我再也不会回去！……"我们每天都会接到去瑞士的报价……有些报价并不贵……两千马克……很有吸引力……而且还发誓承诺说抗德民众武装会等着我们、会笑脸相迎……会请我们吃一顿，给我们发放"抵抗运动成员证明"……还有地图，什么都有！……瑞士会比任何时候都更加"红十字"！盖世太保也特别体恤别人，欣然同意！……在沙夫豪森[①]，佩约和让帝宗会把我们带去见佩蒂皮埃尔，然后我们都会拿到瑞士联邦护照……合法的！……我们只需跟着向导走，报到，什么也不用担心！……什么也不用担心！……报价真的不贵！我看着外面侧卧在亚麻油毡上的巴比庸……我能想到他们是怎么对他的！……莉莉和科罗蒂德在帮他擦拭，给他包扎脑袋，喂他喝水……他渴了，要水喝……口渴是个好兆头……但周围的人不怎么敢接近他……他们上楼来看他，从楼下，从

① 沙夫豪森是瑞士距离锡格马林根最近的地方。热内·佩约在二战期间是索腾电台反希特勒的社论作者。马克斯·佩蒂皮埃尔1945年1月任瑞士联邦政治部主任，后担任瑞士联邦主席。

餐馆，从大街上跑来，看完就下楼了

突然，我听见罗米茨的说话声："好啦！好啦！"……是他，这"好啦！好啦！"是他的声音！他已经来了！……他看着侧卧在地上的巴比庸……他看了看周围的人群……他什么话也不再说了……只是重复那两个字："好啦！好啦！"……他摸了一下铁链，"好啦！好啦！"然后就走了……他上楼回自己的房间，上面的那层楼，带着他的狗……他一定是刚从火车站回来……他那层楼的楼面，在我们的房间上面……他停下脚步，伏在楼梯栏杆上……"大夫！大夫！"他在叫我……

"可不可以麻烦您一下……过一会儿……要是您有空的话？……"

"当然可以，少校！……当然！"

还有赖伐尔，我也得去看他……我还得去县长那里……还有，仁慈的上帝啊，还有菲德里斯医院！……菲德里斯有三四十个病情严重、卧床不起的病人！……还有那个九十六岁的博纳尔太太……另外还有三、四、五、六个病人需要出诊，他们在镇子的另一头！……我去，还是不去呢？……去县长家，也是为了贝贝儿！可以给贝贝儿弄些鸡骨头……我在县长家不遗余力地乞讨，我在县长家的厨房还是颇受欢迎的……我把猫抱给那位女厨师看，她很高兴……我把猫从袋子里抱出来，她喜欢得不得了……在厨房里由它发号施令……我们从厨房里出去时拎着满满一袋骨头……还不只是骨头……还有肉！……我和莉莉也跟着一起享用一点……县长嘛，我可以保证，他那里什么都不短缺……饮食标准没有降低……我知道他上的菜，我见过他的厨房……每天都有人给他送去二、三、四件猎物……而且都是上等货！……我看见有狍子、山鸡和丘鹬……黑森林里猎物多……猎物看守员都是他的人……县长和狩猎人……他吃的跟贝当一样丰盛……跟戴高乐在伦敦吃的一样丰盛……跟德国占领军司令部在巴黎吃的一样丰盛……跟明天的占领军司令部……跟游艇上的罗斯福……跟马德里的弗朗哥……跟“提托微笑餐馆”一样……这是第一站！贝贝儿回到包里，回旅店！……走啦！啊！先给老太太行吻手礼！

“再见，博纳尔夫人，再见！”

说完我就走了……回去后，我要上楼去罗米茨那里……他肯定想跟我说火车站的事……也许还会说到巴比庸……十有八九会的……

果不出所料！……那些人压根儿就没走！……我们的楼道挤满了后备军士兵和从火车上下来、从车站涌过来的文职人员，所谓的斯特拉斯堡难民……他们吵吵嚷嚷……破口大骂……骂他们见过和没有见过的事情……啊！勒克莱尔克的部队！……啊！那些手拿短刀的塞内加尔人！……不厌其详！……我们对此一无所知，我们这些躲在锡格马林根的贪生怕死的懦夫！……啊！一问三不知！……当然，那是他们的私有财产，这些从最惨烈的大屠杀中死里逃生的人！……他们霸占了楼道、楼面和厕所门……总之属于另一伙人的入侵……他们上楼来拉尿……三人一群……四人一伙……甚至十个人……他们在巴比庸前面停下……他们看着他……看着这个被链住、侧卧在地、脑袋肿起的巴比庸，他的脑袋肿胀得就像一个淹死的人……他们在他四周围成一圈……他们也许跟他说过话，问他是怎么回事……科罗蒂德跪在一边，把事情的经过一五一十都跟他们说了……她抽抽搭搭地说，竭尽所能地！那个可恶的圈套！那棵白杨树！……第十二棵……还是第十三棵？……她哭着哭着都搞不清楚了！……还有那条小溪！……从斯特拉斯堡逃出来的这些难民当即就把她撇到一边去了……啊！他们可没心情听这种令人厌烦的诉苦！对他们而言，就这点破事也犯得着说？荒唐！幼稚！愚蠢！……他们，他们经历的那些才是真家伙！……他们，他们经历过的那才叫一个恐怖！那才是真正恐怖的经历！……他们才有资格诉说，其他人还是闭上嘴巴靠边站吧！……首先吧，这个巴比庸，他是什么人？……是个警察！……一个条子！一个眼线！……那这个女孩呢？这个哭哭啼啼的小娘们，从哪个窑子里跑出来的呀？……科罗蒂德越是跟他们说白杨树的事，语气越温柔，越想博得同情，越是伤心流泪……白杨树！……第七棵？还是第十二棵？已经记不得了！……她越是那个样子，越让他们感到恼火……叫他们恼羞成怒！……他们好不容易才从斯特拉斯堡逃出来……从手舞短刀的塞内加尔人的魔掌中逃出来……也不知道是出了什么奇迹！……他们逃出来不是为了听这个跪在她的相好旁边的小娘们哭诉的！……不是！……他们呢，他们才有资格嚎叫嚎叫！……他们的所见所闻和惨烈遭遇！……真正的血流成河！……不是开玩笑！不是用手绢擦擦眼泪就能过去的事情！……集体斩首！吊死！林荫道边的树上都吊满了！……被吊死的人串成了一个个法兰多拉舞花环！这个哭哭啼啼的小娘们，她啥也没见识过！我们这些懒鬼、胆小鬼、贪生怕死的人，我们也一样，没见过！……既没见过斯特拉斯堡的那些塞内加尔人，也没见过那些会把人眼剜出来的抗德民众武装！什么都没见识过！……要是我们脸上露出什么都知道的表情，就会把他们激怒……他们甚至会声音越来越大地宣讲他们的斯特拉斯堡大逃亡，声嘶力竭地把喉咙都喊破！……他们对这个科罗蒂德，这个小淫妇，感到愤怒！……这个哭哭啼啼的小娘们！……就知道哭，其他的事一概不知！……我们这帮待在锡格马林根的人也一样，什么都不知道，全都是白痴！……游手好闲，不堪一击！……那个小娘们，她只需去斯特拉斯堡看一下！……看了之后就会为自己在这里哭诉瑞士边境的事懊悔不已了！……哗众取宠！……要让她见识见识那些抗德武装，还有她的第十二、第十三棵树！……啊！正好合适！把她吊到那棵树的树枝上！……他们已经对她忍无可忍了！是的……听她的那点破事！……让勒克莱尔克的部队打过来吧！……他们万万不会只给你设个小圈套哟！那些手舞短刀的黑鬼，他们会把她的眼珠子给抠出来，这个眼泪汪汪的傻逼！……她等着瞧好了！……那样的话，她就不会动不动哭得眼泪稀里哗啦了！……听她在这里哭诉真的好讨厌啊！……忍无可忍了！……“哇！哇！闭上丫的嘴！”让她闭嘴！那些黑鬼会割掉她的舌头的！他们的专长就是割舌头了！……她的相好，她的那个警察，也一起割掉！……她就再也不会抱怨了！她什么都没经历过！……哭哭啼啼的骗子，被警察罩着的小婊子！……向警察告密的臭娘们！……全楼道的人都一致认为她是警察的眼线、密探、娼妓！……没别的！……是时候让那些黑鬼过来，连头皮一起割掉她的头发！砍掉她的阴蒂！……那样一来，她就会闭嘴了！……而且，好戏还在后头哩！是的，我们这些人也一样！……把鸡巴塞进她嘴巴！……她就不会再啰嗦了！……她那个相好依然被铁链锁着，躺在地上！……什么卵特派专员？……骗人！……他自己把自己绑起，自己把自己链起！……天哪！……“哇！哇！”警察的诡计！他们才不会上当呢，他们可是从斯特拉斯堡死里逃生的人！那里发生的事才是真正的骇人听闻！……啊！她真的欠揍，真的应该就地正法，干脆绞死！……还有她的警察情夫！……这个歇斯底里的小娘们，她在边境发生的那些破事，圈套什么的，喋喋不休！……臭婊子！她和她的条子情夫要是到过斯特拉斯堡，他们现在就不会抱怨了！……啊！这个痛哭流涕的烂货！

这些新到楼梯口的人群，我只想让你们了解一下他们为人处世的态度……非常恶劣！……一点也不通融，一点也不和善……我看得出来，他们的愤怒在快速升温……他们准备要教训她了，就在那里，亲自动手，马上开始！……那些臭娘们尤甚，她们已经愤怒到了极点！……因为她们更有理由抱怨，她们！“一摊又一摊鲜血，有那么宽！……我没说错吧，艾克多？……莱昂，我说的没错吧？”……还有被砍下来的孩子的脑袋……那都是些天真无邪的孩子啊！……已经数不清有多少脑袋被砍！……那么长的砍刀！她们朝我们比画着砍刀的长度！……砍刀！有那么宽！像斧头！……“我说的没错吧，艾克多？……我说的没错吧，莱昂？……听这个臭婊子诉苦！她和她的条子情夫，他们一定能从中捞到很多好处！”……科罗蒂德巴不得被她们抽几耳光，马上就抽！她把整个脸都扬了起来，她不怕！可是她们，从斯特拉斯堡逃出来的难民，从最惨无人道的大屠杀中死里逃生的人，她们奇迹一般到达黑森林，到达锡格马林根和贝当这里，不是为了看到这样的场面！……不是！啊！贝当，他倒是挺享福的！……对啦……还有他的整个幕僚！……该死的乱七八糟，是的！……铁证如山！……“嗯，艾克多！……”她们也有些话要说，她们这些已婚妇女，诚实、正派，不一而足，而且都是做母亲的！……在斯特拉斯堡倾家荡产！……但她们挺住了！……在最惨无人道的大屠杀中死里逃生！……大家也许应该听听她们的！……听她们说几句，而不是听这个肮脏的警察的情妇在这里诉苦！而且她还在这里添堵，把卫生间的门都堵住了！……上来的人越来越多……从楼下的餐馆和大街上跑来的……就在我以为局面一发不可收拾的时候……来了一位主教……没错是一位主教……我不是在瞎编……从楼梯那里上来的……一位主教，穿着紫色的教袍，戴着很宽大的帽子，胸前挂着十字架……他一边上楼一边祝福所有的人……所有的人！……他还回头祝福街上所有的人……再祝福……还有整个楼道口的人……他不像平常的主教那么老……不像他们那样头发灰白、下巴上蓄着小胡子……也不肥胖，更像是那种苦行僧，目光很谨慎……啊！不如说眼神很诡诈……窥伺着一切！……前后左右……一边画着十字，念念有词地说着“以圣父的名义！”……但他一来就给在场的人一个非常强烈的印象！陡然之间！……立竿见影的效果！……科罗蒂德的诉苦和叹息让他们如此愤怒，如此怒不可遏，眼看他们就要剥掉科罗蒂德的衣服，把她剥得精光了！这时却突然闭嘴了！他们不再把什么屎盆子都往她头上扣了："婊子！烂货！骗子！……”这个向大家祝福的主教，他们在纳闷……反正嘛，像个主教……他是从哪来的？……要去哪里？上厕所吗？……他不停地祝福大家……我寻思，依我之见……我从来就不是那种容易大惊小怪的人……我寻思：他可能是来找我的吧？……可能是乔装打扮的？可能是来看病的？……不是！不是！他朝我走过来，他朝我示意，想跟我说话……他是在哪里认识我的？

“大夫，我是阿尔比主教！”

然后他凑到我的耳朵边跟我说：

“神秘学主教！”

他说得很小声。他瞥了瞥周围，见没人听他说话，便接着说道：

“纯洁派[1]主教！”

这下子我心里有数了！……我不想显露出吃惊的表情……我的神态很自然……

“啊！那当然！”

他想把更多的情况告诉我："从一二〇九年起就遭受迫害！”

我没让他进我的房间，就让他待在楼道里，他待在那里就挺好的……他一面跟我说话一面祝福，站着……一直站着，依然站着！

“大夫，我在菲德里斯医院！那里的护士很棒！……您认识她们！……我在菲德里斯住得很舒服！当然舒服啦！但舒服并不是万能

---

① 纯洁派，又称为卡特里派（又译迦他利，名称源自希腊文 Katharoi，“清洁”的意思），是一个中世纪的基督教异端派别，兴盛于 12 世纪与 13 世纪的西欧，主要分布在法国南部。由于该教派于 1145 年传入法国南部的阿尔比城（Albi），因此又称阿尔比派。

的！对吧，大夫？”

“啊，不是！当然不是，主教阁下！”

“我要为我们在福尔达的主教会议弄一张通行证……您听说过吗？”

“啊，是的！主教阁下！”

“我们有三个人……我，法国的……另外两个主教是阿尔巴尼亚的……啊！大夫，我们的苦难还没熬到头！”

“我能想象，主教阁下！”

“您的苦难也没熬到头，我的孩子！”

他非常亲切地抱住我的头，亲了一下我的前额……然后降福于我！……

“我们都是受迫害者，我的孩子！……我的孩子们！……”

他对周围所有的人这么说。

“你们全都要记住！阿尔比教徒，上帝的殉教者！跪下！……跪下！”

妇女们全都跪了下去……但男人们依然站着……

“啊！大夫，我忘记了！……罗米茨的办公室在哪里？”

“在上面那一层，主教阁下！”

不管他是谁，有一件事是没有疑问的：他帮我们阻止了一场屠杀！……先前那些杀气腾腾、准备把科罗蒂德撕成碎块的女人，现在全都温柔地看着她，一百八十度的大转弯……她们画着十字！动情地亲切地哭了起来！为科罗蒂德，为莉莉，为那名警察……也为我……所有的人都相互拥抱……心心相印！……

“好啦！好啦！”

罗米茨的声音！他的声音让一切都停了下来！他伏在楼梯栏杆上……他受够了！……走廊里的吵闹声！又开始了！

“阿依夏！”

阿依夏和两条看门狗下楼来了……谁也不敢吭声了……所有的人都闪到一边……悄无声息！……她示意旁边的人扶起巴比庸，把他抬起来，抬走，抬去那边！……她挥动马鞭给他们指路……抬到那边去！……最里面！走！……他们把他连同铁链一道抬起……那一整个包裹！……嗬的一声！就把他举起来了！把那一整个包裹！……弄走了！……主教看着……他还在祝福……他又问了我一句：“您不是纯洁派教徒吗？”走廊里闹哄哄的，他趁机问了这个问题，不让其他人听见……他叫什么名字？……他没告诉我……我不知道怎么称呼……什么阁下？……“不是！不是！我不是纯洁派教徒！”我冲他吼道！……我还是要让所有的人都听见！尽管吵吵嚷嚷的！整个楼层！啊！我这是条件反射，自我保护！瞬间爆发出来的！我得到了自我保护！承蒙上帝恩典！动物本能！我太遭人忌恨，是所有的人诽谤的目标！现在又多了一个！这个骗人的受迫害的主教叫我纯洁派教徒！……屁眼上粑着刑法第七十五条就已经够我受的了！……再来个什么纯洁派……纯洁派！……去他的！这个骗子一定是个十足的作恶多端的挑拨者！……想引诱我上钩！……我才不上当呢！……我又吼了一句，好让罗米茨和阿依夏都听清楚了：“我不是纯洁派教徒！不是纯洁派教徒！”

我在自我保护！

你别想那么快就把我拉下水！纯洁派，阿尔比人，大主教！想给我来个彻底的措手不及？虚张声势！……呸！滚你妈的蛋！……幸好那些人把他弄走了！主教，大主教，还有他的那些祝福！……楼道上所有嘈杂的人群，还有阿依夏，还有那两条看门狗！连同那个被铁链裹起来的专员！还有痛哭流涕的科罗蒂德！……全都涌进那个小过道，朝最里头走去，可是，在那里，有个小插曲！……我记下来！我为你们记下来！科罗蒂德叫了一声！她转过身，那么柔弱爱哭的科罗蒂德，她突然扑到那些从斯特拉斯堡跑来的野蛮人身上！他们则把她摔出去，撞到了墙上！……摔得那么重！……她仿佛被撞扁了一般！啊！她费力地爬了起来，稍稍休整后，重新进攻！……这个眼泪汪汪、弱不禁风的科罗蒂德！她死死抓住她的巴比庸，抓住铁链的末端不松手！她蜷缩在后面，抱住他的脑袋……在上面亲着，亲着！人群把他们俩一起抬走了，把他们俩都送到最里头，最里头的那扇门！……

阿依夏已经到那边了……她和她的看门狗在那里等着他们……她站在门口，36号房……我知道……我知道！……我那个冒牌医生已经进去了……还有他手下的那个女护士……最后，我相信……还有那个病人……就是那个躺在我床上、准备接受手术的人，从斯特拉斯堡来的那个肥胖的汽车修理工……另外还有很多人进去后我就再也没见过……我觉得……我觉得……我不是很确定……我要不要借此机会进去看一看？……看看36号房？……我有一些该死的疑惑……那些人进去后应该被关在里面了……我也许可以进去，进去看一眼……巴比庸、科罗蒂德和那个主教……那些负责抬人的人，他们的女人把那里挤得水泄不通，一起涌进36号房……阿依夏放他们进去……我也可以夹在人流中被他们推搡进去……阿依夏带着她的看门狗待在门口……她看我是不是要进去……她可能会让我进去的……“不！不！大姐！不！”我比较好奇，但好奇心不是特别的强烈！……他奶奶的！他们的小阴谋诡计已经让我上过不少当了！……我已经没那么好糊弄了！这个大屁眼阿依夏！屁股扭来扭去，跟舞蛇女一样……想糊弄我，没门！……臭婊子，想打这种如意算盘！……觉得我面目可憎！对我恨之入骨！……我要用木桩刑处死你，活活戳死你！你听明白了吗，橄榄！椰枣！婊子！我仿佛看见她一九〇〇年的时候，就站在这门口！……舞蛇女！……穿着红色鳄鱼皮靴，戴着粗大的珠宝，手里拎着马鞭！阿依夏，去你妈的！我要用木桩刑把你处死！不，我不会进36号房！她的36号房！我让他们都待在这里，我要逃走！我还有事要做呢！那是我的义务！回11号，病人在那里等着我呢！……先去那里，对！……那火车站呢？……城堡呢？先去火车站！……其他的列车应该到站了！……要沿着那条大街往下走……从一扇大门走到另一扇大门……从一条人行道到另一条……危险，并不只是来自飞机的连发射击……一会儿这里……一会儿那里……那些把你紧紧拽住不肯放手、跟你瞎说八道的人也很危险！……每次我从“雄狮”出来去给这个那个病人看病时……我都躲不掉！……一个言行激烈的狂徒会突然冲到你面前，突然把你拦住！……每一扇大门，每一个街角都有……要你告诉他你对所发生的事情有什么看法……不要简单的看法……不让你想太长的时间，而是马上！非常明确、干脆地表明自己的看法！把手搭在你的肩膀上！简直要把你弄得手臂脱骱，全身脱臼！他跟你握手，使劲地摇晃着你，就像船在摇一样，摇得你天旋地转、不知所措！……

“啊！咱们亲爱的大夫来了！”真是意想不到啊！……真的太高兴了！……啊！可是，这个时候，你可要小心哟！千万要小心！保持最高度的警惕！这个时候你很容易不假思索，本能地回答问题！很容易口无遮拦，信口开河，还特别言之凿凿！……那个探你口风的人可不是一个普普通通的小密探！这个时候你绝不能含糊！绝对不可以无端指责！你要像这样直言相告:“德军稳操胜券……新欧洲已经建立起来了！……地下部队已经把伦敦彻底摧毁！……夷为平地！……保卢斯[1]已经占领莫斯科，但冬季结束后才会宣布捷报！……隆美尔[2]已经进驻开罗！……

① 弗里德里希·保卢斯（1890—1957），德国元帅，历任德国第10集团军参谋长、德国副总参谋长和第6集团军司令，曾指挥斯大林格勒战役。

② 埃尔温·隆美尔（1891—1944），纳粹德国陆军元帅，二战时任北非战场德军司令官。

这些消息会同时宣布！……美国人正在谋求媾和……我们，还有街上的人可以回去了，在香榭丽舍大街上列队游行……只是火车有点麻烦，交通问题！……火车不够！……但也只是时间问题！从雷通德[1]和圣德尼[2]回去！”

反正你看上去要像个消息灵通人士！那人一边跟你说话一边挠痒……那人长着一身的疥疮……啊！你千万别提疥疮……尤其不要提疥疮……只说重返凯旋门就好！……那是我们的压轴大戏！把那里的火炬重新点燃！……伦敦的戴高乐和他的幕僚，还有罗斯福，斯大林，都被彻底消灭，被彻底制服，他们的鼻子全都被穿上鼻环！……然后关进万森森林的动物园！彻彻底底！永世不得翻身！尤其是你不能表现出一丝一毫的怀疑！你只要说一句，说“把运河拿下，隆美尔并不是那么有把握……苏伊士完全有能力顶住！”那你就等着他们跟你算账吧！……别人就再也见不到你了！……有多少人就这么失踪了，就因为在跟大门口的那些男子说话时有一点点疑惑的口气？……多了去了！……之后就再也没见过他们了！……

当然了，待在自己家里最保险……但事情没那么简单……不是那么简单啊！……

① 法国东北部瓦兹省一市镇，1940年维希政府在此与德国签订停战协定。

② 巴黎北郊的一个省，也称93省。

我的上帝啊，倘若把所有这一切都留给我自己该是何等惬意的事！……不再说一个字，不再写任何东西，让我彻底安静……到海边的某个地方了却余生……不是蓝色海岸！……而是真正的大海，大洋……再也不用跟任何人说话，彻底归于宁静，被人遗忘……可是，吃的东西如何解决呢，老兄？……喇叭和大鼓！……站到这些体操器械上去，老鬼丑八怪！跳！更高一点！……再高一点！公众对你还是有些期待的！他们只拜托你一件事：你把自己一头撞死吧！

昨天阿西尔又派人来烦我，问我稿子何故久拖不决……那个快要完蛋的老色鬼，他从来没有写过一本书，他！……他的头从来没有痛过，他！……他妈的！他的跑腿卢库姆过来找我，问我怎么那么粗俗……那么游手好闲……说他亲爱的可敬的阿西尔已经在各种广告上投入了大笔的费用，鸡尾酒会，悬挂彩旗的公共汽车，请评论家看脱衣舞，在报纸头版刊登大幅广告，在最仇恨、最猛烈的“反我”的报纸上预告我的作品已经完稿！我那本该死的书已经杀青了！可是我这里却啥也拿不出来！……啊！卢库姆手臂都抬不起来了！……他说我比前一年更迟钝更懒惰，他都不敢跟阿西尔说了！……这对那个可怜的老人来说会是何等沉重的打击！……他永远也不敢！……他们俩彼此尊重！……即使是热尔特鲁·德，他们的竞争对手，戴着天蓝色单片眼镜，在他看来，我现在也成了一个令人扫兴的家伙，成了背信弃义、玩世不恭、工作马虎的瘟神，成了满口污言秽语、糟糕透顶的小丑……

这是不是意味着阿西尔必须去达克斯[①]了……然后从艾克斯[②]和昂吉安[③]回来？他不年轻了，七月份就满一百岁了！……这件事没解决之前他不想走……我所有的稿件都存放在他的地下室里！为了我，他已经放弃去马里昂巴德[④]……还有依云[⑤]……只去卢森堡公园和香榭丽舍大街……木偶布袋戏都提不起他的兴趣了……布洛涅森林里的小火车也一样……因为他为了我的荣誉投入的巨资忧心如焚！……而我居然还无所谓！……我简直一点良心都没有！……应该把我的书丢到野狗栏里去！

“卢库姆！卢库姆！有一辆出租车！快点！”

他吃了一惊，但还是站起身来……他跟在我身后……穿过花园……人行道……

“司机！司机！……这位先生要去卢尔德[⑥]！去卢尔德，司机！快点！快点！”

啊！他跑到我家里，想让我摆脱那种懒散样！我也要把他治疗一下！去卢尔德，还是别的地方！让他们三个、四个人一起去！都去卢尔德！那样他们就不会觉得无聊！我呢，我有更好的事情要做，有一点吧！我刚才跟你们说到了那边，那个楼道……

---

① 法国西南部朗德省的一个市镇，法国著名的温泉疗养区。

② 法国普罗旺斯的首府，有法国最大的温泉理疗中心。

③ 大巴黎地区唯一的温泉疗养城。

④ 另译玛丽亚温泉市，捷克卡罗维发利州的一个镇。

⑤ 法国上萨瓦省的一个市镇，以依云天然矿泉水著称。

⑥ 前文已提及，法国南部的这个市镇是天主教最大的朝圣地，据传那里的泉水能治愈疾病。

巴比庸和科罗蒂德和纯洁派主教和那个假医生和那个被手术者以及火车站发生那起杀人事件之后，我以为已经闹够了……可以消停一会儿了……我可以有权享受一点点宁静时光了……最后，再也没有那么多的斯特拉斯堡人，那一帮形形色色、寡廉鲜耻的家伙，狂热之徒，大呼小叫的人，长舌妇，披着伪装的社会渣滓，假扮这个，假扮那个……可是要说消停，压根儿就没那回事！……总有其他的人上楼来，越来越多……从街上……从餐馆……从四面八方跑来……一拨接着一拨……他们阻塞楼梯，把楼道挤得水泄不通……试着往相反的方向走注定要挨扁，要被挤扁……加上那些人一个个都非常狂暴，他们什么都想要，马上就要，吃饭，睡觉，喝酒，拉尿！……他们大呼小叫，可恶至极！他们想在我们的房间里拉尿、喝酒、吃东西！……我壮起胆子说了一句："让我过去！"……"不行！不行！不行！喂，娘娘腔！你过来！喂！到了！下流坯！……到了，嗜血成性的家伙！……"这就是我留给他们的印象，他们对我的感觉……我的威望……从那以后，我的威望就没怎么提升过……可是，当时，我有紧急情况……我要去城堡……没关系，晚点去！可是罗米茨呢？……就在楼上！……那我就上楼去，不下去了……28号房，咚！咚！咚！……"进来！"……他躺着……他在抽烟……

“我给您下过禁令，不许抽烟，少校！”

我在找他的茬……我每次禁止他做这个做那个时，都会把他逗笑……可这是唯一的方式……你要是卑躬屈节的话，他们就会骑在你头上……

“少校，把衣服脱掉！给您打针！”

我几乎每一天都要给他注射两毫升……啊！他需要这个量！……并不是什么奢侈享受！……他呼吸短促……走路容易失足……很容易出意外，后果会很严重……现在，他光着身子，躺在床上，看上去还是原来的样子，筋疲力尽的退役运动员……脚踝肿胀……我给他听诊……听他的心脏……心脏从不撒谎……总会把自己的故事原原本本地告诉那个听它的人……

“怎么样，大夫？”

“啊！我跟您说过……四分之一杯水，在里面滴四滴，连服五天……然后用樟脑油，还要继续打针……然后卧床休息……不能再劳累！……不能再抽烟！……尤其是不要再抽烟！”

冯·罗米茨，这个人，我必须承认，并不让人讨厌……这个德国鬼子，你可以跟他直来直去……毕竟不是一般的出身！……我在北普鲁士，在勃兰登堡的那些德国鬼子家待过……那时我还小，九岁吧……后来还做过寄宿生……我不喜欢小城镇，可是……那是个土地贫瘠的沙地平原，周围都是森林……那里适合种甘薯，养猪和雇佣兵……平原常遭暴风雨肆虐！抱歉！这边的人是无法想象的！……那些巨杉森林也一样无法想象！……那些参天大树得有多高呀！一百三十米！……你可能会问我，那非洲的树岂不更高？……啊！那不是一码事！……非洲没有巨杉！我对那里比较了解……我知道很多地方……既有很广袤的地域，也有很狭小的角落……我知道冯·罗米茨的普鲁士……不是那种让游客参观的风景区……而是凄凉的小湖，和更加阴森的森林……就像罗米茨……他就是从那里来的……一个残忍、阴险、愚蠢、狡猾的普鲁士贵族……但毕竟还是有好的一面……有某种高贵……圣杯、条顿人[①]骑士的那一面……你们可想而知，在万森挨的那顿打，在万森挨打屁股，是多么让他怀恨在心、余怒难消，尽管我很会逗人发笑，但还是费了一番心思，让他没有大发雷霆并且把气撒在我头上！……我都能感觉到他要发火了……就在此时此地！……尤其是我要在那里打针……他屁股的滑稽……我总问他这里还痛不痛……哪里呢？……看上去他们好像不只是打了他的屁股，肯定用枪托戳过……我看见有瘢痕，和淤血……我就在旁边注射……我想让他侧躺……啊，那帮家伙没有掌握好分寸！……这事让我想起了一些健康状况证明……“兹证明，经过观察，发现身上有淤血、出血和被打的伤痕……佩尔富瓦太太说她是这次侵犯的受害者……证明人某某某签名……”萨尔特鲁维尔……克利希……伯宗……我也向他提议过！“他跟我们说他是这次侵犯的受害者……”放肆的玩笑！……

“可是他自杀了，大夫！那个猪猡！那个懦夫！我认识他，他名叫斯图普纳格尔！……我恨不得把他绞死二十次！您听见了吗？……您相信我会那么做吗？……斯图普纳格尔！二十次！……这个城堡里的所有人也一样！……二十次！还有锡格马林根的所有的人！同样，二十次！……叛徒！……全都是叛徒！我全都了解他们！还有贝当！您相信我会那么做吗，大夫？”

“当然，少校！当然！……您应该比谁都了解情况……但您说话小声点……少校！小声点！……您的心脏更重要！……”

我心里想的主要是，假如他在生气的时候猝死，死在我面前，那我也不会有好日子过！……

---

① 古代日耳曼人的一个分支。

“火车站的情况怎么样？……您去火车站看了吗？”

我想让他换个话题……

“是的，我去看过了……您知道，大夫，我不相信发生了什么骚乱……所有那些都是瞎编出来的……胡编乱造！……子弹又不长眼睛……大夫，您要小心为妙！不要频繁上街！”

“谢谢您提醒，少校！”

我不想让他跟我透露更多的情况……不管是布里农、他，还是天王老子！……人们说完知心话之后往往会后悔……尤其是在险恶的时局下……知心话只适合在沙龙里说，在那些美好的喜欢交谈、消化良好、昏昏欲睡的时代……可是此时此刻，到处都是狂热的人群，满天都是空军联队机群，这个时候还说什么知心话岂不是自找雷劈吗？……不是分析问题的时候，绝对不是！……一小根火柴划燃了……你都不知道会把你烧成什么样！

我跟你们说过，罗米茨曾是一名勇猛的运动员……可不是那种脂粉气十足的贵族少爷，不是哟！他是奥林匹克运动员！……为德国拿过冠军，奥林匹克游泳……此刻，他一丝不挂地躺在床上，我依然看得出奥林匹克竞技给他留下的印迹……松弛的、减少的肌肉……骨骼依然很中看……非常中看……脑袋也是……丢勒的那种轮廓……丢勒雕刻出来的轮廓……冷峻的面孔，一点也不令人讨厌……我说过……他年轻时一定十分英俊……那双眼睛，那种德国鬼子的目光……那种看门狗的目光……他的眼神不凶恶，但专注……可以说很傲慢……脑袋里有内容的人并不多见，大多数脑袋都是批量生产的，就像公共汽车。

“大夫，您去菲德里斯吗？”

“哦，去的，少校！……哦，当然！”

菲德里斯没有把我打发走，是有原因的……我后面再跟你们说……

“我想让您读封信！……”

“稍等……麻烦您稍等一下，少校！……我先下楼，然后我再上来！……”

“您还会回来吗？”

“哦，当然！……是的！……至少，我希望……”

“您要提防布里农！别相信赖伐尔！……别相信贝当！别相信罗夏[①]！……别相信马利翁！”

“我没什么要相信他们的，少校！他们是他们，我是我，井水不犯河水！……您也一样……”

“您还是把这封信念给我听一下吧！”

他坚持要我念……我先瞥了一眼签名……布瓦尼埃……我认识这个布瓦尼埃，他在菲德里斯负责看管那些“奶妈”……菲德里斯的哺乳室……防止出事……防止那些做母亲的和菲德里斯的警察发生越轨行为……那里至少有三百名警察，分布在四个营房宿舍，占了菲德里斯的两层楼，从法国各省过来的警察，从各大省会撤到这里的，肯定再也没有什么事好做了……绰号叫“诺诺”的布瓦尼埃是哺乳室的警卫……值得信赖的警察……“谁也不许进去！”……诺诺和他的军人档案卡片……他有一个档案盒：三千个名字！他就像爱惜自己的眼睛一样爱惜这些卡片！……法国抗德武装搞掉了他的另一只眼睛，打游击战的时候！你们说他是不是值得信赖！……我不想读他的信，我没时间！……我对布瓦尼埃略知一二，他肯定又在检举什么事……什么人……也许是我？……我知道他的为人！就是个讨厌鬼！……独眼龙，一身的疥疮脓包，做事特别“卖力”……

---

① 赖伐尔的至交，维希政权的外交事务秘书。

“他又在举报什么人吗？”

“是的，大夫！是的！举报我！”

“向谁举报？”

“向帝国元首阿道夫·希特勒！”

“嗬，这主意亏他想得出！……”

“说他看见我开汽车出门！是的！我！开车去钓鳟鱼，而不是监管法国人……我不否认，大夫！您看！这是事实！我有罪！诺诺说得对！您不想念这封信吗？”

“您把信的内容都跟我说了，少校！……主要内容！”

“没有！还没说到主要内容呢！……您的同胞诺诺还发现有更严重的！……这是他的说法！……他的说法！说我暗中破坏德国空军！……说我为了钓我的鳟鱼，烧了二十升汽油！……这是真的！完全属实！我什么也不说！您的同胞诺诺，他说的完全正确！”

“哦！他夸大其词，少校！”

“他有理由夸大其词！”

现在不是反驳他的时候！……雄辩术，扯蛋！一丘之貉！全都是一丘之貉！还有他们该死的德国空军！……他们干过的好事！这话我不会跟他说的！

“等一下，大夫！……等一下！我已经让人把他叫过来了！”

他一再要我读那封信……要我待在那里不肯放我走……就为了让我看到诺诺！……

“大夫，请！……抱歉！……请坐！”

他重新穿上短裤……还有皮靴……和他的短军装……

他走到门后，打开门……他走到楼梯扶手边，俯下身子……然后大声喊道……

“过来！……布瓦尼埃先生！布瓦尼埃先生不在这里吗？”

“在的！在的！少校！我马上到！……我上来了……”

他说完就上来了……到了门口……

“进来吧！你就是绰号叫‘诺诺’的布瓦尼埃吗？”

“是的，少校！”

“你看着我的眼睛！好好看着！……这封信确实是你写的吗？”

“是的，少校！”

“你承认？”

“是的，少校！”

“你把它寄给谁了？”

“上面有地址，少校！”

啊！面不改色心不跳！……

“我只是在履行自己的义务，少校！”

“那好，布瓦尼埃先生，我也要履行我的义务！……绰号‘诺诺’！……你好好地看着我的眼睛！好好地看着！”

啪！……啪！……两记非常沉重的耳光，诺诺被打得跳了起来！……他的蒙眼布条被打飞了……被扯了下来！

“这就是我想跟你说的！……绰号叫‘诺诺’的布瓦尼埃先生！……另外，我要补充一点，我完全可以狠狠地教训你一顿！……你不会不清楚！……可我没那么做！……彻底地教训你，你这个卑鄙的流氓！……啊！我浪费汽油吗？……啊！我还暗中破坏德国空军！……诺诺先生，我不会浪费一颗小小的子弹来让你闭嘴！我不会浪费一个绳套！……你不值一个绳套！你一钱不值！滚出去！滚出去！滚得越远越好！别让我再看见你！永远也不要让我看见！要是再让我在这里看见你，我就把你丢到河里淹死，把你喂鳟鱼！滚！快滚！马上滚！滚去柏林！……拿上你的信！……诺诺！……别松手！诺诺！……你亲自念给元首听！去柏林！跑过去！诺诺先生！滚！

滚！永远也别让我再看见你！永远！……滚！滚！……”

他真的是怒不可遏……

诺诺把他的绑眼带重新戴好……

“要是让我再在这里见到你，我就把你给毙了，然后丢进河里喂鱼！……我说到做到！我有的是理由！”

诺诺，这个卑鄙的混蛋，还是被他怔住了……他摇摇晃晃……他重新戴上绑眼带，但戴歪了！……

“好的，少校！遵命！”

他走了，把门重新关上……

“大夫，您看见这个人了吗？……他已经为我们工作了二十二年！……二十二年来，他从没停止过背叛我们……他背叛我们……他背叛你们……什么人都被他举报过！他背叛了英国、荷兰、瑞士和俄罗斯！……他比东正教的加蓬神甫[1]还要恶劣！比赖伐尔还要恶劣，比贝当还要恶劣！他检举这个，揭发那个！我救过他二十次命，大夫！我曾二十次奉命枪毙他，我！……诺诺！我可以就地正法！……他给英国人发情报……他想劫持赖伐尔……是的……我从哪知道的？……从城堡的那些部长嘴里！是的！……大夫啊，我跟您说的这些人，全都是叛徒，犹太佬！在城堡里策划阴谋！……您知道吗？”

“我听着呢，少校！我听您说！……啊！当然，您说的相当有道理！”

你们可想而知！他断言我是个蒙古人，我居然没去反驳他！

“那好，大夫，有件事要告诉您！……这事就我们之间说说！……”

他张口准备跟我说……话到嘴边又停住了……然后又张口了……啊，毕竟……

① 乔治·加蓬神甫（1870—1906），俄罗斯东正教神甫，十月革命前为工人阶级的领袖。后被发现是警察的线人。

“也许您已经知道，也许您不知道……我下令把梅内特莱尔给抓起来了！……我不能下令把所有的人都抓起来……不能！……整个城堡里的人！……可是！……可是！必须……他们都该抓……所有的人，大夫！包括您在内！……还有吕歇尔①！还有您的犹太朋友布里农！还有城堡里所有的犹太人！这城堡都成了犹太人区了！……您知道吗？”

“当然，我知道，少校！”

“您好像并不在乎，可那些犹太人不会放过您的！”

“您也一样……他们也不会放过您的，少校！”

我们几乎要笑出声来……为那么有趣的前景！

“那么，可以吗……您能行行好再给我打一针吗？那个特别讨厌的家伙把我折腾累了！”

“我看得出来，少校！我看得出来！……”

“现在暂时不要谋杀我，大夫，还不到时候！”

啊！我们开始笑了……扑哧一声笑了出来！

“少校，我想告诉您的是，我呀，我谁也不会谋杀！……我！……不管是在这里，还是在别的地方！我还没医死过一个病人！我！可是，现在的环境！现在的条件！……借这个机会吧，我想告诉您，少校，既然我们都聊到这里了……我想告诉您的是，我准备给您注射、您也非常需要的这两毫升的樟脑油，我怎么弄到的，不是从您那个里希特药剂师那里！……不是的！……里希特呀，他总跟我说他没有药！……您知道，您什么都知道，所以一定知道这个樟脑油是我从瑞士弄来的！用黄金的价钱买来的！……通过‘蛇头’！我用黄金

① 让·吕歇尔（1901—1946），法国记者，曾创办《我们的时代》周刊和《新时代晚报》。曾要求德国人镇压法国的抵抗运动。在锡格马林根布里农的新闻部担任特派员。1946年被判处死刑。

的价钱买来的！请您注意！不是阿道夫·希特勒给的！也不是帝国给的！……您知道我满屋子的黄金！您什么都知道！您只想扣押它，就像勒克莱尔克手下的那些塞内加尔人！可您永远也扣押不完！您也非常清楚您可能再也没有樟脑油可用了！……”

“如果我没理解错的话，您这是要我对您感激涕零，对吗，大夫？”

“当然啦，必须的，少校！”

“那好吧！衷心感谢，大夫！对！另外，我还有件事要求您帮忙！这事对我很重要！您喜欢开证明书……我希望您证明一下那个布瓦尼埃的精神状态！……您是证人，我应该把他枪毙了！可我没那么做！您帮我证明他确实向我发出挑衅了！不是吗？”

“是的！是的，少校！这是事实！……您躺下来！把衣服脱了，少校！您的短裤！……只用脱短裤！”

我又给他打了一针……在他的屁股上……然后我收拾好我的小药箱……药瓶……棉球……注射器……我们听见外面又吵起来了……是在楼下……我们的那层楼！我们的整个楼道！……他们又开始了……

“我妻子去哪了？”

“您千万别动，少校！那针才打下去！……要躺在床上！至少五分钟……不要动！……我去看看！”

我打开门……诺诺还在那里！……他在演讲！……在楼梯栏杆那里！……他甚至都没下楼！……我们那层楼，整个楼道的人都在嘲笑他！……说的都是不堪入耳的话！……还有他挨的耳光……他们在楼下全听见了！……罗米茨是怎么款待他的啊！啊，诺诺！……啊，这个笨蛋！瞧他的脑袋！……他的绑眼带……肯定在到处飞舞！……

“回去！喂！胆小鬼！软蛋！……去呀！……打他屁股！……打他屁股……他习惯了！……把他裤子扒掉！……懦夫！……”

全都在给他打气！……可是，啊！他不想返回！他想让整个楼道里的人都听他说话！……先听他说！先听他说！……可是不管是楼下的人群，还是楼上的人群，都不想听他的！没人想听！……于是他开始下楼，诺诺……一级台阶……两级……他朝他们走去……“让我过去……我去大夫那里！”莉莉在屋，在我们的11号房……她放他进去……她把他的盒子递给他，先前他把那个盒子存在我们家了……他的档案盒……全锡格马林根的人的档案卡片都在里面……整个楼道里的人又开始大喊大叫！……骂他娘娘腔、软蛋，因为他不上楼去揍罗米茨！那个畜生！那个少校！对他而言，那个档案盒更重要！其他的都无所谓！“喂！你们所有的人都听着！……你们这帮糊涂虫……你们给我好好记住！……我是诺诺！我看你们都是臭狗屎！……我是诺诺！……我向你们发誓！……你们这帮可恶的家伙！你们这堆母牛的肠子，操你妈！全都是下三滥！这些考验只会让我更加强大！等我从柏林回来，我会比任何时候都更加让你们闻风丧胆！”

“呸！……呸！你这个狗屁警察！……你就去找人操吧！……喂！去柏林！你个懒鬼……废物！……”

尽管整个楼道的人都在抵制他……但他们还是让他通过……他还有他的档案盒……他把档案盒紧紧地夹在腋下……他把盒子晃给他们看，他在上面拍打着！……“这是我的档案盒，正是！你们这帮笨蛋乌合之众！……全锡格马林根的人都在里面！你们这些蠢货！……我要把它们带去柏林散散心！……我，诺诺！啊！钓鳟鱼的家伙！……”

这时，他朝上面，朝楼厅转过身子……他朝罗米茨挥舞着拳头！……对他充满蔑视……居然朝少校扬起拳头了！……那帮要他上楼去揍罗米茨屁股的家伙突然变哑巴了！……他们改变主意了……他们不再开玩笑……他们让诺诺离开……那个歇斯底里、只会说大话的白痴！……他会让罗米茨忍无可忍！有他那样的混蛋会是个祸害……他毫无障碍地走下楼梯，一直到了大街上……他们让他走，就像送瘟神一样……他还是拿着他的档案盒滚得远远的吧！……我们不留他……谁也不留他……整个楼道里的人都散去了……悄无声息的！……他们都走了，下楼去餐馆了……那些斯特拉斯堡人，冲锋队员，家庭主妇……我们门口的熙熙攘攘的人群，上厕所的，找我看病的……一个人影都没有了！诺诺说了一些话，所以那些人都下楼去餐馆了，他们不想再被人看见在楼道上和他混在一起！……诺诺突然让他们觉得丢脸，他们看都不想看他一眼了！……只有我还站在楼道里……他在下面叫我，叫我过去！诺诺，他想跟我说话，跟我！……我走下楼去……

“哎，大夫！您看见他们了！那些臭大粪！那帮讨厌的家伙！……还有楼上的那个！您也看见了，大夫！……那个畜生！那个粗鲁顽固的家伙！那个钓鳟鱼的坏蛋！他把我扫地出门！……好吧！他就这样把我打发走！我和他后会有期的！……啊！他以为把我甩掉了！您和我，我们也后会有期，大夫！我跟您握手道别了！我和您拥抱一下！”

说完，他眼泪汪汪……他真的要走了……不是去火车站方向……也不是另一边，菲德里斯那边……不是！……而是那条向上伸展的公路……通往柏林的那条……从旅馆出来，往右走，然后走过公爵街，然后立即左转……那条小街……我跟门口的那个德国警察示意……告诉他可以放行……已经同意了的……要他放他走……那个德国警察已经准备让他往回走……不行！不行！……我告诉他们，他奉罗米茨之命去柏林！……他要步行过去……说这是高度机密！嘘！嘘！我朝他示意！……叫他向另外那个德国警察示意！……另外那个警察在对面的人行道上……高度机密！……我对那名警察说……“罗米茨下的命令！……好！好！……”好了！诺诺可以过了……他走了，我必须承认，他步子很矫健，速度很快，腋下夹着他的档案盒……“大夫，祝您好运！”……他独自一人走在公路上……他在那边不远处消失了，消失在树丛中……王子府后面的那些树丛……公路向上延伸……

真倒霉，我不想出门……但还是得出去……不是当天而是第二天……去给贝贝儿找一些吃剩的东西……然后既然到了县长那里，就要去看一下博纳尔夫人……我前面跟你们说过，她是我最年长的病人，九十六岁了，是个非常娇气柔弱的病人……心地多么善良的一个老太太！……气质多么优雅！记忆力多好哇！勒古韦[①]烂熟于心，他的全部诗作……还有缪塞的全部作品……马里沃的全部作品……她的房间舒适宜人，我待在那里听她说话，我陪着她，她让我着迷……我对她充满敬仰……我敬仰的女性不多，我得承认，别看我这辈子总爱拜倒在石榴裙下……可是，在老太太那里，我确实很受触动……我不知道之后不久奥蕾蒂[②]会不会带给我同样的感觉……也许……女性最伟大的秘密并不是来自她们的大腿……博德洛克[③]和塔尔尼埃[④]的临床实验室，世界上所有的妇产医院，都装满了女性的秘密……分娩、出血、悔过、嚎叫……毫无秘密可言！女性秘密是一种迥然不同的、比“阴茎、爱和你的心”更微妙的波……是一种背景音乐……啊！不

① 埃纳斯特·勒古韦（1807—1903），法国作家，作品有《阅读的艺术》等。

② 法国影星、歌星莱奥妮·巴蒂亚（1898—1992）的艺名。

③ 让-路易·博德洛克（1745—1810），法国产科医生和教授。

④ 斯台法纳·塔尔尼埃（1828—1897），法国产科医生，产钳的发明者。

是那么轻易就能接收到的！……博纳尔夫人，我唯一已经故去的病人，她就有这种妙不可言的、花边一样的波……她在朗诵杜·贝莱[1]、夏尔·德·奥尔良[2]、露易丝·拉贝[3]时，从她那里我几乎听明白了一些波……我的小说也许完全是另外一码事……她已经不在人世了……

回我们的“雄狮”吧！……诺诺走后，我们差不多过了一个礼拜的安然日子……只响了三次警报……菲德里斯有两个“急诊”……还不赖……但天气开始转冷，已经是四四年十月份了……于是，在城堡里，他们想出了一个非常宏伟的方案……深谋远虑！……组织“打柴突击队”……派遣一些志愿者外出，捡干树枝，枯木，树根，把所有的柴火用绳子捆成巨大的柴捆……所有的志愿者都套上绳索……一起拉！英勇无畏！嗬！所有的人都套好了绳索！……男人、女人，年轻的，年老的！一边拉，一边唱歌！……志愿者？那只是一种说法罢了……他们是心甘情愿的，不是心甘情愿的，那又有什么差别？！都一起被绳索套住！“打柴突击队”，提振那些犹豫不决者的士气…………“快乐就是力量”[4]！……伟大的第四帝国垮掉了，连同帝国所有的人、连同房子、连同贝多芬一起！“快乐就是力量”合唱团成员！交响乐的民族！他妈的，狗屁！你们法国人不是很懂交响乐，这些在歌声和快乐中“全员出动打柴火”的突击队让德国佬更加怀疑，他们都待在家里，躺在草褥子下面……尤其是要把他们带进黑森林的茫茫林海之中，与他们安置我们的孩子的西森儿童营只有咫尺之遥……孩子们去了后就回不来……儿童营周围的地块被选做伐木工义务劳动的场地……这些打柴拾柴火的先锋……

---

① 杜·贝莱（1522—1560），法国七星诗社重要成员，主要诗集有《罗马怀古》和《悔恨集》。

② 夏尔·德·奥尔良公爵（1394—1465），法国诗人。

③ 露易丝·拉贝（1524—1566），法国女诗人。

④ 德语缩写 KdF，直译为“力量来自快乐”，纳粹德国一个具有国家背景的庞大休闲娱乐组织，德意志劳工阵线的一部分，1933 年 11 月由纳粹头目罗贝尔·雷创立。

他们的职业并不重要……重要的是他们做事心甘情愿！把所有的木柴，把整个森林，把所有的枯树枝都弄回来过冬！我们可能没有别的东西了！市政府……德国鬼子的市政府和法国的市政府已经发出正式通知！没有配给……什么也别指望！……

那么，战争呢？尚未结束！还没到争辩的时候！……那辆烧木柴的卡车[①]在市政府（王子府）前面等着志愿者……很早，六点一刻……卡车把他们送过去，但不管回程……回来要自己想办法！……独立自主的运动员……套在树干上……不管是伏尔加河，布痕瓦尔德集中营，中国的长城，纳赛尔和金字塔……还是被人用脚狠狠地踢屁股……那一切都不是什么新鲜玩意儿……反正就是要往前推进，仅此而已！……而且要有节奏！所有的人……嗨哟！用力拉哟！伏尔加河上的平底驳船，金字塔！嗨哟！用力拉哟！……这些志愿者必须在六点一刻，到我们的市政府（王子府）前面集合……

① 一种安装了木柴煤气发生炉的汽车。

“啊！塞利纳！……塞利纳！……亲爱的塞利纳！……我一直在找您呢！……”

我终于可以出门了……楼道里一个人也没有……所有的人都去餐馆了……

“啊！塞利纳！……塞利纳！……”

我心想：来了个疯子吧！……而且不是一个人……还带着一位女士……一位年轻的女士……他们上楼来看我……我让他们进屋……

“塞利纳！……塞利纳！……我需要您！……我才从布里农那里出来……他同意了！……您负责剧本！您帮我把剧本弄好！……我呢，当然啦，我负责对白……说定了！我也找过赖伐尔，他也同意了！我做制片人，导演！对不对？您同意吗？……设备会从莱比锡给我们发过来……俄国人也同意了，啊！俄国人的许可证，您想象不到，塞利纳！我终于搞到手了！”

他拍了拍胸脯……他的口袋……许可证在他的口袋或者公文包里……

“我负责整个拍摄……剪辑……对白……一切！……我们遇到过困难……莱比锡，您可以想象……莱比锡！您尽快把您的剧本给我！以最快的速度，塞利纳！我明天还要去见赖伐尔！已经准备就绪！他同意了！……”

他的那位女士……可能是他妻子吧……一句话也没说……她让他说话……让他说！……情绪激烈！滔滔不绝！他按捺不住……一只脚搭在另一只脚上……踩上去！……踩上去并且转了半圈……还手舞足蹈！……特别有力量！……好像他有什么东西要卖……啊！突然，他停了下来……他发现……

“啊！对不起！……对不起，塞利纳！……我忘记跟您介绍我妻子！……她是我们的主演！……她做主演，好不好？……我向您介绍……奥黛特·克拉丽丝！”

“您好，夫人！”

先前我没怎么注意她……可是她的帽子！……挺不赖的……插了花的巴拿马草帽……还有短面纱……你们能想象吗？……一块面纱！……在那样的历史时刻……在那时的德国，一块面纱！

“奥黛特担任我们电影的主演！……已经确定了！……布里农同意了！”

“啊！太好了！太好了！”

“奥黛特，跟塞利纳夫人问个好！”

这个小女人不难看……我好生看了她一眼……她穿得像个影星……那个年代的影星，一半玛琳[1]，一半奥蕾蒂……超短包臀裙……脸上的微笑也是影星的那种！请注意！……那微笑可不是开玩笑的！……一半俏皮，一半“我要去寻短见”……现在肯定是结束谈话的最佳时机……可是我心里还是有个疑惑，在这个炮火连天的德国，如何能找到一顶这样的扎花帽子，还有一块面纱，还有鳄鱼皮鞋，鳄鱼包，精致的长筒丝袜？……这一定是一项大工程！……给这

① 玛琳·黛德丽（1901—1992），德裔美国演员和歌手。英文版《莉莉玛莲》的演唱者。

个小宝贝弄来全套服装！……而此时此刻，在整个德国，你是连一个发卡都找不到的！……他是去哪里找到这一身行头的？……然后还把他的这位女主角从德累斯顿带了回来……而且还不只是她！……两个人都穿得很气派！……他穿的是灯芯绒上装，马裤，翻领毛线衫，护腿套，三层鞋底的鞋子！……我告诉你们，这真的是个谜！……而且鞋子还上过油，刷过！……油光可鉴……他！……她！……都已经准备好开拍……我是在菲德里斯认识他的，给他看过病，鼻窦炎……现在，他彻底痊愈了！自然之力！……无懈可击！他名叫拉乌尔……拉乌尔·奥飞泽……他去过德累斯顿……艺术家的聚集地，此时已经被烧成灰烬，二十万人罹难……他们离开德累斯顿，去了慕尼黑……然后是莱比锡……然后再回到德累斯顿……但那里已经变成一片焦土！现在他要在锡格马林根拍一部电影……啊！他一心想着他的那部电影！……一组组镜头，节奏……我只能跟随他的思路，他对电影技术的理解……“锡格马林根日常生活场景”……布里农在办公……《法兰西日报》的印刷厂和编辑部，编辑们在工作……锡格马林根电台在制作节目！录音室，技术人员……还有保安队在操练！……还有我，我在给人看病！还有贝当，他的出巡……还有玩游戏的孩子们！……父亲们，母亲们，也在玩，玩滚球！所有的人都欢天喜地！心情舒畅！“快乐就是力量”，无论何时何地，总是一片欢天喜地的景象！

“有人跟我说您非常消沉……是真的吗，塞利纳？”

“啊！没那回事！没那回事，怎么可能！我不消沉，只是很冷静，仅此而已！……我干的就是这一行！……必须严肃认真！……也许有一点点劳累过度！……但没有别的！……没有别的，奥飞泽！”

我可不希望他到处嚼舌根！……我觉得奥飞泽是一个非常固执而且愚蠢的家伙！……我不会跟他说！……所有斗志昂扬的人一开始就让我觉得害怕！……而且他们这种穿衣打扮的方式也颇让人生

疑……他到底是从哪里来的？……这一身行头，而且是全新的……上装，短裤，护腿，三层鞋底的鞋子……在菲德里斯的时候，他跟我们一样，衣衫褴褛……从哪里来的“自然之力”？还有她身上的“女式套装”呢？……苏格兰花呢小短裙，刺绣夹克……都是从哪里弄来的呀？……让我百思不解……我想起一九〇〇年的夏图市场……那些花季少女和她们的母亲……

“这一身漂亮的衣装是从哪里搞来的呀，奥飞泽？”

我忍不住问了他……

“空投的，塞利纳！”

老滑头！……我没有继续追问……

“塞利纳，您，我可以相信您，对吗？已经跟布里农落实好了！……明天上午看剧本……我会见到勒维冈！……我会见到吕歇尔……我会给他们分配角色……您的夫人也要演个角色！……啊！非常漂亮的角色！……在您身边！……扮演女护士！……啊！同时还要演舞蹈家！您明白了吗，嗯？……您愿意吗？……就这么说定了！……”

“好的！好的！……当然！可是您在哪里拍呢？”

“当然是在街上啦！……在大街上！”

我不想告诉他大街不是个安全的地方……甚至很凶险，大街！……到处都有炮火在扫射！他那么兴奋，我还是不要扫他的兴吧……

“啊！可是还有一件重要的事！等等！……我需要一张签证！……冯·罗米茨发的签证！……可我不认识那个冯·罗米茨！……他在哪里呀？……要个手续……盖个章！……”

“就在我们上面！亲爱的朋友！就在上面！……上面那层楼！28号房！您敲门就可以了！就在那里！……您能找到他的！”

“这个罗米茨，他心情好吗？”

“一般般吧！您可能会觉得他有点疲惫……”

“那是自然的！你们这边的人全都暮气沉沉的！这个罗米茨，我也要让他在电影里演个角色！……您那个罗米茨！怎么都这样呀！……斗志呢？斗志去哪里了？啊！塞利纳，您要给我演出另一副精神面貌！无论如何都得演出来！塞利纳！我需要您啊！……您不能让我看到您这张封斋期的面孔！……这部电影将在法国放映！您想想！将在法国上映！……在法国的一百多家电影院！……您的母亲，您的女儿，您的朋友都会看到！……您可以想象，这部电影将会吸引多少观众，还有您的朋友！……塞利纳，您在法国有朋友！……比您以为的要多得多！您不知道吧？他们都很崇拜您！……爱戴您！对您充满期待……成群结队的朋友！……您别那么消沉，塞利纳！……振作起来！唉，法国并不只有犹太人！他们在法国有多讨厌戴高乐分子，您不知道吧？哎呀！……他们多么喜欢贝当啊！……您都想象不出！……胜过克列孟梭①！……您会帮我写一篇文章在法国发表吗？……嗯？”

“当然！当然啦，奥飞泽！”

我没办法让他停下来。

“有人跟我说：‘塞利纳一点斗志都没有了！……’您不会否认吧？……无论如何……哼！……我上楼去了，我马上就下来！您能等一下吗？……28号，对吧？”

“对的！对的！门上写着‘罗米茨’！……”

“你跟我一起上去，奥黛特！”

他说走就走……他上楼了……拉着奥黛特的胳膊……“咚！咚！”“进来！”他们进去了！……

可以说，我这个人不是很容易大惊小怪，可是在这件事情上……

① 乔治·克列孟梭（1841—1929），法国政治家，第三共和国总理，被誉为“欧洲之父”。

奥飞泽，奥黛特……那块面纱，鳄鱼皮包，三层鞋底！……而且还是从莱比锡回来的……从德累斯顿回来的！……尤其是我对德累斯顿略知一二……一周前我见过德累斯顿的领事……维希政府的最后一位领事……他把什么都跟我说了！美国人制定的彻底打烂和白磷弹油炸的战术……美国人发明的这一套真的是无懈可击！……是原子弹造出来之前的最新式武器……先从周边开始，市郊一带……使用液态硫和大量的水雷……然后才使用全面烧烤模式！整个德累斯顿中心城区！第二幕……教堂、公园和博物馆……无人能幸免！……

他们谈论矿山火灾……有图片有采访……他们悲叹哭泣，他们不停地意淫，为矿井最深处的可怜旷工，明火和瓦斯隐伏的危险！……他妈的！……还有可怜的布达佩斯，俄国人坦克的无情镇压……可他们闭口不提……他们这么做是错的……他们的兄弟在德国是如何在民主的巨翼下葬身火海[①]……因为说出来丢脸，所以大家都不说……他们当时不去不就得了？！……就这些！……维希政府的最后一位领事，他算是捡回了一条命，他穿越火海，多亏了一公斤咖啡……那是领事馆剩下的全部财产……他把他那两斤咖啡夹在腋下……他的腋下夹的可不是档案盒！……消防员恰好从市中心出发，从他家前面出发……他们孤注一掷……从德累斯顿中心穿越炸弹，液化硫，一片片火海，一直开到炸弹不炸的地方……城外，山丘里面……你们可想而知他们冲刺的速度有多快！……消防车，消防员，领事，咖啡！……现在要做的不是去灭什么火，而是不要葬身火海！德累斯顿的消防员，他们把领事也捎上了，为了他的咖啡！他们把他吊起把他绑在消防车上，消防梯的最上方……嗨呀，用力拉！……他，那两斤咖啡，穿过一条条已变成火海的街道！

① 德累斯顿一直是德国的军事中心，1945年2月13—14日遭受盟军针对平民的大规模轰炸。

这就是我心存疑惑的原因……奥飞泽，还有他的妻子，也是从德累斯顿逃出来的，却打扮得十分讲究，化了妆，漂亮优雅的影星范儿……还有面纱！……我左思右想……也值得我深思……他要把我拍进电影……我！……还有勒维冈，还有吕歇尔……还有吕歇尔的女儿库丽娜……还有莉莉……还有贝贝儿……好让我们在法国的朋友好好看看我们，不把我们遗忘！一开始，他要拿去瑞士放映……然后再到蒙马特……《锡格马林根的日常生活》，多么精彩的影片！……库丽娜·吕歇尔不在本地，她在圣布拉西昂的疗养院……哦！没问题！她会来的！没有困难！已经跟她父亲沟通过了！也跟赖伐尔、布里农和贝当沟通过！……那些影迷将会享受到一顿丰盛的精神大餐！……

这些事值得深思……我一直在思考……他在楼上罗米茨那里……

有人下楼……我猜，是他们！……确实是他们！……不只是他和他妻子……还有阿依夏和那两条看门狗……他一边下楼一边叫我："塞利纳！塞利纳！……我和罗米茨夫人出去一下！我们去看一下他们的设备！哦！我不会去太久！一分钟！……马上就回来！……您等我一下好吗？"

"好的！……好的！……好的！……当然好！"

我答应等他……

他们三个从我的门前经过……他的心情一如既往的好，步履轻快……她没他那么活跃……没有！……她让他挽着自己的胳膊……她迈着细碎的步子……低垂着眼睛……我忘记跟你们说了，那眼睛是做出来的……长长的假睫毛，穆西多拉[①]的那种……还贴了细小的闪光片！假睫毛，贴了闪光片的眉毛……诸如此类！……会让你联想到《日落大道》[②]！我去过日落大道！……啊！很多年前的事

① 原名让娜·洛克（1889—1957），法国演员和导演。

② 1950年8月上映的美国影片。曾获3项第23届奥斯卡金像奖。

情了！[1]……这时，我看见他们三个人到了更远的地方……一定在谈论什么大道吧！……已经走过了那条通道！……阿依夏给他们指路……他们只需按她指的那条路往前走……就不会走错……往那边！……往那边！阿依夏，她的马鞭，她的看门狗！……往那边！……这件事我是不会跟外人说的！……我对莉莉说："别看他们！回来！"我跟她一起回来……回我们的屋子……现在还没到知道这个、知道那个的时候！不要在城堡里说！……不要跟保安队说！……不要在菲德里斯说！……要是罗米茨不跟我提的话，我会说我什么也没看见……

两分钟……三分钟，没有任何动静……什么都没有……然后有脚步声传来……阿依夏……我们听见她回来了……咚！咚！……她在敲门……

"你们还好吗？"

她问我和莉莉……

"啊！非常非常好，罗米茨夫人！向您致意，夫人！"

我用较为愉快、年轻的声音回答她……很高兴见到她！……话里有客气的成分！……有些人很精通为人处世之道……她经常像这样敲我们的门，打听我们的消息……还好吗？……我总回答说挺好的！哎呀！好着呢！……

---

① 1934年夏，塞利纳在美国旅行，到了好莱坞，参观了日落大道。

所有这些小破事……麻烦事……让我没法出门，去我该去的地方……你们发现了吗？……两天了……两天时间里……不只是菲德里斯那些需要去探望的病人……还有镇子的另一头，还有保安队……还要回卢瑟参加那个会诊……那里，可以肯定的是，已经有人霸占我的位子加入了那个会诊……又一个冒牌的医骗……毫无疑问！……我在卢瑟的诊室成了冒牌医生相会的场所……他们从德国各地涌来，涌进卢瑟的诊所，在我出门诊的时间！我自己的时间！他们还带着护士！……我就像一块吸铁石……吸引着那些古里八怪的人……要是他们再跑过来给人“开刀”，那后果会不堪设想！……啊！假如他们只是开开处方……由于里希特那儿什么药都没有，开处方不大行得通！但那些家伙有“开刀”的癖好！管你得的什么病，管你的病情发展到了哪个阶段，疝气，耳炎，疣子，囊肿……他们想到的就是用刀割，他们所有的人都这么想！……外科医生！……很显然，即使在平日的生活中，这些疯子、土法接骨医生、脊椎按摩医生、游医是绝对不会满足于只给些医嘱、药丸、小药瓶、护身符、焦糖的……绝对不会！……在他们的脑子里挥之不去的是“大戏”！……是看得见摸得着的！……是要流血的！……要让病人抽搐的！……啊！我不想像都德[1]那样，走得那么远，但是，显而易见的是，即使是最普通的外科，最无可指责、正儿八经的外科在很大程度上得了罗马竞技场的真传……极其虚伪的人类牺牲！……但受害者的要求越来越多，绝对的自我惩罚！他们要医生把他们身上所有的东西都割掉！……鼻子，喉咙，卵巢……外科医生抓住时机……变成一丝不苟的屠夫和钟表匠……您有儿子立志干这一行吗？……他潜意识里有真正的杀人意识吗？……先天性的？骨子里是不是个老猿人？喜欢把人的脑袋打开花，喜欢给人环钻开颅的克罗马农人[2]？……那好！那好！棒极了！……是山顶洞人吗？最合适不过了！那就让他大胆地干吧！他可以到处宣扬了！他有这个天赋！……外科是他的专长！他是做“大老板”的料！……那些长着一副猪脑、患有虐待狂的女人一看到他那双手就会如痴如狂……“啊！那是什么样的手啊！”……她们欣喜若狂……苦苦哀求，要他行行好，把她们身上的东西全都拿走，赶快！她们的钱，她们的陪嫁，她们的子宫！她们的主要器官和奶子！给她们开膛破肚！……把她们的腹膜翻过来，挖出来，就像剖兔子！所有的肠子都血淋淋的！所有乱七八糟的内脏！好几公斤呢，托盘都装满了！……亲爱的、了不起的杀手！……“我心的祭司！”朗德鲁，佩蒂奥，从科学院来的！

阿兹特克[3]偶像？不入流！凝结的血块，做鬼脸！……被剥夺了传教士的霍屯督[4]大胃王？……别跟我开玩笑！……萨德，神奇的侯爵？……顽童的恶作剧！随便哪间手术室，你都可以看见真正伟大的

---

① 莱昂·都德（1867—1942），法国作家，阿尔封斯·都德的长子，积极的反犹分子，曾参与创办《法兰西行动报》。1894 年创作的小说《庸医》对医界进行讽刺。

② 距今 3 万年前，欧洲大陆上出现一种寿命不长（平均寿命不超过 40 岁），智慧较高的早期人类。

③ 14—16 世纪的墨西哥古文明 。

④ 南部非洲的一个游牧民族。

艺术！……“巨富祭司！”和被活体解剖的人，兴奋得不得了！欣喜若狂！……维莱特或者芝加哥的动物都感到害怕！它们都能意识到即将发生的事情……但“大老板”的亲爱的病人却深情款款地让人给自己开膛破肚……

我在卢瑟的那些疯子，那些冒牌医生，指望病人给他们奉上黄金肯定是不可能的啦！……不可能！……也许能拿到十马克……二十马克，打一针……但我担心的，恰恰是他们不给病人做那种能止痛但没效果的治疗，而是直接动刀子！……他们一个个都手痒痒的！……个个都是！……那样的话，我肯定要承担责任！一切责任！……说这么做、那么做都是我批准了的！……可我早就提醒过布里农！可是提醒有卵用！……在这一点上，我完全赞同路易十六的观点！他说“善有痛风，恶有翅膀”[①]……我可以一直很努力，但总会招来指责……为那些疯子的最疯狂的屠杀担责！……“看看他写的那些书吧！”……我跟你们说的这个也不是什么新鲜事了，我出的那些书给我造成了莫大的损害！……致命的！……在克利希……在伯宗……在丹麦……在这里！您写作？……那您完蛋了！……特罗普曼的“永不承认”只是一种谨小慎微！……“永不写作”才是硬道理！假如朗德鲁也写过东西，他可能连“哟”的一声都来不及发出来，还没来得及往那些臭娘们身上切下来的圆形肉片上撒盐……全甘贝人就已经扑到他身上了，他就等着下油锅吧！……“看看他写的那些书，什么玩意儿！”……

你们可想而知，要是这股妖风邪气传到了锡格马林根……“恶有翅膀”！……那我这笔账他们总是要算的！……以这种或者那种方式！……仅那本《琐事》[②]就足以要我的小命！……不管是在伦敦，还是在罗马或者达喀尔，所有的人都会一致赞同……在我们这

---

① 法国包括路易十六在内的多位国王都患有痛风病。

② 指塞利纳1937年出版的第一部反犹小册子《大屠杀前的琐事》。

里，在多瑙河畔的锡格马林根，一千一百四十二个通缉犯的避难之地，他们更会举双手同意！……那我怎么没被弄死呢？那是因为我确实会耍两面派！因为我是抗德武装人员？还是犹太人的代言人？……反正我是怎么躲也躲不过去！“看看他写的那些书吧！”……此外，一千一百四十二名通缉犯正眼巴巴地指望着他们那点微薄的运气呢……指望我为他们所有的人买单！……指望多亏了我一切都会非常平稳地过去！他们所有的人已经在做白日梦了，梦见自己趿着拖鞋回到家里……多亏有我！……油煎火燎的酷刑都由我来领受！“看看他写的那些书吧！”不是他们干的！不是他们！……他们有免疫力，生活很惬意，而且有护身符！我要代所有的人受过！……“看看他写的那些书吧！”……我可以满足摩洛[1]的愿望！这是大家一致的意见！……反正我是插翅难逃！从菲德里斯最后一个长卧不起、饥肠辘辘、虚弱不堪、大便失禁的傻瓜，到城堡最顶层的赖伐尔，毫无疑问都这么认为……“啊！您，您不喜欢犹太人！您，塞利纳！”这话让他们放心！……要上绞架的人是我！肯定的！……毫无疑问的！……但不是他们！不是他们！……啊，亲爱的他们！……“看看您写的那些书吧！”我的《琐事》缓和了多少惶惶不可终日者的末日情绪啊！天大的好事！他们正求之不得呢！……这书成了替罪羊！要拉出去宰杀，剁碎！但不会是他们！……绝对不会是他们！他们可娇气了！不会是他们！永远都不会！……而且这一千一百四十二个人当中，没有一个是反犹的！……没有一个！……无论是莫朗，蒙特朗，莫洛亚，拉扎莱夫，赖伐尔，还是布里农，都不是反犹分子！……剩下的唯一的一个，就是我了！……我这个替罪羊来得正是时候，天意啊！……我用《琐事》救了所有的人！这一千一百四十二个通缉犯！……就像

① 古代迦南人膜拜的神灵，膜拜的方式为父母把子女作为祭品放在火堆上烧死，以求该神灵保佑。

我在法国那边救了莫朗、莫洛亚、蒙特朗和塔特一样……我是老天爷派来的大英雄！大傻帽！……我！……我！……不只是在法国，而是在全世界，不管是敌人还是盟友，都要求把我送上祭坛……给我放血！……他们制造了一个新的神话！……要不要把这个畜生的肚子剖开？……剖，还是不剖？……祭司在那里已经准备就绪！

我大放厥词，没完没了……把你们晾在一边……现在，我终于可以出门了……“再见，莉莉！”我抱起贝贝儿，它的包……你们知道，那是一种布满洞眼的皮挎包，可以让猫透气……这会儿我们已经到了楼下……那些顾客肯定看见我了！……“套餐”餐馆的那些食客，整个啤酒店大厅里的人和外面在门口执勤的那个德国警察……我跟他解释说我要去城堡……啊！有什么人突然冒出来……从后面扑到我身上！是德罗尼夫妇！……手舞足蹈……显得非常激动……我都认不出来了……“啊！大夫！……大夫！……”两个人都那么消瘦！……他们从“套餐”餐馆出来……以前我给他们夫妻俩看过病……他们从哪来的？……真的只剩下皮包骨了！……“你们从哪里过来的？”“从西森，大夫！……那个劳动营！……我们一直在森林里！”啊！我明白了！……在那里拾柴火！……“冬天来自快乐！……”我看得出来，他们没有开玩笑！先锋伐木工！……啊！那当然，而且是特别心甘情愿！……可就是吃的东西给得很小气，每天就两个炊具箱！……芜菁和红萝卜！睡在帐篷下，草垫上……一个帐篷睡进十二到十五个人家……我发现，干那个活并没有让他们变胖……弗鲁赫特的餐馆要好得多……啊！当然啦，都是一样的“套餐”……但在弗鲁赫特这里没有棍子……而在西森，对不起！……把你揍个稀巴烂！……那些拾柴队长靠打他们取暖！……不和气！不跟你啰嗦！棍刑伺候！……我能看出来：淤血，肿块，水疱……他们在拾柴火的时候确实把自己弄得很暖！……他们穿的那一身破烂已经不是问题了！……全都是破布片……拼接在一起，用绳子捆在一起……做成靴子，内长衣，和长裙……那些布头都是偷来或者捡来的，从周围别人家的破布片那里，从树林下其他的砍柴队里，这里搞一点那里弄一点……“先锋伐木工”，那压根儿就不是他们的职业，都不是干那一行的……而且他们的年纪也不再适合做那些事！……他们属于之前的那场战争的“战前人”……他们的境况看上去很糟糕，尽管他戴着假发，留着努比亚人[①]的那种小胡子，诸如此类……他们看上去就像从前的理发师在橱窗里摆出的那种假发模特……她呢，她在提克顿街教唱歌……他则是小提琴手……真的是非常恩爱的一对夫妻……绝不是那种凑合在一起的类型！三十五年的婚姻！……找不到比他们更真诚善良的！……他们把自己的一生都献给了他们的学生……献给了新欧洲！……一样的真诚！……没有任何功利之心！为了欧洲他们马上就挺身而出！……马上！没想过要为自己捞点什么……没有！……马上就挺身而出！……他在大王宫的大乐池里拉过小提琴（第二小提琴）……新欧洲展览[②]，共同市场，不一而足……她在大使馆，为阿贝茨夫人[③]献歌……那都是些什么样的晚会，到场的又都是些什么样的宾客啊！你们肯定会问他们是不是受到了牵累！……他们是不是收到了那种“死亡告示”和那种小棺材！……坚不可摧的刑法第七十五条！……莫朗从未收到过！蒙特朗、莫洛亚也没收到过……他们这些人严肃，稳重……而且侥幸……夫妻俩的住所也遭到洗劫，被翻了个底朝天，家里的一切东西都被偷走，被搬走，被廉价处理！……就像我在诺文街[④]上一样……这让我们成了邻居……反正吧，不算远……

① 非洲东北部苏丹的民族。

② 指 1942 年 4 月在大王宫举办的“欧洲的法国”展览。

③ 纳粹德国驻法国的大使奥托·阿贝茨的妻子。

④ 塞利纳曾在诺文街和吉拉东街街角一栋房子里一直住到 1944 年。

我并没有一笑置之……可他们呢，他们则相反，反正也差不多吧，既不觉得痛苦，也不愤怒……只是有些伤心而已……尤其是由于他们没有捡到足够多的柴火而被毒打……不应该的！……而且，还被人当成老懒鬼！……老不死的“懒鬼”！“我们是懒鬼吗，大夫？……老！老！当然是老了！……可是我们是懒鬼吗？您很了解我们，大夫！……我们一辈子都在勤勤恳恳！……从不昧着良心做事！……没有偷过一分钟的懒！您最了解我们了，大夫！”

他的眼泪夺眶而出……最极端的侮辱……说他们是懒鬼！……“在音乐学院拿的是一等奖！他跟我一样！……”啜泣……“您知道，我跟您讲过，我们是在图什[1]那里认识的……图什乐团会招收懒鬼吗？！……您知道图什先生吗，大夫？您知道那是个什么样的人，什么样的艺术家吗？……多么繁重的工作啊！……每周出一个新的节目单！可不是那种民间音乐哟！您知道吗！不是那种蓝旗咖啡馆音乐！……您知道图什先生吧？”……“噢，那当然，德罗尼夫人！”……他们被人打，下手一点也不轻，我看见了那些疤痕，被当成懒鬼、伐木工来暴打，她真的弄不明白！……太过分了！……他们？……他们？……他，她丈夫，他的头顶上！……“您看，大夫！……您看看！”千真万确……两个地方，大块的头皮被掀掉了！被揭掉了！……确实是被暴打过！……啊！他不会为这个感到沮丧，他！……一点也不！不会就这样被人打垮！……啊，不会！相反，他相信未来！他把一切都寄托给未来！西森的非人遭遇好像激发了他，让他无所畏惧！“是的，大夫！……”计划！……一项计划，肯定，我也许可以帮他？我很愿意！……帮他去见布里农吗？……“首席小提琴手”！……只要布里

① 指费曼·图什（1875—1957），巴黎音乐学院教授，古罗纳交响乐团首席小提琴手。他的儿子让－克洛德·图什（1926—1944）为法国音乐家、作曲家，比他更有名气。1944 年被德军射杀。

农一句话就足够了！在哪里演奏“首席小提琴”？我不明白！……我愿意帮忙吗？……当然愿意啦！……当然愿意啦！……肯定是西森的遭遇太难以忍受，挨棍子打，遭人凌辱，但现在有个非常好的报复机会！……首席提琴手！……他的一生中，不管是在图什的乐团，还是在别处，他几乎都已经被晋级为“首席提琴手”了……但由于这个原因，那个原因……都没成功……不是自吹自擂，他真的已经拥有了各种头衔！……“大夫，这事现在在这里，在锡格马林根应该得到落实，您觉得呢？……”他把餐馆里的某个人指给我看……

“您看见朗古韦先生了吗？”

我看见了……他在里面……

“他完全赞同！”

朗古韦先生坐在一张独脚小圆桌旁……在“套餐”餐馆……朗古韦先生，锡格马林根乐团的团长……

“朗古韦先生早就注意到我一直担任‘第二提琴手’……‘应该让您担任首席提琴手的！’……这是他的意见！……大夫，这话我只跟您说了……搞阴谋诡计我不擅长！……您知道的！阴谋诡计！投机钻营！不！不！……可现在，在这种时局下，需要征得城堡的许可，您可以帮忙……对吗？……有这可能吗，大夫？……还是不行？不行的话，我就不再提了！……您对我们一直是那么关切，那么友好，总是鼓励我们！您一定觉得我很冒昧……我真的是豁出去了……”

朗古韦先生，乐团团长，我看见他坐在他的独脚小圆桌边，在餐馆里面，一副很风雅的样子！比德罗尼还要拙劣！……他过分讲究，矫揉造作，说起话来像一把小提琴……带着抚慰人的声波！就像德彪西的《云》[①]……

---

① 《云》是德彪西管弦乐曲《夜曲》的第一部。

我当然想帮一帮这两位，德罗尼和他的妻子，但把他们引荐给布里农，怎么引荐呢？

“他们马上就要举办庆典……”

“在哪里举办，德罗尼先生？”

“我已经听说了，在城堡！……朗古韦先生已经在排练合唱团！……为收复阿登举行庆典！”

“噢！……噢！”

“是真的！……是真的！……所有的大使都到场！……一场规模很大的庆典！……”

“啊！……啊！”

“朗古韦先生……”

他仿佛沉浸在梦中……他陷入沉思……他看见了……但他妻子看不见……

“埃克托！……真的吗？”

她插了一句……她听得不是很明白……我看着他，直视着他……毫无疑问，他的眼神有些呆滞……他们猛击他这个“伐木工先锋”的头部是不是让他受刺激了？是不是让他的大脑受到了一些损害？……有这个可能！……我纳闷……我问他的妻子……

“啊！那帮人下手可狠了！……而且把我们骂成那样，不堪入耳啊，大夫！”

对她而言，侮辱她、说她是“懒鬼”让她不能释怀……让她止不住啜泣……可他呢？我一直纳闷……

“打他的脑袋时，下手狠吗？”

“哦！下手可狠了！”

说完她又开始啜泣……他呢，他关心的是庆典！……完全为他量身定做的庆典！……“首席小提琴手”……“收复阿登庆典”……

“首席小提琴手，不是吗，大夫？已经说定了，对吗？我希望布里农先生……”

“哦！德罗尼先生，嗯，当然说定了！……把您定为首席小提琴手！……”

我跟他妻子示意说已经说定了！……让她不要再哭诉……他的样子肯定很滑稽，像个衣衫褴褛的流浪汉，目光呆滞，但是无论如何还是有一点风度……穿着拼接得很合适、用绳子绑住的破布片……唯一不搭的是他那已经褪色的小胡子，从努比亚人的山羊胡变成了苍白的亚麻……还有他那头扯烂了的假发，他们打的可不只是他的头皮部位，他们是劈头盖脑地乱打一气……

“啊！一个非常严谨的室内乐团！……不是吗，大夫？……都会演奏什么样的伟大作品呢？您会听到莫扎特、德彪西、福雷[①]！……啊！我最熟悉福雷了！我们虽然不是第一个演奏他曲子的人……但也几乎是吧！……几乎是！……不是吗，亲爱的？”

“啊，是的！……啊，是的！”

“弗洛朗·施密特[②]也是！……我们不是吹牛，我们在斯特拉斯堡大道演奏过这位年轻的作曲家的所有作品！……您知道阿斯吗，大夫？我们的钢琴师……他也得过一等奖！”

“当然知道，德罗尼先生！”

“图什先生，人可好了！您知道的，大夫！……他想让我担任首席提琴手！……那是在一九〇〇年！……那时候就已经！……已经！……我谢绝了，您完全可以想象！……我谢绝了他的好意！……我那时太年轻！……图什先生的提议我谢绝了，朗古韦先生的提议我答应！我下定决心了！……我不想再等了！……现在机会不是找

① 加布里埃尔·福雷（1845—1924），法国作曲家。

② 弗洛朗·施密特（1870—1958），法国作曲家。

上门来了吗？……正好！并不是我一直都不想……当然不是，我承认！……但是要我削尖脑袋去钻营？我？永远也不会那么做！工于心计？我当然不会！相信我！……说到成熟，大夫，我那时还不成熟，但是现在，我成熟了！您到时候听我的演奏就知道了！啊！大夫，塞利纳夫人也要参加表演！她肯定要跳舞！她愿意吗？……恕我冒昧！……一段古典舞……慢三步舞……再加上两段其他舞……富有浪漫色彩的那种！……我们会陪着她的！……您让她去吗？”

他妻子看着我，想知道我是怎么想的……我示意她：别说话！……是他的脑袋！……他的脑袋出问题了！……总之，我发现他目光呆滞，但他的言谈并不像疯子……也许只是有些吃惊……城堡庆典……

反正有件事很明确，我很清楚，要是他上楼去罗米茨那里，跟他讲什么阿登和庆典音乐会，那肯定会被阿依夏撵走……他又会跟其他人待在一起了……躲不掉的！……但他人不坏……既然我也要去那里，最好把他们俩也带上，在城堡里给他们找份差事……让布里农把他们收下……反正我可以试一下……也许米特尔夫人可以帮上忙？……也许城堡里需要一些音乐家？……因为，在“雄狮”那边，毫无疑问，他们的归宿肯定是36号房……明摆着的！……只需上楼下楼的工夫！……

米特尔夫人更善解人意……比布里农好多了……

收复阿登……龙德斯泰特[①]胜利庆典……这些玩意儿他是从哪里听来的呀？……也许是那个乐团团长朗古韦告诉他的？……朗古韦有些疯疯癫癫的，但还不至于……抑或是在西森听到的？……从另外那些“伐木工先锋”的嘴里？他们不只是敲了他的脑瓜，他们还往里面

① 纳粹德国的陆军元帅。

灌输了“庆典”……说他们正在夺取最后的胜利……

我示意他妻子过来，跟着我……我也示意莉莉……我对莉莉说：

“莉莉，你要去排练！……”

反正嘛，和那些有点疯疯癫癫的人在一起，千万不要顶撞他们，什么事都不要顶撞！……然后做什么都好像是“不言而喻”的一样……永远也不要顶撞！……对那些畜生也一样！……永远也不要觉得奇怪！……永远都要“不言而喻”！……自然而然！……天经地义！……用手术刀划切口，打针，手术刀……也是一回事！……“不言而喻”！……啊！但要极度的小心！……这里或那里差之毫厘……你就会像见到鬼一样！他们会如同挣脱铁链的猎狗群！……他们会情绪失控，热血沸腾，把你的东西席卷一空！你刚刚动过手术的那个病人哇哇大叫地逃走，肚子还是大开着，拖拽着他的肠子……把所有的东西席卷一空：手术刀，口罩，球形烧瓶，敷料！……内脏迎风飘扬！……全都怪罪到你头上！……在你的感情生活中也一样：那个如痴如狂爱着你的小美人突然间就发起飙来恨不得杀死你，这种事你见得不少吧！她们骂你是“色鬼，强奸犯，恶魔！”骂得你老半天都回不过神来！那个温顺听话的女孩也变得专横跋扈了！……你的手指在她身上哪个地方碰得重了一点……那有你好瞧的！……

假设你是国王……你的子民思想正统，只顾着吃吃喝喝，不给你惹是生非……突然，四面八方都响起噼里啪啦声把你吓了一大跳……冲击你的巴士底狱……彻底推翻你的政权！新桥[①]和大军！就因为你多说了一个亲昵的字眼，破坏了“不言而喻”的巨大魅力！……

我在那里生活，我可以毫不夸口地说，我一直严阵以待，高度戒备，不干蠢事！我非常自然地领着德罗尼、他妻子和莉莉……我们

① 法国塞纳河上最古老的桥，建于16世纪末17世纪初。

在那名德国警察的鼻子底下，从“雄狮”走出来……“奉罗米茨的命令！”嘘！……他敬礼！……行了！……直接去城堡！我们坐电梯上去……先去米特尔夫人那里！……说到底她才是举足轻重的人物……是她！……我把情况说明了一下……那两位待在门口，等着我……米特尔一下子就什么都明白了……“您知道，大夫，大使这个时候！……”

回答总是“大使这个时候”，不是这个原因就是那个原因！这次我真的很不巧，他那个婚前姓乌尔曼的妻子刚从康斯坦茨给他打来电话，他必须这样，必须那样……啊！乌尔曼夫人影响太大了！所谓的她和她丈夫政见不一……纯粹是装腔作势，对他们俩知根知底的佩勒普瓦①说，他们为画廊吵架，但他们俩都属于“高级阴谋集团”……很有可能！……但有一件事确凿无疑，最后，他被枪决，而她没有……

我已经说过，布里农对我的态度总是很正规……并不热情，不！……但很正规……他本来可以对我毫不留情的，因为我没有“斗志昂扬的精神状态”，因为我不为《法兰西》撰稿，因为我并不认为德国鬼子会打赢……因为我说话太随便……因为我不玩游戏！……他呢，他在玩什么游戏？我从来都不知道！……尽管如此，他从来都没问过我任何问题……他本来可以问的！……我是个医生，就那样吧！……啊！为了做好医生，我一直在尽心尽力！……我熟悉霍亨索伦这座城市的每一条小街，每一个胡同，每一间阁楼！把我的温馨话语送到这里，送到那里……在政治方面，布里农对我不怎么过问……这很少见！……通常而言，那些耍两面派的“身居高位者”在没见到你像个木偶一样兴奋地手舞足蹈之前是不会善罢甘休的……偶尔有那

---

① 路易·达吉埃·德·佩勒普瓦（1897—1980），法国记者、政客、反犹分子，二战时与纳粹德国合作，1942年被赖伐尔任命为维希政权犹太问题总署署长。法国解放后，他被判处死刑，逃往西班牙后受弗朗哥保护，一直没受到法律追究。

么几次，我们就柏林、总理府来的那些信交换一些看法……当信里谈到医疗方面的事情……谈到我在这里那里发表过的某些言论……

“布里农先生，您怎么想？”

“我没有什么想法！……我把柏林来的信读给您听……读完了就完了……”

就像博纳尔说的，布里农是个穴居动物！……阴险可怕的家伙！……您从他的嘴里套不出任何话来……尽管如此，在维希政权垮台六个月前，我依旧去他那里跟他说硫黄膏……还有汞……“啊！大夫，算了吧！半年后一切都会结束！”……我没问他讲的是哪一方面……他对我从来都是守口如瓶……

此刻，我带着衣衫褴褛的德罗尼来找他，竟然有这么巧的事！……

“您希望大使为您做点什么，大夫？”

“让他们可以待在城堡里，因为要是他们回‘雄狮’的话，您知道冯·罗米茨那个人……”

她当然知道那个人……还有他的那些雕虫小技……我没有说出口，她也不说……她非常清楚……

我单刀直入……嘘！……我豁出去了！

“我把他们带到楼上的音乐厅！……他们会很安分的！……我为他们担保！……他们在那里排练……我把他们安顿好……他们不会到处乱跑的！……他们在上面睡觉……莉莉给他们送饭菜……莉莉也在上面跳舞……我会跟那些仆人说，我会通知布里都，我会通知所有的人，告诉他们是为了举办大型音乐会！……可以吗？……”

米特尔夫人没听明白……

“什么大型音乐会？”

“哦！他！他的主意！……为‘收复阿登’举办的晚宴！”

米特尔夫人一头雾水……她看着我……我是不是也有点不正常了？

“没有，米特尔夫人，没有！那只是借口！……我的脑子没糊涂，但是他呀，他相信要举办盛典！他深信不疑！……那天晚上，他会担任‘首席提琴手’！那是他的梦想！……朗古韦先生答应过他！……您明白了吗？”

她开始有点明白了……

“米特尔夫人，您听我说……要是我把他们带回‘雄狮’……”

啊！这个她马上就明白了……

“您知道西森的人是怎么对待他们的吗？往死里打！……他的脑子已经不是很清楚了，必然的……受了那么大的刺激！……那么大一把年纪！……您可以看看他的脑袋！……”

“啊！大夫！大夫，我相信您！……好吧，我会跟布里农先生说，他有支乐队要排练……为了一个慈善晚会……”

“太好了！确实！……谢谢您，米特尔夫人！……那上面没什么人去……没人去，除了布里都……还有那些仆人……上面很冷……要是有人问起，我就跟他们说‘收复阿登’……盛典！……再见，米特尔夫人！”

然后，我把德罗尼、他妻子和莉莉，把这支队伍带到七楼……德罗尼和他妻子一直在身上挠着，挠得比我们更厉害……他们在那边的时候身上的疥疮加重了……我见过很多种疥疮，但从劳动营和荆棘丛过来的人带来的是什么样的疥虫啊！……肌肉真的好像被犁过一样……“挖土型”疥疮！……他们身上除了水疱，淤血，还有不计其数的疥疮犁沟，弯来弯去，划出一个个格子。

“大夫，您没有硫黄膏吗？”

“哦！很快就会有的，夫人！”

我让她放心！……我不想让他们停下来挠痒，停下来胡思乱想……想让他们赶紧上楼，赶紧到那里！……好啦！……我们到啦！

那间非常宽敞的音乐厅……他们叫它“尼普顿[1]音乐厅”……

“啊！真是太漂亮了！……啊！太富丽堂皇了！”

他们惊叫起来……他兴奋不已……

“我猜，音响效果也非常好，对吗？”

“对的，无与伦比，德罗尼先生！”

确实，霍亨索伦的那些王爷们真的一点都不吝啬……一个足足有两百米长的大厅，全都用锦缎装饰成玫瑰红和粉色的波浪形……最尽头的舞台上竖着一尊尼普顿的斑岩雕像……挥舞着三齿叉！……惊心动魄！……站在一个巨大的大理石和花岗岩贝壳上！……

啊！这事成了！……突然，我有了个主意！

“德罗尼，您瞧……德·布里农先生答应您的要求了！……您再也不需要出去了！……您就在那个贝壳那里睡觉！……那里，你们俩！……您明白了吗？……再也不要出去了！……否则他们会把你们俩带回西森的！……他们把你们俩抓回西森！……我会给你们拿些铺盖来……谁也不会见到你们！……你们在这里要比在菲德里斯好多了！……”

他们对我的话坚信不疑……

“那当然啦，大夫！当然啦！”

“您会给我们带点硫黄膏吧？”

“啊，是的！夫人！……明天一早！”

我跟你们讲的这个故事确有其事。

就在这时，布里都从这里经过！……布里都将军，穿着军靴，配着马刺……步伐矫健……他从大厅的一头走到另一头，这是吃晚饭的时间，部长们会餐……一二一！一二一！每天都这样，正午十二点

① 罗马神话中的海神。

整！每天中午十二点整，他都是同样的话……“出去！出去！”他没看见莉莉在这间大厅里跳舞，大厅的门关得很严实！……他不粗暴但很专横！……好家伙，外面有好几个露天平台！多漂亮的平台啊！……一望无际的视野，整个河谷的空气！……战争部长和骑兵准将！……“出去！……出去！”

他呀，他是从柏林逃出来的！……在俄国人的眼皮底下“出去！出去！”……后来他又从圣宠谷法国抗德武装的眼皮子底下逃走……“出去！……出去！”……后来死在了马德里……“出去！出去！”他的一辈子都在“出去！出去！”

无论如何，我还是做成了一件事，我为德罗尼夫妇找了个栖身之地……他们在尼普顿的那个贝壳里大概住了一个月……吃的是莉莉给他们送去的便当……睡的是我们从“雄狮”拿过去的铺盖……布里都和他们相处很融洽……为了让他高兴，他们去到外面的平台上……后来发生了一些事……很多事……下回我再跟你们分解……

我让莉莉着手工作，跟德罗尼夫妇一起排练她的舞蹈，她为庆典准备的节目……再也不是在开玩笑了……完完全全的“不言而喻”！……慢三步舞，快三步舞，里戈东舞！……这件事突然就变得严肃起来……不要把那个瓶子打开……否则会把魔鬼从里面放出来！是庆祝“收复阿登”吗？……那当然啦！所有的使节都会到场！……当然会！……庆祝龙德斯泰特取得的胜利吗？哎呀！胜利，何止是胜利呀！

关于大使馆，只有一个……日本大使馆……另外还有一个领事馆，意大利领事馆……也许维希的那个大使也可以算进去？……那个从德累斯顿死里逃生的人？……还包括德国大使霍夫曼吗？……奥托·阿贝茨被委派到布里农那里……什么也不是了……弄了个闲职……尽管如此，只有闲职的阿贝茨依然一下子在这里露脸，一下子在那里露脸，出席那些小型的“家庭舞会”！……啊，是那种无足轻重、健康无害的舞会……帝国总理府早就为锡格马林根的法国人找到了某种存在的方式，既不绝对虚幻，也不绝对真实，不能保证未来，但很看重过去……虚幻的地位，半隔绝半轻歌剧，为了确立这种地位，西科斯特先生，我们在柏林的那位爱辩论的外交部大领导，尽可能地从以前的废除赦令、伯爵爵位、胡格诺派[1]、西班牙王位继承争夺战争的史料中找到全部的论据……最后我们以特别不确定的“法国飞地难民”的身份被承认，条件嘛……条件是……反正是在“法国飞地”上！铁证如山：我们的邮票（印有贝当头像），贝当的保安队，穿着军服，还有我们高高飘扬的旗帜！还有我们的起床号！……但我们的“特别飞地”本身就飞嵌在普鲁士和巴登的领土之间……注意！这片领土本身就是南符腾堡的一个明确的飞地！只举一个例子你们就清楚了……德国成为一个统一的整体始于希特勒，而且还不是完全统一！证据就是，你乘坐那种从德国开往瑞士的火车要穿越十次边境，同一条边境，在不到一刻钟的时间里……荒原，河湾，小村庄，河床……嘘！……我又开始没完没了！……

然而，这场庆典，我们能够邀请到的大使馆寥寥无几……就日本一家大使馆吗？……当然，我们也可以邀请阿贝茨！……他是谁的大使？……驻哪里的大使？……阿贝茨，他坐着一辆烧木柴的汽车出行……你走到哪里都能看见他！……三百米，抛锚！……再走三百米，再抛锚！……他那个肥大的脑袋完全瘪了下去，有些失常，里面充满了激昂的想法，但全都是错的……全巴黎的人都知道阿贝茨，我对他的了解确实非常少……我们没有好感……肯定是我们之间没什么话好说……无论在什么时候见到他，他很少不是被一群“支持者”围住……朝臣，每一个宫廷里的朝臣－支持者！……同一批人或者他们的兄弟！……你可以去孟戴斯那里……丘吉尔，纳赛尔或者赫鲁晓夫……同一批人或者他们的兄弟！凡尔赛，克里姆林宫，巴黎冬赛馆[2]，拍卖行……在赖伐尔那里！戴高乐那里！……你们可想而知！……幕后操纵者，流氓，不法分子，科学院院士或者第三

---

① 16—18世纪法国天主教徒对加尔文派教徒的称呼。

② 1942年7月16—17日巴黎1.3万名犹太人被拘捕并被关进冬赛馆。

等级平民，多性恋，严守教规者或者皮条客，吃面包头或者圣饼的人，你会发现他们永远都是预言家，都会借尸还魂，从一个世纪到另一个世纪！……政权的连续性！[①]……你要找一点小毒药？……某个文献？……这个大蜡烛台……或者那个贵妇小客厅？那个胖嘟嘟的年轻侍者！……他是你的了！一眨眼工夫，就是你的了！……一切的一切！……在从克利希（达戈贝尔的宫廷）回去的时候，里昂主教阿戈巴（六三二年）已经在抱怨，说那个宫廷是个污水坑！充斥着窃贼和娼妓！……让里昂的那个阿戈巴到三〇六〇年的时候再回来吧！……依旧是一帮窃贼和娼妓！他看到的会是一模一样的人！当然是！……幕后操纵者兼侍者和宫廷娼妓！

我让你们离锡格马林根越来越远了……我的脑子已经是一幅错综复杂的拼图！……我之前跟你们讲到了锡格马林根的街道……街道上的德国警察……但不只是德国警察……还有各个兵种、各种军衔的军人……从火车站赶出来的……解散了的兵团的重伤士兵……施瓦本军分区、马扎尔军分区、萨克森军分区的小分队和在俄罗斯被剁碎了的部队……还有不知从哪里冒出来的那么多干部……巴尔干部队的军官在寻找他们的将军……惊慌失措……就像你们现在在“埃斯考－巴约讷短裤拉力赛”期间见到的景象……惊慌失措的陆军上校！……没有灯笼的苏比斯[②]……你会看见他们站在橱窗前面，好像在找里面的什么人……装模作样……阿贝茨，坐在他那辆每三百米就要抛锚一次的烧木柴的汽车上，不可能注意不到阿道夫的军队情况已经非常糟糕……我呀，阿贝茨从来不跟我说话……我看着他经过，他不看我……他要是车抛锚了，就看别的地方……好吧！……但是，一天上

① 指政权交替不影响国家对内、对外的权力、义务、继续实施的原则等。

② 夏尔·德·罗昂，苏比斯亲王（1715—1787），法国元帅，1757年在罗斯巴赫被普鲁士军击败，后有漫画画他晚上提着灯笼四处游荡寻找士兵的情景。

午，他还是把我拦住了……

“大夫，劳驾！……明晚您能来一下城堡吗？……来吃晚饭可以吗？跟霍夫曼[①]一起，不必客气！……就我们几个！……”

“当然可以，阿贝茨先生！”

我没有必要推辞……在说好的时间，晚上八点钟，我到了城堡……阿贝茨的饭厅……但他们不在那里！……一名膳食总管把我带到另外的地方，另外一个侧翼，城堡的另一头！……穿过一道又一道走廊……“永远也不要待在指定的地点！……”另外一个小饭厅！……提防餐桌下有炸弹！尤其是发生了暗杀希特勒的事件！……小心为妙！好了！……好了！……另外一个小饭厅……挺别致的……到处都是小瓷器……德累斯顿……小塑像，花瓶……但菜单嘛，却一点也不别致！……我明白了！专门为了招待我！……“斯巴达式特色菜”！无可指责！……他们都知道我的三寸不烂之舌，知道我的丑恶灵魂！他们不会碰那些菜的，他们指的是霍夫曼和阿贝茨，他们会等到我离开！他们知道平民之间在怎么传话，说那些部长、大使和将军们躲在厚厚的墙壁后面大吃大喝，花天酒地！早晨！中午！晚上！羊后腿！火腿！鲟鱼子酱！肉卷！……还有整窖整窖的香槟酒！……我明白，他们要向我展示无懈可击的斯巴达式菜单！……我甚至都没有必要开口说话！……阿贝茨已经准备好了滔滔不绝的独白……他全部的“抵抗”故事……他如何从里尔街的大使馆官邸旗杆上取走那面万字旗……啊！给他们那么晦气的一条街，里尔街！……我想着，我听他讲，我什么也不说……里尔街，跟勒内[②]住的是同一条街！……种族主义分子勒内！勒内也在里尔街那里待过！……他们都被驱赶，被撵走，被踢出去！……勒内这个人，我还是有些了解的……他撕毁了

① 霍夫曼先后在巴黎和锡格马林根担任德国驻法大使馆参赞。

② 代指法国当时负责塞利纳案件的司法部长。

八份对我“不予起诉”的决定……

在那间小客厅里，我就座后，一直看着阿贝茨，他玩着他的那块餐巾……一个胖乎乎的男子，胡子刮得很干净……我走了之后他会再吃其他山珍海味的！……啊！肯定不是此刻给我们端上来的这种残羹冷炙：没有黄油的小红萝卜，没有牛奶的麦片粥！……他高谈阔论，想让我听他说然后我再出去说给别人听……他请我来就为了这个！……仆人给我们上了一片一分钱那么大的香肠，每人一分钱……这个时候，我的上帝啊，我们是不是该玩得开心一点啊！……我主意已定！

“阿贝茨先生，当勒克莱尔克的部队抵达这里，抵达锡格马林根，抵达城堡这里时，您准备怎么应付？”

我的问题没让他们惊慌失措……不管是霍夫曼还是他，他们早就想到过……

“可我们在黑森林有许多绝对忠诚的人，塞利纳先生！……我们的棕色游击队①！……你们的抗德武装在里尔街没把我抓到……在这里给他们十次机会，他们也抓不到我的！……只是会经历一段糟糕的时期，仅此而已！可您会跟我们一起走，塞利纳！”

“啊，那当然，阿贝茨先生！”

既然是外交晚宴，我必须向他表明我自己的看法！这看法已经沤在我的肚子里，比那些小红萝卜还要糟糕！

“再怎么说，阿贝茨先生，再怎么说……还是有点区别！……您在装糊涂！……阿贝茨，您在这里，即使一败涂地，缴械投降，领土被一百个战胜国全部占领，即使是这样，上帝、魔鬼和使徒都可以给您作证，您仍旧是个有良心、忠诚的德国人，有荣誉，有祖国！是

① 纳粹分子穿着棕色衬衫，所以也用棕色来特指纳粹。

完全合法的战败者！而我这个言行激烈者，我永远都是那个该死的卑鄙的异端，活该被绞死！……是我的兄弟们和抗德武装战士的耻辱！……看到第一棵树立马吊上去！……您承认您我之间的区别吗，阿贝茨先生？”

“啊！您言过其实，塞利纳！您总是言过其实！什么都言过其实……总是这样！胜利吗？……我们已经胜券在握！……塞利纳！秘密部队……您听说过吗？……没有？……那好，塞利纳，我顺着您的思路，我也跟您一样夸大事实……失败主义者！我承认我们被打败了，既然您一定要坚持这么认为……国家社会主义中的一些精髓将会永存！我们的思想将会重新焕发出力量……全部的力量！……我们播撒过火种，塞利纳，播撒过！我们挥洒过热血！……思想！……仁爱！……”

他沉醉在自己说的这番豪言之中……

“绝不是那么回事，阿贝茨！绝对不是！……您会明白的！……书写历史的是那些胜利者！……你们的历史将会变得臭名昭著！”

仆人又给我添了一点小红萝卜……还有另外一片硬币那么大的香肠……

“可是……可是，塞利纳先生……您听我说……我了解法国……您知道这一点，所有的人都知道！……我在法国是教画画的……不只是在巴黎……在北部……在东部……在普罗旺斯！……我画过成千上万幅肖像……男人！……女人！……法国男人！……法国女人！塞利纳，您听我说，我在那些法国人的脸上……在那些普通民众和贵族的脸上……看到……很清楚地看到那种非常善良、非常美丽、充满真诚友谊的表情！……非常深厚的情谊！这不只是对我个人的情谊……也是对德国！……一种非常真挚实在的情感！……塞利纳！……对欧洲的感情！这是您必须明白的！……塞利纳！……”

他给我的感觉是，生活太舒适了很容易让人胡说八道……我看见他们俩都很兴奋……霍夫曼坐在对面，也一样……没有酒喝！餐桌上只有水……还有话语！……滔滔不绝的话语！……我真的无言以对……现在开始上“套餐”了……他们也吃“套餐”……但他们吃的是那种“特供”的“套餐”，里面的胡萝卜是真材实料，芜菁是真材实料，我觉得那黄油也是真材实料……

“好吧，大使先生！”

阿贝茨不是那种野蛮人……不是！……一点也不用像害怕罗米茨那样怕他……他可没有被打过屁股！……暂时还没有！……可是毕竟……毕竟……最好还是不要再固执己见……我没有再说任何话……这有利于维护法国人民的感情！“算了吧，伙计！”……于是，我完全同意了他的看法……

“啊！您说的在理，阿贝茨！”

好了！我把话语权重新交回给了他！我是在劫难逃了！……新欧洲！还有他心心念念的计划，他的伟大作品：我们一打回巴黎，就在拉戴芳斯大街最高处竖一尊巨型雕像，查理曼大帝的铜像！……

“您明白吗，塞利纳？……亚琛－拉戴芳斯轴心！”

“您真想得出，阿贝茨先生！我就是在桥头上坡街出生的！”

“那您肯定明白！”

我仿佛看见查理曼和他手下的骑士……化身成罗兰[①]的戈培尔……

“啊！您说得非常在理！”

“不是吗？……不是吗？两千年历史！……”

“绝对宏伟的计划！”

霍夫曼也同意！他也觉得阿贝茨的这个想法极其振奋人心！全欧洲都在翘首期盼的无比伟大的象征性标志！查理曼大帝，他所有的骑

① 在查理曼大帝征战的历程中，有十二个侍卫立下了汗马功劳，被誉为十二圣骑士，其中排在第一位的便是最伟大的骑士罗兰。

士簇拥在周围，拉戴芳斯广场！

我看着阿贝茨激情洋溢地向我们描述那座巨大的群雕的模样……他红光满面……不是因为酒精！……餐桌上只有矿泉水，我说过……纯粹因为激情！……为了描述得更加栩栩如生，他站起身来，为我们模仿查理曼大帝傲然挺立的样子，还有他手下的那些骑士！……他的骑士：龙德斯泰特……罗兰……达尔南……我寻思着：可以了！……他就要折腾累了……我可以悄悄地开溜！……得啦！……就在这时，一名仆人跟他小声嘀咕着什么……怎么回事？……有人来了！……德・夏多布里昂先生大驾光临！……阿尔封斯[①]！……他有事要跟大使阁下通报！

“让他进来！……让他进来！……”

阿尔封斯・德・夏多布里昂！……仆人把他领了进来……他走过来了！他的腿有些跛！……他走进来……我们上一次在巴登－巴登见面时，他跛得还没这么厉害，我觉得……那是在布伦纳酒店……他带在身边的是同一条狗，一条特别漂亮的真正的西班牙种长毛垂耳猎犬……他穿的还是同一套衣服……穿成了他小说中的人物……从他的小说《路丁先生》被拍成电影时起……他就再也不换那套衣服了……那个人物……宽大的棕色斗篷，打猎时穿的皮靴……噢！可是！噢不！……那顶蒂罗尔毡帽是新的！……上面还插着一根小羽毛！他一只手牵着那条西班牙种猎犬，另一只手，拎着一把冰镐！……阿尔封斯，他这一身行头是要去哪里呀？……他随即就跟我们道出了原委……我忘记跟你们说他的大胡子了！……从巴登－巴登时起，他就

---

① 阿尔封斯・德・夏多布里昂（1877—1951），法国作家，1911 年出版的小说《路丁先生》获龚古尔奖，1935 年到访德国，成为国家社会主义的狂热信徒，法国志愿军团的核心成员，1945 年在奥地利的蒂罗尔避难一直到死。

蓄起了这部大胡子！……那可是德洛伊教[①]祭司的大胡子！……这胡子现在变得浓密、蓬乱、灰白，成了凡夫俗子的胡子了……而且到处侵略！……你都看不见他的脸了……只剩下两只眼睛……

“我亲爱的阿贝茨！我亲爱的塞利纳！”

声音还是像在巴登－巴登一样……非常热情！……那种迫不及待的热乎劲！

“请原谅我这个不速之客！……我千方百计想提前通知您，我亲爱的阿贝茨！唉！”

“哪里的话，夏多布里昂！您别客气，就像在自己家里一样！”

“您真是太好了，亲爱的阿贝茨！我们一直把您这里当成自己的家！”

说到这里，他长长地叹了一口气！

“嗯，我不知当不当说……我们的别墅被人侵占了！”

“啊？……啊？”

“是的！我不得不逃了出来！……他们现在就在我家里！”

“他们，是谁？”

我问他……说着玩的吧！……

“勒克莱尔克的部队……塞利纳，瞧您！啊！但千万不要沮丧，亲爱的塞利纳！我看见他们了！……我看见那些黑人了！……也好！……那些黑人在发起挑衅吗？全面战争？也好，不是吗，阿贝茨？”

“啊！那当然！那当然！阿尔封斯！”

阿尔封斯只停顿了一下，等着大家鼓掌！然后又开始了！

“您想想清楚！想想清楚，塞利纳！就像我说过的：胜利属于经过高度锤炼过的灵魂！钢铁般的信念！……我们拥有这种灵性，不是

---

① 古代克尔特人和高卢人信奉的一种宗教。

吗，阿贝茨？”

“啊！那当然，夏多布里昂！”

阿贝茨不准备反驳他。

“灵魂！……灵魂，我们的灵魂，炸弹……我有了！我会有的！”

嘘！我想知道他说的到底是怎么一回事！……

“什么炸弹，阿尔封斯？”

“仔细听我说，我亲爱的塞利纳！我和我的几个突击队伙计，我们选好了我们的地点！……啊！我经历过更严酷的考验！”

他陷入沉思……发出三声巨大的长叹！……然后他接着说：

“一个地点，一个绝对进不去的山谷，非常狭窄，很像一座竞技场，夹在三座山峰之间……在蒂罗尔的纵深处！……那个地方啊！塞利纳，那个地方啊！……我们可以与世隔绝！……您听懂我的意思了吗？……我们聚精会神！……我们完善我们的炸弹！”

霍夫曼也听得一头雾水……

“您的那颗炸弹，用什么做的？”

“噢！亲爱的霍夫曼！……不是一颗钢铁炸弹！也没有炸药！……绝对没有！……一颗浓缩弹！用信念做的！霍夫曼！”

“然后呢？”

“一个启示！……一枚可怕的精神炸弹！……对不对，阿贝茨？……不然的话基督教怎么能赢得胜利？一枚可怕的精神炸弹！……对不对，塞利纳？……对吗？……”

“啊！那当然！那当然！”

我们都认同他的见解……

就因为这个，他手里拎着那把冰镐，戴着那顶小帽子，还成立了蒂罗尔突击队。

那还用说吗！

对阿贝茨而言，胜利，无论是使用炸弹还是不使用炸弹，都是一件“不言而喻”的事！……只要他的那座纪念雕像能够竖立起来！他那座巨大的查理曼大帝雕像！他要搞什么亚琛－库尔布瓦轴心！那是他的顽念！

“您听明白了，对吗，夏多布里昂？您非常明白我想说的意思，对吗？”

“啊！非常明白！”

“您不想把它安放在别的地方吗？”

“啊，当然不想，亲爱的阿贝茨！您的想法非常好！”

“那么，既然是这样，我可以相信您了！帮我写一首颂歌！您将是我们的荣誉行吟诗人！您负责写一首欧洲颂歌！”

我发现他们之间非常默契……什么都能达成共识！……在拉德芳斯广场庆祝胜利，欧洲所有的代表团都簇拥在那座巨大塑像周围，塑像要比纽约的自由女神宽、大、高十倍！非常了不得！还有荣誉行吟诗人和他的大胡子！

也就是在这个时候，不知怎的，他们开始不再默契了……夏多布里昂陷入沉思……阿贝茨也是……霍夫曼也是……我什么也不说……夏多布里昂率先打破沉默……他有了个主意！……

“我亲爱的阿贝茨，您不觉得，这么大的一件事，应该邀请柏林歌剧院、巴黎歌剧院，这两家歌剧院的乐队吗？”

“当然！当然！我亲爱的夏多布里昂！”

“《瓦尔基丽的骑行》[①]！只要这首曲子！啊！只要这首曲子！就这首！”

我们也都一致赞同！完全同意！骑行！

---

① 另译《女武神的骑行》，瓦格纳的歌剧《女武神》第三幕前奏曲。瓦尔基丽为北欧神话中的战争女神。

可就在这时，他竟然用口哨为我们吹起了那首曲子！瓦尔基丽！……而且走调了！骑行！……他低声唱了起来，更加走调！……他把那把冰镐当小号吹，冰镐都碰到分枝吊灯了……仿佛他正在使劲地吹……疯狂地吹！……阿贝茨斗胆说了一句……

"夏多布里昂！夏多布里昂！拜托了！请允许我！……小号只在C调的时候才吹！……终曲！终曲！不是在G调！G调的时候吹长号！没有小号……不吹小号，夏多布里昂！"

"怎么？不吹小号？"

这时，我看见的是一个张皇失措的男子！……眨眼之间！冰镐从他的手里跌落下来……才一秒钟时间，他的脸彻底地变了！……就因为阿贝茨提出的那条意见！……他就好像惊呆了！……这太过分了！……之前还是那么热情洋溢……现在他看着阿贝茨……他看着餐桌……他抓起一个茶碟……砰！飞了出去！然后是另外一个！……然后再抓起一个碟子……再抓起一个餐盘！……这是集市上杂耍艺人的表演啊！碟子在头顶上飞舞！他真的是怒火冲天！所有的盘子碟子都要飞到餐厅另一边的餐具层架上砸烂！砸得稀巴烂，呼啦，啪嗒，盘子碟子满天飞！继续！这是打木偶游戏[1]啊！……阿尔封斯发怒了！就因为阿贝茨这个令人讨厌的庸人竟敢说他的"骑行"调子不准！这个傲慢无礼的大草包！啊，庆祝胜利！拉倒吧！……啪嗒！咣当！发射！他变成了烟斗似的怪面人！……他才不把他们放在眼里呢！……发起火来，他连自己是谁都不认得了！阿贝茨和霍夫曼都不知道把脑袋往哪里藏！往另一边偏！躲到桌子底下！桌布下面！呼啦！砰！餐具在他们周围爆炸！全套餐具都遭了殃！……他发起怒来真的让人认不出来了！他确实是怒发冲冠！他的头发和大胡子都愤怒地倒竖着！

---

① 在法国集市中设的一种游戏摊，玩者用球将木偶一一击倒。

谁叫他们批评他说他的小号是假的！……他们之间肯定已经发生过什么事，肯定的！……我之前听说他们因为黑森林那栋山区木屋的租金相互埋怨……阿贝茨不想支付租金了……更确切地说是他的妻子苏珊娜……小号、瓦尔基丽和查理曼大帝并不是他这次大发雷霆的真正原因……是因为别的事，更严肃的事……反正在某种程度上……我一直看着阿尔封斯，这个一直那么彬彬有礼、那么具有绅士风度的人，现在却把自己变成了瓦尔基丽！……所有的东西悉数完蛋！整个房间！所有的小古董！……就像精神病急剧发作！简直就是发疯！多亏了阿尔封斯的西班牙种猎犬米尔塔，他的米尔塔一下子害怕了，突然大叫了起来，声嘶力竭地大叫了起来……汪！汪！并且叫完就跑了！阿尔封斯叫它回来！……但它已经跑远了！……他跟着冲了出去……他奔下楼梯……“米尔塔！米尔塔！”阿贝茨、霍夫曼则跟在他后面叫！“夏多布里昂！夏多布里昂！”……我趁机开溜！我也冲下楼梯！我没坐电梯！……城堡前面漆黑一团……有警报！……总是有警报！那又怎么样？！……我看见阿尔封斯站在外面的人行道上，米尔塔没有跑远！它跑到外面多开心哪！它热烈地迎接它善良的主人……我看不见那个善良的主人，街上黑咕隆咚，伸手不见五指……但他跟我说话，他的声音哽咽着！……他的情绪依旧很激动，还在气头上！……盘子轰炸！……他打碎了多少盘子啊！……他向来儒雅、讲究客套，对人总是客客气气的，我陡然间见识了另外一个人，一个不折不扣的野蛮人！

“您没事吧，夏多布里昂？没事吧？”

“啊！亲爱的塞利纳！……我亲爱的塞利纳！”他重新变成了一个热情洋溢的人。

他抓起我的手，紧紧地握着……他需要友爱。

“没有关系，呀！没有关系的！”

"您这么以为吗，塞利纳？您真这么想？"

"没事！没事！闹着玩呗！"

"您真这么认为吗，塞利纳？"

"我敢保证！您就别再想那个事了！"

"可是毕竟，您估计有多少盘子被我砸了？"

他砸碎的可不只是盘子！所有的餐具和大汤碗！他下手可狠了！他在打砸时自己意识不到，那真的是乱砸一气！砰！乓！砸到对面的餐具搁架上的其他瓷器！最惨的是，那些瓷器是精品，是全套餐具，是古时的德累斯顿留传下来的东西！……他们是从嘉宝古董店那里弄来的，那里的四楼全都是德累斯顿古瓷器……贵重的细木镶嵌和精致的瓷器……全都是纯萨克森瓷……

"您知道吗，塞利纳，我要去'熊苑'睡觉，我不回城堡了！……他们在那里给我订了一个房间！就让他们留着自己住吧！我去'熊苑'睡！……我们天亮的时候要从那里出发！……我的全班人马都在'熊苑'，我的整个'突击队'……"

"啊！当然，夏多布里昂！"

他手下的人，全都是道德家，是那些会制造炸弹的人……反正，我是这么认为的……

"可是，塞利纳，您愿意吗？您能行行好，帮我个忙吗？……那个'熊苑'，我一个人去找的话，永远都找不到！……您可不可以陪我去一下？……"

我当然可以啦！……我可以闭着眼睛找到锡格马林根的任何角落……我从来没有迷过路……不管是在哪条小街上！

"从这边走，我亲爱的朋友！从这边走！"

啊！但是他还有一只包！那只装器材的双肩包！……他的装备！好沉啊！……他都带了些什么呀！……必须把它放在他的大斗篷外面

或者里面背起！我们都试了……他背不了……太重、太大了！……于是我们决定一人提一边，提着那根背带，但走得非常慢，我没法加快步伐……他也没办法！他还要拿那把冰镐，实际上冰镐已经成了他的拐杖……像这样可能会好一些……我跟你们说过，他跛得厉害……在“合作组织”当中有三个人都这么跛……可以说是一种“优雅的跛”……这三个人是莱斯丹[①]、贝尔纳·法耶[②]和他本人……都不是因为战争负伤，而是在“临时退役”期间……他们甚至有个雅号叫：瘸子兄弟！……你们看看人心是多么的恶毒！我们俩一人提着一根肩带，这就上路了……我们走得很慢……每走十步、二十步，我们都要停下来歇歇脚……他这包里装的什么鬼啊！……我们忍不住笑了起来！连他都笑了！……我们摇摇晃晃……什么装备啊？难道他要把这么个东西弄上蒂罗尔？嘀！停下！我们前面有人！……我看不见那个人……那人用什么灯光照了一下我们的眼睛！……是手电筒！他，他能看见我们！……肯定是个德国鬼子！……是个德国警察！……“你们去哪里？”我们不应该外出……他肯定认识我……我回答说：“去‘熊苑’！去‘熊苑’！他生病了！……生病了！……”

“那好！那好！去吧！”

可以了！……可是阿尔封斯却在抗议，因为没问他任何问题！……他冲到那个警察前面，大胡子出现在手电筒的光束中！……“权力不是万能的！”他劈头盖脸地朝那名警察吼了一句！“权力不是万能的！”我以为他会被那个警察抓起来！没有呢！……那名警察没有生气……他只是想让我们往前走……他知道自己在跟谁打交道……他甚至把我们手上的两根背带一把抓过去，那个沉得像什么似

① 雅克·德·莱斯丹（1880—1975），法国记者，附敌合作分子。

② 贝尔纳·法耶（1893—1978），法国历史学家，法兰西学院教授。二战期间在维希政府中担任国家图书馆馆长。

的双肩包对他而言轻得像根羽毛！……他跟我们一起去……他送我们过去！很好呀，夏多布里昂和我，我们跟在他后面！……我们很快就走到了“熊苑”……我们能听见多瑙河的声音……多瑙河的河水在桥拱上撞碎的声音！……啊，这条怒涛汹涌、水声浩荡的河流！……好啦！我们到啦！……就是这里！……警察敲门……敲了三下！……然后又敲了三下！有人出来开门了……好啦！“晚安！”我把夏多布里昂和他的狗一起留在门口……警察把那个背包放了下来……

“再见，亲爱的塞利纳！”

从那以后，我再也没见过这位和蔼可亲的阿尔封斯！……我让那个德国警察跟我一起回“雄狮”……让他帮我把门打开……弗鲁赫特那个狗东西可能会故意把我关在外面！……让警察跟在自己身边总没错……这是你在生活的迷宫中学到的一样本领……

我得去赖伐尔那里，但我却把你们带到了阿贝茨家里……赴那个小晚宴……抱歉啊！……又有一点离题了……我总是离题……是因为一大把年纪的关系吗？……抑或是记忆的满溢？……我不是很确定……我过些时候就会知道的……其他人会知道的！……一个人要把自己搞明白是非常困难的一件事！反正，前面我们在哪里停下的，我再从哪里开始……我们从音乐厅走出来……我得去赖伐尔那里……三天前我就应该去了！……火车站发生骚乱那天就该去了！……那一天确确实实多亏了他的到场，那场骚乱才没演变成一场大屠杀！……才死了一个人！……我应该过去向他道贺，不是那种轻描淡写的道贺！……要大张旗鼓！……跟政治人物在一起是不可以毫无顾忌的……说话要知道轻重……就像对女人一样！……政治人物一辈子都是少女……你得讨好他！……讨好他！……给他投赞成票！你不能跟一个未婚女子说："你人真好！"不能！你要像马里亚诺[①]一样说："天哪你系（是）世盖（界）上独一无二的女孩！"最起码她能容忍！……你的政治人物也是这样！……另外，我还有个目的：让他不要对德罗尼两口子撇嘴！……城堡里住的可不只是布里农一个人！我

① 路易·马里亚诺（1914—1970），原籍西班牙的法国高音歌唱家和影星，享有"轻歌剧王子"的美誉。

早就准备好了说辞……我马上就要上路了，总算！……从音乐厅到赖伐尔家，只有一层楼的距离！……就一层楼……我已经跟你们讲过了……我跟你们讲过他那层楼的样子……他的装潢，他的办公室，他的公寓，他的那层楼……全都是第一帝国时期的风格……至善至美的第一帝国！……没有一样东西比马尔梅松宫[①]逊色！……甚至可以说，马尔梅松宫里的陈设还没这么华丽！……我们都知道第一帝国的那些可怕的怪癖，“屁股部位”那种生猛的风格……实在是没法落座！……扶手椅，椅子，沙发！……俨然坚硬的“桃核”！给上校、元帅的座椅！……只给你听旨听完之后立马弹跳起来的时间！……从一个胜利飞向另一个胜利！压根儿享受不到“卡普亚的逸乐”[②]！可我，我是如此疲惫，失眠如此严重、如此需要补觉，以至于我屁股坐在桃核上也没觉得有什么不舒服……反而好好地休息了一餐！……当然，我去那里是为了跟他说些赞美的话，这是第一要务！……他曾经是多么显赫的一个人啊，奥弗涅[③]、马格里布[④]和阿尔福维尔[⑤]的赖伐尔！空前绝后！……法国有这么一个能缓和局势的调停人，让伦敦、纽约和莫斯科对我们眼红不已！……演完我的小角色之后，我就只需亲切地摇头或点头就可以了……无须再说话了！……赖伐尔家里非常惬意……啊！他自顾自地高谈阔论！……他对我没有任何要求……一心一意做他的听众，就可以了！……说话的事由他负责！……他可以过

---

① 位于巴黎郊区吕埃尔－马尔梅松镇，曾是法兰西第一帝国第一任皇后约瑟芬的寝宫。

② 卡普亚是意大利的一个古城，第二次布匿战争期间为迦太基名将汉尼拔与罗马军队必争之地，在扎马战役中战败的汉尼拔被指控“在卡普亚的逸乐中睡大觉”，此后“卡普亚的逸乐”成了一句谚语，意思是“使人意志消沉的逸乐，松懈斗志的安乐”。

③ 法国中部的一个大区。赖伐尔出生于该地区北部的沙泰勒东。

④ 非洲西北部一地区。后代指摩洛哥、阿尔及利亚和突尼斯三国。1935 年 1 月 7 日，作为外交部长的赖伐尔访问罗马，与墨索里尼签订协议，同意将突尼斯的一个地方和 22 公里的海岸线让给了意大利。

⑤ 巴黎南郊的一个市镇。1936 年赖伐尔当选该市的众议员兼市长。

过嘴瘾！……他在辩护……刚开始时为这个……为那个……然后是为自己的案子辩护！……他那桩有名的案子！……你只有点头称是的份了，他代表法国，太代表了，所以没时间听你啰嗦……不管是称赞的话，还是别的！而我此行的目的恰恰是想告诉他，多亏了他，那场大屠杀才得以戛然而止！……要不是他，那个地方将会血流成河！……而且这里面确实没有一点虚构的成分哟！……他才不把这点鸡毛蒜皮的小事放在眼里呢！他想要的，是我对他洗耳恭听！仅此而已！……做他的忠实听众、不对他妄加评论的话，他可以容忍我！……所以我把到了嘴边的恭维话都咽了回去……我坐了下来，把挎包、器械放在腿上，贝贝儿也在我的腿上，在它的皮挎包里……我知道他的辩护词……他都跟我说过十遍……二十遍了！……“在目前的世界局势下，欧洲的软弱，只要一个办法就能把所有的一切都处理妥当”：他的法德合作政策！……他的！没有他的“合作”，也就没有必要再坚持下去了！就再也不会有人类历史了！再也不会有欧洲了！至于他本人，他不喜欢德国，但是……但是……他也不喜欢希特勒……但是……但是……他了解俄罗斯……诸如此类……诸如此类……我可以自行其是，或点头或摇头……他可能要讲足足一个小时……最起码！……我知道所有的不同稿本，捏造的反对意见，慷慨激昂的呐喊……他感觉自己已经被埋葬了！……在他的家族地下墓穴！……在沙泰勒东！……啊！可是，首先！……首先！……他先要把他们所有的人都驳得哑口无言！所有的人！……让他们没那么容易把他打倒！……他先要把他们碾碎！……先下手！……把他们所有的人！……所有那些眼红的人！妒忌的人！背叛的人！可笑的造谣中伤、肆意诋毁者！是的！因为他，赖伐尔，没有人跟他一样，他呀，血液里流淌的全都是对法兰西的爱！……那些愚蠢的侏儒，他们必须承认！……还有美国……抱歉！……他对美国也了如指掌！美国！……完全可以听任他来摆布！……那个庞大的美国！……可以先通过他的女婿！……还有他的女儿，女儿是美国人……还可以通过参议员塔夫脱[①]，他可是罗斯福的“大选帝候”！……

“啊！特别最高法院！……大夫！请听我说！”

他要让特别最高法院在地上爬！绝对的！……我想把他打断一会儿……让他歇口气……但不管用！……他如此这般的慷慨陈词，我是没有任何机会插嘴跟他提德罗尼两口子的事的……

最好还是让他滔滔不绝地说下去……我找个机会开溜……我还有好多事要处理呢！要去县长那里给贝贝儿弄点杂碎……然后还要去保安队，那里有一些病人要看……然后还要去医院……然后还要去雷特鲁那里……然后是菲德里斯！……我试图打断他的话……跟他说说我的医业，我的小烦恼……他也许能给我一点小建议？……在医疗方面，他知道的情况比我多……那是当然的！……他知道的情况比所有的人都多……他无所不知！……哪有什么是他不知道的？！……这个发绺乌黑发亮的北非佬，就差一顶满是污垢的土耳其帽[②]……他是第三共和国的真正的北非佬，他跟所有的游客说话，他比在场的人更清楚他们应该去做却没做的……他比农夫更清楚如何种植油菜和苜蓿，比律师事务所的文书更了解遗产继承的欺骗伎俩，比摄影师更清楚初领圣体的肖像拍摄技巧，比税务员更清楚印花税票的弄虚作假，比理发师更清楚如何烫头发，比选举工作人员更清楚如何揭下海报，比警察更清楚如何戴手铐，比自以为是的臭婆娘更清楚如何给小毛孩擦屁股……

你听他说话时会得到很好的休息，但前提是你别露出不满、气愤

① 威廉·霍华德·塔夫脱（1857—1930），1908年在拒绝竞选连任的罗斯福总统的支持下，当选第27任美国总统。

② 一种伊斯兰教徒戴的平顶圆锥形带穗的帽子。

或吃惊的表情！他一直在监视你脸上的反应！……要是你看上去并不心悦诚服……他会穷追不舍！……然后让你心服口服！

啊！莫尔奈[①]公司的那帮人，他们居然不想听他解释……他们宁可把他毙了！……他们大错特错啊！……他有话要说……我知道……我已经听他说过十回、二十回了……

“您可以相信我！……我可以选择的！……他们什么都答应给我，大夫，是真的！……什么都答应！……戴高乐去找过他们！……我呢，我一直在让他们等着！……俄罗斯人也一样！”

我不能总在那里摇头晃脑……

“答应什么呀，总理先生？”

我要让自己看上去显得比较专心致志。

“答应我想要的一切！整个新闻界！”

“啊！啊！啊！”

说到这里就可以了，我不能再插话了！……我知道自己的听众角色……他对我很满意……我没听歪……另外，尤其是，我不抽烟！……我不抽烟，所以他无须给我递烟……他所有的香烟都可以放心地让我看见，两大抽屉满满当当的“好彩”[②]……你要是拿了他的一支烟，那你就永远也别想再见到他了……永远也别想！……或者只是借了他的火！……一根火柴！

“英国人什么都答应给您，对吗，总理先生？”

“他们对我苦苦哀求！……绝对什么都答应，大夫！”

“啊！……啊！”我目瞪口呆……

① 安德烈·莫尔奈（1870—1955），曾任法国司法部长，1944年11月担任特别最高法庭总检察长，负责贝当和赖伐尔的审判。他也是1940年10月3日通过的《犹太人法案》的主要起草者，撤销犹太人国籍委员会的成员之一。

② 英美烟草公司著名的香烟品牌，二战时美国军队的特供烟。

“我甚至可以给您一个名字！……一个对您而言毫无意义的名字！……使馆官员的名字……孟德尔！他给我买了二十五份报纸！在外省也买了一样多！”

“当然啦，总理先生，我相信您！……我相信您！……”

“我要捉弄他们一下，大夫！……您听明白了吗？非常好！非常好！我会对他们高喊：朝我开枪呀！打呀！狠狠地打！……别像在凡尔赛一样打偏了哟！……别发抖啊！动手吧！……你们已经得到过通知！……我已经通知过你们！……你们杀害的是法兰西！”

“好样的，总理先生！”

表现出一丁点热情起码是我能做到的……

“啊！您同意我的做法？”

“完全同意，总理先生！”

他在拐弯的地方等着我……准备给我当头一棒！

“您同意一个犹太佬的做法？”

成了！……犹太佬，这几个字！这几个字！……从他嘴里说出来，对我而言是致命的！这个混蛋，他一直在等着这一时刻！

他要发起进攻了……

“您说我是犹太佬，是真的吗，大夫？是的，我知道！……不只是您一个人这么叫！《我无处不在》[①]也说过！”

“他们是不是说过，我不是很确定，总理先生！……不是很确定！我呢，非常确定，总理先生！”

“啊！我喜欢您这样的性格！当着我的面跟我说！”

他哈哈大笑起来……他不坏……但他把我当成叛徒，我知道等着我的会是什么……注定要倒霉的！……

① 法国法亚尔出版社出版的一份周刊，1930—1939，1941—1944 年间在巴黎出版发行，1941 年后成为法国合作分子和反犹分子的主要刊物。

“可您本人就是这么写的呀！……”

“啊！那是为了应付我的选民！……为了奥贝维利埃！……”

“我知道！我知道，总理先生！”

他还有什么心事……

“可是，大夫，您怎么来了这里？……为什么来锡格马林根？……有人跟我说您牢骚满腹……”

他把谁都不放在眼里！

“总理先生，我来了这里，绝对有您的功劳！您明确拒绝把我安排到别的地方！您可以这么做！绝对可以！”

我也发火了！他妈的！看他“一脸茫然”的表情！我知道自己在说什么！……这个斜眼的北非佬，我为那帮家伙背锅，代那帮混蛋受过，他会非常开心的！那帮流氓，沆瀣一气、两面三刀的恶棍！我负责买单，用我的脑袋！……既然要说实话……既然他要玩审判我的游戏……那我也要使坏了！……我不再打瞌睡了！……

“您安排了莫朗！您安排了莫洛亚！……您安排了丰特诺瓦[①]！……安排了丰特诺瓦！……您安排了您的女儿！”

“好啦！好啦！好啦，塞利纳！”

他把我拦住不给我往下说……我还可以列出十几个……上百个来！……

“您还安排了布里松！……罗贝尔！您安排了莫朗！我当时就在那里！……在他家里！”

我一定要解释清楚！……我的记忆力跟大象一样好……人们总以为我好糊弄，因为我看上去比较蠢头蠢脑……

他要在争论中获胜……

---

① 让·丰特诺瓦为法国记者，法国人民党成员，后加入法国志愿军团，1945年在柏林的巷战中被打死。

“您知道别人是怎么说您的吗？”

“我？……我不感兴趣！……还是说说那条特大新闻吧……您想知道吗？非常有趣的新闻……”

“您从哪听来的？”

“街上呀！……热点新闻哟！……很适合您……”

“说吧！快说！”

“那我就说吧！……说俄国人和美国人要干起来了！就这些，总理先生！”

“这是锡格马林根现在正在传播的消息吗？”

“没错！”

他沉吟片刻……

“俄国人和美国人干起来？绝对荒谬，荒诞不经，大夫！您想过这个问题没有？”

“没有！……但他们都在说！”

“那样的话就天下大乱了，大夫！……天下大乱！您知道什么是天下大乱吗？”

“知道一点，总理先生……”

“您没从过政吗？”

“啊！几乎没有！……确实，我不是那块料！”

“那您就什么也不明白了！您不会知道什么是天下大乱！大夫！”

“有一点小概念吧……”

“不！……您不懂！您且听好了！天下大乱，大夫，就是每个村有一个恺撒！……每个乡有二十个布鲁图斯[1]！”

“我相信您说的，总理先生！”

---

① 另译布鲁图，罗马参议员，恺撒的刺杀者。

我不想让他在争辩中最后获胜！

“可我，我不是恺撒，您完全可以给我安排个好位子！……就像莫朗，雅尔丹[①]和其他很多人一样！……我没有求过您什么……我没有要求您把我安排到某个大使馆……您什么也没做！……我也不是布鲁图斯！……我要是没来德国的话，您早就把我交给抗德武装了！”

我紧咬不放！……我说的是实话！实事求是，完全在理！……我是全欧洲最有理的人！也是最不受重视的人！他们欠我五十个诺贝尔奖！……

“不，总理先生，那样的话，我可能不会在这儿！”

我要让他知道！

他抓起电话。

“我给毕歇隆打电话，让他听听您是怎么说话的！……我需要一个证人！所有的人都琢磨您是怎么想的！所有的人都会知道的！……不只是我！……说我把您引到这里来，反正就是引到一个陷阱里！一个圈套？……”

“没错，总理先生！”

他接通了毕歇隆的电话……

“您知道塞利纳是怎么说我的吗？……他说我是骗子，无赖，叛徒，和犹太佬！”

“不完全是！您言过其实，总理先生！”

“是的！是的！塞利纳！……您就是这么想的！这是您的权利！……好吧！”

他继续在电话里说……不再说我……而是别的事和别的人……他说话的时候我看着他……我斜着，从侧面看他……哦！我越来越有

---

① 让·雅尔丹是赖伐尔的办公室总管。

理由了！……把他跟某人相比……我依然能看见他……当今的某个人……夹在纳赛尔和孟戴斯之间……侧脸，微笑，气色，亚洲人的头发……总之有一点是可以确定的，表面上他有说有笑，实际上他很讨厌我……他的说话语调就跟时下的法国的语调一样，严厉、纯粹、确凿……枪毙他是大错特错，可以说，他抵得上十个孟戴斯！

“过来！……过来！”

他要毕歇隆过来……可毕歇隆不想来……他再三恳求……

“他马上就到！”

他确实马上就到了……啊！他可不是那种亚非类型……一点边都沾不上！……而是“金发肥头大耳”型，毕歇隆！……甚至可以说是巨脑！精子一样的怪物……什么都长到头上去了！……博纳尔也一样……也属于精子怪物一类……蝌蚪一样的大头怪……要是再大那么一毫米，他们就要送去展览了……放在大口瓶里！……来人确实是毕歇隆，确实是他！……但是他有什么地方不对劲，我都认不出来了，因为他脸色苍白，萎靡不振……状态很不好！……浑身哆嗦……就因为这个他才不想来的！……赖伐尔不想让他恢复平静……赖伐尔抨击他，要他听自己说话！可他太激动了，什么也听不进……

“您干吗哆嗦啊，毕歇隆？”

事出有因！事出有因！……他讲述事情的原委……他语无伦次！有人打烂了他家的一块窗户玻璃！……卧室的窗户玻璃！赖伐尔被人打烂了十块！卧室里的窗户玻璃！……他抢过话头……他嘲笑毕歇隆……没什么好哆嗦的！……但毕歇隆压根儿就不是在开玩笑！……他想知道是谁砸的……怎么砸的……为什么要砸……是用石头砸的吗？……一枚子弹？……一架飞机，螺旋桨的气流？……一个涡流？毕歇隆因为摸不着头脑，所以有些惊魂未定……谁砸的？……怎么砸的？……为什么要砸？……绝对不是因为毕歇隆他是个胆小如鼠之辈，但是突然发生这种事让他惊慌失措，因为他搞不明白其中的原委……他已经是一头雾水了……飞机飞过时离他的窗户那么近！……擦窗而过！……但也有可能是街上射来的子弹……或者一颗石子……有可能吗？……可他没找到！……他找了一整个晚上……仔仔细细地找！……天花板，墙壁……啥也没发现！……你们可想而知他哪会在乎总理想跟他说的事情！说我把他说成这个，说成那个！他才懒得听呢！对他来说，他的玻璃才是最重要的！……怎么砸的……谁砸的……赖伐尔在白费口舌……毕歇隆在这个第一帝国的偌大办公室里大步流星地走来走去！……倒剪着双手……思来又想去！……啊！百思不得其解！……可是赖伐尔又从头给他讲起：讲我指责他这样不对……那样不对！……他还添油加醋！……说我觉得他卑鄙无耻，就因为他救了莫朗、莫洛亚、雅尔丹、盖拉尔和成百上千的其他人！蓄意让我做出牺牲！……自私的种族主义的仇恨！……好让勒克莱尔克部队的黑鬼发现我在这里，把我剁成肉酱！……觉得是预谋好了的！

我不打算打断他的话！他义愤填膺！

“太好了，总理先生！”

他提起诉讼……我为他鼓掌！他对自己提起诉讼！……站在另一个特别最高法庭上！……虚构的特别最高法庭！……像另外那个一样……都是幻想出来的！……

“太好了，总理先生！”

他把我转移到了特别最高法庭！……毕歇隆一点也不关心，也没在听，他还在那里来回踱步，嘴里念念有词……突然，他问了赖伐尔一句：

“您是怎么想的？”

他才不在乎我说过什么、没说过什么呢！……他关心的，是他的玻璃！仅此而已！他不停地踱着步子……一瘸一拐的……他可不是那种“优雅的跛”……而是真正的瘸腿！……一个骨折的地方没有愈合好……他想在我们大举重返法国时做手术，治好！……就在德国做手术！……让格布哈特来做！……格布哈特那个人，我了解一点点……也算是个奇人吧！我的先入之见是：一个闹剧演员！……才不是呢！……他身兼数职……一年当中有半年是在俄国前线做将军，统帅一支装甲部队，还有半年时间则在东普鲁士、霍亨林青的党卫军的庞大医院里做主刀……你们可能会以为，那是个江湖医生，是个小丑吧！……错！……我让我的一个好朋友，一个非常仇视德国鬼子的朋友前往医院看他手术……这个叫格布哈特的党卫军外科医生的技术确确实实非常娴熟！……他是个疯子吗？……当然啦！在霍亨林青他那家超级医院，六千名手术病人，一个城市，四个比沙医院[①]那么大！……他经常举办独腿残疾者、截肢伤残军人的足球赛……他有些古里古怪、疯疯癫癫，像文艺复兴时期的超人……他会三四门手艺……指挥坦克打仗，外科手术……啊！还有呢！他还会小调！……我听过他坐在钢琴边弹唱……非常有趣！……他即兴演出……这个我可以判断……德国鬼子在希特勒执政的这个时期险些儿就弄出了某种“文艺复兴时期”的人种……这个格布哈特便是其中的一员！……毕歇隆也一样……他走的是另一条路……他是巴黎综合理工大学的高材生！……阿拉戈[②]之后该校还没有出过、见过像他那样的天才……他给我印象最深的，是他的惊人记忆力！……确确实实，他就是个记忆怪！……在维希期间，他负责铁路运输……让火车跑起来……千方百计！那可是赫拉克勒斯[③]似的壮举！……所有的铁路网、道岔、时刻

① 巴黎十八区的一家大型医院。

② 弗朗索瓦·阿拉戈（1786—1853），法国天文学家、物理学家和政治家，1803年考取法国最顶尖的工程师学校——巴黎综合理工大学。

③ 希腊神话中神勇无比的大力神。

表、绕行道路，统统装在脑子里！……一分不差！一秒不差！……而且水道桥、道砟儿、火车站每晚都会被人炸，那真的开不得玩笑！你炸了我就给你补起来……这里修一下……那里绕一下……重新开行！……然后马上又被炸毁！还炸了别的地方！抗德武装压根儿就不让他合眼！欧洲永远也无法从这种歇斯底里和倒霉的疯狂中恢复过来！把所有的一切都弄个乱七八糟！……习惯已经养成！需要扔原子弹才能让欧洲重新恢复正常、变得可以居住……此刻的毕歇隆，他的窗户玻璃被砸……是石头，枪击，还是螺旋桨？他已经吃不消了……快撑不住了！在维希的时候，他的神经就差不多要崩溃了……现在又出了玻璃窗这档子事，他已经承受不住了！到底是从哪里袭击的呀？……从街上？……从空中？……那块玻璃？……我明白……毕歇隆的神经已经崩溃了……

还不只是他的神经被他们弄崩溃了……他的腿也一样！……他当时正坐在一辆汽车上……他们弄了一颗小炸弹！轰！一路顺风，部长先生！……当时他正准备去新闻部……三根骨头发生骨折没愈合好，可能要把腿重新弄断才能让它重新变直……他想马上就做，就在德国本地做！可不能这个样子重返巴黎！他对格布哈特有一些了解，他想北上，去霍亨林青……格布哈特答应给他做……我并不怎么看好……我不太相信格布哈特……可毕歇隆呢，他喜欢他……那好吧！……他有信心……好吧！可他现在这样子也太让人困惑了！……他不停地念念有词，没有听赖伐尔讲话……他在这间非常宽敞的第一帝国办公室里来回踱步……他念念有词，权衡利弊……是子弹打的吗？……螺旋桨的一端？……他百思不解……他扛着个大脑袋走路的样子很滑稽……但赖伐尔并不觉得很有趣……他开始对他不耐烦了！……他把他叫到这里来，不是让他在这里踱来踱去，不是让他念念有词，嘟哝他的玻璃，而是要他听他说话！

"您看见了吗？……您看见了吗，大夫？……他啥也不听！……就关心他的窗户玻璃！……全部心思都放到他的玻璃上了！"

赖伐尔要我为他作证……

啊！老这样下去也不是办法！赖伐尔知道对策……唯一能让他从胡思乱想中走出来的对策：给他出个难题！随便哪方面的难题！……让他换换脑子！

"毕歇隆，能告诉我吗？……劳驾您帮个忙……我本来记得的，但现在想不起来了！……我一篇小稿子需要写上……洪都拉斯的首都叫什么？"

毕歇隆突然停下来，这一次，他听见了……他不再念念有词……他要回答……

"特古西加尔巴，总理先生！"

"不！不！抱歉，毕歇隆！我说的是英属洪都拉斯[①]？"

"伯利兹，总理先生！"

"面积呢，毕歇隆？"

"二万一千平方公里……"

"他们出产什么？"

"桃花心木……树脂……"

"太好了！谢谢，毕歇隆！"

说完，毕歇隆又回去倒腾他的窗户玻璃了……他重新出发，一瘸一拐……但毕竟不像先前那么全神贯注……那个伯利兹对他有好处……

"告诉我，毕歇隆！既然您在这里！……还要劳驾您一下！……我以前都记得很清楚！……现在想不起来了！……我忘记了！……能跟我讲一下钨吗？……毕歇隆？罗夏一直在说钨！他带走了一

① 1786年英国取得伯利兹的实际管辖权，称之为"英属洪都拉斯"。伯利兹原来的首都名叫伯利兹。

些钨！”

“原子量：183.9……密度：19.3……”

说完，毕歇隆坐了下来……一直在走来走去，走累了……他按摩腿……赖伐尔见机会来了……他走到镜子前面，捋了捋头发……他重新系好领带……他准备把特别最高法庭再演示一遍！……啊！对不起！……对不起！……我也一样，也有话要说！我向来都是当听众，听别人说话！我一时得意就没把嘴巴管住……很傻帽的做法！我要把他们的臭嘴全都封上！我很后悔！直到现在依然后悔不迭！我很少由着自己的性子做事的……可是我听他们说话听了那么久！……

“喂，你们看看这个！”

我把我的氰化物放在桌子上……赖伐尔的办公桌……我那个小瓶子……从我的口袋里掏出来的！……既然他们说到了稀有金属！……这瓶氰化物我一直带在身上！……从萨尔特鲁维尔开始……现在，他们可以看个究竟了……红色的标签……他们俩都在看……

走到哪里都有人问我要氰化物……我总说我没有……哦！他们俩一下子就接受了！……已经在争抢了！……我不在乎！……我还有三瓶呢！……全都是一样密封的！都是氰化物！……让人恼火的是，他们会跑到外面乱说一气！……肯定的！……而我没跟任何人透露过！……

“您是给我的吗？是给我的吗？”

两个人异口同声地问……啊！他们不是在闹着玩！

“你们平分吧！”

让他们自己解决！……但我随即又改变了主意……

“别！……你们别争了！……我给你们每人一瓶！因为一旦打开，你们知道吗？一旦打开，受潮了，就失效了！”

“那啥时候给呢？……啥时候？……”

啊！他们终于把我当回事了！我从另一个口袋里掏出另外一

瓶！……我的衬里里面还有一瓶！我没把实情全都告诉他们，我的衣服褶裥里面还有袋装的……我不想在被抓到的时候没把它们带在身上！……好了！……我发现，他们在凝视着我……他们不再说话……但他们很开心……他们还会大放厥词的……不会有什么好话！

“我能为您做点什么吗，大夫？”

“总理阁下，要是您愿意听的话……首先，别开那个瓶子！……然后，不要跟任何人透露！……”

“好的！……一言为定！可是您本人呢？……无论如何，您肯定有什么小小的愿望？”

我突然有了另外一个主意！可以说，一直以来别人给我什么我都是断然拒绝！全都拒绝！但是都到了这个时候了……什么都不重要了！……

“总理先生，您也许可以任命我做圣皮埃尔和米克隆群岛[①]的总督？”

我没什么好难为情的！

“成交！……同意！说定了！您记下来了吧，毕歇隆？”

“当然，总理先生！”

赖伐尔毕竟……赖伐尔还有一个小问题……

“是谁给您出的主意，大夫？”

“没有谁，总理先生！圣皮埃尔和米克隆岛的风光美不胜收！……”

我跟他描绘那里的美景……我说的不是“据说”……我去过那里！……从波尔多去圣皮埃尔花了二十五天时间……坐的是那种非常不坚固的克尔特船……我还在圣皮埃尔钓过鱼……我很熟悉朗格拉德和米克隆岛……熟悉那条公路……那是岛上的唯一公路，连接岛的两

① 位于北美洲加拿大纽芬兰岛以南25公里的北大西洋中。全境由圣皮埃尔、米克隆、朗格拉德等八个岛屿组成。1946年成为法国海外领地，1976年7月改为法国海外省。

头……那条公路和那个纪念界碑，那条公路是“伊菲吉妮娅”号战舰的水手从岩石当中凿挖出来的……他们在圣皮埃尔有个苦役犯监狱……也留下了一个界碑！……

“您应该去那里看看，总理阁下！在浩瀚无际的大西洋中央！”

最关键的是，我被任命为总督了……时至今日我依然是！……

他无论是任命我做总督，还是大主教或者养路工，都并没有让事情往好的方面发展……不如说越来越糟……现实情况是，那些从斯特拉斯堡逃出来的、心有余悸的暴徒，德国战时后备军的过剩的预备役军人，弗拉索夫部队的逃兵，柏林被轰炸后无家可归的逃难者，立陶宛逃出来的被吓得魂不附体的难民，被人从柯尼斯堡[①]赶出来的人，来自各地的“自由工人”，一拨接一拨涌来，穿着睡裙的鞑靼妇女，德累斯顿的艺术家……所有这些人都蜂拥而至，在城堡的地洞里、沟壑里安营扎寨……多瑙河的河岸上也是人满为患……再加上从法国，从图卢兹、卡尔卡松[②]、布瓦科隆布[③]，被游击队追捕的人……再加上保安队的家人，N.S.K.K.[④]招募的、要出发去丹麦找黄油的新兵……再加上被科尔佩绍引来的、等着上多瑙河舰队的水兵……再加上那些从瑞士跑来、声称拥护德国的怪物……所有这些人一伙一伙的，带着不同年龄的孩子，扛着大包小包，成套的餐具，炉灶部件，没有任何东西可吃……锡格马林根仿佛变成了“欧洲遇难船

① 柯尼斯堡曾是德国的文化中心，1944年遭受盟军轰炸损失惨重，二战后柯尼斯堡成为苏联领土，更名为加里宁格勒。

② 法国朗格多克－鲁西永大区奥德省的一个镇。

③ 巴黎西北郊的一个市镇。

④ 纳粹党准军事化组织“国家社会主义运输兵团”的缩写。

残骸港”……我想说的是整个市镇，所有的城壕、街道和火车站……各式各样服装、破布片和伪装，来自不同的地方，讲着听不懂的外国话……人行道、河堤和商店全都被挤得水泄不通……有一家商店风景独好，萨比亚尼的法国人民党总部……法国人民党，美其名曰未来党派中最强大的党……我已经跟你们说过：多里奥本人从未到过锡格马林根……他豢养的那条光会叫唤的走狗埃罗尔德也没到过！……西卡尔[①]也没有……萨比亚尼经营着这个党部……该店有两个橱窗……每个橱窗都堆满了确实已经病入膏肓的病人……因为饥饿、衰老和结核，还有寒冷……还有癌症……一边生着这些病，一边拼命地挠痒痒！……当然会这样啦！……一边橱窗是帆布折凳，另一边则是折叠式帆布躺椅……我看见在整整两个月时间里一名人民党的老爷爷腿上抱着孙子慢慢死去……像那样一动不动，坐在一张折叠式帆布躺椅上，肺都要吐出来了……店铺里面，也一样挤满了奄奄一息者……长椅上……长椅上都坐满了……靠墙一溜过去都是……或者直接席地而坐，躺在地上，或者蜷缩成一团……萨比亚尼本人坐在门店的后间里……他接受申请，发放党证，签字，盖章……他拥有“全权”……只差很少一点儿，法国就可以变成人民党的了……要是希特勒没那么弱智的话！……萨比亚尼吸引了大批群众……所有的人都加入他的党组织，所有那些凑在橱窗边往里看的人……这是待在那里，进去，坐下的一种方式……人民党无疑是吸纳党员最多的党派，橱窗和长椅可以让它做到这一点……要是它额外还包吃的话，哪怕只是很差的伙食，它一定能把全城的人都招募到旗下，包括德国鬼子……不管是平民还是士兵！……事情和时局已经到了这一步，突然之间只有一件事至关重要：坐下来吃饭……哦！另外还有邮票！我忘记跟你们说了！

---

① 莫里斯－伊万·西卡尔（1910—2000），笔名圣保里昂，法国作家，1936年加入法国人民党，曾担任人民党机关报《民族解放》总编辑。战后流亡西班牙，1957年获法国政府大赦。

找邮票，集邮！……我看见全德国的邮局，不只是锡格马林根，从最大的那些城市，到最偏僻的小村庄，邮局里全都挤满了顾客，在集邮窗口前面……排起长龙似的队伍，收集希特勒的邮票，各种价钱……从一芬尼[1]到五十马克……我呀，假如我是纳赛尔，或者弗朗哥或者萨拉查[2]，我会跑到那里看一下我是不是彻底完蛋了，我想明明白白地搞清楚老百姓是怎么看我的……我不会问我的警察！……不会的！……我会亲自去邮局探个究竟，看看集邮窗口排队购买我的邮票的情况……你的子民是否收集你的邮票？……这才是决定性的！……在德国收集阿道夫·希特勒邮票的人一定不计其数！可以说，他们提前多少年就开始了！在敦刻尔克，做头一批蠢事之时起，他们就开始收集了！预言家，魔法师？别浪费时间了！……邮票才是硬道理，能说明一切问题！提前十年告诉你真相！……他们是在集邮吗？他们知道自己在做什么！我们这里，说到邮局，除了希特勒，还有贝当……他的邮票！……两整套！你们真该看看那家邮局！里面的人跟萨比亚尼那里一样多！集邮者既有法国人也有德国鬼子……可是，我必须承认，比邮票，比烧酒，比黄油，比一日三餐更折磨人的，是香烟！……香烟压倒一切！……无论在哪里！……在确实无法逃避的环境中：香烟！……不管是在炮火连天的战场，还是在监狱的临时医院里，人类牵肠挂肚的终极愿望就是抽上一口烟！……这足以证明人类首先是爱幻想的动物，这一点你们是不会否认的！……人类天生爱幻想！生存是第一要务吗？不对！……幻想才是！对啦！……不惜一切代价都要有梦想！……超过吃饭、喝酒和交媾！没有问题！……人可以为很多东西去死，但没有香烟不行！……你们可以看行刑柱或者断头台……死囚永远都下不了决心！……先得抽支烟！……在人民

① 德国辅币名，100芬尼等于1马克。

② 萨拉查（1889—1970），葡萄牙总理，独裁领导者，统治葡萄牙长达36年之久。

党总部，我负责让他们产生梦幻般的感觉……我去那里，给那些痛得不行的人带去梦幻……2CC 注射下去！……我就能让他们产生梦幻……啊！我对我那两毫升的安瓿剂是极其吝啬的！……你们可想而知我的需求量有多大！……不过，萨比亚尼，说句公道话，他都是有言在先，他不会欺骗任何人……该明白的他都用偌大的红字写在了宽大的布告牌上……“党员，请你务必记住，党不欠你任何东西，但你的一切都归功于党！”他没有把入党的事说得天花乱坠好让别人接受！……但这并没有让一个人气馁！……来投靠的人甚至越来越多，入党，坐下来，死在巴雄布告牌下……在橱窗前面，越来越多的人，看着那些老爷爷咽气……“你瞧！你瞧！他拉在身上啦！”他们跟你说那一群一群的亚洲人，婆罗门，大嘴巴……他妈的！我要在朝夕之间把整个欧洲都变成亚洲人的欧洲，我！正式党员！热衷政治！……每个垃圾箱五六具尸体！闹饥荒还要拼命地生个没完！……未来属于黄种人！……属于他们良好的习俗！

说到萨比亚尼的党部了，也正是在这个时候，城堡对我要了个卑鄙的阴谋……不折不扣的卑鄙行径！……阴谋除掉吕歇尔……只有这一次，他们觉得我是好医生！……部长们的合谋……他们想让我证明他患有结核病，会接触传染，很危险……需要马上转移，马上！……哦！我拒绝了！……我从来不会掺和这种不怎么光明正大的事……尤其是我一点也不清楚他们是不是在一步一步地试着把我也除掉……先把我搞走！……就像梅内特莱尔！……啊！突然之间，就只剩下这一类勾当了：把你除掉！……这个病每个人都会染上！……说你做过这个……做过那个！……看你还有什么好说的！

啊！还有一件事！发生在城堡！……一件很扯蛋的事！……一位部长的千金，肚子被人搞大了！父母亲要她马上结婚！十万火急！

年轻人也在……是个“扎祖”[1]！……他很愿意……可是，问题来了！锡格马林根的那个德国鬼子市长发话说，必须征得其父母亲的同意！……书面许可！……“扎祖”的父母亲在法国，在巴尼奥尔莱班[2]！……怎么弄到这份书面许可呢？……总不能去找斯特拉斯堡的那伙塞内加尔人要吧！也不能找阿讷马斯[3]的自由射手和游击队员吧！……那个名叫伯格麦斯特的市长是个冥顽不化的家伙，他非要拿到那张书面许可不可！……这下子他们开始做莉莉的工作了……我看见那份工作来了……泪流满面的母亲……口红弄了一脸……跑到“雄狮”来哀求……哀求莉莉……说家里出了这门子丢人现眼的事，她不想活了……要去跳多瑙河！……一个哀痛欲绝的母亲！希望我能出手帮一把！……希望莉莉说动我做一点事情！简而言之，说白了，就是让我把她女儿肚子里的孩子做掉！……你们想想看这种事我能做吗！……我仿佛看见自己又成了人家的笑柄：非法堕胎者塞利纳！……我先是好声好气地跟她说，后面只能斩钉截铁地拒绝了，我把她撵了出去！……时至今日我依然承受着他们的刻骨仇恨！我欠的账是全方位的，这些账他们总是要跟我算的！……我相信，这种刻骨仇恨二十年后依然不会把我放过！……我拒绝给他们的女儿堕胎，这种不近人情的举动一直被人耻笑……我从这里、那里的一些传闻中能够听出来……人类历史的大动荡时期，大批人逃难，普遍的恐慌，这时候发生千奇百怪、节外生枝的事情，往往找不到从业者……按摩师，修脚师，非法堕胎者……通奸行为和“甜蜜的爱情表白”遍地开花……司空见惯！但是常见的脊椎按摩医生……你却找死了也找不到一个！女人因此发狂！……男女私通就像呼吸一样，但脊椎按摩医生

① 对二战期间和二战结束后身着奇装异服的法国青年爵士乐迷的称呼。

② 法国南部洛泽尔省的一个温泉小镇。

③ 法国东部上萨瓦省的一个市镇。

呢？非法堕胎者呢？失去贞操！分分钟就能做到！……你想要的甜蜜的爱情表白也没问题……但是去哪里找子宫探针呢？……在动物园里，想叫那些小动物繁殖并不容易，但人类呢，即使是那些罪大恶极的死刑犯，即使是那些被勒克莱尔克的部队追得四处逃窜的家伙，即使是遍布森林的所有抗德武装，还有昼夜不息地在头顶上空盘旋的所有的英国皇家空军，都不能夺走他们交配的欲望！……啊！绝对不成！……我不准备帮他们治疗那些小小的渗流、脊髓痨和下疳！不！……这些小病完全可以等待，等回到法国之后再治疗，采用这种方法、那种方法都可以治好！而且你叫我拿什么东西给他们治啊？……我啥也没有！……建议他们不再性交？……永远都不要给他们提任何建议！就让他们拼命地挠，拼命地操，然后烂掉！……使劲！人啊，你随便给他们提个小建议，他们都会恨死你！……就说法国吧，我反反复复地用各种方式说过，它有朝一日会出状况的！你们看看它是怎么对我的！……它让我沦落到什么样的田地啊！让我这个唯一给它做出正确诊断的人！……而那些最卑鄙、最可恶的笨蛋，眼下正得意得不得了，站在粪便堆上咕咕哒咕咕哒地叫唤呢！可怕的废墟！在锡格马林根，可以说，我开始收敛自己了，我已经做了三十五年的牺牲品，我开始夹起尾巴做人了！唉！可惜啊！明白得太晚了，覆水难收！我把什么都说了！……他们想用木桩刑处死的人就是你！……达尔南的特遣队或者抗德武装，雷斯蒂夫的杀手，或者勒克莱尔克的黑鬼！……你的建议没人感兴趣，除了那些无休无止的好争论者……“谁把你收买了？你拿了多少好处费？……卖给这个人还是那个人？……”脑力衰退，是毫无疑问的！卑鄙的老不死！……啊，我早就知道我是个卑鄙的老不死！非常好呀！……我只看急诊了……一下子他们全都变成了“急诊病人”！……爱发牢骚的，爱挑事的，警察，同时都患上了重病！……好可爱的病人！……

够啦！猿人们有了新的幻想！你们说说鲜血会不会溅出来，弯刀是不是已经准备好！够啦！……够啦！……一万二千亿升白酒喝下去，让你对许多事情都视而不见！

可这个时候，他们又在搞事了！……在四楼，也就是罗米茨家的楼上，91号房，住的是从马赛来的米耶先生，他患了结核病，卧病在床，大块大块地咯血，我一直在给他治疗……幸亏，我还有一点“特效药”……不是从天上掉下来的！……从伯宗带过来的，一直藏在我的口袋里！……我做了力所能及的治疗……日夜守护……这个从马赛来的米耶先生好像在那里占据着一个非常高的职位……负责公共安全！好吧！……我不想知道更多……然而，弗鲁赫特牢骚满腹地说，米耶占着“雄狮”的一张床，又咳嗽又吐痰会传染宾馆里的每一个人！……他的粪便从厕所大量外溢，像瀑布似的从楼梯上泄下来！……我的病号成了危险人物！这个德国人吵得很凶……说他的房间以后再也不能住人了！……说我应该把病人送回法国！……可是，这个从马赛来的米耶先生根本就没什么危险！……他们又在背地里搞什么鬼！……我感觉他们又在耍什么阴谋诡计，就像对付吕歇尔一样……我当然希望把这个马赛来的米耶先生转移到别处……可是他得的是结核病，把他往哪里安置嘛？我跑去找那个女医生，一个德国鬼子，所有跟结核病相关的事都由她负责……这个克兰丁斯特医生，她确实非常反法！……她把我撵了出来！……她这么做我并不觉得奇怪，之前我求她做什么事，她都是一概拒绝的！……我为我那些患气胸的女工去找过她不下百次……这样的患者多了去了！……在工厂做工的法国女工……为了四分之一斤黄油！……为了一斤糖！……“不行！不行！”……我太清楚了，她想安置谁就安置谁，城堡里那些病情轻得多的，全家老小一起，去黑森林里的圣布拉西安疗养院……“把他送回法国！”这是她给我的唯一的建议！……圣布拉西安疗养院并不是随便什么病人都能进的！……我看见阴谋马上就要来了，整个旅店和餐馆里的人都在请愿，要求这个米耶打道回府，回马赛！赶紧把他打发走！……我跟他一起走！……把我们俩都赶出去！我们仨，还有莉莉和贝贝儿！或者弄到劳动营里去！……我仿佛看见了……西森！……啊！他们肯定一直在暗中谋划！把四个家伙一起弄走！……勒维冈一起！……我好像有点夸大其词？……没有！一点都没有！……我不相信布里农……我一点也不相信罗米茨一家……我同样一点也不相信赖伐尔……还有毕歇隆……尽管给了他们氰化物……

尽管如此，日子一天天地过去……白天黑夜……天气真的开始冷了……马利翁过来看我……他告诉我毕歇隆已经走了……走得很突然，什么话也没留下……什么也没跟我说……他去北边的普鲁士做手术……好吧！我跟马利翁说到了米耶的事，我跟克兰丁斯特的磕磕碰碰，跟他说这里面暗藏着阴谋诡计……他也相信，他同意我的看法……马利翁，他不是乐天派……新闻部部长……他觉得这些事情，全都是狗屎……

我跟你们讲了许多弗鲁赫特先生和他的厕所的烦恼……但还有一个弗鲁赫特女士……弗鲁赫特夫人，跟我们住同一层楼，15 号房……15 号房已经不再是一个房间了……而是一套名副其实的公寓，有浴室、餐厅和吸烟室……我还没跟你们说到过……也没讲过弗鲁赫特夫人……我一直给她看病……反正，我给她打针……绝经的毛病……我的针剂是从蛇头那里弄到的……从巴塞尔进来的……哦！她还是不喜欢我们！……弗鲁赫特夫人！……他妈的，一点也不喜欢！……跟她的那个尤里乌斯[①]一样！……说我们这些恶臭难闻的法国佬污染了他们的宾馆，诸如此类……说我们应该滚得远远的！……可她从城堡那些保镖手里拿到了多少好处啊！……这些保镖可个个都是地地道道的法国人！……每位部长都配备有三四名保镖……这给她揽到了很多客人，而且都是些胃口很大的小伙子，午餐，晚餐……这些法国佬，个个牛高马大，而且都是下流坯！……他们百无禁忌！花天酒地！……他们的午餐晚餐最后都变成了狂欢……那是名副其实的法国佬的狂欢！“雄狮”餐馆的老板对这些保镖非常慷慨，招待得非常周到……莱茵河出产的葡萄酒想喝就喝，德国烧酒……甚至苦艾酒……比贝当

① 弗鲁赫特的名字。

那里的酒好多了！老板娘因为绝经的毛病浑身灼热，痛得直打滚，那种阵热和屄眼剧痛……我觉得她老公一直在暗中监视，在疏通厕所的间歇他都会跑过去偷看一两眼……在对他的马桶发完脾气之后、再次发脾气之前……真是个十全十美的德国鬼子！……无论你走到哪里，你都会碰到一些无忧无虑、自得其乐的人……要是明天地球变成废墟和灰泥残块，一个质子的宇宙，你还是能在一个山洞里，发现许多疯子正在互相鸡奸，互相吮吸，花天酒地，胡吃海喝……放荡的聚会泛滥成灾！……这就是在“雄狮”发生的事……我不得不承认！离我们那里不远的地方，我还得承认……跟我们同一层楼……我知道的……我没跟任何人说起过……甚至都没跟莉莉提到过……啊！我也从未跟人说起过 36 号房！……这种事你不能说出去……弗鲁赫特夫人从来不走我们这边的楼道下楼……她去餐馆有自己专用的楼梯，那种螺旋形楼梯，从她的床一直到厨房……没人进她的卧室，除了那些保镖，她那些亲密的壮小伙，她那些按摩师……所有的保镖都是按摩师，他们肯定要给老板娘按摩！……我能看见那些按摩的印子，手掌和手指！……她被按得红一块紫一块！……她给谁按呢？给她的女仆！……她给她们按！用她自己的方式！……用打！女仆和厨娘！……她把她们喊到 15 号房接受惩罚！咚！咚！……老的少的一视同仁！……必须的！惩罚她们是因为楼梯总不搞干净……因为餐馆里的盘子被打烂！……噼里！啪啦！屁股和背部！……不乐意？……再噼里！再啪啦！……“把裙子撩起来！……再撩高一点！……再高一点！”不管你是老太太还是年轻姑娘！……弗鲁赫特夫人绝不会手下留情！……用马鞭抽丫的！……就像罗米茨夫人一样！……就像后来我在监狱里见识过的一样……这是最正常不过的，马鞭，落在女佣，落在全世界的女人和囚犯身上……这种行为到处泛滥，不可避免！……为了让他们守规矩，矫治他们的变态心理，只有一个办法！

我看见她们从15号房走出来时泪流满面，泣不成声！她们变得守规矩了……你觉得你应该干涉一下是吗？……你怎么就知道那些挨打的女人就不喜欢呢？……找抽难道不是她们身上的一种怪癖吗？……无论如何，那确实是怪癖！……我知道……我没有说出去……弗鲁赫特的那套公寓，既然我们已经说到这里了，我就介绍一下，里面的陈设有平纹细布，靠垫，墩状软垫，皮货，鼓鼓囊囊的天鹅绒扶手椅，相较而言，我们的那间陋室就太脏太寒酸了……至于乳香和香水！弗鲁赫特夫人不停地往她的床上、帷幔上和扶手椅上洒香水……一瓶薰衣草香精！……另外一瓶！天芥菜！……茉莉花！你们可能会说就像那个"夏巴奈"[①]！你们可能不了解夏巴奈……确实像夏巴奈，但同时也是帕亚尔[②]！……只要有可能屄眼和嘴巴同时上！……大摆筵席！……样样俱全！……因为茉莉花的香气混进掺杂了丰盛菜肴的气味……羊后腿，家禽，红葡萄酒焖野鸡，吃到摇摇晃晃，走路都走不稳了……我们这层楼，对面的那扇门，厕所旁边……弗鲁赫特夫人本人非常惬意地待在她的小客厅里，那里布满了褶皱花边、荷叶边和奢华的装饰……你在一个窑子里可能更容易看到像她那个样子的女人……那身段，那眼睛，那乳房，一切！……还有那些晨衣，花边，甘蓝形缎结，对不起！还有绿色、粉红色和苍白色的和服！……所有的衣柜都塞得满满当当！……丝袜和吊袜带！……管它绝经还是没绝经，弗鲁赫特夫人就是不肯善罢甘休！……痛打女佣，加上我给她打的激素，加上保镖，让她维持着那种强烈的欲望！……让她欲火焚身！……我呢，我故意装成丑八怪……故意装傻……我什么都视而不见……她会给莉莉、我和贝贝儿一点小恩小惠……时不时给一小盘面条……谁会关心其他的事情呢？！……啊！她可不是那种慷慨好施

① 巴黎最有名最豪华的妓院之一，位于巴黎二区夏巴奈街12号，1946年被关闭。

② 一家餐厅的名字。

的女人！你可以说她是个放荡的女人，但更是个残暴的老板娘……可以随便找个借口用鞭子抽她的女佣，说她们偷她的饭菜，偷回去送给她们的母亲和丈夫……或者更恶劣……拿去火车站！……我要说的是，这只是个借口！……为了鞭笞她们的冠冕堂皇的借口！……要让她们鬼哭狼嚎！……脱衣舞吗？还不如说是鞭笞表演！你会让歌剧院里的观众比观演《浮士德》或者《名歌手》[①]的时候还要爆满！……任何为恶行寻找的借口都是冠冕堂皇的！但她确实值得了解……那个轻佻的女人，不只是她那套公寓和小客厅，对不起！……那木头一样的脑袋！……会让你联想到整个布朗西广场和布洛涅森林里的淫荡女人！……我跟你们说的是过去的年代，那时候还有这样的女人，有天赋的尤物，真的是热力四射，屁股冒火……那是汽车出现之前的事了……是的，从她的身体来看，我可以断言，那还是可以看一下的，她保养得还很好，不怎么显老……我一走进她的卧室，她就躺下来等着打针，她把什么都脱掉，和服，丝袜，好让我更好地给她触诊，彻彻底底地进行检查……从内到外……对一个像她这种年龄的女人来说，她的皮肤还是蛮不错的……肌肉依然结实，一点也没有松弛，没有萎缩……她一定做过农民，干重活的农民，拿铲子铁锹，耕地……乳房依然非常结实……可是那脸蛋，挺遗憾的！……像是罗什舒瓦尔和地铁里面的那些老妓女……果肉状的贪婪的嘴巴，可能比卢库姆的嘴巴更难看！……那嘴巴可以吞掉人行道、路边小建筑和所有的顾客，还有顾客的器官和面包头！……她的眼睛呢？……像那种熊熊燃烧的火炭！……那种热力好比没有熄灭的火山底……极度危险！……我给她打针……啊！上帝啊，我保持着警惕！……我敢肯定他男人在窥伺……他躲在哪里我不知道……房间里有太多的厚帷幔和玻璃坠

① 指瓦格纳的歌剧《纽伦堡的名歌手》。

子！但我敢肯定！……我还必须显得特别和蔼可亲！……她没有对我曲意逢迎……她天生如此性感撩人，确实无须再做别的什么……打完针，收好注射器……出于礼节，还是得聊上几句……她突然就抓住我的手，拉着不放！……依然躺在床上，一丝不挂……啊！吸引我的不是她的一丝不挂！……而是她的眼睛，熊熊燃烧的炭火……不是看那双眼睛是不是很勾人……而是看有多危险，我看着她的眼睛……她会不会强奸我呀？……不！……不！……我倒吸了一口气！……她想拉近我们说话的距离！更近一点！……想让我听她说话！

"您的妻子……舞蹈家！……嗯？……好漂亮！好漂亮！巴黎女郎？对吗？……对吗？嗯？好漂亮的腿！腿漂亮吗？……"

"啊，是的！……啊，是的！……"

我完全同意！……我不否认！

"你！你！您？能把她借给我吗？……在这里！……在这里！……睡觉！……跟我一起睡！你愿意吗？你愿意吗？"

她已经不再是火山了……而是纯火！……这个臭婊子欲火焚身！……她想要的是那个！……她想要莉莉！……

"会给你大个头的意大利饺子！……漂亮！……漂亮！……"

她指着那一盘我可以拿到的饺子！……好大一盘饺子哟！简直是巨无霸！

"好的！好的！弗鲁赫特夫人！……我会跟她说的！"

说完，我突然灵机一动，我逮住她的一边屁股在上面亲了一口！吧唧！亲了一大口！……然后又在另一边屁股上，吧唧！……我们变成闺中密友了，我们达成了一致意见！

我不会冒犯她……让她猜到我不想把莉莉带给她……那样的话我们就要去西森过夜了！……毫无疑问的！……不管是以这种方式，还是那种方式……但这时我又想了一下，想明白了！我想那可能也是一个圈套！非常好！……和她男人搞的一个阴谋，好把我们夫妻俩全都赶出去！耍个诡计！找来风化警察！……然后把我当成皮条客赶出去！……莉莉则会被当成无恶不作的骗子……要看透一个人的本性，我只看此人的目光……这个女人的目光邪恶……同性恋！……别开玩笑了！……这个弗鲁赫特，她本性邪恶，毋庸置疑！这样的女人我见过成千上万！……屁股非常性感！可那又怎么样？她心中的仇恨肯定要多过她对屁股的疯狂！……她可能想让莉莉和她发生关系……然后在床震之后……你们滚去西森吧！……“怪物一样的夫妇”……给“雄狮”丢脸的狗男女……我的脑瓜是比较笨，但我想东西想得快！……更快一些！……幸亏啊！幸亏！……我在她的房间里非常小心，不能走得太匆忙！……要让自己看上去没那么行色匆匆！……我又开始亲她的屁股，她的大腿，背部，她的性器……么么哒！……么么哒！我给她做了个“全套”！真正的套餐！……全套！……要让她明白我跟她是一伙的，对那些事情也很疯！让她明白我会把莉莉带过来跟她睡觉！……啊！就这么说定啦！……我慢悠悠地从她那里走了出去……我没再说起过……我没说……我没跟莉莉说……没跟任何人说起过！……我一声不吭……但我开始寻思，这个弗鲁赫特如此胆大妄为……是不是她接到过命令……城堡的命令，还是罗米茨的命令？……抑或，她明白了，接下来要发生的事情只是时间的问题，我们这里也会像乌尔姆一样被夷为平地？……有人已经提前通知过她？……也许是柏林那边的人？还是从瑞士那里得到的消息？知道英国皇家空军在天空中的杂耍、竞技、骑术表演和暴风雨即将结束？反正谁也不怕了……等着瞧吧！就像德累斯顿，燃烧，炙烤，化为灰烬！……知道我们的最后半小时已经来临？……这个欲火焚身的弗鲁赫特，她也许什么都知道？知道是纵欲享乐的时候了！……小舞娘……巴黎女郎……也许吧？

“厨房和餐厅都挤满了士兵！”

“哪里的士兵？……法国的，还是德国的？”

我问道……

“德国兵，还有一名军官！”

“是谁？……是谁？……”

“他们上来了！”

是真的，我打开门，看见他们了……他们清场……把楼道上的人清空……还有我的房间……还有卫生间……让所有的人都出去！驱逐！……滚下楼梯！我们这层楼一个人也没有了！……他们是来抓我的吗？……我的脑海里随即就冒出了这个问题……我想看看那名军官是何方神圣……啊！他过来了！……我认识！……这个人我很熟悉！……是弗兰茨·特拉布中尉衔军医，他们医院的主任医生……可以说，我对他很熟悉！穿得真气派！……衣着笔挺！……身边配有短剑！军用皮带，法兰绒上装，铁质的十字章！……灰色长裤，无懈可击的折痕……鲜黄油色的手套……他穿着华丽的军装来这里看我……只是来看我吗？嗯！……楼道上已经没有一个人了……没有遮挡……只有他的护卫队……反正，就是两三个班的人，全副武装……好吧！……我等着他开口跟我说话……他向莉莉问好，他摘下大盖帽，他鞠躬……对我呢，他伸出手……我领他进房间，请他在一张椅子上坐下……贝贝儿占了另外一张……我们只有两张椅子……贝贝儿最喜欢玩的游戏是从一张椅子跳到另一张椅子上……贝贝儿狠狠地瞪了霸占它位子的那个人一眼……它够胆，它才不会给你好脸看哩！我呢，我看着他们俩，特拉布中尉和贝贝儿……谁先开口说话呢？……既然我是接待方，那我就先说吧！……我请求他谅解……在如此寒碜的场所接待他！……设施落后……诸如此类的话……他马上回答而且用法语回答说："现在是战争年代！"他跟我示意说，这一点也不重要！……小事一桩！……他扫了一下手……好吧！……开场白！……也好！但是我有个想法他没帮扫掉……他是来抓我的吗？……我心里一直在犯嘀咕的是这个！……这些宪兵在我家门口一溜排开到底为哪般？……他们关梅内特莱尔的时候也是这种阵势……有一名医生和一支卫队……梅内特莱尔也是医生……而眼前的这个特拉布是个冷冰冰型的德国人……他讨厌法国人，那是毫无疑问的！……就像所有的德国鬼子……和所有的其他人一样！我们这些法国人，我们属于"格外令人讨厌"的一类……镇子里的所有德国鬼子都有权格外地讨厌我们！……我们都跑去他们那里！我们不应该去的！我们牵累他们了！……他们个个都听 BBC[①]……所有的锡格马林根人！咚！咚！咚！ BBC 告诉他们应该怎么想……怎么想我们和贝当！……我们的名字，我们的户籍，我们的案底！每天四到五次！说我们统统都应该被绞死！……贝当首当其冲！只要法国军队一到就动手！……嗬！嗬！每天通知他们三到四次！通知那些真正的法国人！我们翘首以盼的那些人！游击队中最纯洁的军团！布里松，马尔罗，于贝尔·坎普[②]，勒克莱尔克部

① 英国广播公司。

② 于贝尔·坎普（1879—1959），法国著名文学评论家，从 1944 年开始为《世界报》撰写戏剧评论。

队的上校们！……而我们这些流氓，我们是遭到全体真正的法国人唾弃的那些人的确切代表！他们这些正直的德国人应该把我们赶尽杀绝，马上动手！说我们欺骗了他们善良的心灵！……说我们背叛了他们就像背叛了法国一样！说我们一点都不值得同情！……那些在诺文街上洗劫我家的强盗确实就是这么想的！……诺文街上的那些强盗此时此刻正欢天喜地，大发横财，把我的财物洗劫一空！……BBC就是福瓦尔德思[①]的管风琴！……他们大开杀戒时，它负责演奏！……这么做对德国鬼子很奏效！……每天播送四五次！……他们是多么期盼勒克莱尔克部队的到来啊！啊！我们这些肮脏不堪、满身疥疮、贪吃粮食的懒鬼！吃的是他们的粮食！等着瞧吧，那些塞内加尔人会让我们把吃进去的粮食全部吐出来的！连同我们的肠子一起吐！……我们的肉！……吐得排水沟里的污物暴涨！……锡格马林根的荣誉得到了昭雪！……弗兰茨·特拉布中尉当然也听BBC！……我们的业务关系一直过得去，也仅限于此……他与法国抗德武装之间的合作肯定更加愉快……跟我呢，我求他什么，他一概拒绝，一直都是……就像克兰丁斯特一样……硫黄软膏，汞软膏，吗啡……从来没给过！……很遗憾！很遗憾！……这个人跟我年纪差不多……五十岁上下……为了让他收治我的一个病人，我得想尽一切办法！他总把我的病人甩给菲德里斯！……我发现他们全都在那里，包括他自己的病人！……他百般推脱之后收下了古丽娜·吕歇尔，但条件是做完X光后马上走人！……他像其他人一样，不希望那些“解放者”指责他连最起码的同情心都没有……

可是现在，他一身盛装到访到底有何贵干？……褶子笔挺的下装，还配了短剑！……还有十字章……还有这支护卫队，把整个楼道

① 福瓦尔德思（1751—1817），法国法官，1817年3月19日被谋杀，杀手行凶时让同伙在外面演奏管风琴以掩盖受害人的叫喊声。雨果在《悲惨世界》里写到过这个事件。

都塞满了……我看不明白……最后他终于说话了……他开始了……

“同行，我过来有事相求……”

他说法语没有太多的口音……他直截了当，言简意赅……他说他有个病人，更确切地说是个伤员，一个刚动过手术的患者，一个德国士兵……说我要是去看看他，他会很开心……他的伤口有些后遗症，一块弹片炸掉了他的阴茎……说这个伤员，这个德国士兵结过婚，他想装个假阴茎……这类阴茎，这种假体在市场上有售，但只是法国才买得到！……欧洲只有一家生产商……特拉布他自己可以去找日内瓦，找红十字会……但假如我直接给日内瓦写信，就说……就说为了救一位受伤的战俘，那效果可能会更好！……因为红十字会属于戴高乐派……法国战俘也是戴高乐派！……我也是，戴高乐派！……可以吗?

“当然啦！当然啦！”

当然啦！开个玩笑吧！……太有意思啦！……我愿意吗？……我什么都愿意！……

啊！现在是另外一件事！……他大驾光临的另一个原因！……这个事更麻烦……他迟疑着……

“是这么回事！是这样的！我已经通知布里农了，我不得不下令，禁止保安队员进入医院……”

为什么？……他们在澡堂里拉屎拉尿！……他们把墙上写得到处都是，用粪便写的:“把一切都献给阿道夫！”……特拉布，他嘛，他能理解！“现在是战争时期！”但医院里的工作人员呢？……那些女护士呢？……

“令人难以忍受！不是吗，同行？难以忍受！……我已经通知了布里农先生……”

啊！那当然！……他的决定非常正确！……

“您同意我的做法，是吗，同行？”

还有别的事！……现在他要抓我了吗？下定决心了吗？……德国鬼子都很狡猾，他们会向你介绍断头台……“您要剪雪茄吗？……亲爱的先生！……不客气！……请自便！……火柴在那边！”没有！……还没到断头台！……他想跟我说德·布里农！……他的前列腺！……“德·布里农先生去找过我……他排尿有困难……他很疼……当然啦，可以给他做手术！……可在这里吗？……这里怎么行？……”布里农也问过我的意见……我的回答跟特拉布一样……“回去以后再做！”一句话就把什么都解决了，这也太方便太爽了吧！……回去以后！……对我们而言，“回去”，不啻让我们回月球！……再说啦，我们还有哪里可回哟？……

就在这时，特拉布脸上的表情变了……很突然……在我的眼皮子底下……他换了一种语气……他刚才跟我说布里农和澡堂时好像不怎么当回事……现在却严肃起来了……说的还是前列腺，但是他本人的！……他自己的前列腺！……“您不是前列腺方面的专家吗？”……啊，不！……但我懂一点……他有些苦恼……他尿频，像布里农一样……“每晚几次？……每天几次？”我问他……“五六次……”

“您能不能帮我检查一下？”

“当然！……请把裤子脱下来！……”

他站起来，他朝门口走去，他对卫兵交代了几句话……我知道莉莉让他觉得尴尬……莉莉也朝门口走去……“小心别让任何人进来！……”现在，他可以脱裤子了……屋里只剩下我们俩……还有贝贝儿……跟我单独相处的时候，他像是换了一个人……他变得轻松自如，可以说，开始跟我无话不谈……就像一起用餐的时候一样！他毫不隐讳地对我说……他烦透了！……头都大了！头都大了！……说他的医院就是一座地狱！……各部门之间明争暗斗、争权夺利！医生，外科医生，护士！……他们互相指责，互相揭发，互相憎恨！……比跟我们的关系还要糟糕！……看看谁更有本事让谁被人抓起来！随便为点什么事！……搞阴谋诡计！鸡奸！黑市！他跟我无所不谈，说着说着就觉得轻松了……他说的那些事并没有让我觉得太惊讶……你们去把克里姆林宫也掀起来看看……还有英国国会的上议院……费加罗报社……人道报社……所有的盖子！……沙龙……政党……城堡……贱民……舞台的后台……修道院……医院……他们互相揭发，互相让对方被抓，被处以绞刑，手指尖被钉入木楔……

“您答应我不跟别人说，可以吗，同行？绝对保密！”

“职业机密！职业机密！”

他眼泪汪汪……医院里的那些坏人！……他抽抽搭搭地哭了起来……那些人比城堡里的人还要坏！

“您不要跟任何人说！”

我发誓！……我对天发誓！……一个字也不会说出去！……他不会去咨询自己医院的医生！……啊，不！永远不会！……他能信任我吗？……是的！是的！是的！……他一下子把什么事都跟我和盘托出……他去过图宾根咨询过一名专家的意见，一位教授……图宾根，他们的医学院！……那专家说他的前列腺应该做手术……已经变大了……但特拉布，他本人并不觉得自己需要做手术！……他一点也不同意！……他甚至非常害怕做手术！……这一点他也跟我坦白了！用吼叫的语气说出来的！……他确实害怕！……尤其是在这种时局下！那我呢？我的意见怎么样？我有何高见？

“前列腺，对吧，亲爱的同行，您跟我一样清楚，它很容易发炎……我们可以再等等……一切都会回归常态的……很显然，外科医生总想做手术……五十岁以上的男子百分之八十前列腺都会出问题……总不能把他们全都开刀吧？！啊，那个，绝对不能那么做！……他们多多少少会尿到鞋后跟……那又怎么样？……那又怎么样呢？……又有什么关系嘛！他们照样可以寿终正寝！……他们只是会有些尿骚味……这个有什么好操心的呢？特拉布，您稍微注意一下就可以了！您自己留神……不要喝白酒……不要喝啤酒……不要吃辣的……不要行房……然后，十年之后您再去看您的那位专家！……问问他做何感想……而要是他开了刀……”

啊！我的一番安慰的话一下子让他感觉好多了！……他那张冷峻的、砍柴刀一样的、典型的德国鬼子的脸，脸色变了，他几乎是充满深情地望着我……效果明显！……我的话恰如甘露！……

“您能帮我检查一下吗，亲爱的同行？”

“当然可以啦！……”

我戴上指套……抹上凡士林……他脱掉裤子……那条漂亮的有折痕的灰裤子……他跪在我的床上……他没有脱上装，也没有解下军皮带和短剑……我给他做指检……是的！……确实！……他的前列腺已经非常大……我甚至觉得有些硬……

“啊！这些完全可以再等等！……饮食必须严格控制！……您的前列腺会恢复正常的！”

“太好了！……太好了，我亲爱的同行！……那饮食方面该吃些什么呢？”

“面条！……只吃面条！……就这些！”

他答应了！他重新穿好裤子……整好皮带和手枪……

“太好了，同行！太好了！”

“一个月后您再来复查！……看看是不是好些了！……”

现在轮到我发号施令了！……如此一来，说老实话，也没有骗他，一个月接着一个月，我会更安心落意一些……先前我担心过……楼道里干吗布了这么多兵？这支护卫队？而且全副武装？……我差点就要问他了……我一直都没想明白……也许他跟我说的那些都是骗人的谎言？……但他的前列腺我毕竟还是很确信……最后，他站起来，他走了……啊！还有一句话！……

“您明天去医院，好吗，同行？”

“好的！好的！当然！……”

“对吧？……为那阴茎的事！……”

他凑到我的耳边……小声嘀咕道……

“硫黄软膏……一瓶！……一瓶！……您想要吗？”

“啊！当然想要！……啊！太感谢了！”

“另外还有一点咖啡……您想要吗？”

我太想要了！……他拿了出来……一小袋……

“啊！非常感谢！”

他对我们真是太好了……

“秘密……秘密，是不是？”

“我会把这个秘密带进坟墓的！……坟墓里，同行！”

他打开门……跟士官说了句什么……所有的人“立正！稍息！”集合！他们下楼去了……德国同行特拉布走在队伍的最后面！全都走了！……他们为什么来这里？……我一直都没搞明白……为了抓我吗？……也许不是……反正有这么件事，特拉布过来看我了……我让他吃了七个月的面条，喝了七个月的水……他好些了……然后他就没来看我了……之后我就再也没有他的消息了！……这里面必定有什么缘由……我是永远也弄不明白了！……但我顺应了这个事实……快点！一天就是一天！……一天有时候却异乎寻常……我们毕竟拿到了一点咖啡……啊！不是很多！……另外还有硫黄膏……同样也不是很多……

又熬了两三天……啊！不平静！……街上的人越来越多了……坐汽车和火车过来的……不断地往这边涌！从斯特拉斯堡，从北方……从东边和一些波罗的海国家……不只是为了贝当！……为了去瑞士……但他们确实留在了这里，他们尽可能地安营扎寨……他们挤在门口，挤满了过道……什么人都有……粗鲁的男人，庸俗的女人，还有孩子……再加上溃散的士兵，各个兵种的都有……你们可想而知科尔佩绍会不会招募新兵！……从一条人行道到另外一条！……他不停地招募！他向他们允诺一切，让他们签字，给他们分发袖章！……他又招到一个水兵！……上哪艘军舰？进哪个舰队？很快就会知道！……但天上要热闹一些！……蚊式轰炸机和“劫掠者”在急速飞过来、往下俯冲然后再拉高飞走！……想把我们碾碎的话，对他们而言易如反掌！……一颗小小的炸弹足矣！……不！他们好像只是拍拍照……“让英国皇家空军从正面、侧面和背面给你们拍摄！”他们一点也不用担心……天空中没有一架德国佬的飞机……地面上也没有……一直都没有！……一直啥也没有！……连起码的消极抵抗都没见……德国佬的鸡巴毛国防！戈林的牛皮倒是吹得很响！……他们最擅长的就是让我们生活在水深火热之中！他们所有的人！……我跟你们说过……又熬了两三天……三个晚上……该死的让人心惊肉跳、震荡不已的夜晚！全是螺旋桨的涡流！飞过去了，又飞回来！……“空中堡垒”机群倾巢出动……足以把一直到乌尔姆的整个德国国土化为齑粉……它们轻轻掠过……让一面屋顶飞起来……两面屋顶……仅此而已！瓦片！我猜想，我们不值一颗炸弹……

有人来访……咚！咚！……是马利翁！……他过来看我们……我跟他说天上太闹腾了……他想着我们，给我们送来了小面包，还给贝贝儿拿了一些杂碎……我们拿时下的局面开玩笑，所有的一切全都变得很白痴！而我们也只能这样傻傻地等着！等什么呢？……城堡里都在搞什么名堂呢？我问他……他向我透露一些消息……布里农再也不想见任何人……加保尔德也是……罗夏[①]也是……现在他们开始摆谱……一年前他们可不是这样……在这里就像在别的地方一样，“摆谱”总是姗姗来迟！就像“对未来的构想”……总是过于姗姗来迟！……我们都是吃一堑长一智的[②]（说到英国，我也许应该搬出我的贝利兹[③]）……我们谈到了部长们的会餐……布里都把所有的人的那一份都吃掉，其他人好像都不吃了，或几乎不吃了，只有内罗[④]例外，他的胃口更好了……非常好！……内罗，属于扬诺维奇那类人，跟赖伐尔寸步不离…… 他好像在做什么“生意”……有人说闲话……但马利翁跟我说了一件事……我早料到了……不！……我没料到……毕歇隆死了……他在上边，在霍亨林青，在格布哈特那里死的……在手术期间……好吧！……没什么好说的！……是他自己要去的……他完全可以像其他人一样等到“回去以后”再说……太好了！……还没有宣布他的死讯……晚些时候再宣布……这是命令……“不要得罪德国

① 夏尔·罗夏（1892—1975），法国外交官和政治人物，在赖伐尔政府担任外交事务秘书长。战后逃往瑞士。

② 原文为英语。

③ 始创于1878年，是全球最大的语言培训机构。

④ 保罗·内罗在德国期间以私人身份陪伴赖伐尔。

人”……好吧！……

“我的老兄，您好像有氰化物，是吗？”

赖伐尔跟他说过了……显而易见！……毕歇隆在临走之前可能也跟他透露过？……这不是什么罪行……但是现在他们个个都来找我讨要！……我只剩下两瓶了……他妈的！

这时，他建议我们别待在房间里，而是去楼下的那间糕点铺，他想给我介绍一个人……好吧！我不是很喜欢那间糕点铺，但我不能拒绝马利翁……我们下楼，我，莉莉和贝贝儿……说实在话……做这些事情没有任何歇斯底里的成分！……我们早就料到了，我们所在的整个地域随时都有可能爆炸，燃烧！液态磷或者子母弹！……那就什么也留不下来了！……彻底毁灭！……克兰丁斯特糕点店，就在楼下附近……这家糕点店是那个女医生的妹妹开的，也就是那个什么都拒绝我的医生……但这个做妹妹的却不拒绝，这个糕点师妹妹，可是她供应的都是啥玩意儿呀！……都是可怕的代用品！……小烘炉烤出来的、能把牙齿磕掉的东西……椰果和烤木薯……那种甜点拿去喂鳄鱼还差不多！喝的呢，只有咖啡代用品，捣碎的羽扇豆……甚至有可能是焙炒菊苣根！反正……反正……我们去她那里不是去吃糕点，我们只是去那里坐坐……不是很舒适……但毕竟……里面人可多啦！……当所有的人一遍遍地看完人民党党部两扇橱窗前的垂死者，看完城堡……一遍遍地看完升旗，旗杆，保安队……他们就只能去克兰丁斯特那里了……十个、十五个人一起倒在一张黄色的独脚小圆桌边……瘫成一堆，互相交错，像花环似的围着糕点……马利翁为什么要带我们去那里？……在我们那间破屋也挺好的呀……我一点也不喜欢克兰丁斯特的这间糕点店……我看到有那么多人……马利翁不是那种搞鬼搞怪的人，他一定有合适的理由……他在楼梯间跟我解释了原因……他想让我见见雷斯蒂夫……奥拉斯·雷斯蒂夫……雷斯蒂夫名叫帕马拉德……反正我觉得是……要不就是别的什么名字……他们都有个化名……我跟雷斯蒂夫不熟……也不了解他手下的人……马利翁与他们来往密切，他给他们上历史和哲学课……雷斯蒂夫和他的手下不在一起，他手下那帮人被集中安置在一个农场里……那是一支“特遣队”……没人过去看他们……他们独来独往……他们好像要在某个时刻采取行动……一回到法国马上行动……“锄奸”！……算总账！……一个区接着一个区夺取“锄奸行动的胜利”！……所有卖身投靠英国、美国和俄国的人！……你们可想而知那名单会有多长！……那些“欧洲的敌人”！……工作量可大了！要完成的任务可多了！总计有十五万叛徒！必须在三个月之内全部解决！……躲在伦敦的那些只顾着叫、不会捕猎的狗……然后还有布拉柴维尔的那些……然后还有莫斯科的那些……我们将会有一个崭新的欧洲！焕然一新！一个无比幸福的大陆！……而现在，雷斯蒂夫正一点一点地经受考验！这很重要！他可以上课……教一些“神功”……他曾经在好几个党组织、好几个警局里面做过“积极分子”……他们把纳瓦辛[1]在布洛涅森林被杀归功于他……还有在地铁里被暗杀的罗塞利兄弟[2]……还有许多别的暗杀行动！……他独创的神功……他自己的神功！……非常个性化……在颈动脉那里下手！……用手抹一下脖子……那人就死翘翘了！嘀！从背后袭击！那人连“喔唷”一声都来不及说出口！……用锋利的剃刀！刺啦！两根颈动脉！……两股鲜血喷涌而出！大功告成！……但动作要迅如闪电！要割得深！一气呵成！无懈可击！这就是他要教给他们的技巧！刺啦！……两根颈动脉！现代版的弗朗索瓦

① 狄米特里·纳瓦辛（1889—1937），苏联记者、经济学家。曾任北欧商业银行行长。1937年1月23日在布洛涅森林中的王子大道被“蒙面团”成员让·费里奥暗杀。

② 指卡洛·罗塞利和奈罗·罗塞利，卡洛·罗塞利（1899—1937），意大利政治家、记者、历史学家，意大利反法西斯活动家，1929年流亡巴黎，1937年6月9日和他的弟弟同时被以让·费里奥为首的“蒙面团”成员暗杀。

神父的刺杀行动[①]！……

他的整个“特遣队”由他管辖，独立行动！……他们分开居住，很少来往……两个队员在城里碰到时，会互相敬礼：立正！立正！……其中的一个高喊：“理想！”另外一个立即回答：“趁热吃！”……仅此而已！在农场里，他们不停地训练……用猪和羊……他们不怎么进城里逛荡，是因为他们不喜欢被人看见……他们只喜欢一样东西：讲座！……不是那种下流的话题，荡妇的庸俗玩笑……不是！而是正儿八经的人类历史！正儿八经的哲学！马利翁有热情，有天赋，有广博的文化知识……所以他在雷斯蒂夫的农场里极受尊重……从不提及那个赫赫有名的“神功”！从不提及！只字不提！……

只有哲学和神秘学以及“作品选读”……啊！听课的学生非常专心，从不在下面交头接耳讲小话！法兰西学院、路易大帝中学里的学生都喜欢对老师起哄……坐在那里听课的都是些童子鸡……小童子鸡和老童子鸡……我们这里的这些颈动脉专家言行一点也不狂热……尤其是雷斯蒂夫的手下……雷斯蒂夫本人压根儿就不是那种话痨！他坐在第一排听课……他非常崇拜马利翁……他都是凑到他耳边轻声细语地跟他说话……而雷斯蒂夫本人，就他个人而言，他是不喜欢被人崇拜的……一点也不喜欢！……他觉得他的那点雕虫小技实用、方便……不过如此！……就像我，我觉得自己的风格实用、方便！当然啦！不过如此！……我就是不放弃这种风格！该死的！就让它一直那么实用、方便……啊！但也就这样了！……我又不会为这个小题大做！倘若我生活无忧，倘若没有人逼我，我会把这种风格一直延续下去！……当然会！……啊，我也不喜欢被人崇拜！……啊！我没有名人、明星的气质！雷斯蒂夫，这个“彻头彻尾的弗朗索瓦神父”，他

---

① 法语习语 faire le coup du père François（谋财害命、暗算）直译的意思是“弗朗索瓦神父的刺杀行动”。

的神功要高过其他所有的技术！……但他并没有因此趾高气扬……高过断头台，如此而已！……你跟他谈罗塞利兄弟或者纳瓦辛，他会脸红，会走到一边去……他只想听你说话！……你的故事！你自己的故事！跟马利翁在一起时，他总是无话不说……

那么，我们到了我先前跟你们说过的地方，克兰丁斯特的糕点铺……我，莉莉，贝贝儿，马利翁……什么都是代用品的糕点铺……坐在我们旁边的那张独脚小圆桌边的，是各党的“希望”，是人民党，全国人民联盟，布卡尔……那帮人说话声音可大了！要让整个糕点铺都能听见！听见他们说话！彻底重铸欧洲！……反攻倒算！……反攻倒算！……这就是他们要做的！……他们！锄奸！……法兰西将会见证一些重大事件的发生！法兰西的重大使命！……巨大的变革！……革命？哎呀！……贝当？那个贝当！患妄想症的老怪物！倒霉鬼！把他搞掉！……搞掉！……当然要搞掉！……他们也许应该推举布卡尔，“步兵英雄”，也许？……或者达尔南，另外一个“步兵英雄”，也许？……但与德阿相比只能排在第二位！……不能更高！德阿，是他们的人！……他有这才能……那才能……唯一真正够格的偶像！政治思想的巨人！多里奥呢？蛊惑人心的政客、地下共匪！……把他除掉，多里奥，他还会变回共匪的！……不可避免的！……赖伐尔呢，当然，已经完蛋了，他干了太多的蠢事！他会回到他的夏特东[1]的！……布里农呢？布里农呢？同样除掉！……一个马夫！……马夫和犹太佬！……无须争辩！……那另外一边推谁呢？戴高乐吗？……呵呵！他梦想做拿破仑！军校学生的梦！……他不就是个警棍、肆意煽动闹事的破坏分子吗？比克列蒙梭差远了！一副觉得自己长得高就好了不起的样子！那个马奇诺就不像他那样，马奇诺比他还要高呢！

---

① 法国奥弗涅大区多姆山省的一个市镇，赖伐尔的出生地。

所以把戴高乐划掉！……他的真名叫范·德·瓦尔！……是个外国佬，戴高乐·范·德·瓦尔！他们这些坐在小圆桌边的人，他们无所不知！那种激情洋溢，那种满腔热血，我后来再也没在其他任何人身上看见过……再也没见过……一种风格，一种家国情怀……一种精神……一去不返了……很显然，法国的大溃败从“锄奸”时起才真正开始……然后便是彻底的土崩瓦解……新的妄想……谁最会吹牛谁就是大王……大胡子也跟着消逝了，还有那种雅典式的“扎祖”青年的发型……欢跃的、热衷政治的青年一代……未来的议员……当然是痴痴傻傻的一代……但你们看看现在我们周围都是些什么样的年轻人？……一帮土生土长的乌合之众，自己都为自己感到丢脸……更加令人作呕……“亚－亚白种人”……欧亚人……欧非人……什么东西前面都带个“欧”字……只要人们答应他们做某人的奴才就好！……还酗酒成性！让人们把他们丢进牲畜群当中！堕落，腐朽，完蛋……在别人的肤色下消逝……不是他们自己的肤色！啊，不是！最关键的不是他们自己的肤色！……所以他们才会被人踢踹，一而再再而三地被人踢踹！

如今，我走到哪里都见不到那些身着奇装异服的“扎祖”青年了……就像在协和广场再也见不到路易十六一样……中国人是不会跑去看那个安放断头台的遗址的……

我还是回到我们这间糕点铺吧！……我跟你们说过，雷斯蒂夫在那里，跟我们在一起，专心致志，非常审慎……他身上没有任何异样……我见过很多杀手，近距离地接触过，非常近……在一个没有任何虚张声势的地方，在牢里……不玩虚的，不跟你啰嗦……来真家伙，对那些惯犯……如果你仔细观察他们，夜以继日地观察，会发现他们跟别人不一样……我跟你们说，在大牢里，你总归会觉得他们有点古怪……但雷斯蒂夫呢，一点也不怪！……一丁点怪癖都没有！……不过呢！……不过！……后来……我见过他情绪失控……后面我再跟你们说……发作……完全跟野兽一样！……可是，此时此刻，我们在克兰丁斯特的糕点铺里交谈时，他绝对言行得体，十分正常……旁边一桌的那些人，那些“希望”，他们可是一点也不得体，他们非常狂躁，非常过分！“计划”有冲突！他们重整欧洲的计划！……该做什么，不该做什么！都是可怕的宗派分子！新布卡尔！……新人民党！……新共产党！新的一切！新人，超级力量，全法国都在翘首期盼他们的出现！……锡格马林根的精英！他们的第一要务是“锄奸”！坚定不移！第四共和国！全世界都给我好好记住！“誓不妥协的第四共和国”！……而且他们全都已经开始任命自己做部长了！此时此刻，他们已经到凡尔赛了！凡尔赛宣言！希特勒被绞死，这是不言而喻的！戈林也跟他一起被绞死，这个罪大恶极的下流坯叛徒，把天空卖给了英国人！……你们只需朝天上看一眼！戈培尔呢？用木桩刑处死！当然要这么干！这个罪该万死的夸西莫多！那样的话他就再也不会满嘴谎言了！这些是真正的狂热者，高度可靠的反政府者，他们真的有残酷的理由，都准备报名加入了……他们胡子拉碴，言辞激烈……他们实在没什么好抱怨的……所有的人屁眼上都粑着刑法第七十五条！……你只有跟那些饥肠辘辘的饿鬼在一起方才做得了一点正事……你们看看中国人好了！……马利翁让我们下楼到克兰丁斯特的店铺是非常有道理的……雷斯蒂夫去“雄狮”露脸不是很方便……去那里看我的小丑已经够多了……所谓的去找我看病……那36号房呢？……罗米茨恰好在楼上！是的，像现在这样安排最好不过……我们可以一起东扯西拉地聊点事情……然后突然就聊到了氰化物！我早该料到！……赖伐尔肯定多嘴多舌把这事给抖搂了出去！……毕歇隆无疑也说了……说我有那个，诸如此类……现在所有的人十有八九都知道了，锡格马林根的所有的人……说我堆得满屋都是……所有的人都会跑来找我要！啊！还有一个消息！……也是从城堡里传出来的！……说赖伐尔已经任命我做总督！他们都不是很清楚消息从哪里传出来的……反正是某个地方吧！……对啦！我没有任何证据……毕歇隆死了，已经死无对证了……赖伐尔会矢口否认……我们不想让他为难……我们拿这事开玩笑……连不怎么爱说笑的雷斯蒂夫都觉得我做总督很可笑！……我跟他解释说，是岛上的总督！……

我和颜悦色地问马利翁我们来克兰丁斯特的店里做什么……“我们要去看火车！……不是吗，雷斯蒂夫？”然后，他们俩跟我解释是怎么一回事……一个诡计……那辆火车要把他们送去霍亨林青参加毕歇隆的葬礼……官方代表团，六位部长，加上雷斯蒂夫，另外还有两个代表，不知道是什么人……肯定是马利翁和加保尔德……可是要注意！那列火车在多瑙河另一边的森林中单独停靠……谁也不会知道！也不会看见！火车藏在树枝下，一大堆树木下面！埋住了的！飞机发现不了……火车从柏林开过来接他们前往……一列非常特别的“专列”，两节车厢……火车到的时候会通知他们……随时都会到！……霍亨林青并不近，有一千二百公里……要穿越整个德国，从南部到东北！……我已经跟你们说过格布哈特所在的党卫军医院，六千个床位……但毕歇隆他是怎么死的呀？……谁也不知道那里发生的事……他们会搞清楚的！……会的！……会吗？……马利翁并不觉得……那边的人想怎么说就会跟他们怎么说！……我琢磨，我也想了一下……是格布哈特给他做的手术……我不喜欢格布哈特……眼下他们一直在那里等火车……其实，是火车头……大家要去看一下那个“专列”！只有雷斯蒂夫知道它藏在哪里……具体的位置，在哪个树枝堆下面……要过了大桥……好像经过了彻底的伪装……但雷斯蒂夫根本就不信，既不相信伪装，也不相信树枝……火车无论如何都会暴露，他解释说……因为他们眼下只有焦炭可烧……所有的机车都只有焦炭可烧了！你闭着眼睛都能把它们找出来！你看见它们从俄罗斯开过来！未烧尽的煤屑会释放出大股大股的烟云！……所以这里的天空才会变成无休无止的飞机的竞技场，它们在隧道，隧道的入口、出口上空守候着……轰的一声！……就什么都解决了！……只需守候着！在埃菲尔山[①]的隧道出口，至少有三十架飞机，像旋转木马一样转悠！……无休无止地转悠！……可以说，火车跑出来等于自投罗网！……会变成他们的靶子！可以说，这么做是故意的……我们后面才知道！雷斯蒂夫早就知道……他知道的东西真他妈的多……但现在不是问他问题的时候……事情的来龙去脉……他把我们带去参观一下，不就得了！莉莉，马利翁，我，还有贝贝儿……我们准备去看那个专列……所谓的藏了起来……我们绕了几个弯道，然后到了那座"五拱"大桥……我们穿过三股轨道……我们进入森林……走到那里，必须承认，他带我们去的地方，小路蜿蜒曲折，很容易迷路，因为里面黑咕隆咚的……最大的那些冷杉好像被他们砍过了……你仿佛走在拱穹下面……在拱穹下的某个杂乱的废物堆里面！加上砍下来的树枝，混杂在一起……我们沿着道砟儿往前走……还有铁轨……但轨道上都是堆积如山的杂乱树枝！被砍倒的圣诞树！……我们来到一个巨大的树枝堆前面！……一个地方……周围全是人……雷斯蒂夫知道，就是在那里！……火车就在那里面！被埋起的火车……埋在树枝堆下面！……彻底的伪装！但周围全是人群！……这辆神秘列车早就被他们发现了！住"雄狮"的人，镇上的人，文职人员和军人，摩肩接踵！他们七嘴八舌、叽里呱啦！各种语言！……比克兰丁斯特的糕点铺里还要喧闹！……伪装的士兵和没有伪装的……法国难民和德国鬼子……什么人都有！……甚至有从菲德里斯跑出来的奄奄一息的病人，我还以

① 德国西部一座由低矮的火山形成的山脉，位于北莱茵－威斯特法伦州的西南部和莱茵兰－普法尔茨州的西北部。

为他们正躺在床上呢！……他们跑到那里，开心得很！……还有军属……从乌克兰流亡至此的工人……带着十个、十二个小孩！……树枝后面全是吵吵嚷嚷的孩子……他们跑来跑去，叽叽喳喳，荡着秋千！啊！神秘列车！……还有德国警察！还有冲锋队！……还有科尔佩绍海军上将本人！……他们都给出权威解释！他们无所不知！知道这火车是怎么回事！希特勒的“专列”？……不是！……贝当的？……科尔佩绍上将的？……斯大林的？伦敦的那个戴高乐的？……他们登上列车察看……把里面翻了个乱七八糟！座椅，坐垫，扶手椅！真豪华呀！……那些家长，孩子，还有警察……我知道他们晚上躲在树林里，但不承想会有这么多人！……他们逃到森林里，害怕炸弹落下来，害怕在屋里被烧死，可是万万没想到会是人山人海！他们害怕很快就轮到我们这里被烧！像乌尔姆一样火光冲天！很快了！已经不知预告多少遍了！……甚至连人民党党部橱窗前的那些奄奄一息者，也跑来了！……还有车站餐厅的那些钢琴师……

他们一刻不停地上车，出来再从车厢里下车，两节车厢……每人手里都拿着一支点燃了的蜡烛！就好像要点火一样！连小孩子也拿了！一群又一群孩子！用这些蜡烛可以把整座森林变成一片火海！他们什么都想探个究竟！餐厅，厕所！“马赛克”厕所！……他们全都跑上去，这里摸一下那里摸一下！森林晚会！……一串串烛火！……他们非得什么都摸一下！“这些都是为希特勒准备的吗？还是勒克莱尔克？还是给那些塞内加尔人？”你们可想而知有多好笑！……捧腹大笑！放声大笑！确实不虚此行啊！

雷斯蒂夫知道得更清楚……这是辆专列，“非常特别”，是威廉二世定做的，但从未使用过……专门为波斯国王定做的……这位国王一九一四年八月进行正式访问……这车一直被搁在这里……

你们可想而知它有多么豪华！集德国威廉明娜、波斯、土耳其的全部华丽于一身！……你们可想而知那些锦缎，挂毯，帷幔，束带！比赖伐尔的豪宅更奢华！……沙发床，长沙发，有浮雕的墩状软垫，还有地毯！……他们把最厚的地毯都找来了！安国①的超级地毯！……印度的超级地毯！……足足有一吨重的窗帘，挂在窗上！……啊！他们没看见！“拉里克②地铁口”风格的枝形壁灯路灯占了半个车厢，那地铁口已经变成了巴黎的名胜古迹……那位国王享受的是何等优厚的礼遇啊！……车厢里面你再也放不下别的东西了！……我依然记得，我对马利翁说过一句话：“我不知道您能不能顺利到达那边，但您在车上会很享受！”

雷斯蒂夫更讲求实际，地毯和帷幔是很华丽，可厨房呢？……他要我们去看看清楚……另外一节车厢……配备了厨房！……一应俱全！……炉灶和大锅小锅！……但哪里有煤炭呢？……没有煤炭！这厨房烧不了焦炭！

“马利翁先生，您别担心！……我去给您弄二十四只鸡来，我让人在‘雄狮’帮您烧好，您把冻汁鸡带着在路上吃……”

这是最简单、最方便的……他会把那些鸡弄到手的……他不吹牛！……马利翁不用操心……那些农场对他总是有求必应……而且是免费享用！……他要什么都不会遭到拒绝……我们呢，我们要什么东西他们都不会给……贝当也一样，什么都要不到……连罗米茨一家也一样，什么也甭想拿到！……但是雷斯蒂夫呢，要什么就有什么！……他自有魅力……

① 中亚古国，首都为布哈拉（今乌兹别克斯坦境内）。

② 勒内·拉里克（1860—1945），法国顶尖级的珠宝、水晶、家居饰品设计大师，也有人把他的姓氏 Lalique 翻译成“莱俪”。曾参加巴黎地铁出口的设计。

当然，柏林的火车头没有过来……好像，在埃尔福特[1]和爱森纳赫[2]之间，出事了……整个道岔儿都被炸飞了！……在另外一个地方……靠近卡塞尔……机器本身出了毛病……造成晚点！……代表团可以等嘛！已经一点热情都没有了……情况看起来并不乐观……牛皮吹了一个又一个，他们不得不接受现实，柏林不会有火车头开过来，我们要自己动手用本地车场里的牵引机车把森林里那两节车厢拖出来……只是这车可能会行驶缓慢，路途会相当遥远！……还发生了许多争吵，谈判，确定谁去……谁不去……城堡、罗米茨和布里农之间还吵得不可开交，派谁做葬礼的代表？……水火不容！……谁生病了，感冒了，没病？……行动不便的……对寒冷太敏感的又有谁？……最后找到了七个人，差不多比较健康吧！……差不多就这么定了……有“在职”的部长和“后备”的部长……我就不在这里点他们的名字了……那会对他们造成损害，是的！……即使如今事情都过去二十年了！……党派之间的仇恨可以让人从中渔利！……千万不要忘记！有人把“锄奸”，把埋葬“合作分子”当成个人加官晋爵的手段……一些彻头彻尾的狗屎人摇身一变，成了“老大”……“复仇

① 德国中部城市，图林根州的首府。

② 德国中部城市，属图林根州。

者”……享有巨大的特权！……你们说这些人会不会一直“抵抗”到最后一口气！……一直到他们最小的孙女嫁得如意郎君！“合作分子”的最大不幸，是他们成了最穷凶极恶、最一无是处的乌合之众的意外之财……你们告诉我，维尔梅什[1]，特奥莱特，玛德莱娜·雅各布，她们这些人跟一台铣床、一张纸或者一个扫把比起来，能有多少价值？……鬣狗，回窝里去！倒霉鬼！意外之财，一百年都遇不上一回！癫痫傻逼的放荡聚会！他们不会急于放弃做一九三九年的威武圣骑士！……我不会为他们找理由的！不会！我等着他们全都“开释”！已经有三五个开挂了……不会等太久的！……找准机会，年龄的弧线……一切都在加速之时！我收集那些“讣告”……我知道！……“被上帝召回”！刽子手和受害者！……反正，马利翁是这个葬礼代表团的一员，我已经跟你们说过……马利翁和雷斯蒂夫……奥拉斯·雷斯蒂夫代表“特遣队”……同时负责“后勤”，提供膳食……还有那些鸡！他按事先说好的，在“雄狮”把那些鸡烧熟了……可是由于一直没个准信，一直在等火车，那些鸡早就被人吃掉了！……是的！……一个翅膀接着一个翅膀……所以出发的那天，已经没鸡可吃了……出师不利啊！……说到吃的，他们每位部长从城堡里只领到了两个小盒子！两小盒三明治！嫉妒啊！我们这些住在旅馆里的呢？……屁都没有一个！……从锡格马林根北上，到普鲁士，路上要走三天，三夜……至于服装，我告诉你们，他们穿的是离开维希时穿的那些东西，单薄的外套，麂皮鞋，压根儿抵御不了低于零度的严寒……在十一月份的锡格马林根还能顶一下，但穿着这样的衣服北上绝对够受！……他们算是见识过了！……一点也不舒服！尤其是睡觉的时候！他们老早就把三明治干完了，他们啥吃的也没有了，他们使劲地跺着脚！……旅程

① 雅尼特·维尔梅什（1910—2001），法国政治人物，法共总书记莫里斯·多列士的遗孀。

还没有结束，他们还在继续北上，越走越北……气温越来越低……下雪了，先是雪花……然后是暴风雪！……尤其是在过了纽伦堡之后！……好厚哇！跟棉絮似的！……什么也看不见了！……铁轨，道砟，车站，全都无影无踪……天边，天空，全都变成了棉絮！……我们经过马格德堡车站，但根本没把它认出来……我们的列车必须缓慢行驶，避开柏林，从郊区绕行……我们运气够好的了，一直没碰到空中巡逻队，没有一架“劫掠者”过来阻止我们前进！……我们肯定被发现了……毋庸置疑！老掉牙的机车拽着我们，吭哧吭哧地喷着烟雾……呈现出杂色……没有烧尽的依然在熊熊燃烧的煤屑！……尤其是每次爬坡……他们是不会错过我们的……从月球上都能瞅见我们！他们对我们视而不见一定有什么原因……毋庸置疑！……后面当没人感兴趣的时候，已经没什么意义的时候，就会有人出来解释原因……所以，在这个如此寒冷、没有一块车窗玻璃，灌满了风——多么刺骨的寒风啊——的车厢里，没有人能入睡！……太冷了，太晃了！……尤其是，他们从城堡出来的，你们可想而知，一下子就患上了支气管炎！……一个个都开始咳嗽！……就算不冷，也没有人能睡着，车子可能一根弹簧都没有！……“桃核悬挂装置”……不停地走来走去，跺脚取暖，所有的部长互相冲撞！颠簸，对不起！撞击！……撞起包了！再也不会去参加什么鬼葬礼了！两天，两夜，会把他们整垮的！……可是，这还只是在去的路上！……回程还不知道会有多带劲呢！从这一趟去程就能看明白……雷斯蒂夫做过工程师，很务实……他用刀在帷幔上猛划了几下！……咔嚓！……刺啦！……有御寒的东西了！……成堆的绸缎、天鹅绒和棉布！……这些东西挂在车厢里，像瀑布一样泻下来，到处都是！……啊，名副其实的超级豪华车厢！于是，所有的部长都开始行动了！咔嚓！刺啦！像雷斯蒂夫一样！……花枝图案，地毯，束带！……一切为了御寒保暖！……他们给车厢开肠破肚！……战斗！……每个人都给自己弄了一件宽袖长外套！……真材实料！……超级大衣！超厚，有四层！像骑兵服……但真的很管用！……我知道自己在说什么……我们一九一四年打仗时穿的那种都假得离谱！……下一点毛毛雨都会全部湿透，沉重得都能把你压死！但部长们为自己做的这种，用刀裁剪的，有普通外套四个那么厚！外加安国的地毯，收紧腰身，看上去也许很可笑，但是……顶用！尤其是可以用来睡觉，在柏林周围的那些小车站……我们耽搁了好几个小时……这里……那里……机车依然在吭哧吭哧……没有人过来看个究竟……没有人向我们提供任何东西……没有一份套餐……没有一片香肠……也许连他们自己都没得东西吃？……跟德国鬼子打交道你永远都摸不着头脑！……我们本来有时间问一下……但有什么好问的呢？……现在天气真的很冷了！……北风朝我们迎面吹来……锡格马林根天冷，但也没冷到这个份上！……现在才十一月份呢！……我们重新出发，吭哧吭哧可费劲了……现在真的非常可笑……我跟你们说过，雪像棉絮一样，你再也分不清哪是平原，哪是天空……火车行驶速度相当缓慢……那么慢，应该已经不在铁轨上了！……车轱辘可能侧滑到一边去了……火车滑出轨道了吗？……啊！总算看到一个车站了！……同样没有人出来看我们一眼……我们仿佛走进了一个蜃景里……我们唯一明白的事情是，我们正在朝北方走……一直在朝更北的地方走！……马利翁带了指南针……霍亨林青在东北部……马利翁还带了一张地图……过了柏林后我们还在东边……要抱怨还轮不到我们！……司机不跟我们说话……我们试过……他一定接到过命令……好吧！……就让他守着他的命令吧！……我们继续我们的"咔嚓"！"刺啦"！……再来一个布套！另外再来一个！比赛看谁撕得最多！……因为天越来越冷了！咔嚓！来个洞！在布套的顶部……你随即就有一件四层厚的斗篷了！你要保暖，也得撕……刺啦！……继续撕！挂在窗上的布幔！……足够你撕的！波斯国王！威廉明娜风格的装饰！……啊！土耳其艺术！阿拉伯集市！……另外一块安国的帷幔！他妈的，报复一下！既然谁也不跟我们说话！“卑鄙的德国鬼子！刽子手！……吸血鬼！制造饥荒的混蛋！蠢货！”他们就这么叫着，吼着！参加葬礼的代表团全体成员绝对同心同德、团结一致！既然他们什么也不跟我们解释！……我们就让他们的威廉见鬼去！威廉一世！威廉三世！四世！他们这是要把我们带去哪里呀？这个务必要先弄清楚！去北极吗？……还是去俄罗斯？……压根儿就不在霍亨林青，这些混蛋什么都干得出来的！……这帮背信弃义的叛徒！……我们一边把什么都撕烂，一边嘶吼：“德国鬼子！萨克森乡巴佬！猪猡！”我们把什么东西都扯下来，什么都往身上裹！裹得相当的厚！啊！座椅下面的垫料！也是我们的，垫料！他们啥吃的也不给我们，他们是故意这么干的！把车子开得颠颠簸簸也是别有用心的！……起码要让整个车厢报销！让他们所有的装饰都报销！

就在这时，雷斯蒂夫发现了一座宝藏！……一条矿脉！……一个秘密的藏物处！……他仔细翻找！……翻了个底朝天！……从那张大沙发下面掏出了一段、两段、二十段紫色平纹细布！……意大利帕尔马堇菜的那种紫色！肯定是用来挂在那些狮头羊身龙尾吐火怪物装饰品外面的吧？……花环！……整个车厢都铺满了……盛大华丽的装饰品！……我猛然想起，我想了一下……这种堇菜紫……让我想起了什么事！……一个“往事重现”……啊！我想起来了！……对啦！……我对德国多多少少还是有些了解的！……唉！……比我想知道的要多！……这种堇菜紫平纹细布……老天啊！迪普霍尔茨[1]，汉诺威……迪普霍尔茨，那所国民学校！……一九〇六年！家里人把我

① 德国下萨克森州中部迪普霍尔茨县的首府。

送去那里学德国鬼子的语言！……他们觉得那对我经商有用！……妈的！啊！迪普霍尔茨，汉诺威！……多么惨痛的回忆！……从那时起德国佬的良心就已经大大地坏了！……也许比四四年的时候还要坏！……他们在迪普霍尔茨，在汉诺威，扇过我多少耳光呀！一九〇六！……色当日[①]！皇帝[②]日！跟一四年的那些野蛮人毫无二致！……跟我在佛兰德斯地区的普尔卡佩勒[③]迎击的那些德国鬼子毫无二致！顺便说一句，玛德莱娜没去过那里！没去过佛兰德斯的普尔卡佩勒！维尔梅什也没去过！戴高乐自己也没去过！真正抗击德国鬼子的确需要人！马尔罗也没去过，尽管他是年轻一代的偶像！他们去了的话，别想安然无恙地离开！我本人便是最好的例子！

我还是回来说平纹细布吧！……我曾经给汉诺威、迪普霍尔茨那里所有的橱窗、台灯和阳台整过这样的平纹布！所以我能回想起来不足为奇！跟学校的其他毛孩子一起，穿过所有的大街小巷！同样的平纹细布，堇菜紫……皇后的生日……堇菜紫，那是她的颜色……在汉诺威的迪普霍尔茨，只有我一个小法国淫（人）……你们想一下，他们会不会让我吃点苦头！……会不会让我去挂那些平纹布？！我依然记得很清楚！……奥古斯塔皇后[④]！……

雷斯蒂夫好不容易找到的这笔宝藏！这数公里长的平纹布，部长们现在个个都想要！国务秘书，部长大人扑向这一卷卷堇菜紫色的布料……把它们全部摊开，裹在自己身上，缠在头上！他们觉得，穿着轻丧服显得更得体……更合乎礼仪一些……但是布料不够所有的人

① 1870年9月1日法军在色当会战中战败，9月2日拿破仑三世签署投降书，1871—1918年间德意志帝国在每年的9月2日都会庆祝“色当日”。

② 指威廉二世（1888—1918）。

③ 1914年10月25日塞利纳在比利时佛兰德斯地区的普尔卡佩勒镇身负重伤，并因此获得战争十字勋章。

④ 威廉一世的皇后。

使用！……尤其是从头到脚都要搞出五六层厚！只够部长们！……他们对自己的式样很是满意，他们包裹自己、加工布料的样子……他们还用束腰绳束紧腰身……车厢里满地都是……所有的帷幔……剌啦！剌啦！……他们就这个样子，穿着一身堇菜紫束腰装下车吗？……假如他们能顺利抵达目的地的话！……突然，我们的这匹患喘息症的“老马”又减速了……吱扭！吱扭！颠簸来颠簸去……我寻思，有什么意外要发生了……我们看见道岔儿，看见铁轨了……我们应该快到某个地方了……我们到了俄罗斯吗？……我问道……一半是在开玩笑！……这很有可能！……到了俄罗斯，或者有红军的地方！他们或许要把我们移交给俄国人？跟德国鬼子共事，他们什么勾当都干得出来，这个必须心里有数！全车厢的人都嚎叫起来，准备迎接俄国人！同志！同志！“他们再坏也坏不过德国人！”大家的一致意见！……弄个法俄联盟如何？……然后呢？……怎么！为什么不呢？……马上就搞！尤其是在我们都裹着堇菜紫的时候！……会给俄国人来个下马威的！……跟他们合作，我们也许不至于饿肚子……俄国人能吃！……而且喜欢大吃大喝！……车厢里有人了解情况！……俄罗斯甜菜浓汤，甘蓝，等等！腊肉！他们知道我们爱吃什么！我很乐意！……于是我向代表团透露说，第一部共产主义小说是我写的……再也没有人能写得出那样的作品！他们永远也写不出！……他们没那个胆子！……这个事必须跟俄国人声明一下！……而且有据可查，阿拉贡和他的妻子就是译者！[①]……代表团成员可不是随随便便就下车的！……要跟俄国人讲清楚都有哪些成员！……跟谁在一起！……光跟他们讲甜菜浓汤是不够的！也许还要给他们跳个忧伤的舞蹈？一边跳一边泣不成声？……一个压抑了很久的即兴演出？……代表团一行

① 塞利纳的《茫茫黑夜漫游》1936年由阿拉贡和他的妻子翻译成俄文出版。

一身的堇菜紫会收到较好的效果的！我满脑子的主意，但我不能把他们逗笑……我，我的玩笑！……他们想要的是吃的东西！……有盒饭，就可以了！管它是中国菜、土耳其菜还是俄罗斯菜！……只要能吃就行！……要是我们遇到法国志愿军团怎么办？……很有可能哟！……他们会不会把我们带到法国志愿军团那里去？有这个可能！……我们估摸着……那样的话我们就可以吃战地厨房了！萝卜焖鸭！……啊呜！啊呜！真好吃！真好吃！真好吃！……还有很多圆面包！你想吃多少就有多少！有这个可能！有这个可能！啊！那多有意思啊！……可是，嘎吱一声，火车抖动着，刹车了……是的！……完全停稳了！……啪啪嚓！咚咚锵！军乐声！……是那种军乐队！……在路堤上面……俄罗斯人吗？……不是！……是德国鬼子！……《霍斯特·威塞尔之歌》[1]！有不少德国鬼子！……站在白雪皑皑的路堤上，为我们奏乐……确实是在我们奏乐……德国人……真正的德国人！……不是法国志愿军团，也不是俄国人！甚至都不是一座火车站，只是茫茫雪原中的一个临时停靠点……到霍亨林青了吗？……我们不清楚！……医院在哪里？……我们看不见，啥也看不见……只能看见那个路堤，路堤上的军乐队，还有那些德国鬼子……穿着军靴的德国鬼子……队长一脸的大胡子，正在挥着指挥棒……又来了一遍《霍斯特·威塞尔之歌》……然后又来了一遍……他们一定在等着我们上去……他们的头儿在向我们示意……必须上去！啊，那可不容易！……尤其是我们穿的是低统鞋！不过，还是解决了，我们手拉着手，向上攀登……然后全都上去了！……啊，他们想得真周到！……满满一手提箱单片面包三明治！……一眨眼工夫就被我们消灭了！……一眨眼工夫箱子里一个也不剩了！被我们吃得精光！……

① 纳粹党党歌。

他们一直在演奏他们的“霍斯特·威塞尔”……我们没有靴子，没有哇！……他们会带我们过去，对吗？我们准备跟着他们走……可就在这时，一名帅气的军官出现了！他向我们敬礼！……在上面，军乐队旁边，路堤上边……他一点吃的也没给我们带吗？……他请我们列队……“司法部”排在最前面！……他一定是来为我们安排礼仪的……我已经跟你们讲过礼仪……“司法部”排在第一位！……“司法部”代表贝当……司法部后面排军乐队！……然后是整个代表团……但也是按照一定的职级排！……啊！他们换了曲子！……现在再也不是“霍斯特·威塞尔”了，而是《马赛曲》！我们往前走着……打着趔趄！……“司法部”滑得最凶！……我们把“司法部”扶起来！……地上滑得一塌糊涂，必然的！……狂风一阵接着一阵！……乌拉尔的风直扑而来！整个德国北部地区都这样，一年当中有六个月的乌拉尔风！……去那里体验过，你们才会明白……你们才会明白为什么攻打俄国总会溃不成军，总会被打得落花流水！谁都扛不住！在那样的狂风中，拿破仑不过是个乳臭未干的小毛孩，希特勒也只是一根谵妄发作的麦秆！那片平原真的是去不得的！我们法国要不是有孚日山脉和阿尔贡[①]的防御墙，我们一样会遭到那股狂风的肆虐！……不难理解，东方的征服者，他们的游牧部落何以如此疯狂，那完全是冷出来的，冷得发狂……把他们丢在那里，冻死！……为什么要派我们去那里，我想知道！……要让今天的那些从未在火车东站下过车的政客们好好想一想那里正在发生的事！……马恩省的出租车，啰里吧嗦……他们为什么不亲自去那里看看？！……

我就不跟你们透露走在军乐队后面的那些部长的名字了……其他人的名字也不说……马利翁，没关系，你们都认识……他走在队伍的

① 法国东北部一丛林地区，地势陡峭，是天然的防御据点。

最后面……按照礼仪，那就是他的位置，他是部长中的末胎……代表团总共有九人……我们滑得厉害，我们真的已经坚持不住了……那名军官把我们集合在一起，手挽着手，互相拽紧……然后重新上路……那所医院会在哪里呢？……我们看不见！……下那么大的雪，我们什么都看不见了！……即使像我们这样相互拽扯着，照样打滑，根本就挪不开步子！……我们就好像被困在了溜冰场上……他们，军乐队，他们可以走！他们穿的是有防滑钉的靴子！他们可以演奏《马赛曲》！我们没有飞出去，没有把脖子摔断也真是奇迹！……我们代表团的全班人马！……再也站不起来了！……居然没把身上的骨头都摔断！……你们可想而知我们会不会抗议！……“慢点！慢点！”他们对我们的请求充耳不闻，他们走得更快了！他们这是要把我们带去哪里呀？啊，平原上终于有什么东西出现了……那边！……一定就是！……在雪地里……有什么东西……远处……一面旗子！……我看见了！……一面巨大的旗子！……一定是为我们挂的！……“我们的大旗迎风飘扬！”……三色旗，蓝，白，红，就在一座类似库房的建筑前面……他们要带我们去的，肯定是那个地方！……根本就不是去医院……那名军官向我们示意：停下！……音乐也停下了……好吧！军官过来跟我们讲话……好吧！……我们就听他说……他说的是法语……“我很沉痛地告诉诸位，毕歇隆去世了……十天之前，在医院里！……”他指着那边的那座医院！……对我们来说太远了！……看着都觉得远！……穿过那么厚的积雪！……他还对我们说，他们已经等了我们十天！我们来得太晚了！……毕歇隆已经入殓！……是在那个货场下面吗？……现在只需吊唁他了……我们当中有人致悼辞吗？……谁也不想！……大雪纷飞，天寒地冻的，我们筛糠似的哆嗦得厉害……尽管我们用平纹布、地毯、双层窗帘、垫料把自己裹得严严实实，我们依旧进行着一场格牙齿比赛，看谁的牙齿格得最响！发言就甭提了！我们能一直来到这里就已经是个天大的奇迹了！我越来越理解那几次大溃败了……士兵们睡在他们自己的马匹的肚子里面！直接睡在里面！剖开的热乎乎的肚子！……全是肠子！老天啊！真恐怖！说起来容易做起来难！我们却没有马，只有这个军乐队！他们重新开始……《马赛曲》！我们要去库房那里吊唁吗？……要是我们摔破了脑袋谁来吊唁我们呢？地上这么滑！……谁也不会来！……当然啦！……可是，既然来了，既然奇迹跟着一直到了这里，我起码要看看格布哈特！……是他给毕歇隆做的手术……他不在，我没看见他，他没来……他有太多的手术，好像……我想看看那些手术是不是都这么成功！他肯定不想见我们……谁也不想看到我们……而且没有吃的！啥也没有！只是给我们每人发了一个花环！每人一个花环，常春藤和不凋花[1]做的！……我们经过不懈的努力，互相生拉硬拽，终于到了……他就在这里，在这个货场下面吗？……我们放下花环……毕歇隆就在这副棺材里面吗？……跟德国人打交道别太轻信……他们的心思，你永远也捉摸不透……不过，棺材倒是挺漂亮的！……毕歇隆，他再也不欠任何人的账了！……我们呢，我们还有欠账，还没完呢！……我们还有一大堆东西要费尽口舌为自己辩白！我们要偿还对所有人欠下的债！……包括那些把我家里的物品洗劫一空的强盗！……我一直在说我自己！……哈姆雷特从哲学上思考骷髅头是很容易的事！[2]……他有“安全保障”！但我们呢，我们没有，他妈的！

礼仪军官发现我们谁也不想开口……

“好啦！先生们！仪式结束了！回去吧，先生们！”

啊！还有那面旗子！……我们把它给忘了！……我们必须把它

① 指蜡菊、灰毛菊。

② 在《哈姆雷特》第五幕第一场戏中，哈姆雷特和霍雷肖途经墓地，看见两个挖坟人挖出一颗颗骷髅头，讲述死者身份，哈姆雷特似有所悟，说出自己对死亡的认识。

带回去交给元帅！……乐手们把它从冰层里拔了出来……费了九牛二虎之力！……他们把旗子交给我们……我向你们保证它的分量真不轻！……风猛烈地吹着它！我们七个、八个、十个人紧紧地抓住旗杆！我们被它拽着往前奔跑！……我们在狂风中航行！……我们和军乐队那帮人！……幸好，风从东往西吹……朝我们的专列方向！……如果它还在那里的话！……代表团成员前仰后翻，像起伏的波涛！……部长们和乐手们拥在一起！……紧紧抓住旗子！哗啦！我们踉踉跄跄！滑倒了！摔了个仰八叉！……啊，狂风又刮过来了！……所有的人一起“嗬”的一声！站起来了！可是这一回旗子竖不起来了，不是垂直的，不是！旗子现在完全横过来了！我们一起拽着旗杆，但现在是横着拽！……我们找到了专列！……乐队跟在我们后面！……他们一直在演奏《马赛曲》……地上依然很滑，但没那么厉害了……最关键的是，要找到我们的车厢！……我们不打滑了……那名军官跟着我们……我们到了路堤上面……我们的专列旁边……你们可想而知，把我们送上车他是多么高兴！我们都不用请……我们已经吊唁过了！……可是这么大的一面旗子往哪里搁呢？……它跟车厢一样长！幸好车窗上一块玻璃都没有！……勉强把它放了进去……靠着长靠背椅一溜过去……有点倾斜……可是火车头呢？……火车头还在吗？它怎么掉头呢？……它不带我们走了吗？它推着我们往前走？……我问一个德国佬……它会把我们一直推到柏林……柏林－安哈尔特站……到那里后，换另外一台机器……好吧！……这个老铁路员工把情况跟我说了一下……柏林－安哈尔特！……啊，毕竟还是懂一点礼貌嘛！态度亲切一点又不会吃亏，我们又不会剥他们的皮……于是，我们在各自的位子上坐好，我们终于可以消停一会儿了……还没到柏林－安哈尔特……那名德国军官在路堤上向我们敬礼……一个大大的军礼！他的乐队又开始演奏“霍斯特·威塞尔”……《马赛曲》却没再响起……总之一切都进行得非常顺利……除了吃的东西！……一点吃的都没有！啊，条件反射！……“喂！喂！”雷斯蒂夫朝路堤上的那个家伙喊道，“给我们拿一点吃的东西呀！我们都饿坏了！……吃的！吃的！”……列车缓缓离开……路堤上的那个，那个身佩军刀的军官，假装没听见我们说话，他还在敬礼！于是整节车厢都闹翻天了：“三明治！三明治！”路堤上的那个家伙，他才不在乎呢！……不过，他还是朝我们喊了一句：“你们到了那边，到柏林后就会有的！”……我呸，柏林！我呸！他要把我们送到那里去饿死，我们都这么想！……一致的看法！……确实，噗！噗！火车头在推着我们走……波斯国王的这节车厢我们太熟悉不过了！我们用车厢里的东西把自己裹得里三层外三层！……所有的帷幔都不在了！……地毯也不见了！我们穿得可漂亮了！平纹布裹了好几层！……可是，我们还是冷得要死！尽管我们一起抱团坐在地板上！奇怪，车子不颠了！……好像是在滑行……我们也许已经脱轨了？……我们也许直接行驶在道砟上？……结了冰的道砟上？……我们已经走了三个小时了……应该是从一个郊区经过……反正都是瓦砾堆，堆积成山的崩塌物……一堆又一堆！……也许是柏林？……是的！……你永远都不敢相信自己的眼睛……但毕竟写得清清楚楚的！……有一个箭头指引：柏林！另外一个箭头指向：安哈尔特……列车缓缓地驶进车站……就是这里了……滑进去的……一个站台……两个……十个站台……真是个巨无霸车站！……有三四个奥赛火车站[1]那么大……你们可想而知……这座火车站遭到了重创……没有一扇窗户，没有一块窗户玻璃……但道岔和转辙器满地都是，比阿涅尔[2]还要糟糕！……站台上人山人海！……主要是女人和孩子！挤得水泄不通！……我们的两节车厢才停下，人群就呼啦

① 巴黎的一个老火车站，1986年改建成现在的奥赛博物馆。

② 法国大巴黎地区上塞纳省的一个市镇。

一下拥了过来！……车厢不见了，被毛孩子和臭婆娘淹没了！……你们知道那伙人怎么进车厢吗？像潮水一样，从我们头上经过，把我们压烂！压碎！……哪里有洞，他们就从哪里钻进来！还有行李搬运员！行李搬运员过来了！他们把那些箱子直接往我们的脑袋上砸，箱子在我们头上翻着跟头！……我认出了这些箱子！……装满罐头的箱子……是给我们的吗？……上面印有红十字……红十字会救济我们的？还有大袋大袋的面包……也是红十字会的！……真多呀！……足够我们吃上一百一十年！……这他妈的老爷车可以开走了，我们准备饱餐一顿！管它颠簸摇晃还是不颠簸摇晃！我说！……赶紧开车！赶紧离开！……见鬼，那些臭娘们还有那些毛孩子！……我们可不想死在安哈尔特车站！终于可以了！火车鸣笛了！这次是真的！我们重新出发！可是那些箱子已经跟我们没什么关系了！……还在车站的时候那些毛孩子就已经开始撬掉箱盖了！……每个箱盖上挤了十个、十五个毛孩子！名副其实的野孩子！……看他们从箱子里哄抢到了什么东西呀！他们抢到什么，立马开吃！直接吃！……如此大桶的果酱！圆面包和果酱！不只是那些毛孩子，那些臭娘们也一样！全都是丑八怪……奇丑无比还又贪吃！……还有孕妇！……好吧！……好吧！……他们个个都在狼吞虎咽！……不只是果酱，还有火腿！……是的，火腿！……我们看得很清楚，就发生在我们身边！全都踩到我们身上！他们以为我们是什么东西吗？垫料？……货物包？……他们才不在乎呢！……我们也一样，我们也开始拼命地抢……抢他们不要的东西！……箱子里剩下的……还是蛮好的！……一串串香肠！他们随便我们吃，他们已经吃不下了，他们把吃不下的都留给我们，他们倒头就睡……好吧！……如此一来，我们有两三个小时的太平了……差不多吧！……火车颠簸着……但不是很厉害……现在它要往哪里开呢？等着瞧吧！……可他们睡醒了！马上开始叽里呱啦！然后竟然开始唱歌了！而且是合唱！他们有多少人呀？……四十？还是五十？……合唱，三个声部，还不走调，还特欢快！……孩子们是从哥尼斯堡来的……孕妇则来自但泽……我的脑海里依然留存着他们的歌声……叮叮当……叮叮当……铃儿响叮当……圣诞歌曲，毫无疑问……他们一定是在排练吧？……反正旅行让他们开心！……有果酱可吃的旅行，再加上那么多的橙子和巧克力！什么都有！……他们最过分的地方，他们实在令人难以忍受的地方，是他们开始掠夺我们的所有的东西，他们想劫走我们身上的盖布！他们其实有红十字会给他们发放的！这些该死的小屁孩！他们还想要我们的刺绣饰物！我们裁成片段的所有地毯和平纹布！我们费了那么多神！我们穿在身上的一切！……他们撕破我们的衣服！必须自卫！这些毛孩就是可怕的掠夺者！……女孩和男孩……喜欢撕扯东西的讨厌的小猕猴，比我们还要坏！他们抢了我们多少平纹布啊！……他们抓住每一次火车颠簸的机会剥我们的“皮”！……他们十个人一起动手！使劲地拉呀扯呀！……在部长们睡着了以后下手！……他们剥掉部长们的衣服！尤其是第五天之后，他们已经变成了令人恐惧的海盗！在车厢里关了五天，没有出去！五天五夜……他们发现车厢还有些地方没被拆坏！啊！波斯国王的专列！……扶手椅剩下的部分！……他们一边争抢一边嚎叫！把扯下来的东西全都扔到窗外！扔到我们身上！……他们的护士小姐只能做点力所能及的事！你们可想而知！……她的名字叫，尤素拉……她甚至都懒得搭理那些小毛孩……“尤素拉小姐！尤素拉小姐！”他们叫她，是想让她欣赏他们如何扯掉所有的东西……确实是所有的东西！……他们扬扬得意！……她没有任何反应……她把箱子里的东西全都拿给他们……炼奶，一桶桶果酱……她拼命地喂着这些该死的孩子！……还有我们！……还有很多被他们扔到了窗外！你们想想看！这么个吃法，不拉稀才怪，没有一个不拉的！幸好卫生间能用……但卫生间好用也是白搭！他们把屎拉得满地都是！……这是另外一项娱乐，到处拉屎！……尤素拉小姐说了等于白说，那些毛孩子，你们想想看，他们才不听呢！……车厢，变成了马戏场！“孩子们！孩子们！”她试着阻止他们，但白费口舌！对他们的这位小姐，他们已经烦透了！他们想要的，是她让司机把火车停下！马上停车！到田里去玩一下！去田里！就在外面！他们要她再拿果酱！还要！还要！打开别的箱子！……啊，啤酒！……他们也想喝啤酒！……像那些部长一样！……就着酒瓶喝！……他们还碰杯！……咕噜咕噜！……你们想都想得到，一瓶啤酒下去会对这些毛孩子产生什么效果！把他们全都放倒……这就是效果……他们和部长们一起在车厢地板上呼呼大睡起来……我们过了一个隧道……马利翁告诉我的，我没注意到！……我跟那些毛孩子一样也睡着了吗？……我呀，我一点酒也没喝！……我从来不沾酒……只喝我军用水壶里的水……马利翁说的没错，我们是经过了隧道……马利翁跟我解释……埃菲尔山……山上都是光秃秃的了！……好像隧道出口被炸弹炸过……我什么也没听见！……炮弹好像落到了比较远的地方……太好了！……我们换过火车头，来来回回地转过轨……在隧道下面……这一切都是在我睡着的时候进行的吗？……太好了！太好了！……被睡意击晕了！……那位德国小姐也躺着，睡熟了！……也被睡意击晕了！……那些毛孩子，睡过一觉之后精神大振！比先前还要狂躁！还要操蛋十几倍！……他们开始剥部长们的衣服！……是的！是的！千真万确！他们玩得可开心了！……他们的制服，束腰带，尤其是平纹布！……他们又开始了！开始剥部长们的衣服！部长们给自己做大衣、斗篷……女孩子也一样！……做拖地长裙！……车厢里的狂欢节！……部长们没有做太多的抵抗，担心被那些毛孩子丢出窗外，这种野孩子什么事都做得出来的！打架……斗殴……尖叫……整个车厢都被他们搅得天翻地覆！……那些孕妇，她们倒是很安静，都躺在地板上……她们很有理性……但那样子……被颠簸成那个样子！互相撞来撞去！……奇耻大辱啊！……我很可怜她们……吭哧！吭哧！吭哧！火车毕竟还在往前走……这些孕妇差不多全都“足月”了……反正至少也有八个月了吧！……我希望火车赶在她们分娩之前到站！我真的希望！……她们当中哪怕只有一个人临产，我就有好事可做了！……

还要走多久呢？如果平安无事的话？我推算着……照这种速度，至少还要两天……才到乌尔姆……可是如果路上有某个地方被炸了呢？……到了乌尔姆呢？……说得倒简单，乌尔姆！……要是他们在乌尔姆赶我们下车呢？……那的确是他们的做派！我们凭什么坐这个车？！去锡格马林根的话，步行过去！……男的都步行！我们步行！说这车是给孩子和孕妇坐的！我们根本就没资格坐！……从乌尔姆到锡格马林根，四十五公里！……我觉得我们前景堪忧！……尤其是天气那么凉……没有北边的普鲁士那么冷，可还是……降温了，又下了雪……尤其是这帮野孩子把我们的衣服差不多都剥光了！……布头和平纹布和绒布！……几层厚的布料！……连同我们的薄套装！……都被撕烂了！我们还没到一丝不挂的地步，但只穿着衬衫！看看这帮捣蛋鬼干的好事吧！……那位德国小姐也没能说点什么……我们的薄鞋子哪里顶得住？……我们的脚恐怕都得报销了！……啊！我真的好害怕抵达乌尔姆！要是那座城市不复存在呢？要是火车站没有了呢？这是有可能的！……有可能被连根铲除！我们又不是第一次看见！当然，那里还会有党卫军……冲锋队……和德国警察！这些人你是很难消灭干净的！在最凄惨的废墟堆中都能长出来！警察！警察！警察！此刻，火车行驶速度非常缓慢！吭哧！吭哧！我仿佛看见了警察走过来，冲着我们说：“出来！出来！”

啊！我没搞错，确实是那里！……我们到了！……我们到站了……但到的是一个“没有站”！……火车停了下来:我们到了！……就是这里，一个路边……但没有乌尔姆！……一张告示上写着“乌尔姆”……仅此而已！……周边所有的库房都垮塌了！……所有的钢铁架子都歪歪扭扭的……就好像房屋在做着鬼脸……遍布这里、那里的残垣断壁……处于极度的不平衡状态，就等着你从那下面经过……英国皇家空军回来过！……就在我们到北边的时候！……他们把余下的那些瓦砾重新碾碎……好吧！……可以了！……我们可以重新出发吗？……车站站长？……戴着那顶硕大的红色大盖帽……他过来了……他看了看……他看着我们……他可能会说：全都下车……没有！……所有的人都不再说话……包括那些小毛孩……乌尔姆不在了，火车站不在了，但更令人恐怖……要是他不让火车走，要我们下车咋办呢？不！不……他是个好人……“出发！锡格马林根！……康斯坦茨！”我们重新出发……重新开始摇摇晃晃……没有一个毛孩子逃走！……真幸运！……他们害怕车站站长！……我向尤素拉表示祝贺……“真是个好站长！……”我们到锡格马林根的话只需两个钟头了……她呢，去康斯坦茨，需要三个小时……她会在半夜抵达康斯坦茨……她和她的那些孕妇还有那些小毛孩……总归是个好事，乌尔姆被彻底夷为平地，皇家空军不会马上折返！……我希望如此！……他们没有发现我们，是我们命大！乌尔姆不复存在！……在所有的城市被夷为平地之前，世界不会有任何太平！我是这么看的！是城市让世界变得疯狂，让人们心中燃起怒火！再也没有音乐厅，没有酒吧咖啡馆，没有电影院，没有妒忌！再也没有歇斯底里！……所有的人都能享受到清新的空气！屁股搁在冰天雪地里！就像冬眠一样！这是治疗疯狂人类的一剂良方！……

其实我们还没到目的地……我们的列车！……我们的车厢摇摇晃

晃，蹦跶起来，然后重新落下，就像走在鹅卵石上一样！车轱辘一定已经变成了正方形……这至少可以证明我们的车还在铁轨上！……要是到了道砟上，我们就不会再颠簸了！……反正，去他的！只要它能到达目的地，管它怎么走！……德国小姐要我过去，要我跟她过去一下……我跟着她……一个孕妇疼痛难忍……我走过去，我明白了……确实，是阵痛开始了……那不是个娇气的女人……看得出来，不是个歇斯底里的女人，不是在装模作样……一个初产妇……我摸了一下……不过没戴手套！……等下子我去哪里洗手呀？……我还从来没有出过这样的丑，这么悲催，不戴手套就去“触诊”！……加上宫口已经“扩张”了！……五十生丁[①]那么大……一个初产妇……她还要等四五个小时……我随即提出建议，她最好在锡格马林根跟我们一道下车！……让她在锡格马林根分娩……在锡格马林根我的医疗器具一应俱全……有一间产妇宿舍……她是从梅默尔[②]逃出来的难民……可以晚些时候再去与她的同伴们会合……分娩之后稍歇一下就可以去康斯坦茨了……啊！尤素拉特别赞同！……我们一走，就只剩下她一个人了……一个人和那些“放荡不羁”的毛孩子待在一起！现在，他们正呼呼大睡，但天一亮，他们就会醒，那时候有人生孩子怎么得了？“啊！好的！啊！好的！”我可以把这个产妇带走……然后再把她送到康斯坦茨！就这么说定了！整个代表团都参与进来了！所有的部长……都同意了！……他们一致同意！……包括雷斯蒂夫！……你们可能会以为，夜里黑咕隆咚，你们看不见！……我承认，看得不是很清楚，但能看见！……我们有几把小手电筒，从瑞士弄来的，上面有小轮子，可以用手掌的力量让它自动发电！……比不上节庆时的那种灯火通明！……当然比不上！可是当什么东西都没了，没有电，没有

---

① 法郎辅币名，一生丁相当于百分之一法郎。

② 今立陶宛克莱佩达的旧称，曾属于普鲁士。

电厂，这种手电就特管用！各种考验！手里拿着一个小发电机！要是你们想象不到，我可以告诉你们，如果有一天你们发现自己被埋在了几万吨的瓦砾堆下，嚎叫着，变成了奄奄一息的穴居人……十足的鼹鼠！……“法国！全法国都在找一根火柴！……包括阿基坦[①]！”没有人会给你们一根火柴！别指望！……那时候我的手电筒可以救你们的命！

坐在这列火车上你就能明白，要在颠簸中跨过地上的东西，摆脱所有横七竖八的身体，不把女人和孩子踩扁的话，没有小手电筒你根本无法做到……火车一直在前行……啊！犹犹豫豫的！……吭哧！吭哧！但毕竟在走……我们也许能在午夜时分抵达……我们没听见飞机声……会顺利抵达的！……雷斯蒂夫也持同样的看法！……会顺利抵达的！尤素拉小姐也这么想……她对我们很客气……总而言之吧……她完全可以在随便哪个地方让我们下车，把我们赶下去……刚开始接触的时候她有点冷若冰霜……甚至有点敌意……然后，她变客气了，甚至非常客气……兴许她和雷斯蒂夫、马利翁还调过情？……我什么也没看见！……多亏了红十字会，还有她的那些毛孩子，还有她的那些孕妇，我们才可以一直撑到现在！……应该向她表示感谢！没有这些毛孩子和孕妇，和那些瑞典、美国佬和古巴救济的一箱箱食品，我们早就饿死在半路上了！……证据摆在这里，代表团的全体成员都在呼呼大睡，尽管火车颠颠簸簸，但他们个个酒足饭饱，被那些横七竖八的毛孩子和孕妇压在下面，暖和着呢！……他们的衣服没了，全都让那些毛孩子剥走了，可是从柏林的安哈尔特开始，他们吃了多少东西、喝了多少酒啊！……起码有五十箱！什么都吃遍了！……都是最好的东西！至于衣服嘛，全被那些毛孩子抢走了！……被他们

① 法国西南部古地区名。其传统的制造业为香烟和火柴，有著名的火柴博物馆。

剥光了，千真万确！……平纹布，天鹅绒，缎子，还有他们的外套和裤子！……孩子们把自己打扮得怪里怪气……就好像在搞化装舞会！……五十个毛孩子大闹车厢，破坏程度堪比飓风肆虐！……要是我们白天到站的话，就得等天黑再下车，我们不能像这个鬼样子出现在众人面前，尤其是部长们！……但现在是大半夜，还行，火车站没有一个人影……但是，必须有人帮我把这个孕妇弄到农业学院……我跟雷斯蒂夫说了，他理解我……学校并不近！……尤其是在下雪天！……这个孕妇，我已经跟你们说过，一点也不娇气，可毕竟嘛……我跟她提议说我们抬着她走……但她更愿意自己走……从火车站到学校起码有一公里的路程……她会让我搀着……雷斯蒂夫搀她的另外一边胳膊……我负责的那些孕妇都住在农业学院……

列车即将抵达锡格马林根……我对雷斯蒂夫说：赶紧把他们叫醒！……另外还有一件事，当务之急！他们回城堡之前得搭把手！……帮我们把孕妇从火车站送到学校……下雪天带着这个孕妇……我跟他解释说，她已经“临盆”……她觉得自己能走，可她不行！……尤其是一公里路程，至少……我们得抬她……他们帮我们一起抬！……然后再回城堡！……时间足够！

列车的速度越来越慢……啊，我们终于到了！……成功抵达！……有一点朦胧的月光……不需要手电筒了……我认出来了，是这个车站……站台……现在的问题是，要悄悄地下车，别吵醒那些孩子，他们叫起来可要命了！不能让他们窜到火车底下去！……我，我的那名梅默尔孕妇，要让她慢慢下……孩子们没有叫的意思，他们依然在呼呼大睡……就让他们呼呼大睡吧！……别吵醒他们！……站台上现在很冷，雪积得有些厚！……一个礼拜之前，我们出发的时候，天气开始转凉……现在我们已经到了站台上……只有那些毛孩子没有挪窝……啊，我们的旗子！……我们把旗子落在车上啦！……旗子是拿给贝当的！……见鬼！……旗子是卷着的，搁在什么地方了！雷斯蒂夫折回车厢，找到了旗子！……他把旗子从孩子们的身子下面抽出来……没怎么撕烂……我们把它重新卷起来……部长们像那样站在站台上，睡眼惺忪……他们还不知道已经到站了！……幸好天还不是很亮！……他们几乎没穿裤子……全被那些毛孩子像剥皮一样剥得精光！现在不是待在站台的时候！……我跟站岗的冲锋队员说了一下，叫他放我们出去……我想到了一个问题，所以又对雷斯蒂夫说，不要举旗子！要横着拿！我们一起握住旗杆，横着拿！……让它像一根绳子一样把我们一直往上拉到“雄狮”……所有的部长都拽着旗杆！去农业学院那边的地势还要高……有一段路要走的！跟他们所有的人交代清楚……他们很乐意……他们打着哈欠，伸着懒腰，身子筛糠似的抖着……前进！没有霍亨林青那么天寒地冻，但毕竟……没有北边的那种狂风……可是像他们这样衣服差不多被扒得精光，哪有不筛糠的道理！……幸好有雷斯蒂夫引路，他认识路……我也认得这条路……我的产妇不想让人抬她……确实不想！……我和雷斯蒂夫，我们搀着她……她在呻吟，但声音不是很大……月亮躲到云后面去了……于是，我们的手电筒开始工作！……可以听见手掌摩擦那些小轮子的声音！……他们个个都带了电筒……幸好啊！我们看起来很可爱，恰似雪地上的萤火虫……那么多的小灯……吱吱吱！吱吱吱！……一个跟着一个！

啊！总算到了……学校的大楼矗立在我们眼前！我们没有迷路……我那些孕妇的宿舍就在里面！……非常正规的宿舍！但一点也不阴暗，不像菲德里斯的房间那么黑，只有隔墙和草褥子……但无论怎么说都比在外面或者车站好多了……那些孕妇！她们还是会去火车站，我敢打包票！但我们到的时候，她们全在里面！全都在那里！……她们全都在那里，让我大吃一惊……她们看见我……同样是大吃一惊！……她们之前一直在睡觉……问题马上就来了！

“这女的是谁呀？……从哪来的？”

“她跟你们一样！……准备分娩……”

“哪来的？哪来的？……是德国鬼子吗？”

“她要在这里分娩！……她不会说法语，你们要善待她！”

“她马上就要生了吗？”

“是的……是的……生完之后要去康斯坦茨！……她是德国人，老家在梅默尔……她也很可怜……跟你们一样也是难民！……”

我直视着她们，跟她们交代了该做的事。

“梅默尔在哪呀？”

“在那上面！”

她们抓住她的手……轻轻地……跟她说她们会说的所有的客气话，用德语……别开窗！……帮她掖好被子……不让她着凉……她们知道怎么做……她们都懂！……其中有一些是“经产妇”……我算了一下……还有三个小时才会生，至少！……这时间足够我回“雄狮”拿我的药箱，尤其是我的手套！我给她们留了三把手电筒……她们可高兴了！真是意外的收获呀！……她们没有这种电筒！她们要留着自己用！……开玩笑！开玩笑的！……好吧！……我跟雷斯蒂夫一起走了出去……代表团在外面等着我……“先生们，谢谢你们！……”他们可以回家了，回城堡！我解脱了！……他们认识路……往下走，不复杂……在沃纳街……下去一下子就到了多瑙河……然后再往左边，就是吊桥了！……啊，他们不要把旗子落下，那是给元帅的礼物！……纪念毕歇隆！……是命令！……好吧！……好吧！……他们知道了！……我就不挽留他们了！……这帮不穿裤子、腿肚毛茸茸的淘气鬼！……他们会犯支气管炎，会喝烈酒的！……他们在家里，在城堡里，什么都不缺，会把自己治好的！我在“雄狮”就没那么好过！……我在那里成天提心吊胆……我抄近道……你们知道，那一带我非常熟悉……我不一会儿就到了……上楼……好啦！……莉莉，可以说，她是个非常勇敢的女子，但她还是很担心……我一声不吭就走了……让她牵肠挂肚！……事先没跟她交代！……我跟她解释了一下……她能理解……必须的……当然！……她还好吗？发生了什么事？……一个礼拜了！……十天了！……啊！到处都有人找我！……所有的人都问我在哪里……我怎么回事……好吧！……菲德里斯……城堡！……保安队！……大医院！……还有其他地方！……五个……十个地址！……松德巷……布洛街……你们可想而知，我早料到了……我不是那种喜欢把什么事都抛到一边、然后离家出走的人……我突然不辞而别，走得那么急，又去得那么远，是因为有重要的理由……我以为到了那边能见到格布哈特，对他来个突然袭击……

每个人都有自己的小秘密，我的小秘密就是见到他，求他让我们去丹麦……他当然可以那么做……他在那边有几家医院，有好几座疗养院……尤特朗……费奥尼……我知道的……格布哈特不是很喜欢我，但他终归还是可以……一个小机会……我们的机会！……我跟莉莉说了这个事……即使没能见到他！……她能理解……是要去试一下的！……我跟她讲我们的远征……那些好笑的事情！我们捧腹大笑！……又一个希望泡汤了！她还有好多事要跟我说，但我不能再耽搁了！……我还有那个梅默尔产妇！……我的梅默尔……我跟她解释梅默尔！……我得返回学校！……总不能等孩子生下来再去吧！一个快要“临产”的孕妇……一路上被颠簸得够呛……惊心动魄，这么说一点也不为过！

有必要跟你们说清楚，我觉得这已经足够了！……七八百页……我还得从头到尾再看一遍……再让人用打字机打印出来……然后再跟他们谈条件！……布洛丹或者热尔特鲁！……选哪个呢？……这事不难办！……谁出价最高书稿就给谁！……一对冤家！……谁最不怕书出版后被人说三道四就给谁！……快滚！……我变成了一个追求物质享受的人吗？……嘿嘿！……有这个可能！……但不是很过分！……那些劫掠我、忌恨我的窃贼肯定要比我厉害得多！……我如今到了这般田地，病痛，残疾，年纪，拮据……也许应该在大通国民银行给我开个大大的户头……让我重新找到一点灵感……像克洛代尔、多列士、莫里亚克、毕加索、莫洛亚那样的大户头……像所有正儿八经的艺术家一样！我呀，在"买断"或者"计件"稿酬方面总是比清洁工于连·拉巴兹、比廉价的苦役犯低许多……更比不上那些最差劲的土法接骨医生！……所以我要把我的大作给出价最高的那个！……八百！……一千二百页！……我呸！……我再呸！……食品杂货店的老板才不稀罕呢！……煤炭商也一样！可他们却是唯一举足轻重的人物……他们严谨，认真，笑容可掬！多少就是多少！……我们生活的节拍器！……可那些出版商呢？……他们要可怕得多！同样的德行，但更加冷酷无情！……再加上他们身上各种怪癖！你什么都得依赖他们！诈骗老手！他们的骗局设计得天衣无缝！给你做的那种束缚疯子的紧身衣编制得如此巧妙，完全可以把你送进疯人院！……他们是怎么做的呀！……反正，你就是忘恩负义之徒，什么都是你亏欠他们的！……他们则什么也不欠你的，永远也不欠！……他们的汽车越来越大，也许他们会让衣衫褴褛的你紧紧地抓住汽车尾部，舌头拖在马路上……出于纯粹的良心发现他们可能会赏你一个面包头！……你在收容所里奄奄一息会怎么样？好吧！……这是你最起码的义务！……你不会有一株勿忘草的！……兰花都给鳕鱼小姐！[1]……你们可能会说，这是陈词滥调……当然！……这个也是陈词滥调……我巴不得看见那两个人都被绞死，并且在微风中荡来荡去！一忽儿高一忽儿低！布洛丹和莫尼[2]！多么优雅的快步舞啊！……还有凝固的微笑和单片眼镜！我听见一些思想先进、立场坚定的人，他们是党员，无政府主义者，秘密成员，同路人，扶轮社员……全都是大笨蛋！……你反一反老板，就够了！……他就在你前面！你知道自己该说什么！……那个党派的人口齿不清，唾沫四溅！……莫尼……布洛丹……他们是存在的！他们真实存在！……

我不说我的病人……不说他们的事了……不再谈论他们了！……很久以前我就不再指望他们了！……他们浪费我的钱财，仅此而已！……假如我不再当医生了，我就会停止供暖……整个冬天我都会窝在床上……我再也不能指望任何人了，也不能指望任何东西……我窝在床上，反思我的愚蠢行为……无论到哪里自己总是受害者……参军保家卫国却啥也没捞着！……倒霉！……别人把我的东西全都骗走贱卖掉了！……包括我的手稿！……他们拿得好拿得妙！把我所有的家具都拿到了跳蚤市场！……可以说，所有不公平的事都砸到我头上

---

① 英国作家詹姆斯·哈德利·契斯的小说《没有兰花送给布兰迪希小姐》法文版在法国出版。

② 即前文提到的虚构的出版人热尔特鲁·德·莫尼。

了……一样也没落下！……牢狱之灾，疾病，负伤，坏血病……还有军功章！……你们会跟我说，那么，那些抵抗运动战士又怎么样呢？其中一个跳窗自杀了！[①]……在一九一四到一九一八年间，数以百万的人跳楼自尽！你们又为他们做了点什么呢？啥也没做！那贞德呢？窝在床上，我可以好好想一想我有什么天赋被我糟蹋了！糟蹋给那些猪猡了！……我弓上的那根弦绷得多紧啊！[②]……我都快撑不住了！……如果你是名副其实的艺术家，会有很多人嫉妒你……如果他们把你杀了，那也是正常不过的事！……我想到了我在吉拉东街上的房间，那些锄奸者拥上楼去，怀着满腔的爱国热情，情不自禁地把我的一切物品全部卷走，全都拿去拍卖行贱卖掉！……我的那些熟人朋友也一样，舅舅叔叔，表哥表弟堂兄堂弟，侄女外甥女，他们则把我的东西拉去跳蚤市场！……他们要是能用木桩刑把我处死，那不定有多么的心情舒畅！差不多所有的人都把我给忘了……但他们没有！……他们没有！……你的那些窃贼永远也忘不了你！……你的那些剽客也忘不了你！……妈的！……他们欠你一条命！……你指望塔特有那么一天老实交代说“我就是个剽客和托儿，我承认！我就是他的屁眼！……”指望得上吗？真的不要指望！……

又在说我的那些心头恨！……请你们原谅，我的脑子有点愚钝了……但还没有愚钝到让你们讨厌的地步！……我和我的那些省略号！……谨小慎微！……我的风格，所谓的别出心裁！……所有真正的作家都会告诉你们该如何去看待这种风格！……布洛丹会怎么看！……热尔特鲁会怎么看！可是，食品杂货店的老板，他会怎么看呢？……这才是事情的关键！……促使我思考的正是这个！……关心韭菜的哈姆雷特……我在我的花园高处思考……这个位置确实视野开

---

① 指抵抗战士皮埃尔·布洛索莱特(1903—1944)，为了避免在严刑拷打时泄密而从七楼跳窗。

② 此处含文字游戏，法语的弓 arc 与前面的贞德（Jeanne d’Arc）的姓氏 Arc 一样。

阔风光无限……如果你有钱的话，这个位置确实绝佳……可是，假如你对什么都焦虑不安，惶惶不可终日！……什么都让你焦虑！……时时刻刻都充满焦虑！……为韭菜、税款和其他的一切焦虑……那样的话，再优美的风光也只能见鬼去了！你不用抱任何幻想！……去他的全景！犯过事的穷鬼一个，还做什么黄粱美梦哟！……

无论如何，巴黎吸引着你的眼球……整个巴黎，就在对面，在山下……塞纳河的河湾……圣心教堂，在非常远的地方……附近则是比扬古……叙雷讷，它的山丘……皮托位于它们之间……皮托有我的童年回忆……那条羊肠小道……还有其他的回忆，瓦雷里昂山……福什医院……实际上，我可以提出要求的，在瓦雷里昂山上我的心情会非常舒畅……我仿佛看见自己做总督的样子……瓦雷里昂山的总督工作时可以享受到多么惬意的宁静啊！用我的望远镜，我可以非常清楚地看到他的府邸，那真是一座富丽堂皇的邸宅，希腊罗马风格……正是我想要的！……那种豪华，肃穆……军队风格！……陶立克立柱……整个房子都能够沐浴在曙光之中！……它俯瞰着我们，至少比我们高出五十米！……啊，瓦雷里昂山的那位总督当然不值得同情！……没准我们还能说到一块儿去呢？……我们互换一下好不好？……我走到哪里都能听到这样的声音："我跟你换！……我跟你换！"也许他们会对我的职衔提出异议……说我没有圣皮埃尔和米克隆岛！……首先吧，赖伐尔已经死了！……毕歇隆又什么都没留下，什么文字证据都没有！……在"移民局"里啥也找不到！光凭我的一面之词不足以证明！……可是，我得了贫血，我可能真的需要阳光！需要很多很多阳光！……我有百分之七十五的残疾！……我有权利！……克列蒙梭说过了的！……那才是让人心情舒畅的公平正义！仅此而已！对面山上的那位总督年纪肯定比我小！……去他那里，住进他的希腊殿堂，能让我最终找到安宁……我可以安安静静地工作，没有喧嚷的公路，没有喧嚣的汽车，没有那些工厂……周围是一片小树林……在我的靴子下面放一点毒药，给那些讨厌鬼装备的……就是亨利[①]自杀时服用的那种毒药……对于他是不是真的自杀了，争议一直不断……有没有人帮他一把？……我告诉你们，瓦雷里昂山的秘密并没有完全揭开！你们发现了吗，只需用望远镜眺望一下，都会觉得神秘莫测！……啊！你们可不要以为我游手好闲、无所事事……观察瓦雷里昂山！……我是想让那些房间把它们的故事说给你们听！……而在这里，唉！唉！……别人根本就不让我有时间思考！……我老被人打搅！……你们若是问我，瓦雷里昂山总督和圣皮埃尔岛总督，哪个更适合我……这还用问吗？……哪里更适合沉思默想？……不太可能了！……尤其是最近几天……最近几天一直被人唾骂……啊，不是很要紧！……可毕竟……我有预感……甚至不只是预感，是邮递员亲口跟我说的！……还有一个毛孩子也说了……说尼索瓦太太可能回来了！……是的！……回她家！……我不大相信……前费德尔布广场……我不大相信她已经从医院里回来了……而且全好了！……彻底痊愈了！……好吧！……太好了！……我很难相信，可这是大好事呀！当然，她本来可以跟我打个招呼的！……也许她再也不想见我了？她叫了我的一个同行过去？……见鬼，她也许是对的！……非常对！……我不会说：这个大麻烦总算被我甩掉了！现在你只想要一样东西：别打搅你，让你安静点！……别人当你死了会更好！在最近的一项调查中，在“年轻人怎么想”那一栏，他们都以为我已经死了！……死在了格陵兰岛！那挺不赖的呀！……反正，说到尼索瓦太太，我觉得我再也不用下山去那个前费德尔布广场、那个河堤然后再爬坡回家了！一天折

① 于贝尔-约瑟夫·亨利（1846—1898），法国军官，情报处副处长，1894年9月诬陷犹太军官德雷福斯向德国武官出卖军事机密并以间谍罪加以拘捕，亨利伪造证件的事实暴露后于1898年8月31日在瓦雷里昂山上的寓所自杀。

腾两回！

我还是不要在这里头脑发热，把自己想象成瓦雷里昂山的总督……或者远在天边的圣皮埃尔－朗格拉德岛的总督吧！……向邮递员好好打探一下尼索瓦太太是不是真的回家了似乎更重要一些……邮递员很快就能搞清楚，他只需上楼去，敲门……就知道她在家……还是不在！……我一直都是独自一人待着……莉莉一定是去巴黎了……她从来不让我一个人单独待太久……她非去不可，显而易见嘛！……要去采购……这个……那个……为她的那些学生！……主要是给学生买东西！……那些学生，她们也真能穿坏东西！……难以置信啊！……那些舞鞋！……所以莉莉得进城！……我跟几条狗待在家里……我不能说我是真的一个人单着……狗会提前预告……它们会提前告诉我邮递员来了，还有四公里就到了！提前告诉我莉莉快回来了，现在还在火车站……它们知道她什么时候下火车……从来不会出错！我一直在琢磨它们是怎么知道的！它们就是知道，就这么回事！……我们，我们拿脑袋去撞墙也没用，我们就是数学方面的白痴……爱因斯坦可能也搞不清楚莉莉是不是到了……牛顿也一样……帕斯卡[1]也一样……全都是聋子、瞎子和愚昧无知的草包……笛子也知道，笛子是我们的猫的名字……它会跑去迎接莉莉，它会跑到公路上……它就像这样，很有经验……它一动窝儿，我就会注意……暂时没什么动静！……最先动的是它的耳朵！……我可以及时弄清情况！……离火车站至少还有一公里！……全部信息都是通过波来传递……狗也有波……但没有笛子的波那么灵敏……而比笛子的波更灵敏的，是鸟的波！……鸟在十五公里远的地方都能定位，都知道！鸟是波之王！……山雀更是王中王！……当我看见鸟儿飞走……

① 布莱兹·帕斯卡（1623—1662），法国数学家、物理学家、哲学家、散文家。

当笛子开始上路……莉莉差不多就要到贝尔尤了！……我会把狗拴住……因为它们很可怕，放开它们的话，它们会变成猎犬群！……那个时候，你的耳朵会真的受不了！在格雷奈尔都听得见！……还不到时候！……我还可以发发呆……就是在这个时候，你会发现自己老了，你一直都没有真正睡着，你再也不是真正地活着，你总在打瞌睡……即使心里焦急不安，你也能打瞌睡……我现在等莉莉的时候，就是这种情况……我可能不只是打了个瞌睡，因为我没听见狗叫……也没看见笛子离开……也没看见鸟儿飞走……可是现在我听见了，非常清楚！……我从睡梦中走出来！……一个声音！……真正的声音！……是莉莉！……我再仔细一听！……是的，是莉莉！……但她不是一个人！……还有另外两个人的说话声！……猫回来了！……都到家了！……咕噜！咕噜！它们有它们的好处！……今天是它们加餐的日子！……你们可想而知它们会不会离开莉莉半步！……欢迎回家！……喵呜！喵呜！但我听见三个女人的说话声！……我没做梦！……我的眼神不大灵光了，但是，我还是看见莉莉在花园的尽头，我完全认出来了，是她……啊，还有另外一个女士！……还有尼索瓦太太！……是的，是她！三位女士慢悠悠地朝我走过来……啊，她们到了！……

“你瞧，尼索瓦太太好了蛮多！……她已经回来两天了！……她想跟你说话！”

“啊！太好了！太好了！您好！……您好，尼索瓦太太！……”

她走了过来……我并不觉得她好了蛮多！……我发现，她又瘦了……她由另外那个女人搀着……她们上山一直到了我这里……我让她们坐在另一张长椅上……尼索瓦太太的视力并不比一个月之前好……她看着我头顶上空……但我头顶上什么也没有！……我可以冲她大喊大叫！……她听不见我说话！……我想知道他们在凡尔赛对她做了什么……是另外那个在回答我的话，另外一个老太太，她可一点也不拘束！啊，那个老太太，可以说非常健谈！我不认识她，我从未见过她……她是从哪里冒出来的呀？……她把情况跟我说了……

“我们是在凡尔赛认识的！……在‘癌症科’！……是的，大夫！”

见我一脸的疑惑……她跟我重复说……她马上就跟我坦白了……她和尼索瓦太太，她们已经是非常亲密的朋友了……

“我呢，是因为一边乳房，您明白吗，大夫？”

“是的！是的，太太！……”

“他们把我切掉了！……我并不觉得这么做有用！……一点用都没有！……他们想出来的主意！亏他们想得出！……”

啊！凡尔赛的那些人太可笑了！太荒唐了！她笑了起来！她扑哧地笑出声来，开始放声大笑！

“您要是见过那些人，大夫！嘻！嘻！”

医院里的那些人如此弱智，弄得她歇斯底里地发作！肚子真的都笑痛了！……他们居然把她当成癌症病人！嘻！嘻！嘻！

“您信吗，大夫？您信吗？”

医院的那帮人太滑稽了！太滑稽了！嘻！嘻！

“啊！您说得有道理，太太！当然啦，太太！”

他们也给尼索瓦太太看了……看得很仔细！她是没有任何疑问了，没有任何疑问！……绝对是得了癌症！连那个瘤子的形状……形状在急速增大！……她拖不了太久，可怜的女人！

“您也这么看吗，大夫？”

“哦，是的！……当然了，太太！”

我刚说完，她又开始“嘻！嘻！嘻！”了……她突然觉得我也很可笑！我也一样！也很可笑！

“四季豆大夫，我就这么叫您吧！……您已经一个客户都没有了，好像是这样吧！嘻！嘻！嘻！一个客户都没有！……尼索瓦太太跟我讲过的！一个客户都没有！……一个客户的影子都不见！嘻！嘻！……她把什么都跟我说了！……”

她一边说一边拍打着大腿！……下手很重！啪！啪！而且还拍我！……拍她的同伴！……啪！啪！使劲地拍！确实是个不折不扣的很会逗大家乐的人！

我冒昧地问了一句：

“太太，您高寿？”

“跟她一样大！再过一个月就满七十二岁了！可是她，您看看她，大夫！都这样了！……您还是能看出来的，四季豆大夫！嘻！嘻！嘻！……我的情况您也看得到！……您试试看！我还从来没像现在这样矫健！医院里的那帮人觉得，我跟她没什么两样！他们本来想把我两边的乳房都切掉！……您跟我说说看，四季豆大夫！他们眼里只有癌症！到处都是癌症！都是些疯子！幸好，我反抗了！我做得对吗？我做得对吗，四季豆大夫？”

啊！由于医院里的那帮人太可笑了，她又开始扇我耳光了！啪！乓！……尼索瓦太太也享受着同样的待遇！这个得了癌症的老太太，也要让她开心开心！乓！

“就叫我阿芒蒂娜太太好了，可以吗，大夫？”

“您住在哪里呢，阿芒迪娜太太？”

“瞧您问的，当然是住在她家呀！她家！……我们一起住！……她家够宽！您知道的……”

这安排可真不赖，如此一来，我可有得乐了！……她们俩真的是莫逆之交了……

“那名外科医生一再强调：‘找个人跟您一起住……别一个人单

着！……’我呢，我以前住在维希奈[1]……维希奈好远呢！……可住在塞福尔就不一样，您想吧，我坐公交车，什么时候想去巴黎就能去！她也不是时时刻刻都要我陪着！”

说完她又开始发作了……她的“嘻！嘻！”症发作！腰都直不起来了……然后又给了尼索瓦太太一巴掌！

我看得很清楚，她有点神经质……甚至确确实实有点失常……但人都七十二岁了身上还洋溢着一股青春活力！而且还得了癌症……她甚至还喜欢卖俏……证据就是她还穿着苏格兰花呢短裙！褶皱裙哦！眉毛和睫毛染成了蓝色！……她的风衣也是那种蓝！……她眼睛的那种颜色！那种洋娃娃蓝！……脸颊化了妆……红菲菲的，像色粉画！……她就是这个样子，嘴巴笑起来都像洋娃娃……淘气，可爱……她只是在“嘻！嘻！”发作的时候才停止微笑……忧愁跟她无缘……尼索瓦太太为自己弄回了一个可爱的女伴，再也不会无聊了！尽管这么做好像也不会让她开口说什么话！……不！她再也不说话了，一句话也不说了！……我问她感觉怎么样，好些了吗？……她都闭口不答……当然，她可能是因为累了，上山，羊肠小道……我更仔细地看了她一眼……她的面孔……有一边已经很僵了……右边脸……一边嘴角已经掀不起来了……就像多列士……啊，不过有阿芒迪娜回答我……她什么都知道……她就住她旁边的那张床，她看见了……他们并不只是给尼索瓦太太看了癌症……嘻！嘻！嘻！……她当时就在旁边！……她知道的！……嘻！嘻！……知道尼索瓦太太在那边发了一次病，千真万确！……半边身体都麻痹了！……是的！嘻！嘻！……所以她现在一句话也不说了！……因为发病！……啊！阿芒迪娜一个人要扮演两个人的角色！……我并不觉得尼索瓦太太在听她

---

① 法国大巴黎地区伊夫林省的一个市镇，地处巴黎西郊。

说话……

“您知道吗，她拉在自己身上！……嘻！嘻！嘻！”

她叫我放心……她会让尼索瓦太太保持干净的！

“既然我们住在一起！啊！清洁是第一要务！……我习惯跟老年人一起生活！……大夫，您可以放心的……”

“好！……好！……太好了！可是敷料怎么办？”

“您每天过去给她换！……外科医生反复强调了！还要涂抹药物！他说您非常清楚该怎么做！”

她见我有些犹疑……

“我们都上山到您家里了……您肯定会去看我们的，是吗，大夫？”

“当然啦，阿芒迪娜太太！”

“我呢，您什么都不用管！……什么都不用！……我用自己的方法把病治好了，凡尔赛的那些人会非常惊讶的！我会恢复得跟年轻人一样快！八天！十天，我的伤口已经愈合了！他们是治不好的！嘻！嘻！而且，您可以亲眼看一下！……夫人也可以看！您的妻子！……她是舞蹈家，好像是吧！你们看！”

她从长椅边站了起来，走到草坪中央……她撩起裙子！嗬！……短裙和衬裙！她向后翻！……来了一个完整的后弯！非常柔韧！……像那样一条腿伸向空中，直得像标枪一样！……那姿势酷似埃菲尔铁塔！……实际上，从我家的草坪可以看到远处的埃菲尔铁塔……当然，非常远……而且总是笼罩在雾霭之中……

“好棒！……好棒！”

我们鼓掌……她一直等着……一条腿伸向天空……然后她重新站起来……身体很柔韧！……她马马虎虎地补了一下妆……睫毛，眼睛，美貌！……眉笔在眉棱上画了一下……她的书包里什么都带齐了……一面镜子，她的香粉，她的口红……可能还有很多其他的小玩意儿……那书包确实非常大！……简直就是克罗蒂娜去上学①！……阿芒迪娜太太，她是干哪一行的呢？我不准备问她！……她很快就会主动告诉我的！

“我明天下山去看你们，阿芒迪娜太太！明天下午！……我出诊完了之后……”

我通知她。

“不行！不行！今天晚上！她需要！……今天晚上，大夫！嘻！嘻！嘻！……四季豆！”

我发现她有点偏执。

“那好！那好！……好吧！……”

这是个说一不二的女人。

---

①《克罗蒂娜去上学》是法国女作家柯莱特1900年出版的一部小说。

附 录

塞利纳生平及创作年表[1]

沈志明 编译

1894年

5月27日路易－费迪南生于巴黎西郊库尔布瓦。父姓戴都什，母姓基约，祖籍戴都什庄，属小绅士。

父系家族中有位叫泰奥多尔·戴都什（1815—1870），是颇有名气的药剂师，曾发表有关金鸡纳树的论文。祖父奥古斯特·戴都什（1835—1874）定居勒阿弗尔港市，写过一些诗歌和海上冒险小说，曾通过专业教师会考，可惜早逝，留下一女四子。

母系原籍布列塔尼，家族中多为小商和艺匠。外祖父基约（1847—1879）生于巴黎，焊铜匠；外祖母塞利纳·基约（1847—1904）也是巴黎人，早年学过鞋绣，后来开店，做古玩、花边和陶瓷生意。父亲费南·戴都什（1865—1932）在勒阿弗尔读中学，幻想成为海军军官。18岁移居巴黎，读完有名的贡多塞高中。毕业会考通过一半便入伍，在炮兵服役五年。退伍后在凤凰保险公司当职员，直到退休。一生平庸，毫无建树。唯有绘图雅兴，不

① 根据亨利·戈达尔（Henri Gooard）“七星文库”版塞利纳小说首卷所附塞利纳年谱编译而成。

时有小作品在讽刺性刊物发表。姑妈阿梅莉嫁给一位罗马尼亚外交官，一生大部分时间在罗马尼亚度过。大叔乔治，公务员，官至巴黎医学院秘书长。二叔夏尔，艺术家气质，酗酒，一生潦倒。三叔雷内，小职员，思想简单平庸。母亲玛格丽特·基约－戴都什（1868—1945），一辈子小本经营内衣和服饰。舅舅朱利安，无业，一生不求上进，碌碌无为。

1895年

春。寄养奶妈家，直至三岁。

1897年

4月戴都什家生意清淡，倒闭歇业。全家从库尔布瓦搬到巴黎市，多次易址。玛格丽特先在自己母亲家，后在别处充当店员，最后自己重开杂货小店。

1900年

路易入小学一年级。

1904年

学弹钢琴，结识西蒙娜·圣蒂，后来他们成为知己达一年（1916—1917）。12月28日外婆塞利纳·基约去世。

1905年

2月底转到教会学校学了一年，学业平平。5月18日首次洗礼。

1906年

10月重新回到公共学校。

1907年

6月15日获小学毕业证书。8月去德国下萨克森，做寄宿生学习一年。

1908年

复活节回法国度假，父母托人检查其学业：德语有进步。是年9月再赴德学习四个月。

1909年

2月赴英一学年，先后在两所学校寄宿学习英语。

1910年

1月1日15岁半，进巴黎一家布店学生意，为期九个月。9月1日进巴黎一家珠宝商店学生意，为期九个月。

1911年

4月1日进入巴黎另一家珠宝商店实习，年底转到拉克洛什一家分店，直至次年4月底。

1912年

5月，拉克洛什老板允诺正式聘用路易，但要等他服完义务兵役之后。9月28日路易入队，为期三年。编入第四重骑兵团。

1913年

8月被任命为下士班长。11—12月撰写笔记，死后发表时，题为《重骑兵戴都什手册》。

1914年

5月被任命为中士。7月14日参加仪仗队，接受普瓦卡雷总统检阅。7月31日他所在的第十二重骑兵团开往洛林区，在玛纳一仗中首次接受战斗洗礼。10月初，骑兵团转赴弗兰德，先后参加两次激烈战斗。10月27日骑兵团掩护步兵部队，他主动请战，“在十分危险的条件下”执行联络任务。不幸在比利时境内右臂中弹，造成右臂骨折和伸肌瘫痪。10月29日动手术，同时受到所在团嘉奖。11月25日受到师嘉奖。11月24日荣获军功奖章。12月1日转入巴黎雅谷军医院治疗，结识另一位伤员，名叫阿尔贝·米隆，亲密情谊一直保持到后者1947年去世。12月底又转了两家医院。

1915年

1月19日在维尔瑞夫一家医院接受第二次外科手术。1月22日出院，回巴黎父母家休养。2月22日住院电疗，直至3月底。5月派往法国驻伦敦总领事馆，在护照处工作。在伦敦发现音乐厅和舞女以及法国娼妓网，经常出没这个阶层，差点儿陷入淫媒业团伙。但同时萌生学医的意向，至少很想学习护理技术。这在他一生中是很重要的一段经历。12月退役，但依然滞留伦敦。

1916年

1月19日与一位法国酒吧舞女订立婚约，但未向法国总领事馆申报，故未经法国行政登记。3月独自回巴黎，与一家法国非洲事务公司签约两年，被派驻该公司喀麦隆种植园工作。5月10日乘邮船从英国利物浦出发，路经塞拉利昂的弗里顿和尼日利亚的拉戈，于6月中旬到达喀麦隆的杜阿拉。先任巡回监事，后于9月固定主管一处种植园。前后半年期间，他坚持不断给幼年女友西蒙娜·圣蒂写信，多次邀请阿尔贝·米隆来非洲跟他一起挣钱。

1917年

3月生病住院，突然离开喀麦隆回国。4月2日医生证明上注明“必须撤返法国”。乘邮船原路返回，在船上写了个短篇小说，题为《波浪》，注明日期为4月30日。5月1日抵达利物浦，然后滞留伦敦，直到秋天才回法国。结识《欧雷卡》杂志负责人，被聘在编辑部打杂。接触到一些人，他们与该杂志出资人、金融家保尔·拉菲特有联系。

1918年

2月在《欧雷卡》发表署名译作《论合理利用进步》，原著作者是美国人。3月受聘于洛克菲勒基金会，任务是到法国各省宣传肺结核预防。在巡回出发点雷恩，结识肺结核科医生阿塔纳兹·福莱博士。几个星期后，成为福莱大夫的未婚女婿，埃迪特的未婚夫。是年冬天，中断巡回事务，在福莱家准备高中会考。

1919年

3月戴都什家提出正式结婚的要求。4月和7月分两次获业士学衔。5月重操洛克菲勒宣讲团业务，任纪龙省宣讲员。8月19日与埃迪特·福莱正式结婚，住雷恩岳父家，夫妻共同生活了三年。11月注册雷恩理学院。

1920年

3月26日获物理、化学和自然科学学业证书。4月注册雷恩医科学校。6月15日女儿科莱特·戴都什出生。夏天利用暑假进入海上动物实验室实习，后来利用岳父主持的实验室进行多次实验研究。

1921年

4月和7月分别通过第一和第二阶段医学考试。

1922年

10月赴巴黎学医并在塔尼埃妇产医院实习，结识朗迪埃茹尔教授。11月16日在雷恩通过第三阶段医学考试，获得医学学校毕业文凭，即可以正式注册巴黎医科大学。12月5日获此授权书。

1923年

1月在巴黎著名的科香医院外科实习。5月通过内科考试。6月在雷恩和巴黎当见习医生。7月有病的父亲提前退休，时年五十八岁。8月为岳父充当代理医生。11月开始准备医学博士论文。

1924 年

5 月通过论文答辩，题为《赞梅尔韦斯的生平事业》，获得“优秀”评分，并在雷恩付印成书。洛克菲勒宣讲团负责人美国医学教授古恩参加论文答辩，事后亲自把他推荐给拉捷奇曼博士，拉氏时任驻日内瓦的国际医学会卫生处主任。他立即请求为该组织任职。6 月 25 日《医学新闻》摘要发表他的论文，题为《赞梅尔韦斯最后的日子》，并获海事卫生医疗奖。6 月 27 日以洛克菲勒的名义被任命为该卫生处“技术官员”。从此离开妻子埃迪特·福莱，独身在日内瓦居留三年。其间经常外出巡事，除欧洲各国外，去过北美和非洲，有时出差时间很长。

1925 年

2 月 14 日从法国瑟堡乘邮船去美国开始五个半月考察：北美三个月，欧洲两个半月，率领由八名南美医生组成的考察团巡访卫生和劳动保健设施。所到的国家和地方有：纽约，华盛顿，古巴（哈瓦那），新奥尔良，路易斯安那，巴尔的摩，马里兰，康涅狄格，底特律（福特汽车厂），加拿大（渥太华、多伦多、蒙特利尔、魁北克）。5 月下旬乘邮船返回欧洲，在欧洲访问参观的国家和地方有：英国（利物浦、伦敦），荷兰，比利时，瑞士（日内瓦、伯尔尼、巴塞尔），法国（里尔、巴黎、里昂），意大利（都灵、费拉、罗马）。6 月在巴黎自费出版医学论文《治疗用的奎宁》。8—12 月除在日内瓦总部上班外，出差巴黎、布鲁塞尔和海牙。年底从雷恩带一名女友回日内瓦。

1926年

3月9日埃迪特·戴都什在雷恩向司法院正式提出离婚。3月14日他从法国拉罗什尔乘邮船去达喀尔，率领由多国同行组成的考察团一行十六人访问中非。所到的国家和地方有：苏丹，几内亚，象牙海岸，黄金海岸，多哥，达荷美，尼日利亚，塞拉利昂。历经近三个月。6月21日雷恩法庭做出对他不利的离婚判决。7月和8月又率领多国同行做与上年相似的欧洲巡访。10月陪盎格鲁–撒克逊代表团考察瑟堡。

这一年发生两起重要事件：（1）结识二十四岁美国女郎伊利莎白·克雷格，她在父母陪同下从洛杉矶来日内瓦学古典舞蹈。他们自由同居达六年，关系时好时坏，时聚时散，直到1933年春天结束。（2）在日内瓦写了部剧本，题为《教会》，剧情发生在非洲和日内瓦世界卫生组织内部（包括办公室、走廊等）。其中第三幕专写日内瓦国际卫生组织，讽刺犹太籍负责人。他把剧本交一份给他的领导和恩人路德维格·拉捷奇曼，引起这位犹太籍负责人极大反感。

1927年

4月至6月，完成合同最后一项使命，在巴黎组织和参加有关狂犬病的国际研讨会。合同到期，但工资付到年底。离开日内瓦回巴黎定居。利用休假，写了戏剧散文《进步》。10月将《教会》投寄新法兰西杂志出版社，如石沉大海。11月在克利希地区阿尔萨斯街36号住宅开办私人门诊。伊利莎白·克雷格随他同居，其父母在巴黎也住过一段时期。

1928 年

这一年主要是医学活动。戴都什大夫被接纳为巴黎医学协会会员，发表医学报告《关于福特汽车厂的卫生机构》。结识著名医学家罗贝尔·德勒雷。参加“生物制剂疗法”实验室的实验和研究。其间将《赞梅尔韦斯的生平事业》投寄新法兰西杂志出版社，也未被采纳。

1929 年

1 月获克利希区医院内科医生非固定职位，并在另一家诊所兼职。3 月和 4 月受世界卫生组织委托访问伦敦，初识英国社会医疗。夏天结识约瑟夫·加尔森，他们同龄，同时参战，同年受伤获勋。加尔森在伦敦和巴黎蒙马特的淫媒业中颇有地位。8 月搬家，迁入蒙马特区勒皮克 98 号。年底认识年轻画家昂里·玛埃，经常去参加以船为家的玛埃艺人帮聚会，那里三教九流，什么人物都有，包括上流社会男女、艺术家、作家，也有不三不四的人物。12 月受世界卫生组织之邀出差八周，巡访德国（柏林，汉堡）和斯堪的纳维亚（哥本哈根，奥斯陆，斯德哥尔摩）。这一年在几家医学杂志发表不下于五篇专业论文。

1930 年

2 月巡访回来后参加加利埃实验室工作，负责撰写医药广告和研制一种突眼性甲状腺消肿药。3 月 8 日在巴比塞领导的左翼《世界周刊》上发表《法国的公共卫生》，猛烈抨击法国公共卫生存在的问题。另外，在巴黎医学协会期刊发表文章论述法国社会医疗。6月和7月受世界卫生组织之邀巡访中欧，参加德累斯顿卫生展览会，访问布拉格和维也纳，为期三周。

1931年

受世界卫生组织之邀到日内瓦小住，伊利莎白同行。几个月后，她向路易·戴都什介绍丹麦舞蹈家卡仑–玛丽·让森。

1932年

3月14日费南·戴都什在巴黎去世，死于脑充血。4月戴都什大夫为世界卫生组织在巴黎召开的全体委员会担任翻译和导游。4月14日《茫茫黑夜漫游》手稿交到新法兰西杂志出版社，未被提交审阅。同期定居巴黎不久的29岁比利时青年出版家罗贝尔·德诺埃尔对《漫游》手稿如获至宝，立即接受。4月伊利莎白回美国探亲，逗留的时间比较长。在此期间接待一位处于困境的德国姑娘，叫埃莉卡·伊尔冈，让她在他家小住了几周。她走后，保持通信，后来在德国和英国重逢。9月在巴黎与一位年轻的体操女教员N夫人相识，一起度过两周。10月法共主持的《欧罗巴》和《南方手册》杂志发表《漫游》片断。同月德诺埃尔宣布出版《茫茫黑夜漫游》，作者塞利纳是戴都什大夫的笔名，他把外祖母的名字改为姓氏。第一位赞扬《漫游》的文章发表在巴比塞主持的左翼《世界周刊》上，作者叫乔治·阿特曼。塞利纳第一次接受记者采访，访谈登在11月10日《巴黎晚报》上。11月30日龚古尔评奖委员会预备会上倾向把当年的龚古尔文学奖授予塞利纳，但消息走漏，有人积极活动，结果12月7日正式投票时罗斯尼兄弟转向另一位候选人，塞利纳落选，只得到雷诺多文学奖。12月11日离开巴黎，应世界卫生组织之邀进行一次新的考察旅游，也是最后一次了。先去日内瓦，这次由母亲陪同。在德国柏林所作的社会医疗调查基础上，发表文章《为了消灭失业，应当消灭失业者吗？》。在弗罗茨瓦夫与埃莉卡·伊尔冈重逢。在维也纳与N夫人重逢。结识安妮·安格尔大夫。

1933年

2月收到比利时年轻妇女埃芙莉娜·波莱的来信，请他看一部小说手稿，从此保持联络。2月底3月初伊利莎白从美国返回巴黎，住到8月再去美国处理财务，从此一去不复返。3月结识埃莉·福尔，保持两年密切关系，有大量通信，谈论政治和意识形态问题。4月认识作家欧仁·达比。5月获悉《漫游》德文译著在柏林被查禁。亲自顾问将在伦敦出版的《漫游》英译本。6月布拉格出版《漫游》捷译本。9月德诺埃尔宣布出版《教会》。10月1日应邀出席左拉忌年纪念大会，在梅当发表演讲，题为《向左拉致敬》，报界反应强烈。11月阿拉贡在《公社》杂志发表关于《教会》的书评，持保留态度。反之，对阿拉贡在《公社》开专栏《您为谁写作》向塞利纳作开卷调查，塞利纳对这样的调查持批评态度。

1934年

6月塞利纳去美国找伊利莎白，发现她已变心。塞利纳对她的变节看得很重，受到严重打击，从此断绝关系。这一年主要在美国和欧洲逗留，大部分时间用于思考和写作，会见老朋友，如卡仑－玛丽·让森，认识新朋友，如雕刻家路易丝·内弗尔松，又如演员罗贝尔·勒维冈。

1935年

2月在奥地利重逢N夫人，3月在比利时与埃芙莉娜·波莱一起度过两天。5月在巴黎认识女钢琴家吕茜安娜·戴尔福日，从此一起旅游和保持密切关系近一年。岁末结识年轻女舞蹈家吕赛特·阿尔芒佐尔（即《一座城堡到另一座城堡》中的莉莉）。

1936年

2月中旬病倒，工作太劳累，瘦了十一公斤。5月德诺埃尔宣布出版《死缓》。《漫游》俄译本出版。夏天应邀访苏，乘波拉里斯邮船经赫尔辛基到达列宁格勒。9月25日回到法国勒阿弗尔港，路经哥本哈根和伦敦。9月26日《风毛麟角》发表读者一封来信，对《死缓》表示非常反感。11月1日该报刊登塞利纳十分强烈的反驳文章。12月2日在里昂上演《教会》。12月7日伽里玛出版《认罪》附《赞梅尔韦斯的生平事业》单行本。

1937年

2月在纽约小住二十天。5月初在巴黎与吕赛特·阿尔芒佐尔同居，从此风雨同舟，相依为命，一直到去世。12月辞去克利希诊所职务。12月28日出版《小试锋芒》，这部论战性杂文集畅销的程度不亚于《漫游》。

1938 年

1 月底去阿姆斯特丹某家银行存放黄金。4 月和 5 月赶赴加拿大和美国，查看《死缓》译著出版。11 月德诺埃尔宣布出版《害人学堂》。12 月 2 日参加他领导的“资料和宣传中心”所组织的公共集会，该中心发表许多仇视犹太人的小册子。塞利纳本人也大量采用过其中所谓的信息。

1939 年

1 月对《害人学堂》的批评越来越剧烈，有些人认为被影射，纷纷提出抗议，甚至公诉。其中鲁盖斯大夫控告塞利纳诽谤罪。5 月德诺埃尔决定收回塞利纳两种笔战小册子，不许再出售。这引起塞利纳和《无所不在》杂志之间一场论战，后者指控他“胆小畏缩”。6 月 21 日塞利纳和德诺埃尔被法庭判了诽谤罪。秋天重操旧业，在巴黎郊区开了间私人诊所，并在附近一家医院兼职。12 月应聘签约在一艘为军事目的而征用的邮船上充当医生，15 日登上“歇拉号”，计划进行马赛－卡萨布兰卡（摩洛哥的达尔贝达）两次来回。

1940 年

1 月 5 日夜晚“歇拉号”进入直布罗陀海峡碰撞一艘英国巡逻艇“金斯敦·科尼利安号”，装满炸药的巡逻艇立即爆炸沉没，“歇拉号”只受轻伤。3 月塞利纳被任命为萨特鲁维尔诊疗所的主任大夫。6月10日在吕赛特协助下，负责撤退救护，诊疗所救护车运走一位老年妇女和几名婴儿。塞利纳随军一直到达拉罗什尔。12月1日充当伯宗市诊疗所客座医生，每周三个下午门诊，一直坚持到1944年6月。

1941年

2月德诺埃尔出版《漂亮的遮羞布》。借此机会，塞利纳开始对合作分子主持的新闻界采取公开对话的形式：公开信或访谈。在整个占领期间一共发表了三十五次公开信和访谈，作者坚持自1933年定下的原则：在报刊上登的“文章”一概不收报酬。

年中搬家。迁入蒙马特区吉拉东街4号。附近住着许多朋友：作家马塞尔·埃梅，画家让·保尔，演员勒维冈和邦维利埃，导演马克斯·雷沃尔，剧作家雷内·福舒瓦，音乐家让·诺斯蒂以及其他不少艺人。马塞尔·埃梅在中篇小说《瑞诺大街》（1943）中谈及这帮人及其聚会。5月11日出席犹太人问题研究学院成立典礼。11月再版《小试锋芒》。12月11日在《耻辱柱》杂志发表声明，呼吁把巴黎所有反犹太的人物团结起来成立统一的政党。结识女作家阿莱媞。

1942年

2月1日参加合作分子多里奥举办的集会。多里奥主义刊物《国民解放手册》3月号刊登塞利纳致多里奥的一封支持信。3月在画家让·保尔陪同下前往柏林，表面上进行艺术活动，实际上是与卡仑－玛丽·让森会面，亲手交给她银行保险箱钥匙，让她保管。

3 月 14 日在《知识分子反对英国罪行（即轰炸）宣言》上签名，登于《国民解放手册》。这年参加两次重大的医学活动。岁末接受小猫贝贝儿（近七岁）。

1943 年

2 月塞利纳与吕赛特·阿尔芒佐尔正式结婚。10 月再版《小试锋芒》，另附 20 幅照片。

1944 年

3 月德诺埃尔出版《丑帮》第一卷。6 月 17 日塞利纳带着妻子和小猫贝贝儿离开巴黎，准备去丹麦：他有金钱存放在那里。但必须经过德国。出走不久，他们的公寓套房被洗劫。6 月底 7 月初到达巴登 - 巴登。塞利纳要求获准或去丹麦或回法国，但都被拒绝。于是去柏林找熟人豪博尔德大夫，此公已做大官，答应帮忙，但他们必须回巴登 - 巴登等候。恰逢暗杀希特勒未遂事件（7 月 20 日），此事拖了下来。此时勒维冈因受牵连逃离法国，身无分文。塞利纳接纳他好几个月。8 月初豪博尔德把他们安排在布朗德堡的一座村庄，离柏林一百公里，是卫生部属下的据点。他们住在一座农庄里。9 月初贝当元帅和维希政府各部长迁到德国南部的锡格马林根。10 月底塞利纳要求前往充当医生。11 月初获准出发，在锡格马林根下榻一家旅馆。塞利纳白天接待病人，还有另一名法国医生，负责两千名避难者医疗。但继续申请去丹麦的签证。其间与勒维冈闹翻。

1945年

3月6日母亲玛格丽特·基约去世。3月22日塞利纳带着吕赛特及小猫贝贝儿离开锡格马林根。3月27日到达哥本哈根，其时仍由德军占领。他们以假名住在卡仑-玛丽·让森的一所公寓套房。4月19日巴黎司法院预审法官发出通缉令，控告塞利纳犯有叛国罪。5月4日驻丹麦德军投降。5月16日结识丹麦大律师米凯尔森，此人迷恋和精通法国语言与文学，曾帮助过丹麦地下抵抗运动。他认为第一步要使塞利纳夫妇在丹麦身份合法化。后来他在塞利纳与丹麦司法当局的所有纠葛中都为塞利纳夫妇辩护。6月1日塞利纳通过米凯尔森律师向丹麦当局正式申请居留证。12月2日罗贝尔·德诺埃尔在巴黎被暗杀，时年四十三岁。法国当局发现塞利纳行踪后，通过法国公使要求逮捕和引渡塞利纳。塞利纳夫妇于12月7日被捕。12月28日吕赛特被释放。塞利纳被拘留十四个月，其中十一个月坐牢，其他时间住医院或别处监禁。这个时期，塞利纳坚持创作，并在米凯尔森掩护下给爱妻写了四百来封书信。《下一次就是仙境》初稿完成。

1946年

体力和精力支持不住，病情越来越重，经常住院。他主要时间用于回答和反驳司法指控，为自己辩护，其中最有名的是11月6日的辩护词:《回答法国司法院以叛国罪对我的指控，兼答丹麦警察局1945至1946年在我被监禁哥本哈根期间的审讯指控》。11月8日丹麦当局认为塞利纳的辩护有相当的说服力，同意让他住院治疗。11月16日罗贝尔·勒维冈在巴黎受审，拒绝加害于塞利纳，被判十年劳改和全民讨伐。

1947年

2月26日在宣誓不逃跑的情况下，塞利纳被转入哥本哈根国家医院。虽然仍不自由，但条件好多了：他可以正常写作和写信，据统计共给朋友们写了一千多封信。3月5日塞利纳宣布已完成《丑帮》第二部。3月20日完成1945年12月27日所中断的剧本《霹雳与利箭》。6月10日《死缓》美译本在芝加哥出版，弥尔顿·兴都作序，赞赏之词溢于言表。后与塞利纳闹翻，另当别论。6月24日出院，在丹麦共产党报刊的舆论压力下，被释放与妻子团圆，直到1948年5月。8月1日加缪主持的《战斗报》刊登这位流亡作家的一封来信。作家帕拉兹致函让·波朗，让·波朗原则上接受在他编的《七星文库手册》中发表塞利纳的一篇文章。10月帕拉兹通知塞利纳说，萨特在1945年12月《现时代》月刊上写过塞利纳接受过德国人的金钱；塞利纳立即写信反驳，题为《致大口瓶里的烦躁症患者》。

1948年

让·波朗尽管愿意帮助塞利纳，但相继拒绝在《七星文库手册》上登载《致大口瓶里的烦躁症患者》《霹雳与利箭》。4月30日在巴黎，塞纳河区司法院宣告德诺埃尔出版公司无罪，认为该出版社战时并没有出版“有利于敌人、有利于与敌合作、有利于种族主义或集权主义学说的小册子和书籍”。从此塞利纳以这个判决来为自己辩护。

1949年

1月在瑞士出版《霹雳与利箭》。2月5日勒维冈有条件释放。6月和7月《法兰西星期日刊》登载塞利纳言论，再次引起论战。10月《漫游》再版，又一次引起纠纷。12月出版《毙命》。12月15日巴黎司法院开庭审理塞利纳案件，由于被告缺席，推迟诉讼。

1950年

关于塞利纳案件，指控一方加强制造舆论，最有代表性的是作家罗歇·瓦扬发表在《民族论坛》上的文章，题为《我们将不再宽恕塞利纳》；辩护一方，作家帕拉兹和皮埃尔·莫尼埃收集证词为塞利纳开脱罪责，最积极的是青年作家莫里斯·勒梅特尔发表调查报告，证明大多数法国作家不赞成审判塞利纳。2月1日勒维冈从西班牙来信，再次证实无论在战时和在德国居留期间塞利纳都是无罪的。2月21日司法院开庭，许多有利于塞利纳的信件，包括不少犹太籍人士的证词，在法庭上宣读。最后判决：一年监禁和五万法郎罚款。由于他在丹麦受监禁的时间超过一年，所以不必再坐牢。

1951年

2月，一切有关战时与敌合作的案件全部由民事法庭转到军事法庭。3月，马塞尔·埃梅去丹麦探望塞利纳。4月20日巴黎军事法庭根据第一次大战受伤有功老战士有关法令，为塞利纳颁发赦免令。7 月 1 日塞利纳带着吕赛特以及小猫贝贝儿和其他在丹麦接纳的动物乘飞机到达尼斯，在芒东停留，暂时寄住吕赛特母亲家。在巴黎，莫尼埃与伽里玛谈判出版塞利纳著作。7 月 18 日莫尼埃带着合同来到芒东，塞利纳在再版以前小说的合同上签字。7 月 23 日塞利纳和吕赛特以及动物们回到巴黎寄住在讷伊一位塞利纳崇拜者家里。10 月，塞利纳在默东买下一座花园别墅，在这独家独户的房子里度过了最后十年，此后他的遗孀吕赛特仍住在那里。起先塞利纳注册行医，在门前挂牌就医，但很少为人看病。吕赛特开设私人舞蹈课，一直坚持四十年之久。11 月 20 日伽里玛宣布出版《毙命》《死缓》《丑帮》。12 月，最高法院宣布取消巴黎司法院对塞利纳的判决。

1952 年

塞利纳从此在默东安家，过着勤劳的生活。他很少外出，只接待老朋友和少数新朋友，如帮他誊清新著的玛丽·卡纳瓦吉亚，作家皮埃尔·莫尼埃，罗歇·尼米埃，马塞尔·埃梅，阿莱媞等等。4 月与伽里玛出版社签订第二个合同，再版《教会》和《赞梅尔韦斯的生平事业》以及新著小说。6 月 20 日伽里玛宣布出版《下一次就是仙境》上卷第一部分。

1953 年

在回国十八个月后，一篇塞利纳访谈终于在法国报刊发表，由安德烈·帕里诺采访，登载在《巴黎女郎》上。

1954年

6月1日出版《下一次就是仙境》上卷第二部分。同时,《新新法兰西文学评论》发表《与Y教授的对话》第一部分。6月25日伽里玛宣布出版《下一次就是仙境》下卷(又名《诺尔曼司》)。关于《对话》第二部分，塞利纳与让·波朗起先意见不合，进而翻脸成仇。

1955年

3月伽里玛出版社没等《新新法兰西文学评论》发表续篇就出版单行本《与Y教授的对话》。

1956年

3月录制唱片，塞利纳自唱两首自编的歌，阿莱媞和米歇尔·西蒙朗诵塞利纳小说片断。《漫游》袖珍本出版。

1957年

6月20日伽里玛宣布出版《一座城堡到另一座城堡》，引起强烈反响。10月为电台录制《路易-费迪南·塞利纳寄语读者》。

1958年

1月普隆出版社出版《与L.-F.塞利纳闲谈》，作者罗伯特·布莱。3月《死缓》出版袖珍本。

1959 年

6 月伽里玛宣布出版《无曲无词无物的芭蕾舞》，汇集塞利纳好几种芭蕾舞剧本和话剧本。同月，伽里玛决定把《漫游》和《死缓》收入“七星文库”，但一直拖到塞利纳去世后的 1962 年 3 月才出版。12 月塞利纳把《北方》手稿交给伽里玛出版社。

1960 年

1 月三次电台录音采访。5 月有人计划把《漫游》拍成电影，后来计划未实现。5 月 20 日伽里玛宣布出版《北方》。6 月 1 日《世界报》发表关于《北方》的塞利纳访谈。

1961 年

年初塞利纳接受“七星文库”计划，但要求增补《死缓》自 1936 年被审查删去的部分。6 月 30 日写信给加斯通・伽里玛和罗歇・尼米埃，决定把他即将寄出的新著手稿定名为《里戈东》。7 月 1 日塞利纳突然脑充血死亡。

图书在版编目（CIP）数据

一座城堡到另一座城堡 /（法）塞利纳著；金龙格译 .
-- 桂林：漓江出版社，2018.12（2025.6 重印）
ISBN 978-7-5407-8458-4

Ⅰ . ①一… Ⅱ . ①塞…②金… Ⅲ . ①长篇小说—法国—现代 Ⅳ . ① I565.45

中国版本图书馆 CIP 数据核字（2018）第 137109 号

YI ZUO CHENGBAO DAO LING YI ZUO CHENGBAO
一座城堡到另一座城堡
［法］塞利纳　著
金龙格　译

出版人：梁志
策划编辑：张谦
责任编辑：张谦
助理编辑：辛丽芳
书籍设计：石绍康
责任监印：张璐

漓江出版社有限公司出版发行
广西桂林市南环路 22 号　邮编：541002
发行电话：010-85891290　0773-2582200
邮购热线：0773-2582200
网址：www.lijiangbooks.com
微信公众号：lijiangpress
印制：北京博海升彩色印刷有限公司
［北京市通州区中关村科技园区通州园金桥科技产业基地环宇路 6 号　邮编：100076］
开本：880 mm × 1230 mm　1/32
印张：15.25　字数：370 千字
2018 年 12 月第 1 版　2025 年 6 月第 3 次印刷
书号：ISBN 978-7-5407-8458-4
定价：68.00 元